BASTEI LÜBBE

Von W. E. B. Griffin sind bei Bastei Lübbe Taschenbücher lieferbar:

15 360 Rückzug in die Hölle
15 602 Im Auftrag des Präsidenten

Über den Autor:

W. E. B. Griffin, Veteran des Korea-Krieges, ist der erfolgreichste Autor im Bereich des Militär-Thriller. Seine Bücher erscheinen regelmäßig auf der Bestsellerliste der New York Times.

W.E.B.
Griffin

IN TIEFSTER GEFAHR

THRILLER

Aus dem Englischen von
Joachim Honnef

BASTEI
LÜBBE

BASTEI LÜBBE TASCHENBUCH
Band 15 720

1. Auflage: August 2007

Vollständige Taschenbuchausgabe

Bastei Lübbe Taschenbücher in der Verlagsgruppe Lübbe

Deutsche Erstausgabe
Für die Originalausgabe:

This edition published by arrangement with
G. P. Putnam's Sons, a member of Penguin Group (USA) Inc.
Titel der Originalausgabe: »The Hostage«

Lektorat: Rainer Delfs/Jan Wielpütz
Titelillustration: getty-images/Pete Turner
Umschlaggestaltung: Bettina Reubelt
Satz: SatzKonzept, Düsseldorf
Druck und Verarbeitung: GGP Media GmbH, Pößneck
Printed in Germany
ISBN 978-3-404-15720-4

Für die Verstorbenen

WILLIAM E. COLBY
OSS Jedburgh First Lieutenant
späterer Direktor der Central Intelligence Agency

AARON BANK
OSS Jedburgh First Lieutenant
späterer Colonel und Vater der Special Forces

WILLIAM R. CORSON
Legendärer Nachrichtenoffizier des Marine Corps,
den der KGB mehr hasste als jeden US-Nachrichtenoffizier –
und nicht nur, weil er das definitive Werk über ihn schrieb.

Für die Lebenden

BILLY WAUGH
Legendärer Sergeant Major des Special Forces Command,
der im Ruhestand den berüchtigten Carlos,
den Schakal, jagte.
Billy hätte Anfang 1990 Osama bin Laden auslöschen
können, erhielt jedoch nicht die Genehmigung dazu.
Nach fünfzig Jahren im Geschäft jagt Billy immer noch
die bösen Jungs.

RENÉ J. DÉFORNEAUX
OSS Jedburgh Second Lieutenant,
der ein legendärer Offizier der Spionageabwehr der U. S.
Army wurde.

JOHN REITZELL
Offizier der Army und eine Legende der Delta Force,
der den Terroristenführer des gekaperten Kreuzfahrtschiffs
Achille Lauro hätte auslöschen können, jedoch nicht die
Genehmigung dazu erhielt.

RALPH PETERS
Nachrichtenoffizier der Army,
der die besten Analysen für die Terrorismusbekämpfung
und über unseren Feind schrieb, die ich je gesehen habe.

Und für die neue Generation

MARC L.
Ein ranghoher Nachrichtenoffizier,
der mich trotz seiner Jugend jeden Tag mehr an
Bill Colby erinnert.

FRANK L.
Ein legendärer Offizier der Defense Intelligence Agency,
jetzt im Ruhestand, der in Billy Waughs Fußstapfen tritt.

**Unsere Nation steht bei diesen Patrioten
in einer Schuld, die sie niemals begleichen kann.**

I

1

Flughafen Schwechat
Wien, Österreich
12. Juli 2005, 16 Uhr 30

Als Amerikaner war Jean-Paul Lorimer jedes Mal, wenn er auf Wiens internationalem Flughafen eintraf, ärgerlich oder verlegen – oder beides. Denn das Erste, was er beim Betreten des Terminals sah, war ein Starbucks-Kiosk.

Die Arroganz der Amerikaner, Kaffee in Wien zu verkaufen! Mit einer solch blöden grellen Neonreklame!

Jean-Paul Lorimer, Dr. phil. – ein sehr schwarzer 46-Jähriger, der untersetzt und völlig kahlköpfig war und die neueste europäische Mode trug, einschließlich Designerbrille mit schwarzer Fassung und italienischer Mokassins, in denen er mehr watschelte als ging –, hatte seine Doktorarbeit in mitteleuropäischer Geschichte geschrieben. Er wusste, dass es seit dem 16. Jahrhundert in Europa Kaffee gab.

Dr. Lorimer wusste ebenfalls, dass nach der Belagerung von Wien im Jahre 1683 die türkische Armee Beutel mit »schwarzem Futter« zurückgelassen hatte. Franz Georg Kolschitsky, ein Wiener, der in der Türkei gelebt hatte, erkannte es als Kaffee. Prompt eröffnete er das erste Kaffeehaus. Er bot den Gästen kostenlos Zeitungen an, die sie beim Trinken seines Kaffees lesen konnten, den er verfeinerte, indem er den Satz entfernte und Milch und Zucker hinzufügte.

Das Kaffeehaus war sofort ein Erfolg, und Kaffee wurde ein Teil des kultivierten Gesellschaftslebens im österreichisch-ungarischen Kaiserreich, dann im Rest der Welt.

Dr. Lorimer watschelte an der Schlange der Reisenden vor dem Kiosk vorbei und schüttelte angewidert den Kopf. *Und jetzt bringen die Amerikaner der Welt den Kaffee, als hätten sie ihn erfunden wie Coca-Cola? Als verbreiteten sie amerikanische Kultur? Guter Gott! Empörend!*

Dr. Jean-Paul Lorimer betrachtete sich selbst nicht mehr als Amerikaner. In den vergangenen zweiundzwanzig Jahren war er Berufsdiplomat der Vereinten Nationen gewesen, in den letzten fünf davon im Rang des Ministers.

Sein Titel war Chef des europäischen Direktoriums für zwischenstaatliche Koordination. Das Direktorium hatte seinen Sitz in Paris, und deshalb hatte er fast ein Vierteljahrhundert dort gewohnt. Vor ein paar Jahren hatte er im 7. Arrondissement in der Rue Monsieur ein Apartment gekauft und geplant – wenn die Zeit dazu reif war –, irgendwo an der Côte d'Azur ein kleines Haus zu erwerben. Bis vor kurzem hatte er nicht mal erwogen, in die Vereinigten Staaten zurückzukehren, um dort zu leben.

Der Einwanderungsbeamte vom Dienst winkte Dr. Lorimer mit seinem blau-goldenen Diplomatenpass der Vereinten Nationen schnell durch.

Er nahm sich ein Taxi, schaute zu, wie der Fahrer seinen kleinen Handkoffer in den Kofferraum des Mercedes legte, stieg hinten ein und bat den Fahrer auf Deutsch, ihn in die Cobenzlgasse zu fahren.

Lorimer hatte gemischte Gefühle, was Wien anbetraf, die meisten davon schlecht, angefangen mit der Tatsache, dass die Flugverbindung von Paris aus schwierig war. Es gab keinen Direktflug. Man musste zuerst entweder nach London oder Brüssel fliegen, um in eine Maschine nach Wien umzusteigen. Heute war er über London geflogen, weil er so schnell wie möglich nach Wien gelangen wollte. Zusätzliche anderthalb Stunden Reisezeit hatten ihn zwei Stunden früher, als es via Brüssel gedauert hätte, hierher gebracht.

Es gab natürlich den Zug, den *Mozart*, aber die Fahrt dauerte scheinbar ewig. Immer wenn es möglich war, schickte Lorimer einen seiner Leute nach Wien, wenn es dort Dinge zu erledigen gab.

Es war natürlich eine schöne Stadt. Für Lorimer war es die Hauptstadt eines nicht existierenden Kaiserreichs. Aber sie war sehr teuer – nicht, dass dies noch viel für ihn ausmachte –, und es gab eine gewisse rassistische Atmosphäre. In Paris war praktisch nichts davon zu spüren, was einer der Gründe war, weshalb Lorimer Frankreich im Allgemeinen und Paris im Besonderen liebte.

Er wechselte seine Gedanken zu den angenehmeren Dingen. An den Frauen in Paris war überhaupt nichts auszusetzen, aber eine kleine Abwechslung war immer angenehm. In Wien konnte man eine vollbusige Blondine aus Polen oder Russland haben, und das war in Paris nicht immer der Fall.

Jean-Paul Lorimer hatte nie geheiratet. Als er sich auf der Karriereleiter nach oben gearbeitet hatte, war einfach nicht genügend Zeit oder Geld da gewesen, und als er eine Position erreicht hatte, wo er sich eine Ehe hätte leisten können, hatte er immer noch keine Zeit gehabt.

Vor etwa zehn Jahren hatte es einen Film gegeben, in dem der Schauspieler Michael Caine einen dienstalten Diplomaten gespielt hatte, der ähnlich keine Zeit gehabt hatte, um zu heiraten und der seine sexuelle Erfüllung mit Edelnutten gefunden hatte. Jean-Paul identifizierte sich widerwillig mit Caines Charakter.

Das Apartment, zu dem Lorimer fuhr, war die Wiener Erdgeschosswohnung von Henri Douchon, eines libanesischen Geschäftspartners. Henri hatte wie Lorimer ein negroides Erbe – mit etwas arabischem Blut natürlich. Er hatte ebenfalls nie geheiratet und sich an vollbusigen Blondinen erfreut.

Henri liebte ebenfalls schlanke, blonde Jünglinge – was im

Mittleren Osten nichts Besonderes war –, doch er spürte, dass sich Jean-Paul in dieser Szene unbehaglich fühlte, und verjagte sie aus dem Apartment, wenn Jean-Paul in der Stadt war, um sie durch vollbusige, blonde Polinnen oder Frauen, die beiden gefielen, zu ersetzen. Manchmal vier oder sogar sechs davon.

Ich sollte mich gut amüsieren. Gott allein weiß, was morgen geschehen wird.

Auf Jean-Pauls Klingeln an der Tür des Apartments gab es keine Reaktion.

Henri hatte sich auch nicht am Telefon gemeldet, als Jean-Paul ihn an diesem Morgen angerufen hatte, um sein Kommen anzukündigen. Er hatte von einem der Telefone im Direktorium angerufen – nicht von seinem –, damit der Anruf nicht zu ihm zurückverfolgt werden konnte, und aus dem gleichen Grund hatte er keine Nachricht auf dem Anrufbeantworter hinterlassen.

Er wusste, dass der Anrufbeantworter ausgestöpselt wurde, wenn Henri nicht in der Stadt war, damit es ewig klingelte, ohne dass sich der Anrufbeantworter einschaltete.

Jean-Paul wartete genau 90 Sekunden – nahm die Zeit mit seinem Omega-Chronometer, während er in die Cobenzlgasse hinausblickte, auf die gepflasterte Straße, die auf den Hügel zu der Stellung hinaufführte, wo Feldmarschall Radetzky seinen Befehlsstand gehabt hatte, als die Türken vor den Toren von Wien gewesen waren. Dann schob er seinen Schlüssel ins Haustürschloss.

Er hatte keine Ahnung, was Henri gerade trieb, und es widerstrebte ihm, ihn dabei so plötzlich zu stören. Es waren einfach gute Manieren, ihm weitere neunzig Sekunden zu lassen.

Als er die Tür aufschob, konnte er Musik kören – Bartók, erkannte Jean-Paul, was darauf schließen ließ, dass Henri in der Wohnung war.

»Henri«, rief er. »*C'est moi*, Jean-Paul!«

Keine Antwort.

Er ging in das Apartment und nahm einen Geruch wahr, den er nicht gleich zu deuten wusste. Die Tür vom Wohnzimmer zu Henris Schlafzimmer stand offen. Das Bett war benutzt worden, jetzt jedoch leer.

Jean-Paul fand Henri in dem kleinen Büro, das er etwas großspurig als Arbeitszimmer bezeichnet hatte.

Er saß in dem ledernen Schreibtischsessel. Seine Arme waren mit Lederriemen an die Lehnen gefesselt. Er war nackt. Seine Kehle war durchgeschnitten – fast bis zur Enthauptung.

Seine behaarte, etwas wabblig gewordene Brust war blutüberströmt, und Blut war aus seinem Mund über das Kinn gelaufen.

Ein blutiges Küchenmesser und eine ebenfalls blutige Schere lagen auf dem Schreibtisch. Jean-Paul fühlte sich natürlich unbehaglich, als er das sah, aber der Anblick löste keinesfalls Panik oder Übelkeit bei ihm aus.

Als er sich bei den Vereinten Nationen emporgearbeitet hatte, war er lange Zeit im Kongo gewesen und hatte sich an den Anblick und Geruch verstümmelter Leichen gewöhnt.

Er blickte wieder auf den Toten hinter dem Schreibtisch und erkannte, dass der oder die Mörder ihm zwei Fingernägel ausgerissen und dann – vermutlich später – ein halbes Dutzend seiner Zähne ausgeschlagen hatten, bevor man ihm die Kehle durchgeschnitten hatte. Der Oberkörper und die Oberschenkel waren an vielen Stellen aufgeschlitzt, vermutlich mit dem Messer, das auf dem Schreibtisch lag.

Ich habe geahnt, dass dies passieren könnte, aber nicht so schnell.

Ich dachte, dass wir mindestens zwei weitere Wochen oder so Zeit haben würden.

Hat jemand mich ins Haus gehen sehen?

Nein.

Ich habe dem Taxifahrer die Adresse sechs Häuser weiter die Cobenzlgasse hinauf genannt und sichergestellt, dass er mich dorthin gehen sah, bevor er wegfuhr.

Gibt es irgendetwas Belastendes im Apartment?

Nach dem, was sie ihm angetan haben, ist vermutlich nichts von Interesse oder Wert zurückgeblieben.

Und es macht ohnehin nichts aus. Es wird Zeit für mich, zu verschwinden. Die einzige Frage ist anscheinend, ob sie in Paris auf mich warten werden.

Möglicherweise soll dies nur eine Warnung für mich sein.

Aber darauf kann ich mich mit Sicherheit nicht verlassen.

Dr. Jean-Paul Lorimer verließ leise das Zimmer und nahm seinen Handkoffer, den er beim Eintreten bei der Tür zurückgelassen hatte. Einen Augenblick verharrte er nachdenklich. Dann zog er den Schlüssel des Apartments aus der Tasche und legte ihn auf den Tisch bei der Tür.

Er verließ das Apartment und trat mit dem Koffer in die Cobenzlgasse hinaus. Er ging den Hügel hinab zur Straßenbahnhaltestelle, und als eine Bahn kam, stieg er ein.

Als die Straßenbahn die Wiener Oper am Kärntner Ring erreichte, stieg er in eine Straßenbahn um, die ihn zum Bahnhof West in der Mariahilfer Straße brachte.

Er kaufte ein Ticket für ein Einzelabteil im Zug EN 262 und bezahlte mit seiner Platin Express Card der Vereinten Nationen.

Als er dann auf dem Fahrplan sah, dass noch genügend Zeit bis zur Abfahrt des Zuges nach Paris zum Gare de l'Est blieb, verließ er den Bahnhof und ging in ein Kaffeehaus. Er bestellte einen großen Kaffee mit Schlagobers und nahm sich eine Ausgabe des *Wiener Kurier* aus dem Ständer, um darin zu lesen, während er seinen Kaffee trank.

2

Rue Monsieur 7
Paris VII, Frankreich
13. Juli 2005, 12 Uhr 05

Dr. Jean-Paul Lorimer blickte sich noch einmal traurig in seinem Apartment um. Er wusste, dass er viele dieser Dinge vermissen würde – nicht nur die kostbaren Antiquitäten, die er sich in den letzten Jahren hatte leisten können –, doch es ließ sich einfach nicht ändern.

Er dachte daran, dass er ebenfalls fast siebentausend Euro im Safe zurücklassen würde. Aber wenn er fast alles zurückließ – einschließlich Geld im Safe –, würde es fast mit Sicherheit jeden verwirren, der nach ihm suchte.

Und es war ja nicht so, dass er ohne angemessene Geldmittel nach Shangri-La reisen würde. Mehr oder weniger gleichmäßig verteilt zwischen der Banco Central, der Banco COFAC, der Banco de Crédito und der Banco Hipotecario waren sechzehn Millionen Dollar, mehr Geld, als sich Jean-Paul vor zehn Jahren im Traum hätte vorstellen können.

Und in Shangri-La gab es ein luxuriöses Apartment mit Ausblick über einen weißen Sandstrand auf den Atlantischen Ozean und ungefähr hundert Meilen weiter nördlich in San José eine abgelegene *estancia* von zweitausend Hektar, auf der profitabel Vieh gezüchtet wurde.

All der Besitz und die Bankkonten waren auf den Namen

Jean-Paul Bertrand ausgestellt, dessen libanesischer Pass, ausgegeben vom libanesischen Außenministerium, Jean-Paul Lorimers Foto und Fingerabdruck enthielt. Es hatte ein Vermögen gekostet, diesen Pass zu bekommen, aber jetzt war offenkundig, dass es eine gute Ausgabe gewesen war.

Jean-Paul nahm nur zwei mittelgroße Koffer und den Handkoffer mit, der als Bordgepäck gedient und den er nach Wien mitgenommen hatte. Verteilt in den drei Koffern gab es hunderttausend US-Dollar in jeweils kleinen Bündeln à fünftausend Dollar. Das Geld befand sich mehr oder weniger versteckt in Schuhen, Socken, inneren Jacketttaschen und so weiter. Er hatte sich bereits darauf eingestellt, das Bargeld wegzuwerfen, wenn auf der Reise nach Shangri-La eine Gepäckkontrolle drohen würde.

Er hatte ebenfalls fünftausend Dollar – fünfmal jeweils tausend – in verschiedenen Taschen seines Anzugs. Außerdem vier Pässe, alle mit seinem Foto, jedoch von keiner Regierung ausgestellt.

Jean-Paul hatte einige Mühe mit den beiden Koffern und dem Bordgepäckkoffer, bis er es schaffte, ein Taxi zu stoppen, aber danach verliefen die Dinge glatt.

Vom Charles de Gaulle International aus flog er mit der Royal Air Maroc als Omar del Danti, ein marokkanischer Staatsbürger, zum Mohamed V International in Casablanca. Zwei Stunden später ging er als Maurice Leland, französischer Staatsbürger, bei der Air France an Bord, um zum Dakar's Yoff International Airport in Senegal zu fliegen. Immer noch als Leland ging er an diesem Abend um 21 Uhr 30 an Bord der Al Italia und flog nach São Paulo, Brasilien. Dann stieg er in eine Propellermaschine der Nordeste Linhas Aéreas, einer brasilianischen Regionalfluglinie, um und flog nach Santa Maria.

In Santa Maria rief er den Verwalter seiner Estancia an und

stieg dann in einen enormen Intercity-Bus – er fand ihn schöner als jeden Greyhound, mit dem er jemals gefahren war. Es gab einen Fernsehschirm für jeden Sitz, ein kaltes Büffet und sogar ziemlich guten Rotwein – und fuhr die etwa zweihundert Meilen nach Jaguarao, einer Farmstadt an der Grenze zwischen Brasilien und Uruguay.

Ricardo, der Manager seiner Estancia, erwartete ihn dort mit einem Toyota Land Cruiser. In einem Lokal, das sich hochtrabend Restaurant nannte, tranken sie ein Glas erstaunlich guten Rotwein, einen hiesigen Merlot, und fuhren dann aus der Stadt. Was zugleich bedeutete, nach Uruguay. Wenn es eine Art Passkontrolle auf beiden Seiten der Grenze gab, so sah Dr. Lorimer nichts davon. Zwei Stunden später bog der Land Cruiser auf einen gut gepflegten Kiesweg ab und fuhr unter einem schmiedeeisernen Schild hindurch, auf dem SHANGRI-LA stand.

»Willkommen daheim, Doktor«, sagte Ricardo.

»Danke, Ricardo«, sagte Jean-Paul und fügte hinzu: »Ich werde eine Weile hier sein. Je weniger Leute davon wissen, desto besser.«

»Ich verstehe, Doktor.«

»Und ich glaube, von Mann zu Mann, Ricardo, Sie werden verstehen, dass ich höchstwahrscheinlich ein wenig Gesellschaft brauchen werde.«

»Heute Abend, Doktor? Sie müssen müde von der Reise sein.«

»Nun, sehen wir mal, ob Sie etwas auftreiben können, das meine Energie wieder aufleben lässt.«

»Da gibt es ein oder zwei Mägde, junge Mädchen, die Sie vielleicht interessant finden werden«, meinte Ricardo.

»Gut«, sagte Dr. Lorimer.

Zehn Minuten später hielt der Land Cruiser vor einem weitläufigen weißen Herrenhaus.

Ein halbes Dutzend Bedienstete kamen schnell aus dem Haus, um *El Patrón* willkommen zu heißen. Ein hellhäutiges Mädchen vom Personal, das Jean-Paul auf ungefähr sechzehn schätzte, sah tatsächlich interessant aus.

Dr. Lorimer lächelte sie an, als er ins Haus ging.

3

Botschaft der Vereinigten Staaten
Avenida Colombia 4300
Palermo, Buenos Aires, Argentinien
20. Juli 2005, 18 Uhr 25

J. Winslow Masterson, ein sehr großer, gut gekleideter schwarzer 42-jähriger Afro-Amerikaner, der fast fanatisch die meisten französischen Dinge verabscheute, lehnte an seinem Bürofenster und blickte auf die Demonstration hinaus.

Mastersons Büro befand sich im zweiten Stock des Botschaftsgebäudes, schräg gegenüber vom Büro des Botschafters. Masterson war stellvertretender Missionschef – sprich Nummer zwei oder Stellvertreter des Botschafters – und zurzeit amtierender Sonderminister und Bevollmächtigter des Präsidenten der Vereinigten Staaten in der Republik Argentinien.

Der Botschafter, Juan Manuel Silvio, war »jenseits des Flusses« – in Montevideo, Uruguay – bei einem Arbeitsessen mit Michael A. McGrory, dem Sonderminister und Bevollmächtigten des Präsidenten der Vereinigten Staaten in der Republik Uruguay. Die beiden Botschafter oder ihre Missionschefs trafen sich regelmäßig alle zwei Wochen, entweder in Buenos Aires oder in Montevideo.

Silvio war mit dem ersten Flug vom Jorge Newbery Airport in Buenos Aires die sechsundzwanzig Minuten nach Montevideo geflogen, wo er um fünf nach sieben eingetroffen war und um 15 Uhr 10 zurückkehren würde. Mit dem Busquebus. Die Katamaran-Fähre brauchte nur etwas über drei Stunden. Der Botschafter sagte, so viel Zeit erlaube es ihm, sich ungestört in der komfortablen Erster-Klasse-Kabine ein wenig mit den bürokratischen Papieren zu beschäftigen, die sich auf seinem Schreibtisch angesammelt hatten.

Heute waren es nach Mastersons Schätzung vielleicht dreihundert Demonstranten, die mit Töpfen und Pfannen Radau machten und von Absperrgittern und ungefähr fünfzig Polizisten der Mounted Police zurückgehalten wurden, die Hälfte davon tatsächlich zu Pferde.

Die Demonstranten schwenkten Spruchbänder – zumindest wenn sie annahmen, dass die Fernsehkameras auf sie gerichtet waren – und protestierten gegen den Internationalen Währungsfond, die Rolle der Vereinigten Staaten dabei, Amerikas Finanzpolitik und Amerika im Allgemeinen. Mindestens ein halbes Dutzend Fahnen zeigten das Konterfei von Ernesto »Che« Guevara.

Die argentinische Lobhudelei für Guevara überraschte und ärgerte Masterson. Er gab zu, widerwillig Fidel Castro zu bewundern. Castro hatte eine Hand voll Männer zur Ausbildung ins Bergland von Kuba geführt, dann die kubanische Regierung gestürzt und hatte seither der mächtigsten Nation der Welt den Stinkefinger gezeigt.

Aber Guevara war eine andere Geschichte. Guevara, ein argentinischer Doktor, war Castros Arzt gewesen. Aber soweit Masterson wusste, war das alles gewesen, was er jemals getan hatte, um den Kommunismus erfolgreich zu unterstützen. Als Revolutionär war er ein spektakulärer Versager gewesen. Sein Versuch, Afrika kommunistisch zu machen, war eine

Katastrophe gewesen. Nur eine verdeckte Abteilung von hundert afro-amerikanischen Soldaten der Special Forces war nötig gewesen, um ihn zu zwingen, mit eingezogenem Schwanz aus dem afrikanischen Kontinent zu fliehen. Und als er nach Bolivien geflüchtet war, hatte ihn eine noch kleinere verdeckte Abteilung Green Berets, diesmal aus kubanisch-amerikanischen Soldaten, erwartet, nicht so sehr, um seine revolutionären Ambitionen zu durchkreuzen, sondern um ihn in ganz Lateinamerika lächerlich zu machen.

Die Green Berets hatten fast Erfolg gehabt. Zum Beispiel hatten sie fast schadenfroh berichtet, dass Guevara eine Abteilung der sogenannten »Revolutionsarmee« zu einer Nachtausbildung geführt hatte, die sich prompt in der Wildnis verirrte. Vier seiner Männer waren bei dem Versuch, einen Fluss zu durchqueren, ertrunken, und er hatte zwei Wochen gebraucht, um zu seinem Basislager zurückzukehren, nachdem sie mit dem Verzehr von Affen und kleineren Tieren des Dschungels überlebt hatten. Und als sie in der Basis eingetroffen waren, hatte Guevara festgestellt, dass sie von der bolivianischen Armee überwacht wurden. Ein Farmer hatte die Revolutionsarmee der bolivianischen Regierung gemeldet, weil er sie für Drogenschmuggler gehalten hatte.

Der Präsident von Bolivien war jedoch nicht amüsiert und nicht empfänglich für die Idee, dass man am besten mit Dr. Guevara fertig wurde, indem man ihn öffentlich demütigte. Er befahl einen schnellen Militärprozess – das Tragen von Waffen mit der Absicht, eine Regierung gewaltsam zu stürzen, wurde nach internationalem Gesetz mit dem Tode bestraft –, es folgte eine schnelle Exekution, und Guevara wurde zu einer Legende statt zu einer Witzfigur.

»In Gedanken versunken, Jack?«, fragte die vertraute Stimme von Alexander B. Darby hinter ihm. Darbys offizieller Titel war Handelsattaché der Botschaft, doch unter den ranghohen Offizieren war es kein streng gehütetes Geheimnis, dass er in Wirklichkeit der CIA-Stationsleiter war.

Masterson wandte den Kopf und lächelte dem kleinen, pummeligen Mann mit bleistiftdünnem Schnurrbart ins Gesicht.

»Meine üblichen unfreundlichen Gedanken über Che Guevara.«

»Sind sie immer noch draußen?«

Masterson nickte.

»Es sah nach Regen aus. Ich hoffte, es würde gießen und sie würden weggehen.«

»So viel Glück haben wir nicht.«

»Sind Sie bereit?«

»Ich stehe zu Ihrer Verfügung, Sir«, sagte Masterson und ging zur Tür.

Masterson schnorrte eine Heimfahrt mit Darby, der in der Nähe von ihm im Vorort San Isidro wohnte. Sein eigener Botschaftswagen hatte einen Unfall mit Blechschaden gehabt – zum zweiten Mal in diesem Monat – und stand in der Werkstatt.

»Ist der Boss zurück?«, fragte Darby, als sie in den Lift stiegen, um ins Kellergeschoss zu fahren.

»Er sollte bald zurück sein«, erwiderte Darby. »Er hat den Busquebus genommen.«

»Vielleicht hat er ebenfalls gehofft, es würde regnen«, sagte Darby.

Masterson lachte.

Wenn die Demonstrationen vor der Botschaft auch nichts sonst bewirkten, sie machten es äußerst schwierig, aufs Botschaftsgelände und hinaus zu kommen. Die Demonstranten, in der Gewissheit, dass die Fernsehkameras ihnen folgen würden, beeilten sich, Botschaftswagen zu umzingeln. Außer auf die Dächer zu trommeln und den Insassen im Wagen mit den Fäusten zu drohen – sie konnten nur die Fahrer deutlich sehen, die hinteren Fensterscheiben waren stark getönt –, richteten sie nicht viel Schaden an. Aber die Mounted Police brauchte einige Zeit, um sie auseinander zu treiben, damit die Wagen passieren konnten, und es bestand immer das Risiko, dass einer der Demonstranten unter die Pferdehufe der berittenen Polizisten geriet. Oder, wahrscheinlicher, dass ein Demonstrant – der nicht berührt worden war – plötzlich für die Kameras losbrüllte und sich mit schmerzverzerrtem Gesicht beklagte, dass die Gringo-Imperialisten ihn in böser Absicht niedergeritten hatten. Das war ein fast sicherer Weg, um in die Abendnachrichten oder in Buenos Aires' Boulevardzeitung *Clarín* zu kommen.

Der Aufzug brachte sie ins Kellergeschoss. Auf einer schwach beleuchteten Fläche standen an einer Wand Wagen aufgereiht. Die meisten davon waren Privatfahrzeuge von untergeordnetem Botschaftspersonal, das nicht ranghoch genug war, um einen offiziellen Botschaftswagen mit Fahrer zu bekommen, jedoch ranghoch genug, um ein Anrecht auf einen Parkplatz im Kellergeschoss zu haben. Für alle anderen gab es eine reservierte Parkfläche außerhalb des Botschaftsgeländes.

Nahe der Rampe, die aus dem Kellergeschoss hinaufführte, befanden sich Parkflächen für Fahrzeuge der Botschaft, die Jeep Wagoneers und andere Autos für den Transportdienst und für das halbe Dutzend fast identischer »Botschaftswagen«. Diese waren nagelneue oder fast neue BMWs, entweder dunkelblaue oder schwarze Modelle der 5er und 7er Serie und alle gepanzert. Sie alle hatten Diplomatenkennzeichen.

Fünf dieser sechs Diplomatenwagen standen in der Reihe, als Masterson und Darby das Kellergeschoss durchquerten. Der große schwarze 760 Li, für den Botschafter reserviert, war dort ebenso, wie es die Wagen des Stellvertreters und Darbys, des Generalkonsuls und Ken Lowerys Wagen waren. Lowery war der Sicherheitsoffizier der Botschaft. Der Wagen des Militärattachés war fort – Lowery hatte die Neigung, früh heimzufahren –, und Mastersons Wagen war in der Werkstatt und wurde am linken vorderen Kotflügel repariert.

Darbys Fahrer, der bei den anderen Fahrern auf einem Klappstuhl am Fuß der Rampe gesessen hatte, sah sie kommen und stand auf. Als sie Darbys Wagen erreicht hatten, öffnete er beide Fondtüren für sie.

Einer der vielen Gründe, weshalb es kein Geheimnis war, dass Alex Darby der CIA-Stationsleiter war, war die Tatsache, dass er einen persönlichen Botschaftswagen hatte. Keiner der anderen Attachés hatte dieses Privileg.

All die Fahrer waren Angestellte des privaten Sicherheitsdienstes, der die Botschaft bewachte. Sie sollten allesamt Ex-Polizisten sein, was sie berechtigte, eine Waffe zu tragen. Es war auch kein großes Geheimnis, dass alle von ihnen in Wirklichkeit in den Diensten von Argentiniens Nachrichtendienst, genannt SIDE, waren, der eine argentinische Version von CIA, Secret Service und FBI zusammen war.

»Wir werden Mr Masterson bei seinem Haus absetzen«, kündigte Darby an, als sie im Wagen saßen. »Fahren Sie zuerst dorthin.«

»Eigentlich wird mich Betsy im Kansas erwarten – das heißt, sie wartet jetzt schon dort«, sagte Masterson. »Setzen Sie mich bitte dort ab.«

Das Kansas war ein bekanntes und beliebtes Restaurant in der Avenida Libertador im Nobelviertel San Isidro. Vom Botschaftsgelände fortzukommen, war nicht einfach. Zuerst überprüften die Sicherheitsleute die Identität des Fahrers, dann der Passagiere, und dann trugen sie die Uhrzeit, in der das Gelände verlassen wurde, in das entsprechende Formular ein. Und schließlich überprüften sie den Wagen, heute aus Gründen, für die Masterson Verständnis hatte, angefangen mit dem Kofferraum bis zum Fahrgestell, das sie von unten mit einem großen runden Spiegel an einer Stange untersuchten.

Erst dann durfte sich der Wagen der Ausfahrt nähern. Wenn das geschah, wurden drei Barrieren in den Asphalt herabgelassen. Die Wachen am Posten bei den Demonstranten forderten Verstärkung an, ebenso einer der Sergeants der Mounted Police, wovon dann zwei Dutzend entweder zu Fuß oder zu Pferde eine Gasse zwischen den Demonstranten bildeten, um die Passage des Wagens zu sichern.

Dann wurde das doppelflügelige Tor geöffnet, der Wagen verließ das Botschaftsgelände und die Demonstranten begannen mit ihrem Spektakel.

Es wurde kein richtiger Schaden angerichtet, doch das Trommeln auf das Dach des BMW war entnervend, und ebenfalls die hasserfüllten Gesichter einiger Demonstranten. Nur einiger. Nach dem, was Masterson sehen konnte, war es für die meisten der Demonstranten eher ein entspanntes Geplänkel.

Nach ungefähr einer Minute war der Wagen durch die Gasse der Demonstranten hindurch und fädelte sich in den Verkehr Richtung Avenida Libertador ein.

Alex Darby wies in die allgemeine Richtung der Residenz – das Haus des Botschafters, ein gewaltiges Herrenhaus –, die etwa fünfhundert Yard von der Botschaft entfernt an der Avenida Libertador aufragte.

Masterson blickte aus dem Wagenfenster und sah, dass eine Horde von Demonstranten von der Botschaft zur Residenz rannte.

»Kein Wunder, dass er sich Zeit lässt, mit dem Busquebus

zurückzukehren«, sagte Darby. »Wenn er in der Botschaft gewesen wäre, hätte er dies zweimal durchstehen müssen, einmal, um aus der Botschaft rauszukommen, und noch einmal, um in die Residenz zu gelangen.«

Nach hundert Yard jenseits der Residenz gab es kein Anzeichen auf den lautstarken Mob bei der Botschaft. Zur Rechten erstreckte sich ein großer Park mit Joggern und Leuten, die ihre Hunde ausführten. Zu ihrer Linken gab es elegante Apartmenthäuser, bis sie zur Eisenbahnbrücke gelangten. Auf der fernen Seite der Brücke befand sich links der Poloplatz der Armee, rechts die Rennbahn, das Hipódromo. Auf dem Polofeld war nichts los, doch die Pferdeliebhaber versammelten sich bereits für die abendlichen Rennen.

Dann gab es weitere Reihen hoher Apartmenthäuser zu beiden Seiten der Straße.

Sie fuhren unter der Hochstraße hindurch, was bedeutete, dass sie von der Stadt Buenos Aires in die Provinz Buenos Aires wechselten. Masterson dachte oftmals, dass die Stadt Buenos Aires wie der Distrikt Columbia und die Provinz ein Staat wie Maryland oder Virginia war.

»Sieht aus, als ob der Verkehr nicht so schlimm ist«, sagte Alex.

Masterson lehnte sich vor, um durch die Windschutzscheibe zu schauen.

Sie passierten Carrefour, eine Supermarktkette in französischem Besitz. Masterson, der eine Dienstzeit als junger Konsulatsbeamter in der Pariser Botschaft gearbeitet hatte und glaubte, etwas über die Franzosen gelernt zu haben, weigerte sich, hier einzukaufen.

»Sie haben recht«, sagte Masterson. In diesem Moment drückte der Fahrer auf die Hupe.

Etwas rammte heftig in die Seite des BMW, und sofort folgte das Kreischen und Bersten von Metall. Durch die Wucht des Aufpralls wurden Darby und Masterson heftig in ihre Sicherheitsgurte geworfen.

Dann krachte es abermals, diesmal von hinten, und wiederum wurden sie in die Gurte gepresst.

Der Fahrer stieß spanische Flüche aus.

»Mein Gott!«, entfuhr es Masterson, als er versuchte, sich auf seinem Sitz aufzurichten.

»Alles in Ordnung mit Ihnen, Jack?«, fragte Darby.

»Ja, ich glaube es.« Masterson fluchte. »Diese gottverdammten argentinischen Fahrer!«

»Regen Sie sich nicht auf«, sagte Darby und peilte schnell die Lage außerhalb der Wagenfenster mit dem geübten Blick des Geheimdienstlers.

Masterson versuchte, die Tür zu öffnen. Es gelang ihm nicht.

»Wir müssen wohl auf Ihrer Seite aussteigen, Alex«, sagte er.

»Das wird nicht leicht sein«, meinte Darby und wies auf den starken Verkehr auf der Straße.

Der Fahrer stieg aus dem Wagen, trat in eine Lücke des Verkehrsstroms und hob die Hand wie ein Polizist. Flüchtig dachte Masterson, dass der Fahrer seine Laufbahn als Verkehrspolizist begonnen hatte.

Ein Polizist rannte herbei. Der Fahrer sagte schnell etwas zu ihm, und der Polizist übernahm die Aufgabe als Verkehrspolizist. Der Fahrer kehrte zum Wagen zurück, und Darby und Masterson stiegen aus.

Masterson sah, dass der Wagen, mit dem sie zuerst kollidiert waren, ein Stück vorfuhr. Es war ein viertüriger Ford F-250 Pick-up mit massiven Stahlstangen vor dem Kühlergrill. Er dachte zuerst, dass die Stahlstangen – die an Pick-up-

Trucks üblich waren, um andere Fahrzeuge aus dem Schlamm auf Landstraßen zu schieben – vermutlich die eine oder andere unbedeutende Beule hatten, und der BMW vielleicht eine neue Tür brauchte und das Heck repariert werden musste.

Dann sah er den Wagen, einen Volkswagen Golf, der ihr Heck gerammt hatte. Die rechte Seite der Windschutzscheibe war zerstört. Er ging schnell zur Beifahrertür und zog sie auf. Da saß ein junger, gut gekleideter Mann. Er wirkte benommen und hielt seine Hand auf die blutige Stirn.

Masterson hatte einen unfreundlichen Gedanken: *Du blödes Macho-Arschloch, wenn du nicht gedacht hättest, Sicherheitsgurte seien was für Waschlappen, dann hätte dein Schädel nicht Bekanntschaft mit der Windschutzscheibe gemacht.*

Er wedelte mit der Hand vor den Augen des Mannes. Der junge Mann sah ihn mit einer Mischung aus Neugier und Ärger an.

»Steigen Sie aus, *señor*«, sagte Masterson in fließendem Spanisch. »Ich halte es für das Beste, wenn Sie sich hinlegen.«

Er sah, dass am Steuer eine attraktive junge Frau saß – *vermutlich Señor Machos Ehefrau, denn ihre Freundinnen lassen argentinische Männer nicht ihr Auto fahren, weil sie befürchten, dadurch unmännlich zu wirken.* Auch sie wirkte benommen, war anscheinend jedoch unverletzt. Sie war angeschnallt, und der Airbag auf dem Lenkrad hatte seine Funktion erfüllt.

»Alex«, rief Masterson, »holen Sie die Frau da raus!«

Dann zog er sein weißes Stofftaschentuch aus der Hosentasche, drückte es auf die blutende Stirn des Mannes und legte dessen rechte Hand darauf, damit er es festhielt.

»Drücken Sie das Tuch auf die Stirn«, sagte Masterson, als er dem Mann aus dem Golf an den Straßenrand half. Er setzte ihn hin und fragte: »Müssen Sie sich hinlegen?«

»Es geht schon«, sagte der Mann. »*Muchas gracias.*«

»Sind Sie dessen sicher? Nichts gebrochen?«

Der Mann bewegte seinen Oberkörper, wie um zu prüfen, ob er gebrochene Knochen hatte, und lächelte dann schwach.

Alex Darby führte die junge Frau zum Bürgersteig. Sie sah den Mann und das blutige Taschentuch, holte hörbar tief Luft und sank auf die Knie, um ihn zu trösten.

Es war ein intimer Augenblick. Masterson blickte fort.

Der große Ford, der in sie gekracht war, verschwand auf den Parkplatz von Carrefour.

Der Hurensohn haut ab!

Masterson rief nach dem Polizisten, der den Verkehr regelte, und als er schließlich seine Aufmerksamkeit gewann, wies er zu dem Pick-up und brüllte, dass er Fahrerflucht beging.

Der Polizist machte mit Gesten klar, dass er verstanden hatte, jedoch zu beschäftigt mit der Regelung des Verkehrs war und nicht viel machen konnte.

Verdammte Scheiße!

Masterson nahm sein Handy aus der Innentasche und drückte auf eine Kurzwahltaste. Als es keine Reaktion gab, blickte er auf das Display.

Tote Hose! Ich bin an der einzigen verdammten Stelle in Buenos Aires, wo es keinen Handyempfang gibt!

Darby sah das Handy in Mastersons Hand und fragte: »Sie rufen die Botschaft an?«

»Kein verdammtes Signal.«

Darby nahm sein Handy aus der Tasche und bestätigte das.

»Ich rufe über den Funk im Auto an«, sagte er und ging schnell zum BMW.

Eine Minute später kehrte er zurück.

»Lowery hat gefragt, ob mit uns alles in Ordnung ist«, sagte er. »Ich habe ihn beruhigt. Er schickt einen Abschleppwagen vom Automobilklub und ein Ersatzauto. Es wird vermutlich etwas dauern, bis der Wagen hier ist. Die Demonstration ist immer noch im Gange.«

»Der Hurensohn, der uns gerammt hat, ist abgehauen«, sagte Masterson.

»Tatsächlich? Sind Sie da sicher?«

»Ja, verdammt, ganz sicher.«

»Nur die Ruhe, Jack. Diese Dinge passieren nun mal. Niemand ist verletzt.«

»Nur der da«, sagte Masterson und nickte zu Señor Macho hin.

»Die Cops und ein Krankenwagen werden bestimmt bald hier sein.«

»Betsy wird in die Luft gehen, wenn ich zu spät komme«, sagte Masterson. »Und ich kann sie nicht mal anrufen!«

»Benutzen Sie das Funkgerät im BMW und lassen Sie von der Wache bei Posten eins im Kansas anrufen.«

Masterson überlegte.

»Nein«, entschied er sich dagegen. »Soll sie einfach sauer sein. Ich will nicht, dass die Wache sie anruft und ihr sagt, dass ich in einen weiteren Unfall verwickelt war.«

4

Restaurant Kansas
Avenida Libertador
San Isidro
Provinz Buenos Aires, Argentinien
20. Juli, 19 Uhr 25

Elizabeth »Betsy« Masterson, eine große, schlanke und gepflegte 27-Jährige mit den scharfen Gesichtszügen und der bräunlich schwarzen Haut, die sie daran erinnerte, dass ihre

Vorfahren vom Watisu-Stamm gewesen waren, saß allein an der Bar des Kansas – der einzige Raum in dem eleganten Steakhouse, in dem das Rauchen erlaubt war. Sie blickte zum fünften Mal in den vergangenen zehn Minuten auf ihre Armbanduhr. Sie atmete hörbar durch und dachte Unfreundliches über das andere Geschlecht im Allgemeinen und Jack, ihren Mann, im Besonderen. Sie signalisierte dem Barmann, ihr einen weiteren Lagarde Merlot zu servieren, und zündete sich noch eine Zigarette an.

Zum Teufel mit ihm! Er weiß, dass ich es hasse, allein an der Bar herumzuhocken, als suche ich einen Mann. Und er hat gesagt, er würde zwischen Viertel vor sieben und sieben hier sein!

Jacks Wagen von der Botschaft hatte einen Unfall mit Blechschaden gehabt – eine weitere Karambolage, die zweite in diesem Monat – und stand in der Werkstatt, und Jack hatte sich zur Arbeit mitnehmen lassen und würde nach Feierabend mit Alex Darby, dem Wirtschaftsattaché der Botschaft, heimfahren. Jack hatte sie angerufen und gefragt, ob sie ihn im Kansas abholen könnte, denn aus irgendeinem Grund wäre es für Alex unpassend, ihn zu Hause abzusetzen.

Die Mastersons und die Darbys, beide in ihrer zweiten Dienstzeit in Buenos Aires, hatten sich für Häuser der Botschaft in San Isidro entschieden, statt für Apartments in Palermo oder Belgrano.

Ihre erste Dienstzeit hatte sie gelehrt, dass es einen Haken an den eleganten Apartments gab, die von der Botschaft in der Stadt gemietet wurden. Sie waren natürlich näher an der Botschaft, aber sie waren laut, manchmal funktionierten die Aufzüge und die Klimaanlage nicht, und zum Parken musste man durch eine enge Zugangsgasse in eine überfüllte Tiefgarage, manchmal zwei Etagen unter dem Straßenniveau. Und sie hatten keine privaten Swimmingpools. Wenn es überhaupt welche gab, dann waren es Gemeinschaftsanlagen.

Die Häuser, die von der Botschaft in Isidro gemietet worden waren, waren schön, mit Garten, *quincho* – Grillplatz im Freien – und Swimmingpool. Dies war wichtig, wenn man Kinder hatte, und die Mastersons hatten drei. In San Isidro waren die Schulen und das Einkaufen besser, und die Avenida Libertador war von schmucken Läden und vielen guten Restaurants gesäumt. Und natürlich gab es Garagen, mit guter Zufahrt für die Autos.

Der Privatwagen der Mastersons war ein dunkelgrüner 2004er Town & Country Van von Chrysler. Mit drei Kindern, alle mit Fahrrädern, brauchte man etwas so Großes. Aber Betsy schüttelte sich schon bei dem Gedanken daran, den Wagen, den die Mastersons als »Bus«, bezeichneten, in der Stadt in einer Tiefgarage parken zu müssen.

Wenn sie nach Buenos Aires fuhr, um mit Jack zum Beispiel zu Mittag zu essen, benutzten sie nie eine Garage zum Parken. Der Bus hatte Diplomatenkennzeichen, und das hieß, dass er überall parken durfte. Man konnte keine Strafzettel bekommen oder abgeschleppt werden, nicht einmal wegen zu schnellen Fahrens gestoppt werden. Diplomatische Immunität.

Der Preis für das Haus, die schönen Läden, guten Restaurants und besseren Schulen in San Isidro war die zweimal dreißig – manchmal fünfundvierzig – Minuten Fahrt durch den verrückten Verkehr zwischen Libertador und Botschaft. Doch Jack bezahlte ihn.

Ihr Barkellner – einer von vier, die an der ovalen Bar bedienten –, kam mit einer Flasche Lagarde in einer Hand und einem frischen Glas in der anderen. Er fragte mit erhobener Augenbraue, ob sie ein neues Glas wünschte.

»Nein, danke, dies ist gut«, sagte Betsy auf Spanisch.

Der Barkellner füllte ihr Glas fast bis zum Rand.

Ich hätte das nicht bestellen sollen, dachte sie. *So, wie die hier einschenken, sind zwei Gläser eine halbe Flasche, und wenn ich eine halbe Flasche Merlot intus habe, könnte ich etwas zu Jack sagen – so sehr er es auch verdient hat –, was ich später bereuen werde.*

Aber sie hob das volle Glas vorsichtig an und nahm einen guten Schluck daraus.

Sie blickte zu den enormen Fernsehbildschirmen, die hoch an der Wand für die Gäste der Bar befestigt waren. Einer der beiden zeigte ein Soccer-Spiel – das die Argentinier und die meisten der Welt »Fußball« nennen –, und der andere war auf einen Nachrichtenkanal eingestellt.

Der Ton war nicht zu hören.

Typisch Argentinien, dachte sie. *Statt eine Entscheidung zu treffen, den Ton für den einen Kanal, der die Zuschauer des anderen ärgern könnte, leise zu stellen, schließt man den Kompromiss, bei beiden den Ton abzustellen. Auf diese Weise soll sich niemand ärgern.*

Sie machte sich wirklich nichts aus Fußball, und so wandte sie ihre Aufmerksamkeit den Nachrichten zu. Es gab wieder eine Demonstration an der amerikanischen Botschaft. Horden von Leuten hämmerten auf Trommeln und Küchentöpfen, schwenkten Spruchbänder und Fahnen, einschließlich einiger mit Che Guevara – was aus irgendeinem Grunde Jack jedes Mal ärgerte –, und wurden von der Mounted Police hinter Absperrungen gehalten.

Vielleicht hat Jack sich deshalb verspätet. Er konnte nicht aus der Botschaft rauskommen. Aber er hätte anrufen sollen.

Das Bild eines vornehm aussehenden, graubärtigen Mannes im Geschäftsanzug, der vor einem Mikrofon stand, erschien auf dem Bildschirm. Betsy erkannte ihn als prominenten Geschäftsmann, dessen Sohn im College-Alter als Kidnappingopfer in den Medien gewesen war. Während die Lösegeldforderungen immer höher geworden waren, hatten die Kidnapper dem Jungen einen Finger nach dem anderen abgeschnitten und seinem Vater geschickt, um zu beweisen, dass er noch lebte. Kurz nachdem der Vater bezahlt hatte, wurde die Leiche des Jungen gefunden. Er war mit einem Kopfschuss getötet worden. Der Vater war jetzt ein großer Dorn im Fleisch des Präsidenten und seiner Administration.

Kidnapping – manchmal mit Beteiligung von Polizisten – war ein großes Geschäft in Argentinien. Der *Buenos Aires Herald*, die englischsprachige Zeitung in amerikanischem Besitz, hatte an diesem Morgen über die Entführung eines dreizehnjährigen Mädchens berichtet und vermutet, dass es als Prostituierte verkauft werden sollte.

Solch ein schönes Land mit so hässlichen Problemen.

Das Bild wechselte zu einem zweitklassigen amerikanischen Filmstar, der auf dem Flughafen Ezeiza durch eine Horde von Fans getrieben wurde.

Betsy trank einen kräftigen Schluck von ihrem Merlot, blickte abermals zum Eingang, um Ausschau nach ihrem Mann zu halten, und wandte ihre Aufmerksamkeit schließlich wieder dem Fernsehbildschirm zu.

Zehn Minuten später – *jetzt habe ich lange genug gewartet. Zur Hölle mit ihm! Soll er sich an den Straßenrand stellen und versuchen, ein Taxi zu ergattern. Nur schade, dass es nicht in Strömen regnet!* – legte sie ihre American Express Card auf die Bar, nahm Blickkontakt zu dem Barkellner auf und wies auf die Karte. Er nickte lächelnd und ging zur Registrierkasse.

Als er ihr den Rechnungsbon vorlegte, sah sie, dass die beiden wirklich guten Merlots und die appetitlichen Käsestückchen mit Kräckern 24,50 $ in argentinischen Pesos kosteten. Oder acht US-Dollar.

Sie hatte ein leichtes Schuldgefühl. Die Mastersons hatten gut genug in ihrer ersten Dienstzeit gelebt, als der Peso etwa gleich mit dem Dollar gewesen war. Jetzt, bei der dramatischen Abwertung des Peso, lebten sie wie die Könige. Es war prima, aber zugleich schwierig, es völlig zu genießen, weil so viele sichtlich darunter litten.

Sie nickte, und er nahm den Rechnungsbon und ihre Kreditkarte und ging zur Registrierkasse zurück. Sie griff in ihre Handtasche, nahm aus einem Bündel Pesos fünf Pesos heraus. Aus irgendeinem Grund konnte man nicht das Trinkgeld mit der Kreditkarte verrechnen. Fünf Pesos waren in diesem Fall etwa zwanzig Prozent, und Jack sagte ihr immer, dass die Argentinier dankbar für zehn Prozent waren. Doch der Barkellner war ein netter junger Mann, der sie stets gut bediente, und vermutlich verdiente er nicht viel. Fünf Pesos waren ein Dollar sechzig.

Als der Barkellner mit dem American-Express-Beleg zurückkehrte, unterzeichnete sie ihn, nahm den Durchschlag, legte den 5-Peso-Schein auf das Original und schob es über die Bar zu ihm.

»*Muchas gracias, señora.*«

»Nichts zu danken!«, sagte Betsy auf Spanisch.

Sie steckte die Kreditkarte in ihre Brieftasche, verstaute diese dann in der Handtasche und schloss sie. Sie glitt vom Barhocker und ging zum Ausgang. Dies verschaffte ihr einen Blick in die Küche, die absichtlich hinter einer Glaswand zur Schau gestellt wurde. Betsy war immer fasziniert von der dortigen Hektik. Es mussten an die zwanzig Männer mit weißen Kochmützen an einem halben Dutzend Stahlherden und einem riesigen, mit Holz befeuerten Grill und anderer Küchenausrüstung beschäftigt sein. Alle höllisch betriebsam. Der Nichtraucher-Speiseraum des Kansas war gewaltig groß und meistens voll besetzt.

Im Foyer wimmelte es von Leuten, die ihre Namen den Empfangsmädchen nannten, um auf die Liste für die Sitzplätze zu kommen. Eine der Empfangsdamen sah Betsy kommen und beeilte sich, die Tür für sie aufzuhalten.

Betsy ging hinaus auf die Avenida Libertador und blickte in beide Richtungen. Nichts von Jack zu sehen. Sie wandte sich auf dem Bürgersteig nach rechts, um zu dem Selbstparker-Eingang des Parkplatzes des Kansas zu gelangen. Es gab zwei Eingänge zum großen Parkbereich des Restaurants. Der andere wurde vom Parkservice des Restaurants benutzt.

Betsy hatte diesen Service nie in Anspruch genommen. Sie hatte sich seit ihrem ersten Besuch im Kansas gesagt, dass sie auf diese Dienste gut verzichten konnte. Die Restaurantangestellten vom Parkservice waren junge Burschen, die den Gästen die Autotür öffneten, ihnen einen Parkschein überreichten, dann hinter das Lenkrad hüpften und mit quietschenden Reifen auf den Parkplatz fuhren, wo sie ihre Männlichkeit zu beweisen glaubten, indem sie so nahe an anderen Wagen parkten wie es möglich war, ohne ihnen die Kotflügel zu verbeulen.

Und wenn der Gast das Restaurant verließ, musste er seinen Parkschein suchen und draußen auf einen Mann vom Parkservice warten, um ihm den Schein abzuliefern. Dann rannte der Kerl auf den Parkplatz. Ein paar Minuten später traf das Fahrzeug – in diesem Fall der Bus – mit quietschenden Reifen ein, der Mann vom Parkservice sprang mit einem Strahlelächeln aus dem Wagen und hielt die Hand für sein Trinkgeld auf.

Es war leichter und schneller, den Bus selbst zu parken. Und wenn man mit dem Essen fertig war – *oder vergebens auf seinen Mann gewartet hatte, der einfach nicht so höflich war, anzurufen und sich für seine Verspätung zu entschuldigen oder sich wenigstens auf seinem Handy zu melden* –, brauchte man nur auf den Parkplatz zu gehen, in den Bus zu steigen und davonzufahren.

Als sie heute auf dem Parkplatz eingetroffen war, war er fast voll besetzt gewesen, und sie hatte bis fast zum Ende fahren müssen, um einen freien Platz für den Bus zu finden. Aber das war kein Problem gewesen. Der Weg war nicht so weit, und der Parkplatz war gut beleuchtet, mit hellen, hohen Peitschenlampen auf den kleinen bepflanzten Inseln zwischen den Reihen der parkenden Wagen.

Betsy war ein wenig überrascht und ärgerlich, als sie sah, dass die Lampe, deren Lichtschein auf den Bus gefallen war, einen Defekt hatte. Vermutlich war die Birne ausgebrannt. So etwas kam natürlich vor, aber sie befürchtete, dass sie kaum das Schlüsselloch der Autotür finden würde.

Als sie beim Bus eintraf, wurde sie noch ärgerlicher. Irgendein Blödmann – vermutlich einer vom Parkservice – hatte eine Peugeot-Limousine so nahe an die linke Seite des Vans geparkt, dass sie nicht an die Tür gelangen konnte, ohne entweder mit dem Hintern oder dem Busen über den dreckigen Peugeot oder den Bus zu scheuern, der ebenfalls eine Wäsche nötig hatte.

Sie ging um den Bus herum zur rechten Seite und schaffte es mit einiger Mühe – sie hätte fast ihr Feuerzeug angeknipst, um etwas erkennen zu können –, den Schlüssel ins Schloss zu schieben und die Tür zu öffnen.

Sie trug einen engen Rock, und sie konnte nur über den Beifahrersitz und die Ablage zwischen den beiden Sitzen krabbeln, indem sie den Rock bis zu den Hüften hochschob.

Das Erste zuerst. Erst die Handtasche loswerden, dann den Rock raffen.

Sie öffnete die Schiebetür und warf die Handtasche auf den Sitz.

Die vordere Tür knallte plötzlich zu.

Verdammt, was war denn das?

Sie blickte hin, um zu sehen, was passiert war.

Ein Mann kam zwischen den Wagen auf sie zu. Er hielt etwas in der Hand.

Was, zum Teufel, ist das? Eine Spritze?

Dann spürte sie, dass sich von hinten Arme um sie schlangen und sich eine Hand auf ihren Mund presste.

Sie bäumte sich auf, versuchte, in die Hand auf ihrem Mund zu beißen, als der Mann, der auf sie zukam, sie wie ein Liebhaber umarmte. Zugleich spürte sie einen Stich am Po.

O Gott ...

Vier Minuten später scherte ein dunkelblauer BMW 745i mit stark getönten Scheiben und dem Kennzeichen des Diplomatischen Korps aus dem Verkehrsstrom auf der Avenida Libertador aus und hielt am Straßenrand. Es war eine deutlich gekennzeichnete Halte- und Parkverbotszone, doch für gewöhnlich waren dort wie jetzt zwei oder drei Wagen mit CD-Plaketten geparkt.

Auf dem Rücksitz des BMW wandte sich Jack Masterson Alex Darby zu.

»Wie werden Sie morgen früh zur Arbeit kommen, nachdem Ihr Wagen wie meiner in die Werkstatt gekommen ist?«

»Ich kann mich von einem meiner Jungs abholen lassen«, erwiderte Alex.

»Wäre es nicht besser, ich lasse mich abholen und nehme Sie mit?«

»Ich habe gehofft, dass Sie das fragen.«

»Acht Uhr fünfzehn?«

»Prima. Wollen Sie diesen hier zurückschicken, nachdem Sie mich abgesetzt haben?«

»Nein. Betsy hat den Bus. Schicken Sie diesen zurück zur Botschaft.« Er hob die Stimme und sagte auf Spanisch: »Sorgen Sie dafür, dass der Fuhrparkleiter weiß, dass ich morgen früh um acht einen Wagen bei meinem Haus brauche.«

»*Sí, señor*«, sagte der Fahrer.

»Das setzt voraus«, sagte Masterson zu Darby, »dass ich am

Morgen noch lebe. Sie hasst es zu warten und wird äußerst sauer sein.«

Darby lachte.

Masterson stieg aus dem Wagen und eilte über den Bürgersteig zum Eingang des Kansas. Er bahnte sich einen Weg durch die Schlange der Leute, die beim Empfang auf einen Sitzplatz warteten, und ging die drei Stufen zur Bar hinauf.

Von Betsy war nichts zu sehen, weder an der Bar noch in einer der halben Dutzend Sitznischen.

Scheiße!

Einer der Barkellner wurde auf ihn aufmerksam und hob die Hände in einer hilflosen Geste. Jack ging zu ihm.

»Sie haben sie soeben verpasst, señor«, sagte der Kellner. »Sie ist erst vor zwei Minuten gegangen.«

Vielleicht erwische ich sie noch auf dem Parkplatz!

»Muchas gracias«, sagte er und dann eilte er zurück, durchquerte das Foyer und verließ das Restaurant durch die Tür, die zum Eingang für den Parkservice führte.

Wenn sie den Parkdienst benutzt hat, könnte sie noch warten.

Von Betsy war nichts zu sehen.

Verdammt!

Jack ging auf den Parkplatz und schaute sich um.

Zuerst konnte er den Bus nirgendwo entdecken, doch dann sah er ihn schließlich am Ende des Parkplatzes. Die Innenbeleuchtung war an, was bedeutete, dass Betsy gerade erst eingestiegen war.

Er rannte über den Parkplatz zum Bus.

Keine Ahnung, was sie mit offener Tür dort treibt, aber ich kann vielleicht noch dorthinkommen, bevor sie abfährt.

»Schatz, es tut mir leid!«, rief er, als er die letzten Schritte zum Bus spurtete.

Wo, zur Hölle, ist sie?

Es war kein Platz, um die Fahrertür zu öffnen, und als er zur Beifahrertür lief, sah er, dass sie nicht weit geöffnet, sondern nur nicht ganz geschlossen war. Das erklärte, weshalb die Innenbeleuchtung an war.

Verdammt, wo steckt sie denn?

Er zog die Schiebetür weit genug auf, sodass er sie ins Schloss knallen konnte.

»O mein Gott!«, entfuhr es ihm leise.

Er nahm sein Handy aus der Hemdtasche und drückte auf eine Kurzwahltaste.

Verdammt, melde dich, Alex!

»Alex Darby.«

»Alex. Sie sollten besser hierher zurückfahren. Kommen Sie zum Ende des Parkplatzes.«

Darby hörte den besonderen Klang von Mastersons Stimme.

»Mein Gott, was ist passiert?«

»Der Bus ist hier. Die Tür stand halb offen. Betsys Handtasche liegt auf dem Rücksitz. Aber von Betsy keine Spur. Ich ahne Schlimmes.«

»Bin schon auf dem Weg zu Ihnen, Jack.«

»Geben Sie mir das Mikrofon und drehen Sie den Lautsprecher auf«, sagte Alex Darby zu seinem Fahrer. »Und dann fahren Sie zurück zum Kansas. Schnell.«

»*Sí, señor*«, sagte der Fahrer und nahm das Kurzwellen-Funkmikrofon, das auf dem Beifahrersitz lag, und reichte es Darby. Das Kurzwellennetz erlaubte verschlüsselte Kommunikation.

Angeblich war die Verschlüsselung nicht zu knacken. Sehr wenige Leute glaubten dies jedoch.

Alex schaltete das Mikrofon ein. »Darby für Lowery.«

Fast sofort ertönte eine Stimme aus dem Lautsprecher. »Ja, Alex. Was ist los?«

»Habe soeben einen Anruf von Jack Masterson bekommen. Da geht etwas sehr Ungewöhnliches beim Kansas in der Avenida ...«

»In San Isidro?«, schnitt ihm Lowery das Wort ab. »Dieses Kansas?«

»Richtig. Sein Van ist dort, ebenso die Handtasche seiner Frau, aber die Frau ist verschwunden. Jack klang sehr besorgt.«

»Ich rufe die Cops von San Isidro an«, sagte Lowery. »Ich bin in Belgrano, zehn, zwölf Minuten außerhalb. Mache mich sofort auf den Weg.«

»Danke, Ken.«

»Hoffen wir, dass sie auf dem Klo ist und sich die Nase pudert«, sagte Lowery. »Bis später dann.«

Jack Masterson, der seinen Blick über den Parkplatz schweifen ließ und sich einprägte, wen oder was er in der unmittelbaren Umgebung sah, drückte auf eine weitere Kurzwahltaste seines Handys.

»Posten eins, Staff Sergeant Taylor«, meldete sich der Marineinfanterist vom Dienst bei der Botschaft.

»Hier spricht Masterson. Ich muss sofort mit Ken Lowery sprechen.«

»Sir, Mr Lowery hat die Botschaft verlassen. Darf ich vorschlagen, dass Sie versuchen, ihn über den Funk zu erreichen?«

»Ich habe keinen gottverdammten Funk. Sie nehmen mit ihm Kontakt auf und bitten ihn, mich auf meinem Handy anzurufen. Sagen Sie ihm, dass es ein Notfall ist.«

»Jawohl, Sir.«

5

Die Residenz
Avenida Libertador y Calle John F. Kennedy
Palermo, Buenos Aires, Argentinien
20. Juli 2005, 21 Uhr 10

»*Hola?*«, sagte Botschafter Juan Manuel Silvio ins Telefon neben seinem Lehnstuhl im Wohnzimmer des Botschaftsapartments im zweiten Stock der Residenz.

»Alex, Herr Botschafter. Wir haben ein Problem.«

»Und zwar?«

»Alles deutet darauf hin, dass vor ungefähr einer Stunde Betsy Masterson vom Parkplatz des Kansas in San Isidro gekidnappt worden ist.«

Es dauerte lange, bis der Botschafter etwas erwiderte. Er war stets vorsichtig mit seinen Worten.

»Weiß Ken Lowery davon?«, fragte er schließlich.

»Ja, Sir. Ich bin in Kens Wagen. Richtung Innenstadt vom Kansas aus.«

»Jack?«

»Ich habe ihm zugeredet, heimzufahren, Sir. Meine Frau ist auf dem Weg dort rüber.«

»Warum kommen Sie und Ken nicht her, Alex?«, fragte Silvio. »Und vielleicht könnte es nützlich sein, wenn Tony Santini ebenfalls herkommt. Ich könnte ihn anrufen.«

Anthony J. Santini, im Telefonregister der Botschaft als stellvertretender Finanzattaché aufgeführt, war in Wirklichkeit ein Agent des Secret Service, der in Buenos Aires verwendet wurde, um »nach faulem Geld zu suchen«, wie er es bezeichnete. Das bedeutete, nach Falschgeld und nach illegal erworbenem Geld, das gewaschen wurde.

»Ich werde ihn anrufen, Sir.«

»Dann sehe ich Sie in ein paar Minuten hier, Alex. Danke«, sagte der Botschafter und legte auf.

»Wen rufen Sie an?«, wollte Ken Lowery wissen.

»Tony Santini«, erwiderte Alex Darby. »Der Botschafter will, dass er ebenfalls anwesend ist.«

»In der Residenz oder der Botschaft?«

»Residenz«, antwortete Darby und fügte dann hinzu: »Ich nehme an, der hält Tony für das Beste, was wir nach dem FBI haben.«

Im Moment gab es keine »Justizattachés« – FBI-Agenten – in der Botschaft. Es gab ein halbes Dutzend »jenseits des Flusses«, die in Geldwäsche-Operationen ermittelten. Das Geldwaschen hatte fast aufgehört, nachdem die argentinische Regierung ohne Warnung vor einigen Jahren Dollardepots zwangsweise zu einem ungünstigen Wechselkurs umgewandelt und dann die Pesos beschlagnahmt hatte. Internationale Drogenhändler vertrauten der argentinischen Bank jetzt ebenso wenig wie die Industrie und verlagerten ihre Geldwäsche nach Uruguay oder sonst wo.

Darby drückte auf eine Kurzwahltaste und rief Santini an.

Botschafter Juan Manuel Silvio war ein großer, geschmeidiger, hellhäutiger Mann mit tadelloser Kleidung, aufrechter Haltung und aristokratischer Art, und als er die Tür des Apartments in der Botschaft öffnete, dachte Alex Darby wieder einmal, dass Silvio wie die männlichen Models in Reklameanzeigen für zwölfjährigen Scotch oder Zehntausend-Dollar-Armbanduhren aussah.

Er war ein Kuba-Amerikaner, als Kind aus Castros Kuba

mitgebracht. Seine Familie war, wie er sagte, in ihrem Fischerboot in Miami eingetroffen und hatte nur an Kleidung gehabt, was sie auf dem Leib getragen hatte – und einen großen Feuchthaltebehälter für Zigarren, voll gestopft mit dem Schmuck seiner Mutter und Hundert-Dollar-Scheinen.

»Mein Vater war einer der wenigen Leute, die in Castro mehr als einen Witz sahen«, hatte er einst Darby erzählt. »Was er jedoch nicht ganz richtig voraussah, war die Tatsache, wie schnell Castro in Havanna einmarschierte.«

Darby wusste, dass Silvio nicht prahlte, ganz im Gegenteil. Silvio war stolz auf seine Mitkubaner – und bewunderte sie sehr –, die »mit nichts als der Kleidung auf dem Leib« in Miami eingetroffen waren und es später zu etwas gebracht hatten. Er wollte einfach nur klarmachen, dass es viel leichter für seine Familie gewesen war als für andere Flüchtlinge.

Silvio promovierte an der Alma Mater seines Vaters, Spring Hill College – eine Einrichtung der Jesuiten in Mobile, Alabama, mit einer langen Tradition, die Kinder von Lateinamerikanern der Oberklasse auszubilden –, studierte Jura in Harvard und erlangte die Doktorwürde in Politikwissenschaft der University of Alabama.

Danach ging er zum Außenministerium.

Er scherzte: »Mein Vater hat beschlossen, dass seine Familie die Schuldigkeit hat, einen Sohn in den Dienst der Vereinigten Staaten zu stellen. Ich bin der jüngste Sohn, zur Freude meines Bruders, und hier bin ich, während sich der Rest der Familie in der Sonne Miamis aalt.«

Alex Darby mochte den Botschafter sowohl persönlich als auch beruflich. Er hatte in anderen amerikanischen Botschaften gearbeitet, wo die Botschafter – Beamte des Außenministeriums und politisch Ernannte gleichermaßen – einen erschreckenden Mangel an Wissen von Geopolitik und Geschichte gezeigt hatten, und er hatte besonders die CIA und die anderen »Außenseiter« der Botschaft – FBI und Drug Enforcement Agency (DEA) und Secret Service und sogar die Militärattachés, die unter der Defense Intelligence Agency (DIA) arbeiteten – als gefährliches Ärgernis betrachtet, das scharf im Auge behalten werden musste, damit es nicht die freundliche Atmosphäre von diplomatischen Cocktailpartys störte.

Für Botschafter Silvio stand fest, dass der Kommunismus in Lateinamerika nicht tot war; dass er eine echte Bedrohung für die Vereinigten Staaten bedeutete; dass islamischer Faschismus in Lateinamerika vorhanden war, der stärker und eine sogar noch größere Bedrohung für die Vereinigten Staaten werden würde; und dass der Drogenhandel beide finanzierte.

Sein Verhalten und seine Unterstützung gegenüber Darby und den anderen Außenseitern erleichterte ihnen die Arbeit, auch wenn es dazu neigte, das »wahre« Personal des Auswärtigen Amtes in der Botschaft zu ärgern.

Der Botschafter hörte sich Darbys Bericht über die Ereignisse an, ließ sich einen Augenblick das Gehörte durch den Kopf gehen und fragte dann Lowery und Santini, ob sie irgendetwas hinzuzufügen hatten.

»Nein, Sir«, sagte Lowery, und Santini schüttelte den Kopf.

»Die Prioritäten, wie ich sie sehe, bestehen darin, Betsy zu ihrer Familie zurückzuholen und dann Jack dabei zu unterstützen. Irgendwelche Bemerkungen dazu?«

Alle drei Männer schüttelten den Kopf, und Lowery sagte wieder: »Nein, Sir.«

»Ich nehme an, die Policía Federal ist über diesen Fall informiert?«

»Jawohl, Sir«, sagte Lowery.

»Haben Sie erwogen, SIDE einzuschalten, Alex?«

»Ich glaube, SIDE weiß bereits, was geschehen ist, Sir«, erwiderte Darby. »Aber ich kann den einen oder anderen Anruf erledigen, wenn ...«

»Warten wir damit noch eine Weile. Meinen Sie, SIDE ist vom Außenministerium informiert worden?«

»Ich nehme an, davon müssen wir ausgehen, Sir. Die Policía Federal hat SIDE bereits eingeschaltet.«

»Meinen Sie, dies ist politisch motiviert? Haben wir irgendeinen Grund, dies als Tat von Terroristen zu betrachten?«

»Das ist natürlich nicht auszuschließen«, sagte Darby. »Aber wir haben immer angenommen, wenn die Moslems etwas unternehmen, wird es ein gewaltsamer Akt sein, entweder eine Bombe in der Botschaft hier oder ein Attentat im Vorbeifahren auf Sie ...«

»Sie meinen, es könnte ein normales Kidnapping sein?«, unterbrach Silvio.

»Sir, ich weiß nicht, was ich denken soll. Aber wenn ich mich entscheiden müsste, halte ich das für das Wahrscheinlichste.«

»Aber die Entführung einer Amerikanerin mit Diplomatenstatus – das halte ich nicht für besonders klug.«

»Es wird sicherlich den SIDE und die Polizei auf Trab bringen«, sagte Lowery. »Und es wird die Regierung in Verlegenheit stürzen.«

»Mr Santini? Haben Sie etwas dazu zu sagen?«

»Nicht viel, Sir. Aber meine Erfahrung mit dem, was die Soziologen ›kriminelle Elemente‹ nennen, hat mich gelehrt, dass sie oftmals blöde Dinge tun, weil sie für gewöhnlich blöde sind. Es würde mich nicht überraschen, wenn sie das Diplomatenschild am Wagen glatt übersehen haben.«

»Und wenn sie erfahren, wer Mrs Masterson ist? Meinen Sie, die Entführer könnten sie dann freilassen?«

»Ich sage dies nur ungern, Sir«, erwiderte Santini, »aber ich bezweifle, dass die Chancen dafür besser als fünfzig-fünfzig sind. Sie kann sie identifizieren.«

»Allmächtiger!«, sagte Lowery.

»Ein anderes Szenario«, sagte Santini, »ist, dass ihnen der Diplomatenstatus gleichgültig ist und sie einfach nur ein Lösegeld fordern und sie bei Bezahlung freigelassen wird. Wir können nur davon ausgehen, dass sie bereit sind, das Gesetz zu brechen und hohe Strafen zu riskieren. Wir können jedoch nicht erwarten, dass sie rational handeln.«

Der Botschafter fragte: »Wird dies heute Abend im TV zu sehen und am Morgen auf der Titelseite des *Clarín* zu lesen sein?«

»Höchstwahrscheinlich«, sagte Darby. »Es sei denn, es gibt starken Druck von der Regierung – vom Außenminister oder vielleicht vom Präsidenten oder einem seiner Spezies –, die Nachricht zurückzuhalten.«

»Das – Druck von hoch oben – wäre wirkungsvoller, dies aus den Medien herauszuhalten, als alles, was wir in dieser Hinsicht tun können, nicht wahr?«

»Ja, das wäre effektiver«, sagte Darby.

»Ich rufe jetzt gleich den Außenminister an«, sagte der Botschafter. »Bevor ich mit Washington telefoniere.«

»Das halte ich für eine gute Idee«, sagte Lowery.

»Alex, Sie sollten bei Jacks Haus vorbeifahren. Sagen Sie ihm, dass alles getan worden ist, was getan werden kann. Und dass ich ihn in meine Gebete einschließe.«

»Ja, Sir.«

»Ich werde ihn anrufen, sobald ich mit dem Telefonieren fertig bin – vielleicht sollte ich auch dort rausfahren – aber ...«

»Ich verstehe, Herr Botschafter«, sagte Darby.

»Ich brauche wohl nicht zu sagen, dass ich über jede Entwicklung sofort informiert werden will, oder? Ganz gleich, zu welcher Zeit?«

6

»Reynolds«, meldete sich der Mann am Telefon.

»Ist dies das Büro des südlichen Kegels?«, fragte Botschafter Silvio.

Es gab natürlich formellere Bezeichnungen für diese Abteilung des Außenministeriums, das für diplomatische Angelegenheiten in den Republiken Chile, Uruguay und Argentinien zuständig war, doch »Südlicher Kegel« passte, um die drei Nationen an der südlichen Spitze von Südamerika zu bezeichnen, und wurde allgemein benutzt.

»Ja, das ist es. Wer ist dort bitte?«

»Mein Name ist Silvio. Ich bin der Botschafter in Buenos Aires.«

»Womit kann ich zu Diensten sein, Herr Botschafter?«, fragte Reynolds. Seine Stimme klang jetzt beträchtlich interessierter, als sie sich am Telefon gemeldet hatte.

»Ich möchte, dass Sie eine Aktennotiz von diesem Telefonat für die Außenministerin vorbereiten. Wenn sie jetzt erreichbar ist, lassen Sie sie ihr sofort zukommen. Ich will, dass sie sie auf jeden Fall als Erstes morgen früh bekommt. Wird dies irgendein Problem für Sie sein?«

»Überhaupt keines, Herr Botschafter.«

»Wir haben Grund zu der Annahme, dass Mrs Elizabeth Masterson, Gattin meines Missionschefs J. Winslow Masterson, um ungefähr 20 Uhr Ortszeit in Buenos Aires gekidnappt worden ist. Darüber hinaus ist wenig bekannt.«

»Mein Recorder ist eingeschaltet, Herr Botschafter«, unterbrach Reynolds. »Ich hätte es Ihnen sofort sagen sollen. Möchten Sie, dass ich ihn ausschalte und lösche, was er aufgenommen hat?«

»Nein. Eine Aufzeichnung des Gesprächs sollte Ihnen helfen, die Aktennotiz vorzubereiten.«

»Ja, Sir, das wird sie. Danke, Sir.«

»Die Bundespolizei weiß von dieser Situation«, fuhr Silvio fort. »So muss davon ausgegangen werden, dass das Innen- und Außenministerium davon in Kenntnis gesetzt worden ist. Als ich jedoch – gerade eben – versucht habe, den Außenminister anzurufen, um ihn offiziell zu informieren, war er nicht erreichbar. Sein Büro sagte mir, man wird ihn bitten, mich anzurufen, wenn er zur Verfügung steht, aber das sollte ich nicht vor morgen früh erwarten.

Ich schließe daraus, dass er das Gefühl hat, er sollte mit mir erst über die Lage diskutieren, wenn er mehr darüber weiß und/oder sie mit dem Präsidenten diskutiert hat.

All mein Personal, das für Nachrichtendienst und juristische Angelegenheiten zuständig ist, wurde über die Situation informiert. Es ist die übereinstimmende Meinung, der ich zustimme, dass es gegenwärtig nicht genügend Nachrichtenmaterial gibt, das auf ein politisches Motiv hinweist. Mit anderen Worten, wir wissen zurzeit nicht genug, ob dies die Tat von Terroristen oder ein normales Kidnapping mit möglicherweise politischem Hintergrund ist oder nicht.

Mr Kenneth Lowery, mein Sicherheitschef, ist angewiesen worden, einen Bericht über unseren gegenwärtigen Wissensstand in dieser Angelegenheit zu erstellen, der fast mit Sicherheit im Laufe der nächsten Stunde per Satellitenmeldung nach Washington geschickt werden wird. Ich werde das Außenministerium per Telefon oder Satburst mit jeder neuen Information auf dem Laufenden halten, sobald sie bei mir eintrifft.

Ich habe mit Botschafter McGrory in Montevideo gesprochen. Er stellt gegenwärtig fest, ob irgendwelche FBI-Agenten, die seiner Botschaft zugeteilt sind, Erfahrungen mit Kidnapping haben, und wenn das der Fall ist, wird er sie unverzüglich herschicken.«

Er legte eine Pause ein und sagte dann: »Ich glaube, damit ist alles gesagt. Es sei denn, Sie hätten etwas zu ergänzen, Mr Reynolds?«

»Nein, Herr Botschafter. Ich glaube, Sie haben alles abgedeckt. Ich werde dies so schnell wie möglich ins Außenministerium übermitteln.«

»In diesem Zusammenhang, Mr Reynolds, hätte ich keine Einwände gegen eine entsprechende Verbreitung dessen, was ich berichte, aber ich möchte, dass Ihre Aktennotiz über dieses Telefonat direkt an die Außenministerin geht. Sie verstehen, was ich meine?«

»Jawohl, Sir. Direkt an die Außenministerin. Nicht über den Dienstweg.«

»Danke, Mr Reynolds.«

Botschafter Silvio legte den Hörer des gesicherten Telefons auf und nahm den ab, der mit der Zentrale der Botschaft verbunden war. Er drückte auf einen der Knöpfe.

»Hier Silvio. Lassen Sie bitte einen Wagen für mich sofort bei der Botschaft vorfahren. Und informieren Sie Mr Lowery, dass ich zu Mr Mastersons Haus fahre.«

7

Frühstücksraum
Präsidenten-Apartment
Im Weißen Haus
Pennsylvania Avenue 1600, NW
Washington, D. C.
21. Juli 2005, 8 Uhr 15

»Geben Sie mir bitte noch einmal diese Sache über die Diplomatenfrau«, sagte der Präsident der Vereinigten Staaten zum Deputy Director of Central Intelligence (DDCI), der soeben die tägliche Zusammenfassung der nachrichtendienstlichen Berichte (Daily Intelligence Summary – DIS) abgeliefert hatte.

Der DDCI las von neuem den Absatz des DIS, in dem über das Kidnapping von Mrs Masterson berichtet wurde. Es war im Wesentlichen eine verkürzte Fassung der Aktennotiz, die Reynolds dem Außenministerium übermittelt hatte.

Als der Präsident zu Ende zugehört hatte, fragte er: »Ist das alles, was wir haben?«

»Wir haben nur wenig mehr, Mr President, aber nicht im Bericht der DIS.«

Der Präsident gestikulierte – etwas ungeduldig –, dass er es hören wollte.

»Als ich morgens in Langley war, Mr President, rief unser Stationsleiter in Buenos Aires an. Fünf Uhr dreißig unserer Zeit, acht Uhr dreißig in B.A. Ich sprach selbst mit ihm. Er sagte, die argentinischen Cops seien wirklich aktiv gewesen – er hat die Formulierung benutzt, ›sie haben sich all die üblichen Verdächtigen vorgenommen‹ –, die Kidnapper hätten sich nicht gemeldet und zwei FBI-Agenten der Botschaft Montevideo seien mit dem ersten Flug eingetroffen.«

»Was hat das zu bedeuten?«

»Anscheinend gibt es keine FBI-Agenten in der Botschaft von B.A., Mr President, jedoch ein halbes Dutzend in Montevideo.«

»Was, zum Teufel, hat das alles zu bedeuten, Ted?«, fragte der Präsident.

»Ich weiß es einfach nicht, Mr President. Aber sicherlich werden wir bald mehr Einzelheiten erfahren.«

»Meine Neugier läuft auf Hochtouren«, sagte der Präsident.

»Meine auch, Mr President. Es klingt ehrlich gesagt ein bisschen irre. Wenn Sie es wünschen, kann ich Sie anrufen, sobald ich etwas Neues in dieser Sache höre.«

»Tun Sie das bitte, Ted.«

»Jawohl, Sir. Wäre das alles, Mr President?«

»Es sei denn, Sie möchten noch eine Tasse Kaffee.«

»Ich werde darauf verzichten, trotzdem vielen Dank, Mr President.«

»Danke, Ted«, sagte der Präsident.

Er schaute zu, als der DDCI den Raum verließ, traf dabei fast sichtlich eine Entscheidung und schenkte sich dann Kaffee nach.

»Was soll's, warum nicht?«, murmelte er vor sich hin und nahm den Hörer des Telefons ab.

»Geben Sie mir bitte das Außenministerium.«

»Guten Morgen, Mr President«, sagte Dr. Natalie Cohen an ihrem Telefon.

»Natalie, wollen Sie mir sagen, was Sie von der Entführung dieser Diplomatenfrau in Argentinien halten?«

»Das stand im DIS, nicht wahr?«

»Hm-hm. Was ist da los?«

»Ich habe gestern spät am Abend mit dem Botschafter telefoniert, Mr President. Er – ich sollte wohl ›sie‹ sagen – sie wissen nicht sehr viel. Er sagte, Kidnapping ist dort unten eine Heimindustrie, und er hofft, das ist alles. Ich habe ihn angewiesen, mich bei jeder neuen Entwicklung anzurufen, doch bis jetzt habe ich nichts von ihm gehört.«

»Auf das Risiko hin, dass ich gefühllos klinge, könnte ich verstehen, dass irgendein Wahnsinniger versucht, den Botschafter kaltzumachen oder den Mann dieser Frau, aber ...«

»Der Botschafter sagte fast das Gleiche, Mr President. Er kann es ebenso wenig verstehen.«

»Ted Sawyer sagte, der CIA-Knabe dort unten rief heute Morgen an und sagte, die Botschaft in Uruguay habe ein paar FBI-Agenten von der dortigen Botschaft geschickt. Wie kommt es, dass wir keine FBI-Agenten in Buenos Aires haben? Diese Botschaft ist doch größer als die in Uruguay, richtig?«

»Die Geldwäsche findet in Uruguay statt. Deshalb brauchen sie das FBI dort.«

»Er sagte ebenfalls, dass die Argentinier ihre Polizei mobilisiert haben.«

»Das hat mir der Botschafter ebenfalls gesagt. Es ist ihnen peinlich, Mr President.«

»Bevor ich Sie anrief, hatte ich einen unfreundlichen Gedanken. Wir bezahlen doch kein Lösegeld, oder?«

»Nein, Sir, wir bezahlen keins. Das ist ein präsidentschaftlicher Befehl. Geht, glaube ich, auf Nixon zurück.«

»So können wir nur hoffen – vorausgesetzt, dies ist einfach ein Kidnapping und keine politische/terroristische Tat –, diese Gangster erkennen, dass sie sich mit der Entführung einer Diplomatenfrau die Finger verbrannt haben, und sie lassen sie laufen?«

»Das ist eine Möglichkeit, Mr President, dass man sie freilässt.«

Er erkannte, was sie unausgesprochen zu verstehen gab.

»Mein Gott, Natalie, Sie meinen, sie ...«

»Ich befürchte, das ist ebenfalls eine Möglichkeit, Mr President«, sagte Dr. Natalie Cohen.

»Welche Chancen geben Sie ihr?«

»Fifty-fifty. Das heißt, dass man sie wohlauf freilässt. Ich würde fünfundsiebzig darauf wetten, dass die Cops sie erwischen.«

»Ich habe Sawyer gesagt, dass er mich auf dem Laufenden halten soll. Werden Sie mich informieren?«

»Jawohl, Sir. Selbstverständlich.«

»Unter anderem sollen Terroristen nicht meinen, dass Kidnapping unserer Diplomatenfrauen ein gutes – und vermutlich leichtes – Unternehmen für sie ist.«

»Das ist mir auch durch den Kopf gegangen, Mr President. Aber ich bezweifle, dass wir mehr tun können, als abzuwarten, was passiert. Ich weiß einfach nicht, was irgendjemand jetzt sonst tun könnte.«

»Halten Sie mich bitte auf dem Laufenden, Natalie. Ich danke Ihnen.«

»Jawohl, Sir, das werde ich.«

Der Präsident unterbrach die Verbindung.

»Da fällt mir ein, was ich sonst noch tun kann«, sagte er laut und sprach wieder mit der Zentrale.

»Geben Sie mir den Heimatschutzminister«, sagte er zu dem Telefonisten des Weißen Hauses.

II

1

Büro des Ministers
Department of Homeland Security
Nebraska Avenue Komplex
Washington, D. C.
21. Juli 2005, 8 Uhr 40

In der Bundesregierung ist der Minister nicht die Person, die Telefonate entgegennimmt, sich diktieren lässt, Termine vereinbart und dem Boss Kaffee bringt. In Washington ist der Minister das Höchste in der Bürokratie, zu dem man aufsteigen kann, ohne zum Präsidenten gewählt zu werden, und deshalb ist er der Chef.

In Washington haben die Personen, die Anrufe für den Minister entgegennehmen, ihm den Kaffee bringen, Termine abmachen et cetera Titel wie »Executive Assistant«.

Der Ehrenwerte Matthew Hall, der Heimatschutzminister, hatte drei dieser leitenden Assistenten.

Die Erste war die fünfzigjährige, grauhaarige und schlanke Mrs Mary-Ellen Kensington. Sie war eine GS-15, die höchste Besoldungsstufe im Verwaltungsdienst. Mrs Kensington unterstand Halls kleine und anspruchslose Reihe von Büros im Old Executive Office Building nahe beim Weißen Haus. Minister Hall und der Präsident waren eng befreundet, was bedeutete, dass er seine Gesellschaft lieber hatte als die eines anderen Mitglieds seines Kabinetts. Wenn Hall in Washington war, konnte er für gewöhnlich in seinem OEOB-Büro gefunden werden, sodass er stets für den Präsidenten erreichbar war.

Die zweite leitende Verwaltungsassistentin war Mrs Agnes Forbison. Die 49-Jährige war ebenfalls grauhaarig und begann ein wenig rundlich zu werden. Sie war gleichfalls eine GS-15. Sie herrschte über das Personal im formellen Büro des Ministers, eine gut ausgestattete Folge von Räumen im Gebäudekomplex in der Nebraska Avenue im Nordwesten des District of Columbia. Der Komplex hatte einst der Navy gehört, doch er war 2004 dem Heimatschutzministerium, das nach 9/11 – der offiziellen Bezeichnung für das Attentat auf das World Trade Center – gebildet worden war.

Als das Telefon auf dem Couchtisch im privaten Büro des Ministers summte und das rote Lämpchen daran aufleuchtete – es signalisierte einen Anruf entweder vom Präsidenten persönlich, wahrscheinlicher jedoch von einem der Mitglieder seines Kabinetts; oder den Direktoren des FBI oder CIA; oder dem Vorsitzenden des Streitkräfteausschusses; oder dem Oberbefehlshaber des Central Command –, war Mrs Forbison damit beschäftigt, eine Tasse Kaffee einzuschenken und dem dritten leitenden Verwaltungsassistenten, C. G. Castillo, zu servieren.

Castillo, 36, eine Spur über 1,80 und etwas über 90 Kilo, lag auf der roten Ledercouch des Ministers, und seine bestrumpften Füße ragten etwas über deren Ende hinaus, weil sie nicht lang genug für ihn war.

Castillo blickte zum roten Telefon, sah, dass Agnes die Kaffeekanne in der Hand hielt, und nahm den Hörer ab.

»Minister Halls Leitung. Castillo am Apparat.«

»Charley«, sagte der Anrufer. »Ich hatte gehofft, Ihren Boss zu sprechen.«

Castillo setzte sich abrupt auf, und ein Stapel Papiere flatterte zu Boden.

»Mr President, der Minister ist auf dem Rückweg von Chicago. Er sollte in etwa einer Stunde auf Andrews landen.«

»Aha! Die unfehlbare Telefonzentrale des Weißen Hauses ist anscheinend nicht so unfehlbar. Ich kann es kaum erwarten, ihr das zu sagen. War schön, mit Ihnen zu sprechen, Charley.«

»Danke, Sir.«

Dann war die Leitung tot. Charley legte den Hörer auf und tauschte einen Blick mit Agnes, der besagte: *Was hatte das zu bedeuten?*

Das Telefon summte von Neuem.

»Minister Halls Leitung. Castillo am Apparat.«

»Was ich Ihren Boss fragen wollte, Charley: Gibt es einen guten Grund, weshalb Sie nicht gleich nach Buenos Aires fliegen können?«

Buenos Aires? Was, zum Teufel, ist in Argentinien los?

»Sir, ich bin mir sicher, dass der Minister Ihnen sagen würde, dass ich zu Ihrer Verfügung stehe.«

»Nun, ich werde ihn trotzdem fragen. Aber Sie könnten schon mit dem Packen anfangen. Ich habe soeben erfahren, dass die Frau unseres stellvertretenden Missionschefs gestern Abend gekidnappt worden ist. Ich will wissen, wie und warum dies geschah, und das so schnell wie möglich. Ich will nicht warten, bis der Zuständige dort unten Zeit für einen Bericht hat, um seinen Arsch zu schützen. Haben Sie kapiert, was ich meine?«

»Jawohl, Mr President.«

Es dauerte einen Augenblick, bis Charley klar wurde, dass der Präsident aufgelegt hatte.

Agnes wartete auf seinen Bericht.

»Er will, dass ich nach Buenos Aires fliege«, sagte Charley und ließ sich das Gehörte durch den Kopf gehen. »Anscheinend hat jemand die Frau vom stellvertretenden Missionschef gekidnappt. Er will, dass ich in der Sache ermittle. Offenbar leidet er unter der falschen Annahme, ich wäre eine Art Detektiv.«

»Sie sind nicht schlecht im Aufspüren verschwundener Flugzeuge, Sherlock.«

»Mein Gott, Agnes, dies ist eine große Botschaft. Sie hat vermutlich zehn FBI-Agenten, plus CIA-Schnüffler, plus Jungs von der DEA – ganz zu schweigen von den eigenen Sicherheitsleuten des Außenministeriums.«

»Aber der Präsident kennt keinen davon, Charley. Und Sie kennt er. Er vertraut Ihnen.« Agnes fügte nach einer kurzen Pause hinzu: »Aber um Ihr Argument zu stützen, da ist auch ein Ass vom Secret Service in Buenos Aires. Heißt Tony Santini. Ist ein alter Kumpel von Joel. Ich weiß das, weil er Joel jeden Monat zwanzig oder fünfundzwanzig Pfund Filet-Mignon-Steaks mit dem Kurierflugzeug schickt. In einer Box, die mit GEWEBEPROBEN markiert ist.«

»Vielleicht kann ich das dem Boss erzählen, und er lässt Joels Kumpel herausfinden, was geschehen ist. Ich will wirklich nicht dort runterfliegen.«

Ich möchte viel lieber nach Glynco, Georgia, fliegen – wo auch immer zur Hölle dieses Glynco ist – und sehen, wie sich Ex-Sergeant Betty Schneider auf der Schule des Secret Service macht.

»Ich verstehe, Mr President«, sagte der Heimatschutzminister am roten Telefon. »Betrachten Sie Charley als abgereist.« Er legte den Hörer auf und wandte sich an Castillo.

Matthew Hall war ein großer Mann – sein Kodename beim Secret Service war »Big Boy«. Während er für gewöhnlich das Bild eines würdigen ranghohen Regierungsbeamten verkörperte, der die Mittel für einen hervorragenden Schneider hatte, sah er im Augenblick ein wenig verknittert aus.

Seine Krawatte war gelockert und sein Hemdkragen stand offen. Sein Anzug musste gebügelt werden, und seine Bartstoppeln brauchten eine Rasur.

Sein ungepflegtes Äußeres war jedoch nur vorübergehender Natur. Nach der Landung der Citation auf der Andrews Air Force Base war er zum Nebraska-Komplex gefahren, um zu überprüfen, was los war, bevor er nach Hause fuhr. In einer Stunde würde er frisch rasiert und in frisch gestärktem weißem Hemd und tadellos gebügeltem Anzug sein.

»Kommt nicht in Frage, Charley«, sagte Hall. »Er will nicht, dass herauskommt, dass er ein persönliches Interesse an der Sache hat.«

»Jawohl, Sir.«

»Sir, was ist mit Tony Santini?«, fragte Joel Isaacson. »Er könnte vermutlich höllisch hilfreich für Charley sein. Wollen Sie, dass ich ihn informiere?«

Hall hatte dem Präsidenten erzählt, dass Isaacson – der große, schlanke, vierzigjährige Agent des Secret Service, der Halls Sicherheitskommando leitete und einst Nummer zwei des Sicherheitskommandos für den Präsidenten gewesen war, einen guten Freund in Buenos Aires hatte, einen Secret-Service-Agenten, der vielleicht schneller über das Kidnapping berichten konnte, als Castillo das möglich sein würde. Der Präsident war unbeeindruckt gewesen.

»Santini?«, frage Hall. »Ist das der Name Ihres Freundes?«

Isaacson nickte. »Er und ich – und Tom – kennen uns sehr lange. Tony ist dort unten und ermittelt in Falschgeldgeschäften.«

Secret-Service-Agent Tom McGuire, ein großer rothaariger Ire, war ebenfalls vom Sicherheitskommando des Präsidenten gekommen, um Hall zu schützen.

»Sie vertrauen ihm, dass er den Mund halten kann?«

Isaacson hob die Hände in einer Geste »dumme Frage«.

»Verzeihung, Joel«, sagte Hall. »Okay, setzen Sie ihn ins Bild. Und stellen Sie fest, wie Charley in aller Stille Kontakt mit ihm aufnehmen kann.«

»Wenn ich dies in aller Stille erledigen soll, Sir«, fragte Castillo, »kann ich dann als Gossinger reisen?«

Hall überlegte kurz vor der Antwort.

»Wie Sie wollen, Charley.«

Minister Hall hatte sich vor ungefähr sechs Monaten gesagt – zum Teufel mit politischer Korrektheit! –, dass er einen männlichen Assistenten, vorzugsweise einen unverheirateten, brauchte. Er war ständig im ganzen Land und manchmal im Ausland auf Reisen. Stets flog er mit einer Cessna Citation X. Das Flugzeug gehörte dem Secret Service, nachdem er nach 9/11 vom Finanzministerium dem Heimatschutzministerium zugeteilt worden war.

Fast immer reiste Hall mit Joel Isaacson und Tom McGuire. Oftmals flogen sie in den frühen Morgenstunden ab und kehrten zur gleichen unchristlichen Zeit nach Washington zurück.

Sowohl Mrs Kensington als auch Mrs Forbison waren verheiratet und nicht begeistert von der Vorstellung, morgens um fünf in einer Stunde, sagen wir mal nach Spokane, Washington, zu fliegen und keine Ahnung zu haben, wann sie zurückkommen würden, um das Essen für ihre Ehemänner zu machen oder mit ihren Enkeln zu spielen.

Die gesamte Personalstruktur hinunter hatte Hall vielleicht ein Dutzend weibliche Verwaltungsangestellte auf über dreißig Reisen mitgenommen, Frauen mit Jobbezeichnungen wie »leitende Verwaltungsangestellte«. Alle waren anfänglich begeistert von der Aussicht gewesen, für den Minister persönlich zu arbeiten, doch keine hatte es lange im Job ausgehalten.

Diejenigen, die ledig waren, hatten männliche Partner, und sie alle hatten sich daran gewöhnt, bei der Bundesregierung an Arbeitsstunden von acht bis 17 Uhr montags bis freitags zu arbeiten und großzügige Urlaubsregelungen zu haben. Hall arbeitete in einer Siebentagewoche mit der Ausnahme von Weihnachten.

Außerdem gab es durch die Anwesenheit von weiblichem Personal in der Enge des Abteils der Citation X oftmals Probleme. Matt Hall glaubte zum Beispiel wie der Entertainer Ed McMahon, dass Alkohol – besonders guter Scotch – Gottes Belohnung für harte Arbeit ist. Mit einer Frau in der Kabine bedeutete das, dass er allein trinken musste, und das gefiel ihm nicht.

Joel Isaacson und Tom McGuire konnten ihm keine Gesellschaft leisten, wenn ein höherer Verwaltungsangestellter – oder jemand in dieser Art – im Flugzeug war. Beide widmeten ihr Leben dem Minister, sowohl als berufliche Pflicht als auch, weil sie Hall tief bewunderten. Doch in der Praxis, wenn erst das lokale Sicherheitskommando sie in die Citation verfrachtet und sie wieder auf dem Boden und dem Nachhauseweg waren, minderte der eine Schluck – oder zwei –, den sie mit dem Minister tranken – nach ihrer und seiner Einschätzung –, nicht den Schutz, den sie bieten mussten.

Aber sie konnten es sich nicht erlauben, dass Miss Sowieso nach Hause zum Bett ihres Freundes eilte und ihn mit Geschichten ergötzte, wie der Minister und sein Sicherheitskommando auf dem ganzen Flug durchs Land Scotch gebechert hatten, während sie politisch unkorrekte und oftmals obszöne Witze gerissen hatten.

Als General Allan Naylor, der Oberbefehlshaber des Central Command, ein Captain in Vietnam gewesen war, war Matt Hall einer seiner Sergeants gewesen. Sie waren Freunde geblieben, als Naylor in der Hierarchie der Army aufgestiegen war und Hall zuerst Kongressabgeordneter und dann Gouverneur von North Carolina und schließlich Heimatschutzminister geworden war.

Ihre Beziehung war jetzt beruflich ebenso gut. Das Central Command war *de facto,* wenn auch nicht *de jure,* das wichtigste Einsatz-Hauptquartier des Verteidigungsministeriums. Es kontrollierte unter vielen anderen Einheiten die Special Operations. Der Präsident hatte klargemacht, dass der Heimatschutzminister vom Central Command bekommen sollte, was auch immer er haben wollte, und wenn das die Prozeduren oder die Dienstvorschriften verletzte, dann mussten entweder die Prozeduren oder Vorschriften geändert oder um sie herum gearbeitet werden.

Hall und Naylor sprachen mindestens einmal am Tag über eine gesicherte Leitung miteinander – ein halbes Dutzend Male am Tag, wenn es die Ereignisse diktierten –, und sie trafen sich nach Möglichkeit ebenso oft.

Bei einer Mischung aus geschäftlichem und gesellschaftlichem Treffen, bei Drinks in der Bar des Army-Navy Clubs in Washington, hatte Hall Naylor in sein Problem beim Reisen mit weiblichem Personal eingeweiht und fast scherzhaft gefragt, ob Naylor irgendeinen jungen Offizier kannte – männlich und unverheiratet –, den er ihm als Assistenten ausleihen konnte.

»Abgesehen vom Tragen Ihrer Aktentasche und Bedienen Ihres Telefons, was müsste er sonst noch tun?«

»Es würde helfen, wenn er tippen könnte und anständige Tischmanieren hätte.«

»Sonst noch was?«

»Ist das Ihr Ernst?«, fragte Hall, und Naylor nickte.

»Er sollte keine Alkoholprobleme haben und den Mund halten können«, sagte Hall. »Und da dies eine Wunschliste ist, könnte er eine Fremdsprache oder zwei kennen. Besonders Spanisch.«

»Wie wäre es mit einem, der Spanisch wie ein Spanier spricht?«

»Haben Sie da jemanden?«

Naylor nickte. »Gerade zurück aus Afghanistan. Er steht auf der Fünf-Prozent-Liste zur Beförderung zum Lieutenant Colonel. Man hat sich schon gefragt, wo man ihn verwenden soll.«

»Wie kommt es, dass Sie einen popeligen Major kennen?«

»Ich kenne diesen Jungen schon sehr lange. West Pointer. Green Beret. Der Beste, den man sich vorstellen kann.«

»Und ich kann ihn haben?«

Naylor nickte.

»Warum?«

»Vielleicht, weil ich Sie mag, und vielleicht, weil ich denke, dass er etwas bei der Arbeit für Sie lernen kann. Wenn es nicht klappen sollte, können Sie ihn zu mir zurückschicken.«

Als Hall am nächsten Morgen um neun in sein Büro kam, wartete dort Castillo auf ihn. In einem grauen Anzug, weißem Hemd mit Button-down-Kragen, rot gestreifter Krawatte und schwarzen Mokassinschuhen. Alles war von Sears, Roebuck und nicht von der Stange, wie Hall wusste.

Gut, er sieht aus wie ein typischer Bürokrat, dachte Hall, und dann änderte er seine Einschätzung. *Nein. Wie ein erfolgreicher Lobbyist oder Anwalt von Capitol Hill.*

Castillo sagte, er habe ein Hotel nicht weit vom Weißen Haus und dem OEOB entfernt gefunden.

»Eines, das Sie sich leisten können?«, fragte Hall mit einem Lächeln.

»Jawohl, Sir.«

»Nun, wenn Sie dann bereit sind, an die Arbeit zu gehen, werde ich Ihnen von Mrs Kensington zeigen lassen, wie wir das Geld der Steuerzahler zum Fenster hinausschmeißen.«

Drei Tage später, als Hall Mary-Ellen diktierte, erschien Castillo an der Tür des Büros und sagte, er habe ein kleines Problem.

»Und welches?«

»Ich brauche eine Art Titel, Sir. Ich hatte das Gefühl, dass Sie keinen militärischen Zusammenhang wollten, und so sagte ich nicht ›Major‹. Wenn jemand mich gefragt hat, was ich hier mache, habe ich geantwortet: ›Ich arbeite in Minister Halls Büro.‹«

»Das klingt, als wären Sie Büroangestellter«, sagte Mary-Ellen. »Niemand wird Ihnen viel Aufmerksamkeit schenken.«

Hall lächelte sie an. Er hatte bemerkt, dass Mary-Ellen Charly vom ersten Tag an mochte.

»Okay, Mary-Ellen, was schlagen Sie vor?«

»Executive Assistant«, erwiderte Executive Assistant Kensington sofort. »Das hat einen gewissen *je ne sais quoi* bei den höheren Rängen der Washingtoner Bürokratie.«

»Aber er ist kein leitender Assistent«, hatte Hall eingewandt.

»Er ist es, wenn Sie das sagen, Boss. Und wer weiß das schon?«

»Kraft meiner Macht, die ich mir selbst gebe«, sagte Hall, »ernenne ich Sie hiermit zu meinem leitenden Assistenten. Gehen Sie und tun Sie Gutes, mein Executive Assistant.«

»Jawohl, Sir. Danke, Sir«, erwiderte Castillo. Und an Mary-Ellen gewandt fügte er hinzu: »*Et merci mille fois, madame.*«

Das weckte Halls Interesse.

»Sie sprechen Französisch, nicht wahr, Charley?«

»Jawohl, Sir.«

»Auch noch irgendwelche anderen Sprachen?«

»Jawohl, Sir.«

Hall machte eine auffordernde Geste.

Charley zögerte, und Hall fügte hinzu: »Bescheidenheit ziemt sich nicht für einen Executive Assistant. Also raus damit!«

»Russisch, Sir. Und Ungarisch. Deutsch. Etwas Arabisch. Ein paar andere.«

»Allmächtiger!«

»Sprachen fallen mir leicht, Sir.«

»Mir nicht«, bekannte Hall. »Haben Sie schon Pläne für den Abend, Charley?«

»Nein, Sir.«

»Sie besitzen einen Smoking?«

»Jawohl, Sir.«

»Ihr Bluff wird verlangt. Wir gehen zu einem Empfang in der ungarischen Botschaft. Immer wenn ich den Botschafter etwas frage, was er nicht beantworten will, tut er so, als verstünde er kein Englisch mehr. Verstehen Sie, worauf ich hinaus will?«

»Jawohl, Sir.«

»Wie kommt es, dass Sie Ungarisch sprechen?«

»Als ich ein Kind war, hat mich das die Tante meiner Mutter gelehrt. Sie war Ungarin und wohnte bei uns.«

»Schön für Sie. Okay, Charley. Ich werde Sie von Joel auflesen lassen, wenn er mich hier abholt. Wo wohnen Sie?«

»Ich kann Sie hier treffen, Sir.«

»Joel wird Sie abholen. Wo haben Sie ein Hotel gefunden?«

»Ich bin im Mayflower, Sir.«

»Im Mayflower?«, fragte Hall überrascht. »Ist das nicht ein bisschen teuer für den Sold eines Majors?«

»Jawohl, Sir, das ist es.«

»Joel wird Sie kurz vor sieben dort abholen«, sagte Hall

und hielt es für das Beste, jetzt nicht die Frage zu verfolgen, wie er Castillo preiswert unterbringen konnte. »Warten Sie auf ihn auf der Straße.«

»Jawohl, Sir.«

In dem Moment, in dem Castillo die Bürotür hinter sich schloss, griff Hall zu dem roten Telefon auf seinem Schreibtisch und drückte auf den Knopf, der ihn über die gesicherte Leitung mit dem Oberbefehlshaber des Central Command verbinden würde.

»He, Matt«, meldete sich Naylor fast sofort. »Was ist los?«

»Ich habe soeben herausgefunden, dass mein neu ernannter leitender Assistent, Major Castillo, sich ein Zimmer im Mayflower genommen hat. Wie wird er dafür bezahlen können?«

»Wären Sie zufrieden mit der Antwort ›das ist kein Problem für ihn‹?«

»Nein.«

»Nun, Charley hat mir erzählt, dass er sich ein kleines Apartment im Mayflower gemietet hat«, sagte Naylor. »Es wird vermutlich von Castillo Enterprises of San Antonio bezahlt werden. Oder vielleicht von der *Tageszeitung*.«

»Der – was?«

»Das ist eine Zeitung – eigentlich eine Kette von Zeitungen –, die Charley in Deutschland besitzt.«

»Sie haben mir nicht viel über diesen Jungen erzählt, wie?«

»Sie haben nicht gefragt. Sie wollten nur jemanden, der Ihre Aktentasche trägt und Spanisch spricht. Und den habe ich Ihnen gegeben.«

»Wie ist Ihre Verbindung zu Charley, Allan? Anders als die übliche Beziehung zwischen einem Vier-Sterne-General und einem seiner fünftausend Majors?«

»Elaine betrachtet ihn – und ich auch, um ehrlich zu sein –

als den dritten Sohn. Wir kennen ihn, seit er ein zwölfjähriger Waisenjunge war.«

»Davon haben Sie ebenfalls nichts erwähnt.«

»Sie haben nicht gefragt, Matt«, sagte Naylor. »Was haben Sie mit ihm vor? Wollen Sie ihn zurückschicken?«

»Nein«, hatte Hall gesagt. »Ich nehme mal an, dass es kein weiteres dunkles Geheimnis gibt, das Sie mir zu ergründen überlassen, und glaube, er wird hier ziemlich nützlich sein.«

Major/Executive Assistant Castillo erwies sich tatsächlich als ziemlich nützlich für den Heimatschutzminister, und das sehr schnell. Und er passte zu diesem Ministerium. Mary-Ellen Kensington und Agnes Forbison waren von ihm entzückt. Hall schrieb dies ihren mütterlichen Instinkten zu, doch er vertraute seiner Frau an, dass er bei beiden vermutete, dass sie von amourösen Fantasien mit ihm schwelgten.

»Er ist einer dieser Typen, von denen Frauen angezogen werden wie die Motten vom Licht.«

»Ich hasse Männer, von denen Frauen angezogen werden wie Motten vom Licht«, hatte Janice Hall gesagt.

An dem Tag, an dem Janice ins Büro kam und Castillo kennen lernte, schlug sie ihrem Mann vor, Castillo zum Abendessen einzuladen.

»Er ist vielleicht einsam, wenn er in einem Hotel wohnt«, sagte Janice, »und würde sich wirklich über eine zu Hause gekochte Mahlzeit freuen.«

»Ich dachte, du hasst Männer, von denen Frauen angezogen werden wie Motten vom Licht?«

»Das ist nicht seine Schuld, und er ist offenbar ein netter Junge. Lade ihn ein.«

Castillo kam auch von Anfang an prima mit Joel Isaacson und Tom McGuire aus. Hall hatte sich deswegen ein wenig

Sorgen gemacht. Die Jungs vom Secret Service ließen sich meistens von niemandem beeindrucken. Doch Joel und Tom – beide hervorragende Menschenkenner – schienen zu spüren, dass Special Forces Major C. G. Castillo kein Niemand war. Isaacson ging sogar zu Hall und schlug vor, Castillo einen Ausweis als Agent des Secret Service zu geben.

»So könnte er durch Sicherheitskontrollen am Flughafen kommen. Und eine Waffe tragen. Ich könnte das mit den Jungs beim Secret Service, die Ausweispapiere ausstellen, regeln, wenn Sie das möchten.«

Was wirklich dazu führte, dass Castillo von einer Art Sekretär/Übersetzer, in dessen Anwesenheit es möglich war, berauschende Mittel zu bechern und scharfe Witze zu erzählen, zu einem Ass in Halls Ministerium wurde, war eine übermütige Idee des Präsidenten der Vereinigten Staaten.

Im Mai 2005 startete eine alte Boeing 727, die über ein Jahr auf dem Flughafen Luanda, Angola, auf Ersatzteile gewartet hatte, ohne Starterlaubnis und verschwand. Niemand dachte wirklich, sie sei von Terroristen gestohlen worden und sollte als Wiederholung der Ereignisse von 9/11 in irgendein amerikanisches Wahrzeichen geflogen werden. Dieser Gedanke wurde an den obersten Stellen als lächerliche Vermutung abgetan. Die betagte 727 hatte gar nicht die Reichweite, um bis zu den Vereinigten Staaten zu fliegen. Aber keine der Behörden, die der Präsident als »unsere gewaltige und gewaltig teure Nachrichtengemeinde«, bezeichnete, schien in der Lage zu sein, herauszufinden, was mit dem Flugzeug geschehen war.

Der Präsident war ärgerlich. Bei einem privaten Abendessen – wirklich privat, nur der Präsident, die First Lady, Minister Hall und Gattin – sagte der Präsident, dass er mit Natalie Cohen – damals die nationale Sicherheitsberaterin und jetzt die Außenministerin – gesprochen habe und sie auf eine Idee gekommen seien.

Hall verstand. »Sie waren auf eine Idee gekommen«, bedeutete, dass es seine, des Präsidenten, Idee war. Wenn es Natalies Idee gewesen wäre, hätte er es anders formuliert. Vermutlich hatte er die Idee vorgeschlagen, sie hatte zuerst Einwände erhoben, doch dann bei der Logik des Präsidenten nachgegeben und die Idee war »ihre« geworden. Wenn sie nicht nachgegeben und er sich trotzdem dazu entschlossen hätte, dann hätte er die Idee jetzt als seine eigene bezeichnet.

»Sie haben die einzige Abteilung ohne eine hauseigene Nachrichtenabteilung«, sagte der Präsident. »So wird das also klappen. Natalie wird jedem in der Nachrichtengemeinde eine Aktennotiz schicken, in der stehen wird, da dieses gestohlene Flugzeug eine potentielle Bedrohung des Landes darstellt, müssen Sie sofort über alles Nachrichtenmaterial informiert werden, das über dieses verschwundene Flugzeug zusammengestellt worden ist. Dadurch erfahren wir, wer was wusste und wann es ihm bekannt war. Dann schicken wir jemanden – nur einen Mann – still und leise – los, der ermittelt, warum die CIA zum Beispiel am Dienstag etwas wusste, das die DIA nicht bis Dienstag herausfinden konnte. Oder warum das FBI es überhaupt nicht herausfand. Können Sie mir folgen?«

»Jawohl, Sir, Mr President.«

»Die Frage ist: Wen können wir mit dieser Aufgabe betrauen, ohne dass ein Revierkrieg ausbricht?«

Nachdem der Präsident Major Carlos G. Castillo kennen gelernt hatte, sagte er sich, dass er genau der richtige Mann war, der die Mission sehr diskret und, ohne einen Revierkrieg anzuzetteln, durchführen und herausfinden konnte, welche Nachrichtenagenturen richtig mitgespielt oder das Spiel vermasselt hatten; oder nur Däumchen gedreht und gewartet hatten, dass eine andere Agentur den Job erledigte.

Castillo flog nach Luanda, Angola, wo die ganze Sache angefangen hatte, und löste sofort einen Revierkrieg aus, der Minister Hall fast seinen Job gekostet hätte.

Er fand nicht nur heraus, dass die verschwundene 727 von somalischen Terroristen gestohlen worden war, um sie in die Liberty Bell in Philadelphia zu fliegen, sondern mithilfe von Aleksandr Pevsner, einem berüchtigten russischen Waffenhändler, spürte er auch das Flugzeug auf, das niemand sonst finden konnte, und mit der Hilfe der ultrageheimen Gray-Fox-Einheit von Delta Force stahl er das Flugzeug von den Terroristen zurück. Mit Castillo als Kopilot flog Colonel Jack Torine vom Air Commando das Flugzeug von Costa Rica zum Hauptquartier des Central Command, zum Luftwaffenstützpunkt MacDill in Florida.

Als der Präsident die Gray-Fox-Mission genehmigt hatte, war er völlig darauf vorbereitet gewesen, sich den Zorn von Costa Rica zuzuziehen – was das anbetrifft, den Zorn der Vereinten Nationen –, weil er eine militärische Operation gestartet hatte, ohne ein friedliches Land, das nicht mal eine Armee hatte, zu warnen.

In seiner Fantasie sah er auf den Fernsehbildschirmen der Welt die Berichte von CNN, Deutsche Welle und BBC über den schockierenden feindlichen Einfall Amerikas in das arme kleine Costa Rica mit Bildern von dem brennenden Wrack des Flugzeugs, das von toten Costa Ricanern umgeben war, und dann war der Präsident natürlich hocherfreut, dass der einzige Verlust in Costa Rica nur ein Treibstofftankwagen war.

Dank ihres Könnens und Profitums hatte die Spezialeinheit Gray Fox keine Leichen zurückgelassen – weder amerikanische noch costa-ricanische – und keine 727 in Flammen.

Ebenso wenig hieb- und stichfeste Beweise, dass Amerikaner überhaupt am Tatort gewesen waren.

General Naylor hatte dem Präsidenten davon abgeraten, Torine und Castillo Tapferkeitsmedaillen zu verleihen – die Tapferkeit würde zwangsläufig in der Verleihungsurkunde beschrieben werden. Stattdessen hatte der Präsident ihnen das Distinguished Flying Cross »für hervorragendes fliegerisches Können unter extrem schwierigen Umständen« verliehen. Es war Colonel Torines dreizehntes DFC und Castillos drittes.

Der Präsident hatte sie auch für ein Wochenende zum Carolina White House eingeladen.

Es gab natürlich auch eine Kehrseite dieses glücklichen Ausgangs. Der Direktor der Central Intelligence und der Direktor des Federal Bureau of Investigation waren aus einer Reihe von Gründen unglücklich mit dem Heimatschutzminister und seinem gottverdammten Assistenten.

Den DCI wurmte es natürlich, dass Castillo das verschwundene Flugzeug gefunden hatte, bevor es der Agentur gelingen konnte. Und weil Castillo dem CIA-Stationsleiter in Angola geheime CIA-Akten hatte abschwätzen können.

Der FBI-Direktor war sauer, denn nachdem der Special Agent des Philadelphier Büros ihm gemeldet hatte, dass das verschwundene Flugzeug fast mit Sicherheit von seinen Besitzern, einer Leasingfirma am Rande des Bankrotts, »gestohlen« worden war, um die Versicherungssumme zu kassieren, hatte er dementsprechend den Präsidenten informiert. Castillo war nach Philadelphia gereist und hatte herausgefunden, dass die 727 von somalischen Terroristen gestohlen worden war, deren Namen – als mögliche Terroristen – mit Fotos vor einiger Zeit von der Polizei Philadelphias zur Überprüfung an das FBI geschickt worden waren. Das FBI hatte die Cops informiert, dass die Somalier okay seien, nur einige afrikanische Airline-Piloten, die sich zur Ausbildung in den USA aufhielten.

Und als ein FBI-Inspektor zu Major/Executive Assistant Castillo geschickt worden war, um von ihm zu verlangen, dass er sofort das FBI informieren solle, wenn er etwas von Alex Pevsner und dessen Assistenten, einem ehemaligen FBI-Agenten namens Howard Kennedy, hörte, sagte Castillo ihm, er könne ihn im Mondschein besuchen.

Aber seit sowohl FBI als auch CIA hatten zugeben müssen, dass sie nicht alles Material dem Heimatschutzminister geliefert hatten, wozu sie per Aktennotiz von der Nationalen Sicherheitsberaterin Natalie Cohen angewiesen worden waren, schworen die Direktoren, dass dies nie wieder passieren würde.

Von jetzt an würde das Heimatschutzministerium Kopien von jedem Material des Nachrichtendienstes bekommen, das auch nur entfernt mit dem Heimatschutz zu tun hatte.

Und wenn das den gottverdammten Castillo die ganze Nacht mit Lesen beschäftigte und er davon blind wurde, umso besser.

Als das rote Telefon auf dem Couchtisch summte, arbeitete sich Charley Castillo durch das Nachrichtenmaterial des Tages – alles, was seit dem vergangenen Nachmittag eingetroffen war, großzügig vom FBI und CIA geliefert. Seit halb sieben war er damit beschäftigt.

Der Minister war sich noch nicht im Klaren, was er mit der Fülle der Nachrichten von FBI und CIA – das meiste davon nutzloses Zeug – anfangen sollte. Doch er und Charley und Joel und Tom stimmten darin überein, dass es gelesen werden musste.

Joel Isaacson sagte – nur halb im Scherz –, dass beiden Direktoren völlig zuzutrauen war, die harte Nachricht, dass ein Gerät für die Kernforschung bald illegal im Hafen von Baltimore verschoben werden sollte, zwischen die Informationen über zwei verdächtig aussehende marokkanische Großmütter und eines bestätigten Gerüchts über den Bischof von Sioux Falls, South Dakota, dass er schwul sei, einzuschieben und deshalb alles gelesen werden musste.

Die Lösung des Problems – dass Hall die Direktoren von CIA und FBI anrief und sagte: »Okay, genug ist genug. Hört auf, mir den Müll zu schicken!« würde fast mit Sicherheit nicht funktionieren. Höchstwahrscheinlich würden die Direktoren Minister Hall mit unbewegter Miene erklären, keine Ahnung zu haben, wovon er redete. Und das würde bedeuten, dass Hall zum Präsidenten gehen musste. Das wollte er nicht tun. Er wollte die aufgewühlten Wogen glätten, kein Öl ins schwelende Feuer gießen.

Eine mögliche Lösung – die Agnes für viel versprechend hielt – bestand darin, die beiden Secret-Service-Agenten, die jetzt im Federal Law Enforcement Training Center in Glynco, Georgia, ausgebildet wurden, ins Büro zu holen, sobald sie ihre Ausweise hatten.

Beide waren erfahrene Polizeibeamte, auf Vorschlag von Minister Hall vom Police Department Philadelphia rekrutiert nach dem Kontakt durch die Suche nach der 727. Einer der Beamten war Sergeant in einer Nachrichtenabteilung gewesen, der andere Detective in der Abteilung Terrorismusabwehr, der jahrelang undercover moslemische Gemeinden infiltriert hatte, die als potentiell gefährlich betrachtet worden waren. Beide würden in der Lage sein, die Stapel des Nachrichtenmaterials zu sortieren, denn sie wussten, was wichtig sein konnte und was Müll war.

Doch dies würde bedeuten, dass sie direkt für den Minister

arbeiten würden, anstatt als Secret-Service-Agenten mit weitaus mehr Erfahrung und Wissen als die üblichen Schnüffler irgendwo im Außendienst verwendet zu werden.

Agnes wusste, dass es Hall sehr widerstrebte, seine eigene Nachrichtenabteilung im Haus zu haben, aber früher oder später würde er den Tatsachen ins Auge sehen müssen. Vermutlich früher, denn während Charley den Müll sichtete, war er nicht verfügbar für den Minister. Er hatte Hall nicht nach Chicago begleitet, weil er die über Nacht hereingekommenen Akten hatte lesen müssen.

Der Heimatschutzminister nahm den Hörer des roten Telefons ab und drückte auf eine der Tasten am Fuß des Apparats.

»Natalie Cohen.«

»Guten Morgen, Mademoiselle Minister«, sagte Hall.

»Verdammt, Matt, Sie wissen, dass ich dies nicht lustig finde«, sagte die Innenministerin.

»Es macht mehr Sinn, als wenn sich eine Anwältin selbst ›Esquire‹ nennt«, sagte Hall unerschrocken. »Ich habe in der Schule gelernt, dass ›Madame‹ eine verheiratete, und ›Mademoiselle‹ eine unverheiratete Lady ist ...«

»Haben Sie etwas auf dem studierten Herzen, Matt? Oder wollen Sie nur ausprobieren, was passiert, wenn Sie auf eine der Tasten an Ihrem roten Telefon drücken?«

»Der Präsident, Fräulein Minister ...«

Sie lachte. »Schon besser. Nicht gut. Aber besser.«

»... schickt Charley nach Buenos Aires. Ich nehme an, Sie können sich denken, warum.«

Es folgte eine wahrnehmbare Pause, bevor die Außenministerin antwortete.

»Um herauszufinden, wer was und wann wusste«, sagte sie mit einer Spur von Bitterkeit. Dies waren die Anweisungen des Präsidenten an Castillo gewesen, als er ihn losgeschickt hatte, um so viel wie möglich über das verschwundene Flugzeug herauszufinden. »Ich hätte dies voraussehen müssen, nehme ich an.«

»Ich habe versucht, es ihm auszureden. Wollen Sie es versuchen?«

»Erstens bezweifle ich, dass er mich wissen lassen will, dass er Charley dort runterschickt, und kann mir zweitens den Grund denken, weil er weiß, dass ich Einwände dagegen anführen würde, und drittens, wenn ich diese ihm gegenüber erwähnen würde, wüsste er, dass ich es von Ihnen gehört habe, und wir beide stünden auf seiner Liste der Bösen.«

»Es war nicht meine Idee, Nat.«

»Ich weiß«, sagte sie. »Nachdem ich jetzt eine halbe Minute Zeit hatte, um darüber nachzudenken, bin ich nicht annähernd so fuchsteufelswild wie zuvor. Vielleicht wird Charley etwas über den dortigen Botschafter herausbekommen, das der mich lieber nicht wissen lassen möchte. Sie werden ...«

»Ihnen mitteilen, was er erfährt? Selbstverständlich.«

»Danke für die Information, Matt.«

»Wissen Sie etwas über den Botschafter, das Charley wissen sollte?«

»Ich bin ihm nie begegnet. Gestern Nacht haben wir miteinander telefoniert, und ich war ziemlich beeindruckt. Und alles, was ich über ihn höre, spricht erstklassig für ihn. Er ist Kubaner. Dies könnten Sie Charley erzählen, damit er mit kubanischem Temperament rechnet, wenn der Botschafter herausfindet, dass er dort herumschnüffelt.«

»Ich werde es ihm sagen.«

»Und sagen Sie ihm, dass er vorsichtig sein soll. Wir wollen schließlich keinen Krieg mit Argentinien anfangen«, sagte die Außenministerin und legte auf, bevor Hall etwas erwidern konnte.

2

Zimmer 404
Mayflower Hotel
1127 Connecticut Avenue, NW
Washington, D. C.
21. Juli 2005, 11 Uhr 20

Zimmer 404 – eigentlich das, was das Hotel als »executive suite« bezeichnete, Wohnzimmer, großes Schlafzimmer, kleines Speisezimmer und ein zweites Schlafzimmer, das einen Schreibtisch enthielt und als Büro genutzt werden konnte – war langfristig an Karl W. Gossinger vermietet worden. Die Rechnung für die Suite wurde einmal pro Woche per Fax an die *Tageszeitung* in Fulda, Deutschland, geschickt und für gewöhnlich am nächsten Tag telegrafisch auf das Konto des Hotels bei der Riggs National Bank überwiesen.

Als Herr Gossinger das Zimmer übernahm, sagte er dem Hotelmanager, dass er zwei Telefonleitungen brauchen würde. Eine würde unter seinem Namen und dem der *Tageszeitung* aufgeführt werden. Die zweite, die nicht auf der Liste stand, würde eine Fax-Leitung sein. Er informierte das Hotel ebenfalls, dass Mr C. G. Castillo, den er als amerikanischen Geschäftspartner beschrieb, in der Suite wohnen würde, wann immer er in der Stadt war, und er bat das Hotel, Telefonate und Postsendungen und so weiter für Mr Castillo entgegenzunehmen.

Karl Wilhelm von und zu Gossinger war unehelich in Bad Hersfeld, Deutschland, von einem achtzehnjährigen deutschen Mädchen und einem neunzehnjährigen amerikanischen Hubschrauberpiloten im Rang eines Warrant Officer geboren worden. Kurz nach der Affäre von drei Tagen und zwei Nächten war der Huey-Pilot nach Vietnam abkommandiert worden.

Als Jorge Castillo nie – wie versprochen – schrieb, versuchte Erika von und zu Gossinger, ihn zu vergessen, und als das Baby geboren wurde, taufte sie es Karl Wilhelm, nach ihrem Vater und Bruder.

Frau Erika – sie heiratete nie und war Alleinerziehende – wandte sich an die U. S. Army und bat um Hilfe bei der Suche nach dem Vater ihres einzigen Kindes, nachdem sie an Bauchspeicheldrüsenkrebs erkrankt war und die Diagnose »unheilbar« erfuhr. Karl war zu diesem Zeitpunkt zwölf. Sein Großvater und Onkel, die einzigen bekannten Verwandten, waren einige Monate zuvor bei einem Unfall auf der Autobahn ums Leben gekommen. Frau Erika sagte sich, dass jede Familie besser für Karl sein würde, als ihn als Waisenknabe in Deutschland zu belassen, wenn auch als Waise aus einer reichen Familie.

Hauptsächlich durch die Bemühungen des damaligen Majors Allen Naylor vom 11. Armored Calvalry Regiment, das an der ostdeutschen Grenze nahe bei Fulda stationiert war, wurde WOJG Jorge Alejandro Castillo aus San Antonio, Texas, ausfindig gemacht. Er war auf San Antonios Nationalfriedhof beigesetzt. Eine Nachbildung der Tapferkeitsmedaille war in seinen Grabstein gemeißelt. Er war in Vietnam als Held gefallen, anscheinend ohne jemals zu ahnen, dass der Samen, den er in Deutschland gesät hatte, fruchtbar gewesen war.

Als der Army klar wurde, dass sie es mit einem Kind der Liebe eines Offiziers zu tun hatte, dem posthum die höchste Medaille der Nation verliehen worden war, arbeitete sie auf Hochtouren, um sicherzustellen, dass alles nur Menschenmögliche für den Jungen getan wurde.

Major Naylor reiste zuerst in aller Eile nach San Antonio,

um die Familie des verstorbenen WOJG Castillo zu finden und über den Jungen zu informieren.

Als Pragmatiker hatte Naylor verschiedene unangenehme Möglichkeiten erwogen. Eine davon war, dass Mr Castillos Eltern alles andere als begeistert sein könnten, wenn sie erfuhren, dass ihr Sohn ein uneheliches Kind in Deutschland zurückgelassen hatte, jedenfalls bis sie von seiner zu erwartenden Erbschaft erfuhren. Dies würde ein neues – und vielleicht angenehmes – Licht auf die Sache werfen.

Spitzenanwälte der Army waren damit beschäftigt, ein Treuhandkonto zugunsten des Jungen – und nur des Jungen – zu eröffnen.

Naylors Besorgnis erwies sich in Wirklichkeit als unbegründet. General Armory T. Stevens, der Kommandeur von Fort Sam Houston, der Zimmergenosse von Major Naylors Vater in West Point gewesen und Naylors Patenonkel war, erzählte ihm schnell, dass er die Eltern des verstorbenen Mr Castillo kannte.

»Es sind Fernando und Alicia Castillo«, sagte Stevens. »Gut bekannt in der texanischen Gesellschaft als Don Fernando und Doña Alicia. Die Bezeichnung Don und Doña haben sie hauptsächlich, weil ihnen ein Großteil der Innenstadt von San Antonio gehört, plus großer Ländereien außerhalb der Stadt, plus unter anderem eine große Ranch bei Midland, unter der sich das Permische Becken befindet.

Doña Alicia ist die Ur-ur- was auch immer Großtochter eines Manuel Martinez. Don Fernando ist ein ähnlich direkter Nachkomme von Guillermo de Castillo. Manuel und Guillermo fielen beide in der noblen Schlacht an der Seite von Jim Bowie, William Travis und Davy Crockett im Alamo. Ich will sagen, Allan, wenn dieser Junge in Deutschland Hilfe braucht, würde Don Fernando schnell einen Scheck ausstellen, was immer auch es kosten würde. Ich bin mir jedoch nicht sicher, ob er – oder besonders Doña Alicia – bereit ist, das Kind der Liebe ihres Sohns, einen deutschen – vermutlich protestantischen – Gringo in die Familie aufzunehmen. Die Castillos können sogar der Queen von England Lektionen in Snobismus erteilen.«

Zweiundzwanzig Stunden, nachdem die Mutter des gefallenen Helden WOJG Castillo sehr taktvoll informiert worden war, dass sie einen unehelichen Enkel hatte, stand Doña Alicia an der Tür des Herrenhauses der Familie von und zu Gossinger in Bad Hersfeld. Don Fernando traf dort neun Stunden später ein.

Zwei Wochen später stellte das US-Konsulat in Frankfurt am Main einen Pass für Carlos Guillermo Castillo aus. Don Fernando war nicht ohne Einfluss in Washington. Am selben Tag – Frau Erika hatte sich entschieden, dass ihr Sohn sie nicht mit Drogen betäubt und trotz der Drogen leidend und sterbend in Erinnerung behalten sollte – ging Carlos an Bord einer 747 der Pan American Airlines und flog in die Vereinigten Staaten. Frau Erika starb fünf Tage später.

Bei ihrem Tod wurde der Junge nach dem Gesetz der Bundesrepublik Deutschland, ob amerikanischer Bürger mit neuem Namen oder nicht, Karl Wilhelm von und zu Gossinger, deutsch geborener Sohn und Staatsbürger, der Letzte der Linie der von und zu Gossingers.

Mit 21, kurz bevor C. G. Castillo von West Point graduierte, erhielt Karl Wilhelm von und zu Gossinger seine deutsche Erbschaft, die die Zeitungskette der *Tageszeitung*, zwei Brauereien, Bauernland und Immobilien beinhaltete.

Eine zweite Identität als Herr Karl Gossinger, Auslandskorrespondent der *Tageszeitung*, hatte sich als sehr nützlich für Major C. G. Castillo, U. S. Army Special Forces, in der Vergangenheit erwiesen und würde es vielleicht wieder in Argentinien sein.

In seinem Zimmer im Mayflower Hotel hatte C. G. Castillo fast fertig gepackt. In den Trolley hatte er genug Winterkleidung für drei oder vier Tage verstaut. Während es in Washington mitten im Sommer war, war es in Buenos Aires mitten im Winter. Er bezweifelte, dass er länger in Argentinien bleiben würde.

Alles Übrige musste er in seinen Handkoffer packen, der ebenfalls Rollen hatte und groß genug für seinen Laptop-Computer war. Dies war ein wenig schwierig, denn er musste sorgfältig einen Teil der Innenpolsterung vom Rahmen entfernen. Darin befand sich ein Aktenhefter aus Plastik. Er hatte eine anhaftende Oberfläche, damit er nicht verrutschte, und das Material des Hefters selbst war beschichtet, um bei Kontrollen die Röntgenmaschinen zu verwirren. Castillo arrangierte sorgfältig seinen amerikanischen Pass in dem Hefter, seinen Ausweis der U. S. Army, C. G. Castillos goldene American Express und die Gold Visa Card und den Ausweis als leitender Spezialagent des U. S. Secret Service. Dann schloss er den Hefter und setzte die Polsterung wieder an Ort und Stelle ein.

Danach ging er in den kleinen Speiseraum, nahm eine Flasche Bier aus einem kleinen Kühlschrank im Anrichtetisch und öffnete sie. Er trank einen kräftigen Schluck aus der Flasche, rülpste und ging ins Wohnzimmer, um es sich im roten Lederlehnsessel bequem zu machen – es war seiner, keiner vom Hotel – und zum Telefon zu greifen.

Er tippte eine Nummer aus dem Gedächtnis ein, nahm noch einen Schluck Bier und lehnte sich dann in dem Sessel zurück, um auf die Verbindung zu warten.

Der Generaldirektor der Gossinger Beteiligungsgesellschaft GmbH, ebenfalls der Chefredakteur der *Tageszeitung*, meldete sich zwanzig Sekunden später.

»Görner.«

»Wie geht's, Otto?«, fragte Castillo auf Deutsch.

»Ach, der verlorene Sohn!«

»Nun, du magst mich als den biblischen verlorenen Sohn betrachten«, sagte Castillo und wechselte auf Englisch, »aber ich halte mich lieber für einen deiner ruhmreicheren Auslandskorrespondenten.«

»Ruhmreich, ich weiß. Aber ich halte ›teuerster‹ für treffender.«

Castillo betrachtete Otto Görner als seinen ältesten Freund, und das war er mit Sicherheit auch. Otto hatte mit Karls Onkel Wilhelm von und zu Gossinger die Philipps Universität in Marburg an der Lahn besucht und war seit ihrer Graduierung bei der *Tageszeitung* gewesen. Soweit Castillo sich erinnern konnte, war er als Onkel Otto im *Haus im Wald* in Bad Hersfeld gewesen. Er erinnerte sich auch an den frühen Morgen, an dem Otto seiner Mutter die Nachricht vom Tod ihres Vaters und Bruders überbracht hatte.

Und wie seine Mutter ihm gesagt hatte, dass sie die Familie seines Vaters aufgespürt hatte und er vermutlich »danach« beim Onkel würde leben dürfen.

Und wie auf dem Flughafen in Frankfurt Tränen über Ottos Wangen gelaufen waren, als er ihn in die Vereinigten Staaten hatte wegfliegen sehen. Und wie er seither immer ein guter Freund gewesen war.

»Und wie geht es der guten Dingsda und den Kids?«

»Der guten Dingsda und deinen Patenkindern geht es prima, danke der Nachfrage. Wie komme ich zu der Ehre?«

»Ich reise wegen einer Story nach Buenos Aires, und ich dachte, ich frage mal, ob ich irgendwas sonst für dich dort unten tun soll.«

»Mir fällt nichts ein, Karl«, sagte Otto.

Görner fragte nicht, hinter welcher Story Castillo in Argentinien her war.

Er ist das Gegenteil von einem Dummkopf, dachte Charley zum x-ten Mal, *und weiß fraglos, welchen Job ich mache. Aber er stellt nie Fragen, und ich gebe ihm nie eine Antwort. Aber er gibt mir alles, worum ich bitte.*

»Ich werde nicht lange fort sein«, sagte Charley. »Vermutlich nur, bis ...«

»Ja, da fällt mir was ein, Karl, du könntest was für mich tun«, unterbrach Görner.

»Okay, schieß los ...«

Karl Gossinger, der in Washington stationierte Auslandskorrespondent der *Tageszeitung,* veröffentlichte für gewöhnlich einen Artikel pro Woche in der Zeitung. Diese Storys waren im Allgemeinen umgeschrieben – geklaut – vom *American Conservative* Magazin. Die Artikel dienten einem zweifachen Zweck. Wenn jemand Gossinger überprüfte, sah er neben seinem jüngsten Artikel aus Washington sein Bild. Und wenn er näher forschte, fand er im Impressum, dass die *Tageszeitung* im Jahre 1817 von Hermann von und zu Gossinger gegründet worden war. Die Benutzung von Material aus dem *American Conservative* gab Charley Castillo darüber hinaus eine Chance, deutschen Lesern zu schildern, was einige Amerikaner – einschließlich Charley – über die Deutschen dachten, die Amerika die kalte Schulter zeigten, wenn die Vereinigten Staaten um ihre Hilfe im Irakkrieg ersuchten.

Otto redigierte nur die Grammatik und veröffentlichte ohne Kommentar, was auch immer Charley ihm schickte.

»Die *Graf Spee*«, sagte Görner.

Charley kannte die Geschichte der *Graf Spee.* Der deutsche Panzerkreuzer, benannt nach einem deutschen Helden des Ersten Weltkriegs, lag, 1939 selbst versenkt, außerhalb des Hafens von Montevideo, Uruguay, um zu verhindern, dass er von drei britischen Kreuzern versenkt wurde, die darauf warteten, dass er den Hafen verließ. Seine Besatzung ging nach Buenos Aires. Sein Kapitän, Hans von Langsdorff, zog seinen großen Dienstanzug an, legte die Gefechtsflagge auf den Boden in seinem Hotelzimmer, stellte sich so auf, dass seine Leiche darauf fallen würde, und schoss sich in die Schläfe. Er war in Buenos Aires begraben worden.

Die Besatzung wurde in Argentinien interniert. Als der Krieg vorüber war, verweigerten viele der Crew die Rückführung in die Heimat. Und viele derjenigen, die ins Vaterland zurückkehrten, warfen einen Blick auf die zerstörten Reste des Tausendjährigen Reiches und kehrten so schnell sie konnten nach Argentinien zurück.

»Was ist mit der *Graf Spee?*«, fragte Charley.

»Ein Typ namens Bardo – ein junger und steinreicher Finanzier aus Hamburg – hat das Geld aufgebracht, um sie zu bergen und einem Museum in Montevideo zu übergeben. Ich könnte einen menschlich interessanten Artikel über die Überlebenden brauchen, sofern es welche gibt – sie alle müssten über achtzig sein. Und die meisten davon leben in Argentinien.«

Es sollte nicht schwierig sein, die Überlebenden zu finden – wenn es welche gibt. Und ebenso einfach würde es sein, einige Fotos zu machen und eine Story zu schreiben. Und es würde dem Journalisten Gossinger einen glaubwürdigen Grund liefern, in Argentinien zu sein.

»Ich werde es versuchen«, sagte Charley. »Sonst noch etwas?«

Görner zögerte, bevor er antwortete.

»Karl, es widerstrebt mir ein bisschen, dies anzusprechen …«

»Was?«

»Ich fuhr vor ein paar Wochen nach Marburg an der Lahn. Es gab eine Wohltätigkeitsveranstaltung für die Bibliothek in der Universität. Alle ehemaligen Marburger Absolventen wurden eingeladen. Ich hörte zufällig Teile einer Unterhaltung zwischen einigen der Asse mit. Was meine Aufmerksamkeit weckte, war die Formulierung: ›Der Führer war der Erste, der diese Idee hatte, haha!‹«

»Ich kann nicht ganz folgen.«

»Erinnerst du dich, dass während des Zweiten Weltkriegs Hitler eine Menge Geld nach Argentinien schickte, um einen Zufluchtsort zu kaufen, wenn sie den Krieg verloren?«

»Hm-hm.«

»Diese Typen redeten darüber, Geld nach Argentinien zu überweisen.«

»Um eine Zufluchtsstätte zu kaufen? Zuflucht wovor? Redest du von Drogengeldern?«

»Ich denke, dass irakische Öl-für-Nahrung-Bestechungsgelder in den Taschen dieser Typen gelandet sein könnten.«

»Allmächtiger!«

»Ja, Allmächtiger. Jedenfalls habe ich hier Leute, die in der Sache recherchieren, und meine Idee – vermutlich keine gute – ist, dass du vielleicht irgendetwas in Argentinien erfahren kannst.«

»Ich werde die Ohren offen halten«, sagte Charley.

»Genau darum bitte ich dich«, sagte Görner ernst. »Wenn du etwas hörst, irgendetwas, gib es an mich weiter. Aber unternimm nichts. Hast du mich verstanden?«

Er ist näher daran als jemals zuvor, zu sagen: »Wir wissen beide, dass du in Wirklichkeit kein Journalist bist.«

»Ich habe kapiert.«

»Ich habe ebenfalls Leute, die bei den geheimnisvollen Todesfällen von Leuten recherchieren, die von diesen Öl-für-Nahrung-Bestechungsgeldern wussten.«

»Alles kapiert, Otto.«

»Abgesehen davon, genieße ein gutes Steak und trink eine Flasche Wein auf mich, und versuche, deine Pollen nicht bei mehr als zehn oder zwölf dieser hübschen argentinischen Señoritas zu verbreiten.«

»Habe ich dir das nicht gesagt? Ich habe ein Keuschheitsgelübde abgelegt. Das Zölibat soll meine geistigen Kräfte steigern.«

»Ach Gott, Karlchen!« Görner lachte. »Wir bleiben in Verbindung.«

»Küss meine Patenkinder und grüße die gute Dingsda.«

»Meine Grüße an Fernando und deine Großmutter. Auf Wiedersehen!«

Dann war die Leitung tot.

Castillo legte den Hörer auf und stemmte sich aus dem Lehnsessel hoch. Er ließ seinen Blick durch das Apartment schweifen, um sich zu vergewissern, dass er nichts vergessen hatte. Dann zog er das Jackett seines Seersucker-Anzugs an.

Er betrachtete sich im Spiegel.

Vermutlich werde ich mir in Buenos Aires den Arsch abfrieren, bis ich zum Hyatt gelange, aber andererseits brauche ich nicht durch Reagan und Miami International mit einem wollenen Sportsakko zu gehen.

3

Miami International Airport
Miami, Florida
21. Juli 2005, 18 Uhr 50

Als Castillo am Gepäckband auf seinen Koffer wartete, hatte er ziemlich unfreundliche Gedanken an Delta Airlines, mit deren Flug 431 er soeben eingetroffen war.

Als er auf dem Ronald Reagan Washington National an Bord des Flugzeugs gegangen war, hatte er den Koffer in der Hand gehalten. Alle Gepäckfächer in der Ersten Klasse waren voll gewesen. Das Erste-Klasse-Abteil war keineswegs voll besetzt gewesen – vermutlich, weil Deltas Gebühr dafür an Wucher grenzte –, was dazu führte, dass das Gepäck in den Ablagen der Ersten Klasse von den Passagieren der Economy Class dort deponiert worden war, bevor sie in den hinteren Teil der Maschine gegangen waren.

»Ich befürchte, Sie werden das Gepäck aufgeben müssen«, sagte ihm die Stewardess.

»Wie komme ich auf den Verdacht, dass all das Gepäck in den Ablagefächern nicht den Erste-Klasse-Passagieren gehört?«

»Ich befürchte, Sie werden das aufgeben müssen«, wiederholte die Stewardess.

»Ich nehme an, da ich dachte, ich würde Platz in den Ablagen der Erste Klasse finden und keinen gefunden habe, könnten Sie dies mit den Mänteln und Jacketts ablegen. Ich würde es nur ungern aufgeben.«

»Ich befürchte, Sie werden es aufgeben müssen«, leierte die Stewardess mit fester Stimme.

Daraus könnte man logischerweise folgern, dachte Castillo, während er das Gepäckband beobachtete, *da mein Handgepäck verladen wurde, wenn auch nicht als Letztes, dann nahe dran, dass es als Erstes ausgeladen würde. Das ist aber offensichtlich nicht der Fall.*

Endlich tauchte der Koffer auf. Castillo packte ihn am Griff und schleppte ihn aus der Gepäckausgabe. Es überraschte ihn überhaupt nicht, dass ihm der Lageplan im Eingangsfoyer zeigte, dass sich Aerolíneas Argentinas am anderen Ende des Flughafens befand, fast in Key West. Es war ein langer Spaziergang durch den überfüllten Flughafen, und er erinnerte sich an das, was sein Cousin Fernando Lopez ihm auf dem Miami International gesagt hatte. »Es ist anscheinend der Flughafen der Vereinigten Staaten in der Dritten Welt.«

Das erinnerte ihn daran, *o Gott, das hätte ich fast vergessen!*, dass er Fernando und/oder *Abuela*, ihre Großmutter, anrufen und sagen musste, dass er nicht zum Wochenende heimkommen konnte, auch nicht, wenn Fernando herflog, um ihn abzuholen.

Schließlich traf er beim Schalter der Aerolíneas Argentinas ein. Eine lange Schlange von Passagieren der Ersten Klasse wartete dort, anscheinend hatten alle zusätzliches oder übergewichtiges oder übergroßes Gepäck. Es waren weitaus mehr Leute, als es Plätze in einer 747 oder 767 in der Ersten Klasse gab, was darauf schließen ließ, dass sie Passagiere der Economy-Klasse waren, die ausgenutzt hatten, dass sich keiner in der Schlange für die Erste Klasse anstellte.

Zwanzig Minuten später erreichte er den Kopf der Schlange und erhielt von dem Angestellten die Erlaubnis, sich der Theke zu nähern, der ihn mit dem Zeigefinger heranwinkte wie die Königin von Spanien einen Lakaien.

Er legte einen Pass, ausgestellt von der Bundesrepublik Deutschland, und eine American Express Card, ausgestellt auf die *Tageszeitung*, auf die Schaltertheke.

»Mein Name ist Gossinger«, sagte er. »Ich habe ein elektronisches Ticket, glaube ich.«

Die Sicherheitsüberprüfung war – wenn das überhaupt möglich war – noch peinlicher als sonst. Castillo wurde als Stichprobe zur Einzelkontrolle ausgewählt. Die Sicherheitsbeamten ließen ihn nicht nur die Schuhe ausziehen, sondern durchwühlten auch sein Gepäck und kümmerten sich nicht darum, dass er die Sachen so ordentlich verstaut hatte. Er war besorgt wegen der genauen Untersuchung seines Laptops und der Papiere in dem Etui, denn diese Untersuchung würde folgen.

Die Kontrolleure ließen ihn den Laptop öffnen, um zu sehen, dass er tatsächlich keine Explosivstoffe versteckt hatte, zeigten jedoch kein großes Interesse an der Aktentasche selbst. Das war eine Erleichterung. Herr Gossinger wollte nicht erklären müssen, was er mit dem Castillo-Pass und dem Ausweis des Secret Service trieb.

Schließlich waren sie mit der Kontrolle fertig, und er ging in den Club of Americas der Ersten und Business-Klasse, die Aerolíneas Argentinas und anderen südamerikanischen Fluglinien diente, die keine eigenen Lounges unterhielten.

Er nahm sich einen doppelten Scotch on the rocks, suchte sich einen Platz in einer Ecknische und setzte sich. Er nahm sein Handy aus der Tasche und drückte auf eine Kurzwahltaste.

»Hallo?«

»Und wie geht es meinem liebsten Mädchen?«

»Dein liebstes Mädchen fragt sich, ob du mich anrufst, um mir zu sagen, dass du am Wochenende nicht heimkommen kannst.«

»*Abuela*, ich bin auf dem Flughafen in Miami und warte darauf, in ein Flugzeug nach Buenos Aires zu steigen.«

»Nun, eines muss man dir lassen. Deine Ausreden sind außergewöhnlich. Liebling, ich hatte mich so auf dich gefreut ...«

»*Abuela*, das war nicht meine Idee.«

»Was wirst du denn in Argentinien machen? Darf ich das fragen?«

Nein, darfst du nicht.

»Ich bin wohl bis zum Ende der Woche zurück.«

»Buenos Aires?«

»Hm-hm.«

»Da unten ist es jetzt Winter. Hast du daran gedacht, warme Kleidung einzupacken?«

»Jawohl, Ma'am.«

»Wenn du es einrichten kannst, Carlos, ich habe fast keinen Brandy mehr. Du kennst die Sorte, mit der du mich erfreuen kannst.«

»Ich werde dir eine Kiste besorgen.«

»Ich glaube, man darf nur maximal sechs Liter mitbringen.«

»Das werde ich herausfinden.«

»Sei vorsichtig. Ich habe heute Morgen noch mit Jeanine Winters gesprochen, und sie hat gesagt, dass dort unten jetzt die Kidnapping-Industrie blüht.«

Jeanine Winters war eine sehr alte Freundin von Doña Alicia. Die Familie Winters, Texaner, betrieb ein enormes Unternehmen der Rinderzucht in der Provinz Entre Rios und besaß seit Generationen ein Weingut in der Provinz Mendoza.

Allmächtiger, hat sie von der Entführung der Diplomatenfrau gehört? Hat Mrs Winters schon davon erfahren und es ihr erzählt?

»*Abuela*, niemand wird mich kidnappen.«

»Ich habe nur gesagt, du sollst vorsichtig sein.«

»*Sí, Abuela.*«

»Ich werde für dich beten.«

»Danke.«

»*Vaya con Dios, mi amor*«, sagte Doña Alicia und legte auf.

III

1

Aeropuerto International Ministro Pistarini de Ezeiza
Buenos Aires, Argentinien
22. Juli 2005, 6 Uhr 15

Aerolíneas Argentinas kümmerte sich viel besser um das Gepäck der Passagiere, als es bei Delta der Fall gewesen war. Als Castillo an Bord kam und durch die Tür der Hauptkabine trat, bot sofort ein Steward an, ihm seinen Koffer auf Rädern abzunehmen.

»Ich kann ihn bei den Mänteln lagern, Sir«, sagte er. »Das erspart Ihnen, ihn in die obere Ablage zu heben.«

Dieser Höflichkeit folgte gleich die nächste, als er in der Ersten Klasse der Boeing 767 seinen Platz einnahm. Eine Stewardess erschien mit einem Tablett mit Champagnergläsern.

Er nahm ein Glas Champagner, obwohl er sich sagte, dass er bereits im Club of the Americas drei Drinks getrunken hatte.

Er brauchte auch nicht das Glas Merlot, das mit den Appetitanregern serviert wurde, als sie die Reisehöhe erreicht hatten, doch er nahm es und ein zweites Glas mit dem Hauptgericht – Filet Mignon mit Röstkartoffeln. Und zum Dessert mit Camembert und Kräckers nahm er ein Glas Brandy.

Als der Film auf den Bildschirmen anlief, nahm er an, dass er in ein paar Minuten eindösen und in den Schlaf der mehr oder weniger Gerechten auf dem Weg durch die südliche Hemisphäre fallen würde.

Er döste nicht ein. Es war ein Film mit Mel Gibson. Gibson

spielte einen reichen Geschäftsmann, dessen Sohn gekidnappt wurde.

Mal sehen, wie er das handhabt. Vielleicht kann ich daraus was lernen, dachte Castillo, als er den Knopf über dem Sitz drückte, um eine Stewardess zu rufen und noch einen Brandy zu bestellen.

Castillo hielt Gibson für einen guten Schauspieler. Er hatte sehr glaubwürdig die Rolle des Colonel Hal Moore in der Filmversion des Buchs *We Were Soldiers Once – and Young,* geschrieben von Moore und Joe Galloway, gespielt.

Castillo hatte das Buch gelesen. Die Geschichte schilderte, was mit einem der ersten Fallschirm-Bataillone geschehen war, die in Fort Benning zum Luftangriff mit Hubschraubern ausgebildet worden waren und dann nach Vietnam kamen, wo irgendein Schwachkopf sie am falschen Platz einsetzte und sie fast ausgelöscht worden wären.

Es war ein Sachbuch, und er hatte es gekauft, weil er gehört hatte, dass Galloway, der in Fort Benning gewesen und dann mit dem Bataillon nach Vietnam geflogen war, die ersten Tage des Army-Flugwesens gut beschrieben hatte. Er hatte geglaubt, es könnte ihm etwas davon erzählen, was der verstorbene WOJG Jorge Alejandro Castillo, der junge Hubschrauberpilot, durchgemacht hatte, bevor er gefallen war. Und weil er wusste, dass der Bataillonskommandeur Colonel Galloway es zu drei Sternen gebracht hatte. Allein das musste lehrreich sein.

Castillo hatte das Buch wirklich gemocht und die Gelegenheit ergriffen, sich den Film anzusehen. Er schaute sich fast nie Kriegsfilme an. Die meisten davon waren schrecklich. Diejenigen, über die man nicht lachen konnte, machten einen krank.

Der Film *Soldiers* war so gut gewesen wie das Buch. Er fand, dass er fast so realistisch wie die Verfilmung von *Black Hawk*

Down war, Mark Bowdens Buch über die Katastrophe, die 1993 über die Soldaten der Special Operations in Mogadischu hereinbrach, und er hatte den Film mit dem erfahrenen Auge von jemandem betrachtet, der zu dieser Zeit einen Black Hawk in Somalia geflogen hatte.

Und Castillo fand, dass Gibsons Porträt des Bataillonskommandeurs goldrichtig war.

Ebenso glaubwürdig war Gibsons Porträt des gepeinigten Vaters. Gibson war gezwungen, die sehr harte Entscheidung zu treffen, entweder das Lösegeld zu zahlen oder dem Rat der Polizei zu folgen, nicht zu zahlen – entgegen den glaubwürdig hysterischen Einwänden seiner Frau, der Mutter des Jungen.

Als ihn eine Stewardess sanft weckte, um ihm einen Orangensaft anzubieten, war Castillo ziemlich ärgerlich und überrascht, als ihm klar wurde, dass er eingenickt war, bevor Gibson sich zu der harten Entscheidung durchgerungen hatte.

Dieses letzte Glas Brandy hat dich erledigt. Jetzt wirst du nie erfahren, wozu Gibson sich entschlossen hat.

Was mag er entschieden haben?

Was, zum Teufel, würde ich an seiner Stelle tun?

Mein Gott, es ist nur ein Film.

Aber ich bin im Begriff, es mit einem echten Kidnapping zu tun zu bekommen.

Lass dir das Verpassen vom Schluss des Films eine Lehre sein, Charley, mein Junge!

Jetzt bist du bei der Arbeit. Hüte dich vor dem Alkohol.

Na ja, abgesehen vielleicht von dem einen oder anderen Glas Wein.

Das Frühstück war ebenfalls gut: Grapefruitsaft, der wie frisch ausgepresst schmeckte, ein Omelett mit Pilzen und knusprige Brötchen mit ungesalzener Butter.

Er erinnerte sich, dass Don Fernando – Großvater – gesagt hatte. »Das Einzige, was die Argentinier ständig gut machen, ist Essen.«

Fünf Minuten, nachdem eine Stewardess eine zweite Tasse Kaffee servierte, spürte Castillo, dass der Pilot etwas Gas zurücknahm, und zwei Minuten später, als ein Steward ankündigte – auf Spanisch, Englisch und Deutsch, was Herr Gossinger als netten Service betrachtete –, dass sie mit dem Landeanflug auf Buenos Aires begannen, wo die Ortszeit 7 Uhr 30 und die Temperatur drei Grad Celsius war.

Ich werde mir in diesem Seersucker wirklich den Arsch abfrieren.

Als die 767 zum Abfertigungsgebäude rollte, fiel Castillos Blick auf eine andere 767. Sie parkte auf dem Hallenvorfeld, nicht bei einem der Terminals der Fluggesellschaften. Die Aufschrift in Arabisch und Englisch auf dem glänzend weißen Rumpf lautete »Pan Arabic«.

Der gute Alex Pevsner hat beteuert, er habe die 727 nicht gestohlen, weil er kein altes Flugzeug brauchte. Und dann hat er hinzugefügt: »Ich habe mir soeben eine fast neue 767 von einer Fluggesellschaft gekauft, die in Argentinien pleite gegangen ist.«

Ob das die Maschine der Fluggesellschaft ist?

Vermutlich nicht. Aber bei Pevsner kann man nie wissen.

Castillo war die dritte Person, die aus der 767 ausstieg – nach einer stattlichen Frau mit einer plärrenden Fünfjährigen –, und als er seinen Handgepäckkoffer ins Abfertigungsgebäude rollte, dachte er für einen Moment, dass er versehentlich durch eine Tür gegangen war, die eigentlich hätte abgeschlossen sein sollen.

Nein, er hatte sich nicht in der Tür geirrt. Er gelangte in einen Dutyfreeshop, und eine junge Frau – *Donnerwetter, die gefällt mir – lange Beine, dunkle Glutaugen und Prachtbusen!* – überreichte ihm einen Reklamezettel, der die Sonderangebote des Tages anpries und darauf hinwies, dass man im Dutyfreeshop in Argentinien Waren im Wert von dreihundert US-Dollar zusätzlich zu dem kaufen konnte, was bereits erlaubt war.

Die Dutyfreeshop-Leute haben ihr Problem, Reisende in ihren Laden zu locken, gelöst, indem sie es unmöglich gemacht haben, zum Zoll und der Einwanderungsbehörde zu gelangen, ohne durch ihre Räume zu gehen.

Clever.

Aber sie können mich mal. Ich brauche nichts.

Als er zum Schalter der Einwanderungsbehörde gelangte, hing ein großer Beutel mit einer Doppelpackung Famous Grouse Scotch, ein Beutel mit einem halben Pfund M&M's und eine Tragetasche mit zwei Dosen Cashews am Griff seines Koffers auf Rollen.

Meine Vorsätze waren nobel. Ich wollte nur sehen, ob es in diesem Laden Abuelas Reserva San Juan Extra Añejo gibt, damit ich nicht vergesse, ihr einige mitzubringen. Sie hatten keinen, aber der Preis des Famous Grouse war verdammt günstig. Und die Cashews und M&M's waren gewiss viel billiger als die kleinen Päckchen, die Hyatt in seinen Minibars anbietet.

Du hältst dich wohl wieder für vernünftig, Charley. Die Wahrheit sieht ganz anders aus: Du bist ein Charakterschwein. Wenn die Kauforgie im Duty Free das nicht genügend beweist, dann denk an deine lüsternen Gedanken beim Anblick der Señorita, die den Reklamezettel verteilt hat. Du hast dir geschworen, deiner Secret Service Trainee – ist das ihre richtige Bezeichnung, oder nennt man sie vielleicht Kadett? –

Betty Schneider treu zu bleiben, obwohl sie erklärt hat, dass sie dich nicht besser kennen lernen will als bisher, was leider kaum der Rede wert ist.

»Und sind Sie in Geschäften oder zum Vergnügen in Argentinien, Señor Gossinger?«

»Geschäftlich und zum Vergnügen.«

»Was sind das für Geschäfte?«

»Ich bin Journalist und schreibe an einer Story.«

»Ihnen ist sicher klar, dass sie sich als Journalist beim Informationsministerium anmelden müssen?«

»Ich werde nur für ein paar Tage hier bleiben. Nur, um eine Story über die Überlebenden der *Graf Spee* zu schreiben.«

»Gesetz ist Gesetz, *señor.*«

Dieser Knabe hat noch nie was von der Graf Spee *gehört.*

»Das ist mir klar, und ich werde mich sobald wie möglich anmelden. Vermutlich kann ich das noch heute erledigen.«

Das war ziemlich blöde von dir, Inspector Clouseau. Du hättest dich nicht als Journalist, sondern als Gebrauchtwagenhändler auf einem Urlaubstrip ausgeben sollen.

Wie kommt es, dass James Bond nie gefragt wird, was er beruflich macht, wenn er durch die Kontrolle der Einwanderungsbehörde geht?

Beim Zoll gab es keinerlei Probleme. Die Zollbeamten drückten für jeden Reisenden einen Knopf, woraufhin ein rotes oder grünes Lämpchen aufleuchtete. Wenn es rot war, wurde das Gepäck geröntgt. Wenn es grün aufleuchtete, winkten sie den Reisenden durch. Castillo gewann beim Druck auf den Knopf.

Er ging in die Ankunftshalle.

Ein untersetzter Mann hielt ein Schild mit der Aufschrift GOSSINGER hoch.

»Mein Name ist Gossinger«, sagte Castillo.

Ein kleiner, fast kahlköpfiger stämmiger Mann Anfang vierzig, der neben dem Mann mit dem Schild stand, streckte Castillo die Hand entgegen.

»Mr Gossinger, mein Name ist Santini. Mr Isaacson hat mich gebeten, Sie abzuholen. Willkommen in Argentinien.«

Castillo entging nicht, dass Santini »Mr Isaacson« gesagt hatte. Nicht Joel. Nicht Agent. Und er verhielt sich entsprechend.

»Das ist sehr freundlich von ihm. Und von Ihnen.«

»Einige der Taxifahrer hier am Flughafen neigen dazu, unvorsichtige Besucher übers Ohr zu hauen.«

»Das geschieht an vielen Flughäfen«, erwiderte Charley. »Da kommt mir sofort La Guardia in den Sinn.«

Santini lächelte, und dann sagte er: »Wir haben eine Remise – Sie wissen, was eine Remise ist?«

Charley nickte.

»Mit einem ehrlichen Fahrer«, fuhr Santini fort und wies zur Tür. »Sollen wir fahren?«

Als der Mann mit dem Schild zwei Schritte vor ihm war, hielt Santini schnell den Zeigefinger auf die Lippen, um Castillo klarzumachen, dass er nichts Wichtiges in Anwesenheit des Fahrers sagen sollte. Castillo nickte, zum Zeichen, dass er verstanden hatte.

Sie standen dann ein paar Minuten am Bordstein, während der Fahrer den Wagen holte. Santini sagte kein Wort. Castillo fühlte sich von Sekunde zu Sekunde kälter in seinem Sommeranzug, und er hoffte, dass sich der Fahrer beeilte.

Der Wagen war ein großer, schwarzer Volkswagen mit stark getönten Scheiben.

Als der Fahrer sich bückte, um Castillos Gepäck in den Kofferraum zu heben, bemerkte Castillo, dass er eine Pistole – sie sah wie eine 9mm-Beretta aus – in einem Gürtelholster trug.

Santini öffnete die hintere Tür und forderte Castillo mit einer Geste zum Einsteigen auf. Als er saß, glitt Santini neben ihn. Der Fahrer setzte sich hinters Lenkrad, und Santini fragte: »Sie sprechen kein Spanisch, nicht wahr?«

Castillo fragte stumm mit einer erhobenen Augenbraue, was er antworten sollte. Santini schüttelte kaum wahrnehmbar den Kopf.

»Leider nicht«, sagte Castillo.

»Schade«, sagte Santini. »Mr Isaacson hat nicht gesagt, wo Sie wohnen werden.«

»Im Hyatt.«

»Es ist jetzt das Four Seasons, das frühere Hyatt Park wurde verkauft.«

»Ich nehme an, das hat man meinem Reiseagenten nicht gesagt«, erwiderte Castillo.

»Haben Sie das gehört, Antonio?«, fragte Santini. »Das Four Seasons?«

»*Sí, señor.*«

Der Volkswagen fuhr an.

Die Fahrt vom Flughafen zum Hotel dauerte eine halbe Stunde. Erst über ein mautpflichtiges Stück Autobahn und dann über die Avenida 9. Julio. Es sollte die breiteste Avenue in der Welt sein, wie sich Castillo erinnerte.

Als sie sich dem Four Seasons näherten, sah Castillo, dass es sich neben der französischen Botschaft, einem gewaltigen Herrenhaus aus der Jahrhundertwende, befand.

Ein Portier mit Schirmmütze hieß ihn im Four Seasons willkommen und blies in eine Pfeife, woraufhin ein Page erschien.

»Suchen Sie irgendwo einen Parkplatz«, wies Santini Antonio an. »Ich werde mich darum kümmern, dass Señor Gossinger sich einquartiert.«

Zimmer 1550 in Four Seasons war eine kleine Suite aus komfortablem Wohnzimmer und großem Schlafzimmer, beide mit Ausblick auf den Hauptbahnhof und die Docks und den Rio de la Plata jenseits davon. Da war etwas Verschwommenes am fernen Horizont.

Castillo fragte sich laut, ob sie hoch genug waren, um den Strand von Uruguay zu sehen.

»An einem klaren Tag kann das sein«, erwiderte Santini. »Warum gehen wir nicht auf den Balkon raus und sehen uns das an?«

Als sie auf dem kleinen Balkon waren, nahm Santini eine kleine, flache Metallbox aus seiner Tasche und fuhr damit über die Wände, den kleinen Tisch und die beiden Stühle und schließlich über den Boden.

»Sauber«, erklärte er. »Aber es kann nicht schaden, alles nach Wanzen zu überprüfen.«

Castillo lächelte ihn an.

»Joel sagte mir, dass es in Costa Rica einen Steckbrief von Ihnen gibt«, sagte Santini lächelnd. »Diebstahl eines Flugzeugs und Sachbeschädigung.«

»Da irrt sich Joel. Auf der Anzeige steht ›der oder die Täter unbekannt‹.«

Santini lachte. Dann fragte er wieder ernster: »Und was haben Sie hier vor?«

»Man hat mich hergeschickt, damit ich etwas über das Kidnapping unserer Diplomatenfrau herausfinde.«

»Seit wann interessieren sich die Special Forces für Kidnapping?«

»Joel hat Ihnen auch das erzählt, wie? Wenn man ihn sieht, würde man nicht denken, dass er so viel quatscht.«

»Ihr schändliches Geheimnis ist bei mir sicher, Herr Gossinger.«

»Ich nehme an, Sie wissen, dass ich von der Army an Matt Hall ausgeliehen worden bin?« Santini nickte, und Charley fuhr fort: »Der Präsident hat ihm befohlen, mich hierher zu schicken, um – Zitat Anfang – ›herauszufinden, was passiert ist und wie es geschah, bevor jemand hier unten die Zeit hat, einen Bericht zu schreiben, um seinen Arsch zu retten‹ – Zitat Ende.«

Santini nickte und berichtete dann: »Mrs Elizabeth Masterson, nette Lady, Frau von J. Winslow Masterson, unserem Missionschef, netter Mann, wurde entführt. Offenbar vom Parkplatz eines Restaurants namens Kansas, nettes Lokal in San Isidro, einem Nobelviertel. Bis jetzt haben sich die Kidnapper nicht gemeldet. Ich denke, sie sind sehr enttäuscht gewesen, als sie feststellten, dass die Lady einen Diplomatenpass hat. Es würde mich nicht überraschen, wenn sie freigelassen werden würde. Andererseits könnten die Kidnapper sich sagen, dass eine tote Frau niemanden identifizieren kann.«

»Sie halten es für gut möglich, dass man sie töten wird?«

»Es ist noch nicht lange her, dass sie ein Kid kidnappten – nein, kein Kid, er war dreiundzwanzig. Er wurde in San Isidro entführt, wo sie sich Mrs Masterson schnappten. Er war der Sohn eines reichen Geschäftsmanns. Sie schnitten ihm die Finger ab, einen nach dem anderen, und schickten sie dem Papa, zusammen mit Lösegeldforderungen, die immer höher wurden. Schließlich zahlte Papa. Dreihunderttausend amerikanische Dollar. Das sind grob gerechnet neunhunderttausend Pesos, ein Vermögen in einem armen Land. Und kurz danach fand man die Leiche des jungen Mannes. Getötet durch Kopfschuss.«

»Warum haben sie ihn getötet?«

»Tote reden nicht«, sagte Santini spöttisch. »Haben Sie das noch nicht gehört?«

»Würde das nicht andere Leute entmutigen, Lösegeld zu zahlen?«

»Wenn der Junior oder die Frau entführt werden, zahlt man und hofft, dass man ihn oder sie lebend wiederbekommt. Das Einzige, was Mrs Masterson am Leben erhalten könnte, wäre die Erkenntnis der Bösewichter, dass es wirklich heiß für sie werden könnte, wenn sie das Entführungsopfer umbringen. Das würde die Regierung zum Handeln zwingen.« Er legte eine Pause ein und fügte dann in gespielt sonorem Ton eines herablassenden Professors hinzu: »Meine Erfahrung mit dem kriminellen Element lässt leider darauf schließen, dass nur sehr wenige davon geistig qualifiziert sind, ihr antisoziales Verhalten zu ändern und Atomphysiker zu werden.«

Castillo musste lachen. »Ich weiß nicht, warum ich lache«, bekannte er. »Was haben Sie über dieses Restaurant, das Kansas, gesagt?«, fragte er dann.

»Ein gutes Restaurant. Sie wurde von dem Parkplatz dahinter verschleppt. Wenn Sie möchten, kann ich Sie dort zum Mittagessen hinbringen, und Sie können sich den Tatort selbst ansehen.«

»Danke. Das wäre nett. Ich weiß nicht, wonach ich suchen soll, aber ich muss ja irgendwo anfangen.«

»Verzeihen Sie meine Unwissenheit, aber warum können Sie nicht einfach in die Botschaft spazieren und dem Sicherheitschef, Ken Lowery, übrigens ein netter Kerl, erzählen, was Sie hier treiben?«

»Das würde mich in das System einbinden.«

»Weiß keiner, dass Sie hierher geschickt wurden? Nicht einmal die Agentur?«

»Besonders nicht die Agentur. Ich stehe auf ihrer schwarzen Liste. Auf ihrer und auf der vom FBI.«

Santini ließ sich das mit nachdenklicher Miene durch den Kopf gehen.

»Aber ich wüsste gern etwas über sie«, sagte Castillo. »Oder bringt Sie das in Schwulitäten?«

»Sie kommen gut mit Joel zurecht. Das reicht mir. Da gibt es ohnehin nicht viel zu erzählen. Der CIA-Stationsleiter – seine Tarnung ist Handelsattaché – ist ein guter Kerl namens Alex Darby. Nach dem, was ich gesehen habe, ist er okay. Es ist keiner vom FBI in der Botschaft, aber gestern schickte man uns ein paar Agenten aus Montevideo rüber, um zu sehen, ob sie uns hilfreich sein können. Ich kenne sie kaum. Typische FBI-Agenten.«

»Meinen Sie – wie war noch der Name? Darby? – meinen Sie, dass Darby eng mit dem SIDE und/oder der örtlichen Polizei zusammenarbeitet?«

»Sie wissen, was der SIDE ist?«

»Die argentinischen Versionen von CIA und FBI, kombiniert in einer, richtig?«

Santini nickte. Dann fragte er: »Sind Sie schon mal hier gewesen?«

»Ja.«

»Und niemand kennt Sie in der Botschaft?«

»Ich glaube nicht. Ich bin nie in ihr drin gewesen.«

Santini akzeptierte das mit einem Nicken und beantwortete dann die Frage: »Ich würde sagen, Darby arbeitet eng mit dem SIDE zusammen, und Lowery eng mit den Cops.« Nach einer kurzen Pause fügte er hinzu: »Was wird passieren, wenn sie herausfinden, dass Sie hier sind und hier herumschnüffeln? Ich werde nichts sagen, aber ...«

»Ich hoffe wirklich, dass sie es nicht herausfinden. Es würde Natalie Cohen in Verlegenheit bringen, weil sie es nicht dem Botschafter gesagt hat. Sie weiß, warum ich hier unten bin und warum.«

»Sie nennen die Außenministerin beim Vornamen?«

»Nein, ich nenne sie Ma'am«, sagte Charley und fügte dann lächelnd hinzu: »Aber sie nennt mich Charley.«

»Da wir von Namen sprechen, Joel sagte, Gossinger hat einen Bart.«

»Ich heiße in Wirklichkeit Castillo. Charley Castillo.«

Er hielt Santini die Hand hin. Santini ergriff sie.

»Tony«, sagte er. Und dann auf Italienisch: »Sie sehen nicht italienisch aus.«

Charley schüttelte den Kopf und erwiderte auf Italienisch: »Halb deutsch und halb Texaner, mit hispanischer Abstammung.«

»Sie sprechen gut Italienisch.«

»Sprachen fallen mir ziemlich leicht.«

Santini akzeptierte das mit einem Nicken und fragte dann: »Wie gut ist Ihre Tarnung? Wenn der SIDE sich für Sie interessiert, wird man Sie überprüfen. Die sind ziemlich gut darin.«

»Die Tarnung wird bei ihnen standhalten. Gossinger, der für eine deutsche Zeitung, die *Tageszeitung*, arbeitet, ist hier, um eine rührende Story über die Überlebenden der *Graf Spee* zu schreiben. Wenn mein Chefredakteur bei der *Tageszeitung* der deutschen Botschaft nicht schon mitgeteilt hat, dass ich hier bin, und sie um freundliche Unterstützung gebeten hat, dann wird er das bald tun.«

Santini sah ihn einen Moment an.

»Okay, Sie sprechen also Spanisch, Sie sind bereits hier gewesen, und Sie haben eine Tarnung, die ziemlich gut klingt. Aber ich weiß immer noch nicht, wie Sie herausfinden können, was Sie sollen, ohne zur Botschaft zu gehen.«

»Ich habe nicht gesagt, dass ich nicht zur Botschaft gehe. *Charley Castillo* wird nicht zur Botschaft gehen.«

»Sind Sie ziemlich gut in diesem Undercover-Geschäft? Im Spielen einer Rolle? Meinen Sie, Sie könnten damit durchkommen, in der Botschaft Gossinger zu spielen?«

»Warum nicht?«

»Darf ich einen Vorschlag machen?«

»Ich bin weit offen für Vorschläge.«

»Selbst wenn Sie in der Botschaft als Herr Gossinger durchkommen, wird man Ihnen nichts erzählen. Es war auch nicht in den Zeitungen und im Fernsehen. Die Argentinier sind verlegen, und sie schweigen die Geschichte tot. Sie reden nicht mit den Amerikanern darüber – weder mit den hiesigen Zeitungen noch mit der *New York Times* oder sonst jemandem. Die Argentinier hoffen, wenn die bösen Jungs herausfinden, dass sie eine Diplomatenfrau erwischt haben, werden sie sie freilassen, damit die ganze Sache vergessen werden kann. Ich persönlich bin der Meinung, dass sie gegen den Wind pissen, aber so ist der gegenwärtige Stand. Wenn also Herr Gossinger zur Botschaft geht und Fragen stellt, werden sich Lowery und alle anderen dort fragen, wo, zum Teufel, Herr Gossinger davon gehört hat.«

»Ich hoffe, Joel hat Ihnen erzählt, dass ich nicht hierher geschickt wurde, weil ich der am besten qualifizierte Mann bin, um undercover eine Ermittlung in einem Kidnappingfall durchzuführen.«

»Joel sagte, Sie hätten zwei hervorstechende Fähigkeiten: Sie sind ein Kämpfer und ziemlich gut darin, von den bösen Jungs gestohlene Flugzeuge zurückzuklauen.«

»Von meinem Pokerspiel hat er nichts gesagt?«

»Nein.« Santini lächelte. »Aber das können Sie vielleicht verstehen. Wenn er mir davon erzählt hätte, würde er zugeben, dass er verloren hat.«

»Joel hat eine Charakterschwäche«, sagte Charley. »Er meint tatsächlich, er kann Poker spielen.«

Sie lächelten einander an.

»Aber wir schweifen ab, Herr Gossinger«, sagte Santini. »Wir sprachen über meinen kleinen Vorschlag.«

»Lassen Sie hören.«

»Wenn mich, sagen wir mal«, begann Santini, »ein Kollege vom Secret Service zufällig auf der Durchreise durch Buenos Aires trifft und mit mir in die Botschaft geht, und wir begegnen zufällig Ken Lowery, und ich erzähle ihm, ich hätte gerade Agent Sowieso von der Sache mit Mrs Masterson erzählt, dann würde Lowery das verstehen – er sagt oft ›wir Bundesagenten‹, als ob er einer wäre –, und es würde ihm vielleicht die Zunge lockern, und er würde Ihnen erklären, wie er das Problem handhabt.«

»Entdecke ich da, dass Sie nicht allzu viel von den Fähigkeiten dieses Mannes als Ermittler halten?«

»Er ist ein guter Kerl, wie schon gesagt, aber was meinen Sie, wie oft er eine Chance hat, etwas Ernsteres zu ermitteln als einen Seitensprung mit einer Diplomatenfrau? Solch ein Verhalten wäre schädlich für den Auslandsdienst der Vereinigten Staaten.«

Castillo lachte. »Was würde mit Ihnen geschehen, wenn man herausfindet, dass Sie dies eingefädelt haben? Und man würde früher oder später dahinterkommen.«

»Vielleicht würde man mich unehrenhaft heimschicken«, sagte Santini. »Und ich könnte wieder als richtiger Secret-Service-Agent arbeiten. Hier runterzukommen, ist nicht meine Idee gewesen. Oder vielleicht könnten Sie mir als Agent des Präsidenten sagen, was Sie hier tun, und mir befehlen, meinen Mund zu halten.«

»Betrachten Sie diesen Befehl als erteilt«, sagte Castillo. »Aber ich muss Ihnen sagen, als ich das beim letzten Mal getan habe – bei jemandem, von dem ich eine Information brauchte –, war der DCI nicht beeindruckt und löste ihn aus wichtigem Grund ab. Er bekam dann ein Empfehlungsschreiben vom Präsidenten, aber es dauerte ein paar ziemlich miese Tage für ihn, bis das geschah.«

»Was passieren wird, wird passieren«, sagte Santini.

»Wie kommt es, dass man Sie hier runtergeschickt hat?«

»Ich habe mich verletzt und wurde auf eingeschränkten Dienst gesetzt, und so schickte man mich hierher, um nach Falschgeld zu suchen.«

»Wie haben Sie sich verletzt?«

»Hat Joel Ihnen das nicht erzählt?«

Castillo schüttelte den Kopf.

»Wenn Sie lachen, werde ich Ihnen beide Arme brechen«, sagte Santini im Plauderton. »Ich fiel von der Stoßstange der Präsidentenlimousine, und der nachfolgende Yukon fuhr mir über den Fuß.«

»Ich werde nicht lachen, aber darf ich breit grinsen?«

»Sie können mich mal, Herr Gossinger«, sagte Santini lächelnd.

»Was würde ein anderer Agent des Secret Service auf der Durchreise durch Argentinien machen?«

»Da gibt es Dutzende Möglichkeiten. Das kommt dauernd vor, mindestens einmal pro Monat. Für gewöhnlich ist es ein Supervisory Special Agent, der meine Spesenabrechnung überprüfen will, oder dergleichen Blödsinn. Das einzige Problem, das ich sehe, könnte es geben, wenn jemand einen Ausweis von Ihnen verlangt.«

»Moment«, sagte Charley.

Keine zwei Minuten später überreichte er Santini seinen Ausweis des Secret Service.

»Hat Hall Ihnen den beschafft?«, fragte Santini, als er ihn eingehend betrachtete.

Castillo schüttelte den Kopf.

»Joel ging zu Hall und bekam ihn für mich.«

»Dies würde klappen, glaube ich. Jetzt liegt es an Ihnen.«

»Sieht für mich wie ein Glückstreffer aus«, sagte Castillo. »Danke, Tony.«

Santini machte eine wegwerfende Geste.

»Die Diplomaten gehen erst um neun zur Arbeit«, sagte er. »Ich schlage vor, Sie gewöhnen sich hier ein und nehmen dann gegen neun ein Taxi zur Botschaft.«

»Okay.«

»Rechts der Botschaft ist das Tor für Angestellte. Benutzen Sie diesen Eingang. Die Wachen sind Argentinier. Halten Sie denen den Ausweis unter die Nase, und man wird Sie zum Gebäude eskortieren, zu Posten eins, wo eine Wache vom Marine Corps steht. Zeigen Sie ihm den Ausweis, und sagen Sie ihm, dass Sie mich besuchen wollen. Ich werde kommen und den Überraschten spielen, Supervisory Special Agent Castillo zu sehen, und ich werde dafür sorgen, dass Sie ein Besucherschild kriegen. Und dann arrangieren wir es, dass wir ›zufällig‹ auf Lowery stoßen.«

»Klingt gut. Ich soll mir ein Taxi nehmen? Keines von der Remise?«

»Ein Taxi zur Botschaft. Es hat keinen Sinn, den SIDE wissen zu lassen, dass Sie direkt von Ihrem Hotel zur Botschaft gefahren sind.«

Castillo hob fragend eine Augenbraue.

»Ein wenig Erklärung«, sagte Santini. »Die Fahrer der Palermo-Remise sind Cops außer Dienst. Das bedeutet, dass sie Waffen tragen können. Das ist nützlich. Es gibt hier viele Gangster. Das Problem ist, dass ich den Verdacht habe, die Cops schicken mir SIDE-Agenten. Wenn mein Zynismus zutrifft, dann habe ich eine unausgesprochene Vereinbarung mit dem SIDE getroffen. Ich benutze ihre Remisen, und die Fahrer berichten dem SIDE, wo ich hinfahre und mit wem ich rede. Auf diese Weise brauchen sie mich nicht zu beschatten.

Ich rede in einer Remise einfach nicht über Geschäftliches.«

»Verstanden«, sagte Castillo.

»Aber im Allgemeinen – es sei denn, man will den SIDE nicht wissen lassen, wohin man fährt – ist die Palermo-Remise eine gute Idee«, sagte Santini und überreichte ihm eine Visitenkarte. »Es dauert nie länger als zehn Minuten, bis man abgeholt wird, ganz gleich, wo man ist. Sie benutzen Handys.«

Castillo nickte.

»Danke, Tony.«

Santini überreichte ihm ein Motorola-Handy und ein Ladegerät. Abermals blickte Castillo fragend mit erhobener Augenbraue.

»Meine persönliche Handynummer ist Auto vier«, sagte Santini. »Meine persönliche – nicht registrierte – Nummer ist die Fünf, und die meines Büros die Sechs. Ich habe einen guten Verwaltungsassistenten namens Daniel bekommen. Soweit ich weiß, arbeitet er nicht für den SIDE.«

Castillo nickte zum Zeichen, dass er verstanden hatte.

»Sie können damit die Staaten anrufen, aber es kostet ungefähr neun Dollar pro Sekunde, also verjubeln Sie nicht so viel Geld, wenn Sie mit Ihrer Freundin plaudern.«

»Wer bezahlt die Rechnungen dafür? Der Secret Service oder die Botschaft?«

»Der Secret Service. Also ich. Was bedeutet, Supervisory Agent Castillo, dass ich annehme, Sie können mit Ihrer Freundin so lange plaudern, wie Sie wollen.«

Hallo, Betty. Hier Charley Castillo. Ich sitze gerade in meinem Hotelzimmer in Buenos Aires herum und frage mich, wie die Dinge oben in Georgia laufen, und da dachte ich mir, ruf mal an.

Ja, ich weiß, dass du dort in der Agentenschule oder weiß der Teufel, wie man das nennt, sehr beschäftigt sein musst.

Tut mir leid, dass ich dich gestört habe.

»Danke, Tony.«

Santini tätschelte seinen Arm.

»Ich sehe Sie dann um kurz nach neun«, sagte er und verließ den Balkon, ging durch die Suite und zur Tür hinaus.

Charley ging ins Badezimmer, um zu duschen.

Das Badezimmer war luxuriös. Außer der Decke war alles mit Marmor verkleidet. Die Duschkabine war groß, und an einem beheizten Chromständer an der Wand hingen Badetücher, die dick genug waren, um einen Elefanten abzutrocknen.

Nach dem Duschen zog er das an, was er als seine »Bürokraten-Uniform« bezeichnete, einen dunkelgrauen einreihigen Anzug, mit weißem Button-down-Hemd und gestreifter Krawatte.

Er blickte auf seine Armbanduhr und sah, dass es fünf Minuten nach halb acht war, was bedeutete fünf Minuten nach fünf in Washington. Joel Isaacson anzurufen und ihm für Santini zu danken, würde warten müssen. Es machte auch keinen Sinn, ihm eine E-Mail zu schicken. Er hatte ihm auch nicht viel mitzuteilen außer dem, was ihm Santini erzählt hatte. Vielleicht würde er mehr wissen, wenn er mit dem Sicherheitsmann in der Botschaft gesprochen hatte. Und wenn er um zwölf – neun in D. C. – nicht mehr wissen würde, dann würde er einfach eine E-Mail schicken: *Noch nichts. Arbeite daran. Beste Grüße. Sherlock Holmes.*

Er griff zum Telefon, um den Zimmerservice anzurufen, und besann sich dann anders. Er würde in der Lobby Kaffee trinken. Wenn nichts sonst dort seine Aufmerksamkeit anzog – und er glaubte, dass die gute Chance bestand, dass es fesselnde Anblicke geben würde; die einzige andere Stadt, die er kannte, in der es so viele gut aussehende Frauen gab, war Budapest –, würde er einen Blick in den *Buenos Aires Herald* werfen.

Er überlegte einen Moment, was er mit Gossingers Pass und den Kreditkarten tun sollte, und steckte sie dann in das versteckte Fach des Laptop-Behälters. Es war stets peinlich, wenn man zwei verschiedene Ausweise bei ihm fand.

Er ging den Korridor entlang zu der Reihe von Aufzügen und drückte auf einen Abwärts-Knopf. Die Tür glitt fast sofort auf, und er blickte auf einen schlanken Mann Anfang vierzig mit kurz geschnittenem Haar in einem hellbraunen Anzug und mit dezenter Krawatte. Der Mann würde in einer Menge nicht auffallen.

»Entweder sind Sie ein viel besserer Schauspieler, als ich bisher gedacht habe, oder diese überraschte Miene ist echt«, sagte der Mann.

Die 767, die ich in Ezeiza gesehen habe, war also die von Pevsner. Was, zum Teufel, treiben die hier in Buenos Aires?

»Guten Morgen, Howard«, sagte Castillo.

»Ich würde fragen, wie geht es Ihnen?«, erwiderte Howard Kennedy. »Aber ich nehme an, die richtigere Frage ist: Wer sind Sie heute?«

»Heute ist mein Name Castillo«, sagte Charley. »Und wie geht's Ihnen?«

»Charley Castillo, unerschrockener Green Beret? Oder Charley Castillo vom Secret Service?«

Es war ein Hochgeschwindigkeitsaufzug. Die Tür öffnete sich zur Lobby, als Castillo zur Antwort ansetzte. Leute – eine Familie, Ehemann, Frau und zwei Teenager – warteten, um den Aufzug zu betreten.

»Letzteres, Howard«, sagte Castillo, als er den Aufzug verließ.

Kennedy wartete, bis niemand mehr in Hörweite war.

»Und was bringt Sie ins Gaucho-Land, Charley?«, fragte er.

»Ich werde Ihnen erzählen, was ich hier mache, wenn Sie mir sagen, was Sie sind.«

»Bei einer Tasse Kaffee? Ich gebe sie aus. Ich weiß aus schmerzlicher Erfahrung, wie wenig die Regierung ihren Beamten zahlt, sogar den sehr guten.«

»Schmeichelei und das Angebot, eine Tasse Kaffee zu spendieren, öffnen Ihnen alle Türen.«

Kennedy lächelte und klopfte Castillo auf den Arm.

»Es ist vielleicht sehr dumm von mir, aber ich freue mich wirklich, Sie wiederzusehen.«

Castillo lächelte ihn an.

»Ich bin mir nicht sicher, ob ich mich freue, Sie zu sehen, oder ob mich nur die Neugier überwältigt.«

Kennedy lachte und ging voran zu einem schönen Restaurant, ein offener Bereich mit niedrigen Tischen und Lehnstühlen aus Chrom und Leder.

Eine Kellnerin – eine tolle junge Frau mit langen Beinen und großen dunklen Glutaugen – erschien fast sofort am Tisch. Sie bestellten Kaffee.

»Und bringen Sie bitte etwas Gebäck mit«, fügte Kennedy hinzu. Als sie fort war, sagte er zu Castillo: »Sehr hübsch. Ich beneide Sie um Ihren Junggesellenstatus.«

»Ich habe die Pan Arabic 767 auf Ezeiza gesehen«, sagte Charley, »und mich gefragt, ob es eure ist.«

»Mann, Sie sind ja ein guter Beobachter! Ich traf hier zu unchristlicher Zeit ein und kam her, um ein Nickerchen zu machen und zu duschen. Und dann Überraschung, Überraschung!«

»Sie wollten mir sagen, was Sie hier treiben.«

»Wir brachten eine Ladung Wandteppiche und andere Dekorationen von Riad für das König Faisal Islamic Center, und wir fliegen mit zwei Dutzend Polo-Ponys und Kisten mit Stiefeln und Sätteln und anderer Ausstattung für das Spiel der Könige fort.«

»Sie sind also jetzt Pferdehändler?«

»Sie sind dran, Charley.«

»Da gibt es ein Personalproblem in der Botschaft. Man hat mich hier runtergeschickt, um nachzusehen, was wirklich los ist.«

»Anstatt dem Botschafter zu glauben, was er sagt?«

Castillo nickte. »So etwas in der Art.«

Die Kellnerin brachte den Kaffee und das Gebäck.

»Das ging aber schnell«, sagte Kennedy.

Er griff nach einem *petit four.*

Castillo sagte: »Mein Großvater pflegte zu sagen, das Einzige, was die Argentinier ständig gut machen, ist Essen.«

Kennedy lachte. »Erzählen Sie mir die Natur des Personalproblems in der Botschaft?«

»Sobald Sie mir erzählen, was Sie wirklich hier machen.«

Kennedy grinste ihn an. »Wenn ich mir's genau überlege, jucken mich die Personalprobleme in der Botschaft nicht im Geringsten.«

»Andererseits möchte ich wirklich gern wissen, was Sie in Wirklichkeit hier treiben.«

»Das glaube ich Ihnen. Aber Sie werden sich damit zufrieden geben müssen, dass es weder illegal noch nachteilig für die Vereinigten Staaten ist.«

»Mehr kann ich nicht verlangen«, sagte Castillo und fragte dann: »Haben Sie den Film mit Mel Gibson gesehen, in dem sie seinen Jungen kidnappen?«

»Nein. Habe ich nicht gesehen. Ich würde aber liebend gern wissen, warum Sie fragen.«

»Es war der Film beim Herflug. Ich schlief in der Mitte ein und habe mich gefragt, wie es ausging.«

»Ich glaube, das meinen Sie ernst.«

»Sie haben seinen Jungen gekidnappt, und er musste sich entscheiden, ob er das Lösegeld zahlt, was seine Frau wollte, oder ob er es nicht zahlt, was das FBI ihm riet.«

Kennedy schüttelte den Kopf.

»In meiner vorherigen Stellung«, sagte er, »habe ich an einem halben Dutzend Kidnapping-Fällen gearbeitet, bei denen es ums große Geld ging. Solche Entführungsfälle mit riesigen Lösegeldsummen sind für gewöhnlich entweder Insider-Jobs, und ein paar gute Ermittler können die Täter in ein paar Stunden finden. Oder es sind Profijobs, bei denen das Opfer lange genug am Leben gehalten wird und die Entführer das Lösegeld kassieren können. Etwas grober formuliert, zahlt man das Lösegeld, verliert man das Opfer *und* das Geld. Befriedigt dies Ihre Neugier, Charley? Was hat Gibson getan?«

»Ich habe Ihnen schon erzählt, dass ich eingeschlafen bin, bevor dies geschah.«

»Und jetzt liegen Sie nachts wach und grübeln«, sagte Kennedy sarkastisch und fragte dann: »Wie lange werden Sie hier bleiben, Charley?«

Castillo hob beide Hände in einer Geste, die besagte: *Wer, zur Hölle, weiß das schon?*

»Vielleicht können wir zu Abend essen«, sagte Kennedy. »Oder was trinken.«

»Das würde mir gefallen.«

»Wie kann ich Kontakt mit Ihnen aufnehmen?«

»Hier, nehme ich an.«

»Haben Sie kein Handy? Oder wollen Sie mir nicht die Nummer nennen?«

»Sie geben mir Ihres, und ich gebe Ihnen meines.«

»Abgemacht.«

Sie tauschten die Handys aus.

Ich weiß, wie es kommt, dass ich ein Handy habe, obwohl ich gerade erst hier eingetroffen bin.

Und wo hast du deines bekommen, Howard? Vielleicht bist du nicht zu unchristlicher Zeit am Morgen eingetroffen.

»Sie sind gleich vom Flugzeug aus in den Handyladen geeilt, nicht wahr, Charley?«

»Howard, es ist nicht nett – hat Ihnen Ihre Mami das nicht gesagt? –, die Gedanken anderer Leute zu raten. Aber um Ihre Neugier zu befriedigen, ich habe meines vom hiesigen Secret-Service-Kollegen bekommen. Der Secret Service kümmert sich um seinesgleichen. Woher haben Sie Ihres?«

»Von einem Freund geliehen.«

»Klar.«

Kennedy sah ihn an und lächelte. Er reichte Charleys Handy zurück.

»Ich würde liebend gern die Kurzwahltasten drücken und sehen, wer antwortet.«

»Wer, glauben Sie, würde antworten?«

»Man nennt die FBI-Jungs in Botschaften ›Justiz-Attachés‹. Das dürfte Ihnen bekannt sein.«

»Auf Ehre und Gewissen«, sagte Castillo, »keine der Kurzwahltasten wird das FBI anrufen. Ich kenne nicht mal jemanden vom FBI hier. Tatsache ist, dass ich soeben erfahren habe, es gibt nicht mal eine FBI-Abteilung oder so was bei der Botschaft. Und wen erreichen Sie mit Ihren Kurzwahltasten?«

Kennedy antwortete nicht direkt darauf. Stattdessen sagte er: »Und was haben Sie jetzt auf Ihrem Terminplan? Kann ich Sie irgendwo absetzen?«

»Ich fahre zur Botschaft.«

»Die liegt direkt auf meinem Weg. Ich werde Sie dort absetzen.«

»Auf dem Weg wohin?«

»Zum King Faisal Islamic Center. Es ist nur ein paar Blocks von der Botschaft entfernt.«

»Ich kann mir schwer vorstellen, wie Sie mit der Stirn am Boden im Gebet versunken sind.«

»Es ist Geschäft, Charley. Nur Geschäft.«

»Liegt das nicht auf der Linie der Mafia, kurz bevor sie Leute erschießt?«

»Wären mit den Arabern nur so leicht Geschäfte zu machen wie mit der Mafia«, sagte Kennedy und stand auf. Er nahm ein Bündel Geldscheine aus der Tasche und ließ ein paar Banknoten auf den Tisch fallen. »Wollen Sie mitfahren oder nicht?«

Ein schwarzer Mercedes-Benz S 500 mit stark getönten Scheiben wartete auf Kennedy, als sie durch die Drehtür kamen. Ein großer Mann, der Charley vage vertraut vorkam, stieg schnell vom Beifahrersitz auf und öffnete die hintere Tür.

»Du erinnerst dich an Herrn Gossinger, Frederic?«, fragte Kennedy.

»Guten Morgen, Herr Gossinger«, sagte der Mann mit unbewegtem Gesichtsausdruck.

Das letzte Mal habe ich dich gesehen, als du in Wien gewesen bist. Ich habe dich entweder als Ungar oder Tscheche eingeschätzt, aber was soll's.

»Grüß Gott!«, sagte Charley und bemühte sich, so Wienerisch zu klingen wie möglich.

Kennedy stieg schnell in den Wagen ein, und Charley glitt neben ihn auf den Rücksitz.

2

Botschaft der Vereinigten Staaten
Avenida Colombia 4300
Buenos Aires, Argentinien
22. Juli 2005, 9 Uhr 05

Als Kennedys Mercedes von der Avenida Libertador abbog, konnte Castillo die amerikanische Botschaft und die Residenz des Botschafters sehen, ein großes, vage europäisch aussehendes Herrenhaus, das zur Libertador blickte. Ein großer blauer Van der Policía Federal parkte auf der Straße gegenüber davon, doch Charley konnte keinerlei Polizisten entdecken.

Das Botschaftsgebäude stand einen Block entfernt, mit Blick auf einen Park, hinter einem Stahlzaun und einem Halbkreis von Barrikaden, ähnlich den Begrenzungen von Fahrbahnen bei Autobahnbaustellen. Es wirkt zweifellos amerikanisch, dachte er etwas unpatriotisch.

Das Einzige, was verhindert, dass die Leute dieses langweilige Zementviereck mit einem Lagerhaus am Flughafen verwechseln, ist die Tatsache, dass die grauen Wände mit ordentlichen Reihen von quadratischen Fenstern perforiert sind.

Es gibt vermutlich tausend Hilton Motels am Straßenrand, die besser aussehen. Warum, zum Teufel, konnten sie beim Bau keine Backsteine verwenden und ein paar Säulen einplanen, damit es aussieht wie Monticello oder sogar das Weiße Haus?

Die Stärke seiner Reaktion überraschte ihn.

Warum bin ich sauer?

Müdigkeit? Kater?

Weil ich hier runtergeschickt wurde, um etwas zu tun, ohne zu wissen, wie ich es anstellen soll?

Vielleicht bin ich deshalb sauer. Okay, bestimmt ist das der Grund. Aber in Wirklichkeit liegt es an Howard Kennedy.

Was, zur Hölle, treibt er hier? Es ist kein Zufall, dass er sich hier aufhält. Oder doch?

Ich weiß es nicht – kann es unmöglich herausfinden –, und das stört mich.

Und warum kann er einfach nicht glauben, dass ich nicht die Absicht habe, ihn beim FBI zu verpfeifen? Gottverdammt, inzwischen sollte er wissen, dass er mir vertrauen kann. Was es mir natürlich unmöglich macht, ihm zu vertrauen ...

»Der Eingang ist ein Stück weiter unten links«, sagte Kennedy. »Und es sieht aus, als wäre eine Schlange von Leuten vor Ihnen dran.«

»Vermutlich Leute, die ein Visum haben wollen«, erwiderte Castillo. »Da soll zur Rechten ein Eingang für Angestellte sein. Setzen Sie mich einfach dort irgendwo ab.«

Kurz darauf hielt der Mercedes am Straßenrand. Charley sah, dass der Mann vorne aus dem Wagen sprang, um für ihn die hintere Wagentür zu öffnen. Er drehte sich zu Kennedy um und hielt ihm die Hand hin.

»Danke, Howard«, sagte er.

»Ich habe jedes Vertrauen darin, dass Sie dem Justizattaché nicht erzählen werden, wie Sie hierher gekommen sind.«

»Oh, verdammt, Howard! Ich habe Ihnen gesagt, dass es hier kein FBI gibt.«

»Ja, das haben Sie gesagt.«

»Sie können mich mal, Howard!«

»He, Charley, ich ziehe Sie einfach nur auf.«

»Nein, das tun Sie nicht.«

»Lassen Sie uns versuchen, etwas zusammen zu trinken und/oder zum Abendessen zu gehen«, sagte Kennedy.

»Ja. Rufen Sie mich an.«

Er stieg aus dem Mercedes und ging schnell die Straße entlang. Es gab eine Lücke, die breit genug war, um zwischen den Zementbarrieren hindurchzugehen. Danach konnte er in dem Stahlzaun ein Tor mit einer Wachhütte und einer drehbaren Barriere sehen.

In der Wachhütte hielten sich drei Männer auf, jeder in einer Art Polizeiuniform mit den Abzeichen irgendeines Sicherheitsdienstes auf den Ärmeln. Von Sam-Browne-Gurten hingen in offenen Holstern Smith & Wesson .357 Magnum Revolver.

Castillo zeigte einem der Wachleute das Lederetui mit dem Ausweis des Secret Service.

»Ich möchte Mr Santini besuchen«, sagte er auf Englisch.

»Dieses Tor ist nur für Botschaftspersonal bestimmt«, sagte der Sicherheitsmann äußerst arrogant und wies auf die ferne Seite der Botschaft.

Du Hurensohn, du hast noch nicht mal einen Blick auf meinen Ausweis geworfen!

Ein argentinischer Miet-Cop verweigert einem Secret-Service-Agenten den Zugang zur amerikanischen Botschaft! Das kommt verdammt nicht in Frage!

»Sie gehen jetzt an Ihr gottverdammtes Telefon und sagen der Wache vom Marine-Corps, dass hier am Tor ein Agent des Secret Service der Vereinigten Staaten ist«, blaffte Castillo auf Spanisch.

Der Wächter, ein wenig erstaunt über das fließende Spanisch und den zornigen Kommandoton, forderte Castillo mit einer Geste auf, ihm noch mal seinen Ausweis zu zeigen. Ein anderer Sicherheitsmann nahm den Hörer des Telefons ab.

Castillo wandte ihnen den Rücken zu.

Es war unangebracht, meine Wut so zu zeigen. Was, zum Teufel, ist mit mir los?

Andererseits würde das die Reaktion eines echten Agenten des Secret Service sein. Joel vielleicht nicht, aber bestimmt Tom McGuire würde sich keinen Scheiß von einem Miet-Cop bieten lassen.

Castillo sah, dass der Mercedes noch nicht weitergefahren war.

Du willst mitbekommen, ob ich wirklich reingehe, Howard?

Nein. Du willst sehen, ob ich sofort passieren darf, was bedeuten würde, dass ich hier bekannt bin, oder ob ich von diesen Miet-Cops gepiesackt werde, weil sie mich nicht kennen.

Er lächelte und winkte fröhlich, und der Mercedes fuhr an.

»Wenn Sie bitte mitkommen wollen, *señor?*«, sagte der Miet-Cop, der telefoniert hatte, auf Englisch.

Castillo wandte sich um und sah, dass sich die Drehbarriere öffnete. Er ging hindurch, und der Sicherheitsmann wartete auf ihn.

»Haben Sie ein Mobiltelefon oder ein anderes elektronisches Gerät bei sich, Sir?«

»Ich habe ein Handy«, sagte Castillo auf Spanisch.

»Sie werden es mir aushändigen müssen, Sir. Sie erhalten es zurück, wenn Sie die Botschaft verlassen.«

»Wir werden mit der Wache vom Marine-Corps darüber sprechen«, sagte Castillo schroff auf Spanisch und ging auf das Botschaftsgebäude zu.

Nach kurzem Zögern folge ihm der Sicherheitsmann.

Vielleicht fünfzehn Personen standen außerhalb des verglasten Eingangs. Alle rauchten.

Ich bezweifle, dass sich die Anti-Raucher-Eiferer in einem US-Regierungsgebäude jemals gefragt haben, wie viel Zeit verloren geht, wenn all diese Leute eine erzwungene Zigarettenpause machen. Was das den Steuerzahler kostet!

Okay, Charley. Die Zeit der Wutanfälle ist vorüber. Sei nett.

In der Eingangshalle gab es eine Reihe von Chrom- und Leder-Bänken – wie die Sitze in einem Flughafen – an der Wand. Porträts des Präsidenten, des Vizepräsidenten und des Außenministers an den Wänden und hinter einem verglasten Schalter einen Wachmann vom Marine-Corps – ein Sergeant – mit Khakihemd, Uniformhose und weißem Sam-Browne-Koppel.

»Kann ich Ihnen helfen, Sir?«, fragte der Wachmann vom Marine-Corps.

Charley überreichte ihm das Ausweisetui, und der Sergeant betrachtete den Ausweis genau.

»Ich bin hier, um Mr Santini zu besuchen.«

»Er hat ein Mobiltelefon«, petzte der Sicherheitsmann.

Der Sergeant nahm den Hörer eines Telefons ab und drückte auf einen Knopf.

»Sergeant Volkmann von Posten eins«, sagte er. »Hier ist ein Mr Castillo, der Sie besuchen will, Sir.« Es folgte eine Pause, und dann sagte der Sergeant »Jawohl, Sir!« und schaute zu Castillo.

»Mr Santini wird gleich runterkommen«, sagte der Sergeant. »Bitte nehmen Sie Platz.«

Er wies zu den Sitzbänken.

»Er hat ein Mobiltelefon«, sagte der Sicherheitsmann noch einmal.

»Verzeihen Sie, Sir«, sagte der Sergeant vom Marine-Corps.

Castillo sah ihn an.

»Sind Sie bewaffnet, Sir?«, fragte der Sergeant und wies auf einen Metalldetektor über der Eingangstür.

Castillo schüttelte den Kopf.

»Danke, Sir.«

Castillo setzte sich auf die Sitzbank.

Von der Wand blickte ernst die Außenministerin auf ihn herab.

Natalie, ich wünschte, du hättest dem Präsidenten ausreden können, mich hierher zu schicken.

Der Sicherheitsmann bedachte Castillo mit einem bösen Blick, als er aus der Halle ging.

Santini kam eine Minute später durch die mit dem Metalldetektor gesicherte Tür.

»Guten Morgen, Sir«, sagte er und streckte Castillo die Hand hin. »Ich habe soeben erfahren, dass Sie herkommen.«

»Wie geht es Ihnen, Santini?«, fragte Castillo, als sie sich die Hände schüttelten.

Santini wandte sich an den Wachmann des Marine-Corps.

»Kann ich Supervisory Special Agent Castillo ein unbefristetes Besucherschild geben, oder muss ich das über Lowery erledigen lassen?«

»Bedaure, Sir«, sagte der Sergeant. »Mr Lowery ist stark beschäftigt.«

»Nun, dann geben Sie ihm ein normales Besucherschild.«

»Jawohl, Sir. Ich werde seinen Pass haben müssen, Mr Santini.«

»Allmächtiger!«, sagte Castillo, und dann lächelte er den Sergeant an, als er ihm seinen Pass aushändigte. »Sergeant, dieses ›Allmächtiger!‹ galt demjenigen, der eine dumme Vorschrift gemacht hat, nicht Ihnen.«

»Kein Problem, Sir«, sagte der Sergeant mit der Andeutung eines Lächelns.

Er gab Castillo ein gelbes Besucherschild aus Plastik mit einer Art Hundekette und schob ein Klemmbrett zu ihm hin.

»Wenn Sie bitte da unterschreiben wollen, Sir.«

»Und wenn Sie mir folgen wollen, Sir«, sagte Santini, »werden wir sehen, ob wir das nicht mit Mr Lowery regeln können.«

»Er ist für die Sicherheit verantwortlich?«, fragte Castillo.

»Jawohl, Sir. Das ist er.«

Castillo hängte sich das Besucherschild um den Hals und folgte Santini durch die Tür mit dem Metalldetektor.

Dahinter befand sich ein Foyer. In der Mitte davon gab es zwei Aufzugtüren. Eine davon war offen. Santini winkte Castillo durch die offene Tür und drückte auf einen der Knöpfe.

Als die Tür geschlossen war und sie allein waren, sagte Santini: »Ich würde sagen, wir sind im Begriff, den Löwen in seiner Höhle aufzustöbern. Aber er ist mehr ein Miezekätzchen.«

Die Tür vom Büro des Sicherheitsbeamten im dritten Stock des Botschaftsgebäudes stand offen. Kenneth W. Lowery – *er sieht fast aus wie Howard Kennedy* – saß an seinem Schreibtisch und telefonierte.

Als er Santini sah, lächelte er und winkte ihn herein.

»Ich werde zurückrufen«, sagte Lowery und legte den Hörer auf.

»Guten Morgen, Tony«, sagte er.

»Begrüßen Sie Supervisory Secret-Service-Agent Castillo«, sagte Santini. »Er ist in der Stadt, um sich über meine Spesenabrechnung zu beschweren.«

»Da ich Ihren Lebensstil gesehen habe, kann ich verstehen, dass dies durchaus möglich ist«, sagte Lowery, erhob sich und streckte Castillo über den Schreibtisch hinweg die Hand hin. »Freut mich, Sie kennen zu lernen.«

»Guten Tag«, sagte Castillo.

»Wie stehen die Chancen, für Mr Castillo ein unbefristetes Besucherschild zu bekommen? Er wird hier ein und aus gehen.«

»Wie lange werden Sie hier sein, Mr Castillo?«

»Nennen Sie mich bitte Charley«, sagte Castillo. »So lange es dauert, um Santini zu einem Geständnis zu bringen, dass er den Service ausgeraubt hat. Das sollte nicht länger als eine Woche oder so dauern.«

»Könnte ich bitte Ihre Ausweispapiere sehen? Und Ihre Reisebefehle?«

»Ausweispapiere ja«, sagte Castillo, »Reisebefehle nein.«

»Sie haben keine Reisebefehle?«, fragte Lowery.

»Blanko«, sagte Castillo.

Lowery betrachtete den Ausweis sorgfältig.

»Ich habe nie zuvor einen Supervisory Special Agent kennen gelernt«, sagte er, und es klang fast wie eine Frage.

Was, zum Teufel, soll ich darauf antworten?

»Mir ist nicht mitgeteilt worden, dass Sie kommen«, sagte Lowery.

Das ist eine weitere Frage, keine Feststellung.

»Deshalb wird es Secret Service genannt«, sagte Santini. »Was wir tun, ist geheim. Das erzählen wir niemandem.«

Lowery fand dies nicht lustig.

»Außer ein paar Gesprächen mit Santini habe ich nichts Geschäftliches mit der Botschaft zu erledigen«, sagte Castillo. »Wenn es ein Problem mit der unbefristeten Besuchserlaubnis gibt, die ich seiner Meinung nach haben sollte, vergessen Sie das.« Er legte eine Pause ein und fügte hinzu: »Auf der Rückseite des Fotoausweises steht eine Nummer, die Sie anrufen können, wenn Sie Referenzen über mich einholen möchten.«

»O nein. Das ist überhaupt kein Problem«, sagte Lowery schnell. »Kann ich dies einen Moment haben? Ich lasse von meiner Sekretärin das Besucherschild ausstellen.«

»Klar«, sagte Castillo.

Lowery ging durch eine Seitentür und kehrte bald darauf zurück.

»Es wird nur ein paar Minuten dauern. Sie tippt es und verschweißt es in Plastik. Ich habe ihr gesagt, sie soll es für zwei Wochen Gültigkeit ausstellen. Ist das lange genug?«

»Mehr als genug«, sagte Castillo. »Danke.«

»Darf ich Ihnen eine Tasse Kaffee anbieten, während wir warten?«

»Ja, vielen Dank.«

Lowery ging wieder durch die Tür und kehrte kurz darauf mit drei Porzellantassen zurück.

»Ich weiß, dass Tony seinen schwarz trinkt«, sagte Lowery. »Aber ...«

»Er trinkt den Kaffee schwarz? Wie kommt es dann zu 38 Dollar für Milch und Zucker, Santini?«

Lowery sah ihn an und brach in Gelächter aus.

»Tony hat mir von Ihrem Problem erzählt«, sagte Castillo in vertraulichem Tonfall.

»Welches Problem soll das sein?«, fragte Lowery vorsichtig.

»Die verschwundene Frau.«

Lowery bedachte Santini mit einem giftigen Blick.

Santini empörte sich darüber.

»Nun machen Sie mal halblang, Ken. Es ist ja nicht so, als arbeite Mr Castillo für die *New York Times.*«

Lowery überlegte einen Moment.

»Eigentlich habe ich mich kurz vor Ihrem Eintreten gefragt, wie lange es dauern wird, bis die Reporter von der *Times* davon Wind bekommen.« Nach kurzer Pause fügte er hinzu: »Was hat Tony Ihnen erzählt?«

»Nur, dass die Frau des Missionschefs unter mysteriösen Umstanden verschwunden ist.«

»Der Ehemann geht natürlich die Wände hoch«, sagte Lowery. »Sie hatte auf ihn in einem Restaurant in San Isidro gewartet. Als er dort eintraf, waren ihre Handtasche und ihr Wagen dort, aber sie war weg.«

»Und Sie nehmen an, man hat sie gekidnappt?«

Lowery zögerte, bevor er eine Frage stellte. »Haben Sie viel Erfahrung mit solchen Dingen, Mr Castillo?«

»Ein wenig.«

Zum Beispiel habe ich geholfen, zwei irakische Generäle, einen russischen General, einen russischen Oberst und ein halbes Dutzend Nicht-Iraker in einer Scud-Stellung in der irakischen Wüste zu schnappen. Ich bezweifle, dass du das im Sinn hast, aber mal sehen, wohin das führt.

»Ehrlich gesagt, ich nicht«, sagte Lowery. »Lassen Sie mich erzählen, was ich bis jetzt darüber weiß, und Sie sagen mir, was Sie davon halten.«

»Klar.«

»Ich glaube nicht, dass diese Gangster auf dem Parkplatz des Restaurants herumlungerten, um sich die erstbeste Frau zu schnappen, weil sie dachten, dass jemand sie mit Lösegeld freikaufen würde. Zu viele wohlbetuchte Leute kommen an jedem Tag auf diesen Parkplatz und wurden nie entführt. Die Kidnapper hatten es auf Mrs Masterson abgesehen.«

»Das lässt den Schluss zu, dass sie denken, die Regierung wird zahlen, um sie freizukaufen. Wissen sie nicht, dass wir kein Lösegeld zahlen und uns nicht erpressen lassen?«

»Jack Masterson hat Geld«, sagte Lowery. »Viel Geld. Sie wissen nicht, wer er ist?«

Castillo schüttelte den Kopf.

»Jack the Stack?«, fragte Lowery.

Castillo verneinte abermals mit einem Kopfschütteln.

»Der Basketballspieler?«

Das brachte zwar auch keine Glocke zum Läuten, aber ein Glöckchen leise zum Bimmeln. »Oh.«

»Im vierten Monat seiner Profikarriere als Basketballspieler – sein Vertrag lief über einen Zeitraum von fünf Jahren ...«, erklärte Lowell, »... erhielt Jack the Stack zehn Millionen Dollar ...«

Castillos Augenbrauen ruckten hoch. *Mensch, jetzt weiß ich Bescheid!*

»Aber er wurde beim Verlassen des Stadions von einem Bierlastwagen angefahren«, sagte Castillo.

»Angefahren von einem Typen, der ausprobiert hatte, wie seine Ware schmeckt«, fügte Lowery hinzu. »Er hatte zweimal so viel Alkohol im Blut als nötig, um als unzurechnungsfähig betrachtet zu werden.«

»Und dann gab es eine Art Vereinbarung, einen Vergleich«, sagte Castillo.

»Einen höllischen Vergleich. Außergerichtlich. Jack war

nicht schlimm verletzt, aber so schwer, dass er nie wieder als Profi Basketball spielen konnte. Die Brauerei wollte nicht vor Gericht gehen, weil sie den Prozess verloren hätte – sie waren verantwortlich und wussten das –, und es würde allerhand negative Publicity geben. Sie zahlten nicht nur die zehn Millionen, die er durch seinen Vertrag verdient hätte, sondern auch, was er beim Rest seiner Profikarriere als Verdienst hätte erwarten können. Es kam auf sechzig Millionen hinaus, nicht gezählt das Geld, was er mit Werbeeinnahmen verdient hätte.«

»Ich habe mich stets gefragt, was aus ihm geworden ist, seit er nicht mehr Basketball spielt«, sagte Castillo.

Meine Gedanken sind unfreundlich gewesen. Ich habe mich gefragt, wie lange er brauchen würde – wie Lottogewinner oder Schwergewichts-Champions –, um all dieses Geld zu verjubeln, pleite zu gehen und einen Job anzunehmen, zum Beispiel als Exstar in der Halle irgendeines Kasinos in Las Vegas die Leute zu begrüßen.

Und der ist Diplomat geworden?

Oh, du bist ein Meister im Einschätzen des Charakters der Leute, Charley Castillo!

»Jack hätte sich natürlich eine Insel der Bahamas kaufen und den Rest seines Lebens mit Fischen verbringen können, doch er ist nicht der Playboytyp. Er wollte etwas Vernünftiges mit seinem Leben anfangen, und er hatte Bildung.«

»Der Auslandsdienst ist aber ein Stück vom Basketballfeld entfernt«, bemerkte Castillo.

»Nicht, wenn Ihre Frau die Tochter eines Botschafters ist. Und, was das anbetrifft, Ihr Schwager ein ziemlich hohes Tier bei den Vereinten Nationen. Jack hatte in Politikwissenschaft promoviert – cum laude –, und als er die Prüfung für den Auslandsdienst mit Bravour bestand, war wirklich niemand überrascht.«

»Man rechnet ja nicht damit, dass Profiathleten irgendwas cum laude bestanden haben«, sagte Castillo.

Glaube ich das wirklich?

Nein. Ich weiß es besser. Es hat Ausnahmen gegeben.

Aber es ist die Anschuldigung gemacht worden – zu Recht –, dass C. G. Castillo eine Neigung zu politischer Unkorrektheit hat.

»Als Jack im Auslandsdienst war, begann er sich hinaufzuarbeiten. Schnell stieg er die Karriereleiter hinauf. Er ist gut in seiner Arbeit. Nach dieser Dienstzeit ernennt man ihn vielleicht zum Botschafter.«

»Und Sie meinen, die Leute, die seine Frau geschnappt haben, kennen diese Geschichte?«

»Hölle, dies ist das Zeitalter des Satellitenfernsehens. Der durchschnittliche Argentinier weiß mit einundzwanzig Jahren mehr über den amerikanischen Profi-Basketball als ich.«

Und bestimmt mehr als ich. Ich habe nie verstanden, warum Leute fasziniert vor der Glotze hocken und übergroßen Männern in Shorts zuschauen, die einen Ball in einen Korb zu werfen versuchen.

»Es gibt nicht viele Afro-Amerikaner in Argentinien«, sagte Lowery. »Und noch weniger Männer, die über zwei Meter groß sind und deren Bilder im Fernsehen und auf den Titelseiten von *La Nacíon* und *Clarín* zu sehen sind, wenn sie für den Botschafter sprechen oder einen Wechsel in der Währungspolitik erklären. *Wer ist dieser riesige schwarze Typ? Sieht aus wie ein Basketballspieler. Mensch, das ist Jack the Stack, der Superspieler, der all diese Millionen gekriegt hat, als er von einem* Cerveza-*Truck angefahren wurde. Schnappen wir uns seine Frau!*«

»Da ist was dran.«

»Ja«, stimmte Castillo zu.

»Bis jetzt haben sich die Kidnapper nicht gemeldet«, sagte Lowery.

»Ist das ungewöhnlich?«

»Die Policía Federal sagte mir, dass Kidnapper für gewöhnlich binnen Stunden anrufen, um der Familie zu sagen, dass sie keinen Kontakt mit der Polizei aufnehmen soll, und ihre ersten Forderungen entweder dann oder binnen vierundzwanzig Stunden zu stellen. Um neunzehn Uhr heute Abend ist es – mein Gott, es wird schon achtundvierzig Stunden her sein.«

»Wie gut ist die Polizei?«

»Diejenigen, die nicht selbst Kidnapper sind, sind sehr gut.«

»Tatsächlich?«

»Man hat das gesamte Polizeikommissariat von San Isidro – wie einen Polizeibezirk – vor kurzem gefeuert wegen des Verdachts, in Kidnappings hier verwickelt zu sein.«

»Und – waren sie das?«

»Vermutlich«, sagte Lowery. Er schaute Castillo einen Moment nachdenklich an. »Habe ich klargemacht, dass ich Jack Masterson mag? Persönlich und beruflich?«

Castillo nickte.

»Ich mache mir Sorgen um ihn, sowohl persönliche als auch berufliche«, sagte Lowery.

»Wie das?«

»Dass die Polizei nie mit Terroristen oder Kidnappern verhandelt, macht vom Intellekt her viel Sinn«, sagte Lowery. »Aber emotional? Meine Frau ist nicht gekidnappt worden, und ich habe nicht das Geld, um irgendein Lösegeld zu zahlen.«

»Sie meinen, wenn sie Kontakt zu ihm aufnehmen, wird er zahlen?«

»Ich weiß es nicht. Wenn er zahlt, wird er vielleicht seine Frau zurückbekommen, vielleicht auch nicht. Diese Leute haben vor ein paar Monaten, nachdem ein reicher argentinischer Geschäftsmann eine enorme Lösegeldsumme zahlte, nachdem die Kidnapper ihm die amputierten Finger seines Sohnes geschickt hatten ...«

»Santini hat mir diese Story erzählt«, unterbrach Castillo.

»... fand man schließlich den Jungen. Sie hatten ihm eine Kugel in den Kopf geschossen.«

»Nette Leute.«

»Die auch fähig sind, das Gleiche bei Betsy Masterson zu tun«, fuhr Lowery fort. »Schlimmstmögliches Szenario, Jack bekommt Betsy nicht zurück, und es kommt heraus, dass er Lösegeld bezahlt hat. In Verletzung der strikten Politik, mit der er vertraut ist. Das würde bedeuten, dass er sowohl seine Frau als auch seine Karriere im Außenministerium verloren hat. Oder er bekommt sie zurück, und man findet heraus, dass er das Lösegeld bezahlt hat, und das würde seine Karriere beenden.«

Ein Preis, den jeder vernünftige Mann glücklich zahlen würde, nehme ich an. Frauen sind wichtiger als Geld oder Karrieren.

Ob Mel Gibson in dem Film auch zu diesem Schluss gelangt ist?

»Haben Sie jemanden als Babysitter für ihn?«, fragte Castillo.

»Wie bitte?«

Das ist Jargon der Cops. Zum ersten Mal habe ich ihn im Büro der Polizei von Philadelphia gehört, als Captain O'Brien Sergeant Schneider befahl, bis auf weiteres für Dick Miller und mich Babysitter zu spielen. Ich war ziemlich enttäuscht, als mir klar wurde, dass sie uns nur hilfreich sein, uns nicht aus den Augen lassen und sicherstellen sollte, dass wir nichts Eigenmächtiges unternahmen.

»Ich meine jemand, der ihm Gesellschaft leistet«, sagte Castillo.

»Interessante Bezeichnung«, sagte Lowery. »Nein. Ich meine, ich versuche, mit ihm in Kontakt zu bleiben. Aber ich kann ihn nicht bewachen lassen oder ihm einen Bodyguard stellen. Er hat natürlich einen Fahrer, einen dieser argentinischen Sicherheitsleute. Sie tragen Zivilkleidung. Und Waffen. Aber er tut, was Jack ihm sagt, nicht andersrum. Aber zum einen würde Jack nicht zulassen, von einem meiner Jungs bewacht zu werden, und zum anderen habe ich nicht viel Personal.«

Castillo stieß einen Grunzlaut aus und fragte dann: »Kommt er zur Arbeit?«

»Ja und nein. Er kommt ins Büro und verschwindet dann wieder. Ich weiß, dass er gestern die Kinder zur Schule gebracht und abgeholt hat. Und er rief heute Morgen an, um mir zu sagen, dass er sie wieder zur Schule bringt.«

»Gibt es angemessene Sicherheitsmaßnahmen in der Schule? Ist er nicht besorgt, dass den Kindern etwas passieren könnte?«

»Es ist die Lincoln School«, sagte Lowery. »Es ist eine der sichersten zwölf amerikanischen Schulen. Viele nichtamerikanische Diplomaten schicken ihre Kinder auf diese Schule und auch viele Argentinier. Die Schule hat nicht nur ihr eigenes Sicherheitspersonal – übrigens dieselbe Firma, die wir an der Botschaft beschäftigen –, sondern viele Eltern stationieren ihre eigenen Sicherheitsleute während der Schulzeit auch außerhalb. Es ist einer der sichersten Orte in der Stadt.«

Ich weiß ja nicht, worüber ich rede, aber wenn meine Frau entführt worden wäre und ich wüsste, dass die Schule der Kinder sicher ist, würde ich sie hinschicken. Ihnen ihr Leben wenigstens so normal wie möglich machen. Ihre Gedanken von Mama ablenken.

Ein sehr großer Afro-Amerikaner in einem maßgeschneiderten Anzug kam ohne anzuklopfen in Lowerys Büro, gefolgt von einem kleinen, pummeligen Mann mit bleistiftdünnem Schnurrbart und zerknittertem Anzug.

Der Große muss Masterson sein. Und wer ist der kleine Bürokrat bei ihm?

Missionschef J. Winslow Masterson lächelte Castillo und Santini geistesabwesend zu und sah dann Kenneth Lowery an.

»Irgendwas, Ken?«, fragte er.

»Kein Wort, Jack«, sagte Lowery.

»Ich habe die Kinder soeben an der Schule abgesetzt«, sagte Masterson. »Ich hatte den Eindruck, dass dort mehr Policía ist als gewöhnlich.«

»Könnte sein, Jack«, sagte Lowery.

Masterson schaute Santini an.

»Guten Morgen, Tony.«

»Guten Morgen, Mr Masterson, dies ist Supervisory Agent Castillo.«

Masterson lächelte und reichte Castillo die Hand.

»FBI? Aus Montevideo? Ich wollte gerade nach Ihnen suchen.«

»Ich bin vom Secret Service, Mr Masterson«, sagte Castillo. »Bin nur auf der Durchreise. Ich habe soeben gehört, was passiert ist.«

Masterson schüttelte den Kopf, schwieg jedoch einen Moment. Dann sagte er: »Diese Ungewissheit macht mich fertig. Was wollen diese Bastarde? Warum haben wir noch nichts von ihnen gehört?«

Du armer Bastard.

»Ich wollte vorschlagen, Jack – noch bevor Mr Castillo auftauchte –, dass Tony mit diesen FBI-Leuten zusammenkommt«, sagte Lowery. »Wenn es Ihnen nichts ausmacht, Mr Castillo. Vielleicht könnten Sie und Tony ...«

»Das halte ich für eine sehr gute Idee«, sagte Masterson. »Wie sagt man im Werbegeschäft? Brainstorming? Wo sind sie?«

»Sie benutzen das DEA-Büro«, sagte Lowery.

»Wir könnten in mein Büro gehen«, sagte Masterson. »Aber es wäre vermutlich besser, wenn wir dorthin gingen.«

Lowery erhob sich. Er sah Castillo an. »Ich werde meine

Sekretärin anweisen, Ihr Besucherschild dort hinaufzubringen.«

Castillo lächelte ihn an und nickte.

»Verzeihen Sie«, sagte Masterson. »Mr Castillo – oder soll ich Sie Agent Castillo nennen?«

»Mister ist prima, Sir. Charley wäre besser.«

Masterson lächelte ihn an.

»Okay, Charley. Dies ist Alex Darby, unser Wirtschaftsattaché. Noch wichtiger, mein Freund.«

Darby reichte Castillo die Hand. Seine Augen spiegelten Neugier wider.

Ist der Freund, der Wirtschaftsattaché, neugierig, weshalb der Secret Service hier ist? Oder ist der CIA-Stationsleiter das?

»Hallo, Mr Castillo«, sagte Darby.

»Guten Tag«, erwiderte Charley.

Jetzt spielte die Andeutung eines Lächelns um Darbys dünne Lippen.

Was, zum Teufel, hat das zu bedeuten?

Das Büro der Drug Enforcement Agency – ein großer Raum mit einem Dutzend Schreibtischen und einem langen Konferenztisch, plus drei kleineren verglasten Büros – befand sich im dritten Stock der Botschaft.

Die sieben Männer, die um den Konferenztisch saßen, standen auf, als sie Masterson eintreten sahen.

Drei tragen Schulterholster. Vermutlich die DEA-Agenten.

»Behalten Sie Platz«, sagte Masterson lächelnd.

Ein Chor von »Guten Morgen, Sir!« antwortete.

»Ich dachte, dass wir vielleicht unsere Köpfe zusammenstecken«, sagte Masterson, »und in einem Brainstorming mit spontanen Einfällen eine Lösung des Problems finden. Ist jeder damit einverstanden?«

Abermals ein Chor, diesmal: »Ja, Sir.«

Der Mann am Kopfende des Tisches, einer derjenigen, die ein Schulterholster trugen, erhob sich, offenkundig um Masterson seinen Platz anzubieten. Masterson setzte sich.

»Dieser Gentleman ist Supervisory Special Agent Castillo vom Secret Service«, sagte Masterson, wies auf Castillo und reichte dann einem der anderen Männer die Hand. »Ich nehme an, Sie sind einer der FBI-Agenten aus Montevideo?«

»Jawohl, Sir«, sagte der Mann. »Special Agent Dorman, Sir. Und dies ist Special Agent Yung.«

Special Agent Yung war Asiate.

Kein Koreaner, schätzte Castillo ihn ein, *und kein Japaner. Höchstwahrscheinlich Chinese.*

Yung betrachtete Castillo weitaus interessierter, als Dorman ihn ansah.

»Ich nehme an, Sie kennen Mr Santini, unseren Secret-Service-Agenten der Botschaft?«, fragte Masterson. Beide FBI-Agenten nickten.

»Nun, am besten fangen wir mit dem Beginn an«, fuhr Masterson fort. »Und zweierlei, Gentlemen: Erstens, Sie sind die Experten. Ich habe keine Erfahrung mit solchen Dingen. Und zweitens, dies wird nur funktionieren, wenn Sie fast alles sagen, was Ihnen gerade in den Sinn kommt. Okay, fangen wir an mit dem, was ich für den Beginn halte. Findet jemand, dass die drei Autounfälle, in die ich im Laufe eines Monats oder fünf Wochen verwickelt gewesen bin – der dritte geschah auf dem Weg zur Verabredung mit meiner Frau – unglückliche Zufälle waren?«

Er blickte Yung an. »Warum fangen wir nicht mit Ihnen an, Mr Yung?«

Zwei Stunden und ein paar Minuten später beendete Masterson die Brainstorming-Sitzung. Jedem waren vor einer halben Stunde wirklich die Ideen – wilde und vernünftige – ausgegangen, aber keiner hatte vorschlagen wollen, aufzuhören. Masterson war nicht besser dran als zum Beginn der Sitzung, und jeder empfand Mitleid mit ihm und fühlte sich ein bisschen schuldig, dass sie und er so viel wussten wie beim Beginn der Sitzung: nichts.

Als Masterson, Lowery, Santini, Darby und Castillo auf den Aufzug warteten, fragte sich Castillo, warum sie nicht einfach die Treppe hinuntergingen. Darby brach das Schweigen.

»Mir kam gerade ein Gedanke«, sagte er und warf einen Blick auf seine Armbanduhr. »Es ist ein paar Minuten vor zwölf. Ich dachte mir, Mr Castillo könnte im Kansas etwas sehen, was dem Rest von uns entgangen ist. Wären Sie einverstanden, Jack, wenn ich mit ihm dorthin fahren würde? Vielleicht können wir mit Tony und Ken dort zu Mittag essen?«

Castillo sah, dass Masterson genauso überrascht von dem Vorschlag war wie er selbst. Es war, als hätte Masterson zumindest etwas gegen den letzten Teil des Vorschlags einzuwenden, doch schließlich – *klammert er sich da an einen Strohhalm?* – sagte er: »Gute Idee, Alex.«

»Wir können über die Rio Alba fahren«, sagte Tony Santini. »Und Ken kann das Essen spendieren.«

»Ich werde rechtzeitig zurückkommen, Jack, damit wir die Kinder nach ihrem Unterricht von der Schule abholen können«, sagte Darby.

Als der Aufzug im zweiten Stock hielt, berührte Darby Castillo am Arm, ein Zeichen, dass sie nicht ausstiegen. Die anderen taten es.

Sie stiegen dann im Kellergeschoss aus. Darby zog sein

Handy hervor, drückte auf eine Taste und gab eine rätselhafte Botschaft/Anweisung: »Ich nehme Ihren Wagen. Nehmen Sie nicht meinen. Ich werde kurz nach zwei zurück sein.«

Als sie an den Reihen der parkenden Wagen vorbeigingen und Darby auf einen Volkswagen Golf wies und sich hinter das Lenkrad setzte, glaubte Castillo zu verstehen. Darby wollte keinen Botschaftswagen mit Fahrer. Der Golf hatte normale argentinische Nummernschilder. Aus irgendeinem Grund wollte Darby nicht in einem Botschaftswagen beim Restaurant gesehen werden.

Erst als der Sicherheitswächter am Tor um Castillos Ausweis bat, fiel Castillo ein, dass der noch bei Lowerys Sekretärin war.

»Machen Sie mir dessentwegen keinen Ärger«, sagte Darby nicht unfreundlich in fließendem Spanisch. »Sie brauchen nur zu wissen, dass dieser Gentleman zu mir gehört.«

Widerstrebend ließ der Sicherheitsmann sie passieren, und sie fuhren vom Botschaftsgelände.

»Etwa die Hälfte von ihnen sind wirklich nette Jungs«, sagte Darby. »Die andere Hälfte ist so wie der. Sie lieben es, ihre Macht zu zeigen.«

»Ich hatte selbst Probleme, in die Botschaft reinzukommen«, sagte Castillo.

»Und nach dem, was Sie bis jetzt gesehen haben, Castillo, wie gefällt Ihnen Buenos Aires?«

Castillo war im Begriff zu antworten, als ihm verspätet auffiel, dass Darby von Englisch auf Pashtu, eine der beiden Hauptsprachen von Afghanistan – die andere ist Afghanisch-Persisch – gewechselt hatte.

Darby sah Castillos überraschte Miene und lachte.

»Sie erinnern sich wirklich nicht an mich, habe ich recht?«, fragte er immer noch auf Pashtu.

Castillo schüttelte den Kopf.

»Als ich Sie zum letzten Mal sah, war das in Zaranj«, sagte Darby. »Da waren einige hochrangige Army-Offiziere, die sich nicht entscheiden konnten, ob sie Sie vom Kriegsgericht verurteilen lassen und in Handschellen heimschicken oder Ihnen eine Medaille verleihen sollten. Es ging anscheinend um einen gestohlenen Black-Hawk-Hubschrauber, erinnere ich mich dunkel.«

»Nun, so viel zu meiner Tarnung«, sagte Castillo auf Pashtu. »Was haben Sie in Zaranj gemacht?«

Zaranj ist ein Ort an der Grenze von Iran und Afghanistan.

»Ich habe dort die Agentur geleitet. Was ist mit diesem schwarzen Jungen passiert, der so schwer am Knie verletzt war?«

»Wenn Sie meinen, ob er es geschafft hat, ja, er ist ausgeflogen worden.«

»Durch Sie. Ich war dort, als Sie den Helikopter zurückbrachten. Er hätte es nicht geschafft – vermutlich hätte keiner von ihnen überlebt –, wenn Sie sie nicht gerettet hätten.«

»Er hätte das Gleiche für mich getan«, sagte Castillo. »Was mit ihm geschehen ist? Da ist die Wahrheit komischer als die Fiktion, er war – jedenfalls für eine Weile – CIA-Stationsleiter in Luanda, Angola.«

»Ich dachte mir schon, das wart vielleicht ihr beide«, sagte Darby.

»Was dachten Sie?«

»Ich mag gar nicht daran denken, wie viele Arbeitsstunden und wie viel Geld ich für die Suche nach der geklauten 727 verplempert habe«, sagte Darby. »Langley war hysterisch, als es das Flugzeug nicht finden konnte. Und dann wurde die Suche ohne Erklärung abgebrochen. Ich war neugierig, und als ich vor einem Monat in Langley war, stellte ich Fragen. Strikt inoffiziell erzählte mir ein alter Kumpel, dass irgendein Ass namens Castillo seine Nase in Dinge der Agentur gesteckt hat. Er hat das Flugzeug gefunden, es zurückgeklaut, und besagte Aktion hat den DCI ernsthaft sauer gemacht. Ich reimte mir zusammen, dass Sie das gewesen sein müssen, besonders weil man mir auch erzählte, dass der DCI versucht hat, den Stationsleiter Luanda zu kreuzigen, zufällig ein Ex-Offizier der Special Forces, der in Afghanistan schlimm am Knie verwundet worden war und besagtem Castillo geheimes Nachrichtenmaterial gegeben hatte.«

»Ich bin beim FBI ebenfalls nicht sehr beliebt«, sagte Castillo.

»Und jetzt frage ich mich, was, zum Teufel, Sie hier treiben, wenn Sie einen Ausweis vom Secret Service herumschwenken.«

»Der Ausweis ist legitim.«

»Das habe ich mir gedacht. Santini würde eine Fälschung sofort erkennen. Oder er hätte die Anweisung bekommen, keine Fragen zu stellen.«

»Ich bezweifle, dass ich Sie überreden könnte, keine Fragen zu stellen.«

»Kommt nicht in Frage.«

»Der Präsident hat mich hier runtergeschickt, um herauszufinden, was mit Mastersons Frau passiert.«

»Wie Sie das sagen, klingt es, als hätte der Präsident persönlich gesagt: ›Castillo, fliegen Sie nach Buenos Aires!‹, und dass es nicht auf dem Dienstweg gekommen ist.«

»Der Präsident sagte: ›Ich will wissen, wie und warum es geschah, und ich will nicht warten, bis derjenige, der dort unten verantwortlich ist, Zeit hat, um einen Bericht zu schreiben, mit dem er seinen Arsch retten will.‹«

»Das hat er Ihnen gesagt?«

Castillo nickte.

»Glauben Sie, dass ich das tun werde, einen Bericht schreiben, um meinen Arsch zu retten?«

»Nein. Ich glaube, Sie werden alles Erforderliche tun, um diesem armen Bastard die Frau lebend zurückzubringen.«

»Danke«, sagte Darby.

Es folgte langes Schweigen, und schließlich sagte Darby: »Wir werden jetzt gleich nett zu Mittag essen, und ich werde mich dabei entscheiden, was ich Ihnen über wen erzählen soll und wann.«

»Sie sagen mir, wozu Sie sich entscheiden?«

»Ja, ich werde es Ihnen sagen.«

»Danke«, sagte Castillo.

IV

1

Restaurant Kansas
Avenida Libertador
San Isidro
Provinz Buenos Aires, Argentinien
22. Juli 2005, 13 Uhr 15

»Wie viel von diesen sechzig Millionen hat er tatsächlich bekommen, was meinen Sie?«, fragte Castillo Darby.

Sie saßen an einem Tisch in der vollen Bar im Kansas und rauchten beim Kaffee Zigarren.

Seit ein paar Minuten hatten sie schweigend beisammen gesessen, in ihre Gedanken versunken, und die Frage kam wie aus heiterem Himmel. Darby brauchte einen Moment, um aus seinen Gedanken in die Realität zurückzufinden.

»Ich nehme zu Ihren Gunsten an, Charley, dass dies keine Neugier ist.«

»Ich habe mich gefragt, wenn es eine Lösegeldforderung gibt, und er sagt: ›Scheiß auf die Ratschläge der Polizei, ich will meine Frau zurückhaben und zahle.‹ Wie würde er an das Geld kommen, wie würde er es hier herunterschaffen?«

»Wie sagt man, ›große Geister verfolgen parallele Gedankenpfade‹?«

»So etwas in der Art.«

»Er bekommt ungefähr achteinhalb Millionen, und die Steuern fressen die Hälfte davon. Der Rest der Vereinbarung war Schmerzensgeld et cetera. Das ist steuerfrei.«

»Sie reden von mehr als vierzig Millionen Dollar. Wo sind die?«

»Es ist jetzt mehr als das. Da ist ein Typ in der Hibernia National Bank & Trust in New Orleans, der das Geld für ihn verwaltet. Er und Jack haben gemeinsam irgendeine private High School besucht. Das mit dem Geld managt dieser Mann sehr gut.«

»Er ist aus New Orleans?«

Darby schüttelte den Kopf. »Nur jenseits der Grenze in Mississippi, aus einem Ort namens Pass Christian am Golf. Betsy stammt aus New Orleans. Ihr Vater, ein Botschafter im Ruhestand, lebt dort.«

»Sie haben Masterson überprüft, nehme ich an?«

»Nein. Er hat es mir erzählt. Ich habe Jack vor Jahren kennen gelernt, als wir beide in Paris waren. Wir sind Vertraute. Ich bin nachfolgender Vollstrecker – nach seinem Vater – seines Testaments. So nahm er an, dass ich wissen sollte, worauf ich mich einlasse.«

Castillo nickte, und sie verfielen einen Moment in Schweigen.

»Das ist ein anderes Problem, das der arme Kerl hat, er muss es Betsys Familie erzählen«, sagte Darby dann.

»Sie meinen, er hat es nur seiner erzählt?«

»Ich glaube nicht, dass er es seinem Vater erzählen wollte, ohne es Betsys Familie zu sagen, und Betsys Vater würde wahrscheinlich einen Herzanfall kriegen. Er hat wirklich schlimme Herzbeschwerden.«

»Jemand hat da einen Schwager erwähnt, ist das richtig?«

»Ja, der arbeitet für die Vereinten Nationen. Jack mag ihn nicht.«

»Warum nicht?«

Darby zuckte mit den Schultern. »Das hat er mir nie gesagt. Aber es war ganz offensichtlich.«

Dann wechselte Darby das Thema. »Um Ihre erste Frage zu beantworten: Ich würde an Jack Mastersons Stelle Folgendes tun – und ich befürchte, dass er es bereits getan hat –, ich würde meinen Geldmanager in der Hibernia anrufen und ihm sagen: ›Besorg mir eine Million Dollar, flieg mit dem nächsten Flugzeug damit her zu mir und erzähl keinem davon.‹«

»Das könnte nicht so leicht sein«, sagte Castillo. »Reiche Leute fliegen nicht mit viel Geld durch die Gegend, weder mit Bargeld noch mit Schecks. Selbst ein Bankier könnte nicht problemlos mit einer Million herumreisen, ohne dass ihm jemand harte Fragen stellt.«

»Sie klingen, als sprechen Sie aus Erfahrung«, sagte Darby.

Castillo ignorierte das.

»Und eine Million Dollar in Hunderter-Noten nimmt viel Platz ein. Hunderttausend von der Federal Reserve macht ein so großes Bündel.«

Er zeigte mit den Händen die Größe an.

»Sie wohnen wirklich in einem Apartment im Mayflower, Charley?«, fragte Darby.

Castillo wollst dies zuerst ebenfalls ignorieren, entschied sich dann jedoch anders.

»Wo haben Sie das gehört?«

»Von demselben Mann, der mir von Ihnen und dem DCI erzählt hat. Ich werde Ihnen nicht sagen, wer es ist, doch Sie kennen ihn. Er war in Afghanistan, als wir dort waren. Sie brauchen sich keine Sorgen zu machen. Er mag Sie.«

»Und was sonst hat Ihnen mein Freund mit dem großen Mund über mich erzählt?«

»Dass Sie texanisches Ölgeld sind.«

»Ich bin aus Texas, und ich kann es mir erlauben, im Mayflower zu wohnen. Können wir es dabei belassen?«

»Okay.«

»Es gibt auch irgendein Gesetz, das besagt, wenn jemand

zehntausend Dollar oder mehr in bar von einer Bank abholt, muss die Bank es irgendjemandem melden. Ich weiß nicht genau, wem, vielleicht dem Finanzamt, aber irgendeinem. Und ich weiß nicht genau, worüber ich hier rede, aber ich glaube, es gibt ein anderes Gesetz, das besagt, dass man erklären muss, wenn man zehntausend – vielleicht sogar fünftausend – in bar aus dem Land bringt.«

»Ich werde Tony fragen. Er wird das wissen. Oder einen dieser FBI-Jungs aus Montevideo. Sie werden Bescheid wissen ...«

Ein Mobiltelefon klingelte. Beide Männer zogen ihr Handy hervor.

»He, Charley.« Howard Kennedys Stimme klang etwas metallisch aus Castillos Handy. »Wie laufen die Dinge?«

Darby steckte sein Handy ein und schaute interessiert zu Castillo.

»Was gibt es Neues, Howard?«, fragte Castillo.

»Ein gemeinsamer Freund möchte Sie sehen.«

»Tatsächlich?«

»Er ist ganz begierig darauf, sich mit Ihnen zu treffen.«

Warum empfinde ich das als Bedrohung?

»Das ist sehr schmeichelhaft. Warum?«

»Keine Ahnung. Was machen wir jetzt? Wo sind Sie?«

»Ich trinke in einem Restaurant in San Isidro eine Tasse Kaffee.«

»Es würde nur ein paar Stunden dauern, Charley. Kann ich Sie abholen? Welches Restaurant?«

»Bleiben Sie dran, Howard«, sagte Castillo und dann nahm er das Handy vom Ohr.

Schmerzliche Erfahrung hatte ihn gelehrt, dass Mobiltelefone sehr empfindlich sind. Er drückte einige Tasten, um die STUMM-Funktion zu schalten, dann hob er, um ganz sicherzugehen, seine linke Gesäßbacke, zog das Handy darunter und setzte sich darauf. Sein Hintern war das einzige Objekt, von dem er mit Sicherheit wusste, dass es das Mikrofon des Handys wirkungsvoll abdecken würde.

Darby war anscheinend zu dem gleichen Schluss gelangt, denn er lächelte verständnisvoll. Castillo grinste zurück.

»Dies ist ein Knabe, den ich wirklich sehen sollte«, erklärte Castillo.

»Ich hatte gehofft, es ist Tony, der sagt, dass sie was gehört haben.«

»Ich auch«, sagte Castillo. »Meinen Sie, es gibt einen Grund, weshalb ich zur Botschaft zurückfahren sollte?«

Darby schüttelte den Kopf. »Aber ich muss zurück. Ich habe Jack versprochen, mit ihm die Kinder von der Schule abzuholen. Wäre es Ihnen recht, wenn ich Sie bei Ihrem Hotel absetze?«

»Das wäre prima.«

Castillo hob das Gesäß, zog das Handy darunter hervor und löschte die Stummschaltung.

»Sind Sie noch da, Howard?«

»Was, zum Teufel, hatte das zu bedeuten?«

»Ich bin im Kansas Restaurant, in der Libertador.«

»Ich weiß, wo das ist. In zehn, fünfzehn Minuten werde ich dort sein. Im selben Wagen. Können Sie auf der Straße warten?«

»Warum fahren Sie nicht auf den Parkplatz? Das wird es leichter für das FBI machen.«

»Das ist nicht lustig, verdammt!«

»Ich wollte Sie nur auf den Arm nehmen, Howard.«

»In zehn Minuten. Auf der Straße vor dem Eingang«, sagte Kennedy, und dann war die Verbindung tot.

Darby schaute Castillo neugierig an.

»Kleiner privater Scherz«, erklärte Castillo. »Jemand, der das FBI nicht mag.«

Darby nickte. »Davon gibt es viele. Warum speichern wir nicht gegenseitig unsere Handynummern ein?«

»Wenn Sie Lowery – oder Masterson oder dem Botschafter – erzählen, was ich hier tue, wäre das Zeitverschwendung.«

»Nicht heute Abend. Vielleicht morgen. Aber heute Abend werde ich nichts sagen, und dann nur, wenn ich Sie vorwarne. Und wer weiß, was bis dahin noch passieren wird.«

»Danke«, sagte Castillo und gab ihm sein Handy, damit er seine Nummer einspeichern konnte.

2

Der schwarze Mercedes-Benz S 500 erschien in der nach Westen führenden Verkehrsflut auf der Avenida Libertador, und Castillo trat vom Bürgersteig, damit man ihn sehen würde. Der Wagen hielt am Straßenrand, und die Hintertür wurde von innen geöffnet. Er sah Kennedy auf dem Rücksitz.

»Steigen Sie ein, Charley«, sagte Kennedy.

Der Wagen startete sofort, als Castillo die Tür zugezogen hatte.

»Grüß Gott«, sagte Castillo und sprach den Gruß so wienerisch aus, wie er konnte.

»Grüß Gott, Herr Gossinger«, erwiderte Frederic auf dem Fahrersitz.

Das ist kein Wiener Akzent. Auch kein tschechischer. Der gute Frederic ist vermutlich Ungar.

Warum wollte ich das testen? Warum interessiert mich das?

Der Mercedes bog nach links ab. Sie fuhren durch ein Wohnviertel, und Castillo fand, dass es einem der besseren

Viertel von San Antonio ähnelte, abgesehen davon, dass sich hier die Häuser hinter Zäunen befanden – einige davon obendrauf mit Stacheldraht versehen – und fast alle Läden vor den Fenstern hatten.

Kennedy berührte seinen Arm und überreichte ihm etwas. Es sah aus wie ein schwarzer Samtbeutel.

»Was ist das?«

»Es ist ein Samtbeutel«, sagte Kennedy. »Der kommt über Ihren Kopf.«

Jetzt weiß ich, warum ich mich bedroht fühlte. Man nennt das Intuition.

»Sie scherzen, richtig?«

»Überhaupt nicht. Sie kennen meinen Boss. Er zahlt viel dafür, dass man seine Privatsphäre schützt.«

»Lecken Sie mich, Howard, und Ihr Boss kann mich auch mal!«, sagte Castillo. Dann hob er die Stimme, damit Frederic ihn hören konnte. »Halten Sie an!«

»Mein Gott, Charley, das ist doch nicht persönlich gegen Sie gemeint!«

»Lassen Sie halten, bevor ich böse werde, Howard.«

»Bring uns zurück zum Restaurant«, befahl Kennedy auf Deutsch, und dann fügte er für Castillo hinzu. »Sie wissen, dass ihm das nicht gefallen wird.«

»Vergessen Sie nicht, ihm zu erzählen, dass ich gesagt habe: ›Leck mich am Arsch, Alex.‹ Und jetzt halten Sie verdammt an!«

Kennedy zögerte einen Moment, dann wies er Frederic an, an den Straßenrand zu fahren und zu halten.

Castillo stieg aus, knallte die Tür zu und ging in Richtung Avenida Libertador. Er hörte den Mercedes davonfahren.

Es war ein Spaziergang von drei Blocks zur Libertador, und er war noch einen halben Block entfernt, als er den Mercedes sah. Er hielt am Straßenrand, mit der Schnauze zu ihm, und

Kennedy stand auf dem Bürgersteig daneben. Er hielt etwas in seiner linken Hand.

Er ist wohl nicht so blöde, eine Waffe zu ziehen und mich zu zwingen, in den Wagen zu steigen, aber man kann nie wissen.

Als Castillo näher heran war, erkannte er, dass es ein Handy war, das Kennedy in der Hand hielt.

»Ein Anruf für Sie, Herr Gossinger«, sagte Kennedy scherzhaft. Er lächelte unbehaglich.

»Wenn es auch nur so aussieht, als würde Frederic aussteigen, landen Sie entweder im Krankenhaus oder in der Leichenhalle«, sagte Castillo.

Kennedy überreichte Castillo das Handy, trat dann drei Schritte zurück und hob die offenen Hände zum Zeichen, dass er nicht vorhatte, irgendetwas zu tun.

Castillo behielt ihn im Auge und sprach ins Handy. »Hallo?«

»Wenn Howard Sie in irgendeiner Weise beleidigt hat, mein Freund«, sagte Alex Pevsner auf Russisch, »dann entschuldige ich mich.«

»Howard hat getan, was Sie ihm befohlen haben. Und nennen Sie mich nicht Ihren Freund«, erwiderte Castillo auf Russisch. »Wo ich herkomme, vertrauen Freunde ihren Freunden: Freunde verlangen nicht von Freunden, Beutel über dem Kopf zu tragen.«

»Wenn Sie herkommen, mein Freund, werden Sie verstehen, warum ich versucht habe, ein bisschen vorsichtiger zu sein, als ich es für gewöhnlich bin. Und Sie werden verstehen, dass ich Sie wirklich als vertrauenswürdigen Freund betrachte.«

»Warum sollte ich irgendwohin fahren?«

»Weil ich Sie als Freund bitte.«

»Ich möchte einfach nicht Howard wehtun müssen.«

»Es wird nicht nötig sein, so etwas auch nur erwägen zu müssen. Bitte schenken Sie mir nur ein paar Stunden Ihrer Zeit.«

Was auch immer dies zu bedeuten hat, es ist wichtig für ihn. Er bittet keine Leute, etwas zu tun. Er befiehlt es ihnen, und es gibt glaubwürdige Gerüchte, dass er sie umlegen lässt, wenn sie nicht tun, was er sagt.

»Okay«, sagte Castillo nach kaum wahrnehmbaren Zögern.

»Danke, Charley«, sage Pevsner, und dann klickte es, als die Verbindung unterbrochen wurde.

Castillo schaute Kennedy an und warf ihm das Handy zu.

»Steigen Sie in den Wagen, Howard, und stülpen Sie sich den Beutel über den Kopf«, sagte Castillo.

Er empfand fast Mitleid mit Kennedy, als er dessen Gesichtsausdruck sah.

»Ich wollte Sie nur auf den Arm nehmen, Howard.«

3

Ihre Fahrtroute führte sie durch das Wohnviertel von San Isidro und dann an einer langen Reihe interessant aussehender Restaurants gegenüber dem San Isidro Jockey Club vorbei. Castillo glaubte mehr oder weniger zu wissen, wo er war. Sein Großvater hatte ihn und seinen Cousin Fernando, als sie in der High School gewesen waren, ein halbes Dutzend Male hierhin gebracht.

Dann fuhren sie schnell auf einer breiten Superautobahn – sechs Spuren in jeder Richtung –, und obwohl dies ein neuer Anblick für Castillo war, war er ziemlich sicher, dass es der ehemalige Pan Americana Highway war. Die Argentinier hatten ihn seit Jahren ausgebaut und offenbar endlich fertig gestellt, was sie die *autopista* nannten.

Nach sechs oder sieben Kilometern – sie waren mindestens 30 Stundenkilometer schneller als die erlaubten 130 gefahren – teilte sich die Autobahn, und Frederic nahm die linke Abbiegung. Schilder kündigten an, dass die rechte Abbiegung die Autobahn nach Uruguay war und sie jetzt nach Pilar fuhren.

Sie fuhren durch eine Mautstation, ohne anzuhalten, verlangsamten nur genug, dass ein Apparat die Daten lesen konnte und die Schranke geöffnet wurde, und dann beschleunigte Frederic schnell wieder weit über das Tempolimit.

Links erstreckte sich eine große Fabrik, ein langes rechteckiges Gebäude, drei Etagen hoch und dreihundert Meter lang, verbunden mit vier gewaltigen runden Zementsilos mit einem Labyrinth von Förderbändern.

LUCCETTI, LA PASTA DELLA MAMA, stand in Riesenlettern auf den Silos.

Castillo lachte. Kennedy sah ihn an.

»Mamas Familie mampft offenbar viel Pasta«, sagte Charley.

Kennedy lächelte. »Es gibt hier mehr Italiener als Spanier.«

Die Autobahn war jetzt schmaler – drei Fahrspuren in jeder Richtung –, doch das Tempolimit betrug immer noch 130 Stundenkilometer, und Frederic fuhr immer noch viel schneller.

Jenseits des Zauns an der Autobahn gab es jetzt große, attraktive Restaurants und Auto-Verkaufshallen für Audi, BMW und andere europäische und japanische Marken. Charley sah nur einen Ford-Ausstellungsraum für amerikanische Fabrikate und fragte sich flüchtig, wo Mercedes-Benz vertreten war.

Er hatte als Teenager auch diese Strecke gesehen, doch

damals hatte es nur eine zweispurige Autobahn gegeben, die von Buenos Aires zu den Viehfarmen und Gütern auf dem Land geführt hatte.

Das Umgebung von Pilar war jetzt offenbar ein aufstrebendes Wohngebiet – jemand musste auch die Audis und BMWs kaufen können –, doch von der Autobahn aus waren keine Häuser zu sehen, nur Geschäfte, die Geldleute belieferten.

Frederic nahm eine Ausfahrt, und da war der bisher fehlende Mercedes-Ausstellungsraum, ein typisch elegantes Gebäude auf der anderen Straßenseite eines großen Einkaufszentrums, das von einem Jumbo-Supermarkt beherrscht wurde.

Und dann waren sie wieder auf dem Land.

Drei Kilometer weiter auf der Landstraße – Frederic war gezwungen mit 65, 70 Stundenkilometern zu fahren – bremste der Wagen plötzlich und bog von der Straße ab. Frederic verlangsamte, als sie sich einem zweigeschossigen Pförtnerhaus mit rotem Ziegeldach näherten.

Auf einem geschnitzten Holzschild stand BUENA VISTA COUNTRY CLUB.

Vier uniformierte Wachleute standen am Pförtnerhaus. Zwei davon blickten sorgfältig in den Mercedes, bevor ein rotweißer Schlagbaum erhoben wurde. Alle Wächter waren bewaffnet, und im Pförtnerhaus sah Charley einen Ständer mit einem halben Dutzend Riot Guns. Sie sahen wie amerikanische Ithaca-Schrotflinten aus.

Dies hier ist das, was eine »bewachte Gemeinde« genannt wird, dachte Castillo.

Als sie auf das Gelände fuhren, sahen sie Schilder, auf denen schnelleres Fahren als 30 Stundenkilometer verboten wurde, und an das Tempolimit wurde durch Tempo-Begrenzungs-Schwellen ungefähr alle zweihundert Meter auf der Fahrbahn erinnert. Jetzt hielt sich Frederic an das Tempolimit.

Und dann, weit genug auf dem Grundstück, sodass es von der Straße aus nicht gesehen werden konnte, kamen die ersten Häuser in Sicht.

Der Mercedes rollte langsam über eine gewundene Straße an langen Reihen teurer Villen auf gut gepflegten, hektargroßen Grundstücken vorbei. Es gab keine Fensterläden wie an den Häusern von San Isidro. Sie passierten ein Polofeld – gesäumt von ebenfalls teuren Villen –, dann noch eines und gelangten zu verschiedenen Greens und schließlich zum Klubhaus eines gut gepflegten Golfplatzes. Auf einem Parkplatz sah Castillo etwa dreißig Wagen.

Und dann waren von der gewundenen Straße aus weitere Villen zu sehen. Die Häuser und Grundstücke in diesem Bereich waren größer. Einige – vielleicht die meisten – waren von Buschwerk umgeben, das hoch genug war, sodass nur die oberen Geschosse der Häuser sichtbar waren. Castillo bemerkte, dass die Büsche auch Zäune verbargen.

Frederic bog von der Straße ab und stoppte vor einem hohen Zaun. Nach einem Moment öffnete sich das Tor. Charley sah einen Arbeiter, der offenbar den Mechanismus des Tors betätigte. Er hatte eine Pistole unter seiner Jeansjacke.

Als sie auf dem Grundstück waren, sah Charley einen Mann in einem Golfkarren am Rand des Besitzes entlang rollen. An dem Karren war eine Golftasche befestigt, die nicht ganz den Kolben einer Schrotflinte verdeckte.

Dies ist offenbar eine doppelt geschützte Gemeinde in einem bewachten Bereich.

Zuerst sah er einen Bell Ranger Helikopter, der auf einem Putting Green stand, und dann das Haus, eine englisch wirkende Villa aus rotem Backstein mit Flügelfenstern. Als sie sich näherten, wurde die Haupttür des Hauses geöffnet, und ein großer Mann Ende dreißig kam heraus und stieg eine kurze Treppe zum gepflasterten Zufahrtsweg hinab.

Aleksandr Pevsner – ebenfalls bekannt als Vasily Respin und Alex Dondiemo und unter einem halben Dutzend anderer Namen, ein internationaler Waffenhändler und, wie oftmals und glaubwürdig behauptet, Boss von mindestens einem Dutzend anderer Unternehmen von sehr zweifelhafter Legalität, auf den bisweilen Haftbefehle von mindestens dreizehn Regierungen ausgestellt worden waren – trug eine graue Freizeithose aus Flanell, ein weißes Button-down-Hemd, an dessen Hals auf argentinische Art ein seidenes Halstuch mit einem silbernen Ring befestigt war, einen pulverblauen Sweater und glänzend polierte braune Schuhe mit dicken Gummisohlen.

Er verschränkte die Arme vor der Brust, lächelte und wartete darauf, dass der Mercedes hielt und Frederic um die Schnauze herumeilte, um die hintere Tür zu öffnen.

»Ah, Charley«, rief Pevsner auf Russisch, als Castillo ausstieg. »Danke für Ihr Kommen. Es ist eine Freude, Sie wiederzusehen.«

»Ehrlich gesagt, ich hielt nicht viel von der ersten Einladung, Alex«, erwiderte Castillo, ebenfalls auf Russisch, und reichte Pevsner die Hand.

»Wofür ich mich bereits entschuldigt habe und noch einmal um Verzeihung bitten werde, wenn Sie das wünschen.«

»Einmal reicht, Alex«, sagte Castillo und fügte hinzu: »Schönes Haus.«

Pevsner unterbrach den Handschlag, legte die Hände fest auf Castillos Oberarme und sah ihm in die Augen. Pevsners Augen waren groß und ungewöhnlich glänzend. Als Charley ihn zum ersten Mal gesehen hatte, hatte er sich gefragt, ob Pevsner unter Drogen stand.

»Ich muss Ihnen zwei Fragen stellen, mein Freund«, sagte Pevsner. »Sie werden gleich den Grund verstehen.«

»Fragen Sie.«

»Was machen Sie in Argentinien? Warum sind Sie hier?«

Dies ist einer der Momente, an dem es am klügsten ist, die Wahrheit zu sagen. Charley antwortete sofort. »Die Frau des Missionschefs unserer Botschaft hier ist verschwunden, unter Umständen, die nach einem Kidnapping aussehen. Der Präsident hat mich hier runtergeschickt, damit ich mir ein Bild mache, was los ist.«

Castillo sah, dass Pevsner von der Antwort überrascht war. Er ging jedoch nicht sofort darauf ein.

»Ihre Anwesenheit hat nichts mit mir zu tun?«

Castillo schüttelte den Kopf.

»Nicht das Geringste. Ich hatte keine Ahnung, dass Sie – oder Howard – sich überhaupt in Argentinien aufhalten.«

Pevsner sah Castillo lange in die Augen.

Alex, es interessiert mich nicht, wie lange du nach Anzeichen darauf suchst, ob ich lüge. Du wirst keine finden. Und wenn ich etwas Glück habe, wirst du auch keine Anzeichen darauf sehen, dass ich ziemlichen Schiss vor dir habe.

Pevsner drückte schließlich in einer freundschaftlichen Geste Castillos Arme und ließ ihn dann los.

»Danke für Ihre Ehrlichkeit, mein Freund«, sagte er. »Wie wäre es, wenn wir jetzt ins Haus gingen, ein Glas Wein trinken und ich Ihnen meine Familie vorstelle?«

»Ihre Familie?«

»Ja. Meine Familie. Meine Frau und die Kinder.«

Da will ich doch verdammt sein! Nun, dies erklärt all seine Besorgnis. Aber was, zur Hölle, treiben sie hier?

Nachdem Castillo Pevsner in Wien kennen gelernt hatte, hatte er dem Heimatschutzminister Matt Hall berichtet, dass die verschwundene 727 von somalischen Terroristen gestohlen worden war, um sie in die Liberty Bell zu fliegen. Pevsner hatte gesagt, er werde alles in seiner Macht Stehende tun, um zu helfen, das Flugzeug ausfindig zu machen, weil er aus vielen Gründen gegen die moslemischen Terroristen sei, hauptsächlich weil er ein Familienvater sei, der seine Frau und seine drei Kinder liebe und nicht wolle, dass ihnen Böses durch moslemische Fanatiker angetan werden würde. Pevsner hatte Castillo ein Foto von sich und seiner angeblichen Familie gezeigt: eine sehr attraktive blonde Frau und drei blonde Kinder, die wie aus einem Werbespot für Campbell-Suppen aussahen. Castillo wusste, dass es unglaublich klang und Hall Mühe haben würde, irgendetwas davon zu glauben.

Er war jedoch nicht auf Halls – und Joel Isaacsons und Tom McGuires – ungläubige Miene vorbereitet gewesen. Offensichtlich glaubten sie kein Wort von dem, was er erzählte, doch – schlimmer – sie zweifelten auch an seinem guten Ruf als hartgesottenes Mitglied der Special Operations, weil er seine und ihre Zeit mit der Erzählung von solchem Blödsinn verplemperte.

»Charley, ich habe sein Dossier gelesen«, sagte Isaacson. »Es ist so dick.« Er breitete die Arme weit aus. »Da steht eine Menge über Mord, Erpressung, Bestechung, Schmuggel, Waffenhandel und so fort drin, aber keine Zeile darüber, dass er ein liebevoller Ehemann und Daddy ist.«

»Ich habe ihm geglaubt«, hatte Castillo erwidert.

»Welchen Teil davon?«, fragte Hall.

»Das meiste davon«, sagte Charley. »Das Familienfoto sah so echt und harmonisch aus, dass es nicht geschauspielert worden sein kann.«

»Sie glauben tatsächlich, dass das Flugzeug von Somaliern gestohlen worden ist? Die es in die Liberty Bell fliegen wollen? Weil dieser international gesuchte Gangsterboss es Ihnen erzählt hat?«, fragte Hall mehr traurig als ärgerlich.

»Sir, Sie haben mir gesagt, eines der Hauptprobleme beim Nachrichtendienst bestehe durch Leute auf meiner Ebene, die ihren Vorgesetzten erzählen, was sie ihrer Meinung nach hören wollen, anstatt zu sagen, was sie wirklich denken. Ich habe Ihnen gesagt, was ich wirklich glaube.«

»Ich war das nicht, dem Sie das erzählt haben«, sagte Hall nach langem Schweigen. »Das war der Präsident.«

»Charley, ist Ihnen klar, wie nahe Sie dran waren, von diesem Verbrecher umgelegt zu werden?«, fragte Isaacson.

»Ja, das ist mir klar, Joel. Er sagte, er sei froh, mir kein ›indisches Schönheitsmal‹ – eine kleinkalibrige Kugel in die Stirn – verpassen zu müssen, und das habe ich ihm ebenfalls geglaubt.«

4

Pevsner führte Castillo in die Villa, durch ein Eingangsfoyer zu einem Wohnzimmer. Mit Ausnahme dessen, was vermutlich ein antiker Samowar war, der auf einem Tisch stand, war die Einrichtung des Wohnzimmers im britischen Stil. Zwei Wände wurden von Bücherregalen und Ölgemälden dominiert, und Castillo sah eine rote Ledercouch mit dazu passenden Sesseln.

Die Fenster boten Aussicht auf einen großen Swimmingpool unter einem gewölbten Plastikdach, das an eine Nissenhütte erinnerte. Dampf stieg vom Pool auf.

Nun, es gibt nicht viele beheizte Swimmingpools in Merry Old England, aber dieses Haus wirkt sehr englisch.

Eine Frau in mittleren Jahren, die eine Dienstmädchenuniform trug, kam durch eine Seitentür in das Wohnzimmer, als die drei Männer eintraten.

»Würden Sie bitte Madam Pevsner fragen, ob es ihr und den Kindern passt, uns Gesellschaft zu leisten?«, sagte Pevsner auf Russisch.

Die Frau nickte mit unbewegter Miene, sagte jedoch nichts. Sie verließ das Wohnzimmer durch die Tür, durch die Pevsner, Kennedy und Castillo hereingekommen waren.

»Howard, versuch, jemanden in der Küche aufzutreiben, der uns Wein und so weiter bringen kann«, befahl Pevsner auf Englisch.

»Roten, richtig, Charley?«, fragte Kennedy. »Einen Cabernet?«

»Bitte«, sagte Castillo und ging zu dem Samowar, um ihn sich genauer anzuschauen. Er hatte sich gerade gesagt, dass es ein erstklassiger antiker russischer Kessel war, als Pevsner auf Russisch sagte: »Ah, Anna, komm und begrüße Charley in unserem Heim!«

Castillo wandte sich um und sah die Frau und die Kinder ins Wohnzimmer kommen. Sie waren alle fast Aufsehen erregend blond und hellhäutig. Die Mutter wirkte wie Ende zwanzig, doch Charley sagte sich, dass sie älter sein musste, um die Mutter des Mädchens sein zu können, das dreizehn oder vierzehn war. Da waren zwei Jungen, einen schätzte Charley auf ungefähr zehn, den anderen auf etwa sechs. Jeder trug einen dicken Hausmantel aus weißem Frottee.

Madam Pevsner lächelte, hielt Castillo die Hand hin und sagte auf Russisch: »Es freut mich, Sie kennen zu lernen. Mein Mann hat mir so viel über Sie erzählt.«

Das ältere Dienstmädchen war jetzt im Zimmer.

»Olga, würden Sie etwas Wein servieren?«, sagte Madam Pevsner, und das Dienstmädchen ging zu einer Tür, die offenbar in die Küche führte.

»Howard holt den Wein«, sagte Pevsner auf Russisch und wechselte dann auf Englisch. »Begrüßt unseren Gast auf Englisch«, sagte er zu den Kindern. »Charley, dies ist Elena. Darling, dies ist Mr Castillo.«

Elena, scheu, fast rot werdend, machte einen Knicks. »Guten Tag, Mr Castillo«, sagte sie mit britischem Akzent.

»Es freut mich, dich kennen zu lernen, Elena.«

Der zehnjährige Junge war sogar noch scheuer. Der Sechsjährige war das nicht. Er ging an seiner Mutter vorbei, streckte die Hand aus und krähte: »Ich bin Sergej, und es freut mich, Ihre Bekanntschaft zu machen, Sir.«

»Und es freut mich, dich kennen zu lernen.«

»Aleksandr!«, trieb Pevsner den Zehnjährigen an, seine Schüchternheit abzulegen.

Der Junge wand sich, gab Castillo schließlich die Hand und murmelte etwas Unverständliches.

Pevsner strahlte stolz.

»Sie müssen die Bademäntel entschuldigen, Mr Castillo«, sagte Anna Pevsner. »Aber mein Mann sagte, er sei sich nicht sicher, ob Sie kommen können, und die Kinder schwimmen gern, wenn sie aus der Schule kommen.«

»Nun, ich möchte nicht dabei stören«, sagte Castillo.

Der Sechsjährige, Sergej, strahlte Castillo an.

»Ich lasse sie nur ungern alleine in den Pool«, sagte Anna.

»Howard kann ein paar Minuten auf sie aufpassen, Darling«, sagte Pevsner.

Kennedy kam ins Wohnzimmer.

»Howard, würde es dir was ausmachen, ein paar Minuten die Kinder am Pool zu beaufsichtigen?«

»Überhaupt nicht.«

Howard wird aus der Unterhaltung, die ich mit Pevsner und seiner Frau haben werde, ausgeschlossen. Was ist hier los?

Die beiden älteren Kinder, gefolgt von Kennedy, verließen das Wohnzimmer. Sergej marschierte zu Castillo, schüttelte ihm die Hand und flitzte hinter ihnen her.

»Nette Kinder, Alex«, sagte Castillo.

»Danke, Charley«, sagte Pevsner, und dann, als ein jüngeres Dienstmädchen – dieses sah argentinisch aus – mit einem Tablett mit Gläsern, einer Flasche Wein und einem großen Korkenzieher aus Chrom eintrat: »Ah, endlich der Wein!«

»Warum nehmen wir nicht Platz?«, fragte Anna und wies zur roten Ledercouch und den Sesseln.

Castillo setzte sich in einen der Lehnsessel. Anna nahm Platz auf der Couch, und nachdem Pevsner das Dienstmädchen mit einer Geste angewiesen hatte, das Tablett auf dem Couchtisch abzustellen, setzte er sich neben sie und griff nach der Weinflasche und dem Korkenzieher.

»Hiesiger Wein«, sagte Pevsner, »aus einer Bodega bei Mendoza, in den Ausläufern der Anden. Waren Sie jemals in Mendoza, Charley?«

»Hm-hm. Wir haben dort einige Freunde.«

Pevsner schenkte Wein in Kristallgläser und reichte erst ein Glas seiner Frau, dann eines Charley. Dann stieß er mit Charley an.

»Willkommen in unserem Heim, Charley«, sagte er.

»Danke.«

Charley nippte am Wein und drückte seine Anerkennung mit einem Lächeln aus.

»Warum nehme ich an, Charley, dass Sie vor Neugier fast platzen und sich fragen: ›Was, zum Teufel, macht Alex hier?‹«

»Vielleicht haben Sie wieder meine Gedanken gelesen«, sagte Castillo.

»Was wir hier tun, Charley, könnte man verstecken vor der Öffentlichkeit nennen«, sagte Pevsner. »Aleksandr Pevsner, ein Ungar, dessen Besitztümer von den Kommunisten beschlagnahmt wurden, bekam alles zurück, als die Freiheit kam, und dann, als er genug sowohl vom ungarischen Winter als auch von tyrannischen Regierungen hatte, verkaufte er alles und kam in die Neue Welt, um das Leben neu zu beginnen. Er investierte sein Geld in Land und Weingüter. Übrigens einschließlich in dieses.« Er klopfte gegen die Weinflasche.

»Sehr clever«, sagte Castillo.

»Es gibt eine Tradition, dass Leute, die vor den Ereignissen in Europa fliehen, in Argentinien Frieden finden. Da ist ein Großherzog des österreichisch-ungarischen Kaiserreichs – eigentlich sein Enkel, aber er hat den Titel geerbt und freut sich, wenn man ihn ›Eure Hoheit‹ nennt – in einer kleinen Stadt namens Maschwitz hier in der Nähe. Er zieht mich im Scherz damit auf, dass ich denselben Namen wie ein berüchtigter russischer Schurke habe.«

»Sehr clever«, wiederholte Castillo.

»Denken Sie darüber nach, Charley. Wo könnte ich leben? In Russland? Russland ist jetzt nicht weit davon weg, wo es vor der 1917er Revolution war. Kriminalität und Korruption grassieren, und es würde mich überhaupt nicht überraschen, wenn der Kommunismus – natürlich unter anderem Namen – zurückkehrt. Irgendwo in einem moslemischen Land? Ich mache dort natürlich Geschäfte, aber können Sie sich Anna in einer solchen Umgebung vorstellen, wo man ihr nicht mal erlaubt, ein Auto zu fahren? Wo sie in der ständigen Furcht leben muss, dass irgendein moslemischer Fanatiker ihren Wagen mit MG-Feuer durchlöchert, weil er sie für untreu hält? Und es wird Sie vielleicht überraschen, aber es gibt Leute in Prag und Wien und Budapest und Bukarest, die mich nicht mögen.«

»Ich bin schockiert«, sagte Castillo.

»Hier gibt es natürlich auch Korruption. Die Zeitungen sind voller Geschichten von Raub und Kidnapping. Das Ergebnis dessen, was ich die Country-Club-Kultur nenne. Die

Oberklasse lebt an solchen Orten wie hier, und wenn diese Leute nach Buenos Aires fahren, werden Sie häufig von Leibwächtern – Sicherheitsleute genannt – begleitet, worüber niemand die Stirn runzelt.«

»Ich habe den Knaben im Golfkarren mit einer Schrotflinte gesehen«, sagte Castillo.

»Ich habe natürlich ein paar meiner eigenen Leute, aber die meisten meiner Sicherheitsleute sind Argentinier. Es gibt hier einen Golfplatz – spielen Sie Golf, Charley?«

Castillo schüttelte den Kopf.

»Und einen Poloklub. Ich spiele nicht Polo, aber Aleksandr und Sergej nehmen Unterricht, und Anna und Elena nehmen Stunden für – wie bezeichnet man das, was ihr macht?«

»Reitsport«, sagte Anna.

»Reitsport bei den Reitställen hier. Und natürlich sind diese Schulen gut. Die besseren, wie Saint Agnes in den Hügeln, sind britisches Erbe.«

»Ihre Kinder gehen auf eine Schule, die ›Saint Agnes in den Hügeln‹ heißt?«, fragte Castillo lächelnd.

Pevsner lächelte zurück. »Die Schule hat einen anglikanischen Priester als Direktor. Es gibt keine nennenswerten russisch-orthodoxen Schulen in Argentinien, und da die Anglikaner und die Russisch-Orthodoxen gegenseitig ihre Priesterschaft und Liturgie anerkennen, wurde Elena im vergangenen Jahr in der anglikanischen Kirche konfirmiert.«

»Nun, Sie haben anscheinend alles unter Kontrolle, Alex«, sagte Castillo. »Gut für Sie.«

»Das dachte ich, Charley, bis Howard heute Morgen hierhin kam und mich fragte: ›Rate mal, wer vorhin zu mir in den Aufzug im Four Seasons gestiegen ist.‹«

»Auch auf die Gefahr hin, dass ich mich wiederhole, ich hatte bis heute keine Ahnung, dass Sie oder Howard auch nur in der Nähe von Argentinien waren. Und Sie brauchen nicht besorgt zu sein, dass ich irgendjemandem erzählen werde, dass wir uns über den Weg gelaufen sind.«

»Sie sagten etwas über ein Kidnapping?«

»Die Frau des Missionschefs bei der amerikanischen Botschaft ist unter Umständen verschwunden, die auf ein Kidnapping schließen lassen«, sagte Castillo.

»Kidnapping ist hier alltäglich«, sagte Pevsner. »Hatte sie keinen Personenschutz von Sicherheitsleuten?«

»Warum sollte jemand eine Diplomatenfrau entführen?«, fragte Anna. »Hat sie Geld?«

»Viel Geld«, sagte Charley.

»Ich habe nichts davon in der Zeitung gelesen«, sagte Pevsner und neigte sich vor, um Wein in Charleys Glas nachzuschenken.

»Man versucht, es nicht publik zu machen. Man hofft, dass die Kidnapper sie freilassen, wenn sie herausfinden, dass sie die Frau eines Diplomaten ist.«

»Das ist nicht sehr wahrscheinlich«, sagte Pevsner. »Ich kann ein paar Anrufe für Sie machen, wenn Sie möchten.«

»Jede Hilfe wird dankbar angenommen«, sagte Castillo. »Bis jetzt hat es keinen Kontakt mit den Kidnappern gegeben. Mir tut der Ehemann wirklich leid. Sie haben drei Kinder, und die wollen wissen, wann ihre Mutter heimkommt.«

»O Gott«, sagte Anna. »Wie schrecklich!«

»Ja«, sagte Castillo.

»Wo hat man sie entführt?«, fragte Anna. »Aus ihrem Haus?«

»Vom Parkplatz des Kansas Restaurants in San Isidro.«

»Alex und ich essen dort oft«, sagte Anna, und dann fügte sie entsetzt hinzu: »Doch nicht direkt vor den Augen der Kinder?«

Castillo schüttelte den Kopf. »Sie wartete auf ihren Mann,

der sie nach der Arbeit abholen wollte. Die Kinder waren daheim.«

»Und der Präsident hat Sie hier runtergeschickt? Was sollen Sie hier tun?«, fragte Pevsner.

»Herausfinden, was geschah, und es ihm berichten.«

»Da wir vom Präsidenten sprechen, und bevor ich diese Anrufe erledige, hatten Sie je Gelegenheit, bei ihm zu erwähnen, dass ich hilfreich war, dieses Flugzeug für Sie zurückzubekommen?«

»Ja, die hatte ich.«

Das Tagebuch des Präsidenten für dieses Wochenende lautete in Auszügen:

Freitag, 17. Juni 2005, 7 Uhr 55: Ankunft in der Präsidenten-Residenz North Carolina.

Samstag, 18. Juni 2005 bis Sonntag, 19. Juni 2005, 8 Uhr 25: Keine offiziellen Ereignisse oder Gäste oder Besucher.

Sonntag, 19 Juni 2005. 8 Uhr 25: Abreise zum Weißen Haus.

Dies war nicht die ganze Wahrheit. Der Präsident glaubte, dass es niemanden etwas anging, was er in der Privatsphäre seines Heims tat, und dass er das Recht hatte, zu entscheiden, was ein offizielles Ereignis war und was nicht.

Die Tagebücher des Heimatschutzministers, des Direktors der CIA, des Direktors des FBI und des Oberbefehlshabers des U. S. Central Command für den gleichen Zeitraum berichteten jedoch alle, dass sie von zwei bis fünf Stunden Zeit am Samstag, 18. Juni, an einem Ort verbracht hatten, den sie unterschiedlich als »Carolina White House«, »Präsidenten-Residenz« oder »Hilton Head« bezeichnet hatten.

Alle außer dem Heimatschutzminister hatten in gepolsterten Rohrstühlen gesessen und mit dem Präsidenten Bier getrunken, als der erste Hubschrauber, ein glänzend blauer zweimotoriger Huey der Air Force, im Landeanflug auf den Rasen zwischen dem Haus und dem Atlantischen Ozean gewesen war und aufgesetzt hatte.

John Powell, der DCI, und Mark Schmidt, der Direktor des FBI, waren in Straßenanzügen, und General Allan Naylor, der Oberbefehlshaber des Central Command, trug Uniform. Der Präsident hatte ein weißes Hemd mit aufgekrempelten Ärmeln an, eine gelockerte Krawatte, Khakihose und Freizeitschuhe.

Ein Colonel der Air Force in Sommeruniform stieg aus dem Helikopter, griff hinein, um einen kleinen Lederkoffer herauszunehmen, und folgte dann einem der Secret-Service-Agenten zur schattigen Veranda des Hauses.

Der Präsident schüttelte Colonel Jacob D. Torine, USAF, die Hand und reichte ihm dann eine Flasche Bier. Dann beobachteten sie einen anderen Huey – ein einmotoriger Hubschrauber der Army mit olivgrünem Anstrich –, der von der See her einschwebte und landete.

Ein großer Mann im Straßenanzug und ein Army-Offizier, ein Major in Sommeruniform, stiegen aus und folgten einem anderen Agenten des Secret Service auf die Veranda.

»Besser spät als nie, Tom?«, sagte der Präsident zu Minister Hall.

»Mr President, wir sind zehn Minuten zu früh«, sagte Hall.

»Wie geht es Ihnen, Charley?«, sagte der Präsident zu Major C. G. Castillo, Special Forces, USA, und reichte ihm die Hand.

»Guten Tag, Mr President«, sagte Castillo.

»Nun, bringen wir es hinter uns«, sagte der Präsident. »Dann können Sie beide diese Uniformen loswerden.«

Er drehte sich und blickte zum Haus. Die Männer kamen bereits auf die Veranda. Einer hielt zwei blaue Lederboxen auf den Händen, der Zweite eine Nikon Digitalkamera und der Dritte ein Anzugjackett.

Der Präsident rollte seine Hemdsärmel herunter, knöpfte die Manschetten zu, knöpfte den Hemdkragen zu und rückte die Krawatte zurecht. Und dann zog er die Anzugjacke an.

»Bringen Sie nicht die Khakihose aufs Bild«, sagte der Präsident zum Fotografen und blickte ihn dann fragend an. »Wo wollen Sie uns knipsen?«

»An der Wand wäre prima, Mr President.«

»Sie werden mit einem Orden ausgezeichnet«, sagte der Präsident. »Haben Sie gehört, dass ich deswegen ein Problem gehabt habe?«

»Jawohl, Sir«, sagten Torine und Castillo fast im Chor.

»Nun, lassen Sie mich die Geschichte für Direktor Schmidt und Direktor Powell noch einmal erzählen. Es besteht keine Frage für mich, dass die Leistung dieser beiden Offiziere eine höhere Auszeichnung als das Distinguished Flying Cross verdient hat. Als sie die 727 fanden, die niemand sonst finden konnte, und dann zurück stahlen, retteten sie Gott weiß wie viele Leute und verhinderten Chaos und Panik in Philadelphia und der Nation. Nicht ganz, aber fast so wichtig, sie schickten durch ihre Tat eine Botschaft zu den wahnsinnigen Fanatikern, dass die Vereinigten Staaten die militärische Macht und die nachrichtendienstlichen Mittel haben, um einen, wie wir zugeben müssen, ziemlich raffinierten Plan zu stoppen.

Leider muss der Verleihung einer Tapferkeitsmedaille – ich dachte ursprünglich an das Distinguished Service Cross – eine ehrenvolle Erwähnung der Auszeichnung vorangehen. Da ihre Aktivitäten verdeckter Natur waren, basierend auf einer Erkenntnis des Präsidenten, dass gewisse Aktionen notwendig waren, würde eine ehrenvolle Erwähnung, in der beschrieben wird, was sie geleistet haben, die Erkenntnis des Präsidenten publik machen. Das ist nicht im besten Interesse der Nation. General Naylor wies mich ebenfalls darauf hin, dass eine ehrenvolle Erwähnung, die keine genaueren Angaben enthält als ›Aktionen von geheimer und verdeckter Natur‹, zur Aufmerksamkeit von einem oder mehr Aufsichtskomitees des Kongresses gelangen und man Fragen nach den Einzelheiten stellen würde. Das Ergebnis wäre das gleiche. Die Geschichte stünde in der Washington Post und der New York Times.

So erhalten sie nicht die Auszeichnung, die sie verdienen und die ich ihnen wirklich gern verliehen hätte. General Naylor schlug ebenfalls vor, dass ihre Leistungen ehrlich als ›Beteiligung mit dem höchsten Maß an Professionalismus in der Flugkunst unter extrem gefährlichen Bedingungen‹ bezeichnet werden können. Dies sagt die ehrenvolle Erwähnung auf den DFCs.«

Er schaute zu den Direktoren von FBI und CIA.

»Diese Fotos werden nicht an die Presse freigegeben, aber wenn Charley und Colonel Torine sie in der Zukunft betrachten, möchte ich, dass sie sich daran erinnern können, dass die Verleihung in Anwesenheit von Ihnen beiden als Zuschauer stattfand. Kommen Sie, stellen wir uns an die Wand. General, lesen Sie bitte die Befehle?«

Der FBI-Direktor und der DCI erhoben sich ohne jede Begeisterung von ihren weißen Rohrstühlen.

General Naylor wartete, bis der Fotograf jeden aufgereiht hatte, und dann begann er zu lesen: »Attention to orders. Headquarters, Department of the Air Force, Washington D. C., 18. Juni 2005, Verleihung des Distinguished Flying Cross. Das Distinguished Flying Cross, dreizehnte Verleihung, wird an Colonel Jacob ...«

»Viel besser, Charley«, sagte der Präsident und bezog sich darauf, dass Castillo jetzt ein Polohemd, eine Khakihose und Freizeitschuhe trug. »Jetzt setzen Sie sich hin, trinken ein Bier und erzählen mir, was ich für Sie tun kann.«

Der Präsident sah Castillos Gesichtsausdruck.

»Warum habe ich den Verdacht, dass ich dieses Angebot bereuen werde?«, fragte er.

Castillo schwieg.

»Nana, Charley, was geht Ihnen durch den Kopf?«, fragte der Präsident.

General Naylors Gesicht wirkte wie eingefroren.

»Da gibt es zweierlei, Mr President«, sagte Castillo. »Wir hätten dieses Flugzeug nie ohne Mr Pevsners Hilfe ausfindig gemacht.«

»Das ist der russische Gangster?«

»Jawohl, Sir.«

»Was wollen Sie von mir, Charley?«, fragte der Präsident äußerst sarkastisch. »Soll ich ihn begnadigen? Ich bezweifle, dass ich das tun kann. Ich glaube, wir sind das einzige Land in der westlichen Welt, das keinen Haftbefehl auf ihn ausgestellt hat.«

»Sir, er hat Nachrichtenquellen, die wir selbstverständlich nicht haben. Ich möchte wirklich vorschlagen, dass die Regierung eine Beziehung mit ihm unterhält.«

»Um Gottes willen, Castillo«, explodierte FBI-Direktor Mark Schmidt, »dieser russische Bastard hat ein Vorstrafenregister, nach dem John Gotti wie ein Pfadfinder wirkt.«

»Und er hat Nachrichtenquellen, über die wir nicht verfügen«, erwiderte Castillo. »Und die er uns bereitwillig verfügbar gemacht hat.«

»Da hat er einen großen Pluspunkt gesammelt, Mark«, sagte der Präsident. »Wie würden wir Ihren Vorschlag umsetzen, Charley? Was will dieser Mann von uns?«

»Er will, dass die CIA ihn in Ruhe lässt, Sir. Ob es richtig oder falsch ist, er hat den Verdacht, seit man ihn nicht mehr benutzt ...«

»Moment mal!«, unterbrach der Präsident. »›Seit man ihn nicht mehr benutzt‹? Die CIA hat ihn benutzt?« Er schaute den DCI an. »Erzählen Sie mir davon, John.«

Der DCI fühlte sich sichtlich unbehaglich.

»Bei gewissen Anlässen, Mr President«, sagte er, »haben wir bei Operationen verdeckt mit Pevsner gehandelt, seine Flugzeuge gechartert, um gewisse Dinge dorthin zu befördern, wo wir sie brauchten ...«

»Wie wäre es mit ›häufig mit ihm gehandelt‹?«, unterbrach Castillo und erntete einen giftigen Blick vom DCI. »Um die Waffen und

andere Güter auszuliefern, die Sie von ihm gekauft haben?«, fuhr Castillo fort.

Der Präsident sah Castillo an, blickte dann zum DCI und wartete darauf, dass er weiter sprach.

»Es gab einige Transaktionen dieser Natur, Mr President«, gab der DCI zu. »Aber das war in der Vergangenheit. Ich habe angeordnet, alle Beziehungen dieser Art abzubrechen.«

»Und jetzt glaubt er, richtig oder falsch«, sagte Castillo, »seit die Agentur ihn nicht mehr benutzt, versucht sie, seine Gefangennahme – oder Schlimmeres – durch die Regierungen zu arrangieren, gegen die er in Diensten der CIA gearbeitet hat.«

»Das wissen Sie nicht, Castillo!«, brauste der DCI auf.

»Ich sagte, das glaubt er«, erwiderte Castillo.

»Warum?«, fragte der Präsident leise.

»Weil er meint, wenn er in irgendeinem Gefängnis in einem abgelegenen Gebiet des Kongo – oder tot – ist, kann man ihn nicht zur CIA zurückverfolgen, Sir.«

Der Präsident setzte sich auf seinem Sessel zurück und schaute auf den Atlantik hinaus. Er trank lange und nachdenklich aus seiner Bierflasche.

Nach einem Moment drehte er den Kopf zu Charley und sagte bedächtig: »Ich möchte, dass Sie Mr Pevsner Folgendes sagen: Ich kann zwar kaum glauben, dass irgendetwas in dieser Art passieren könnte – es klingt mehr als ein bisschen paranoid –, dass ich jedoch als Zeichen meiner Dankbarkeit für seine wertvolle Hilfe beim Aufspüren dieser 727 den DCI angewiesen habe, sich um diese Sache zu kümmern und wenn irgendetwas dergleichen geschieht, es sofort zu stoppen.«

»Danke, Sir«, sagte Castillo.

»Haben Sie irgendwelche Fragen dazu, John?«, fragte der Präsident.

»Nein, Sir«, sagte der DCI.

»Und dass ich dem Direktor des FBI gesagt habe, dass ich über die

Einzelheiten jedweder Ermittlung über Mr Pevsner, die in den Vereinigten Staaten geführt oder vielleicht begonnen werden wird, informiert werden will. Machen Sie ihm klar, dass er strafrechtlich verfolgt werden wird, wenn er gegen eines unserer Gesetze verstößt.«

»Jawohl, Sir.«

»Sie haben verstanden, was ich soeben gesagt habe, Mark?«

»Jawohl, Sir«, sagte der Direktor des FBI.

Castillo blickte zufällig zu General Naylor, der ungläubig den Kopf schüttelte.

»Okay, Charley«, sagte der Präsident heiter. »Was sonst kann ich für Sie tun?«

»Ich nehme an, Sie lassen mich nicht wieder einfacher Soldat sein, oder, Mr President?«

General Naylors Augenbrauen ruckten hoch.

»Nach dem, was ich gesehen habe, Charley«, sagte der Präsident, »bezweifle ich, dass Sie jemals ein einfacher Soldat gewesen sind. Aber um Ihre Frage zu beantworten – nein. Ich würde das nicht zulassen. Das kommt nicht in Frage.«

»Und wie hat der Präsident daraufhin reagiert?«, fragte Alex Pevsner.

»Er sagte, wenn er herausfindet, dass Sie gegen irgendwelche Gesetze in den Vereinigten Staaten verstoßen, wird er Sie mit Freuden ins Gefängnis werfen. Aber er hat dem CIA-Direktor gesagt, wenn er irgendeine Operation durchführt, um Sie an irgendjemanden zu verpfeifen, soll er das sofort stoppen.«

»Und Sie glauben, dass er das wirklich zur CIA gesagt hat?«

»Ich war dabei, als er es sagte. Er weiß zu schätzen, was Sie getan haben, um uns zu helfen, dieses Flugzeug zu finden.«

Pevsner heftete den Blick seiner intensiv blauen Augen

lange auf Castillos Gesicht. »Ich wollte gerade sagen, dass ich meine Wertschätzung für den Dank des Präsidenten zeigen werde, indem ich tue, was ich kann, um etwas über die entführte Diplomatenfrau herauszufinden …«

»Danke«, sagte Castillo.

»Lassen Sie mich bitte zu Ende sprechen«, sagte Pevsner scharf. »Aber wenn Sie ihm berichten, was ich Ihnen gesagt habe, würde das meinen Aufenthaltsort preisgeben, und das will ich nicht. So werde ich Nachforschungen anstellen, um so viel wie möglich über den Fall herauszufinden, und Sie werden keinem die Quelle Ihrer Information sagen. Okay?«

»Verstanden. Danke, Alex.«

»Anna, holst du bitte eine meiner Badehosen für Charley? Dann können Sie ein wenig schwimmen, während ich telefoniere.«

»Ich sollte nach Buenos Aires zurückfahren«, sagte Castillo.

»Ich finde, Ihre Zeit wäre lohnender verbracht, wenn Sie darauf warten, was ich herausfinden kann«, sagte Pevsner ein wenig schroff, und dann fügte er wesentlich freundlicher hinzu: »Und Anna und ich würden uns wirklich freuen, wenn Sie zum Abendessen bleiben.«

»Danke«, sagte Castillo.

»Wenn es neue Entwicklungen gibt, wird jemand von der Botschaft Sie anrufen, richtig?«

»Hm-hm.«

»Dann schwimmen Sie ein wenig, und später werden wir etwas mehr Wein trinken, und ich werde persönlich eine argentinische Pizza für Sie zubereiten.«

Du willst persönlich eine argentinische Pizza zubereiten?

»Das klingt prima, Alex. Danke.«

5

Der mit Holz befeuerte Pizzaofen stand etwa zehn Meter vom Swimmingpool entfernt vor einem *quincho*, einem Grillhäuschen, in dem das Essen über einer *parrilla* gebraten und wie beim Picknick verzehrt wurde.

Sowohl in der *parrilla* als auch im Ofen brannten Feuer, um die sich ein junger Argentinier kümmerte, als Castillo Anna und den Kindern durch eine Klappe in der schweren Plastikhülle um den Swimmingpool zum *quincho* folgte, wo Kristallgläser und ein halbes Dutzend Weinflaschen auf sie warteten.

An einem Holztisch beim Ofen, bei dem zwei junge argentinische Dienstmädchen unter der strengen Aufsicht des Russisch sprechenden Dienstmädchens in mittlerem Alter Pizzateig kneteten und Tomaten und andere Pizzabeilagen schnitten.

Castillo spürte, dass jemand ihn am Ärmel zupfte, und blickte hinab, um zu sehen, dass Sergej ihm lächelnd eine Platte mit *empanadas*, mit Fleisch gefüllten Klößchen, anbot.

»*Muchas gracias*«, sagte Castillo und bediente sich.

»*De nada*«, sagte Sergej.

»Er kann Sie anscheinend gut leiden«, sagte Pevsner.

Castillo hatte ihn nicht in den *quincho* kommen sehen.

»Wenigstens ein Mitglied Ihrer Familie ist ein guter Menschenkenner.«

»Unfair, Charley«, sagte Pevsner. »Ich bin ein ausgezeichneter Menschenkenner, und Anna ist darin noch besser.«

Castillo lächelte, erwiderte jedoch nichts.

Pevsner überreichte ihm ein Glas Wein.

»Kommen Sie mit mir und sehen Sie zu, wie ich persönlich Ihre Pizza zubereite«, sagte Pevsner.

»Das werde ich mir auf keinen Fall entgehen lassen.«

»Das Geheimnis ist die richtige Ofentemperatur«, sagte Pevsner, als er zu dem mit einer Kuppel ausgestatteten Ofen ging. »Und so testen Sie die.«

Er schritt zum Tisch, hinter dem die drei Mädchen und der junge Mann aufgereiht standen, und nahm eine Seite Zeitungspapier davon. Er zerknüllte das Zeitungspapier und kehrte zum Ofen zurück.

Der junge Argentinier gesellte sich zu ihm und hob die schmiedeeiserne Tür mit einem Schürhaken an. Pevsner warf das zusammengeknüllte Zeitungspapier in den Ofen und signalisierte dem jungen Mann, dass er die Klappentür senken sollte.

»Eins, zwei, drei, vier, fünf, sechs«, zählte Pevsner laut und forderte den Argentinier auf, die Ofenklappe anzuheben.

Das Zeitungspapier loderte lustig.

»Wenn es nicht in sechzig Sekunden völlig verbrannt ist, ist es nicht heiß genug«, erklärte Pevsner ernst und gestikulierte, dass der Ofen geschlossen wurde.

»Faszinierend«, sagte Castillo.

Das Russisch sprechende Dienstmädchen kam mit einer großen Holzschaufel mit Pizzateig im Durchmesser von 60 Zentimetern. Sie hielt sie zwischen Pevsner und die beiden Dienstmädchen, die mit großen Servierlöffeln hinter dem Tisch warteten. Mit dem Zeigefinger wies Pevsner eines der Dienstmädchen an, Tomatensauce auf den Teig zu löffeln und zeigte dann an, dass es reichte.

Er wiederholte die Prozedur mit rotem und grünem Paprika, dann mit verschiedenen Sorten Salami und Stücken von Speck und Hühnerfleisch und ließ schließlich das Ganze mit Parmesankäse bestreuen.

Dann marschierte er zurück zum Ofen, während das Dienstmädchen die Pizza auf der Holzschaufel hielt, forderte den jungen Mann mit Gesten auf, die Klappe des Ofens zu öffnen, wies das Dienstmädchen an, die Pizza hineinzuschieben, und den jungen Argentinier, die Klappe zu schließen.

Charley hatte Mühe, ein Lächeln zu verbergen.

Bis jetzt hat er die Pizza, die er persönlich zubereitet, nicht mal mit dem kleinen Finger angerührt!

»Wir werden jetzt noch eine zubereiten«, kündigte Pevsner an und marschierte zum Tisch zurück, wo er die Prozedur zweimal wiederholte. Diesmal wurden die ungebackenen Pizzen auf Holzschaufeln auf den Tisch gelegt.

»Wenn ich die richtige Temperatur sichergestellt habe, kann jemand anderer sie in den Ofen schieben und wieder herausholen, aber ich liebe es, sie selbst zuzubereiten.«

»Wenn man etwas richtig machen will, muss man es selbst tun«, hörte sich Charley ernst sagen.

»Genau«, sagte Pevsner.

Es ist nicht fair von mir, mich über ihn lustig zu machen. Was ist nur mit mir los? Er ist nett, diese ganze Sache ist nett, und es war nett, wie der kleine Junge, Sergej, mir eine empanada *angeboten hat. Die ganze Familie ist nett. Das erinnert mich an Großvater, wie er* Abuela *auf der Ranch in Midland dazu gebracht hat, Fernando und mir heimlich ein paar Schnapsgläschen mit Wein zu geben, während er über einem offenen Feuer ein Schwein röstete. Abgesehen davon, dass Großvater natürlich alles außer dem Schlachten des Schweins und dem Drehen des Spießes getan hat.*

Dies ist Familienleben. Dies ist nett.

Ich glaube, das würde Betty Schneider gefallen. Nicht der Typ mit der Schrotflinte in seinem Golfwagen, doch Anna und die drei Kinder und der stolze Papa, der für jeden eine Pizza zubereitet, ohne sich die eigenen Hände schmutzig zu machen.

Was mögen Mastersons Kinder heute zu Abend essen?

Ich frage mich, was dieser arme Bastard ihnen erzählt hat oder noch erzählt.

Ob er so tut, als würde alles in Ordnung kommen?

Ob er sie auf das Schlimmste vorbereitet?

Jesus, wenn man hört, dass jemand entführt worden ist, denkt man nie an die Kinder!

Welch eine verkommen dreckige Art, um eines schnellen Dollars willen eine Mutter zu kidnappen!

Und hier bin ich und schaue zu, wie Alex in seinen Pizzaofen blickt.

Ich kann in Buenos Aires nichts tun, warum fühle ich mich also schuldig?

»In Gedanken versunken, Charley?«

Castillo wandte sich um und sah Howard Kennedy mit einem Glas Wein in der Hand.

Kennedy war aus dem Swimmingpool verschwunden, als Castillo und Anna Pevsner hinaus zum Pool gegangen waren, und hatte sich seither nicht mehr blicken lassen. »Ich habe mich gefragt, was die Masterson-Kinder heute zum Abendessen bekommen«, sagte Castillo.

»Die Kinder der Entführten?«

Castillo nickte.

»Alex arbeitet daran«, sagte Kennedy. »Es sollte bald etwas dabei herauskommen.«

»Das hoffe ich. Was ist hier das Strafmaß für Kidnapping? Wissen Sie das?«

»Nicht genau, aber ich weiß, dass es keine Todesstrafe gibt und die durchschnittliche Strafe für Mord fünfzehn Jahre ist, was bedeutet, dass sie in sieben bis zehn Jahren wieder auf der Straße sind.«

Das Russisch sprechende Dienstmädchen kam mit der jetzt gebackenen Pizza in den *quincho,* und Alex Pevsner beaufsichtigte, wie sie die Pizza mit einem gewaltigen Fleischermesser anschnitt.

Während sie beim Abendessen saßen – nach der Pizza gab es Steaks und Folienkartoffeln von der *parrilla*; Castillo war voll gestopft –, wurde Pevsner dreimal zum Telefon gerufen. Jedes Mal, wenn er telefonierte, ging er in ein kleines Zimmer, durch dessen schmale Fenster Castillo ihn sehen konnte.

Das kleine Zimmer erinnerte Charley an die »Telefonkabine«, bei General Naylors Konferenzraum im Hauptquartier von CentCom in Tampa, in der sich das gesicherte Telefon befand.

Pevsner kehrte die ersten beiden Male an den Tisch zurück, ohne ein Wort zu sagen, doch als er zum dritten Mal aus dem kleinen Zimmer zurückkam, signalisierte er Charley, ihn zu begleiten.

Sie spazierten ein paar Meter vom *quincho* fort.

»Ich habe nichts für Sie, Charley, es tut mir leid. Dieser letzte Anruf kam von jemandem, der die wichtigen Leute beim SIDE kennt – Sie wissen, was SIDE ist?«

Charley nickte.

»Und wenn jemand etwas weiß, dann der SIDE. Und er sucht hart. Der Druck lastet auf ihm.«

»Nun, danke für die Mühe«, sagte Charley.

»Ich versuche es weiter«, sagte Pevsner. »All meine Quellen glauben, dass dies kein gewöhnliches Kidnapping ist. Meine Quelle mit Verbindungen zur Policía Federal und der Gendarmeria sagte, dass sie jeden Vorbestraften oder auch nur Verdächtigen befragt haben und nichts dabei herausgekommen ist.« Er schwieg einen Moment und fragte dann: »Hat dieser Mann tatsächlich fünfzig Millionen Dollar gekriegt, nachdem ihn ein Truck angefahren hatte?«

»Sechzig Millionen«, sagte Charley.

»Die Kidnapper sind vielleicht keine Argentinier. Sie könnten sogar Amerikaner sein.«

»Ja«, stimmte Charley nachdenklich zu.

Ich werde diesen Gedanken in meine E-Mail an Hall schreiben. Es ist die einzige wilde Idee bei diesem Fall, die bei der Brainstorming-Sitzung in der Botschaft keinem eingefallen ist.

Warum per E-Mail? Wenn ich damit anfange, E-Mails mit Hall auszutauschen, werde ich die ganze Nacht auf sein. Und Darby hat mir klargemacht, dass er morgen meine Tarnung beim Botschafter ohnehin zunichte machen wird. Es ist besser, wenn ich telefoniere.

Er nahm sein Handy heraus und drückte auf eine Kurzwahltaste. Er hielt das Handy ans Ohr, bevor ihm einfiel, dass es hier auf dem Land gut möglich war, dass es keine Mobilfunkverbindung gab.

»Darby.«

»Charley Castillo. Ich möchte über eine gesicherte Verbindung nach Washington telefonieren. Können Sie das für mich arrangieren?«

»Das kann ich, aber da besteht das Problem, dass Sie nur ein Secret-Service-Agent sind, und man würde Fragen stellen.«

»Nur zu, sagen Sie es dem Botschafter. Warum nicht?«

»Okay. Das ist vermutlich das Beste. Ich werde die Dinge in der Botschaft arrangieren. Wo sind Sie?«

Castillo wurde es bewusst, dass Pevsner versuchte, aus diesem Telefonat schlau zu werden.

»Haben Sie jemals von einem kleinen Ort namens Maschwitz gehört?«

»Ja. Und ich werde nicht fragen, was, zum Teufel, Sie dort draußen treiben.«

»Ja, lassen Sie das lieber. Da ist noch eines, Alex. Ich wurde auf die Idee gebracht, dass die Kidnapper keine Argentinier sein könnten, dass sie vielleicht sogar Amerikaner sind.«

»Das wurde sehr diskret von der Policía Federal dem FBI

gesagt. Wenn Sie eine Menge Aktivitäten im Kommunikationszentrum bemerken, dann ist es die Übermittlung der Namen jedes Amerikaners, der in den letzten dreißig Tagen nach Argentinien gekommen ist, ans NCIC – den National Crime Information Center –, um festzustellen, ob sie einen Volltreffer landen.«

»Nun, jemand hat dies getan, Alex.«

»Irgendwelche Hurensöhne.«

»Noch eines, Alex. Lowery hat meinen Ausweis vom Secret Service für das Besucherschild genommen, und wir haben die Botschaft verlassen, bevor ich ihn zurückbekommen habe.«

»Ich werde mich darum kümmern«, sagte Darby. »Wir werden in Kontakt bleiben.«

Dann war die Verbindung tot.

»Danke«, sagte Pevsner.

»Wofür?«

»Für Maschwitz.«

»Wenn ich glaube, dass jemand ungewöhnlich neugierig ist, wo oder bei wem ich gewesen bin, werde ich Ihren österreichisch-ungarischen Großherzog ins Gespräch bringen«, sagte Castillo. »Das wird sie auf eine interessante Spur bringen.«

Pevsner lächelte.

»Alex, ich muss nach Buenos Aires zurück.«

»Ich verstehe. Soll ich Ihnen Howard mitschicken?«

»Das ist nicht nötig. Ich brauche nur eine Fahrgelegenheit zur Botschaft.«

Charleys Handy klingelte, als sie sich Buenos Aires näherten.

»Hallo?«

»Mr Castillo?«

Castillo erkannte Darbys Stimme.

»Alexander Darby hier, Mr Castillo.«

»Was kann ich für Sie tun?«

»Mr Castillo, Botschafter Silvio fragt sich, ob Sie morgen früh um neun Uhr dreißig in sein Büro kommen könnten.«

»Ich werde dort sein.«

»Danke. Wir sehen uns dann dort.«

Die Verbindung war unterbrochen.

Es hat nicht lange gedauert, bis du dem Botschafter von mir erzählt hast, nicht wahr, Alex?

Und warum habe ich den Verdacht, dass du diesen Anruf in seiner Anwesenheit gemacht hast?

Und ihm einfach erzählt hast, dass ich mich bei dir ausgewiesen habe, und nicht, dass wir einander von Afghanistan her kennen?

Ein Amerikaner, der sich in keiner Weise auswies – Castillo schloss daraus, dass es ein CIA-Agent war, der für Darby arbeitete –, wartete außerhalb des Zauns vor dem Angestellten-Eingang des Botschaftsgeländes mit Castillos Besucherausweis und den Ausweispapieren des Secret Service.

»Wenn Sie bitte mit mir mitkommen wollen, Mr Castillo?«

6

Kommunikationszentrum
Botschaft der Vereinigten Staaten
Avenida Colombia 4300
Buenos Aires, Argentinien
22. Juli 2005, 22 Uhr 30

Im Kommunikationsraum der Botschaft gab es ebenfalls eine »Telefonkabine«. Als der Mann, den Castillo jetzt in Gedanken als »Darbys Knabe« bezeichnete, ihn dort einließ, schauten ihn die meisten der acht oder zehn Leute im Raum mit offener Neugier an. Einer davon war der asiatische FBI-Agent Yung.

Der Typ, der mich beim Brainstorming mit ein wenig zu viel Interesse betrachtet hat. Entweder ist er fasziniert von meiner Schönheit und meinem männlichen Charme oder vom Secret Service, oder er weiß etwas über mich. Oder vermutet etwas.

Allmächtiger! Hat es eine Anweisung auf einem inoffiziellen FBI-Dienstweg gegeben: keine Kopien, nach dem Lesen zu vernichten, »Lassen Sie uns wissen, wenn irgendwo ein Typ namens Castillo auftaucht, und informieren Sie uns über jeden seiner Schritte? Er hat unseren Direktor in Schwulitäten gebracht, und wir würden ihm wirklich gern den Arsch verbrennen«?

Castillo schloss die Tür der Telefonkabine und setzte sich vor den winzigen Schreibtisch, mehr ein in die Wand eingebautes Regal, auf dem das Telefon mit der gesicherten Leitung stand. Es sah – abgesehen davon, dass die Kabel viel dicker waren – wie ein normales Telefon aus. Es gab auch einen linierten Notizblock, mit einem Aluminiumblatt unter der ersten Seite, damit Geschriebenes auf den Seiten darunter keine Abdrücke hinterließ, zwei angespitzte Bleistifte standen in einem Glas, und ein rot gestreifter Beutel zum Verbrennen hing an der Wand.

Castillo nahm den Hörer des Telefons ab.

»Operator«, sagte eine Männerstimme.

Klingt jung. Vermutlich ein Soldat.

»Mein Name ist Castillo. Ich brauche eine gesicherte Leitung.«

»Jawohl, Sir. Sie sind freigegeben worden. Die Nummer, bitte.«

Es ist etwas nach 10 Uhr 30 hier, halb acht in Washington. Hall ist fast mit Sicherheit nicht im Büro. Ich werde ihn von der Zentrale suchen lassen.

Castillo nannte dem Telefonisten die Nummer der Telefonzentrale des Weißen Hauses.

»Sir, das ist das Weiße Haus«, sagte der Telefonist.

»Ja, ich weiß.«

»Sir, Sie haben keine Genehmigung, das Weiße Haus anzurufen.«

»Wer muss das genehmigen?«, fragte Castillo und fügte nach kurzem Zögern »Sergeant« hinzu.

»Entweder der Botschafter oder Mr Masterson, Sir.«

Nun, auf den Sergeant *folgt keinerlei Reaktion. Das ist vielleicht hilfreich.*

»Nun, ich möchte Mr Masterson nicht behelligen, Sergeant, so nehme ich an, Sie verbinden mich besser mit dem Botschafter. Ich muss dieses Telefonat unbedingt erledigen.«

»Sir, Mr Darby hat die Befugnis, Anrufe zum Weißen Haus zu genehmigen. Würde er wissen, wenn Sie berechtigt sind?«

»Ja, das würde er wissen. Rufen Sie ihn an, Sergeant.«

Eine halbe Minute später gab »Wirtschaftsattaché« Darby dem Telefonisten die Erlaubnis, Mr Castillos Anruf an die Zentrale des Weißen Hauses durchzustellen.

»Weißes Haus.«

»Dies ist die US-Botschaft Buenos Aires«, sagte der Telefonist. »Würden Sie bitte bestätigen, dass die Leitung gesichert ist?«

Es dauerte fünfzehn Sekunden, und dann erklärte der Telefonist in der Zentrale des Weißen Hauses: »Die Leitung ist gesichert.«

»Hier spricht C. G. Castillo, ich muss mit Minister Hall sprechen. Ich habe keine Ahnung, wo er sich aufhält.«

»Oh, ich glaube, wir können ihn für Sie finden. Bleiben Sie dran.«

»Hall.«

»Ich habe einen Anruf für Sie über die gesicherte Leitung, Herr Minister. Von Mr Castillo in Buenos Aires.«

»Stellen Sie Mr Castillo bitte durch«, sagte Hall.

Im Präsidenten-Apartment im Weißen Haus blickte der Präsident über den Tisch im Frühstücksraum zu seiner Frau und Matt Halls Frau und traf eine Entscheidung.

»Schalten Sie Ihren Lautsprecher ein, und hören Sie mit, Matt«, befahl er. »Aber sagen Sie ihm nichts.«

»Sind Sie das, Charley?«

»Jawohl, Sir.«

»Wir haben erwartet, eher von Ihnen zu hören.«

»Sir, da ist nicht viel mehr zu berichten als das, was Sie vermutlich bereits gehört haben.«

»Nun, fangen wir am Beginn an, Charley. Man kann nie wissen.«

»Jawohl, Sir. Joels Kumpel Tony Santini holte mich am Flughafen ab. Wirklich netter Kerl, übrigens ein scharfer Hund. Tony brachte mich zum Hotel, zum Hyatt – das übrigens jetzt Four Seasons heißt. Er erzählte mir, was er über den Fall wusste, im Wesentlichen, dass Mrs Masterson auf dem Parkplatz eines Restaurants namens Kansas im Nobelviertel San Isidro geschnappt wurde. Sie wartete auf ihren Ehemann, und als er nicht auftauchte, ging sie zu ihrem Wagen und wurde überrascht.

Er sagte, die Kidnapper hätten sich nicht gemeldet – dies war etwa um sieben heute Morgen, und bis jetzt ist immer noch kein Anruf von ihnen gekommen. Tony sagte, die Argentinier halten die Sache aus den Medien raus. Wenn ich also als Gossinger in die Botschaft ginge, würde man sich (a) wundern, woher ich davon erfahren habe, und mir (b) nicht das Geringste erzählen. So fuhr ich als Secret-Service-Agent, der gerade zufällig in der Stadt ist, dorthin. Anscheinend kommt das immer wieder mal vor. Tony stellte mir den Sicherheitschef vor. Er heißt Lowery, ist ein netter Typ, aber ein Leichtgewicht ...«

»Warum sagen Sie das, Charley?«, unterbrach Hall.

»Nach dem, was Tony Santini sagte, ging es bei den meisten seiner Ermittlungen um Seitensprünge von Diplomaten mit Frauen anderer Diplomaten. Um keinen großen Fall wie diesen.«

»Okay«, sagte Hall.

»Während ich in seinem Büro war, kam Masterson herein. Ein wirklich netter Mann und wirklich aufgeregt. Sie kennen die Geschichte, dass er angefahren wurde und ...«

»Bei einem Vergleich fünfzig Millionen Dollar erhielt? Ja, die kenne ich.«

»Die Summe, die ich hörte, beträgt sechzig Millionen. Jedenfalls wurde ich ihm als Agent des Secret Service vorgestellt, und er bat mich, an einer Brainstorming-Sitzung mit allen Ermittlern teilzunehmen. Der CIA-Stationsleiter – mehr über ihn gleich –, die DEA-Leute und zwei FBI-Jungs aus Montevideo, die einige Erfahrung mit Kidnappingfällen haben sollen. Einer davon sieht mich sonderbar an. Bei der Sitzung und gerade eben, als ich ins Kommunikationszentrum kam ...«

»Was meinen Sie damit?«

»Wenn ich paranoid wäre, und das bin ich wohl, würde ich annehmen, dass es eine strikte Anweisung aus dem J. Edgar Hoover Building gibt, wonach jeder diesen Hurensohn Castillo im Auge behalten soll.«

»Das denken Sie wirklich, Charley?«

»Ich kann es nicht beweisen, aber genau so hat mich der CIA-Stationsleiter angesehen, ein Typ namens Darby – er ist ebenfalls ein scharfer Hund –, und ich weiß, dass ihm bekannt ist, wer ich war – bin.«

»Woher wissen Sie das?«

»Nach der Brainstorming-Sitzung – bei der nichts herauskam – bot er mir an, mir das Restaurant zu zeigen, und als wir in seinem Wagen waren, erzählte er mir, er habe mich zum letzten Mal in Zaranj, Afghanistan, gesehen – er war dort Stationsleiter –, habe zwei und zwei zusammengezählt und sei zu dem Schluss gelangt, dass ich der Typ sei, der daran beteiligt gewesen sei, die 727 zurückzuholen.«

»Er wird es also dem Botschafter erzählen? Oder sonst jemandem?«

»Er sagte, um der guten alten Zeiten willen wird er damit bis morgen warten, doch er wird es ihm erzählen müssen. Vor etwa zwei Stunden sagte ich ihm, nur zu, erzählen Sie es ihm. Ich wollte eine gesicherte Telefonleitung, anstatt mich mit E-Mails herumzuplagen. Er weiß es also. Als ich in die Stadt kam, übermittelte mir Darby eine sehr höfliche Bitte vom

Botschafter, dass ich morgen früh um halb zehn in sein Büro kommen soll.«

»Was ist mit dem Botschafter?«

»Sowohl Santini als auch Darby halten ihn für erstklassig. Jedenfalls, nachdem ich ein sehr gutes Mittagessen im Kansas hatte und mich irgendwie schuldig fühlte, schnüffelte ich selbst ein wenig herum und fand gar nichts heraus, abgesehen von der Möglichkeit, dass die Kidnapper Amerikaner sein könnten. Als ich diese Möglichkeit bei Darby erwähnte, sagte er, die argentinische Polizei habe bereits – er sagte ›diskret‹ – auf diese Möglichkeit hingewiesen. Außerhalb dieser Telefonkabine schickt das FBI – einschließlich Yung, der FBI-Knabe, der es wohl auf mich abgesehen hat – die Namen all der Amerikaner, die in den vergangenen dreißig Tagen hier eingetroffen sind, an das NCIC.«

»Was ist mit den örtlichen Behörden?«

»Nach allem, was ich aufgeschnappt habe, tun sie ihr Bestes, und zwar mit dem gleichen Ergebnis, nämlich null. So wartet jeder, dass der andere weiterkommt.«

»Und das ist alles?«

»Jawohl, Sir. Ich fühle mich so nutzlos wie Titten bei einem Eber. Mein Gott, ich wünschte, der Präsident wäre nicht auf die verrückte Idee gekommen, dass ich ein Sherlock Holmes bin. Ich möchte wirklich gern helfen, aber ich bin restlos überfordert.«

»Bleiben Sie dran, Charley.«

»Sherlock, hier spricht der Präsident.«

»Allmächtiger!«, entfuhr es Castillo.

»Nein. Nur der Präsident«, lachte der Präsident. »Und ich bin froh, dass ich es getan habe, Sherlock. Ich hätte keinen prägnanteren und inhaltsreicheren Bericht verlangen können, und ich weiß, dass jeder Bericht, der auch nur annähernd so gut gewesen wäre wie der, den Sie soeben Minister

Hall gegeben haben, viel länger gebraucht hätte, um mich zu erreichen.«

»Sir, es tut mir leid ...«

»Das braucht es nicht, Charley. Ich habe nur eine Frage.«

»Sir?«

»Was ist mit Mr Masterson? Er und seine Kinder werden beschützt?«

»Jawohl, Sir. Mr Darby – er und Mr Masterson sind befreundet – sagte mir, dass er und einige seiner Leute auf Mr Masterson aufpassen und hoffen, dass er nichts davon mitbekommt. Und da sind auch überall argentinische Cops und Leute des SIDE.«

»Ihr FBI?«

»Jawohl, Sir. Sowohl Mr Santini als auch Mr Darby haben mir gesagt, dass sie ihre Arbeit gut machen.«

»Wenn Sie morgen Botschafter Silvio sehen, könnten Sie ihm von meiner Besorgnis erzählen.«

»Jawohl, Sir. Das werde ich tun.«

»Nun, ich denke, das wär's«, sagte der Präsident. »Sie tun, weshalb ich Sie dort runtergeschickt habe, und Sie haben es gut getan.«

»Danke, Sir.«

»Mrs Hall lässt Sie grüßen, und ich bin sicher, dass meine Frau sich dem anschließt.«

»Jawohl, Sir.«

»Gute Nacht, Charley«, sagte der Präsident.

»Interessanter Junge«, bemerkte der Präsident.

»Und ein sehr netter«, sagte Mrs Janice Hall. »Man konnte seine Sorge um diese arme Frau und die Familie in seiner Stimme hören.«

»Bis sie ihn tatsächlich kennen lernte, konnte Janice keine

Männer leiden, von denen Frauen angezogen werden wie Motten vom Kerzenlicht.«

»Geh zur Hölle, Matt«, sagte Mrs Hall.

»Ich glaube, ihn dort runterzuschicken war eine meiner besseren Ideen«, sagte der Präsident und fügte hinzu: »Genau wie ihn bei Matt zu lassen.«

»Wie bitte?«, fragte die First Lady.

»Als er dieses Flugzeug zurückholte, war mein erster Gedanke, ihn ins Weiße Haus zu holen. Dann wurde mir klar, dass dies nicht klug wäre. Kannst du dir vorstellen, welchem Druck er ausgesetzt wäre, wenn er hier arbeitet? Jeder in diesem Gebäude würde (a) versuchen, ihn zu kontrollieren, und (b) versuchen, ihn von meinem Telefon fern und aus dem Oval Office herauszuhalten. Da ich ihn für Matt arbeiten lasse, entfällt dies alles.«

7

Zimmer 1550
Four Seasons Hotel
Cerrito 1433
Buenos Aires, Argentinien
23. Juli 2005, 6 Uhr 25

Castillo hatte gebeten, ihn um sieben telefonisch zu wecken – was ihm zwei Stunden geben würde, um sich anzuziehen, zu frühstücken und bis halb zehn zur Botschaft zu fahren –, und als er auf seine Armbanduhr blickte, während er den Hörer des klingelnden Telefons abnahm und die Zeit sah, lief ihm ein kalter Schauer über den Rücken. Es war kaum zu erwarten, dass dieser frühe Anruf gute Nachrichten brachte.

»*Hola?*«

»Castillo?« Es war Darbys Stimme, und sie klang alles andere als fröhlich.

»Ja.«

»Sie haben sich nicht auf Ihrem Handy gemeldet«, sagte Darby vorwurfsvoll.

»Was ist los?«

»Ein Wagen wird Sie erwarten, wenn Sie runterkommen können.«

»Noch einmal, was ist los?«

»Nun, ich kann Ihnen sagen, dass es nichts Gutes ist«, sagte Darby und legte auf.

V

1

Avenida Tomas Edison
Buenos Aires, Argentinien
23. Juli 2005, 6 Uhr 40

Vor dem Four Seasons Hotel wartete ein kleiner grauer Alfa Romeo mit zivilem argentinischen Kennzeichen auf dem Zufahrtsweg, als Castillo durch die Drehtür trat.

Als Castillo hinschaute und sich fragte, ob das der Wagen für ihn sein könnte, schob der Fahrer die Beifahrertür auf.

»Señor Castillo?«

Castillo ging schnell zum Wagen und stieg ein. Er fuhr mit quietschenden Reifen an, bevor Castillo die Zeit hatte, sich anzuschnallen.

»Sie sprechen Spanisch, Mr Castillo?«, fragte der Fahrer in amerikanischem Englisch.

Castillo betrachtete ihn genauer. Er war ein dunkelhaariger Mittdreißiger in einem Straßenanzug, und Castillo sagte sich, dass er gut als *porteño,* ein Einheimischer von Buenos Aires, durchgehen konnte.

»*Sí*«, sagte Castillo.

»Sagen Sie Coronel Alfredo Munz vom SIDE guten Tag«, sagte der Fahrer in fließendem *porteño*-Spanisch.

Die Fenster des Alfa Romeo waren stark getönt. Castillo hatte niemanden auf dem Rücksitz gesehen. Er drehte sich auf dem Sitz um und sah einen stämmigen, blonden Mann Anfang vierzig. Castillo streckte ihm die Hand hin.

»*Mucho gusto, mi coronel.*«

Coronel Munz' Händedruck war fest.

»*Mucho gusto*«, erwiderte er und fügte hinzu: »Señor Darby hat mir von Ihnen erzählt, *señor.*«

Und was mag das gewesen sein?

Der Wagen passierte jetzt die französische Botschaft, und das Signalhorn ertönte stetig in kurzen Stößen. Der Fahrer hatte das Rotlicht eingeschaltet und wurde fast von einem Fiat-Auslieferungswagen geschnitten, der die Avenida 9. Julio hochfuhr. Der Alfa Romeo drehte mit quietschenden Reifen nach links auf die 9. Julio und raste dann auf der äußersten rechten Fahrspur, die für Notfall-Fahrzeuge reserviert war, die Autobahn hinab ...

»Was ist passiert?«, fragte Castillo. »Wohin fahren wir?«

»Die Bastarde haben Masterson erschossen«, sagte der Fahrer.

Was sagt er da? Sie haben Mrs Masterson erschossen? O Gott!

Aber es klang, als ob er es ernst meinte.

»Mrs Masterson, meinen Sie?«

»Nein. Masterson.«

Das kann doch nicht wahr sein!

»Ich dachte, Darby lässt auf ihn aufpassen.«

»Ja, er hat jemanden eingeteilt. Mich. Ich habe große Scheiße gebaut.«

Sie gelangten an eine Reihe von Maut-Kabinen. Ohne zu verlangsamen, immer noch mit Signalhorn und Rotlicht, fuhr der Fahrer durch die rechte Spur, obwohl ein Polizist, der ihn kommen sah, heftig den Arm schwenkte. Der Polizist sprang im letzten Augenblick zur Seite und zog seine Pistole.

»SIDE! SIDE! SIDE!«, brüllte Coronel Munz aus seinem offenen Wagenfenster.

Mein Gott, hoffentlich glaubt der Cop ihm!

Castillos Stoßgebet wurde erhört. Es fiel kein Schuss.

Jedenfalls kann ich keinen hören.

Sie näherten sich einer Straßengabelung. Der Fahrer wählte die rechte Fahrspur, fuhr an zwei gewaltigen Überland-Sattelschleppern vorbei und beschleunigte rapide.

Castillo sah, dass sie jetzt auf der Avenida Presidente Castillo waren.

Es war offensichtlich die Hauptstrecke zu den Docks, und die Fahrbahn zeigte die Abnutzungen von – höchstwahrscheinlich stark überladenen – Trucks. Der Alfa schlingerte und setzte immer wieder auf.

Es war zu laut im Wagen, um Fragen zu stellen, und es wäre unklug gewesen, den Fahrer vom Verkehr abzulenken.

Die Avenida Presidente Castillo beschrieb eine Biegung nach rechts, dann kam ein Stoppschild, das der Fahrer ignorierte, woraufhin sie fast von einem gewaltigen Scania-Transporter mit zwei Containern auf einem Anhänger gerammt worden wären.

Noch zwei Biegungen nach links, und dann sah Castillo, dass sie jetzt auf der Avenida Thomas Edison fuhren. Diese Straße sah sogar noch schlimmer als die Avenida Presidente Castillo aus. Sie war zweispurig, und der Asphalt war zumeist bis zu den Kopfsteinen abgefahren, mit denen sie einst gepflastert worden war. Zu ihrer Linken befanden sich verlassene Lagerhäuser, und rechts erstreckte sich ein verfallenes Hafengebiet, gesäumt mit rostigen, aufgegebenen und halb versunkenen Flussbooten.

Und dann war da ein Meer von glitzernden roten und blauen Signallichtern.

Vier Polizisten der Policía Federal standen mitten auf der Straße, alle mit erhobenen Händen, um sie zu stoppen. Castillo sah, dass ein halbes Dutzend andere Cops Absperrgitter aus einem Truck ausluden.

Der Fahrer trat auf die Bremse, verlangsamte, hielt jedoch nicht an.

Coronel Munz lehnte sich jetzt weit aus dem hinteren Wagenfenster, schwenkte seine Dienstmarke und brüllte »SIDE! SIDE! SIDE!«

Die Polizisten traten zur Seite. Zwei davon salutierten.

Fünfzig Meter weiter die Straße hinab hielt ein hünenhafter – und enorm selbstsicherer – Sergeant der Policía Federal mit lässiger Arroganz die Hand hoch, um sie zu stoppen.

Die Arroganz verschwand sofort, als er Munz erkannte.

»Dort drin, *mi coronel*«, sagte er und wies auf die Ruine eines verlassenen Lagerhauses, das dreißig Meter entfernt und dessen gesamte Front offen war.

Davor standen drei Polizeiwagen, einer von der Policía Federal, einer von der Marine-Präfektur, die Polizeimacht im Hafen hat, und einer von der Gendarmeria National. Castillo sah einige neutrale Wagen mit rotierenden Blaulichtern, zwei Ambulanzwagen, einen vom German Hospital, den anderen von der Marinepräfektur.

Fünfzig Meter jenseits davon stand ein riesiger Sattelschlepper mit blinkenden Stopplichtern und eingeschalteten Parklichtern mitten auf der Straße.

Als der Fahrer auf die Bremse trat und der Alfa Romeo mit kreischenden Reifen vor dem verlassenen Lagerhaus stoppte, konnte Castillo ein Taxi sehen, das nahe der hinteren Wand des Gebäudes parkte. Zwischen dem Taxi und der offenen Front des Gebäudes stand eine Menschentraube von sieben oder acht Männern, die meisten davon in Uniformen mit den Rangabzeichen ranghoher Polizeioffiziere.

Munz stieg hinten aus dem Alfa aus und marschierte zielstrebig auf sie zu. Castillo und der Fahrer stiegen aus und folgten ihm. Die Polizisten wandten sich um und blickten ihnen entgegen. Einige der ranghohen Polizeioffiziere salutierten.

»Ich habe veranlasst, dass nichts angerührt wird, bis ich

hier bin«, sagte Munz. »Ich nehme an, Sie haben sich daran gehalten?«

»*Mi coronel*«, sagte ein Mann in einer Marineuniform mit dem Streifen eines Commanders, »einer meiner Männer war als Erster am Tatort. Abgesehen davon, dass er in die Taschen des Opfers gegriffen und einen Ausweis gesucht hat, ist nichts sonst berührt worden.«

»Dass er in die Taschen gegriffen hat, um nach Geld zu suchen, ist wahrscheinlicher«, sagte der Fahrer des Alfa Romeo leise hinter vorgehaltener Hand zu Castillo.

Einer der ranghohen Polizeibeamten sagte etwas zu Munz, das Castillo nicht verstehen konnte.

Coronel Munz hob überrascht die Augenbrauen.

»Wo ist er?«, fragte Munz.

Der Marineoffizier wies auf einen Mann in Khakiuniform, der am Rand der Straße stand und sich sichtlich unbehaglich fühlte.

»Holen Sie ihn her«, befahl Munz und wies auf eine Stelle auf dem Boden.

Das Kommando, dass der Polizist der Marinepräfektur herkommen sollte, ging durch die Hierarchie der Polizeibeamten hinab, und schließlich ging einer schnell zu dem Polizisten.

Munz schlenderte zu dem Taxi, Castillo folgte ihm, und dann setzten sich die Polizeibeamten in Bewegung. Munz spürte dies. Er wandte den Kopf und hob eine Hand, um sie zu stoppen. Dann wies er auf Castillo und den Fahrer und signalisierte ihnen, dass sie ihn begleiten sollten – oder durften.

Die rechte hintere Tür des Taxis stand offen.

Munz steckte den Kopf hinein, sah sich einen Moment um und zog den Kopf zurück. Er gestikulierte, dass der Fahrer und Castillo einen Blick in den Wagen werfen durften.

Castillo stand am nächsten und schaute hinein.

Es roch nach Blut, und ein Schwarm von Fliegen summte.

J. Winslow Masterson lehnte an der gegenüberliegenden Tür, halb sitzend. Seine Augen waren weit aufgerissen und sein Mund stand offen. In seiner Schläfe war eine Einschusswunde, und, nach dem jetzt eingetrockneten Blut an seinem Hals zu schließen, eine andere Einschusswunde unter dem Haar hinter seinem Ohr.

Der Taxifahrer war über dem Lenkrad zusammengesunken. Sein silbergraues Haar hinten am Kopf war dunkel von Blut, und der Rücken seiner Jacke war schwarz von eingetrocknetem Blut.

Castillo zog den Kopf aus dem Taxi zurück, sein Blick traf sich mit dem des Fahrers, und er stieß einen Fluch aus.

Er hörte das Quietschen von Reifen, und als er sich umblickte, sah er Alex Darby die Tür eines BMWs der Botschaft öffnen und aussteigen.

Einige Polizisten versuchten ihn aufzuhalten.

»Passieren lassen!«, rief Munz mit einer Stimme, die einem Ausbildungs-Sergeant zur Ehre gereicht hätte. Dann ging er zu Darby.

Castillo hörte Darby fragen: »Ist er es?«

»Ich befürchte, ja«, sagte Munz.

»Und er ist tot?«

Munz nickte. »Zwei Kopfschüsse.«

»Wo ist Mrs Masterson?«, fragte Darby.

Mensch, an die habe ich überhaupt nicht gedacht!

Munz wies zum Krankenwagen des German Hospital.

Darby ging dorthin. Munz holte ihn ein.

»Alex, ich glaube, Sie steht unter Betäubungsmitteln«, sagte Munz.

»Verdammt! Wer hat das genehmigt?«, fragte Darby wütend.

»Wie der erste Polizist, der am Tatort war, sagte, bekam sie die Beruhigungsspritze, als er hier eintraf.«

»Es ist also ein Doktor bei ihr?«, sagte Darby.

»Ich glaube, drei Ärzte«, sagte Munz. »Ich selbst habe das German Hospital angerufen.«

Darby ging zu dem Krankenwagen, ein großer Mercedes Van, zog die Tür auf und stieg hinein.

Castillo bemerkte, dass der Fahrer jetzt neben ihm stand.

»Darby ist bei Mrs Masterson im Krankenwagen«, sagte Castillo. »Ich hörte, wie Munz zu ihm sagte, dass sie unter Drogen steht, eine Beruhigungsspritze bekam, als der Cop von der Marine hier eintraf.«

»Scheiße«, sagte der Fahrer, »ich habe zwei Schüsse in den Kopf gezählt.«

»Ich habe nur eine Einschusswunde im Kopf des Taxifahrers gesehen«, sagte Castillo.

»Ich glaube, es sind zwei«, meinte der Fahrer.

Darby kletterte aus dem Krankenwagen und ging mit Munz zum Taxi.

»Alex«, sagte der Fahrer, »es tut mir leid.«

»Es tut uns allen leid«, sagte Darby.

Darby ging zum Taxi, schaute einen Moment hinein und kehrte dann dorthin zurück, wo Munz, der Fahrer und Castillo standen.

»Alex«, sagte Munz, »ich finde, sie sollte ins Hospital gebracht werden. Sie können nicht genau sagen, was sie ihr gegeben haben.«

»Das hat man mir erzählt«, sagte Darby. »Aber ich glaube, der Botschafter möchte sie hier sehen. Er ist unterwegs.«

»Selbstverständlich«, sagte Munz.

Darby schaute zum Fahrer.

»Paul?«

»Es sieht für mich wie eine Hinrichtung aus«.

»Sind Sie der gleichen Meinung, Charley?«, fragte Darby.

»Könnte sein. Ich weiß es nicht.«

Ein anderer BMW der Botschaft fuhr vor, und dann noch einer. Ein großer, schlanker, gut gekleideter Mann stieg hinten aus, ein anderer Mann vorn.

Der hinten gesessen hat, muss der Botschafter sein, dachte Castillo, *und der andere ist sein Leibwächter.*

»Nun, da kommt der Botschafter«, bestätigte der Fahrer.

Ken Lowery, der Sicherheitsbeamte der Botschaft, und drei andere Männer stiegen aus dem zweiten BMW. Einer der Männer war ein stämmiger skandinavischer Typ mit fast rasiertem Kopf. Castillo sagte sich, dass er einer der Marines der Wache der Botschaft war.

Botschafter Silvio und Lowery passierten die äußere Absperrung der argentinischen Polizei. Niemand versuchte sie aufzuhalten.

Sie mussen ihnen bekannt sein.

Alle anderen hielten vor der Linie der Polizisten.

Silvio ging zu ihnen.

»Guten Morgen«, sagte er. »Setzen Sie mich ins Bild.«

»Jack ist in dem Taxi, Herr Botschafter«, sagte Darby. »Er ist erschossen worden, mit zwei Kopfschüssen.«

Silvio blickte zu Castillo, sagte jedoch nichts zu ihm.

»Exzellenz«, sagte Munz, »erlauben Sie mir, mein tiefstes Bedauern auszudrücken.«

»Danke, Coronel«, erwiderte Silvio auf Spanisch. »Weiß jemand, was genau geschehen ist?« Bevor jemand antworten konnte, fuhr Silvio fort: »Mrs Masterson?«

»Sie ist im Krankenwagen des German Hospital, Eure Exzellenz«, sagte Munz. »Sie ist offenbar unter Drogen gesetzt worden. Von den Schurken.«

Silvios Augenbrauen ruckten hoch, doch er sagte nichts. Er setzte sich in Bewegung und schritt zur Ambulanz. Munz,

Darby und Lowery folgten ihm. Nach kurzem Zögern – *zum Teufel, ich soll herausfinden, was los ist* – ging Castillo hinter ihnen her.

Als sie beim Krankenwagen eintrafen, wandte sich Silvio zu Castillo um.

»Sie sind Mr Castillo?«, fragte er.

»Jawohl, Sir.«

Silvio klopfte an die Hecktür des Krankenwagens, zog sie dann auf und stieg hinein.

In dem Van hielten sich zwei Männer und eine Frau auf, alle in dünnen blauen Krankenhauskitteln mit ihren Namensschildern und dem Doktortitel.

Mrs Elizabeth Masterson saß auf einem Stuhl an der hinteren Wand des Ambulanzwagens, eine Sauerstoffmaske über Nase und Mund, die Manschette eines Blutdruckmessgeräts um einen Arm gewickelt. Die Ärztin kontrollierte ihren Puls.

Silvio ging zu Mrs Masterson, sank auf die Knie und ergriff ihre Hand.

»Elizabeth«, sagte er leise auf Englisch, »es tut mir so leid.«

Sie schaute ihn an, sichtlich verwirrt, und blickte dann fort.

»Sie ist offenbar unter Drogen gesetzt worden«, sagte die Ärztin.

»Und was tun Sie dagegen?«, fragte Silvio.

»Wir können nicht viel tun, bis wir wissen, welche Droge benutzt wurde. Wir nehmen an, Bupivacaine, doch wir können erst sicher sein, wenn wir das Ergebnis der Blutuntersuchung aus dem Labor bekommen.«

»Warum ist sie nicht ins Hospital gebracht worden?«, fragte Silvio, und fügte, ohne auf eine Antwort zu warten, hinzu: »Bitte bringen Sie sie jetzt dorthin.«

Er drehte sich um und schaute Lowery an.

»Begleiten Sie bitte Mrs Masterson, Mr Lowery. Und sorgen Sie dafür, dass es ihr gut geht.«

»Jawohl, Sir«, sagte Lowery.

»Nehmen Sie so viele Leute mit, wie Sie für nötig halten.«

»Jawohl, Sir.«

Als Silvio aus dem Krankenwagen steigen wollte, rief Munz, als belle er ein Kommando auf einem Exerzierplatz: »Capitan Jimenez!«

Einer der Männer in Zivilkleidung in der Ansammlung der Polizeibeamten kam herübergerannt.

»Acht Mann, zwei Wagen«, befahl Munz. »Ein Wagen fährt der Ambulanz voraus, einer dahinter. Dort werden Amerikaner sein. Sorgen Sie für Señora Mastersons Sicherheit. Melden Sie, wenn sie sicher im Krankenhaus ist. Und lassen Sie die Presse nicht in ihre Nähe oder die der Mediziner.«

»*Sí, mi coronel*«, sagte Jimenez, rannte davon und rief Befehle. Lowery rannte hinter ihm her.

»Danke, Coronel«, sagte Silvio zu Munz. »Nun, was wissen wir Genaues über die Ereignisse?«

»Wir waren im Begriff, das herauszufinden, Exzellenz, kurz bevor Sie eintrafen«, sagte Munz. »Wenn Sie bitte mitkommen wollen, Exzellenz?«

Munz führte sie zum Polizisten der Marinepräfektur.

»Sie waren der erste Beamte am Tatort?«, fragte Munz.

»*Sí, mi coronel.*«

Dieser Cop pisst sich fast in die Hosen. Er hat Angst vor Munz.

Botschafter Silvio schien das ebenfalls zu spüren. Er lächelte den Polizisten an und gab ihm die Hand.

»Guten Morgen«, sagte er, und Castillo erkannte jetzt den Akzent in gutem *porteño*-Spanisch. »Mein Name ist Silvio. Ich bin der Botschafter der Vereinigten Staaten, und wir versuchen, herauszufinden, was hier geschehen ist.«

»*Sí, señor.*«

»Nun?«, fragte Munz.

»*Mi coronel*, ich patrouillierte in Puerto Madero, als ich den Anruf bekam, hierhin zu fahren.«

»Was hat der Anrufer gesagt?«

»Ermitteln. Es gibt einen möglichen Raubmord«, sagte der Polizist und fügte widerstrebend hinzu: »Und eine verrückte Frau.«

»Wissen Sie, woher dieser Anruf kam?«, fragte Munz und blickte über Castillos Schulter zu dem Polizisten. Castillo wandte den Kopf und sah, dass der Commander der Marine, der vorhin mit Munz gesprochen hatte, hinzugekommen war.

»Vom Truck-Fahrer, *mi coronel*«, sagte der Commander.

»Wo ist er? Lassen Sie ihn herholen.«

Als zwei Polizisten der Marine-Präfektur zu dem Truckfahrer, einem stämmigen, sichtlich nervösen Mann Ende vierzig, eilten, signalisierte Munz ihnen, stehen zu bleiben, und ging zu ihnen. Der Botschafter, Castillo, Darby und der Fahrer folgten ihm. Der Marine-Commander wollte sich anschließen, wurde jedoch von einer Geste von Munz aufgefordert, zu bleiben, wo er war. Dann schickte Munz die Polizisten mit einem ungeduldigen Fingerschnippen fort.

»Würden Sie uns bitte erzählen, was Sie über diese Sache wissen, *señor?*«, fragte Munz.

Der Mann nickte, drehte sich um und wies zur Straße.

»Ich kam die Edison runter«, begann der Truckfahrer, »und fuhr in Richtung Jorge Newbery, als ich die Frau sah. Sie torkelte über die Straße. Ich dachte, sie wäre betrunken.«

Er verstummte, als wäre ihm klar geworden, dass er etwas gesagt hatte, das er nicht hätte sagen sollen.

Ich glaube nicht, dass er weiß, wer Munz ist, höchstens, dass er jemand von Bedeutung bei der anderen Polizei ist, aber er hat Angst vor ihm.

»Und?«, drängte Munz.

»Ich hatte Mitleid mit ihr und stoppte«, fuhr der Fahrer, nicht allzu überzeugend, fort und fügte dann hinzu: »Sie wankte mitten auf der Straße, und ich wollte sie nicht überfahren.«

Er wartete auf eine Reaktion auf seine Worte.

»Und?«, drängte Munz wieder.

»So stieg ich aus dem Truck, und sie zerrte mich sozusagen hier rein«, sagte der Truckfahrer. »Und ich sah das Taxi und was darin war – beide waren tot –, und ich ging zu meinem Telefon und rief an ...«

Weitere rote und blaue Signallichter schienen aufzublitzen, und Sirenengeheul setzte ein. Castillo sah, dass sich ein kleiner Konvoi formiert hatte und jetzt offenbar auf den Krankenwagen wartete. Dann begannen die Blinklichter des Ambulanzwagens zu rotieren, und die Sirene wurde eingeschaltet. Er wurde zurückgesetzt und fuhr aus dem Lagerhaus. Ein Polizist winkte ihn in die Kolonne der aufgereihten Fahrzeuge. Castillo sah, dass sich der Botschaftswagen in den Konvoi hinter dem Krankenwagen eingereiht hatte.

Dann fuhr der Konvoi davon.

Als das Sirenengeheul so nachgelassen hatte, dass Munz gehört werden konnte, fragte er wieder: »Und?«

»Ja, Sir«, sagte der Truckfahrer. »Die Lady fiel um.«

»Was?«

»Sie fiel um«, wiederholte der Truckfahrer. »Sie wurde nicht ohnmächtig, aber sie konnte nicht aufstehen, und sie verstand nicht, was ich zu ihr sagte.«

»Was haben Sie zu ihr gesagt?«

»Dass die Polizei kommt und es besser wäre, wenn sie von der Straßenmitte herunterkommt. Ich versuchte, ihr aufzuhelfen, aber sie schrie, und so wartete ich nur auf die Polizei.«

»Und was geschah bis zum Eintreffen des Polizisten?«

»Nichts«, sagte der Truckfahrer und korrigierte sich dann. »Das heißt, sie kroch von der Straße – vielleicht wollte sie zum Taxi zurück ...«

»Vielleicht?«

»Sie war erst bis zum Bordstein gekommen, als der Polizist eintraf«, sagte der Truckfahrer. »Er sagte, ich soll sie da lassen, wo sie ist, und er ging zu dem Taxi und schaute hinein, und als er aus der Halle herauskam, hatte er die Brieftasche des Mannes in der Hand ...«

»Wie viel Geld, würden Sie sagen, war in der Brieftasche?«, unterbrach Munz.

»Ich habe kein Geld gesehen«, sagte der Truckfahrer. »Und dann telefonierte er nach einem Krankenwagen und einem Vorgesetzten. Dann hob er die Frau auf und brachte sie auf den Sitz des Polizeiwagens. Und er sagte mir, der Mann hinten im Taxi sei ein *norteamericano*, ein Diplomat, und ich solle meinen Truck lassen, wo er war, und wir warteten auf die anderen.«

»Wer kam als Erstes?«, fragte Munz.

»Daran kann ich mich nicht erinnern«, sagte der Truckfahrer.

Munz schaute ihn einen Moment an, blickte dann zum Botschafter und zu Darby, Castillo und dem Fahrer, wie um zu fragen, ob jemand irgendwelche Fragen hatte. Keiner stellte eine.

»Danke, *señor*«, sagte Munz. »Sobald die Techniker eintreffen, werden sie einige Fotos von Ihrem Truck machen und ihn untersuchen, und dann werden wir ihn von der Straße schaffen. Sie werden zur Marinepräfektur gebracht werden, wo andere Beamte ein Protokoll mit Ihnen aufnehmen und Sie vermutlich fotografieren und Ihnen die Fingerabdrücke nehmen werden. Ich werde den Befehl geben, dass Ihr Truck bewacht wird, während Sie fort sind, und dass Ihnen erlaubt wird, mit Ihrem Chef und Ihrer Frau zu telefonieren, wenn Sie das wünschen. Sie werden ihnen sagen, dass Sie Zeuge eines Unfalls geworden sind und die Polizei Ihre Aussage zu Protokoll genommen hat, nichts sonst. Sie sagen nichts von dem Taxi. Haben Sie mich verstanden?«

»*Sí, señor.*«

»Danke«, sagte Munz und gab dem Mann die Hand. Und dann reichte Botschafter Silvio ihm seine Hand und bedankte sich ebenfalls. Darby, der Fahrer und Castillo schüttelten dem Truckfahrer ebenfalls die Hand.

Dann folgten alle Munz zu dem Marine-Commander und dem Polizisten.

Ein anderer Botschaftswagen fuhr vor. Die beiden FBI-Agenten aus Montevideo stiegen aus.

Special Agent Yung wirkt äußerst überrascht, mich zu sehen.

»Coronel«, sagte Botschafter Silvio, »dies sind zwei FBI-Agenten, die ich mir aus Montevideo ausgeliehen habe. Wenn es möglich ist, hätte ich gern, dass sie Zeugen Ihrer Ermittlung …«

»Passieren lassen!«, bellte Munz.

Die beiden FBI-Agenten trotteten herüber.

Munz wandte sich an den Marine-Commander. »Ich will, dass der Truckfahrer zur Präfektur gebracht wird. Nehmen Sie seine Aussage zu Protokoll, fotografieren Sie ihn und nehmen Sie seine Fingerabdrücke. Lassen Sie ihn seinen Chef und seine Frau anrufen, aber sorgen Sie dafür, dass er nur sagt, er sei Zeuge bei einem Unfall geworden und gäbe seine Aussage zu Protokoll. Behandeln Sie ihn gut – meine erste Reaktion war, dass er ein guter Samariter ist –, aber behalten Sie ihn dort, bis Sie von mir hören.«

»*Sí, señor.*«

»In Ordnung«, sagte Munz zu dem Polizisten der Marinepräfektur. »Erzählen Sie mir, was von dem Moment an geschah, an dem Sie am Tatort eintrafen.«

Seine Aussage passte genau zu dem, was ihnen der Truckfahrer erzählt hatte.

Munz blickte zu den beiden FBI-Agenten.

»Ich werde den Befehl erteilen, dass Sie Zugang zu allen Fakten dieser Ermittlung erhalten.«

»Danke«, sagte Botschafter Silvio.

»Gibt es sonst noch etwas, Eure Exzellenz?«, fragte Munz.

Silvio antwortete, jedoch an Darby gewandt.

»Die Kinder«, sagte er.

»Meine Frau ist im Haus der Mastersons«, erwiderte Darby.

»Ich werde meine Frau dort rüberschicken, sobald ich telefonieren kann«, sagte Silvio. Und dann fragte er: »Ich nehme an, Sie haben Schritte unternommen, um es zu bewachen?«

»Jawohl, Sir.«

»Eure Exzellenz, Señora Masterson und die Kinder werden von meinen besten Männern im Auge behalten. Mir ist klar, dass Sie darin nicht viel Vertrauen setzen können.«

»Warum sagen Sie das, Coronel?«, fragte Silvio höflich.

»Señor Sieno und ich saßen von 23 Uhr an in seinem Wagen außerhalb des Hauses, und Señor Masterson ist uns entwischt.«

So heißt der Fahrer also. Sieno. Paul Sieno.

»Sehen Sie das so? ›Er ist uns entwischt‹?«

»Señor Sieno und mir, und Señor Sienos Männern und meinen. Insgesamt haben acht Leute sein Haus bewacht, Eure Exzellenz.«

»Warum ist er Ihnen ›entwischt‹, was meinen Sie?«

»Ich nehme an, die Schurken haben Kontakt mit ihm aufgenommen und damit gedroht, dass es seiner Frau schlecht gehen wird, wenn er sich nicht allein irgendwo mit ihnen trifft. So fuhr er allein. Wie, weiß ich nicht, aber er war verzweifelt, und er entkam uns und fand irgendwo ein Taxi – vielleicht beim Bahnhof San Isidro – und ließ sich zu dem Treffpunkt fahren, den die Gangster ihm genannt hatten. Hat Eure Exzellenz bemerkt, dass das Taxi kein Stadttaxi von Buenos Aires ist?«

»Ja, das ist mir tatsächlich aufgefallen«, sagte Botschafter Silvio. »Und ich habe vermutet, was passiert sein könnte.«

»Es tut mir zutiefst leid und ist mir äußerst peinlich, Eure Exzellenz, dass ich meine Pflicht versäumt habe«, sagte Munz.

»Wenn Sie und Sieno die ganze Nacht in Pauls Wagen gesessen haben«, sagte Silvio, »dann bezweifle ich, dass jemand Sie beschuldigen kann, Ihre Pflicht versäumt zu haben.«

»Ich habe schwer versagt, Herr Botschafter«, sagte Paul Sieno betrübt.

»Das Gefühl habe ich nicht, Paul«, sagte Silvio freundlich, und dann wandte er sich an Darby. »Alex, werden Sie hier bleiben, um so viel wie möglich herauszufinden? Und im Hospital?«

»Jawohl, Sir.«

»Mr Castillo, kann ich Sie einen Moment sprechen?«

»Ja, Sir, selbstverständlich.«

Silvio ergriff Castillo am Arm und führte ihn außer Hörweite.

»Wir müssen uns unterhalten, Mr Castillo«, sagte der Botschafter. »Gibt es einen Grund, der das verhindert? Würden Sie mit mir zur Botschaft fahren?«

»Ja, Sir, selbstverständlich.«

»Haben Sie eine Ahnung, was hier vorgeht, Mr Castillo?«, fragte Botschafter Silvio, als sie in seinem großen BMW saßen. »Gibt es da etwas, das ich wissen sollte?«

»Sir, ich habe keine Ahnung, was vorgeht«, sagte Castillo, und dann platzte er heraus, »abgesehen davon, dass es eine verdammte Scheiße ist.«

»Ich bin Diplomat. Da kann man sich eine solche Sprache nicht erlauben. Aber ich stimme Ihnen zu.«

»Verzeihung, Sir. Das ist mir so herausgerutscht. Er war so ein netter Kerl!«

»Ja, das war er«, stimmte Silvio lächelnd zu. Dann wurde seine Miene ernst. »Verzeihen Sie«, sagte er, nahm sein Handy aus der Jacke und drückte auf eine Kurzwahltaste.

»Jack ist ermordet worden, meine Liebe«, sagte er auf Spanisch. »Mehr weiß ich im Augenblick nicht. Betsy, die unter Drogen gesetzt wurde, ist ins German Hospital gebracht worden …

Nein. Unter Drogen gesetzt. Nicht unter Beruhigungsmittel …

Ich wollte vorschlagen, dass du zum Hospital fährst, aber ich kann mir nicht vorstellen, wozu das gut sein soll, bevor sie entlassen wird. Alex Darbys Frau ist bei den Masterson-Kindern …

Danke. Stell sicher, dass mindestens einer von Lowerys Leuten bei dir ist und dass die Policía Federal dir folgt …

Keiner von uns hätte geglaubt, was soeben passiert ist, meine Liebe. Tu, was ich dir gesagt habe. Ich werde dich in Kürze wieder anrufen.«

2

Büro des Botschafters
Botschaft der Vereinigten Staaten
Avenida Colombia 4300
Palermo, Buenos Aires, Argentinien
23. Juli 2005, 8 Uhr 35

»Ich nehme an, Sie möchten Ihren Bericht an Ihre Vorgesetzten durchgeben, Mr Castillo«, sagte Botschafter Silvio, als er Castillo in sein Büro führte.

»Ja, Sir.«

»Das können Sie von hier aus tun«, sagte Silvio.

»Das ist sehr freundlich von Ihnen, Sir, aber ich weiß nicht ...«

»Wir haben unsere Unterhaltung beendet, nicht wahr?«, unterbrach Silvio. »Sobald ich mit der Außenministerin gesprochen habe, werde ich Sie durchstellen lassen.«

Tut er das, um ein netter Kerl zu sein – was er anscheinend ist –, oder damit er meinen Bericht mithören kann?

»Vielen Dank, Sir.«

»Nachdem ich das gerade gesagt habe, wird mir klar, dass ich keine Ahnung habe, wie ich zu dieser Uhrzeit – es ist etwa halb fünf in Washington, nicht wahr? – zu der Ministerin durchkommen kann. Und ich glaube, sie würde dies persönlich von mir hören wollen.«

»Sir, ich weiß, wie dies möglich ist«, sagte Castillo.

Der Botschafter wies auf das gesicherte Telefon auf seinem Schreibtisch.

Castillo hob den Hörer ab und hielt ihn ans Ohr. Der Telefonist meldete sich.

»Mein Name ist Castillo. Ich brauche eine gesicherte Leitung zum Weißen Haus. Der Botschafter ist hier, um dies zu genehmigen, wenn das nötig ist.«

Silvio nahm von Castillo den Hörer entgegen.

»Hier spricht Botschafter Silvio. Mr Castillo hat die Genehmigung, das Weiße Haus anzurufen, jetzt und jederzeit in der Zukunft.«

»Danke«, sagte Castillo, als er den Hörer zurücknahm.

»Weißes Haus.«

»Dies ist die Botschaft der Vereinigten Staaten in Buenos Aires. Bitte bestätigen Sie, dass diese Leitung gesichert ist.«

Zehn Sekunden später sagte der Telefonist des Weißen Hauses: »Diese Leitung ist gesichert.«

»Hier spricht C. G. Castillo. Ich brauche die Außenministerin auf einer gesicherten Leitung, bitte.«

Dies dauerte ein bisschen länger. Fünfunddreißig Sekunden später sagte eine Männerstimme: »Dies ist die gesicherte Leitung der Außenministerin.«

»C. G. Castillo für die Außenministerin.«

»Die Ministerin schläft, Mr Castillo.«

»Das dachte ich mir. Stellen Sie mich bitte durch.«

Weitere fünfundvierzig Sekunden verstrichen.

»Stellen Sie ihn durch«, sagte dann Natalie Cohen.

»Castillo, Frau Ministerin.«

»Charley, ist Ihnen klar, wie viel Uhr es hier in Washington ist?«

»Ja, Ma'am. Bleiben Sie bitte dran für Botschafter Silvio.«

Er hörte die Ministerin murmeln »O Gott!« und reichte dem Botschafter den Telefonhörer.

Dann schlenderte er zur Tür. Der Botschafter signalisierte ihm, zu bleiben.

»Botschafter Silvio, Frau Ministerin«, sagte Silvio. »Ich habe die traurige Pflicht, Sie zu informieren, dass vor anderthalb Stunden die Leiche des Missionschefs J. Winslow Masterson gefunden wurde. Er wurde durch zwei Kopfschüsse getötet …«

»Die Ministerin wünscht Sie zu sprechen, Mr Castillo«, sagte Silvio und reichte ihm den Telefonhörer.

»Ja, Ma'am?«

»Wie kommt es, dass Sie den Anruf arrangiert haben, Charley?«

»Ich wusste, wie man zu Ihnen ohne durch einen Haufen Bürokraten durchkommt.«

»Wissen Sie etwas, das der Botschafter nicht weiß?«

»Nein, Ma'am. Keiner hat eine Ahnung, was hier vorgeht.«

»Ich nehme an, Sie haben das Matt Hall gesagt?«

»Nein, Ma'am. Das kommt als Nächstes dran.«

»Wollen Sie, dass ich ihn vorwarne?«

»Danke, aber ich glaube, das wird nicht nötig sein.«

»Ich werde den Präsidenten mit dieser Nachricht aufwecken müssen. Er hat mir schließlich gestern Abend gesagt, dass er Sie dort runtergeschickt hat. Und ich muss ihn informieren, was Sie herausgefunden haben, Sherlock.«

»Ja, Ma'am.«

»Wir werden sicher noch miteinander reden, Charley.«

»Ja, Ma'am.«

Es klickte ein paar Mal in der Leitung, und dann: »Weißes Haus. Sind Sie fertig?«

»Hier wieder Castillo. Jetzt brauche ich Minister Hall auf einer gesicherten Leitung.«

»Bleiben Sie bitte dran.«

»Minister Halls gesicherte Leitung«, sagte eine neue Stimme.

»Tom?«

»Hier spricht Special Agent Dinsler. Wer ist da, bitte?«

»Ist entweder Tom McGuire oder Joel Isaacson zu erreichen?«

»Nein.«

»Mein Name ist Castillo. Stellen Sie mich bitte zu Minister Hall durch.«

»Der Minister schläft, Sir.«

Er hat mich »Sir« genannt, das heißt, dass er Castillo nicht von Ochse Adam unterscheiden kann.

»Wecken Sie ihn bitte auf.«

»Darf ich fragen, worum es geht, Sir?«

»Holen Sie ihn an das verdammte Telefon, und zwar sofort!«

Es gab keine Antwort, aber fünfzehn Sekunden später war Heimatschutzminister Hall in der Leitung.

»Sie brauchen Dinsler nur zu sagen, wer Sie sind, Charley. Es war nicht nötig, zu fluchen und ihn anzuschreien«, sagte Hall, und seine Stimme klang ärgerlich.

»Jawohl, Sir. Mr Masterson, *Mister* Masterson, der Missionschef, ist ermordet worden.«

»Allmächtiger!«, stieß Hall hervor. »Und seine Frau?«

»Sie ist im German Hospital, umgeben von acht SIDE-Agenten und vier von unseren. Die Bastarde haben sie unter Drogen gesetzt. Sie erwachte – oder genauer gesagt, kam halb zu sich – auf dem Rücksitz eines Taxis und fand ihren Mann zusammengesunken mit zwei Kugeln im Kopf neben sich.«

»Mein Gott, Charley!«

»Ja, und er war ein wirklich netter Kerl.«

»Wann ist das passiert?«

»Irgendwann nach Mitternacht. Masterson entwischte den Leuten, die vor dem Haus Wache hielten – ein CIA-Agent und ein hohes Tier, ein Colonel vom SIDE, plus ein halbes Dutzend andere – und nahm sich offenbar ein Taxi, um jemanden zu treffen. Vermutlich um Lösegeld zu zahlen oder die Bezahlung zu arrangieren.«

»Erzählen Sie mir all die Einzelheiten, und zwar langsam. Ich werde dem Präsidenten und Natalie berichten müssen.«

»Natalie weiß es bereits. Botschafter Silvio sprach soeben mit ihr, und sie sagte, sie wird es dem Präsidenten erzählen.«

»Okay. Erzählen Sie mir jetzt, was Sie wissen.«

»Jawohl, Sir. Es gibt nicht viel mehr als das, was ich Ihnen bereits gesagt habe. Ein Truckfahrer fand Mrs Masterson, als sie über eine Straße im Hafen torkelte. Sie stand unter Drogeneinfluss. Er rief die Cops an, die Cops fanden Mastersons Leiche, durchsuchten sie und fanden seinen Diplomaten-Zollpassierschein und riefen den SIDE an. Der Colonel vom SIDE saß mit einem von Darbys Männern außerhalb von Mastersons Haus im Wagen, als sich Masterson davonstahl.

Darbys Mann rief Darby an, Darby informierte per Handy den Botschafter und rief dann mich an und kündigte an, einen Wagen zu schicken und mich abholen zu lassen. Der SIDE-Colonel, er heißt Munz, saß im Wagen von Darbys Mann. Als wir am Tatort eintrafen, war Mrs Masterson bereits im Krankenwagen, mit einer Sauerstoffmaske, und es wimmelte von Polizei.

Darby, der Botschafter und der Sicherheitschef der Botschaft, Lowery und einige seiner Leute tauchten einen Augenblick später auf. Der SIDE-Colonel hatte zwei Wagen und acht seiner Männer mit dem Krankenwagen geschickt, und Lowery und einige von unseren Leuten fuhren mit ihnen.«

»Wie geht es Mrs Masterson?«

»Sie ist immer noch ziemlich weggetreten, aber wenn sie erst im Hospital ist ...«

»Was zur Hölle geht da vor, Charley? Wer, zum Teufel, hat das getan? Warum?«

»Niemand hat einen Hinweis, und jedes Mal, wenn ich

denke, es könnte dies oder vielleicht das sein, passt es nicht.«

»Zum Beispiel?«

»Ein stümperhaftes Kidnapping. Warum hätten sie Masterson töten sollen, wenn er das Lösegeld bezahlt? Warum haben sie die Frau nicht ebenfalls getötet? Sie haben den Taxifahrer erschossen, vielleicht – wahrscheinlich – weil er sie gesehen hatte. Und warum haben sie Mrs Masterson am Leben gelassen? Sie hat bestimmt etwas gesehen. Ich wünschte, der Präsident hätte jemanden hierher geschickt, der wüsste, was er hier tun soll.«

»Das hat er nicht getan. Er hat Sie geschickt«, sagte Hall und fragte dann: »Sie meinen, Masterson hat versucht, das Lösegeld zu zahlen? Woher hätte er das Geld bekommen? Sagten Sie nicht, dass es keinen Kontakt mit den Kidnappern gegeben hat?«

»Jemand hat gestern Nacht Kontakt mit Masterson aufgenommen. Vielleicht schon vorher. Warum hätte er sich sonst von den Bewachern des Hauses davongeschlichen?«

»Okay.«

»Und was die Beschaffung des Lösegelds anbetrifft, da wäre nur ein Anruf nötig, ein Auftrag an jemanden – vielleicht an seinen Finanzmanager – sie sind alte Freunde –, fünfhunderttausend oder eine Million in bar zu besorgen und so schnell wie möglich hier runterzuschaffen. Ein Kurier hätte im selben Flugzeug wie ich sitzen können, und es gibt einen Direktflug der American Airlines von Dallas aus. Oder er hätte eine Citation oder so etwas chartern können. Er hat – hatte – das Geld, und er war verzweifelt.«

»Ja«, stimmte Hall nachdenklich zu. Dann fragte er: »Wo sind Sie?«

»Bei Botschafter Silvio. In seinem Büro.«

»Er weiß, dass Sie vom Präsidenten geschickt worden sind?«

»Jawohl, Sir.«

»Was ist Ihr nächster Schritt? Sie wissen, dass er das fragen wird.«

»Ich werde zum Hospital fahren. Wenn sie wieder klar ist, kann sie vielleicht ...«

»Wie werde ich Kontakt mit Ihnen aufnehmen können?«

»Santini, Joels Kumpel, hat mir ein Handy geliehen. Ich weiß nicht, ob Sie es anrufen können, aber ich weiß, dass ich damit in die Staaten telefonieren kann.«

»Geben Sie mir die Nummer.«

Neunzig Sekunden später, als Castillo das Handy in der Hand hielt, klingelte es.

»Castillo.«

»Es funktioniert also«, sagte Hall. »Ich gehe wieder auf die gesicherte Leitung.«

Zwei Sekunden später sagte Hall: »Ich hätte dies auch auf dem Handy sagen können. Bleiben Sie in Kontakt mit mir, Charley. Lassen Sie mich alles wissen, was Sie herausfinden.«

»Jawohl, Sir.«

Hall unterbrach die Verbindung, ohne noch etwas zu sagen.

»Weißes Haus. Sind Sie fertig?«

»Ja, beenden Sie bitte«, sagte Castillo und legte den Hörer auf. Er spürte Silvios Blick auf sich gerichtet.

»Sie meinen, Jack Masterson hat versucht, Lösegeld zu zahlen?«, fragte Silvio.

»Sir, das ist ...«

Eine weibliche Stimme erklang aus der Sprechanlage.

»Herr Botschafter, der Außenminister ist auf Leitung zwei.«

Silvio griff nach dem Telefon.

»Guten Morgen, Osvaldo ...«

»Osvaldo, es freut mich immer, Sie zu empfangen, wann es Ihnen passt ...«

»Das weiß ich zu schätzen, Osvaldo. Und ich bin Ihrer

Meinung, dies ist eine echte Tragödie. Ich werde Sie erwarten.«

Silvio unterbrach die Verbindung, behielt den Hörer jedoch in der Hand.

»Der Außenminister bittet offiziell um eine sofortige Audienz«, sagte Silvio. »Und er sagte, er sei persönlich erschüttert. Ich glaube, das ist er wirklich. Er ist mit Jack sehr gut ausgekommen.«

Castillo nickte, sagte jedoch nichts.

Silvio nahm den Finger von der Gabel und drückte dann auf eine Taste an seinem Telefonapparat.

»Oh, Sylvia. Ich bin froh, dass Sie da sind. Könnten Sie bitte gleich zu mir kommen? Danke.«

Er legte den Telefonhörer auf und sah wieder Castillo an.

»Der Außenminister fragt mich manchmal während unseres Audienzgesprächs, wie ich mit der Presse vorgehen will. Um ihn nicht zu kränken, weil ich Zweifel an seinen Vorschlägen habe, werde ich ihm zeigen, was ich bereits an die Presse freigegeben habe.«

Einen Augenblick später steckte eine rundliche Frau Ende vierzig ihren Kopf in Silvios Büro. Sie hatte eine Brille mit dicker Fassung und grau melierte, ungekämmte Haare. Silvio winkte sie herein.

»Guten Morgen, Sylvia«, sagte er.

»Mit allem Respekt, Herr Botschafter, was soll daran gut sein? Jack war einer der guten Jungs. Und diese armen Kinder!«

»Sylvia, dies ist Mr Castillo. Mr Castillo, dies ist Miss Sylvia Grunblatt, unsere Beamtin für Öffentlichkeitsarbeit.«

Mrs Grunblatt schüttelte Castillo die Hand, und er spürte, dass sie das zwar für eine seltsame Sitte und völlige Zeitverschwendung hielt, sich jedoch damit abgefunden hatte.

»Wie viel haben Sie gehört, Sylvia?«

Sie blickte zu Castillo, als frage sie sich, was sie vor einem Mann, den sie nicht kannte, dazu sagen sollte.

»Ken Lowery hat mich informiert«, sagte sie schließlich. »Und dann rief er mich an und sagte mir, dass er im German Hospital sei, und ich fuhr auf dem Weg hierher dort vorbei. Er hat mich ziemlich ins Bild gesetzt.«

»Der Außenminister ist auf dem Weg hierher. Wenn er hier eintrifft, möchte ich in der Lage sein, ihm zu erzählen, was wir für die Presse freigegeben haben.«

»Was ist das bitte?«

»Zum Beispiel möchte ich etwas in dem Sinn, dass wir der argentinischen Regierung – die uns über das tragische Ereignis seit dem Beginn auf dem Laufenden gehalten hat – für ihre großen Bemühungen danken, in die wir völliges Vertrauen haben.«

Mrs Grunblatt dachte darüber etwa fünfzehn Sekunden nach. »Okay. Und was sonst?«

»Sylvia, ich habe von Ihnen gelernt, wenn alles sonst scheitert, soll man die Wahrheit sagen.«

»Und die Wahrheit ist?«

»Wir wissen nur, dass Mrs Masterson unter Umständen verschwand, die darauf schließen ließen, dass sie gekidnappt worden ist, und dass Mr Masterson ermordet wurde, vermutlich von den Entführern, als sie in einem Taxi mit ihm zurückgelassen wurde.«

»Okay«, sagte sie. »Ich bereite das gleich vor.«

»Er wird, sagen wir mal, in einer Viertelstunde eintreffen.«

»Bis dahin werden Sie es haben, Herr Botschafter.«

»Ich möchte mir bitte ansehen, was Mrs Grunblatt geschrieben hat«, sagte Castillo.

Das brachte ihm einen eisigen Blick ein. »Es heißt Miss Grunblatt, Mr Costello.«

»Es heißt Castillo, Miss Grunblatt.«

»Sie meinen, Sie möchten vielleicht etwas hinzufügen, Mr Castillo?«, fragte Silvio.

»O nein, Sir. Ich möchte nur wissen, was wir sagen.«

»Darf ich fragen, wer Mr Castillo ist?«, fragte sie.

»Er arbeitet für den Präsidenten, Sylvia, was bedeutet, dass Sie ihm alles erzählen, was er wissen will.«

»Darf das verbreitet werden?«, fragte sie.

»Absolut nicht«, sagte Castillo.

Sie hob beide Hände, die Handflächen nach außen, um anzuzeigen, dass ihr diese Information unter keinen Umständen zu entlocken sein würde.

Er lächelte sie an.

»Killen Sie Leute, die Ihnen bei der Arbeit über die Schulter schauen?«, fragte Castillo.

»Nur, wenn sie in meine Bluse schielen«, sagte Miss Grunblatt. »Sind Sie so heiß drauf, zu sehen, was ich aufsetze?«

»Ich möchte es sehen, bevor ich zum German Hospital fahre«, sagte er.

»Klar, warum nicht?«, sagte sie.

»Ich werde dafür sorgen, dass Sie einen Wagen mit Fahrer bekommen, Mr Castillo«, sagte der Botschafter.

»Ich kann ein Taxi nehmen, Sir.«

»Lassen Sie mich das machen«, sagte der Botschafter.

»Danke, Sir.«

3

»Was halten Sie davon?«, fragte Miss Grunblatt.

»Ich glaube, es ist genau das, was der Botschafter wünscht«, erwiderte Castillo. »Wer bekommt dies?«

»Wenn der Boss es billigt, schicke ich es als E-Mail zuerst an den *Herald* – das ist die englische Zeitung hier –, dann an *Associated Press* und die *New York Times*. Danach rufe ich sie an, um sie wissen zu lassen, dass ich es geschickt habe. Anschließend schicke ich es an jeden sonst – die lokalen Medien.«

»Schicken Sie eine dieser E-Mails an einen Mann namens Karl Gossinger im Four Seasons«, sagte Castillo.

»Wer ist das?«

»Er arbeitet für eine deutsche Zeitung namens *Tageszeitung*.«

Und er wird schamlos deine sehr gut geschriebene Story abändern und als seine eigene verschicken.

Sie sah ihn neugierig an, sagte jedoch nur: »Betrachten Sie das als getan.«

Die Tür des Büros wurde geöffnet, und ein muskulöser junger Mann in Zivilkleidung trat ein. Sein Tweedsakko verbarg kaum den großen Revolver in seinem Gürtel. Castillo war überzeugt, dass es einer der Wachsoldaten des Marine-Corps war.

»Mr Castillo?«

»Richtig.«

»Sir, Ihr Wagen steht bereit, wenn Sie fahren wollen.«

»Ich bin bereit«, sagte Castillo. Er blickte zu Miss Grunblatt. »Danke.«

»Wenn Sie irgendetwas dort herausfinden, werden Sie es für sich behalten, oder?«

»Sie werden die Zweite sein, die es erfahren wird.«

Der Wachsoldat vom Marine-Corps führte Castillo ins Kellergeschoss der Botschaft zu einem BMW und hielt ihm die hintere Tür auf.

»Würde es Ihnen etwas ausmachen, wenn ich vorne mitfahre?«, fragte Castillo.

»Nein, Sir. Wo immer Sie wollen, Sir.«

Castillo ging zur Beifahrertür und zog sie auf. Auf dem Sitz lag ein lederner Kulturbeutel.

»Da liegt ein Kulturbeutel auf dem Sitz«, sagte Castillo. »Ist das Ihrer?«

»Nein, Sir, der ist für Sie, Sir.«

»Meint der Botschafter, ich muss mich rasieren?«

»Es ist eine Waffe darin. Eine Pistole.«

»Tatsächlich?«

Castillo zog den Reißverschluss des Beutels auf. Er enthielt eine halbautomatische Beretta-Pistole GI 9mm.

Das war verdammt nett von Silvio, mir eine Waffe zu besorgen.

Castillo nahm die Pistole aus dem Kulturbeutel und drückte auf den Knopf, um das Magazin auszulösen. Es glitt kein Magazin heraus. Er schaute hin. Es gab kein Magazin.

»Sir, dies ist eine halbautomatische Beretta Modell 92, Kaliber 9mm.«

»Da will ich doch verdammt sein.«

»Jawohl, Sir. Sie feuert fünfzehn Schuss so schnell, wie Sie den Abzug betätigen können.«

»Diese nicht.«

»Sir?«

»Es gibt keine Dings, wie nennen Sie sie? ›Kugeln‹.«

»Sir, die *Patronen* sind in einem Magazin.«

Er hielt ein volles Magazin hoch, und erst in diesem Moment erkannte er, dass er auf den Arm genommen worden war.

»Was ist das, ›Sergeant‹?«, fragte Castillo und griff nach dem Magazin.

»Staff Sergeant, Sir.«

Äußerst widerwillig ließ er das Magazin los. Castillo nahm es, überprüfte, dass keine Patrone in der Kammer der Pistole war, und führte dann das Magazin in den Griff ein.

»Ich will nicht, dass dies bekannter wird als nötig, Sergeant, was bedeutet, dass Sie mich zum letzen Mal ›Sir‹ genannt haben, aber die kalte und ungeschminkte Wahrheit ist, dass ich Soldat bin.«

»Sir, der Botschafter hat nichts davon gesagt ...«

»Welchen Teil von ›nennen Sie mich nicht mehr Sir‹ haben Sie nicht verstanden?«

»Verzeihung, ich ...«

»Ich bezweifle, dass der Botschafter weiß, dass ich Soldat bin. Eigentlich – der Grund, weshalb ich Ihnen Befehle geben kann – bin ich Major.«

»Jawohl, S ...«, begann der Sergeant und unterbrach sich. »Major, es kommt automatisch. Ich sage immer ›Sir‹ zu Zivilisten.«

»Nun, versuchen Sie, es nicht zu mir zu sagen, okay?«

»Jawohl, Sir. Oh, Scheiße.«

»Tut mir leid, dass ich das Thema zur Sprache gebracht habe«, sagte Castillo lachend. »Fahren wir, Sergeant.«

4

Zimmer 677
German Hospital
Avenida Pueyrredón
Buenos Aires, Argentinien
23. Juli 2005, 9 Uhr 40

Ein halbes Dutzend uniformierter Beamter der Policía Federal hielt sich in der Halle des Krankenhauses auf, und als Castillo nach Mrs Masterson fragte, kam einer davon, ein Sergeant, irgendwie drohend auf ihn zu.

»Señor«, begann er.

Ein großer, gut gekleideter Mann gesellte sich dazu.

»Señor Castillo?«

Charley nickte.

»Kommen Sie bitte mit, *señor.*«

»Besorgen Sie sich eine Tasse Kaffee«, sagte Castillo zu dem Sergeant des Marine-Corps.

»Der Botschafter hat gesagt, ich soll Sie nicht aus den Augen lassen.«

»Sehr gut, kein ›Sir‹«, sagte Charley. »Sagen Sie dem Botschafter, dass ich ein schwieriger Fall war. Keine Sorge.«

Der Marine biss sich fast auf die Lippen, um nicht »Sir« zu sagen. »Ich werde gleich hier warten.«

Der große Mann winkte Castillo zu einem Aufzug und nickte einem anderen gut gekleideten Mann zu, der bereits darin war, als sie die Kabine betraten. Der Mann drückte auf den Knopf für die sechste Etage.

Ein Schild im Aufzug wies darauf hin, dass er von Siemens erbaut worden war.

Und die Halle war makellos und glänzend gebohnert. Und ein Schild RAUCHEN VERBOTEN in schwarzen und roten Lettern!

Als sie es »German Hospital« *getauft haben, meinten sie auch Deutsches Krankenhaus.*

Als die Aufzugtür aufglitt, sah Castillo mehrere uniformierte Polizisten und einige andere gut gekleidete Männer, und Castillo sagte sich, dass es höchstwahrscheinlich SIDE-Agenten waren.

Der große Mann führte ihn einen Korridor entlang zu einer Tür, öffnete sie und forderte ihn mit einer Geste auf, einzutreten.

Coronel Munz hielt sich in dem Krankenzimmer auf, das eine Art Beobachtungsstation war. Eine Reihe von Fernsehmonitoren – alle deutscher Fabrikation – befanden sich an der Wand.

»Ich hielt es für das Beste, wenn Señor Darby und Señor Lowery mit Mrs Masterson sprechen«, sagte Munz statt einer Begrüßung, »denn ich bezweifle, dass sie im Augenblick gut auf die Argentinier zu sprechen ist.«

Er entließ den großen Mann mit einem Wedeln der Hand und wies dann auf die Fernsehmonitore. Auf einem davon konnte Castillo Mrs Masterson sehen. Sie saß in einem Krankenhaushemd im Bett. Lowery saß an einer Seite des Bettes, Darby auf der anderen. Etwas aus einer Plastikflasche tropfte in ihren Arm. Castillo konnte hören, dass Darby mit ihr sprach, doch die Worte waren nicht zu verstehen.

»Wie lange ist sie schon ansprechbar?«, fragte Castillo.

»Etwa zehn Minuten«, antwortete Munz. »Sie fanden eine Droge in ihrem Blut und haben ihr etwas gegeben, um sie zu neutralisieren. Offenbar wirkt es.«

»Ich kann nicht hören, was sie sagen.«

Munz ging zu einem der Monitore und stellte den Ton lauter.

Darby versicherte Mrs Masterson, dass es den Kindern gut ging, dass sie unter dem Schutz der argentinischen Polizei und der Sicherheitsleute der Botschaft standen.

Castillo hatte den Eindruck, dass Darby seine Versicherungen wiederholte, was darauf schließen ließ, dass die Wirkung der Droge noch nicht völlig nachgelassen hatte.

Er hörte Munz' Handy summen.

Munz meldete sich mit »*Hola?*«, wechselte dann jedoch auf Deutsch.

Es wurde bald klar, dass er mit jemandem sprach, der nicht sonderlich von Coronel Munz vom SIDE beeindruckt war, wahrscheinlich überhaupt nicht von ihm. Seine Erklärung, dass etwas passiert war, das ihn davon abgehalten hatte, wie versprochen heimzukommen oder zumindest anzurufen, machte offenbar wenig Eindruck. Castillo hätte darauf gewettet, dass Coronel Munz mit seiner Frau sprach.

Er wandte seine Aufmerksamkeit wieder auf Darbys sanfte Befragung von Mrs Masterson.

Sie hatte ihm nicht viel zu erzählen. Vom Zeitpunkt, an dem sie geschnappt worden war und das Stechen einer Spritzennadel in ihrem Po gespürt hatte, erinnerte sie sich an praktisch nichts bis zu ihrem Aufwachen im Taxi, als sie neben ihrem toten Mann gesessen hatte.

Ihre Entführer hatte sie nicht zu Gesicht bekommen. Sie wusste nicht einmal, wie viele es gewesen waren. Sie hatte keine Ahnung, wohin man sie gebracht hatte. Das Zimmer, in dem sie gefangen gehalten worden war, konnte sie nicht beschreiben.

Castillo hatte gerade einen unangenehmen Gedanken, der ihn beschämte – *Mein Gott, sie ist vermutlich noch voller Bupivacaine* –, als Munz auf Deutsch zu ihm sprach.

»Warum habe ich den Verdacht, dass Sie Deutsch sprechen, Herr Castillo?«

Castillo wandte sich ihm zu und sah ihn an.

»Während ich mit meiner Frau sprach, in starkem hessischem Akzent, sah ich Ihr Bild auf einem der Monitore. Sie haben gelächelt.«

Warum, zum Teufel, lügt Mrs Masterson? Und auch noch bei Darby, der ein alter und enger Freund ist?

»Schuldig«, sagte Castillo auf Deutsch. »Meine Mutter war Deutsche. Tatsächlich eine Hessin.«

Und ich muss eine E-Mail an die Tageszeitung schicken, von der ich nichts bei Munz erwähnen werde.

Und ich will Pevsner anrufen.

Ich hätte mir seine Telefonnummer geben lassen sollen. Ich habe nur Kennedys Handynummer.

Nun, er kann mir entweder die Nummer geben oder dafür sorgen, dass Pevsner mich anruft.

Vielleicht hat Mrs Masterson auch nur Angst. Dazu hat sie jedes Recht.

Sie muss wissen, dass Darby der hiesige CIA-Schnüffler ist und dass sie jetzt in seinen Händen sicher ist.

»Tatsächlich?«, sagte Munz. »Aus welcher Stadt in Hessen stammt Ihre Mutter?«

Verdammt, hat er etwas herausgefunden? Hat er mich mit Gossinger im Four Seasons in Verbindung gebracht? Sowohl Santini als auch Darby haben gesagt, der SIDE ist gut.

»Aus einer kleinen Stadt namens Bad Hersfeld.«

»Kenne ich. Die Familie meines Vaters stammt aus Gießen und die meiner Frau aus Kassel.«

»Und wie sind Sie hier gelandet?«

»Ich bin hier geboren worden. Eines Tages erzähle ich Ihnen vielleicht, wie meine Eltern hierher gekommen sind. Und die Eltern meiner Frau.«

»Okay.«

Sie steht nicht mehr unter Drogen. Sie trifft Entscheidungen. Sie lügt.

Munz besann sich anders.

»Haben Sie jemals von der Organisation Gehlen gehört?«

Castillo nickte.

Sofort nach dem Zweiten Weltkrieg war ein deutscher Generalstabsoffizier, Reinhardt Gehlen, der den heutigen deutschen Bundesnachrichtendienst aufbaute, zu den Amerikanern gegangen und hatte angeboten, nicht nur seine Akten zu übergeben, sondern auch sein gesamtes Nachrichten-Netzwerk – das unter anderem Dinge von großem nachrichtendienstlichen Wert über Spione in der Sowjetarmee und in Moskau einschloss.

Sein Preis war, dass keiner seiner Offiziere als Nazi verurteilt wurde und dass die Amerikaner arrangierten, ihre Familien aus Deutschland heraus irgendwo in Sicherheit zu bringen – wie zum Beispiel in Südamerika, vorzugsweise in Argentinien –, damit ihre Ehemänner später zu ihnen zurückkehren konnten.

Der Handel wurde abgeschlossen.

Als Castillo als West-Point-Kadett die Geschichte zum ersten Mal gehört hatte, war er fasziniert gewesen. Er hatte sich gefragt, wer die Entscheidung getroffen hatte, den Handel mit Gehlen zu machen. Es musste jemand wirklich Ranghohes gewesen sein. Wenn die Geschichte herausgekommen wäre, hätte es einen politischen Vulkanausbruch gegeben.

Seither – und in den Jahren, in denen ihm seine Sicherheits-Unbedenklichkeitsbescheinigungen Zugang zu streng geheimen Akten verschafft hatten – hatte er versucht, mehr darüber herauszufinden. Er hatte nicht viel erfahren. Den Schluss, den er gezogen hatte, ohne jeglichen Beweis zu haben, war, dass die Entscheidung für den Handel mit Gehlen von Präsident Harry S. Truman persönlich getroffen worden war, vielleicht auf Empfehlung von General Eisenhower, der zu dieser Zeit Oberbefehlshaber in Europa gewesen war. Fast sofort nach Roosevelts Tod, als Truman begonnen hatte, mit der Sowjetunion zu verhandeln, war ihm die sowjetische Bedrohung klar geworden.

»Meine Mutter kam 1946 her, mein Vater 1950«, fuhr Munz fort. »Er wurde einer der wenigen zivilen Lehrer an der Militärakademie. Als er vor ein paar Jahren verstarb, wurde er nahe bei einem Mann namens Hans von Langsdorff beerdigt. Sagt Ihnen dieser Name etwas?«

»Der Kapitän der *Graf Spee*«, sagte Castillo.

Warum erzählt er mir das? Um mich wissen zu lassen, dass er einer der guten Jungs ist?

Vielleicht hat Darby ihn in der Tasche, und er will, dass ich es weiß?

Oder vielleicht soll ich ihn muy simpático *finden, damit ich ihn für einen netten Kerl halte und ihm Dinge erzähle, über die ich nicht sprechen sollte.*

Nun, ich habe keine Zeit, hier zu bleiben und Spielchen mit ihm zu spielen.

»Wenn Mr Darby dort rauskommt, würden Sie ihn dann bitten, mich anzurufen? Ich sehe keinen Sinn darin, hier herumzuhängen.«

»Gewiss«, sagte Munz.

5

Zimmer 1550
Four Seasons Hotel
Cerrito 1433
Buenos Aires, Argentinien
23. Juli 2005, 10 Uhr 35

»Warum gehen wir nicht in die Bar und bestellen eine Tasse Kaffee für Sie, die Sie trinken, während Sie auf mich warten?«, fragte Castillo den Sergeant, als sie die Hotellobby betraten.

»Da sind wir wieder bei dem Thema, dass der Botschafter gesagt hat, ich soll Sie nicht aus den Augen lassen.«

»Ich brauche eine halbe Stunde ohne Beobachtung«, sagte Castillo. »Wenn Sie meinen, Sie müssen mich im Auge behalten, Sergeant, rufen Sie den Botschafter an und sagen ihm, was ich gesagt habe. Andernfalls wird es unser kleines Geheimnis bleiben, dass Sie in der Bar gewartet haben.«

»Ich würde sagen ›jawohl, Sir‹, aber Sie haben mir das verboten. Verschwinden Sie mir nicht. Das würde mich gewaltig in die Klemme bringen.«

»Ich werde in dreißig Minuten wieder hier unten sein, vielleicht sogar ein wenig früher«, sagte Castillo.

Er ging mit dem Sergeant in die Bar, ließ sich einen Bar-Bon geben, unterzeichnete ihn – worauf er darauf achtete, dass der Sergeant nicht die Unterschrift »Gossinger« sah – und fuhr dann mit dem Aufzug zu seinem Zimmer hoch.

Es gab keine Presseverlautbarung von der Botschaft für Herrn Gossinger in seinem Zimmer. Und als er anrief, erfuhr er, dass auch keine unten darauf wartete, an ihn ausgeliefert zu werden. Er fragte sich, ob Miss Sylvia Grunblatt vergessen hatte, das Fax zu schicken, oder es absichtlich nicht geschickt hatte. Castillo wusste, dass dies im Augenblick nicht zählte. Er holte seinen Laptop heraus und tippte die Presseverlautbarung aus der Erinnerung, schrieb die Story über den ermordeten Diplomaten und schickte es dann per E-Mail an Otto Görner bei der Tageszeitung. Er spielte mit dem Gedanken, ihn sofort anzurufen, sagte sich dann jedoch, dass er die E-Mail vielleicht nicht gleich las und dass er ihn anrufen würde, nachdem er mit Pevsner gesprochen hatte.

Alex Pevsner meldete sich auf Kennedys Handy beim zweiten Summen.

»*Hola?*«

»Sind Sie das, Alex?«

»Ich habe vor einer halben Stunde erfahren, was passiert ist, und dachte mir schon, dass Sie anrufen würden. Und ich wusste, dass Sie die Nummer hier nicht haben, so habe ich Howard um sein Handy gebeten. Ich hätte Ihnen die Nummer geben sollen. Wie geht es Mrs Masterson?«

»Sie haben das auch gehört?«, erwiderte Castillo und fuhr dann fort, ohne auf eine Antwort zu warten. »Man hat sie unter Drogen gesetzt – Bupivacaine – und sie erinnert sich anscheinend an nicht viel.«

»Aber sie wird wieder in Ordnung kommen?«

»Das glaube ich, ja.«

»Anna war besorgt.«

»Ich nehme an, Sie haben nichts herausfinden können?«

»Meine Quelle – und er ist vertraut mit einem Mann namens Munz, der die Macht beim SIDE ist – sagt mir, er bezweifelt, dass dies ein Kidnapping wegen des Lösegelds ist.«

»Hat er gesagt, warum er das annimmt?«

»Er hat keine Ahnung, und anscheinend weiß Coronel Munz auch nichts. Wenn ich etwas höre, informiere ich Sie. Ist es in Ordnung, wenn ich Ihre Handynummer anrufe?«

»Selbstverständlich.«

»Notieren Sie sich die Nummern hier«, sagte Pevsner und nannte sie.

»Görner.«

»Hast du die Masterson-Story bekommen?«

»Mir geht es prima, Karl. Und dir? Ich war ein wenig besorgt.«

»Weshalb?«

»Die Story habe ich bekommen. Sehr interessant. Bis jetzt war nichts im Ticker oder CNN.«

»Das wird in Kürze der Fall sein.«

»Ich bin beeindruckt von deiner – wie sagt ihr in den Staaten? – von deinem ›Knüller‹?«

»Nun, ich versuche, was für meinen Lohn zu tun.«

»Ich hoffe, du hast keine Zeit gehabt, um an dem Öl-für-Nahrung-Skandal zu arbeiten, den ich erwähnt hatte.«

»Ich hatte keine. Warum fragst du?«

»Ich habe gestern eine Story von unserem Mann in Wien bekommen. Ich hätte dich angerufen, um dir davon zu erzählen, wie üblich, aber ich wusste nicht, wo ich dich finden konnte. Wenn du deine E-Mailbox anschaust, wirst du eine ziemlich besorgte Nachricht von mir finden. Da ist ebenfalls eine ziemlich deutliche Nachricht auf deiner Voice-Mailbox im Mayflower in Washington.«

»Welche Art Nachricht?«

»Die Wiener Polizei wurde zu einem Apartment in der Cobenzlgasse gerufen, um wegen eines schrecklichen Gestanks zu ermitteln. Er kam von einer verwesenden Leiche – der Tote war offenbar vor ungefähr zehn Tagen ermordet worden – ein libanesischer Mann namens Henri Douchon.«

Vor Castillos geistigem Auge tauchte ein Bild der Cobenzlgasse auf, eine mit Kopfsteinen gepflasterte kleine Straße in Grinzing, die den Hügel hinauf zum Wienerwald führte. Er hatte sich zum ersten Mal mit Alex Pevsner oben auf dem Hügel getroffen.

»Wer ist – war – das?«

»Nach dem, was man mir gesagt hat, war er ein Mittelsmann, ein sehr wichtiger Mittelsmann im Öl-für-Nahrung-Geschäft, dem illegalen Teil.«

»Und was hat das mit mir zu tun?«

»Laut meines Mannes wurde Herr Douchon an einen Stuhl gefesselt, und bevor die Mörder ihm die Kehle durchschnitten – ihn fast enthaupteten –, folterten sie ihn, rissen ihm die Fingernägel aus und schlugen ihm ein paar Zähne raus.«

»Mein Gott!«

»Ich will nicht, dass dir jemand die Zähne mit einer Zange rausreißt, Karlchen, und schon gar nicht, dass man dir die Kehle durchschneidet. Ich will, dass du alles vergisst, was ich dir über eine mögliche argentinische Connection gesagt habe.«

»Diese Kuh ist aus dem Stall raus, Otto.«

»Wenn ich gestern gewusst hätte, wie ich dich erreichen kann, hätte ich dir gesagt, dass du keine Fragen – diskret oder anders – über Öl für Nahrung und Geldbewegungen nach Argentinien oder irgendetwas, das nur entfernt damit zusammenhängt, stellen sollst.«

»Kein Grund zur Sorge, ich werde jetzt keine Zeit haben. Ich bin mit der Kidnapping-Story beschäftigt.«

»Ja, dessen bin ich mir sicher«, sagte Görner.

Das war ein nicht sehr gut verborgener Hinweis darauf, dass er weiß, wie ich mir den Lebensunterhalt verdiene.

»Eigentlich habe ich angerufen, um dich zu fragen, ob du dir denken kannst – ohne lange nachzudenken –, wie jemand sich dazu verleiten lässt, eine Diplomatenfrau zu kidnappen.«

»Als ich deine Story unserem Redakteur für Auslandsnachrichten gab – der Artikel wird in all unseren Zeitungen mit Verfasserangabe deines Namens und deinem Foto erscheinen – fragte er mich: ›Ist Masterson nicht dieser Footballspieler, der fünfundsiebzig Millionen bekam, nachdem er von einem Kohlentruck angefahren wurde?‹«

»Basketballspieler, sechzig Millionen und von einem Bier-Truck angefahren«, korrigierte Castillo.

»Das stand nicht in deiner Story, Karlchen«, sagte Görner. »Wir werden sehen, ob AP, CNN oder BBC das erwähnen. Dann werden wir es entweder in unserem Artikel erwähnen oder als Zusatzinformation bringen.«

Warum, zur Hölle, habe ich das nicht erwähnt? Ich schrieb eine Nachrichtenstory, keine Presseverlautbarung der Botschaft.

Weil ich kein erstklassiger Journalist bin, das ist der Grund.

»Es hätte in der Story drinstehen sollen«, sagte Castillo.

»Was hast du gesagt, sechzig Millionen? Das würde einen Kidnapper inspirieren, da bin ich mir sicher.«

»Eine meiner Quellen, eine gute – *du weißt, wer es ist, Otto: Alex Pevsner* – hat mir soeben gesagt, dass ranghohe Polizisten hier – sie werden SIDE genannt, eine Art Kombination von CIA und FBI – daran zweifeln, dass die Entführung und der Mord irgendetwas mit dem Erpressen des Lösegelds zu tun hatte.«

»Umso mehr Grund, dass du keine heiklen Fragen stellst, wenn du weit von der Heimat fort bist. Es gibt einige sehr unangenehme Leute in der Welt, Karlchen. Leute, die bereit sind, alle Aufmerksamkeit auf das Kidnapping einer Diplomatenfrau zu lenken und dann den Diplomaten killen. Diese Leute würden nicht zögern, einen Journalisten von einer nicht sehr bedeutenden deutschen Zeitung zu killen, wenn sie den Eindruck hätten, er stellt unangenehme Fragen.«

»He, ich bin ein großer Junge, Otto.«

»Der immer zu groß für seine Hosen war«, sagte Görner. »Da habe ich noch etwas in deiner Story vermisst, Karl. Was geschieht jetzt?«

»Ich weiß nicht, was du meinst.«

»›Botschafter Sowieso sagte, die sterblichen Überreste von Masterson werden in die Vereinigten Staaten geflogen, um auf dem Arlington National Cemetery beigesetzt zu werden.‹ Etwas in dieser Art.«

»Ich weiß nichts davon, Otto. Aber ich werde es herausfinden und dir schicken.«

»Dein Verleger hätte gern, wenn möglich, dass du die sterblichen Überreste in die Vereinigten Staaten begleitest und die große Story von der Beisetzung lieferst.«

»Ich bin mir nicht sicher, ob das möglich sein wird.«

»Und ich bin mir nicht sicher, ob du hinfliegen würdest, wenn es möglich wäre. Aber ich bin ein dummer alter Mann, der sich Sorgen um den Patenonkel seiner Kinder macht, und ich dachte, ich sollte fragen.«

»Otto …«

»Bleib einen Moment dran«, sagte Görner. »Es kam soeben in Agence France Press. Sie sagen siebzig Millionen und Baseballspieler.«

»Vertraue mir, es sind sechzig Millionen und Basketball.«

Castillos Handy summte.

»Mein Handy meldet sich. Ich muss Schluss machen, Otto. Ich werde dich auf dem Laufenden halten.«

»Erst gibst du mir diese Handynummer und deinen Aufenthaltsort«, sagte Görner.

»Bleiben Sie dran«, sprach Castillo ins Handy, und dann nannte er Otto die Handynummer und seine Zimmernummer im Four Seasons.

»Bitte, Karlchen, sei sehr vorsichtig«, sagte Otto.

»Das werde ich sein. Danke, Otto.«

»Auf Wiedersehen, Karlchen.«

»Verzeihung«, sagte Castillo ins Handy. »Ich war auf der anderen Leitung.«

»Wie lange wird es dauern, bis Sie über eine gesicherte Leitung sprechen können, Charley?«, fragte der Heimatschutzminister.

»Zehn, fünfzehn Minuten.«

»Je eher, desto besser«, sagte Hall. »Ich werde warten. Er ist durchgeknallt.«

Dann war die Leitung tot.

Castillo hatte keinen Zweifel daran, dass Hall mit »er« den Präsidenten der Vereinigten Staaten meinte.

VI

1

Kommunikationszentrum
Botschaft der Vereinigten Staaten
Avenida Colombia 4300
Palermo, Buenos Aires, Argentinien
23. Juli 2005, 11 Uhr

Der schlanke, adrette Mann hinter dem Schreibtisch erhob sich, als Castillo eintrat. Der Mann trug einen Straßenanzug und ein weißes Hemd, doch da war etwas an ihm – die Haltung, der kurze Haarschnitt, das Verhalten –, das Charley verriet, dass der Mann Soldat war.

»Mr Castillo?«

»Richtig. Ich brauche eine gesicherte Leitung zum Weißen Haus. Es ist genehmigt.«

»Sir, der Botschafter hat gesagt, wenn Sie eintreffen, will er Sie sofort sehen.«

Scheiße!

Diese Situation ist nicht im Handbuch für Befehlsgehorsam erfasst. Dort ist die Regel ganz einfach, man muss seinen letzten gesetzmäßigen Befehl befolgen. Mein letzter Befehl lautete, ans Telefon zu gehen, und zwar so schnell wie möglich. Und technisch gesehen kann mir Botschafter Silvio gar keine gesetzmäßigen Befehle erteilen.

Oder doch? Er ist der Botschafter und Bevollmächtigte des Präsidenten der Vereinigten Staaten.

Und Major C. G. Castillo kann Botschafter Silvio nicht sagen, was er in seiner Botschaft macht, sodass er im Augenblick keine Zeit für ihn hat, aber er wird versuchen, einen Termin für ihn in seinen vollen Terminplan einzubauen, sobald er das kann.

»Danke«, sagte Castillo und machte sich auf den Weg zum Büro des Botschafters.

»Sie wollten mich sprechen, Sir?«, fragte Castillo, als Silvios Sekretärin ihn in Silvios Büro führte.

»Ja, das wollte ich. Danke für Ihr so schnelles Kommen. Ich wollte Ihnen nur sagen, dass der Sicherheitsstab in Alarmbereitschaft ist und sich für Ihre Anweisungen bereithält.«

Wovon, zum Teufel, redet er?

»Sir?«

»Sie haben keine Ahnung, wovon ich rede, richtig?«

»Ja, Sir. Ich habe keine Ahnung.«

»Das dachte ich mir. Darf ich fragen, was Sie in der Botschaft tun?«

»Sir, ich bekam die Nachricht, dass ich über eine gesicherte Leitung meinen Boss – Minister Hall – so schnell wie möglich anrufen soll.«

»Ich hatte soeben ein sehr interessantes Gespräch mit meinem Boss. Nun, warum sprechen Sie nicht mit Ihrem Boss, und wenn Sie fertig sind, können wir uns sozusagen austauschen.«

»Sir, ich habe das unangenehme Gefühl, dass ich etwas getan habe, was Ihnen missfällt.«

»Ich bin, ehrlich gesagt, verärgert, aber daran haben Sie keine Schuld, Mr Castillo«, sagte Silvio. »Sie und ich sind sozusagen Blätter in einem Sturm, die hin und her geblasen werden.«

Charley wusste nicht, was er darauf erwidern sollte.

»Warum sprechen Sie nicht mit Minister Hall?«, fragte Silvio. »Und kommen dann zu mir zurück?«

»Jawohl, Sir.«

»Hall.«

»Charley, Sir.«

»Lassen Sie mich gleich zur Sache kommen«, sagte Minister Hall. »Auf Anweisung des Präsidenten, Major Castillo, sind Sie ermächtigt (a) jeden Schritt zu unternehmen, den Sie für nötig halten, um die Familie des verstorbenen J. Winslow Masterson zu schützen, während sie in Argentinien ist, und (b) um ihre sichere Rückkehr sicherzustellen ...«

»Allmächtiger!«

»Lassen Sie mich ausreden, Charley. Auf Anweisung des Präsidenten habe ich all dies aufgeschrieben.«

»Verzeihung, Sir.«

»Und (b) ihre sichere Rückkehr in die Vereinigten Staaten sicherzustellen. Und Sie sind (c) angewiesen und ermächtigt, die Verantwortlichkeit für die Ermittlung des Kidnappings von Mrs Elizabeth Masterson und die Ermordung von Mr Masterson zu übernehmen.« Er legte eine Pause ein. »Haben Sie das bis jetzt verstanden?«

»Jawohl, Sir.«

»Der US-Botschafter in Buenos Aires ist über diese präsidentschaftliche Anweisung informiert worden und angewiesen, Ihnen Unterstützung bei der Erfüllung Ihrer Pflichten zu gewähren. Die Direktoren von CIA und FBI sind gleichermaßen von dieser Anweisung informiert worden und angewiesen, Ihnen jedwede Unterstützung zur Erfüllung Ihrer Pflichten zu gewähren.«

»Mein Gott!«

»Ich habe Ihnen ja gesagt, er ist durchgeknallt. Es begann damit, dass er mit der Faust auf den Schreibtisch schlug und erklärte: ›Die Ermordung eines Offiziellen einer US-Botschaft wird nicht hingenommen!‹ Und dann wurde er immer hitziger. Ich bezweifle, dass ich ihn jemals, seit wir in 'Nam unter Beschuss gewesen sind, so wütend erlebt habe.«

»Sir, Sie wissen, dass ich nicht qualifiziert bin, um eine solche Aufgabe zu erfüllen.«

»Der Präsident sieht das offenbar anders.«

»Nach dem, was ich gesehen habe, hat jeder, vom Botschafter bis nach unten, alles Mögliche getan – und tut noch immer alles, was nur möglich ist.«

»Anscheinend sieht der Präsident auch das anders. Dies ist nicht zur Debatte freigegeben, Charley. Das ist ein weiteres Zitat.«

»Jawohl, Sir.«

»Um Sie bei der Erfüllung Ihrer Pflichten zu unterstützen, hat der DCI den CIA-Stationsleiter informiert, dass er Ihren Befehlen unterstellt ist, und der Direktor des FBI hat befohlen, ein Team von FBI-Experten nach Argentinien zu schicken, um Sie bei Ihrer Ermittlung zu unterstützen, und der Oberbefehlshaber von CentCom hat den Befehl erhalten, ein Flugzeug zu schicken, zusammen mit Sicherheitspersonal, um die sterblichen Überreste von Mr Masterson und seine Familie in die Vereinigten Staaten zu fliegen. Ich hörte von General Naylor, dass dieses Flugzeug binnen Minuten startklar sein soll – was bedeutet, dass es vermutlich bereits in der Luft ist – und der ranghöchste Offizier an Bord Ihrem Befehl unterstellt worden ist.«

»Sir ...«

»Welcher Teil von ›Dies ist nicht zur Debatte freigegeben!‹ ist Ihnen entgangen, Charley?«

»Ich habe verstanden, Sir.«

»Das Einzige, was ich von Ihnen hören muss – zusätzlich dazu, dass Sie unverzüglich berichten und mich über alle Entwicklungen auf dem Laufenden halten – ist, welche Unterstützung Sie noch brauchen werden.«

Castillo atmete hörbar aus.

»Wie werden die FBI-Experten hier runterkommen?«

»Sie haben ihr eigenes Flugzeug.«

»Gibt es eine Möglichkeit, dass Sie Jack Britton und Betty Schneider mit dem Flugzeug runterschicken könnten?«

»Komisch, dass Sie fragen, Charley. Kurz nachdem das Feuerwerk begann, sagte mir Joel, er befürchte, dass sie beide in der Ausbildungsakademie durchrasseln könnten, und er deshalb den Superintendent der Schule gefragt hat, ob er sie früher loseisen kann, damit sie herkommen und es übernehmen, Ihre täglichen nachrichtendienstlichen Berichte zu lesen. Ich nehme an, Sie wussten nichts davon.«

»Nein, Sir, das wusste ich nicht.«

»Der Superintendent hatte zweierlei Einwände. Es würde ein schlechtes Beispiel geben, und er hatte geplant, die beiden zu fragen, ob sie als Ausbilder dienen wollen.«

»Sir, ich wusste wirklich nicht …«

»Inzwischen sind sie vereidigt, haben Ausweise erhalten und sind vermutlich bereits auf dem Weg hierher, wenn sie nicht schon gelandet sind. Joel kann sehr überzeugend sein, wenn Sie das noch nicht bemerkt haben.«

»Ich habe es bemerkt, Sir.«

»Warum wollen Sie sie dort unten haben?«

»Weil sie beide Cops sind und ich nicht, und Betty eine Frau ist und ich nicht, und Jack ein Schwarzer und ich nicht.«

»›Willkommen im Secret Service. Packen Sie gar nicht erst aus. Fahren Sie zum Flugplatz, wo ein Flugzeug des FBI auf Sie wartet. Castillo wird Ihnen alles erklären, wenn Sie in Argentinien ankommen.‹«

»Können Sie das veranlassen, Sir?«

»Die Wahrheit ist, Charley, dass ich es veranlassen muss. Ich möchte dem Präsidenten nicht erklären müssen, weshalb ich Ihnen etwas versagt habe, worum Sie gebeten haben.«

»Sir, wie wäre es, wenn Sie Dick Miller aus dem Krankenhaus herausholen und ihn die täglichen Nachrichtenberichte auswerten lassen?«

»Charley, Sie wissen so gut wie ich, dass er gerade erst eine weitere Knieoperation hinter sich hat.«

»Sir, er sagte mir, sobald er aus dem Bett raus kann, wird er in Genesungsurlaub gehen.«

»Und stattdessen wollen Sie, dass er mit dem Knie in Gips herkommt und die Nachrichtenberichte auswertet?«

»Ich glaube, das würde er lieber tun, als im Walter Reed im Bett zu liegen oder nach Hause zu gehen.«

»Ich werde sehen, was ich machen kann, aber Ihnen etwas abzuschlagen müsste schon berechtigt sein, damit ich es vor dem Präsidenten rechtfertigen kann. Selbst in seiner gegenwärtigen Verfassung glaube ich, er könnte meine Erklärung ›Sir, Major Miller ist im Walter Reed und erholt sich von einer Knieoperation‹ für berechtigt halten.«

»Jawohl, Sir.«

»Ich werde Sie anrufen, wenn ich die voraussichtliche Ankunftszeit beider Flugzeuge weiß.«

»Danke, Sir.«

»Charley, haben Sie jemals gehört ›keine gute Tat bleibt unbestraft‹?«

»Jawohl, Sir, das habe ich schon gehört.«

»Es tut mir fast leid – und das Wort, auf das es ankommt, ist *fast* –, dass Sie die gottverdammte 727 ausfindig gemacht haben.«

»Jawohl, Sir.«

2

»Doktor«, sagte der Heimatschutzminister am Telefon zum Chef der orthopädisch-chirurgischen Abteilung des Walter Reed Army Medical Center, »lassen Sie mich sichergehen, dass ich Sie richtig verstanden habe. Vorausgesetzt, Major Miller belastet sein Bein so wenig wie möglich, gibt es keinen Grund, dass er im Walter Reed bleiben und darauf warten muss, dass sein Gipsverband entfernt wird, und das wird erst in fünfzehn Tagen der Fall sein? –

Und Sie haben ihn darüber informiert und ihm gesagt, dass er schon in Genesungsurlaub gehen könnte?«

Hall blickte zu Joel Isaacson, der auf der anderen Seite des Schreibtischs auf einem Besucherstuhl saß, und imitierte den Doktor: »Sie haben *persönlich wärmstens empfohlen*, dass er heimgehen und von seiner Mutter, die Sie Major Millers ganzes Leben lang gekannt haben, gesund gepflegt werden sollte. –

Und Sie meinen, ich sollte wissen, dass Major Miller mindestens so stur und dickköpfig wie sein Vater ist, den Sie sogar noch länger gekannt haben als seine Mutter, als er es abgelehnt hat, trotz Ihrer wärmsten persönlichen Empfehlung den Erholungsurlaub zu nehmen.«

Isaacson lächelte und schüttelte den Kopf.

»Mit Ihrer Erlaubnis, Doktor, werde ich Major Miller fragen, ob er einigen eingeschränkten Dienst – administrativen – in meinem Büro ausüben möchte. Wenn er zustimmt, habe ich einen Platz für ihn – mit Zimmerservice –, wo er bleiben kann, und ich kann dafür sorgen, dass er mit einem Yukon hin und her transportiert wird. –

»Ich soll nur dafür sorgen, dass er sein Bein schont? Das kann ich tun, Sir.«

»Joel, Sie rufen Dick an«, sagte Minister Hall. »Wenn ich anrufe, könnte er das als Befehl betrachten.«

Isaacson nickte und griff nach Halls Telefon. Hall klebte einen gelben Haftzettel mit der Telefonnummer vom Walter Reed darauf, und Isaacson tippte die Nummer ein.

»Stellen Sie den Lautsprecher an«, befahl Hall.

»Dick, hier ist Joel Isaacson. Rufe ich zu einem guten Zeitpunkt an?«

»Zu einem guten Zeitpunkt wofür?«

»Um mir zu sagen, wie es Ihnen geht, zum Beispiel?«

»Ich bin buchstäblich bis zum Arsch in etwa dreißig Pfund Pflaster eingepackt.«

»Und wie fühlen Sie sich?«

»Wie würden Sie sich fühlen, wenn Sie buchstäblich bis zum Arsch mit dreißig Pfund Pflaster eingepackt wären?«

»Ich dachte, man lässt Sie vielleicht zum Genesungsurlaub heimgehen.«

»Dazu versucht man mich zu überreden.«

»Und Sie wollen es nicht?«

»Sagen Sie mir, Joel, würden Sie, wenn Sie mit dreißig Pfund Pflaster verpackt sind, Ihre Tage damit verbringen, an den Korrespondenz-Kursen teilzunehmen, die vom Command and General Stall College angeboten werden?«

»Ich kann Ihnen nicht ganz folgen.«

»Das hat Major General Miller für seinen geliebten Sohn im Sinn. Er hat früher mal von diesem Kursus profitiert und versucht seither immer wieder, ihn mir aufzuschwätzen. Es ist zum Kotzen!«

»Sie wären also nicht begeistert davon. Und was machen Sie dann mit Ihrer Zeit?«

»Ich schaue mir in der Glotze Wiederholungen von *Hollywood Squares* und *M*A*S*H* an, denn ich habe leider noch keine der Krankenschwestern ins Krankenbett locken können.«

»Wir brauchen etwas Hilfe im Büro. Ein paar Stunden am Tag. Interessiert?«

»Joel, wann sind Sie das letzte Mal von einem großen Nigger geküsst worden? Wann wollen Sie mich haben?«

»Sie haben nicht mal gefragt, was Sie für uns tun sollen.«

»Um frei aus *Vom Winde verweht* zu zitieren – diesen Schinken habe ich schon zwei weitere Male gesehen, seit ich hier schmachte: ›Ehrlich, mein Liebling, es ist mir scheißegal!‹«

»Wie wäre es, wenn ich morgen früh rüberkomme und Sie abhole? Sie sind immer noch in Charleys Apartment willkommen, nehme ich an?«

»Und wie wäre es, wenn Sie jetzt gleich herkämen und mich abholten? Und wo ist dieser Hurensohn? Er sollte mir schon vor Tagen eine Flasche bringen und ist nie aufgetaucht.«

»Er ist in Argentinien.«

»Diese Sache habe ich gerade in der Glotze in den Nachrichten gesehen. Die bösen Jungs haben Jack the Stack weggeblasen. Was hat Charley denn damit zu tun?«

»Das erzähle ich Ihnen, wenn Sie hier sind.«

»Und, zurück zu der Frage, wann wird das sein?«

»Bleiben Sie dran, Dick«, sagte Isaacson, schaltete den Lautsprecher aus, hielt den Hörer mit der Hand zu und blickte zu Minister Hall.

»Holen Sie ihn«, befahl Hall.

»Dick, ich komme rüber, sagen wir in einer halben Stunde«, sagte Isaacson.

»Nun, wenn Sie es nicht früher schaffen können. Aber lassen Sie mich nicht länger warten«, sagte Miller und legte auf.

3

Castillo kam aus der Telefonkabine und lächelte den Chef vom Dienst im Kommunikationsraum an.

»Danke«, sagte er und wies dann auf die Kaffeemaschine. »Wie stehen meine Chancen, eine Tasse davon zu bekommen?«

»Könnten nicht besser sein«, sagte der Mann und reichte Castillo eine Tasse.

»Soldat oder Marine?«, fragte Castillo.

»Soldat, Sir. Sergeant First Class.«

»Haben Sie jemals Sehnsucht danach gehabt, ein einfacher Soldat zu sein?«, fragte Castillo. »Keine Sorgen zu haben außer vielleicht vor einer Inspektion des Generalinspekteurs?«

»Manchmal, Sir. Aber dies ist ziemlich interessant, und das Leben hier ist gut.«

»Haben Sie Mr Masterson gekannt?«

»Jawohl, Sir. Einer der Guten. Was, zum Teufel, ist da los?«

»Im Augenblick weiß das niemand«, sagte Castillo.

Einschließlich – oder besonders – der Typ, der auf Anweisung des Präsidenten jetzt die Ermittlungen leitet.

Und der im Begriff ist, der unbeliebteste Hurensohn zu werden, auf den jeder vom Botschafter an abwärts stinksauer ist.

Und mit Grund.

Sie haben ihr Bestes gegeben, aus Pflichtgefühl heraus, plus aus Bewunderung und Mitleid für Masterson und seine Frau, und es ist nicht gut genug gewesen.

Sie denken vermutlich: Ein Arschloch, das seit zwei Tagen in Buenos Aires ist, hat jetzt die Leitung. Was mag dieser Hurensohn über uns gesagt haben, als er über die gesicherte Leitung mit Washington gesprochen hat?

Er nippte am Kaffe, verbrannte sich die Lippen und fluchte.

»Ich hätte Sie warnen sollen, dass er heiß ist«, sagte der Kommunikations-Sergeant.

»Meine Schuld«, sagte Castillo.

Nun, in der Ausbildung habe ich wenigstens gelernt, mit einer solchen Situation fertig zu werden.

Es kommt im Wesentlichen darauf an, was man nicht tut.

Man lässt die Truppen nicht antreten und sagt: »O Gott, Jungs, hört mal, welch blöden Befehl wir soeben erhalten haben.«

Wenn man einen gesetzmäßigen Befehl bekommt, ganz gleich, wie blöde er ist – und bei allem Respekt, Herr Präsident, diese Entscheidung ist so saublöde, wie ein Befehl nur sein kann –, dann gibt es nur zwei Möglichkeiten: Entweder verweigert man den Befehl, oder man befolgt ihn.

Und da dieser Befehl nicht verweigert werden kann – er ist »nicht zur Debatte freigegeben«, und ich habe einen feierlichen Eid abgelegt, dass ich fröhlich die Befehle von vorgesetzten Offizieren befolge, was sicherlich den Präsidenten einschließt –, heißt dies, dass ich vor die Truppe treten und plappern muss, dass ich mit überschäumender Begeisterung den brillanten Befehl ausführe, den ich soeben erhalten habe. Und mein gottverdammtes Bestes tun werde, um ihn durchzuführen.

»Kann ich dies mitnehmen? Der Botschafter wollte mich vor zehn Minuten sprechen.«

»Klar«, sagte der Sergeant.

4

»Sir, ich habe soeben mit Minister Hall telefoniert, und er hat mir gesagt, was der Präsident befohlen hat.«

»Der Präsident hat absolut deutlich klargemacht, was er

wünscht, was er von Ihnen erwartet«, sagte Botschafter Silvio.

»Nur für Ihre Ohren bestimmt, Sir, ich bin überfordert und schwimme.«

»Der Präsident ist da anscheinend anderer Meinung«, sagte Silvio, »und das ist alles, was zählt, nicht wahr?«

»Ja, Sir, ich nehme an, so ist es.«

»Ich habe jeden gebeten, der eine Rolle bei dieser Sache spielt, in den Konferenzraum zu kommen. Sie sind jetzt anwesend.«

»Haben Sie etwas zu ihnen gesagt, Sir?«

»Ich wollte Sie fragen, ob Sie besondere Wünsche haben, bevor ich irgendetwas sage.«

»Sir, ich glaube, die simplen Tatsachen – dass der Präsident Ihnen gesagt hat, er gibt mir die Verantwortung dafür, Mrs Masterson und die Kinder und Mr Mastersons Leichnam sicher aus dem Land zu bringen, und dass ich jetzt die Ermittlung leite – wären die beste Art, das zu handhaben.«

»So ungefähr habe ich mir das gedacht«, sagte Silvio. »Kurz bevor der Präsident anrief, traf ich eine Entscheidung, die dem FBI-Team, das hierhin kommt, wohl nicht gefallen wird.«

»Ja, Sir?«

»Coronel Munz bat um die Genehmigung, bei Mr Mastersons Leichnam eine Autopsie durchzuführen, und ich gab sie ihm. Es war eine harte Entscheidung.«

»Ich bin mir nicht sicher, ob ich Ihnen folgen kann, Sir.«

»Wir kommen hier in den etwas verschwommenen Bereich des Gesetzes und der Diplomatie«, sagte Silvio. »Ein Mord und eine Entführung sind geschehen. Dies sind Verstöße gegen das argentinische Gesetz. Die Ermordung eines Offiziellen der US-Regierung, ganz gleich, wo sie geschieht, ist ein Verstoß gegen den United States Code, eine der wenigen Straftaten, auf die die Todesstrafe stehen kann ...«

Castillo dachte: *Dies ist ein weiterer Beweis dafür, dass ich nicht weiß, was, zum Teufel, ich hier tun soll. An diesen Punkt habe ich überhaupt nie gedacht.*

»... und zumindest theoretisch kann die Regierung verlangen, dass die Straftäter zu einem Prozess in den Vereinigten Staaten ausgeliefert werden. Ich weiß nicht – ich hatte einfach nicht die Zeit, mich damit zu beschäftigen –, wie Mrs Mastersons Entführung da hineinpasst, aber ihr Kidnapping verstößt gegen das argentinische Gesetz.«

»Ich habe nie auch nur darüber nachgedacht«, bekannte Castillo.

»Ich habe mir einige Gedanken gemacht«, sagte Silvio. »Vorausgesetzt, die Täter würden gefasst, dann würden sie von Argentiniern festgenommen und von einem argentinischen Gericht verurteilt werden. Das Problem, das ich damit habe, ist Folgendes: Wenn sie schuldig gesprochen werden, ist die Höchststrafe zwanzig oder fünfundzwanzig Jahre Gefängnis.«

»Keine Todesstrafe«, sagte Castillo.

»Und, nur für Ihre Ohren bestimmt, Mr Castillo, obwohl ich liebend gern hätte, dass diese Verbrecher so bestraft werden – wie heißt es so schön, ›aufgehängt am Halse, bis sie tot, tot, tot sind‹? –, wird dies nicht passieren. Darüber hinaus gibt es bei einer Auslieferung einige Probleme. Leider opponieren eine Reihe argentinischer Offizieller und wichtige Gesetzgeber wie ein Pawlowscher Reflex gegen alles, worum wir *norteamericanos* bitten – vermutlich ein Überbleibsel von Juan Domingo Perón.

Unsere Todesstrafe passt in die Gleichung. Als ich ein junger Konsulatsbeamter in Paris war, lebte dort ein schrecklicher Mann aus Philadelphia, der seine Freundin in einen Kofferraum stopfte und dort verwesen ließ. Als dies schließlich entdeckt wurde und man ihn festnahm, bekam ihn sein

Anwalt – der jetzige Senator Arlen Specter –, im öffentlichen Interesse auf Kaution frei, was er prompt ausnutzte, um abzuhauen. Wir machten ihn schließlich in Frankreich ausfindig. Als wir versuchten, ihn auszuliefern, waren die französischen Behörden und Gesetzgeber, die anscheinend die argentinische Vorliebe teilen, alles zu verweigern, was wir Amerikaner erbitten, äußerst schwierig.

Einer der Gründe, weshalb sie eine Auslieferung verweigerten, war die Tatsache, dass wir die Todesstrafe haben und sie nicht. Es gab auch andere Gründe, doch das war eines ihrer hauptsächlichen moralischen Argumente. Wir brauchten fast zwanzig Jahre, bis dieser Verbrecher von Frankreich ausgeliefert wurde. Das geschah erst vor ein paar Jahren. Und ich bin sicher, dass unsere Todesstrafe von den Argentiniern als Grund vorgeschoben werden würde, um eine Auslieferung abzuschlagen.«

»Von dieser Geschichte habe ich gehört«, sagte Castillo. »Ich habe einige Freunde bei der Polizei von Philadelphia ...«

Einschließlich eines ehemaligen Sergeants namens Betty Schneider, die in diesem Moment hierher unterwegs ist. Und die vielleicht nicht annähernd so entzückt sein wird, mich wiederzusehen, wie ich sie.

»... von denen zwei Agenten des Secret Service geworden sind«, fuhr Castillo fort. »Ich habe darum gebeten, sie herzuschicken, damit sie mich unterstützen können. Eine davon ist eine Frau, die ich Mrs Mastersons Sicherheitsabteilung zuteilen will. Der andere ist ein sehr kluger Kriminalbeamter, der für mich einen Blick auf die Ermittlung werfen wird. Er ist Schwarzer, was meiner Meinung nach nützlich sein könnte.«

»Sie haben also einige Ideen, was zu tun ist?«, sagte Silvio. »Mir kommt der Verdacht, dass Sie nicht annähernd so schwimmen, wie Sie behauptet haben.«

O ja, Ideen habe ich. Habe ich um Sergeant Schneider gebeten, weil ich sie als Aufpasserin für Mrs Masterson haben will, oder weil sie mir einfach nicht aus dem Kopf geht? Wie hat Dick Miller es so treffend formuliert? Weil ich die beklagenswerte Neigung habe, mit meinem Pimmel zu denken?

»Mit all diesen Dingen im Sinn«, sagte Silvio, »scheint es mir, dass es der Gerechtigkeit – soviel davon man unter diesen Umständen erwarten kann – am besten dient, wenn dieser Abschaum von einem argentinischen Gericht angeklagt und verurteilt werden wird.«

»Jawohl, Sir. Ich verstehe.«

»Was natürlich heißt, dass alles gesammelte Beweismaterial von dem argentinischen Rechtssystem zurückgehalten wird und dass eine Auslieferung dieser Leute, sollte sie schließlich gestellt werden, vergebens sein würde. Selbst wenn wir um dieses doppelt gefährliche Geschäft herumkämen, wäre kein Beweismaterial vorhanden. Darüber hinaus würde allein die Bitte um Auslieferung – gerechtfertigt, legal zulässig – gewiss den argentinischen Stolz verletzen. Es wäre gleichbedeutend, als ob wir sagen würden, wir vertrauen ihrem Justizsystem nicht.«

»Haben Sie dem Präsidenten gesagt, was Sie entschieden haben, Herr Botschafter?«

»Das Gespräch war ziemlich einseitig, Mr Castillo«, sagte Silvio. »Meinen Sie, es gibt sonst noch etwas, über das wir sprechen sollten, bevor wir in den Konferenzraum gehen?«

»In dieser Hinsicht fällt mir nichts ein, Sir.«

5

Die Unterhaltungen am langen Konferenzraum stoppten und jeder erhob sich, als Botschafter Silvio und Castillo den Raum betraten.

Alex Darby saß am Fuß des Tisches, Kenneth Lowery zu seiner Linken, Tony Santini zu seiner Rechten. Die beiden FBI-Agenten aus Montevideo saßen nebeneinander. Ein Dutzend andere Männer saßen um den Tisch herum. Castillo kannte keinen namentlich, aber einige von ihnen, die DEA-Leute, erkannte er von der Brainstorming-Sitzung, die Masterson am gestrigen Tag organisiert hatte. Drei Leute waren in Uniform, ein Colonel der Air Force, ein Colonel der Army und ein Gunnery Sergeant des Marine-Corps.

Castillo vermutete, dass es der Verteidigungsattaché, der militärische Missionschef und der befehlshabende Unteroffizier der Wachabteilung des Marine-Corps waren. Jeder sah Castillo mit unverhohlener Neugier an.

»Behalten Sie bitte Platz, Gentlemen«, sagte Silvio, als er zum Kopfende des Tisches ging. Dort legte er die Hände auf die Rückenlehne des Stuhls.

»Für diejenigen von Ihnen, die noch keine Gelegenheit hatten, ihn kennen zu lernen, dieser Gentleman ist Mr C. G. Castillo, der als Agent des Präsidenten in Argentinien ist. Vor kurzem übermittelte mir der Präsident seine Entscheidung, die Leitung in der Handhabung aller Aspekte dieser unglücklichen Lage, in der wir uns angesichts Missionschefs J. Winslow Masterson und seiner Familie befinden, Mr Castillo zu übertragen. Der Präsident informierte mich des Weiteren, dass der Außenminister, der Verteidigungsminister und die Direktoren von CIA und FBI über seine Entscheidung informiert worden sind.«

Der Botschafter sah Castillo an und sagte: »Mr Castillo, Sie haben das Wort.« Dann setzte er sich auf den ersten Stuhl an der Seite des Konferenztischs.

Castillo schaute sich im Raum um.

Das sind nicht viele freundliche Gesichter, die mich anblicken. Genau gesagt, keine.

Nun, fangen wir an.

»Guten Morgen, Gentlemen«, begann Castillo. »Unsere Prioritäten sind erstens der Schutz von Mrs Masterson und ihrer Kinder. Zweitens der Schutz von allem Botschaftspersonal. Drittens Kooperation mit den argentinischen Behörden bei ihrer Ermittlung dessen, was geschehen ist. Was das Letzte anbetrifft, so habe ich nach Beratung mit Botschafter Silvio entschieden, dass wir von der Annahme ausgehen, dass die argentinische Regierung herausfinden wird, wer diese Verbrechen begangen hat, die Täter festnimmt und ihnen vor einem argentinischen Gericht den Prozess macht.«

»Warum versuchen wir nicht wenigstens, uns dieDuckskerle ausliefern zu lassen?«, fragte FBI-Agent Yung.

»Das ist das, was ich nach Beratung mit Botschafter Silvio entschieden habe. Und unterbrechen Sie mich bitte nicht noch einmal, bis ich das Wort zu Kommentaren und Fragen erteilt habe«, sagte Castillo.

Es gab einiges Gemurmel, aber nichts sonst.

Nun, damit bin ich durchgekommen. Mal sehen, was man mir noch durchgehen lässt.

»Hinsichtlich Priorität eins: Mr Santini, der umfangreiche Erfahrung mit der Abteilung zum Schutz des Präsidenten beim Secret Service hat, wird die Verantwortung für den Schutz der Familie Masterson übernehmen, bis wir sie sicher außer Landes bringen können. Ein Transportflugzeug der Air Force ist bereits in der Luft und auf dem Weg hierher, um Mr Mastersons Leichnam und seine Familie in die Vereinigten Staaten zu fliegen.

Hinsichtlich Priorität zwei: Mr Lowery wird für alle verschärften Sicherheitsmaßnahmen verantwortlich sein, die er für den Schutz allen anderen Botschaftspersonals für nötig hält. Ich weiß, dass der Präsident ein tiefes Interesse daran hat. So möchte ich von Ihnen, Mr Lowery, in der nächsten

Stunde eine grobe Auflistung der entsprechenden Maßnahmen, sodass ich sie, nachdem Mr Silvio sie gebilligt – oder abgeändert – hat, nach Washington schicken kann.«

Castillo schaute Lowery an, der sagte: »Jawohl, Sir. Binnen einer Stunde.«

Zwei erledigt.

»Hinsichtlich Priorität drei: Mr Darby wird alle Vorkehrungen treffen, um mit den argentinischen Behörden bei ihren Ermittlungen in diesem Fall zu kooperieren und nach Koordination mit Mr Santini und Mr Lowery die Eingliederung des Sicherheitspersonals, das uns die argentinische Regierung zur Verfügung stellt, in unser eigenes Sicherheitspersonal zu veranlassen. Des Weiteren schickt das FBI ein Team von Ermittlern hier runter. Es wird sich bei Mr Darby melden. Mister – Yung war Ihr Name?«

»Yung«, bestätigte er.

»Sie werden für die logistische Unterstützung des FBI-Teams verantwortlich sein. Suchen Sie ihm Unterkunft, Platz zum Arbeiten, Fahrzeuge, was immer sie brauchen, und halten Sie außerdem Botschafter Silvio, Mr Darby, Mr Lowery, Mr Santini und mich auf dem Laufenden, wie sich die Ermittlungen entwickeln.

Der Secret Service schickt zwei Agenten hier runter. Einer, Special Agent Schneider, wird sich bei Mr Santini melden, um ihn beim Schutz der Familie Masterson zu unterstützen. Special Agent Britton wird sowohl die Ermittlung der Argentinier als auch unsere – einschließlich natürlich die des FBIs – überwachen und dem Botschafter und mir jede neue Information mitteilen. Ich werde mich, da beide Special Agents für mich arbeiten werden, um ihre logistischen Bedürfnisse kümmern.«

Und wie, zum Teufel, willst du das tun?

»Und schließlich, um sicherzustellen, dass alle am selben

Strang ziehen und keiner hinter einem Schreibtisch in Washington versucht, sich in das einzumischen, was wir hier tun, wird es keine Kommunikation – weder per Funk, E-Mail noch Telefon – mit irgendeiner Agentur in Washington geben, die nicht zuvor vom Botschafter oder mir genehmigt worden ist.«

»Wollen Sie damit sagen, dass es mir verboten ist, mit dem Bureau zu kommunizieren?«, fragte Yung.

»Danke, dass Sie mir die Möglichkeit verschaffen, mich perfekt klar auszudrücken, Agent Yung, wenn auch meine Bitte, ohne Unterbrechung zu Ende zu sprechen, ungehört geblieben ist«, sagte Castillo eisig. »Es ist Ihnen verboten, mit dem Bureau – oder sonst jemandem – zu kommunizieren, es sei denn, Sie haben die Genehmigung vom Botschafter oder mir. Haben Sie das kapiert?«

Es folgte ein Moment Zögern. Dann ein kaltes: »Kapiert.«

»Nun, irgendwelche Fragen oder Kommentare?«

Es gab weitaus weniger Fragen und Kommentare, als Castillo erwartet hatte.

Es liegt jedoch eine verdrossene, brodelnde Abneigung gegen Mr Castillo, den Agenten des Präsidenten, in der Luft.

Aber ich glaube, es hätte die Dinge nur verschlimmert, wenn ich versucht hätte, ein netter Kerl zu sein.

»Nun, das war's, Gentlemen, danke für Ihre Zeit und Aufmerksamkeit. Lassen Sie uns jetzt an die Arbeit gehen. Mr Darby und Mr Santini, bleiben Sie bitte noch einen Moment hier?«

»Werden Sie mich noch für sonst etwas brauchen, Mr Castillo?«, fragte Botschafter Silvio, als alle außer Darby und Santini den Konferenzraum verlassen hatten.

»Wenn es Ihnen nichts ausmacht, schenken Sie mir noch eine Minute?«

»Selbstverständlich.«

»Tony, Alex, diese Kommunikationssperre gilt nicht für Sie. Aber ich konnte mir einfach nicht nur das FBI vom Hals halten. Und ich will wirklich nicht, dass irgendein großes Tier vom FBI im Nachhinein kritisiert, was wir hier zu tun versuchen.« Er blickte zu Darby. »Erinnern Sie sich an die hohen Tiere von Langley, die Zugang zum Satellitentelefon in Afghanistan hatten, Alex?«

Darby lachte. »Daran denke ich nur mit Zahnschmerzen.«

»Joel sagte, Sie sind wirklich ein harter Hund«, sagte Santini. »Aber Sie haben Ihre Sache bis jetzt hier sehr gut gemacht.«

»Ich wünschte, ich könnte das auch denken.«

»Ich finde das auch«, sagte Botschafter Silvio. »Ich habe mich jedoch gefragt, warum Sie meine Entscheidung, nicht um Auslieferung zu ersuchen, als Ihre eigene ausgegeben haben.«

»Wir hatten eine Redensart in Afghanistan, wenn wir etwas taten, von dem wir annahmen, dass es uns in Teufels Küche bringen könnte. ›Scheiß drauf. Was sollen sie dir schon Schlimmeres antun, als dich nach Afghanistan zu schicken?‹«

Silvio lachte.

»Es gibt auch ein Sprichwort: ›Wenn du den Teufel nicht ertragen kannst, geh aus der Küche raus.‹ Aber das war freundlich von Ihnen, Mr Castillo. Ich bin dankbar.«

»Sir, glauben Sie, Sie könnten sich dazu überwinden, mich Charley zu nennen?«

»Selbstverständlich. Danke. Mein Vorname ist Juan. Meine Freunde nennen mich für gewöhnlich John.«

»Mein richtiger Vorname ist Carlos, Sir, und mit Ihrer Erlaubnis werde ich Sie weiterhin mit ›Sir‹ und ›Herr Botschafter‹ anreden.«

»Charley, wer sind die beiden Agenten, die hergeschickt werden?«, fragte Santini.

»Beide sind Ex-Cops aus Philadelphia. Wir haben mit ihnen zusammengearbeitet, als wir die 727 suchten. Die Frau war ein Sergeant in der Nachrichtenabteilung, und der Mann arbeitete jahrelang undercover für die Antiterror-Abteilung. Hall war von beiden beeindruckt und beauftragte Joel, sie zu rekrutieren. Joel hat sie etwas früher aus der Ausbildungsakademie rausgeholt, damit sie in Halls Büro arbeiten können. So sind sie verfügbar.«

»Was wollen Sie mit ihnen anfangen?«

Nun, was Lady Sergeant anbetrifft, so werde ich ihr tief und leidenschaftlich in die schönen Augen blicken und versuchen, ihr so viel Cabernet Sauvignon wie möglich einzuflößen.

»Deshalb habe ich Sie gebeten, zu bleiben, Herr Botschafter«, sagte Castillo. »Alex, ich war im Krankenhaus, als Sie und Lowery mit ihr sprachen ...«

»Munz hat mir gesagt, dass Sie dort waren«, unterbrach Darby.

»... und ich hatte das Gefühl, Alex, dass Sie nicht die Wahrheit, die ganze Wahrheit und nichts als die Wahrheit aus ihr herausbekamen.«

Darbys Augen spiegelten erst Überraschung wider, und dann wurde sein Blick hart.

»Charley, sie kam nach dem Bupivacaine zu sich. Sie wusste nicht, was sie sagte.«

»Sie wusste genug, um sehr besorgt wegen ihrer Kinder zu sein«, sagte Castillo. »Aber als es um irgendwelche Einzelheiten ihrer Entführung ging, zog sie eine Niete. Nicht nur eine teilweise Niete, sondern eine totale.«

»Das Gefühl hatte ich nicht«, sagte Darby.

»Nun, jetzt werden wir zum Krankenhaus fahren, damit Sie – und wenn Sie die Zeit erübrigen können, Herr Botschafter, Sie auch – ihr Tony und mich vorstellen können. Tony wird sie dann befragen, was geschah und an was sie sich erinnert.«

Darby schüttelte den Kopf. »Warum sollte sie lügen? Worüber?«

»Ich glaube, Mr Castillo – Charley, meint, dass ihre Entführer ihr gesagt haben, was sie ihm – uns – erzählen soll, und zwar so wenig wie möglich, und ihr mit etwas gedroht haben, wenn sie sich nicht daran halten sollte«, sagte Silvio.

»Jawohl, Sir, das meine ich«, sagte Castillo. »Und wir brauchen jede Information, die wir bekommen können.«

»Nachdem sie Jack umgelegt hatten«, beharrte Darby, »hatte ich den Eindruck, dass sie uns alles erzählen wollte, was wir wissen wollen.«

»Es sei denn, sie haben ihre Kinder bedroht«, wandte Castillo ein. »Wenn sie bereit waren, ihren Mann umzubringen, war ihr klar, dass sie auch nicht davor zurückschrecken würden, ihren Kindern etwas anzutun. Sie sogar zu töten. Oder vielleicht ihre Familie. Ihren Vater und den Bruder.«

»Ich finde, das ist wirklich weit hergeholt, Charley«, sagte Darby.

»Welcher Bruder?«, fragte Santini.

»Er arbeitet für die Vereinten Nationen«, sagte Castillo. »Das ist ungefähr alles, was ich weiß, abgesehen davon, dass Alex mir erzählt hat, er sei nicht gut mit Masterson ausgekommen.«

»Ich habe ihn mal vor Jahren kennen gelernt«, sagte Silvio. »Er hat irgendeinen Job in Paris, etwas mit Verbindung, Koordination von Agenturen. Ich habe schon daran gedacht, zu versuchen, Kontakt mit ihm aufzunehmen, sodass er die Todesnachricht seinem Vater beibringen kann, der herzkrank ist.«

»Alex, kennen Sie seinen Namen?«

»Lorimer«, sagte Alex. »Jean-Pierre, Jean-Paul, etwas in dieser Art. Französisch. Der Vorname des Botschafters – Betsys Vater – lautet Philippe.«

»Sie sind Franzosen?«

»Vielleicht waren sie das vor langer, langer Zeit wie Jacks Familie«, sagte Darby. »Jack machte sich eine Freude daraus, Leuten zu erzählen, die den Süden hassten, dass es drei Mastersons gegeben hätte – ›freie Farbige‹ –, die Offiziere der Konföderation gewesen waren, zwei bei der Navy und einer bei der Army. Und wenn er sie wirklich auf den Arm nehmen wollte, sagte er, die Familie hätte ihren Reichtum mit dem Sklavenhandel verdient.«

Silvio lachte.

»War da Reichtum, Alex?«, fragte Castillo. »Bevor er von dem Bier-Truck angefahren wurde?«

»Nicht so viel, natürlich, aber ja. Beide Familien waren mehr als wohlhabend. Zucker, glaube ich, und Baumwolle. Der Anbau und Handel damit.«

»Herr Botschafter«, sagte Charley. »Ich möchte vorschlagen, dass Sie Kontakt mit dem Außenministerium aufnehmen und feststellen, ob wir einen Aufenthaltsort, vielleicht sogar eine Telefonnummer von seinem Bruder bekommen. Für den Fall, dass wir diese Information nicht von Mrs Masterson erhalten.«

»Ich kümmere mich sofort darum«, sagte Silvio. »Und wenn Sie möchten, werde ich mit Ihnen zum German Hospital fahren und Mrs Masterson Sie und Tony vorstellen.«

»Danke, Sir. Das wäre sehr hilfreich.«

6

German Hospital
Avenida Pueyrredón
Buenos Aires, Argentinien
23. Juli 2005, 13 Uhr 05

Colonel Alfredo Munz vom SIDE kam ihnen entgegen, als sie die Halle des Krankenhauses betraten.

»Eure Exzellenz, Gentlemen«, sagte er auf Spanisch. »Welch ein glücklicher Zufall. Ich wollte gerade Señor Castillo anrufen und ihn fragen, ob er mir einen Moment seiner Zeit schenken kann.«

»Glücklicher Zufall«, dass ich nicht lache. Munz war überhaupt nicht überrascht, uns zu sehen. Er hat auf uns gewartet, was bedeutet, dass er von unserem Kommen gewusst hat.

Woher hat er das erfahren?

Er muss höchstwahrscheinlich jemanden in der Botschaft haben, der die Dinge im Allgemeinen und besonders den Botschafter im Auge behält. Jemanden, der hörte, dass der Botschafter anrief, bevor er mit uns hierher fuhr, oder jemanden, der dieses angeblich verschlüsselte Funkgerät in seinem oder Darbys Wagen abhörte, oder vielleicht, dass der Wachmann vom Marine-Corps Lowery über den Aufenthaltsort des Botschafters informierte.

Warum überrascht mich das? Sowohl Darby als auch Santini sagten mir, der SIDE ist gut, und bei dieser Sache läuft seine Arbeit auf Hochtouren.

Aber was will er von mir?

»*Mi coronel*, ich stehe zu Ihrer Verfügung«, sagte Castillo, und dann wandte er sich an den Botschafter. »Sir, warum fahren Sie nicht schon zu Mrs Mastersons Zimmer hoch? Ich weiß, wo es ist, und ich kann Sie dann einholen.«

Munz führte Castillo in eine Ecke der Eingangshalle.

»Sie haben einige wichtige Leute im Informationsministerium sehr enttäuscht, Herr Gossinger«, sagte Munz auf Deutsch, »und ein wenig Aufregung in ihr langweiliges und nüchternes Leben gebracht.«

Oh Scheiße. Er hat herausgefunden, dass ich als Gossinger eingereist bin.

Und dass ich nie zum Informationsministerium gegangen bin, um mich als Journalist eintragen zu lassen.

Castillo lächelte ihn an.

»Und wie kommt das, Herr Oberst?«, erwiderte er auf Deutsch.

Munz reichte ihm ein Blatt Papier. Es war eine Kopie des Einwanderungsformulars, das Castillo im Flugzeug ausgefüllt und dem Beamten der Einwanderungsbehörde am Flughafen ausgehändigt hatte. Es enthielt ebenfalls sein Foto, offensichtlich von einer guten und unauffälligen Kamera aufgenommen, als er am Schalter der Einwanderungsbehörde gestanden hatte.

»So wollten sie einem prominenten deutschen Journalisten erklären, wie betroffen die argentinische Regierung mit der traurigen Situation ist, aber als Sie nicht wie versprochen im Büro des Informationsministeriums auftauchten, dachten sie, dass dieser Deutsche vielleicht etwas mit den Schurken zu tun hat, die wir suchen.«

»Eigentlich ist mein Name Gossinger«, begann Charley.

»Ich weiß. Ich habe mir die Mühe gemacht, dies herauszufinden. Die deutsche Botschaft sagte mir, dass Sie nicht nur ein ausgezeichneter Auslandskorrespondent für die Tageszeitung sind, sondern auch ein Ur-Urenkel des Gründers. Welch eine wunderbare Tarnung! Eine zweite Person, die real ist.«

»Ich fühle mich wie ein Junge, der mit der Hand im Bonbon-Glas ertappt worden ist. Was geschieht jetzt?«

»Ich habe ihnen versichert, dass ich Sie nicht nur von unseren Bemühungen, dieser Situation auf den Grund zu gehen, informiert, sondern Ihnen auch gesagt habe, dass es unnötig sein würde, sich beim Informationsministerium registrieren zu lassen. Es gibt kein Problem mehr.«

»Danke.«

»Und ich habe auch dies für Sie.«

Er überreichte ihm eine kleine, in Plastik verschweißte Karte. Darauf stand »Corps Diplomatique«, und sie enthielt sein Foto und Gossingers Name.

»Ein Diplomatenausweis, für den Fall, dass unsere stets wachsame Polizei Fragen stellt, warum Sie eine Pistole tragen.«

»Eine Pistole?«

»Eigentlich hatte ich vor, Ihnen eine zu leihen, aber ich sehe, dass Sie unter Ihrem Jackett bereits eine am Rücken im Hosenbund tragen.«

»Der Botschafter hat mir die geliehen.«

»Karl – es macht Ihnen doch nichts aus, wenn ich Sie Karl nenne, oder?«

»Herr Oberst, Sie können mich nennen, wie Sie wünschen.«

»Es gibt leider einige sehr gefährliche Leute in Argentinien, und ich spreche nicht von unserer Kidnapping-Industrie. Ich habe noch keinerlei Verbindung zwischen Mr Masterson und ihr feststellen können – nach dem, was ich ermittelt habe, ist er sauber, das, was die charmanten Nordamerikaner als ›Mr Clean‹ bezeichnen –, aber das besagt nicht, dass es keine gibt. Und diese Leute haben bewiesen, dass Mord nur ein Teil ihres Spiels ist. Ich würde sehr bedauern, wenn sie die Entscheidung treffen würden, Sie zu eliminieren.«

»Sie bezweifeln, dass dies ein Kidnappingfall ist, nicht wahr?«

»Sie etwa nicht?«

»Nun, man hat sie entführt, also ist es ein Kidnapping. Aber die Sache stinkt.«

»Ja, so ist es. Haben Sie irgendeine Idee, was daran faul ist?«

»Nein.«

»Wenn Sie eine hätten, würden Sie mir das erzählen?«

Ihre Blicke trafen sich.

»Ja, das würde ich. Nur zwischen uns – was haben Sie gedacht, als Mrs Masterson von Darby und Lowery verhört – ich nehme an, das richtige Wort ist ›befragt‹ – worden ist?«

»Ich würde ihre Antworten als nicht sehr mitteilsam bezeichnen.«

»Was könnte sie Ihrer Meinung nach verheimlichen?«

»Es mag mehr dran sein als dies, aber als Erstes kam mir in den Sinn, dass die Entführer ihr gedroht haben – vielleicht ihre Kinder zu töten –, wenn sie irgendetwas preisgibt, was sie über sie weiß.«

»Warum ist sie am Leben gelassen worden?«

»Sie wollen etwas von ihr. Vielleicht hatte Masterson das Lösegeld nicht bei sich. Und sie haben damit gedroht, die Kinder zu töten, wenn sie es ihnen nicht auszahlt. Ich weiß es einfach nicht.«

»Tony Santini ist ein erfahrener Secret-Service-Agent ...«

»Ich weiß. Hat er sich tatsächlich verletzt, als er von der Limousine des Präsidenten gefallen ist?«

Castillo dachte kurz nach, bevor er antwortete: »Es war die Limousine des Vizepräsidenten.«

»Wie peinlich für ihn!«

»Jedenfalls«, sagte Charley und ignorierte das Thema, »wird der Botschafter ihn als den Mann des Secret Service vorstellen, der dafür eingeteilt ist, Mrs Masterson und ihre Kinder zu beschützen, und er wird das nutzen, um so viel wie möglich aus ihr herauszubekommen.«

»Und wird er ihr Ihre Ernennung als der verantwortliche Generalissimo erzählen?«

»Davon haben Sie auch schon gehört, Alfredo?«

»Ich bin mir sicher, dass Sie ebenso gern die Ohren offen halten.«

»Eine Flugzeugladung FBI-Agenten ist unterwegs nach hier, um mich zu unterstützen. Und zwei Secret-Service-Agenten assistieren mir. Einer ist eine wirklich kluge Frau mit viel Erfahrung in der Arbeit für den Nachrichtendienst. Ich werde sie bei der Schutzabteilung einsetzen und hoffe, dass sie was aus Mrs Masterson herausbekommt. Der andere ist ein sehr guter, smarter Ex-Cop, der jahrelang in wirklich schlimmen Situationen verdeckt ermittelte. Ich werde von ihm ansehen lassen, was das FBI herausbekommt, und ich wäre sehr dankbar, wenn Sie ihn sehen lassen, was Sie herausfinden.«

»Gewiss, aber da gibt es nicht viel.«

»Es ist auch ein Transportflugzeug der Air Force unterwegs hierher, um Mastersons Leichnam und seine Familie in die Staaten zu fliegen.«

»Fliegen Sie mit ihnen?«

O Gott, daran habe ich noch gar nicht gedacht!

»Vielleicht. Aber wenn, dann habe ich das Gefühl, dass ich zurückkommen werde.«

Munz nickte und streckte ihm die Hand hin.

»Es freut mich, dass wir Gelegenheit zu diesem Plausch hatten, Karl.«

»Danke für alles, Alfredo.«

7

Mrs Elizabeth Masterson war nicht mehr in dem Zimmer der Intensivstation, wo sie zuerst gelegen hatte, doch Castillo fand mühelos das Zimmer, in das sie verlegt worden war. Vor einer Tür fast am Ende des Korridors waren vier Polizisten der Policía Federal unter dem Kommando eines Sergeants und zwei Männer in Zivilkleidung versammelt – einer davon war Paul Sieno, der CIA-Agent.

Sieno nickte Castillo zu, der dann an die Tür klopfte. Einen Moment später öffnete Botschafter Silvio sie einen Spalt und zog sie dann ganz auf.

»Treten Sie ein, Mr Castillo«, sagte er, und als Castillo durch die Tür trat, sagte der Botschafter: »Betsy, hier ist Mr Castillo.«

Mrs Masterson saß im Krankenhausbett. Sie trug ein Nachthemd, das ihres von zu Hause sein musste, und Castillo sah, dass sich zwei andere Frauen im Zimmer aufhielten, fast mit Sicherheit Darbys und Silvios Frau. Sie saßen auf Stühlen an der Wand, und Darby und Santini lehnten an der Wand neben ihnen.

Castillo ging zum Bett.

»Der Präsident hat mich gebeten, Ihnen zu sagen, wie schrecklich leid es ihm tut, Mrs Masterson.«

Diese kleine Lüge kam mir doch schnell über die Lippen, nicht wahr?

Nun, wenn der Präsident daran gedacht hätte, dann hätte er es wohl von mir ausrichten lassen.

»Das ist sehr freundlich von ihm«, sagte Mrs Masterson. Sie bot ihm nicht die Hand an, und ihr Lächeln war sichtlich angestrengt.

»Und wenn ich darf, möchte ich Ihnen ebenfalls mein Beileid aussprechen.«

Es gab keine Erwiderung außer diesem gefrorenen Lächeln, und Castillo fuhr fort: »Meine Befehle, Ma'am, lauten als Erstes, für Ihre Sicherheit und die Ihrer Kinder zu garantieren und Sie dann so schnell und sicher wie möglich in die Vereinigten Staaten zurückzubringen.«

Das Lächeln blieb wie erstarrt, und sie sagte nichts.

»Hat Botschafter Silvio Ihnen erzählt, dass Mr Santini viele Jahre Erfahrung bei der Abteilung des Secret Service zum Schutz des Präsidenten hat?«

»Ja, das hat er.«

»Und die argentinischen Behörden haben uns einige ihrer besten Männer zu Verfügung gestellt, die Mr Santini helfen werden.«

»Das hat mir der Botschafter gesagt.«

»Wir hoffen, dass uns sehr bald die Ankunftszeit der Flugzeuge mitgeteilt werden wird, die der Präsident nach Buenos Aires geschickt hat. Eines davon ist ein Transportflugzeug, mit dem Sie und Ihre Familie in die Vereinigten Staaten gebracht werden, sobald Sie sich dazu in der Lage fühlen, und das andere bringt ein Team von FBI-Experten zur Unterstützung der Ermittlung und zwei Agenten des Secret Service für das Sonderkommando zu Ihrem Schutz her. Eine der beiden Agenten ist eine Frau.«

Mrs Masterson nickte.

»Mir ist sehr bewusst, Mrs Masterson, dass dies ein schwieriger Zeitpunkt für Sie ist ...«

Mrs Masterson schnaubte.

»... aber ich hoffe, Sie werden verstehen, dass gewisse Pläne gemacht werden müssen.«

»Zum Beispiel?«

»Wohin in den Vereinigten Staaten möchten Sie gebracht werden?«

»Keesler«, sagte sie. »Die Keesler Air Force Base in Biloxi ist am nächsten zum Haus von Jacks Eltern. In Pass Christian.«

Pass Cris-tee-ann? Das ist die französische Aussprache. Und da ich gerade bei dem Thema bin – was ist mit ihrem Bruder, der in Frankreich sein soll?

»Ist jemand dort in Pass Christian, zu dem wir Kontakt aufnehmen können? Ihr Vater?«

»Mein Vater lebt in Metairie, New Orleans. Und er ist herzkrank. Mein Schwiegervater lebt in Pass Christian. Ich glaube wirklich, er wäre der richtige Mann, um dies meinem Vater beizubringen. Ehrlich gesagt, ich sprach gerade mit Mrs Silvio darüber, als Sie hereinkamen, Mr Castillo. Sie wird Jacks Vater anrufen, oder der Botschafter wird das tun, sobald er an ein Telefon herankommen kann. Ich hoffe, sie kommen zu ihm durch, bevor er es in den Nachrichten sieht. Und dann werde ich natürlich anrufen, wenn man mich hier rauslässt.«

»Hat man Ihnen gesagt, wann Sie entlassen werden?«

»Sie wollen mich zur Beobachtung über Nacht hier behalten«, sagte sie und wandte sich dann an den Botschafter. »Juan, können Sie nichts dagegen unternehmen? Ich möchte bei den Kindern sein.«

»Ich verstehe«, sagte Silvio. »Aber man will Sie wirklich genau untersuchen, um festzustellen, welchen Schaden diese Droge bei Ihnen angerichtet haben kann. Wenn Sie möchten, können wir die Kinder zu Besuch herbringen.«

»Nein. Ich will nicht, dass sie mich so sehen. Die sind besser bei Julia dran.«

Julia ist vermutlich Darbys Frau.

»Die Kinder sind jetzt in der Schule?«, fragte Castillo.

»Ihr Vater ist gerade erst ermordet worden«, fuhr sie ihn an. »Natürlich sind sie nicht in der Schule!«

»Verzeihen Sie mir«, sagte Castillo.

Dann ist die andere Lowerys Frau. Darbys Frau – Julia, die alte Freundin der Familie – ist bei den Kindern.

»Gibt es sonst jemanden, Ma'am, zu dem wir Kontakt aufnehmen sollten?«

»Nein. Ich benachrichtige jeden, sobald ich hier raus bin.«

Dieses »Nein« kam wirklich schnell. Würde sie es nicht ihrem Bruder sagen wollen, selbst wenn er nicht gut mit ihrem Ehemann zurechtkam?

»Mrs Masterson, ich möchte Sie jetzt nicht mehr in Ihrer Trauer stören. Wenn Sie irgendetwas brauchen, dann sagen Sie es bitte Mr Santini.«

»Danke.«

Castillo nickte den Leuten im Zimmer zu und ging hinaus.

Er hatte ein halbes Dutzend Schritte zum Aufzug hinter sich, als Botschafter Silvio ihn einholte. Santini folgte ihm auf dem Fuße.

»Ich bin gezwungen, Ihnen zuzustimmen, Charley«, sagte Silvio. »Sie verheimlicht etwas.«

»Mein Gespräch mit ihr hat ebenfalls zu nichts geführt«, sagte Santini.

»Herr Botschafter, sie hat ihren Bruder nicht einmal erwähnt«, sagte Castillo. »Wären Sie bereit, zu versuchen, ihn ans Telefon zu bekommen?«

»Das hielt ich auch für merkwürdig«, pflichtete Silvio ihm bei. »Ich werde ihn anrufen, sobald ich wieder in der Botschaft bin. Wo werde ich Sie erreichen?«

»In der Botschaft, Sir. Ich will die voraussichtliche Ankunftszeit der Flugzeuge in Erfahrung bringen.«

»Dann sehe ich Sie dort.«

8

Botschaft der Vereinigten Staaten
Avenida Colombia 4300
Palermo, Buenos Aires, Argentinien
23. Juli 2005, 14 Uhr 50

Es war eine frustrierende Dreiviertelstunde am Telefon.

Schon die Nummer des europäischen Direktorats für interne Koordination mit den Vereinten Nationen zu bekommen war frustrierend.

Silvio gab angesichts der Schwierigkeiten auf und rief die amerikanische Botschaft in Paris an. Der politische Attaché nannte ihm etwas widerwillig – und erst nachdem sich Silvio genau identifiziert hatte – einige Nummern, um das Direktorat anzurufen. Er sagte jedoch, er habe weder eine Adresse noch wisse er eine Nummer für einen Jean-Paul Lorimer.

Eine Französin mit nasaler Stimme beim Direktorat erklärte Silvio, dessen Französisch fließend war, dass Mr Lorimer außer Haus sei und sie keine Telefonnummer habe, unter der er erreicht werden konnte, und dass weitere Fragen an den Direktor der Informationsabteilung gerichtet werden sollten. Sie war unbeeindruckt von Silvios Erklärung, dass er der Botschafter der Vereinigten Staaten in Argentinien war und versuchte, mit Lorimer Kontakt aufzunehmen, weil es einen Todesfall in der Familie gegeben hatte.

Die einzige Adresse und Telefonnummer, die das Außenministerium in Washington und die US-Mission der Vereinten Nationen in New York City von Lorimer hatten, war sein Büro.

»Lassen Sie mich sehen, was der Secret Service für uns tun kann«, sagte Castillo schließlich und tippte auf seinem Handy Isaacsons Nummer in Washington ein.

»Sie wollen keine gesicherte Leitung?«

»Was ist denn daran geheim?«, sagte Castillo und fügte sofort hinzu: »Es sollte nicht flapsig gemeint sein, Sir. Verzeihung.«

»Ich habe es auch nicht flapsig aufgefasst«, sagte Silvio. »War eine dumme Frage von mir.«

»Isaacson.«

»Hier Charley, Joel.«

»Aha, das war wieder Telepathie«, erwiderte Isaacson. »Ich wollte gerade anrufen, um Ihnen über das FBI-Flugzeug – in dem, wie Sie sicherlich begeistert hören werden, Casanova, die schöne Agentin Schneider ist – und die C-17 Bescheid zu sagen.«

»Sie haben nicht etwas angeblich Witziges zu ihr gesagt, Joel, oder?«

»Nein, aber ich war höllisch in Versuchung. Sie ist wirklich eine Freude für die Augen, und ich fühlte mich eigentlich dienstlich verpflichtet, sie vor Ihnen zu warnen.«

»Erzählen Sie mir von den Flugzeugen.«

»Sie und Britton fliegen hier mit einer Gulfstream um elf-null-fünf Ortszeit ab. Die Maschine macht ungefähr 460 Knoten, und es sind etwa 520 Meilen von hier, also rechnen Sie's aus.«

Ohne um Erlaubnis zu fragen, nahm Castillo einen Bleistift aus einem Becher auf Silvios Schreibtisch. Silvio reichte ihm schnell einen Zettel von einem Notizblock.

»Die Funkbezeichnung ist Air Force null-vier-sieben-sieben. Sie fliegen nach einem Flugplatz namens Jorge Newbery, ich nehme an, dass er irgendwo in der Nähe von Buenos Aires ist. Ebenfalls im Flugzeug sind sechs etwas gelangweilte FBI-Agenten, sauer nicht nur, weil sie sich bei Ihnen – als Secret Service Ass, nicht bei dem des Präsidenten – melden sollen, sondern auch, weil zwei ihrer Kollegen rausgeworfen wurden, damit Schneider und Britton an ihrer Stelle mitfliegen konnten.«

»Jorge Newbery ist der Flugplatz in Buenos Aires.«

»Die C-17 Air Force null-drei-acht-eins – verlässt die Charleston Air Base, South Carolina, eine Stunde früher, aber sie hat einen Zwischenstopp auf Hurlburt, wo sie ein Dutzend Air Commandos aufnimmt, die bereit sind, in den Krieg zu fliegen, und eine Zehn-Mann-Abteilung Gardesoldaten unter einem Lieutenant für die Beerdigungszeremonie, die passenderweise in Florida irgendeinen pensionierten General beisetzt.«

»O Gott.«

»Ich nehme an, Sie können erraten, von wem dieser Befehl kommt«, sagte Isaacson. »Jedenfalls wird die C-17 auf einem Flugplatz namens Ezeiza landen ...«

»Das ist der internationale Hauptflughafen hier.«

»Ich hatte angenommen, sie können dieses große Flugzeug nicht auf einem kleinen Flughafen landen.«

»Man kann eine Globemaster in Ihrem Hinterhof landen, Joel.«

»Im Ernst? Nun, aus irgendeinem Grund fliegt sie dorthin. Und es wird so lange dauern, wie sie nach Hurlburt für 4200 nautische Meilen mit vierhundertfünfzig Knoten brauchen.«

Castillo notierte sich diese Zahlen.

»Okay. Das habe ich. Und jetzt bitte ich um einen Gefallen.«

»Schießen Sie los.«

»Der Bruder der Witwe, Jean-Paul Lorimer, arbeitet für die UN in Paris. Der Botschafter versucht seit fünfundvierzig Minuten, ihn ans Telefon zu bekommen, hatte jedoch kein Glück. Haben wir jemanden in Paris, der uns helfen kann?«

»Ich kümmere mich gleich darum.«

»Rufen Sie die Botschaft hier an und nennen Sie der Sekretärin des Botschafters die Telefonnummer und Adresse.«

»Schon so gut wie erledigt. Gibt es sonst noch etwas, was ich dem Boss erzählen soll?«

»Ich habe Tony Santini die Verantwortung über die Sicherheit der Mastersons übertragen. Nachdem man sie unter Drogen gesetzt hatte, ist sie wieder in Ordnung, aber man hält sie über Nacht zur Beobachtung im Krankenhaus. Ich weiß nicht, wann sie entlassen wird, aber wenn sie hier rauskommt, will sie zur Keesler Air Force Base in Mississippi fliegen. Ihr Mann hat dort in der Nähe gelebt.«

»Sie will ihn dort beerdigen?«

»Anscheinend.«

»Ich weiß, dass der Präsident an eine Beisetzung auf Arlington gedacht hat ...«

»Ich nehme an, sie will ihn in dem Familiengrab in Mississippi beisetzen, Joel.«

»Das wird ein kleines Problem sein. Ich weiß auch, dass die Autopsie vom Walter Reed gemacht werden soll.«

»Die Autopsie wird bereits von den Argentiniern durchgeführt. Und sie werden diesen Bastarden den Prozess machen, vor einem argentinischen Gericht, vorausgesetzt natürlich, dass wir sie fassen können.«

»Wer hat das entschieden?«

»Ich«, sagte Charley. Sein Blick traf sich mit dem Silvios, und er fügte hinzu: »Der Botschafter ist mit mir gleicher Meinung.«

»Ich nehme an, das könnte auf höchster Ebene zu Ärger führen, Charley.«

»Es gab und gibt erhebliche Zweifel, dass die Täter uns ausgeliefert werden. Und das Verbrechen ist hier geschehen. Und es ist eine vollendete Tatsache. Der Botschafter hat es bereits dem Außenministerium gesagt.«

»Ich nehme an, der Boss will höchstwahrscheinlich mit Ihnen darüber reden, Charley. Oder sein Boss will das.«

»Ich dachte mir schon, dass das passieren könnte.«

»Wir bleiben in Kontakt, Charley. Passen Sie auf Ihren Rücken auf.«

Castillo beendete die Verbindung, und dann berechnete er die Ankunftszeiten.

»Beide Flugzeuge werden hier vermutlich heute zwischen dreiundzwanzig Uhr und Mitternacht eintreffen«, erklärte er

Botschafter Silvio. »Die Gulfstream auf dem Jorge Newbery, und die C-17 auf Ezeiza. In der C-17 ist eine Ehrengarde vom dritten Infanterieregiment – die ›Old Guard‹ plus eine Abteilung Air Commandos.«

»Wenn Sie Ihre Agenten und die Leute vom FBI treffen wollen, kann ich sie vom Verteidigungsattaché an der Transportmaschine abholen lassen.«

»Danke.«

»Er wird den Transport für sie und ein Quartier für sie arrangieren. Ich glaube, am besten ist es, wenn das militärische Personal bei den Marines untergebracht wird. Und Sie haben gesagt, dass FBI-Agent Yung sich um das FBI-Personal kümmern soll. Was ist mit Ihren Agenten vom Secret Service?«

»Um die werde ich mich kümmern. Aber ich brauche Fahrzeuge für sie. Kann ich Wagen für sie mieten?«

»Das könnten Sie, aber die Mietwagen sind im Allgemeinen klein und nicht immer zuverlässig. Und sie haben keinen Funk. Ich werde das von Ken Lowery erledigen lassen. Wie viele Wagen werden Sie brauchen?«

»Wenn ich den einen behalten kann, den ich habe, noch einen weiteren. Einen Fahrer brauche ich wirklich nicht.«

»Man kann nie wissen«, sagte der Botschafter. »Ich werde Ken beauftragen, Ihnen noch einen Wagen mit Fahrer zu besorgen. Heute Abend?«

»Als Erstes am Morgen.«

»Und was werden Sie jetzt machen?«

»Sir?«

»Haben Sie sofort Pläne? In den nächsten fünfundvierzig Minuten oder einer Stunde?«

»Ich habe keine, Sir. Ich dachte, ich schaue mir mal das Haus der Mastersons an.«

»Hatten Sie ein Frühstück?«

»Nein, Sir.«

»Ich auch nicht, und es ist jetzt nach drei. Zum Glück gibt es gleich hier um die Ecke ein Restaurant – das Rio Albas –, in dem es, wie ich glaube, die besten Steaks der Welt gibt. Warum gönnen wir uns nicht eins, während wir auf Nachricht von Ihren Freunden vom Secret Service warten?«

»Das halte ich für eine blendende Idee, Sir.«

VII

1

Four Seasons Hotel
Cerrito 1433
Buenos Aires, Argentinien
23. Juli 2005, 21 Uhr 05

Der Fahrer vom Wachpersonal des Marine-Corps – Castillo hatte erfahren, das es der zwanzigjährige Staff Sergeant Roger Markham aus Des Moines, Iowa, war, der als Siebzehnjähriger nach Bagdad kommandiert worden war, bevor er beim Wachbataillon des Marine-Corps verwendet wurde – stoppte den BMW 745i der Botschaft vor dem Four Seasons und wollte die Tür öffnen.

Castillo hielt ihn am Arm fest.

»Wenn Sie versuchen, um den Wagen herumzueilen und meine Tür zu öffnen, Roger, dann schwöre ich bei Gott, dass Sie es bereuen werden.«

Markham blickte ihn belämmert an.

»Es ist jetzt kurz nach einundzwanzig Uhr«, sagte Castillo. »Das Flugzeug landet um halb zwölf, etwas mehr oder weniger, was bedeutet, dass wir gegen elf von hier abfahren sollten. Was planen Sie für diese zwei Stunden?«

»Warten.«

»Hier?«

»Gleich hier.«

»Können Sie den Wagen hier stehen lassen?«

»Diplomatenkennzeichen. Ich kann ihn überall parken.«

»Und das werden Sie tun, Roger, nämlich parken. Die Zufahrt ist gleich hier.« Castillo wies zur Einfahrt der Tiefgarage des Hotels. Und dann kommen Sie in mein Zimmer, wo wir versuchen werden, ein Nickerchen zu machen.«

»Was immer Sie meinen, S ...«

»Da haben wir's schon wieder«, sagte Castillo. »Wozu hat man Sie in der Ausbildung verdonnert, wenn Sie vergessen haben, ›Sir‹ zu sagen? Jedes Mal fünfzig Liegestütze?«

»Fünfzig, manchmal hundert. Tut mir leid.«

»Es ist wirklich kein Problem, aber geben Sie sich Mühe, bei mir auf den Sir zu verzichten, ja?«

Markham nickte.

»Parken Sie jetzt den Wagen«, sagte Castillo und stieg aus.

Als er durch die Hotelhalle ging, fiel ihm ein, dass er keine Zimmer für Betty Schneider und Jack Britton reserviert hatte.

Das erwies sich als größeres Problem, als er erwartet hatte.

Das Haus war fast voll belegt, sagte ihm der stellvertretende Manager vom Dienst. Nachdem er fast zehn Minuten lang den Computer konsultiert hatte, beschlossen sie, dass Herr Gossinger von seiner Suite – 1550 – in Suite 1500 umzog. Sie war weitaus größer, als Castillo Platz benötigte, und folglich weitaus teurer.

Er spielte kurz mit dem Gedanken, Betty in 1550 einzuquartieren, entschied sich jedoch dagegen.

Sie würde bestimmt denken, dass ich sie mit der luxuriösen Unterbringung ködern will, um meinen verruchten und teuflischen Plan, in ihr Höschen zu kommen, leichter umzusetzen.

Wenn ich denken würde, dass das funktioniert, würde ich die ganze gottverdammte Etage mieten.

Dadurch dass er Suite 1550 räumte, wurde sie für sonst jemanden verfügbar, und irgendwie wurden dadurch Zimmer 1510 und 1518 frei, beides hübsche Einzelzimmer mit Ausblick auf die Avenida 9. Julio und den Hafen. Beide waren mit zwei übergroßen Betten ausgestattet. Castillo fragte den

Manager, welches am weitesten von Suite 1500 entfernt war, und erfuhr, dass es 1518 war.

»Quartieren Sie bitte Señorita Schneider in 1518 ein«, sagte Castillo.

»Möchten Sie, dass eine Flasche Champagner und einige Blumen – vielleicht Rosen – auf die junge Dame warten, Señor Gossinger?«

»Ich glaube, das wäre keine sehr gute Idee, danke.«

Soweit es die junge Dame anbetrifft, ist – und wird es wohl bleiben – unsere Beziehung rein beruflich und platonisch.

Es gab keinen großen Umzug mit vielen Dingen von Suite 1550 in 1500, und zwei Pagen und Sergeant Markham halfen Castillo, doch es war 22 Uhr 30, als die Prozedur beendet war.

»Jetzt trinke ich eine davon«, sagte Castillo und hielt eine der beiden Flaschen Quilmes-Bier aus der Zimmerbar hoch. »Und dann versuche ich, wahrscheinlich vergeblich, noch ein paar Minuten die Augen zuzumachen.« Er hielt Markham die andere Bierflasche hin und fügte hinzu: »Ich schlage vor, Sie tun das Gleiche.«

»Ich weiß nicht, ob ich Alkohol trinken sollte«, sagte Markham.

»Vertrauen Sie mir, Roger, dieses Bier sollten Sie trinken.«

Als Sergeant Markham sich auf der Couch im Wohnzimmer von Suite 1500 ausstreckte, legte sich Castillo auf das große Bett im Schlafzimmer. Das Erste, was ihm in den Sinn kam, waren geistige Bilder von Special Agent Schneider, die man nicht alle ehrlich als lüstern und obszön verdammen konnte.

Er vertrieb sie schließlich mit Bildern von Jack the Stack Masterson im Taxi.

Mein Gott, habe ich das erst an diesem Morgen gesehen?

Als sein Handy summte, träumte er. In seinem Traum war Sergeant Schneider viel, viel liebevoller, als sie es je in seinen wachen Stunden gewesen war.

Er blickte auf seine Armbanduhr, bevor er sich am Handy meldete. Er hatte eine Viertelstunde geschlafen.

»Castillo.«

»Ich hoffe wirklich, ich habe dich aufgeweckt oder bei etwas wirklich Unanständigem gestört«, ertönte Major H. Richard Millers sehr vertraute Stimme.

Du hast ja keine Ahnung, wie recht du hast, du Hurensohn!

Woher hast du denn diese Telefonnummer?

»Was macht dein Knie?«

»Was meinst du denn, was es macht, nachdem jeder Hundesohn und sein Bruder seit einem Monat mit den modernsten, schärfsten Folterinstrumenten daran herumgefummelt hat?«

»Was ist los, Dick?«

»Wir können diesen Lorimer nicht in Paris finden, und wir haben, Gott weiß es, wirklich alles versucht. Du wirst eine höllisch hohe Telefonrechnung bezahlen müssen, alter Kumpel.«

»Du klingst, als rufst du nicht aus dem Walter Reed der Schmerzen an.«

»Eigentlich liege ich auf deiner Couch im Mayflower, während wir sprechen, nachdem ich deine freundliche Einladung, die Bude mit dir zu teilen, akzeptiert habe«, sagte Miller. »Am Morgen wird man mich in dein Büro im Nebraska-Komplex rollen, wo ich auf deiner Couch dort liegen werde.«

»Was ist mit Lorimer?«

»Nun, wir bekamen schließlich eine Adresse von ihm, Rue Monsieur sieben, und eine Telefonnummer. Isaacson rief einen Typen vom Secret Service an, den er in Paris kennt. Der Typ fuhr dorthin. Die Concierge sagte, sie habe keine Ahnung, wo Lorimer sei, aber er sei öfter für ein, zwei Wochen fort. Sein Wagen steht in der Garage. Isaacson sagte, er bittet Minister Hall, Ministerin Cohen zu fragen, ob sie bei den Vereinten Nationen herausbekommen kann, wo er ist. Und Isaacson bat mich, dich anzurufen und dich zu informieren.«

»Danke, Dick. Bist du sicher, dass du gesund genug bist, um zu arbeiten?«

»Mir geht's prima. Ich nehme an, die Liebe deines Lebens ist noch nicht eingetroffen?«

»Leck mich. Und wenn du dich auf Betty Schneider beziehst, die voraussichtliche Ankunftszeit ist dreiundzwanzig Uhr dreißig Ortszeit.«

»Zwei Stunden Zeitunterschied zwischen hier und dort, richtig?«

»Es ist hier fast zweiundzwanzig Uhr.«

»Als freundlichen Ratschlag, den du bestimmt ignorieren wirst, sage ich dir, versuche zu denken, ausnahmsweise mal mit dem oberen Kopf, bevor du etwas Blödes mit dieser Frau tust.«

»Allmächtiger«, hörte Castillo sich schnauben. »Sie ist kein Cop mehr, bei dem ich einen Annäherungsversuch machen kann. Sie ist jetzt beim Secret Service, und sie arbeitet für mich. Ich betrachte mich immer noch als Offizier und Gentleman. Also kannst du mich mal, Dick!«

Es folgte ein Moment Schweigen, und dann sagte Miller: »Charley, altes Haus, du hast keine Ahnung, wie froh mich dein Ausbruch macht. Wir werden in Kontakt bleiben.«

Dann war die Leitung tot.

Castillo setzte sich im Bett auf und schaltete das Licht an.

Ich weiß auch nicht, woher dieser Ausbruch plötzlich kam, aber er war goldrichtig. Ich kann keinen Annäherungsversuch bei Special Agent Schneider machen. Ich sollte nicht mal über sie fantasieren.

Die Sache ist ohnehin müßig. Sie hat mir so klargemacht, wie menschlich möglich, dass sie überhaupt kein Interesse an mir hat.

Aber ich bin froh, dass Dick das zur Sprache gebracht hat.

Ich bin absolut fähig, das Falsche zu tun, und dazu hätte ich mich vermutlich auch hinreißen lassen.

Was, zur Hölle, ist nur mit mir los?

Er legte das Handy auf den Nachttisch und fiel aufs Bett zurück.

Einen Moment später setzte er sich wieder auf, nahm das Handy und drückte auf die Kurzwahltaste, um Howard Kennedy anzurufen.

Kennedy meldete sich beim dritten Klingeln.

»Hallo?«

»Habe ich Sie aufgeweckt, Howard?«

»Um ehrlich zu sein, nein.«

»Sind Sie im Hotel?«

»Warum fragen Sie?«

»Ich dachte, wir können was zusammen trinken. In der Bar spielt ein Jazz-Quartett.«

»Sehr freundlich von Ihnen. Aber ich stehe im Regen auf Ezeiza und beobachte Bodenpersonal, in das ich null Vertrauen habe, beim Verladen von teuren – und sehr nervösen – Pferden in ein Flugzeug. Aber ich komme später gern mal auf Ihr Angebot zurück.«

»Fliegen Sie mit den Pferden, wo immer sie hintransportiert werden?«

»Ja, das muss ich tatsächlich.«

»Aber Sie kommen bald zurück?«

Kennedys langes Schweigen deutete an, dass er die Frage nicht beantworten würde.

»Schade«, fuhr Castillo fort. »Einige alte Freunde von Ihnen kommen in die Stadt.«

Wieder herrschte Schweigen, und es war lange genug, dass Castillo annahm, dass Kennedy nicht antworten würde, doch er tat es.

»Das Haupt-Kriminalermittlungs-Team aus Quantico?«

»Ich weiß nicht, woher sie stammen, aber sie kommen von Washington.«

»Haben Sie ihre Namen?«

Diesmal zögerte Castillo, bevor er antwortete.

Warum, zum Teufel, sollte ich ihm die Namen nicht nennen? Was könnte das schon schaden?

»Ich kann sie bekommen, sobald sie aus der Gulfstream steigen.«

»Wann wird das sein?«

»So um dreiundzwanzig Uhr dreißig. Ich habe einen anderen Ihrer ehemaligen Kollegen beauftragt, sie am Flugzeug abzuholen und ihnen Quartiere zu besorgen.«

»Wie heißt er?«

»Yung. Er ist in Montevideo stationiert und ...«

»Chinese? Lebhafter kleiner Bastard? Rundgesichtig, unter einssiebzig?«

»Ja. Kennen Sie ihn?«

»Sehr gut. Was macht er in Montevideo?«

»Er hat mir nicht gesagt, was er macht. Ich habe den Eindruck, er ist nur einer Ihrer früheren Kollegen mehr, der sich um die Ermittlung bei Geldwäsche kümmert. Der hiesige Botschafter fragte den Botschafter in Montevideo, ob irgendeiner von ihnen Erfahrung mit Kidnapping hat, und er schickte Yung und einen anderen Typen her.«

»Dessen Name?«

»Den weiß ich nicht aus dem Stegreif. Aber ich kann ihn besorgen.«

»Wo landen sie? Hier?«

»Jorge Newbery. Es ist eine Transportmaschine auf dem Weg, die ungefähr zur selben Zeit auf Ezeiza landen soll.«

»Ich habe soeben einen Colonel der Air Force in voller Uniform, umgeben von hohen Tieren der argentinischen Luftwaffe, gesehen und mich gefragt, was das zu bedeuten hat.«

»Ich werde die Familie – und den Leichnam – hier ausfliegen lassen, sobald ich kann.«

»Worüber wollten Sie mit mir plaudern, Charley, während wir uns das Jazz-Quartett anhören?«

»Ich dachte mir, ich könnte Sie nebenbei fragen, ob Sie jemals von einem Mann namens Jean-Paul Lorimer gehört haben.«

Kennedys Erwiderung beschränkte sich auf das Buchstabieren des Namens Lorimer.

»Korrekt.«

»Nie von ihm gehört, aber wenn Sie mir diese Namen geben, werde ich gern herumfragen.«

»Abgemacht. Wie übermittle ich sie Ihnen?«

»Am Telefon. Wie sonst?«

»Ich dachte, Sie wären im Begriff, abzureisen.«

»Ich fliege erst ab, nachdem ich diese Namen habe.«

»Okay.«

»Hier ist ein Gratisgeschenk, Charley. Was auch immer David William Yung junior in Montevideo macht, es hat fast mit Sicherheit sehr wenig mit der Untersuchung von Geldgeschäften zu tun.«

»Sie meinen, er sucht nach Ihnen?«

»Das natürlich auch. Aber das meinte ich nicht. Er ist ein richtiges Ass. Sie vergeuden keine Leute wie David mit der Suche nach dreckigem Geld.«

»Das klingt, als ob Sie ihn sehr gut kennen.«

»Das habe ich Ihnen ja schon gesagt. Wir pflegten zusammenzuarbeiten.«

»Können Sie mir einen Tipp geben?«

»Das habe ich soeben getan. Ich werde auf Ihren Anruf warten, Charley.«

Dann war die Leitung tot.

2

Aeropuerto Internacional Jorge Newbery
Buenos Aires, Argentinien
23. Juli 2005, 23 Uhr 05

Sergeant Roger Markham hatte den BMW 745i gerade erst in der Nähe des Four Seasons Hotels auf die Avenida 9. Julio gelenkt, als sich der Funk meldete.

»Yung für Castillo.«

Castillo blickte sich suchend nach einem Mikrofon um, als Markham ihm eines in die Hand drückte. Castillo drückte den Knopf zum Sprechen.

»Auf Empfang.«

»Sir, das Flugzeug wird auf dem Bereich für Privatflugzeuge parken.«

»Verstanden. Danke.«

»Sir, die voraussichtliche Ankunftszeit ist in fünfundvierzig Minuten.«

»Verstanden. Danke. Wir sind unterwegs.«

»Ende.«

Nun, er hat mir nicht nur gesagt, wo das Flugzeug parken wird, was er nicht hätte tun müssen, sondern er hat mich auch »Sir« ge-

nannt. Vielleicht hat er sich damit abgefunden, dass ich die Leitung bei den Ermittlungen habe, und sich gesagt, dass wir auch gut zurechtkommen könnten. Aber andererseits ist gleichfalls wahrscheinlich, wenn man bedenkt, dass jeder beim FBI die Castillo-kennt-Kennedy-Aktennotiz erhalten hat, dass er denkt, wenn wir miteinander auskommen, rutscht mir vielleicht mal etwas raus, das ihn auf Howard Kennedys Spur bringt.

Was, zum Teufel, hat Kennedy gemeint, als er gesagt hat: »Was auch immer Yung macht, er sucht nicht nach dreckigem Geld?«

»Sie könnten ebenso gut etwas langsamer fahren, Roger. Sie treffen erst in einer Dreiviertelstunde ein.«

»Fahre ich zu schnell, Sir?«

»Ich wünschte, wir könnten irgendwo eine Tasse Kaffee bekommen«, sagte Castillo. »Sollen wir zurück zum Hotel fahren?«

»Es gibt alle Arten von Restaurants am Fluss in der Nähe des Flughafens.«

»Suchen Sie eines aus.«

»Jawohl, S…, das werde ich tun.«

»Lassen Sie sich das nicht zu Kopfe steigen, Roger, aber vielleicht gibt es doch noch ein wenig Hoffnung für Sie.«

Es regnete stark, als sie zur zivilen Seite des Jorge-Newbery-Flugplatzes gelangten, und Castillo fragte sich, ob die Gulfstream landen konnte.

Es gab nur eine Start- und Landebahn parallel zum Rio de la Plata, und es war bestimmt nicht lustig, bei starkem Regen mit Windböen zu landen.

Auf dem Parkbereich vor einem Hangar der Southern Winds sah er einen BMW mit Diplomatenkennzeichen, zwei kleine weiße Mercedes-Benz-Busse, genannt *Traffics* – jeder hatte ein Pappschild mit der Aufschrift CD, das an die Windschutzscheibe geklebt war –, und eine Peugeot-Limousine mit argentinischen Nummernschildern.

Als Sergeant Markham neben den Bussen hielt, sah Castillo, dass die Innenbeleuchtung eines der Busse an war, und er erkannte Special Agent Yung, der eine Zeitung hielt und zu ihnen herausschaute. Außerdem befand sich ein Major der Air Force in dem Bus.

Wenn ich hier sitzen bleibe, wird Yung vielleicht herkommen wie der Fürst zum König. Aber er wird nass bis auf die Knochen werden und hier die Sitze nass machen. Und ich kann ihn viel besser ansehen, wenn ich zu ihm in den Bus gehe, als hier. Ich will seine Augen sehen.

Castillo wandte sich an Markham.

»Ich nehme an, es ist zu viel erwartet, wenn ich nach einem Schirm frage?«

Der Sergeant zauberte, scheinbar aus dem Nichts, einen Schirm hervor.

Castillo lachte anerkennend. »Danke, Roger.«

Als Castillo den Bus erreichte und die Tür sich öffnete, stiegen zwei Männer aus dem Peugeot, hielten Zeitungen über ihren Kopf und rannten auf den Bus zu.

»Nun, was meinen Sie, Yung? Werden sie es schaffen, runter zu kommen?«

»Señor Castillo?«, fragte einer der argentinischen Männer, und als Castillo sich umwandte, wurde ihm ein kleines Funkgerät überreicht. Er sah, dass es eingeschaltet und auf eine Frequenz eingestellt war, vermutlich auf die des Jorge-Newbery-Towers.

Er hielt das Gerät ans Ohr. Da war das zu erwartende Rauschen und Zischen, das plötzlich verstummte.

»Jorge Newbery, dies ist United States Air Force Zero-Four-Seven-Seven. Ich habe Ihre Landebahn in Sicht«, sagte eine fröhliche, selbstbewusste amerikanische Stimme.

Castillo gab dem Argentinier das Funkgerät zurück.

»Danke«, sagte er, und dann zu Yung: »Wenn man von Timing spricht!«

Er setzte sich, sodass er aus der Windschutzscheibe blicken konnte.

Zuerst konnte er am Regenhimmel nichts erkennen, doch eine Sekunde später sah er zuerst ein Grimes-Licht, dann die Navigationslichter, und plötzlich flammte ein sehr helles Landelicht auf.

Eine glänzend weiße Gulfstream – eine C-37A der U. S. Air Force – flog ein und setzte sofort nach dem Beginn der Landebahn auf. Auf dem Rumpf prangten die Lettern UNITED STATES OF AMERICA. Sie waren beleuchtet, sodass die Aufschrift nicht übersehen werden konnte, und sie sagte Castillo, dass die Maschine der 89th Presidential Airlift Group zum Luftwaffenstützpunkt Andrews, Maryland, gehörte. Nur ihre Flugzeuge hatten den klassischen Anstrich.

Castillo glaubte, einen Kloß in der Kehle zu haben. Es war, als sehe er die Nationalflagge irgendwo im Ausland flattern. Was jetzt tatsächlich der Fall war.

»Mann, das ist aber ein schöner Vogel«, sagte der Major der Air Force leise.

»Das habe ich auch gerade gedacht, Major«, sagte Castillo und reichte ihm die Hand. »Mein Name ist Castillo.«

»Jawohl, Sir, ich weiß. Ich heiße Jossman, Sir.«

»Sie werden sich um die Crew kümmern?«

»Der Verwaltungsoffizier der Botschaft hat alle im Las Pampas Aparthotel einquartiert, Mr Castillo«, antwortete Yung für ihn. »Ich hatte angenommen, das hat er mit Ihnen abgesprochen. Ist das in Ordnung?«

Du bist ein cleverer Hundesohn, nicht wahr, Yung?

»Das hat er offenbar mit dem Segen des Botschafters getan«, erwiderte Castillo. »Sind Sie damit zufrieden?«

»Jawohl, Sir.«

»Yung, ich werde eine Liste der FBI-Leute brauchen«, sagte Castillo. »Setzen Sie Ihren Namen und den des anderen FBI-Agenten aus Montevideo drauf. Nur die Namen und was sie tun, wenn sie keine Special Agents sind. Und wenn Sie schon dabei sind, können Sie ebenso gut das FBI-Personal in Uruguay auflisten.«

»Ich werde es Ihnen als Erstes am Morgen zukommen lassen.«

»Gibt es einen Grund, weshalb ich es nicht jetzt gleich haben kann? Ich brauche eine Kopie von dieser Liste der Gentlemen für Coronel Munz.« Nach einer kurzen Pause fragte er auf Spanisch: »Arbeiten Sie mit *El Coronel* Munz zusammen?«

Yung nickte. »Danke, Señor Castillo«, sagte er. »Ich hätte fast gefragt. Wenn ich die Namen habe, wird es kein Problem mit der Einwanderungsbehörde geben.«

»Dann also ran, Yung«, sagte Castillo mit einem Lächeln, und er hoffte wirklich, dass es Yung verbrannte. »Legen Sie los.«

»Jawohl, Sir.«

Er ist es nicht gewöhnt, herumkommandiert zu werden. Wie Howard Kennedy, ein anderes, wenn auch ehemaliges Ass des FBI. Was, zum Teufel, macht er in Uruguay?

»Da kommt sie«, sagte Major Jossman und wies aus dem Fenster.

Castillo schaute hin und sah die Gulfstream auf der Rollbahn.

»Habe ich hier den einzigen Schirm?«, fragte er.

»Ich besorge welche«, sagte Major Jossman.

Als die Gulfstream vor den Hangar der Southern Winds rollte, flammten Scheinwerfer im Hangar auf, und ein Strom von Männern der Gendarmeria National, die meisten mit Maschinenpistolen bewaffnet, kam aus dem Hangar, trat in

Linie an und stand still, den Regen ignorierend. Der leitende Offizier salutierte.

Major Jossman nahm zwei Schirme, öffnete einen im Bus und versuchte dann vergebens, damit auszusteigen. Schließlich gab er es auf, schloss den Schirm, stieg dann in den Regen hinaus und öffnete den Schirm wieder.

»Major«, befahl Castillo. »Jeder hier rein. Alle können das mit ihrem Gepäck später abwickeln.«

Der Major nickte und ging zu der Gulfstream, die jetzt stand. Gerade schaltete der Pilot die Motoren aus.

Die Tür öffnete sich, und ein stämmiger Mann im Straßenanzug erschien darin. Der Major reichte ihm den zweiten Schirm. Dann wies er zum Bus, und der Mann nickte, öffnete den Schirm und ging darauf zu.

Als Nächste erschien Special Agent Elizabeth Schneider in der Tür des Flugzeugs.

Major Castillos Herz machte einen Freudensprung.

Special Agent Schneider sah sich um, sah den Bus, erkannte Major Castillo darin, lächelte und winkte leicht.

Jossman nahm Special Agent Schneider unter den Schirm und führte sie zum Bus. Sie trafen dort ein, als der stämmige Mann in den Bus einstieg.

»Mein Name ist ...«, begann er, und dann bemerkte er Agent Yung. »Oh, hallo, Dave.«

Yung blickte von seinem gelben, linierten Notizblock auf.

»He, Paul«, sagte er und dann: »Mr Castillo, dies ist Special Agent Paul Holtzman.«

»Ich soll mich bei Ihnen melden, Sir«, sagte Holtzman. »Ich bin der Dienstälteste der Agenten-Crew.«

Er gab Castillo nicht die Hand.

»Geben Sie den Schirm bitte dem Major«, sagte Castillo. »Und nehmen Sie Platz. Ich warte mit dem, was ich sagen muss, bis alle an Bord sind.«

Es war Major Castillos feste Absicht, Special Agent Schneider förmlich zu begrüßen.

Sie durchkreuzte seinen Plan, indem sie ihn wieder anlächelte, sich dann neben ihn setzte, dabei unschuldig die Hand auf seine Schulter legte und »Hallo, Charley!«, sagte, so nahe bei ihm, dass er ihren Atem riechen konnte.

Pfefferminz. Sie hatte offenbar einen Kaugummi genommen, um den Druck zu mildern, der entsteht, wenn ein Flugzeug rapide von der Reisehöhe in den Landeanflug absinkt.

So wurde der Plan, Special Agent Schneider mit »Schön, Sie wiederzusehen« oder einer ähnlichen Floskel durch »Mensch, bin ich froh, dich zu sehen« ersetzt.

Als er auch Special Agent Schneiders Parfüm wahrnahm, wurde ihm gleichzeitig bewusst, dass Special Agent Yung alles mitbekommen hatte.

Es dauerte ein paar Minuten, bis alle, einschließlich der Bordcrew, mit dem Schirm von der Gulfstream in den Bus geholt worden waren. Special Agent Jack Britton kletterte als Fünfter in den Bus, und einen Moment erkannte Castillo ihn nicht. Als er ihn zum letzen Mal gesehen hatte, hatte er einen etwas struppigen Bart gehabt, die Philadelphier Version eines arabischen Gewands getragen und Perlen in kunstvoll geflochtenen Haaren gehabt.

Jetzt war sein Haar kurz geschnitten, und er trug einen gut sitzenden Anzug.

Brittons Händedruck war fest.

»Ich habe keine Ahnung, was das Protokoll vorschreibt – muss ich Sie mit ›Sir‹ ansprechen? –, doch es ist schön, Sie wiederzusehen.«

»Charley ist prima, Jack. Und ich freue mich auch, Sie zu sehen. Sind Sie bereit, an die Arbeit zu gehen?«

»Ich möchte zuerst auf die Toilette gehen und eine Sitzung

abhalten. Das Klo an Bord war irgendwo über Brasilien kaputt. Und wenn möglich, möchte ich etwas essen.«

»Es gibt vermutlich eine Toilette im Hangar. Können Sie noch etwas warten? Was wir zu besprechen haben, wird nicht lange dauern. Und dann sind Sie in ungefähr zehn Minuten im Hotel.«

Britton schaute in den strömenden Regen hinaus und sagte: »Ich glaube, die Sitzung kann noch etwas warten.«

Während des Wortwechsels war sich Castillo sehr bewusst, dass Special Agent Schneiders Oberschenkel gegen seinen drückte, zweifellos nur, weil die Sitze im Mercedes *Traffic* anscheinend für Zwerge entwickelt worden waren.

Schließlich waren alle an Bord.

Castillo stand auf und stellte sich mit dem Gesicht zum Ende des Busses auf.

»Darf ich um Ihre Aufmerksamkeit bitten?«, begann er, und als er sie hatte, fuhr er fort: »Mein Name ist Castillo. Wie ich hörte, sind Sie informiert worden, dass man mir die Leitung in der amerikanischen Ermittlung nach der Ermordung von Mr Masterson und der Entführung seiner Gattin übertragen hat. Zusätzlich habe ich die Verantwortung für die Sicherheit der Familie Masterson, während sie in Argentinien ist. Die Ermittlung selbst wird von argentinischen Behörden durchgeführt, unter der Gesamtkontrolle des SIDE, und ich glaube, Sie alle wissen, was der SIDE ist.«

Etwas zupfte an seinem Jackett, und er blickte hinab und sah als Erstes, dass Agent Schneiders Augen sogar noch größer und schöner waren, als er sie in Erinnerung hatte, und dass sie den Kopf leicht schüttelte, um anzuzeigen, dass sie nicht wusste, was SIDE ist.

»Ich werde Sie und Agent Britton später informieren, Agent Schneider«, sagte Castillo und fuhr dann mit seiner Ansprache fort. »Es ist entschieden worden, dass diese Ermittlung und jeder Prozess, zu dem sie führen wird, von den argentinischen Behörden durchgeführt werden.«

»Wer, zum Teufel, hat das entschieden?«, fragte Special Agent Holtzman.

»Ich habe das entschieden, und Botschafter Silvio war der gleichen Meinung«, antwortete Castillo. »Und ich will Sie informieren, was sonst der Botschafter und ich entschieden haben: Es wird keine Kommunikation jedweder Art mit irgendeiner Bundesagentur in Washington oder sonst wo ohne die vorherige Genehmigung von Botschafter Silvio oder mir geben. Ich möchte, dass dies klar verstanden worden ist. Gibt es irgendwelche Fragen dazu?«

Ein Agent im hinteren Teil des Busses sagte: »Sie meinen, ich kann meine Frau nicht anrufen und erzählen, dass ich hier gut angekommen bin?«

»Sie können mit jedem telefonieren, wenn Sie das wollen, solange es keine Beziehung mit der Lage hier hat. Klar?«

Es gab Gemurmel.

»Heute Abend wird nichts mehr passieren. Special Agent Yung wird Sie zu Ihrem Hotel bringen und dafür sorgen, dass Sie Essen bekommen et cetera. Am Morgen werde ich ihn, oder Sie, Agent Holtzman, informieren, wo Sie mit den argentinischen Behörden Kontakt aufnehmen können. Sie haben zugestimmt, Ihnen Zugang zu allen bisherigen Erkenntnissen zu gewähren, aber ich möchte, dass Sie daran denken, dass es ihre Ermittlung ist und sie die Dinge auf ihre Weise handhaben. Wir sind hier, um zu helfen, das ist alles. Was die Befragung von Mrs Masterson anbetrifft, werden alle Befragungen durch Special Agent Santini vom Secret Service und Special Agent Schneider durchgeführt. Wenn Mrs Masterson vom FBI befragt wird, dann in Anwesenheit einer der beiden oder Mr Alex Darby.«

»Wer ist das?«, fragte Holtzman.

»Er ist der Wirtschaftsattaché der Botschaft. Er hat das völlige Vertrauen des Botschafters, Mrs Mastersons und mir selbst.«

»Was, zum Teufel, tun wir dann hier? Wenn wir nicht mal …«

»Sie sind hier, Agent Holtzman«, unterbrach Castillo, »aus demselben Grund wie ich. Der Präsident hat das befohlen.«

»Darf ich eine Frage stellen, Sir?«, meldete sich ein Mann in der Fliegerkombination mit den Abzeichen eines Piloten und dem silbernen Blatt eines Lieutenant Colonels.

Wie lange wird es wohl dauern, bis Yung dem Lieutenant Colonel vertraulich mitteilen wird, dass das großspurige Ass, das die Leitung hat, ein popeliger Major der Army ist?

»Ja, Sir, selbstverständlich.«

»Wie lange werden wir die C-37 benötigen?«

»Ich werde die Frage am Morgen besser beantworten können, Colonel. Nachdem ich meine Befehle erhalten habe. Mehr kann ich Ihnen im Augenblick nicht sagen.«

»Prima. Wie ist es hier um die Sicherheit bestellt?«

»Dieser Zug Männer in den braunen Uniformen – die mit den Maschinenpistolen – wird die Gulfstream bewachen, Colonel. Sie sind von der Gendarmeria National.«

»Sie meinen, das reicht?«

Castillo spürte die Blicke des SIDE-Agenten auf sich.

»Ich habe überhaupt kein Problem mit ihnen, Colonel.«

»Das ist gut genug. Danke, Sir.«

»Das wäre alles. Ich werde Agent Yung meine Handynummer geben, für den Fall, dass mich jemand erreichen will, aber bitte rufen Sie nur an, wenn es wirklich nötig ist. Ich bin seit halb sieben auf den Beinen und möchte ins Bett gehen.«

»Das kann ich mir denken«, sagte Special Agent Yung leise mit einem wissenden Lächeln.

Du Hurensohn!

»Sie haben diese Liste der Namen für mich, Agent Yung?«, fragte Castillo und lächelte ihn herzlich an.

3

Der Regen war noch stärker geworden, und Castillo dachte, dass es wirklich ein Problem mit der Landung geworden wäre, wenn die Gulfstream zehn Minuten später eingetroffen wäre.

Wo ist der alternative Flugplatz zu Ezeiza? Und wie viel Treibstoff hatten sie noch? Es war ein langer Flug nonstop von Andrews aus.

Sergeant Roger Markham wurde triefend nass, als er zuerst vom BMW in den Bus kam und jetzt, ausgerüstet mit einer Beschreibung, Bettys und Jacks Gepäck aus dem anderen Bus holte und zum BMW brachte.

Bettys Schirm schlug um, als sie zum BMW rannte – Castillo fragte sich, wie sie ihn überhaupt festhalten konnte –, und sie war ebenfalls triefend nass, als Castillo und Britton vom Bus zum BMW sprinteten. Britton stieg vorne ein und setzte sich auf den Beifahrersitz.

Ich habe Jack nicht aus dem Weg gestoßen. Diesmal hat mich der launische Finger des Schicksals auf den Rücksitz neben Betty gebracht.

He, stopp! Ein Offizier und Gentleman macht keine Annäherungsversuche bei seinen Untergebenen.

Um Himmels willen, vergiss das nicht!

Major Castillo lächelte Special Agent Schneider an. Sie schien zu zittern.

»Kalt, Schneider?«, fragte er.

»Eisig«, gab sie zu. »Ist hier unten Winter?«

»Ja, so ist es. Das hätte man Ihnen sagen sollen. Hier, nehmen Sie mein Jackett.«

Die erste Pflicht eines Offiziers ist die Fürsorge für seine Männer. Und genau das ist sie, einer meiner Männer. Merk dir das!

»Danke«, sagte sie.

Die Fahrt vom Flughafen zum Four Seasons dauerte zehn Minuten. Auf halbem Weg dorthin schien der Regen nachzulassen. Als sie beim Four Seasons vorfuhren, hatte er ganz aufgehört.

Pagen eilten herbei und kümmerten sich um das Gepäck.

»Roger, haben Sie Hunger?«, fragte Castillo.

»Nein, S.., nein. Ich habe keinen.«

»Dann fahren Sie heim, nehmen eine heiße Dusche und sind um halb sieben wieder hier.«

Sergeant Markham nickte und stieg wieder in den Wagen.

»Sehr schön«, sagte Jack Britton und betrachtete das Hotel.

»Ich will nicht, dass er sich eine Lungenentzündung holt«, sagte Castillo und wies zum davonfahrenden BMW.

»Wer ist das?«, fragte Special Agent Schneider.

»Einer der Wachsoldaten des Marine-Corps.«

»Der Haarschnitt ist mir aufgefallen«, sagte sie.

»Jetzt haben wir keinen fahrbaren Untersatz, um zu einem Restaurant zu fahren ...«

»Können wir nicht reingehen, bitte«, sagte Special Agent Schneider. »Es ist kalt hier draußen.«

»Verzeihung«, sagte er und ließ ihr den Vortritt durch die Tür. Er sah, dass Regentropfen vom Saum ihres Rocks auf den blank polierten Marmorboden tropften.

Sie fand den Weg zum Rezeptionspult selbst, und man überreichte ihr den Schlüssel.

»Jetzt also zum Dinner«, sagte Castillo.

»Es ist Mitternacht. Ist da noch was geöffnet?«, fragte Jack Britton.

»Wie sind hier in Argentinien. Zum Abendessen geht man hier ab zehn Uhr abends«, sagte Castillo. »Da ist das Hotelrestaurant.«

»Ich will mich nicht umziehen, um in ein Restaurant zu gehen«, sagte Britton. »Sie, Betty?«

»Ich will aus diesen nassen Klamotten raus«, sagte Special Agent Schneider und löste reizvolle Fantasien bei Major Castillo aus. »Und ich will heiß duschen«, fügte sie hinzu, was bei ihm noch erregendere Vorstellungen auslöste. »Aber ich komme fast um vor Hunger.«

»Was ist mit dem Zimmerservice?«, fragte Britton.

»Klar. Wollen Sie damit vorlieb nehmen?«

»Sind die Zimmer groß genug für uns drei, um darin zu essen?«, wollte Special Agent Schneider wissen. »Ich mag es nicht, auf einem Bett zu sitzen und zu essen.«

»Meins ist groß genug«, sagte Castillo.

»Warum nehmen wir es nicht?«, fragte Britton. »Könnten Sie Abendessen für uns bestellen, während wir duschen? Keiner von uns spricht gut Spanisch.«

»Was möchten Sie denn?«

»Irgendwas, solange es warm ist und einen doppelten Jack Daniels dabei hat.«

Special Agent Schneider lachte und betrat den Aufzug.

»Bestellen Sie das zweimal«, sagte sie und reichte Castillo seine Jacke.

Als das Jackett nicht mehr ihren Oberkörper bedeckte, sah Major Castillo, dass ihr durchnässtes Kleid an ihrem Körper klebte wie eine zweite Haut. Er wandte hastig den Blick von dem erregenden Anblick ab.

»Ich bin in 1500«, erklärte er, als sie den Aufzug verließen. »Am Ende des Flurs. Ich bestelle uns das Essen.«

Der Aufzug löste eine Erinnerung an Howard Kennedy aus.

Mist, ich habe ihn nicht wegen der Namensliste angerufen.

Er tastete in der Jacketttasche nach der Liste, die Yung ihm gegeben hatte, und sah sie sich an. Sie war nass, aber lesbar.

Er legte das aufgeweichte Blatt auf den Couchtisch im Wohnzimmer und ging dann ins Schlafzimmer und zog sich aus.

Vier Jahre Übung in West Point – »Persönliche Hygiene oder Duschen im Nu« – zahlten sich aus. Fünf Minuten nach Betreten seiner Suite kam er geduscht und in Freizeithose und Hemd aus dem Schlafzimmer.

Als Erstes rief er den Zimmerservice an und bestellte Abendessen plus eine Flasche Jack Daniels, und nach kurzem Überlegen eine Flasche Famous Grouse und zwei Flaschen Senetín Cabernet Sauvignon. Er hatte ein Flasche davon mit Botschafter Silvio beim Mittagessen geteilt, und der Wein war wirklich, wie Silvio gesagt hatte, erstklassig.

Dann telefonierte er mit dem Hausdiener und sagte ihm, dass er einen durchnässten Anzug hatte, den er unbedingt bis um halb sieben am Morgen getrocknet und gebügelt haben musste. Das stellte kein Problem für den Hausdiener dar, was in Castillo den Verdacht weckte, dass dieser Service des Four Seasons vermutlich so viel wie der Anzug kosten würde, den er bei Brooks Brothers im Ausverkauf mit 35 Prozent Rabatt gekauft hatte.

Schließlich setzte er sich auf die Couch und drückte auf seinem Handy die Selbstwahltaste, um Kennedy anzurufen.

Der Empfang war so schlecht, dass sie sich kaum verstehen konnten, was erklärt wurde, als Kennedy sagte, er hätte noch nie einen solch verdammten Regen erlebt. Der heftige Regen störte den Handyempfang.

Er hatte gerade den letzten Namen von der Liste der FBI-Agenten vorgelesen – er hatte jeden buchstabieren müssen, manche sogar zweimal –, als es an der Tür gongte.

Als er öffnete, sah er Special Agent Schneider, eine Dame, die vermutlich den Anzug abholen sollte, und einen Mann im weißen Kellnerjackett, der einen Serviertisch mit den Flaschen Whisky und Wein und den Gläsern rollte.

Special Agent Schneider trug Bluejeans und einen Pullover. Ihr Haar sah feucht aus.

Er winkte sie alle herein.

»Bedienen Sie sich mit etwas zu trinken«, sagte er. »Das Essen ist unterwegs.«

Er unterzeichnete die Rechnung für die Getränke, bat dann die Frau vom Reinigungsservice ins Schlafzimmer und gab ihr den vom Regen durchnässten Anzug.

All dies, während er für Howard Kennedy den Namen Daniel T. Westerly zum wiederholten Mal buchstabierte und entzückt sah, dass Special Agent Schneider den Sweater und die Bluejeans unglaublich sexy ausfüllte. Sie trug keinerlei Makeup, nicht einmal Lippenstift, und Castillo fand, dass sie darauf verzichten konnte, denn sie sah hinreißend aus.

Kennedy kam endlich mit dem buchstabierten Namen klar.

»*Westerly.* Okay. Er ist ein Fingerabdruck-Experte. Ein verdammt guter. Er hat einmal zwei Abdrücke an einem benutzten Kondom gefunden.«

»Das war's, Howard, es ist der Letzte der Namen.«

»Alle sind von dem Team für Schwerverbrechen.«

»Sollte einer von besonderem Interesse für mich sein?«

»Nein. Yung ist derjenige, der mich interessiert. Nehmen Sie sich vor ihm in Acht, Charley.«

»Das werde ich. Und Sie werden sich für mich nach Mr Lorimer erkundigen, richtig? Sobald Sie wissen, wohin Sie reisen?«

»So, wie es regnet, Charley, komme ich vielleicht nie von hier weg.«

Das waren zwei – nein, vier – Sätze, die klar verständlich durchgekommen sind.

»Howard, ich mag Sie. Ich werde dafür sorgen, dass der Regen aufhört.«

»Was? Wie?«

»Vertrauen Sie mir, Howard, in zehn, höchstens fünfzehn Minuten wird der Regen aufhören. Ich habe den Befehl dazu erteilt. Ich wünsche guten Flug, und denken Sie daran, anzurufen.«

Er drückte auf die END-Taste und legte das Handy ab.

»Was hatte das zu bedeuten?«, fragte Special Agent Schneider.

»Nicht, dass es mich nicht freut, Sie zu sehen, aber ich dachte, Frauen brauchen länger, um zu duschen und sich anzukleiden, als Männer.«

»Das heißt, Sie wollen es mir nicht sagen, richtig?«, erwiderte Betty. »Um die zweite Frage zu beantworten, Jack hat seine Frau angerufen.«

»Sie wollen es wirklich nicht wissen«, sagte Castillo.

Sie hob ihr Glas Bourbon.

»Sie trinken nichts?«

»Ich werde ein Glas Wein trinken.«

»Damit Sie sich manierlich verhalten, nicht wahr?«

»Ja, Ma'am.«

»Dieses Zimmer – in Anführungszeichen – wirkt wie die Kulisse für einen Film«, sagte sie. »Und meines ist auch nicht gerade eine Bude im Slum. Das ganze Badezimmer ist mit Marmor verkleidet. Was die Frage aufwirft, wie können wir all dies bezahlen?«

»Warten Sie, bis Sie erst die Aussicht sehen«, sagte er, ging zum Fenster und fand den Schalthebel für den Öffnungsmechanismus.

»Wunderschön!«, sagte sie, ging zu ihm und blieb neben

ihm stehen, um aus dem Fenster zu blicken. »Aber es beantwortet nicht die Frage wegen der Rechnung.«

»Wenn wir nach Washington zurückkehren, wird Agnes – Mrs Forbison, die die Dinge im Nebraska-Komplex regelt – Ihnen zeigen, wie Sie die Formulare für Reisespesen im Ausland ausfüllen. Wenn Sie dann den Scheck bekommen, können Sie ihn an mich weitergeben, und es ist alles erledigt.«

»Ich glaube, das heißt, Sie wollen die Differenz zwischen dem, was der Secret Service zahlen wird, und dem, was Sie bezahlt haben, ausgleichen.«

»Ich wollte Sie und Jack vom FBI getrennt halten«, sagte Castillo. »Dies war die einzige Möglichkeit, die mir auf die Schnelle einfiel.«

Die Türglocke gongte wieder.

Diesmal stand Jack Britton vor der Tür der Suite, und zwei Kellner schoben zwei Servierwagen mit Essen, das mit Hauben bedeckt war, herein. Britton trug Sportsakko, Freizeithose, Hemd und Krawatte.

»Ich dachte, Sie wollten sich nicht zum Dinner kleiden«, sagte Castillo.

»Ich habe mich anders besonnen, als ich mein Zimmer gesehen habe. Leben Sie immer so gut?«

»Wann immer ich kann. Nehmen Sie sich was zu trinken, Jack. Sobald das Essen serviert ist, werde ich erzählen, was los ist.«

»Aus reiner Neugier gefragt, was kostet dieses Quartier pro Nacht?«

»Ich habe wirklich keine Ahnung«, sagte Castillo.

»Warum überrascht mich das nicht?«, sagte Betty. Und es klang unangenehm sarkastisch.

»Ich weiß wirklich nicht, wie das beim Secret Service läuft«, sagte Castillo. »Aber ich bezweifle, dass der Personenschutz des Präsidenten zehn Blocks vom Aufenthaltsort des Präsidenten in einer Absteige wohnt, um der Regierung Geld zu sparen. Ich habe vor, dies herauszufinden. Ich will nicht mein Geld ausgeben, um durchführen zu können, was mir befohlen worden ist. Die Regierung steht nicht auf meiner Liste für Wohltätigkeitsspenden.«

Britton nickte.

»Ich wollte euch beiden vom FBI fern halten«, sagte Castillo.

»Das liebt Sie auch nicht besonders«, sagte Britton. »Das habe ich im Flugzeug aufgeschnappt.«

Als Castillo sah, dass einer der Kellner eine Flasche Cabernet öffnete, hatte er einen Vorwand, dieses Thema nicht weiter zu vertiefen.

»Ich werde das erledigen, danke«, sagte er auf Spanisch. »Und wir bedienen uns selbst.«

Als Castillo fertig berichtet hatte, was sich ereignet hatte, warum sie nach Argentinien geschickt worden waren und was man von ihnen erwartete, hatten sie ein wahres Festmahl verspeist.

Und als sie miteinander plauderten, hatte Castillo das Gefühl, dass sich sein moralisches Dilemma von selbst gelöst hatte. Special Agent Schneider war tatsächlich ein Cop, und ein kluger und fähiger, und dies war Geschäft, keine romantische Fantasie. Und es gab für ihn keine Frage, dass sie ihn beim ersten Annäherungsversuch abblitzen lassen würde. Vermutlich taktvoll und freundlich, denn Betty Schneider war eine niveauvolle Frau, aber sie würde ihm einen Korb geben.

Und es war nach zwei Uhr.

»Machen wir Schluss«, sagte er. »Ich will früh am Morgen raus. Wollen Sie hier frühstücken – vielleicht fällt uns dabei noch etwas ein, was wir vergessen haben –, oder wollen Sie mich unten im Restaurant treffen, sagen wir um Viertel vor sieben?«

»Wenn es Ihnen nichts ausmacht, dann hier«, sagte Special Agent Schneider. »Aus persönlichen Gründen: Ich möchte bei Tageslicht aus Ihren Fenstern blicken.«

»Okay, hier um Viertel vor sieben«, stimmte Britton zu. »Ich bin jetzt ziemlich geschlaucht.«

Er stand am Tisch auf und ging zur Tür. Special Agent Schneider folgte ihm. Beide winkten zum Abschied, sagten jedoch nichts mehr.

Drei Minuten, nachdem sie fort waren, lag Castillo im Bett.

Und dann – er hatte keine Ahnung, wie viel später – gongte es an der Tür.

Oh Scheiße. Der Etagenkellner will das verdammte Geschirr abräumen!

Ohne genau zu wissen, warum er es tat, nahm er die Beretta vom Nachttisch und hielt sie hinter dem Rücken, als er aus dem Schlafzimmer und durch das Wohnzimmer zur Tür stürmte und sie aufriss.

Auf dem Flur stand Special Agent Schneider.

»Ich habe hier anscheinend mein Taschentuch verloren«, sagte sie.

Er schwieg.

»Darf ich hereinkommen?«

Er trat zur Seite.

»Ich dachte, es wäre der Etagenkellner«, sagte er.

»Wollten Sie ihn erschießen?«, fragte Special Agent Schneider.

Er hob hilflos beide Hände – in einer hielt er die Beretta.

Sie ging zum Tisch und schenkte Wein in ein Glas ein.

»Ich bin mir nicht sicher, ob das eine sehr gute Idee ist«, sagte er.

Sie schritt zu ihm, überreichte ihm das Glas und lächelte.

»Da steht der legendäre Charley Castillo in seiner Unterwäsche, in einer Hand einen Ballermann, in der anderen ein Glas Wein«, sagte sie kopfschüttelnd, ging dann zum Tisch zurück und füllte für sich ein Glas mit Wein.

Mit dem Rücken zu ihm sagte sie: »Ich habe den ganzen Weg hier runter im Flugzeug an dich gedacht. Ich habe natürlich auch zu anderen Zeiten an dich gedacht, aber als ich im Flugzeug war, musste ich die ganze verdammte Zeit an dich denken.«

Castillo sah, dass sie einen tiefen Schluck Wein trank.

»Eines der Dinge, über die ich nachdachte«, fuhr sie leise fort, »war, wie ich mich bei dem Annäherungsversuch verhalten soll, den der Mann, dessen Codename beim Secret Service Don Juan ist, bestimmt bei mir machen wird.«

»Ich würde es nicht wagen, einen Annäherungsversuch zu machen«, sagte Castillo scherzhaft. »Nicht nur, dass mir dein Bruder beide Beine brechen würde ...«

»Lass mich bitte zu Ende reden, Charley«, unterbrach sie ihn.

»Verzeihung.«

»Ich musste sehr vorsichtig sein, damit ich nicht deine Gefühle verletze – was ich nicht will – oder dich verärgere, weil vielleicht dein maskulines Ego durcheinander kommen und du etwas Blödes tun und mir das beim Secret Service vermasseln würdest. Nach dem, was ich bis jetzt gesehen habe, gefällt es mir beim Secret Service, und als ich die Aufnahmeprüfung bestand, brach ich meine Brücken bei der Polizei in Philadelphia ab.«

»Mein Gott, ich würde nicht ...«

»Verdammt, Charley, lass mich aussprechen.«

Sie fuhr herum und starrte ihn wütend an. Er nickte, und sie wandte ihm wieder den Rücken zu.

Sie trank einen weiteren Schluck Cabernet, schüttelte den

Kopf und fuhr fort: »Als du keinen Annäherungsversuch bei mir machtest, war meine erste Reaktion darauf ›Gott sei Dank!‹. Und dann wurde mir klar, dass du verantwortungsbewusst bist, der aufrichtige Junge, der nie einen Annäherungsversuch bei einer macht, die für ihn arbeitet. Und meine Reaktion darauf war, was, zum Teufel, macht das schon für einen Unterschied? Er wollte dich nicht, das ist alles. Entspann dich. Und als ich hier rausging und dich am Tisch sitzen sah, dachte ich, dies ist der einsamste Junge auf der Welt. Und dann ging ich ins Bett und stellte mich den Tatsachen. Der Wahrheit.«

»Und die ist?«, fragte er leise.

»Dass ich wirklich zu dir gehen wollte«, sagte sie, drehte den Kopf, um ihn anzusehen, und blickte dann fort.

Er regte sich nicht und sagte nichts.

»Was offenbar sehr dumm war«, fügte sie hinzu. »Tut mir leid.«

Sie drehte sich um und ging schnell zur Tür.

Er hielt sie am Arm fest, und sie versuchte sich loszureißen, doch es gelang ihr nicht.

»Was?«, fragte sie.

»Ich glaube nicht, dass es mehr als dreißig aufeinander folgende Minuten gewesen sind, in denen ich nicht an dich gedacht habe, seit ich dich zum letzten Mal in Philadelphia gesehen habe.«

Sie drehte sich zu ihm und schaute ihm in die Augen.

»O Gott, Charley!«

»Allmächtiger!«, sagte der Agent des Präsidenten Castillo zu Special Agent Schneider.

Er hatte sich soeben schwer atmend auf den Rücken gewälzt und legte seinen Arm über die Augen.

»Ja«, sagte Betty. Sie drehte sich auf dem Bett, sodass sie den Kopf auf seine Brust legen konnte.

Er legte einen Arm um sie und streichelte mit den Fingerspitzen zärtlich an ihrer Wirbelsäule hinauf und hinab.

»Was geschieht jetzt?«, fragte Charley. »Kommt dein Bruder rein und bricht mir die Beine?«

»Nun, er würde uns leicht finden«, sagte Betty. »Wir haben eine Spur von meinen Kleidungsstücken vom Wohnzimmer bis hier hinterlassen.«

Er lachte.

»Was denkst du jetzt, Charley? ›Ich habe von Anfang an gewusst, dass sie leicht rumzubekommen ist?‹«

»Schlimmer als das. Ich glaube – nein, vergiss das – ich *weiß*, dass ich dich liebe.«

»Du bist nicht verpflichtet, so etwas zu sagen.«

»›Du sollst die Wahrheit kennen, und die Wahrheit wird dich frei machen‹«, sagte Castillo. »Ich glaube, John Lennon hat das gesagt.«

Sie zwickte in seine Brustwarze.

»Ich glaube eher, das steht in der Bibel«, sagte sie lachend.

»Nun?«

»Nun was?«

»Keine Antwort. Mit anderen Worten, meine Gefühle für dich werden erwidert? Teilweise erwidert? Oder überhaupt nicht erwidert?«

Sie hob den Kopf und blickte auf ihn hinab.

»Mein Gott, weißt du das nicht?«, fragte sie, und dann: »Du willst, dass ich es sage, nicht wahr?«

Er nickte.

»Okay. Ich liebe dich. Ich nehme an, ich wusste das, als ich ins Büro der Antiterrorismus-Abteilung kam und den Typen sah, der mich in der Warwick Bar für ein Flittchen gehalten hatte. Da war es um mein Herz geschehen.«

4

Buenos Aires Herald
Azopardo 455
Buenos Aires, Argentinien
24. Juli 2005, 3 Uhr 27

Es war genau diese Zeit – obwohl sich beide kein bisschen dafür interessierten, welche Stunde oder welcher Tag es war, als Charley Betty auf sich zog –, als ein kleiner weißer Fiat von der Verladerampe des *Buenos Aires Herald*-Gebäudes in der Innenstadt von Buenos Aires fortfuhr.

Er fuhr zum Gebäude der Austral Air Cargo auf dem Flugplatz Jorge Newbery, wo der Fahrer ungefähr sechshundert Ausgaben des *Herald* ablieferte, die so frisch aus der Druckerei kamen, dass die Druckerschwärze noch nicht ganz getrocknet war.

Die Zeitungen waren zu sechzehn Paketen zusammengebunden, jedes mit einer simplen Adresse. Die meisten Pakete bestanden aus fünfzig Ausgaben, doch einige der Pakete enthielten weitaus weniger Exemplare – in drei Fällen nur fünf.

Die Leute von Austral verluden sie alle in drei große blaue Frachtcontainer und luden die Container auf einen Gepäckkarren. Nachdem alle andere Fracht und das Gepäck der Passagiere an Bord von Austral Flug 622 geladen worden war, wurden die Container an Bord verladen – als Letzte eingeladen, als Erste ausgeladen.

Flug 622 würde vom Jorge Newbery um 7 Uhr 05 abfliegen und 25 Minuten später in Montevideo landen. Die blauen Container würden als Erste ausgeladen und an einen Mitarbeiter des *Herald* übergeben werden, der für ihre weitere Verteilung sorgen würde.

Er würde zweihundert Ausgaben in seinen Wagen laden. Sie waren für die Innenstadt Montevideos (150) und für Carrasco bestimmt, einen Vorort, durch den er auf dem Weg in die Innenstadt fahren würde.

Die anderen brachte er zum Busbahnhof, wo sie entsprechend ihrem Ziel gestapelt wurden. Der Stapel von Route 9 würde in den ersten Bus am Morgen nach San Carlos, Maldonado und Punta del Este, dem mondänen Seebad am Atlantischen Ozean, geladen werden. Der Stapel Route 8 würde Pakete der Zeitung nach Treinta y Tres, Melo un Jaguarao bringen. Der Bus der Route 5 würde die Zeitungen in Canelones, Florida und dann über den Damm zum künstlichen See von Rincon Del Bonete nach Tacuarembó bringen, wo er die letzte Sendung loswurde. Dies waren nur drei Ausgaben vom *Herald* im letzten Stapel.

Der Manager vom Busbahnhof Tacuarembó würde dann eine abgelegene Estancia anrufen – er wurde dafür bezahlt – und melden, dass der *Herald* eingetroffen war. Manchmal wurde er nicht geliefert, und die telefonische Meldung an den Manager der Estancia, dass die Zeitung eingetroffen war oder nicht, ersparte dem Manager des Busbahnhofes eine einstündige Fahrt über eine unbefestigte Landstraße.

All dies brauchte natürlich Zeit, und es war fast drei Uhr am Nachmittag, als der *Herald* zur Estancia Shangri-La geliefert wurde, und eine weitere halbe Stunde verging, bis sie in die Hände von El Patron gelangte, der seine nachmittägliche Siesta mit Juanita, einem sechzehnjährigen Mädchen, hielt.

Jean-Paul Lorimer setzte sich im Bett auf, las entsetzt die fette Schlagzeile auf der ersten Seite und murmelte »*Merde!*«

Die Schlagzeile lautete: AMERIKANISCHER DIPLOMAT IM HAFENGEBIET ERMORDET und zeigte ein Foto des verstorbenen J. Winslow Masterson.

Lorimer war natürlich aufgeschreckt und zuerst verängstigt. Jack war schließlich sein Schwager gewesen, und dessen Tod machte es sehr schwer für die arme Betsy.

Doch es gab keinen Grund für Jean-Paul Lorimer, nach der ziemlich umfassenden Berichterstattung über die Sache zu glauben, dass sie irgendetwas mit ihm zu tun hatte.

Jack und seine Familie hatten seit Jahren damit gerechnet, dass so etwas passieren könnte, seit er diese unanständig großzügige Zahlung erhalten hatte, weil er von einem Bier-Truck angefahren worden war.

Und Argentinien war gewiss das Land, in dem so etwas passieren konnte. Kidnapping hatte die Schulen, in denen Englisch gelehrt wurde, als nationale Heimindustrie ersetzt.

Er würde nicht – konnte nicht – zulassen, dass das, was Jack zugestoßen war, ihn zwingen würde, seine Pläne zu ändern. All dies bedeutete nur, dass man bald entdecken würde, dass Jean-Paul Lorimer aus Paris verschwunden war – und das konnte bereits geschehen sein.

Wenn er Betsy anrief, um sein Beileid auszudrücken, selbst wenn er verschwieg, von wo aus, würde das bedeuten, dass er noch am 23. gelebt hatte, obwohl er seit dem 12. Juli – also vor zehn Tagen – verschwunden war.

Und durch nachweisbare Aufzeichnungen der Telefonverbindungen konnte man seinen Aufenthaltsort ermitteln.

Wenn er sein Beileid aussprach, würde das schließlich auch nur scheinheilig sein.

Ich habe den arroganten Bastard nie leiden können, und es tut mir überhaupt nicht leid, dass er von seinem hohen Ross mit zwei Kugeln in den Kopf heruntergeschossen wurde.

Die Sache hatte sogar ihre gute Seite.

Die Aufmerksamkeit der Presse würde der Ermordung von Jack the Stack Masterson gelten, der trotz seiner Mitgliedschaft in der Vereinigung hervorragender Akademiker so blöde war, unter einen Bier-Truck zu geraten, und niemand würde viel Aufmerksamkeit – wenn überhaupt welche – dem Verschwinden seines Schwagers in Frankreich schenken.

Er ließ den *Herald* auf den Boden neben dem Bett fallen und wandte sich Maria del Juanita zu.

»Darling, zieh dir was an und sag Señora Sanchez, dass ich meinen Kaffee in der Bibliothek trinken möchte.«

VIII

1

El Presidente de la Rua Suite
Four Seasons Hotel
Cerrito 1433
Buenos Aires, Argentinien
24. Juli 2005, 6 Uhr 47

Eine Minute, nachdem Special Agent Jack Britton den Klopfer aus Messing an der Tür von Suite 1500 angehoben hatte – der den Türgong auslöste –, zog Major C. G. Castillo die Tür auf.

Castillo trug einen weißen, knöchellangen Morgenrock, der mit dem Emblem des Four Seasons Hotels geschmückt war. Er brauchte eine Rasur, sein Haar war ungekämmt und auch nicht feucht.

Britton dachte *Ich bin schon eingetroffen, bevor er überhaupt geduscht hat* und sagte: »Schneider ist auch noch nicht auf. Oder sie ist unter der Dusche. Sie hat jedenfalls nicht reagiert, als ich anklopfte. Aber Ihr Fahrer ist auf. Man stellte ihn durch einen Irrtum zu mir durch. Ich sagte ihm, ich würde Ihnen ausrichten, dass er hier ist.«

»Kommen Sie rein, Jack«, sagte Castillo. »Wir sind ein bisschen spät dran. Man hat nicht mal das Geschirr von gestern Nacht abgeräumt.«

Castillo ging zum Telefon auf dem Couchtisch, tippte eine Nummer ein und bat auf Spanisch die Rezeption, seinen Fahrer mit Ausgaben von *La Nacíon, Clarín* und dem *Herald* heraufzuschicken, mit dem Hausdienst zu prüfen, ob sein Anzug fertig war, und sofort zwei große Kannen Kaffee heraufzuschicken.

Britton lauschte und beobachtete aufmerksam, versuchte, zu verstehen, was gesagt wurde.

Und dann wurde sein Interesse wirklich geweckt.

Die Schlafzimmertür wurde geöffnet und Special Agent Schneider kam heraus, bekleidet wie in der vergangenen Nacht mit Bluejeans und Pullover.

»Guten Morgen, Jack«, sagte sie sachlich.

Sie hatte ihre Stimme unter Kontrolle, jedoch nicht ihren Errötungs-Mechanismus.

»Wenn du Frühstück bestellst«, sagte sie, »bestell ein großes für mich.«

Dann durchquerte sie die Suite El Presidente de la Rua und rief über die Schulter: »Es wird nicht lange dauern.«

Die Tür fiel zu, und Britton und Castillo sahen einander an.

»Ich glaube, Jack«, sagte Castillo schließlich, »dies ist einer dieser Momente, in denen Schweigen Gold ist.«

Britton nickte. »Tut mir leid, dass ich nur Silber bekomme und reden muss. An der Art, wie Sie ihr gerade nachgeblickt haben, merke ich, dass Sie nicht nur mit ihr herumspielen wollen, sondern dass es etwas Ernstes ist. Das ist gut für sie. Ich weiß, dass sie verrückt nach Ihnen ist.«

»Wie, zur Hölle, können Sie das wissen?«

»Als wir in der G-Man-Schule waren, drehte sich das Thema unserer Unterhaltungen letzten Endes immer um Sie. Und der Beweis kam letzte Nacht, als wir hier aßen. Ihr beide habt auf alles geschaut, nur nicht auf euch. Und soeben saht ihr beide wie Adam und Eva im Garten Eden aus, bevor Eva an die Schlange dachte. Sie ist ein gutes Mädchen. Sie haben Glück.«

Weil er nicht wusste, was er sonst sagen sollte, fragte Castillo: »Nennt ihr es so, G-Man-Schule?«

»Ja. Eigentlich war es gar nicht so schlimm.« Britton grinste. »Betty war zum Lachen zumute, als es schließlich auf den Schießplatz ging. Sie hielt den Mund, und ihr Gesicht war ausdruckslos, als man ihr erklärte, wie man den Abzug betätigt, und sie ermahnte, sich nicht vom Rückstoß überraschen zu lassen, nach einer gewissen Weile würde sie sich daran gewöhnen. Aber ich spürte, dass sie es hasste, gönnerhaft behandelt zu werden. Jedenfalls, da waren wir auf dem Schießstand für Handfeuerwaffen, zwei kleine Prüfungskandidaten und der Ausbilder. Sie erhielt den Befehl ›Feuer frei!‹, und ihre Glock hämmerte los wie eine Uzi.

›Das war Einzelfeuer, Kandidat Schneider. *Ein gezielter Schuss* jeweils.‹

›So habe ich es gemacht, Sir‹, sagt Schneider, ganz süß und weiblich. ›Ich habe jedes Mal gezielt, Sir.‹

›Nun‹, sagt der Ausbilder, milde wie zu einem dummen Kind, ›wie Sie sehen werden, werden Sie nie etwas treffen, wenn Sie so schnell feuern. Zielscheibe Nummer sieben zurückrollen!‹

So holten sie die Zielscheibe ein, und wir sahen, dass alle vierzehn Einschüsse Treffer im Gesicht des Bösewichts waren.

Der Ausbilder ließ sich nicht gern reinlegen und wollte nicht das Gesicht verlieren. ›Anscheinend haben Sie schon zuvor Erfahrung im Schießen gehabt und das nicht angegeben. Wenn Sie versuchen, sich über mich lustig zu machen, wird das nicht klappen.‹«

Castillo lachte.

Die Türglocke gongte. Es war die Lady vom Reinigungsdienst mit Castillos Anzug.

»Da liegt eine Speisekarte vom Zimmerservice in der Schublade dieser Kommode«, sagte Castillo zu Britton und wies hin. »Wenn Roger hier raufkommt, finden Sie heraus, was er frühstücken möchte, und bestellen Sie dann für alle. Ich gehe mich anziehen.«

2

Special Agent Schneider saß am Frühstückstisch Major Castillo gegenüber, was ausschloss, dass er heimlich ihre Hand halten oder gelegentlich unter dem Tisch ihr Knie streicheln konnte, aber es hinderte Special Agent Schneider nicht daran – wie er bald erfuhr –, ihren Fuß zärtlich an seiner Wade zu reiben.

Sie hatten fast zu Ende gefrühstückt, als es wieder an der Tür gongte.

Roger Markham eilte zur Tür, und Castillo fragte sich, wer jetzt zu Besuch kommen mochte, als er eine vertraute Stimme hörte. »Sie sind Amerikaner, richtig? Vielleicht ein Marine?«

»Jawohl, Sir«, erwiderte Markham.

»Gehen Sie da rein, schmeißen Sie Major Castillo und wer auch immer bei ihm ist aus dem Bett und sagen Sie ihm, dass Colonel Jake Torine, USAF, einen Moment seiner wertvollen Zeit wünscht.«

Castillo erhob sich lachend von seinem Stuhl. Er sah Special Agent Schneider an der Miene an, dass sie nicht wusste, was ihn amüsierte.

Colonel Torine, ein großer, etwas knochiger Mann in Sportsakko und Freizeithose, marschierte ins Wohnzimmer und sah die Leute am Tisch im Speisealkoven.

»Oh, pardon«, entfuhr es ihm. »Verzeihung, Charley. Ich wusste nicht, dass Sie hier Gäste haben.«

»Guten Morgen, Sir«, sagte Castillo. »Ich hätte gestern Nacht Kontakt mit Ihnen aufnehmen sollen.«

»Nein, anders herum. Ich hätte mich bei *Ihnen* melden sollen, als wir gestern Nacht eintrafen. So lauteten meine Befehle von General Allan Naylor persönlich. Aber es war spät, regnete höllisch, und ich sagte mir, es muss bis zum Morgen warten. Der Verteidigungsattaché sagte mir, wo ich Sie finden könnte.«

»Großartig!«, begann Castillo.

Torine brachte ihn mit erhobener Hand zum Verstummen und fuhr fort: »Dann kam ich her, und im Hotel hatte man nie von Ihnen gehört. Ich stand ein paar Minuten in der Halle herum und fragte mich, ob der Attaché mich zum falschen Hotel geschickt hatte, und dann sagte ich mir, dass es zwei Four Seasons Hotels gibt, und ich das falsche erwischt hatte, und so ging ich zur Rezeption zurück und erkundigte mich, wo das andere ist.«

Castillo lachte.

»Da fiel mir Ihr Alter Ego ein, und ich fragte nach Herrn Gossinger – und hier bin ich.«

Castillo sah an den Gesichtern, dass Betty sich zusammenreimen konnte, was los war, und Jack Britton und Roger Markham überhaupt keine Ahnung hatten.

»Ich benutze manchmal den Namen Gossinger bei der Arbeit«, erklärte er. »Deshalb bin ich hier so eingetragen.«

Britton, der seit Jahren undercover als Ali Abd Ar-Raziq gearbeitet hatte, nickte verständnisvoll. Roger Markhams Gesicht spiegelte so etwas wie andächtige Ehrfurcht wider.

Er denkt bestimmt: Mein Gott, er ist wirklich ein Nachrichtenagent mit gefälschtem Ausweis und allem!

»Colonel«, sagte Castillo, »erinnern Sie sich, als die Philadelphia-Cops uns mitteilten, dass der Typ, der unsere 727 besaß, eine andere nach Costa Rica verkauft hatte?«

»O ja.«

»Da war er im Spiel«, sagte Charley und wies auf Britton.

»Nein«, warf Britton ein. »Das war *sie.* Betty hat das herausgefunden. Ich hatte nichts damit zu tun.«

»Betty Schneider und Jack Britton, jetzt vom Secret Service«, stellte Castillo vor. »Dies ist Colonel Jack Torine, der die 727 von Costa Rica aus heimflog.«

Sie schüttelten sich die Hände.

»Nein, ich habe nicht gefrühstückt, und ja, danke, ich könnte einen Bissen brauchen«, sagte Torine.

»Ich weiß nicht, wie warm sie noch sind«, sagte Castillo und hob eine Haube von einer Portion immer noch dampfender Rühreier.

»Warm genug«, sagte Torine und nahm am Tisch Platz.

Er begann Rührei auf den Teller zu löffeln.

»Was ist also los, Charley?«, erkundigte sich Torine.

Castillo überreichte ihm den *Buenos Aires Herald*.

»Da steht drin, was man die Öffentlichkeit wissen lassen will«, sagte er. »Das meiste davon ist ziemlich genau. Ich werde für Sie ergänzen, was nicht ganz stimmt.«

Torine nahm die Zeitung und begann zu lesen.

Torine schüttelte den Kopf beim letzten Bissen Frühstück und gab Castillo den *Herald* zurück.

»Da ist auch ein Leitartikel«, sagte Castillo. »Überschrift DIE NATION IST BESCHÄMT.«

»Sollte sie das sein?«, fragte Torine.

»Verlegen sicher«, sagte Castillo. »Die Frau eines Diplomaten wird entführt und der Diplomat dann erschossen. Das ist nicht das, was in einer zivilisierten Nation geschehen sollte. Hier ist nicht der Kongo. Aber beschämt ist ein bisschen übertrieben. Und Gott weiß, dass sie sofort, als das geschah, auf Hochtouren arbeiteten, um den oder die Täter zu ermitteln. Wir nehmen an, Folgendes ist geschehen: Mrs Mastersons Kidnapper nahmen Kontakt mit ihm auf, nannten einen Treffpunkt, und er verließ heimlich das Haus, um sich mit ihnen zu treffen. Und dann wurde er erschossen.«

»Wurde das Haus nicht observiert?«, fragte Torine ungläubig.

»Cops und SIDE-Agenten bewachten es – Sie wissen, was SIDE ist?«

Torine nickte.

»Es waren also nicht nur Cops und SIDE-Agenten zuhauf dort, sondern es saßen auch ein CIA-Agent namens Paul Sieno und Colonel Alfredo Munz, der Leiter des SIDE, bis um zwei morgens in einem Wagen vor dem Haus, als Masterson sich davonstahl.«

»Sie meinen, Masterson wollte das Lösegeld zahlen, und etwas lief schief?«

»Ich weiß es einfach nicht. Ich weiß nur, dass Alex Darby, der CIA-Stationsleiter – guter Mann, ich kenne ihn von Afghanistan; seine Tarnung ist Handelsattaché, und Alex sagt, Sieno sei sein bester Mann –, und Munz ihr Bestes taten, um sicherzustellen, dass so etwas nicht passiert. Und es geschah trotzdem. Ich sollte einfügen, dass Masterson Darbys bester Freund war.«

»Mann o Mann, was, zum Teufel, hat all dies zu bedeuten?«

»Ich wünschte, ich wüsste es«, sagte Castillo. »Und noch eines, Colonel: Diese Bastarde üben Druck auf Mrs Masterson aus – vielleicht mit einer Drohung, die Kinder zu töten, vielleicht auch mit etwas anderem, mit dem sie ihr Angst und Schrecken einjagen. Deshalb schweigt sie beharrlich.«

»Das ist verständlich, nicht wahr?«

»Umgeben von den Sicherheitsleuten der Botschaft, plus CIA, Secret Service und SIDE, könnte man meinen, sie fühlt sich beschützt genug, um wenigstens mit einer Beschreibung ihrer Entführer herauszurücken«, sagte Castillo. »Wenn wir ihr glauben sollen, und ich glaube ihr nicht, erinnert sie sich an nichts. Das ist einer der Gründe, weshalb ich Betty hier runterschicken ließ – *jedenfalls einer davon* –, um zu sehen, ob sie mit ihr vertraut werden und etwas herausfinden kann.«

Special Agent Schneiders Gedanken verliefen parallel mit seinen *jedenfalls einer davon.* Castillo spürte wieder ihre Fußspitze an seiner Wade, und als er Betty ansah, spielte die Andeutung eines Lächelns um ihre Lippen, und sie hatte einen frivolen Ausdruck in den Augen.

»Die einzige Frage, die mich beschäftigt, seit ich von dieser Sache gehört habe, ist, ob es einen Zusammenhang mit Terroristen gibt«, sagte Torine.

»Wenn es nur um die Ermordung Mastersons ginge, vielleicht. Aber wenn Terroristen die Täter gewesen wären, hätten sie sich ungefähr eine Stunde nach dem Verbrechen mit einem Bekennerschreiben oder sonst wie damit gebrüstet. Und ich bezweifle, dass sie die Gelegenheit, Mrs Masterson ebenfalls zu töten, ungenutzt gelassen hätten.«

Torine nickte. »Und was geschieht jetzt?«

»Wir fliegen sie und die Kinder aus Argentinien aus, sobald wir sie in Ihr Flugzeug bekommen können. Haben Sie Landeanflugkarten für die Keesler Air Force Base?«

»Natürlich. Warum Keesler?«

»Mrs Masterson möchte, dass er in Mississippi beerdigt wird. Daher stammt er. Aus einem Ort an der Golfküste.«

»General Naylor sagte mir, der Präsident wünscht, dass Mr Masterson in Arlington beigesetzt wird.«

»Es ist ihre Entscheidung, nicht wahr?«

»Offensichtlich. Wann, meinen Sie, wird sie bereit sein, Argentinien zu verlassen?«

»Ich nehme an – weiß es jedoch nicht –, dass sie heute Morgen aus dem Krankenhaus entlassen wird. Wenn es nach mir ginge, würde sie sofort vom Krankenhaus aus zum Flughafen fahren. Aber ich bezweifle, dass dies geschehen wird. Vielleicht spät am Abend, dann würden wir am Morgen auf Keesler landen. Aber vielleicht auch irgendwann morgen.«

»Der Verteidigungsattaché hat mir erzählt, die Argentinier wollen den Sarg in der Kathedrale Metropolitana aufbahren, um ihm seine Aufwartung zu machen«, sagte Torine. »Was ist das?«

»Davon habe ich nichts gehört«, erwiderte Castillo. »Und ich habe keine Ahnung.«

»Es ist wie ihre National-Kathedrale«, erklärte Sergeant Roger Markham. »Nicht weit von der Casa Rosada entfernt, die ihr Weißes Haus ist. Abgesehen davon, dass sie pinkfarben ist. Die Casa Rosada, meine ich. Die Kathedrale sieht aus, wie der Parthenon, der Tempel der Athene, früher ausgesehen haben muss. Aus Marmor, glaube ich.«

»Die Marines als Retter«, lobte Castillo. »Fahren Sie fort, Roger.«

»Nun, es ist ihre Superkirche. San Martín – Sie wissen von dem General, der der Große Befreier genannt wird? Er war ein guter Bekannter von Thomas Jefferson. Die Avenida Libertador ist nach ihm benannt, als ob wir den Washington Square ›Platz unseres Landesvaters‹ genannt hätten.«

»Faszinierend«, sagte Colonel Torine und bemühte sich, eine ausdruckslose Miene zu behalten.

»Sie bewachen sein Grabmal darin wie wir den Unbekannten Soldaten. Wenn sie Mr Mastersons Sarg darin aufbahren wollen, ist das wirklich eine Ehre.«

»Sie haben recht, Roger. Und ich kann verstehen, warum sie das tun wollen, aber ich weiß nicht, wie das mit Mrs Masterson ablaufen soll, ganz zu schweigen davon, dass meine Befehle lauten, sie und die Kinder so schnell wie möglich hier auszufliegen.«

Er blickte zu Torine.

»Wir werden jetzt zum Krankenhaus fahren und ihr Betty

und Jack vorstellen. Ich habe Ihnen schon gesagt, sie hat Angst. Es könnte nützlich sein, wenn Sie mitkommen, wenn Sie das wollen. Erzählen Sie Ihr von den Reiseplänen, vom Flug, von allem, wobei sie sich besser fühlen könnte.«

»Sie brauchen nicht zu fragen, Charley«, sagte Colonel Torine. »Wegen dieser Sache oder sonst etwas. General Naylor gefiel das nicht sehr, aber er hat sehr klargemacht, dass Sie hier das Sagen haben.«

»Ich höre ein Handy klingeln«, sagte Betty.

Castillo klopfte auf seine Tasche, doch dann fiel ihm ein, dass sein Handy im Schlafzimmer war, und er stand schnell auf und ging hin. Das dauerte einige Zeit, denn es war in der Tasche der Hose, die er getragen hatte, als Betty gekommen war, um nach ihrem verlorenen Taschentuch zu suchen, und er hatte die Hose unter das Bett getreten, damit sie nicht zu sehen war, als Jack Britton in die Suite gekommen war.

Ebenso hatte Castillo Bettys BH und Höschen verschwinden lassen, was er bemerkte, als er beides mit seiner Hose unter dem Bett fand.

Das bedeutet, dass sie nichts unter ihren Bluejeans und dem Pullover angehabt hat, als sie hier rausspaziert ist!

Eine Reihe erregender Bilder erschienen vor seinem geistigen Auge.

Verdammt noch mal, was ist mit dir los? Melde dich endlich an dem verdammten Handy!

Als er es endlich aus der Tasche heraus hatte, war es zu spät.

Auf dem Display las er »Anruf in Abwesenheit«, und er wählte die angezeigte Nummer.

»Sylvia Grunblatt.«

Die PR-Beamtin der Botschaft. Was, zur Hölle, will die?

»C. G. Castillo, Miss Grunblatt. Sie wollten mich erreichen?«

»Wo sind Sie?«

Das hat Sie ja nicht zu jucken, aber ...

»Ich bin im Four Seasons.«

»Laut Rezeption ist niemand namens Castillo eingetragen. Wollen Sie mir sagen, was das zu bedeuten hat?«

»Woher haben Sie meine Handynummer?«

»Botschafter Silvio hat sie mir gegeben.«

»Wie kann ich Ihnen helfen, Miss Grunblatt?«

»Umgekehrt wird ein Schuh draus. Die Presse ist hinter Ihnen her. Jemand hier hat einen großen Mund gehabt.«

»Wollen Sie das bitte erklären?«

»Der Reporter der *New York Times* will alles über den Agenten des Präsidenten wissen, angefangen mit seinem Namen, und ebenso sind CNN und AP und *La Nacíon* und so weiter interessiert. Was soll ich ihnen erzählen?«

»Sie haben keine Ahnung, wovon sie reden.«

»Das werden sie nicht glauben, und es wird ihnen nicht gefallen.«

»Botschafter Silvio sagte mir, Sie seien eine erstklassige PR-Beamtin. Ihnen wird schon etwas einfallen.«

»Ich kann sie schon jetzt hören«, sagte sie. »›Wollen Sie etwa behaupten, Sylvia, dass mein Informant mich belogen hat?‹«

»Worauf Sie erwidern werden: ›Ich kann nicht die Hand für Ihre ungenannten Informanten ins Feuer legen. Ich kann Ihnen nur erzählen, was man mir gesagt hat.‹«

»Woraufhin ich mir die unflätigsten Flüche anhören muss.«

»Sylvia, es tut mir leid, aber Ihre ausgezeichneten Beziehungen zur Presse müssen für Operationsziele geopfert werden.«

»Das habe ich befürchtet«, sagte sie. »Der Botschafter hat gesagt, ich soll das auf jede Weise handhaben, die Sie wünschen.«

»Was ich nicht brauche, sind mein Name, Foto oder die Bezeichnung ›Agent des Präsidenten‹ in den Zeitungen oder im Fernsehen.«

»Okay, verstanden. Aber seien Sie gewarnt, man sucht nach Ihnen. Da es – mit einer Ausnahme – keine anderen Entwicklungen in der Story gibt, sind Sie, der Agent des Präsidenten, die Story.«

»Was ist die eine Ausnahme?«

»Dass der Botschafter Mrs Masterson dazu bringen kann, mitzumachen – er hat sie noch nicht gefragt –, dass die Argentinier das Große Kreuz des Großen Befreiers an Jacks Sarg heften können, der zu der Zeit in der Kathedrale Metropolitana aufgebahrt ist. Wenn sie einverstanden ist – und sie könnte dagegen sein; wenn ich sie wäre, würde ich den Argentiniern sagen, sie können mich mal –, wird das eine Aufsehen erregende Schau. Die Presse und besonders das Fernsehen lieben solche Spektakel, und das wird etwas von Ihnen ablenken.«

»Ich war im Begriff, zum German Hospital zu fahren«, sagte Castillo.

»Haben Sie jemanden vom SIDE, der Sie durch die Hintertür reinschleusen kann? Anderenfalls sollten Sie auf einen Presserummel vorbereitet sein.«

»Woher sollen sie wissen, wie ich aussehe?«

»Dass Sie ein Agent des Präsidenten sind, war eine absichtliche Indiskretion der undichten Stelle, die der Presse zugespielt worden ist. Ich nehme an, man hat auch eine Beschreibung von Ihnen lanciert.«

»Haben Sie eine Ahnung, wer die undichte Stelle ist?«

»Wenn ich wetten sollte, würde ich sagen, dass es einer von der CIA oder vom FBI war ...«

Ja, dachte Castillo, *und ich wette, dass der Bastard Yung heißt.*

»... aber Genaueres weiß ich nicht. Wenn ich den Namen erfahren kann, wollen Sie ihn haben?«

»Ja, den wüsste ich gern.«

»Das hatte ich gehofft.«

»Warum?«

»Weil mir die Fantasie ausgegangen ist, nachdem ich dachte, dass Kastration eine geeignete Bestrafung für den Hurensohn ist, und ich bin mir sicher, Sie können sich etwas Schmerzvolleres ausdenken.«

»Das kann ich tatsächlich.«

»Bleiben Sie bitte in Kontakt mit mir, Mr X.«

»Danke, Sylvia.«

Castillo beendete die Verbindung und steckte das Handy in die Tasche, woraufhin es sofort wieder klingelte.

Was, zum Teufel, will sie denn jetzt noch?

»Ja, Sylvia?«

»Eigentlich ist dies Juan Silvio.«

»Guten Morgen, Sir.«

»Bevor ich zur Sache komme, hat Miss Grunblatt Kontakt mit Ihnen aufgenommen?«

»Jawohl, Sir. Ich habe soeben mit ihr telefoniert.«

»Hat sie Ihnen gesagt, dass es eine undichte Stelle gibt?«

»Jawohl, Sir.«

»Tut mir leid. Ich würde wirklich gern wissen, wer das ist.«

»Ich auch.«

»Hat Sylvia Ihnen auch gesagt, dass die argentinische Regierung Mr Masterson ehren will, dass sie den Sarg mit Masterson sowohl in der Kathedrale aufbahren als ihm auch posthum das Großkreuz des Großen Befreiers verleihen will?«

»Ja, Sir, das hat sie gesagt.«

»Ich habe bezweifelt, das Recht zu haben, dem zuzustimmen, ohne zuvor mit Ihnen und Mrs Masterson zu sprechen. Und ich finde, ich sollte dies mit Ihnen besprechen, bevor ich das Thema bei ihr zur Sprache bringe.«

»Sir, ich bin im Begriff, zum Krankenhaus zu fahren. Ich möchte Special Agent Schneider Mrs Masterson vorstellen. Sie ist die Agentin, die ich herschicken ließ. Und ich habe

Colonel Torine, der die C-17 herflog, bei mir. Ich dachte mir, er kann Mrs Masterson beruhigen, dass mit der Reise alles glatt verlaufen wird. Was noch ein Problem aufwirft, Sir. Colonel Torine informierte mich, dass der Präsident Mr Masterson auf Arlington beisetzen will und ...«

»Ich schlage vor, darüber zu reden, aber nicht am Telefon, und zwar so bald wie möglich.«

»Ich stehe zu Ihrer Verfügung, Sir.«

»Da wir beide zum Hospital fahren, warum nicht dort? Wir finden sicherlich einen Platz, an dem wir ungestört reden können.«

»Sagen Sie mir, wann und wo, Sir.«

»Im Krankenhaus in dreißig, fünfunddreißig Minuten. Können Sie das schaffen?«

»Ja, wir sehen uns dort, Sir.«

»Danke.«

Castillo unterbrach die Verbindung, blickte einen Moment nachdenklich vor sich hin und drückte dann auf eine Kurzwahltaste, um eine eingespeicherte Nummer anzuwählen.

»*Si?*«

»Alfredo?«

»*Sí.*«

»Karl. Ich brauche einen Rat, Alfredo.«

»Was immer ich tun kann, Karl.«

»Ich bin auf dem Weg zum German Hospital. Jemand in der amerikanischen Botschaft kam nicht nur auf die verrückte Idee, dass ich eine Art Agent des Weißen Hauses hier in Argentinien bin, sondern er erzählte es auch der Presse.«

»Er erzählte von Mr Castillo, meinen Sie?«

»Vielleicht auch von Herrn Gossinger. Jedenfalls hörte ich, dass es beim Hospital von Pressefritzen wimmelt ...«

»Dann, mein Freund, schlage ich vor, dass Sie dem Hospital fernbleiben.«

»Ich muss Mrs Masterson besuchen, und der Botschafter wird mich dort treffen.«

Es folgte einen Moment Zögern.

»Sie sind im Four Seasons, richtig?«

»Ja.«

»Sie haben einen Botschaftswagen?«

»Richtig.«

»Ich habe einen Wagen in der Tiefgarage.«

»Der Botschaftswagen ist dort.«

»Sehr gut. Gehen Sie in die Tiefgarage, und steigen Sie in Ihren Wagen. Mein Mann wird sich Ihnen zu erkennen geben. Folgen Sie ihm zum Hospital. Ich werde arrangieren, dass Sie via Serviceeingang reinkommen.«

»Danke.«

»Wenn Sie das Geschäftliche mit Mrs Masterson erledigt haben – ich nehme an, Sie haben gehört, dass der Sarg mit ihrem Mann aufgebahrt wird und ihm posthum ein Orden verliehen wird?«

»Ich bin mir nicht sicher, ob Mrs Masterson da mitspielen wird. Das ist einer der Gründe, weshalb ich sie besuchen muss.«

»Darf ich nach den anderen fragen?«

»Ich möchte ihr die Agentin vorstellen, die ich aus Washington herbestellt habe, und ich will ihre Reisepläne bestätigen. Und wenn Sie dort sein werden, möchte ich Ihnen den anderen Agenten vom Secret Service vorstellen.«

»Dann sehe ich Sie hier in Kürze.«

»Sie sind im Hospital?«

»Ich dachte, Ihr Sicherheitsmann will unsere Sicherheitspläne für die Kathedrale Metropolitana hören.«

»Und das möchte ich auch. Und ich will mir den Ort ansehen.«

»Dann sehe ich Sie dort in Kürze.«

War sein Tonfall »Ja, sicher« oder klang es nach »Ich weiß es noch nicht genau«?

»Danke, Alfredo.«

3

German Hospital
Avenida Pueyrredón
Buenos Aires, Argentinien
24. Juli 2005, 9 Uhr 30

Der BMW der Botschaft war voll besetzt. Colonel Torine hatte wegen seiner langen Beine den Beifahrersitz beansprucht. Special Agent Schneider saß in der Mitte des Rücksitzes zwischen Castillo und Britton.

Während Special Agent Schneiders rechter Knöchel in Kontakt mit dem Castillos kam, war ihm am meisten bewusst, dass etwas Hartes und Scharfkantiges gegen seinen unteren linken Brustkorb drückte. Er nahm das unbehagliche Gefühl hin, indem er sich sagte, wenn ich protestiere »Schneider, Ihre Glock sticht mir in die Rippen«, würde das die anderen Passagiere nicht nur zum Grinsen provozieren, sondern vermutlich auch dazu führen, dass Betty so weit von ihm fortrückte, dass der zärtliche Kontakt von Knöchel zu Knöchel verloren ging.

Der Wagen des SIDE – ein Peugeot mit zwei stämmigen Männern – war vom Four Seasons aus auf einer Route mit ziemlichen Umwegen gefahren und zwei Blocks vor dem German Hospital auf die Avenida Pueyrredón abgebogen. Als sie ihm folgten, konnte Castillo sehen, dass die Straße und der

Bürgersteig vor dem Krankenhaus von Fernsehübertragungswagen und Journalisten der einen oder anderen Art überfüllt waren.

Der SIDE-Wagen fuhr sie zum Kellergeschoss des Krankenhauses, vorbei an Türen, die sich öffneten, als sie sich näherten, und schlossen, sobald sie hindurch waren.

Soldaten der Gendarmeria National, die den Aufzug bewachten, winkten sie etwas widerwillig weiter, und erst, als die SIDE-Agenten sich für sie verbürgt hatten.

Der Flur vor Mrs Mastersons Zimmer war voller Sicherheitspersonal in Uniform und Zivil, argentinisch und amerikanisch, und die Wände waren mit Blumengestecken gesäumt. Diejenigen zu beiden Seiten der Tür – waren gewaltig.

»Ist Mr Santini hier?«, fragte Castillo einen der Amerikaner. Er kannte nicht den Namen des Mannes, doch er war bei der Brainstorming-Sitzung dabei gewesen.

»Jawohl, Sir.«

»Würden Sie ihm bitte sagen, dass ich hier bin?«

Der Mann ging in das Krankenzimmer, und Castillo beugte sich über die gewaltigen Blumengestecke, um einen Blick auf die angehängten Karten zu werfen.

Ob jemand einen Blick darauf geworfen hat, um sicherzugehen, dass keine versteckte Bombe darin ist?

Natürlich. Munz hätte die Gestecke sonst nicht in das Gebäude gelassen, schon gar nicht nach hier oben, ohne sie zu überprüfen.

Die Karte war beeindruckend. Sie enthielt oben eine erhabene Goldprägung vom Siegel der Republik Argentinien, und darunter den Namen des Präsidenten.

Die Aufschrift war handgeschrieben: »Mit meinem tiefsten Beileid wegen Ihres Verlusts und meinen Gebeten für Ihre schnelle Genesung.«

Gerade als Santini aus dem Krankenzimmer kam, blickte Charley auf die Karte an dem anderen Blumengesteck. Diese trug das Goldsiegel des Außenministers, der sein Beileid und seine Gebete anbot.

»Guten Morgen«, sagte Santini, und dann sah er Colonel Torine, Jack Britton und Betty Schneider.

Santini lächelte Betty Schneider an.

»Haben Sie tatsächlich mit allen vierzehn Schuss das Gesicht des Bösewichts getroffen?«, fragte er.

»Dreizehn«, sagte Betty. »Ein Schuss traf in sein Ohr.«

»Sie haben einen Bewunderer in Joel Isaacson«, sagte Santini. »Er hat mir das erzählt. Wenn diese Sache vorüber ist, denke ich, dass man Sie in der Abteilung Personenschutz haben will.«

Wenn diese Sache vorüber ist, Tony, wird Special Agent Schneider all diesen Spaß aufgeben und mit mir in einem mit Kletterrosen geschmückten Häuschen abseits der Straße wohnen.

Oder vielleicht auf der Ranch in Midland.

Ob sie schon jemals auf einem Pferd gesessen hat?

Santini begrüßte Britton und Torine mit Handschlag, wies dann über den Flur und sagte zu Charley: »Kommen Sie mit. Man hat uns ein Zimmer zur Verfügung gestellt. Der Botschafter erwartet Sie.«

Castillo fragte sich, ob das Zimmer sicher war, und er blickte fragend mit erhobener Augenbraue zu Santini. Als Charley per Lippensprache *Sauber?* fragte, blinzelte Santini einmal langsam und nickte leicht.

»Sie müssen Miss Schneider sein«, sagte Botschafter Silvio und gab Betty lächelnd die Hand.

»Jawohl, Sir.«

»Ich bin sehr froh, dass Sie hier sind. Mrs Masterson wird vermutlich erfreut sein, ein weibliches Gesicht bei all den Männern ringsum zu sehen.«

»Hoffen wir's, Sir«, sagte Betty.

»Sie können all dies mithören«, sagte Silvio. »Ich bin hin und her gerissen zwischen meiner Pflicht als Diplomat und meinen persönlichen Gefühlen. Die Argentinier sind entschlossen, ihre Absicht durchzuziehen, den Sarg mit Mr Masterson in der Kathedrale Metropolitana aufzubahren und ihm das Großkreuz des Großen Befreiers zu verleihen. Offiziell bin ich erfreut. Persönlich nicht, und das nicht nur, weil ich Jack gut genug kannte, um zu wissen, wie er darauf reagiert hätte. ›Ein Orden? Wofür? Weil ich erschossen wurde?‹ Ich wünschte, die Argentinier hätten die Idee nicht gehabt. Und es gefällt mir ebenfalls nicht, Mrs Masterson und die Kinder möglicher Gefahr auszusetzen.«

»Coronel Munz hat mir versichert, Sir«, sagte Santini, »dass die Schutzmaßnahmen, die bei der Kathedrale getroffen werden, so gut wenn nicht gar besser sind als für den Präsidenten. Ich hätte ihn fast gefragt, wann das letzte Mal ein Schuss auf seinen Präsidenten gefallen ist, dann wurde mir klar, dass die Wirtschaft des Landes immer noch in ernster Notlage ist und es einige ernsthafte Drohungen gegeben hat. Aber unter dem Strich gesagt, kann ich nichts an Munz' Plänen aussetzen. Und ich werde bei Mrs Masterson sein, außerdem Special Agent Schneider und einige andere unserer Leute.«

»Und die Regierung würde – vielleicht verständlich – verärgert sein, wenn ich sagte: ›Danke, es ist eine Ehre, aber nein, danke.‹«, sagte Silvio und blickte zu Castillo. »Charley?«

»Sir, ist das nicht ihre Entscheidung?«, fragte Castillo. »Wenn sie nicht in die Kathedrale gehen will, kann sie wahrheitsgemäß sagen, dass sie einfach nicht in der Lage ist, weil sie zu sehr trauert. Ich glaube, die Argentinier würden das verstehen.«

»Sie meinen, den Sarg aufbahren, aber Mrs Masterson nimmt nicht an der Zeremonie teil?«

»Jawohl, Sir.«

»Das ist ein guter Gedanke.«

»Sir, ich möchte die Mastersons so bald wie möglich aus dem Land bekommen. Wann wird man sie hier entlassen?«

»Sie kann jederzeit das Krankenhaus verlassen«, sagte Santini. »Als Erstes heute Morgen wurde eine weitere Blutuntersuchung gemacht. Sie ist clean.«

»Wann wollen die Argentinier mit der Schau anfangen?«, fragte Castillo.

»Heute Nachmittag wollen sie den Leichnam zur Kathedrale bringen«, sagte Silvio. »Dann wollen sie der Öffentlichkeit erlauben, ihm heute von achtzehn bis zweiundzwanzig Uhr und morgen von acht bis zehn die Aufwartung zu machen. Sie werden eine Ehrenwache aufstellen, und ich habe die Marines gebeten, für dasselbe bereit zu sein. Die Verleihungszeremonie ist für zehn Uhr geplant, angefangen mit einer Messe, die vom päpstlichen Nuntius gehalten wird. Glücklicherweise war Jack römisch-katholisch.«

»Im Gegensatz zu einem Baptisten des Südens, meinen Sie?«, sagte Santini und fügte sofort hinzu: »Verzeihung, das sollte nicht flapsig sein.«

»Wenn Jack ein Baptist des Südens oder Jude oder Mormone gewesen wäre, dann hätte es bestimmt ein Problem gegeben«, sagte der Botschafter.

»Und wie steht es um die Sicherheit bei ihrem Haus?«, fragte Castillo.

»Ich fuhr in den frühen Morgenstunden dorthin«, erwiderte Santini. »Alles läuft dort perfekt.«

»Und wenn sie das Krankenhaus verlässt, sagen wir mal, in einer Stunde, wie lange würde es dauern, eine sichere Autokolonne aufzustellen?«

»Munz sagt, er braucht eine halbe Stunde. Er hat Leute in Bereitschaft.«

»Wird die Autokolonne sicher sein?«, fragte Botschafter Silvio.

»Eigentlich, Sir, wird es drei Autokolonnen geben«, sagte Santini. »Jede besteht aus einem Wagen der Gendarmeria National an der Spitze, gefolgt von einem Wagen der Policía Federal, dann zwei gepanzerten Botschaftswagen mit getönten Scheiben, gefolgt von einem Wagen der Policía Federal, einem Krankenwagen und als Abschluss noch ein Wagen der Gendarmeria. Sie werden auf drei verschiedenen Routen zum Haus in San Isidro fahren. In beiden Botschaftswagen wird Sicherheitspersonal mitfahren. Mrs Masterson wird in einem der beiden Wagen sein.«

»In welchem?«, fragte Castillo.

»Das werde ich erst entscheiden, bevor wir das Hospital verlassen«, sagte Santini.

Castillo hatte gerade gedacht: *Die Idee mit den drei Autokolonnen ist wirklich clever. Gott sei Dank weiß Santini wirklich solche Dinge zu handhaben,* als der Botschafter fragte: »Wie klingt das für Sie, Charley?«, was ihm die nüchterne Erkenntnis brachte: *Mein Gott, Santini mag gut sein, aber dies fällt unter meine Verantwortung.*

»Ich finde es prima, Sir«, sagte Castillo.

»Nun, lassen wir hören, was Mrs Masterson von alldem hält«, sagte Botschafter Silvio. »Wie Charley sagt, ist es ihre Entscheidung.«

Nein, dachte Castillo, *das ist nicht ihre. Es ist meine. Ich habe die Verantwortung für ihre Sicherheit und die Befugnis, zu sagen: »Wir werden sie auf keinen Fall wieder in die Feuerlinie bringen. Es ist mir egal, ob das den Argentiniern gefällt oder nicht.«*

Die Jalousien vor den Fenstern von Elizabeth Mastersons Krankenzimmer waren geschlossen. Die Neonbeleuchtung im Zimmer war grell.

Sie saß in einem Morgenrock in einem Lehnsessel. Der Aschenbecher auf dem kleinen Tisch neben ihr war voller Kippen. Die meisten davon waren lang, als hätte sie die Zigaretten bereits nach wenigen Zügen ausgedrückt.

»Guten Morgen, Betsy«, sagte Botschafter Silvio, nahm den vollen Aschenbecher vom Tisch und reichte ihn einem der Wächter an der Tür mit dem unausgesprochenen Befehl, ihn gegen einen sauberen zu tauschen. »Wie geht es Ihnen?«

»Wie sollte es mir denn gehen, Herr Botschafter?«, fragte sie sarkastisch.

»Ich hatte gehofft, ich sei Juan für Sie, Betsy«, sagte Silvio. »Sie erinnern sich von gestern an Mr Castillo?«

»Guten Morgen«, sagte Castillo.

Sie nahm seine Anwesenheit mit einem leichten Neigen des Kopfes und der Andeutung eines Lächelns zur Kenntnis.

Gestern sah sie krank aus. Heute sieht sie besser aus. Und mehr als nur ein bisschen vorsichtig und misstrauisch. Offensichtlich würde sie es vorziehen, nicht hier zu sein. Was, zum Teufel, verheimlicht sie?

»Mrs Masterson«, sagte Castillo, »dies ist Special Agent Schneider vom Secret Service. Wenn Sie nichts dagegen haben, wird sie bei Ihnen und den Kindern sein.«

»Hallo«, sagte Mrs Masterson mit einem Lächeln, das echt wirkte. Sie streckte Betty die Hand hin.

»Mein Beileid, Mrs Masterson«, sagte Special Agent Schneider.

»Danke. Wären Sie beleidigt – wie spreche ich Sie an?«

»Betty wäre prima, Ma'am.«

»Wären Sie beleidigt, Betty, wenn ich sagte, dass Sie nicht das sind, was einem in den Sinn kommt, wenn man ›Secret Service‹ hört?«

»Überhaupt nicht.«

Betsy Masterson wandte sich an Silvio.

»Ich hörte, wie ein Arzt mit einer Krankenschwester

sprach – ich nehme an, sie dachten, ich verstehe kein Spanisch. Er redete etwas über eine Zeremonie in der Kathedrale Metropolitana. Was hat das zu bedeuten?«

»Eigentlich ist das der Grund, weshalb ich hier bin, Betsy«, erwiderte Silvio. »Die argentinische Regierung will Jacks Sarg in der Kathedrale aufbahren, wo er von einer Ehrengarde bewacht wird und von der Öffentlichkeit heute Abend und morgen Früh besucht werden kann und dann, im Anschluss an eine Gedenkmesse, die vom päpstlichen Nuntius gehalten wird, Jack posthum das Großkreuz des Großen Befreiers verleihen. Entweder wird das der Präsident oder der Außenminister tun – vermutlich der Präsident. Es ist eine große Ehre.«

»Jack hat keinen von ihnen leiden können«, sagte sie und fügte sofort hinzu: »Das hätte ich nicht sagen sollen.«

»Sie können aussprechen, was immer Sie sagen wollen«, sagte Silvio.

»Erwartet man, dass ich daran teilnehme?«

»Sie müssten nur dort sein, aber das liegt völlig an Ihnen, Betsy. Mr Castillo und ich stimmen darin überein, dass es Ihre Entscheidung ist. Das ganze diplomatische Korps wird dort sein.«

»Mit anderen Worten, es würde das sein, was Jack einen befohlenen Auftritt nannte.« Es war eine Feststellung, keine Frage.

»Jack hatte viele Freunde im diplomatischen Korps«, sagte Silvio.

»Wenn Jack dachte, es sei im Interesse der Vereinigten Staaten, konnte er selbst den Teufel denken lassen, sie wären eng befreundet«, sagte sie.

»Das stimmt«, sagte Silvio mit einem Lächeln.

»Jack würde es wünschen, dass ich an so etwas teilnehme, also okay.«

»Um mich zu wiederholen, Betsy: Diese Entscheidung bleibt Ihnen völlig überlassen.«

»Nicht wirklich«, sagte sie. »Mein Vater hätte kein Verständnis dafür, wenn ich nicht teilnehme. Auch für ihn war immer die Pflicht das Erste. Er pflegte zu sagen – und ich bezweifle, dass er scherzte –, dass ein Diplomat wie ein Jesuitenpriester sein sollte, der sein persönliches Leben und den Komfort aufgeben sollte, um für etwas weitaus Wichtigeres zu dienen. Und wir beide wissen, dass Jack diese Ansicht teilte. Was mich zu meiner Familie bringt. Hat man sie informiert, was geschehen ist?«

»Ich sprach mit Botschafter Lorimer, kurz nach meinem gestrigen Besuch bei Ihnen«, sagte Silvio. »Ich kam nicht dazu, über Ihre Entführung zu sprechen, ich konnte ihm nur sagen, was mit Jack geschehen ist.«

»Was genau haben Sie ihm erzählt?«

»Dass Jack von unbekannten Tätern ermordet worden ist«, sagte Silvio. »Ich war mir bewusst, dass ich Rücksicht auf Botschafter Lorimers körperliche Verfassung nehmen musste …«

»Das war richtig von Ihnen. Ich danke Ihnen dafür.«

»Er wollte mit Ihnen telefonieren, aber ich sagte ihm, dass Sie Beruhigungsmittel bekommen haben und es vielleicht am besten wäre, mit dem Anruf zu warten, bis Sie wieder wohlauf sind, und dann würden Sie ihn anrufen.«

»Das war abermals das Richtige, Juan. Noch einmal danke. Nun, ich fühle mich wieder wohlauf. Wann komme ich hier raus?«

»Eine Stunde, nachdem Sie diesen Wunsch äußern, Mrs Masterson«, sagte Castillo. »So lange wird es ungefähr dauern, um Ihren Transport vorzubereiten.«

Sie sah ihn an, aber ohne jede Dankbarkeit.

Ich glaube nicht, dass ich irgendetwas getan habe, um sie zu ärgern – abgesehen vielleicht davon, dass ich ein Störenfried in der diplomatischen Gemeinde bin –, also bleibt nur, dass sie Angst vor mir hat.

Was hat das zu bedeuten?

Und wie kommt es, dass ihr Bruder, der UN-Diplomat – Jean-Paul Lorimer – nicht in der Konversation erwähnt wurde? Sie hat nicht gefragt, ob er benachrichtigt worden ist, und er wurde auch nicht in ihrer Rede über die heiligen diplomatischen Standpunkte erwähnt.

»Also, was sagen Sie?«, fragte sie fast kriegerisch. »Ich will hier raus und bei meinen Kindern sein.«

»Sie haben es soeben gesagt, Mrs Masterson. Ich werde Mr Santini sagen, dass er die Dinge ins Rollen bringt.«

»Gut.«

»Mrs Masterson«, fuhr Castillo fort, »Colonel Torine, der Pilot der C-17 – der Globemaster III, die der Präsident hier runtergeschickt hat –, ist draußen. Ich dachte, vielleicht kann er Ihnen sagen, was geplant ist, um Sie und die Kinder in die Staaten auszufliegen. Und dass Sie ihm sagen können, was Sie noch brauchen.«

Sie sah ihn an und nickte. Dann wandte sie sich an Betty Schneider.

»Würden meine Kinder sicher bei der Zeremonie in der Kathedrale sein?«

»Der Leiter des SIDE, Mrs Masterson ...«, begann Castillo.

»Wenn es Ihnen nichts ausmacht, ich habe *sie* gefragt.«

»Verzeihung.«

Betty tauschte einen Blick mit Charley, der nickte, und wandte sich an Mrs Masterson. »Mr Santini und Mr Castillo sind besser im Bilde, um das zu beantworten als ich, Mrs Masterson.«

»Dennoch möchte ich bitte hören, was Sie denken.«

Betty nickte und sagte nach kaum wahrnehmbarem Zögern: »Der Secret Service ist ziemlich gut darin, Leute zu beschützen, Mrs Masterson, aber er ist nicht perfekt. Auf Präsident Reagan wurde geschossen. Eine verrückte Frau schoss zweimal auf Präsident Ford.«

»Lassen Sie es mich so formulieren: Wenn es Ihre Kinder wären, würden Sie sie dann in die Kathedrale mitnehmen?«

»Zum Glück für mich brauche ich diese Entscheidung nicht zu treffen. Und ich würde mir nicht erlauben, Ihnen zu raten, was Sie tun sollen.«

»Danke, ich weiß Ihre Ehrlichkeit zu schätzen«, sagte Mrs Masterson, und dann schaute sie Castillo an. »Meine Kinder und ich werden der Zeremonie in der Kathedrale beiwohnen. Ich will, dass sie in Erinnerung behalten, wie ihr Vater geehrt wurde. Und Jack – und mein Vater – würden dies für meine Pflicht halten.«

Castillo nickte.

Und abermals erwähnt sie nicht den Bruder.

»Schicken Sie bitte Ihren Colonel herein, Mr Castillo«, sagte Mrs Masterson. »Ich möchte den Kindern erzählen können, was auf der Tagesordnung steht.«

Castillo nickte von neuem und verließ das Zimmer.

El Coronel Alfredo Munz stand mit Colonel Torine, Jack Britton und Tony Santini auf dem Flur.

»Sie hat sich entschieden, der Zeremonie beizuwohnen, mit den Kindern«, sagte Castillo. »Und sie will nach Hause fahren.«

»Geben Sie mir dreißig Minuten«, sagte Santini.

»Ich habe ihr eine Stunde gesagt«, erwiderte Castillo. »Was mir Gelegenheit geben wird, mir ihr Haus anzusehen, bevor wir sie dort hinschicken.«

»Alles ist an Ort und Stelle, Charley«, sagte Santini.

»Ich möchte mir das alles selbst noch mal ansehen«, sagte Munz, »denn ich habe den Plan in einigen Punkten ändern lassen.«

Nun, das bringt mich vielleicht bei Santini aus dem Schneider, denn er denkt vermutlich, für wen ich mich halte, dass ich seine Arbeit überprüfe.

»Tony, es ist vielleicht, um meinen Arsch zu schützen, aber ich möchte selbst die Vorkehrungen beim Haus und in der Kathedrale sehen«, sagte Castillo.

»Wie Sie wollen, Charley.«

»Und ich möchte ein Handy für Schneider haben. Ich will die Nummer von meinem auf einer Kurzwahltaste haben und ihre Handynummer auf meinem.«

Santini griff in die Tasche und zog ein Handy heraus.

»Ich habe bereits eines Jack und eines Colonel Torine gegeben«, sagte er. »Und wenn Sie mir Ihres geben, werde ich die Nummern darin einspeichern.«

Castillo reichte ihm sein Mobiltelefon und sah dann Britton an. »Ich nehme an, Sie haben Coronel Munz kennen gelernt.«

»Jawohl, Sir. Er hat mir angeboten, wenn Sie hier mit mir fertig sind, schickt er mich in sein Hauptquartier und zeigt mir den Stand der Ermittlungen.«

Castillo wandte sich an Munz. »Danke, Alfredo. Wird es möglich sein, uns eine Kopie des Ermittlungsberichts zu geben?«

»Selbstverständlich. Aber es wird vermutlich einige Zeit dauern, bis er übersetzt vorliegt.«

»Geben Sie mir den Bericht, und ich werde ihn übersetzen.«

Munz nickte.

»Colonel, warum gehen Sie nicht zu Mrs Masterson ins Zimmer und erzählen ihr von den Reiseplänen?«

»Wann wollen Sie in der Luft sein, Charley?«

»Ich würde gern direkt von der Kathedrale nach Ezeiza fahren«, sagte Castillo. »Ich habe sie – oder den Botschafter – noch nicht gefragt, aber gehen Sie davon aus.«

»Sie gehen nicht ins Krankenzimmer mit mir?«, fragte Torine.

»Ich habe das Gefühl, dass sie mich lieber nicht sieht«, sagte Castillo. »Aber ja. Sobald mir Tony mein Handy zurückgibt, gehe ich wieder rein. Ich muss Ihnen einen Wagen beschaffen.«

4

Dr. Jose Arribena 25
San Isidro
Provinz Buenos Aires, Argentinien
24. Juli 2005, 10 Uhr 35

Major C. G. Castillo stand mitten auf der Wohnstraße vor Mastersons Besitz im Nobelviertel San Isidro. Er nahm sein Handy aus der Tasche, drückte auf die Kurzwahltaste, und Special Agent Schneider meldete sich beim zweiten Klingeln.

»Schneider.«

»Hallo, Baby.«

»Ja, Mr Castillo?«

»Ich liebe dich.«

»Ich bin geneigt, das zu glauben.«

»Und umgekehrt?«

»So verstehe ich die Situation. Wo, sagten Sie, sind Sie, Sir?«

»Ich stehe auf der Straße vor dem Haus der Mastersons.«

»Und Sie sind zufrieden mit den Sicherheitsvorkehrungen, Sir?«

»Ich hätte gern ein paar Abrams-Panzer und ein paar 20-Millimeter Gatlings hier, aber ja, ich bin zufrieden. Da du ganz geschäftlich bist, lasse ich dich wissen, was dich erwartet.«

»Bitte.«

»Das ganze Gebiet – vielleicht zehn Blocks auf jeder Seite – ist abgeriegelt. Cops der Provinz stoppen jeden, der versucht, die Absperrungen zu durchbrechen. Sie verlangen von jedem den Ausweis und wollen wissen, wohin er will. Dann durchsuchen sie den Wagen. Es gibt einen zweiten Ring in dem äußeren, bemannt von der Gendarmeria National. Mit mehr Soldaten als Cops. Sie sind mit Maschinenpistolen bewaffnet. Die gleichen Routinekontrollen, aber sorgfältiger. Dies ist ein nobles Wohnviertel, und die Leute müssen Zugang und Ausgang zu und von ihren Häusern haben.«

»Und das Haus selbst, Sir?«

»Ich habe noch nicht zu Ende gesprochen, Special Agent Schneider.«

»Verzeihung, Sir.«

»In dem Block, in dem das Masterson-Haus steht, ungefähr in der Mitte, ist die Straße mit Barrieren, Wagen – und wie auch immer die Cops diese Streifen mit Stahlspitzen drin bezeichnen, um Reifen zu zerfetzen – abgesperrt.«

»Ich verstehe, was Sie meinen, Sir.«

»Plus weitere Leute von Gendarmeria National und SIDE und unseren Jungs. Das Haus selbst befindet sich hinter einer etwa zwei Meter hohen Mauer mit Stacheldraht obendrauf. Das Grundstück ist völlig von der Mauer umgeben. Dahinter gibt es eine Service-Zufahrt – für Lieferanten, Müllabfuhr et cetera. Der Weg ist abgesperrt.

Das Haus hat drei Etagen und ist aus Backstein. Alle Fenster mit Ausnahme von zweien im Dachgeschoss sind verriegelt. Schwer verriegelt, sodass sie sich nicht öffnen lassen. Die Eingangstür erinnert an die eines Tresorraums einer Bank und die Hintertür ist aus Stahl. Die Tore in der Mauer – zwei vorne, eines für Fahrzeuge – eines für Personen, und zwei hinten dito – sind aus Stahl, dekorativ, aber äußerst widerstandsfähig. Das Fahrzeugtor vorne öffnet und schließt sich auf Schienen, wenn innen an der Tür ein Hebel betätigt wird. Das Tor hinten muss per Hand bedient werden. Wenn es geschlossen ist, hat es ein großes Vorhängeschloss, dessen Schlüssel in der Küche aufbewahrt werden. Die Tore für Personen werden geöffnet, wenn an der Eingangstür oder in der Küche auf einen Knopf gedrückt wird. Die Höfe vorn und hinten werden durch Scheinwerfer erhellt, die durch Bewegungsmelder ausgelöst werden, oder sie können umgestellt und angelassen werden. Wir haben zwei von unseren Jungs und zwei vom SIDE im Haus. Es gibt zwei Telefonleitungen plus eine nicht öffentliche Leitung für den Einbruchsalarm. Und jeder hat Handys. Mir fällt nichts ein, was man hinzufügen könnte, außer vielleicht die erwähnten Abrams-Panzer.«

»Das klingt ziemlich sicher, Sir.«

»Wann wirst du das Krankenhaus verlassen?«

»In den nächsten paar Minuten.«

»Wenn du mir sagst, dass du mich liebst, erzähle ich dir, wohin ich von hier aus fahre.«

»Das wäre zu diesem Zeitpunkt sehr schwierig, Sir.«

»Nun, wenn jemand mithört, warum sagst du nicht ›Wiener Schnitzel‹, und ich werde es verstehen.«

Sie kicherte und sagte: »Wiener Schnitzel.«

»Das Gleiche für dich, Liebe meines Lebens.«

»Wo werden Sie sein, Sir?«

»Wir – Munz, Jack und ich – fahren von hier aus zur Kathedrale. Danach fahren wir zum SIDE-Hauptquartier. Ich werde wieder anrufen. Besser noch, ruf mich an, wenn du Mrs Masterson in ihr Haus gebracht hast.«

»Jawohl, Sir.«

»Und sei darauf vorbereitet ›Wiener Schnitzel‹ zu sagen.«
»Was immer Sie meinen, Sir.«
»Wiener Schnitzel, Baby.«

5

Catedral Metropolitana
Plaza de Mayo
Buenos Aires, Argentinien
24. Juli 2005, 11 Uhr 30

C. G. Castillo meldete sich beim zweiten Klingeln seines Handys.

»Castillo.«

»Schneider, Sir.«

»›Wiener-Schnitzel-Schneider‹, diese Schneider?«

»Ja, Sir. Ich rufe an, um zu melden, dass wir in dem Haus in San Isidro sind.«

»Keine Probleme?«

»Nein, Sir. Lief wie geschmiert.«

»Wir haben gerade eine Besichtigungstour zur Kathedrale gemacht, geführt von Sergeant Roger Markham. Er hat Munz verblüfft. Er wusste mehr über die Kathedrale als Munz.«

Betty lachte. »Er ist ein wirklich netter Junge.«

»Jedenfalls sehe ich keinerlei Probleme. Sie liegt gleich die Straße von der Casa Rosada runter. Die Cops hier haben viel Erfahrung, mit wütendem Mob zurechtzukommen, und sie haben ein Lager von Absperrbarrieren bereit. Munz hat mir einen Hubschrauber angeboten, um die Familie von der Pferderennbahn – dem Jockey Club – in San Isidro herzubringen. Nachdem alles mit den Barrieren abgesperrt ist, gibt es Platz, um mit einem zu landen. Aber ich habe sein Angebot abgelehnt.«

»Darf ich fragen, warum, Sir?«

»Aus zwei Gründen – und du darfst mich alles fragen, was du willst, Wiener Schnitzel. Der erste ist – ich dachte, du wüsstest das –, dass ich einer der besten – wenn nicht der beste – Hubschrauberpiloten der Welt bin und keinem anderen Helipiloten traue, wenn ich nicht schon mit ihm geflogen bin ...«

»Mein Gott, Charley!«

»Ich nehme an, niemand kann dieses Gespräch mithören?«

»Nein, ich bin in der Küche und trinke eine Tasse Kaffee.«

»In diesem Fall können wir kurz auf den Wiener-Schnitzel-Blödsinn verzichten, und du sagst mir hemmungslos ›Ich liebe dich, Charley‹?«

»Sie sagen, es gibt zwei Gründe, Sir?«

»Und ich werde dir den anderen erzählen, wenn du mir sagst, dass du mich liebst.«

Betty zögerte einen Moment und sagte dann lachend: »Wiener Schnitzel, okay?«

»Nahe genug dran. Okay, was Munz anbot, war eine französische Alouette III. Es ist eine alte Maschine. Das beunruhigte mich, weil ich nicht weiß, welche Art Wartung er hier bekommt. Und man hat beim B-Modell das Heck und die Hauptrotoren ersetzt – man hatte Probleme, dass sie nicht stark genug waren –, und dies ist das A-Modell.«

»Du weißt über Helikopter Bescheid, nicht wahr?«

»Deshalb, Special Agent Wiener Schnitzel, nach sorgfältiger Abwägung von pro und kontra der Sache, habe ich entschieden, dass es klüger wäre, den Alouette zur Dachsicherung zu fliegen, anstatt ihn zum Personentransport zu benutzen.«

»Du stehst wirklich auf den Wiener-Schnitzel-Blödsinn, nicht wahr? Und was meinst du mit ›Dachsicherung‹ genau?«

»Erstens ist es kein Blödsinn, und zweitens könntest du sagen, dass ich in Wiener Schnitzel verliebt bin. Und Dachsicherung, Special Agent Wiener Schnitzel, ist, wenn ein Hubschrauber tief über städtisches Gebiet fliegt und die Besatzung sorgfältig die Dächer betrachtet, um sicherzustellen, dass keine Bösewichter mit Scharfschützengewehren, Mörsern oder anderen tödlichen Waffen darauf sind.«

»Und das wird er tun? Coronel Munz?«

»Ja. Und auf diese Weise wird der französische Vogel auch als Nottransporter verfügbar sein, wenn wir ihn brauchen.«

»Du denkst, das könnte geschehen?«

»Nein, das denke ich nicht. Die Kathedrale sieht für mich sicherer aus als das Haus. Die Familie wird mit dem Wagen eintreffen, die Kathedrale durch eine Seitentür betreten, kurz zum Sarg gehen und sich dann auf Bänke in einem Alkoven setzen. Es gibt zwei Alkoven, nahe beim Altar. Der Präsident, vermutlich, und der Außenminister, bestimmt, plus gemischte hohe Tiere einschließlich Botschafter Silvio werden in dem linken sitzen, mit Blick zum Altar, und die Familie, zwei Jungs vom SIDE und Special Agent Wiener Schnitzel ...«

»Genug mit dem Wiener Schnitzel, Charley.«

»... werden in dem rechten sitzen. Zum festgelegten Zeitpunkt – zehn – wird der Premierminister oder der Präsident zum Sarg schreiten, einen Moment auf dem prie-Dieu knien ...«

»Was ist das?«

»Ein Ding, auf dem man kniet. Betschemel. Es heißt ›Bete zu Gott‹ auf Französisch. Ich nehme an, das verrät mir, dass du nicht katholisch bist.«

»Ich bin evangelisch.«

»Wunderbar. Ich auch.«

»Warum habe ich den Verdacht, wenn ich katholisch gesagt hätte, hättest du dasselbe behauptet?«

»Das hätte ich getan, und zwar mit reinem Gewissen. Meine Mutter war evangelisch, und bis ich zwölf war, ging ich sogar auf eine evangelische Schule. Dann zog ich nach Texas, wo meine texanische Familie vollständig aus Katholiken besteht. Mit anderen Worten, ich bin ein Multi-Glauben-Sünder. Darf ich fortfahren?«

»Du bist ein Wahnsinniger.«

»Und deshalb Wiener schnitzelst du mich, Special Agent Wiener Schnitzel!«

»Gott!«

»Ich wollte fortfahren. Nachdem wer auch immer sich vom prie-Dieu erhebt, wird ihm einer von seinem Stab das Großkreuz des Großen Befreiers überreichen, das er dann an die Flagge des Sarges heften wird. Danach wird er in seinen Alkoven zurückkehren. Sobald der päpstliche Nuntius durch den Mittelgang geht, um dasselbe wie der Präsident zu tun, wird die Familie ihren Alkoven verlassen, zur Autokolonne zurückkehren und zum Flughafen fahren. Diese Autokolonne wird nicht mit rotierenden Blaulichtern oder einer Motorradeskorte fahren, sondern Wagen an der Spitze und am Schluss haben, jeweils drei.

Auf dem Flughafen werden die Mastersons sofort an Bord der Globemaster III gehen. Unterdessen wird nur für die hohen Tiere und das diplomatische Korps die Messe gehalten – für die ersten vier Reihen der reservierten Plätze. Sobald das beendet ist, wird der Sarg durch eine Seitentür hinausgebracht, in einen der Yukons der Botschaft verladen und mit schwerer Eskorte zum Flughafen Ezeiza gefahren werden. Sobald er in der Globemaster ist, starten wir zum Flug nach Keesler.«

»Ich werde Kleidung brauchen«, sagte Betty. »Etwas für die Kathedrale. Und wie werde ich meine Sachen aus dem Hotel bekommen?«

»Du wirst heute Abend im Hotel sein«, sagte Castillo.

»Nicht hier?«

»Ich will, dass du strahlend und putzmunter für die Kathedrale und den morgigen Flug bist.« *Und für die Nacht auch mit strahlenden Augen, putzmunter und nackt.* »Im Masterson-Haus könntest du nur in einem Lehnstuhl dösen.« *Während ich mich, sexuell frustriert und elend, allein in meinem Bett wälze.*

»Das kann ich schaffen, nehme ich an«, sagte sie.

»Ich werde anrufen, nachdem ich mit Jack und Munz beim SIDE gewesen bin. Dann werde ich den Botschafter aufsuchen und ihm (a) meinen Plan, von hier wegzukommen, verkaufen und (b) ihn dazu bringen, ihn Mrs Masterson zu verkaufen. Ich habe das Gefühl, wenn ich ihn ihr vorschlage, wird sie dagegen sein.«

»Sie mag dich nicht, das ist ziemlich offensichtlich«, sagte Betty.

»Ich werde dich später anrufen, Schatz.«

»Charley?«

»Ja?«

»Wiener Schnitzel.«

6

Amerikanischer Klub von Buenos Aires
Viamonte 1133
Buenos Aires, Argentinien
24. Juli 2005, 14 Uhr 30

Das SIDE-Hauptquartier war überhaupt nicht dem J. Edgar Hoover Gebäude, dem FBI-Hauptquartier in Washington oder dem CIA-Komplex in Langley, Virginia, ähnlich. Es befand sich in einem nichtssagenden Bürogebäude einen halben Block von der Avenida 9. Julio und zwei Blocks vom Colon Opernhaus entfernt. Als sie Coronel Munz' Peugeot am Opernhaus vorbei folgten, informierte Sergeant Roger Markham sie sachlich, dass das Opernhaus in der Blütezeit des argentinischen Wohlstands erbaut wurde und die hauptsächliche architektonische Wichtigkeit gewesen war, dass es größer und eleganter war als die Opernhäuser in Wien, Paris und Rom.

Es gab kein Schild, das auf den Zweck des Gebäudes hinwies, und der Eingang zum SIDE-Hauptquartier war versteckt hinter einer Verladerampe für Lastwagen und bei einem Frachtenaufzug, der von einem Mann mit einer am Riemen vom Hals hängenden Uzi-MPi bedient wurde.

Special Agent David William Yung junior und Paul Holtzman vom FBI hatten ein kleines verglastes Büro bekommen, in dem sie sich die Berichte des SIDE und andere Ermittlungen ansehen konnten. Beide schienen weder überrascht noch erfreut darüber zu sein, Castillo und Markham zu sehen.

Und weil die Berichte alle in Spanisch geschrieben sind, kann logisch davon ausgegangen werden, dass beide Spanisch lesen und schreiben können.

Coronel Munz kündigte an, dass er »einige Anrufe zu erledigen« hatte, und Castillo und Markham setzten sich an einen Tisch neben Yung und Holtzman und begannen die Berichte zu lesen.

Eine Stunde später kam Alex Darby in das kleine Büro, und kurz darauf kehrte Munz zurück.

»Ich komme soeben von der Botschaft«, berichtete Darby, »wo es jetzt zwei Demonstrationen gibt, eine, um Sympathie auszudrücken, und die andere, um gegen die Preise von Milchprodukten oder etwas anderem in Patagonien zu protestieren. Es gab auch eine dritte, die anscheinend zu billigen schien, was Jack widerfuhr. Diese wurde vor den Fernsehkameras der Nachrichtensendungen aus aller Welt durch zwanzig berittene Polizisten des Korps der Mounted Police beendet. Es gab keine blitzenden Säbel, aber fast alles sonst, einschließlich Tränengas. Sylvia Grunblatt wurde fast hysterisch.«

Er legte eine Pause ein und schaute Castillo an.

»Und ein Mann von Ihrem Büro rief an. Miller. Er sagte, entweder funktioniert Ihr Handy nicht oder Sie sprechen verdammt oft. Er kam nicht zu Ihnen durch. Die Botschaft lautet, Sie sollen Ihren Boss auf einer gesicherten Leitung um vier Uhr Washington-Zeit anrufen. Dann ist es hier fünf.«

»Okay, verstanden.«

»Und der Botschafter will über den neuesten Stand informiert werden. Um den Zirkus bei der Botschaft zu vermeiden, schlägt er vor, im Amerikanischen Klub zu essen. Ich habe einen privaten Raum reserviert. Er hofft besonders, dass Sie dort sein können, Alfredo.«

»Selbstverständlich«, sagte Munz.

»Schließt das uns mit ein?«, fragte Holtzman.

Nach kurzem Überlegen sagte Castillo: »Ja, natürlich.«

Der American Club befand sich im elften Stock eines Bürogebäudes gegenüber der Straße vom Opernhaus Colon. Das Erste, was Castillo sah, als sie aus dem Aufzug traten, war eine riesige amerikanische Flagge, die 1944 am D-Day von einem Kriegsschiff vor der Normandie geflattert hatte. Sie war eingerahmt und hing an der Wand.

Es überraschte Castillo ein wenig, dass Sergeant Roger Markham – der darauf bestanden hatte, mit ihnen zu essen –

keine kleine historische Predigt über die Aktivitäten am D-Day und den Zweiten Weltkrieg im Allgemeinen hielt.

Da war eine gut aussehende Bar aus Eiche mit einem sehr verlockenden Sortiment aus Spirituosen.

»Für mich einen von diesen«, sagte Darby und ging zur Bar. »Vielleicht auch zwei. Das habe ich mir verdient.«

Ich auch, dachte Castillo. *Aber ich verzichte besser auf Alkoholisches.*

C. G. Castillo und Sergeant Markham waren die einzigen beiden Antialkoholiker, und Castillo nahm an, dass Markham nur seinem edlen Beispiel folgte.

Das Treffen verlief gut.

Botschafter Silvio löste das Problem, ob Mrs Masterson bereit sein würde, sofort nach der Zeremonie in der Kathedrale Metropolitana zum Flug in die Vereinigten Staaten aufzubrechen, indem er sie anrief und sagte, dass er es für das Beste hielt, und sie erklärte sich einverstanden.

Als sie am Aufzug warteten, hatte Castillo einen unangenehmen Gedanken.

Alles verläuft sehr gut. Zu gut. Was, zum Teufel, habe ich übersehen? Was könnte jetzt noch schiefgehen?

7

Botschaft der Vereinigten Staaten
Avenida Colombia 4300
Palermo, Buenos Aires, Argentinien
24. Juli 2005, 17 Uhr 05

»Mein Name ist C. G. Castillo, ich brauche Minister Hall auf einer gesicherten Leitung, bitte.«

»Wir haben Ihren Anruf erwartet, Mr Castillo. Bleiben Sie bitte dran.«

»Mr Castillo ist auf einer gesicherten Leitung, Frau Minister.«

»Mr Castillo ist auf einer gesicherten Leitung, Herr Minister.«

»Ich habe Minister Cohen, Minister Hall und Mr Castillo für Sie, Mr President.«

Oh, Mist!

»Guten Tag, Charley«, sagte der Präsident. »Wie laufen die Dinge dort unten?«

»Guten Tag, Mr President. Sir, ich rufe aus Botschafter Silvios Büro an. Ich dachte, ich sollte Ihnen sagen, er kann ...«

»Haben Sie den Lautsprecher an, Charley?«

»Jawohl, Sir.«

»Guten Tag, Herr Botschafter«, sagte der Präsident. »Ihr Boss und Charleys Boss sind bei dem Gespräch zugeschaltet. Sind Sie damit einverstanden?«

»Ja, natürlich, Mr President. Guten Tag, Frau Minister, Herr Minister.«

»Lassen Sie hören, Charley«, sagte der Präsident.

»Nun, Sir, Mrs Masterson und die Kinder werden morgen nicht später als zwölf Uhr mittags Ortszeit voraussichtlich hier abfliegen.«

»Sie ist immer noch einverstanden mit dieser Ordensverleihung in der Kathedrale?«

»Jawohl, Sir.«

»Wird sie, werden sie sicher sein, Charley?«

»Jawohl, Sir. Ich glaube, sie werden sicher sein. Der Botschafter und ich kommen soeben von einem Treffen mit dem Leiter des SIDE, und die argentinische Regierung trifft jede mögliche Maßnahme, um ihre Sicherheit sicherzustellen.«

»Unsere Leute – Sie – arbeiten mit Ihnen zusammen?«

»Jawohl, Sir.«

»Ist das richtig, Herr Botschafter?«

»Ja, Sir. Ich bin Mr Castillos Meinung.«

»Und die Ermittlung, was macht die?«

»Sir, wir haben uns auch mit Special Agent Holtzman, dem leitenden Agenten des FBI-Teams, getroffen, und er sagte …«

»Okay, Charley, das ist anscheinend alles«, sagte der Präsident schließlich. »Wenn alles weiter in der Spur bleibt, sehe ich Sie morgen Nacht in Mississippi. Jedenfalls Natalie und ich werden Sie sehen. Sie ebenfalls, Matt?«

»Wenn Sie meine Anwesenheit dort wünschen, ja, Sir«, sagte Hall.

Zum ersten Mal bei diesem Gespräch macht er den Mund auf.

»Ich finde, das wäre eine gute Idee, Matt«, sagte der Präsident.

»Dann werde ich dort sein, Sir.«

»Und Sie, Herr Botschafter, werden wir Sie dort auch sehen?«

»Sir, ich dachte mir, ich bitte Minister Cohen um Rat.«

»Worüber?«, fragte der Präsident, und es klang ungeduldig.

»Sir, Mr Masterson war unser Missionschef. Wenn ich mitkomme, und meine Frau und ich würden persönlich sehr gerne kommen, würde die Leitung der Mission auf die Schultern von Mr Darby, unseren Wirtschaftsattaché, fallen …«

»Juan«, sagte Ministerin Cohen. »Ich kann mir vorstellen, wie Sie sich fühlen, aber ich glaube, es wäre das Beste, Sie blieben in Buenos Aires. Wir wollen nicht, dass es aussieht, als rufen wir Sie zurück, um Sie zu konsultieren.«

Und das sind ihre ersten Worte bei diesem Gespräch.

»Ja, Ma'am«, erwiderte der Botschafter.

»Ihre Entscheidung, Natalie«, sagte der Präsident. »Sonst noch etwas von jemandem?« Es folgte ein Moment Schweigen, und dann sagte der Präsident: »Danke, Charley. Danke Ihnen beiden.«

8

»Schneider.«

»Don Juan für Agent Wiener Schnitzel.«

»Ich finde das nicht lustig, Charley.«

»Warum habe ich den Verdacht, dass keiner dieses Gespräch mithören kann?«

»Tatsache ist, dass ich auf der Toilette bin.«

»Soll ich in ein paar Minuten zurückrufen?«

»Nein. Was hast du denn auf dem Herzen?«

»Roger und ich sind soeben von der Botschaft entkommen«, sagte Castillo. »Das war ein Zirkus. Jedenfalls sind wir jetzt auf der Avenida Libertador. Roger wird mich am Kansas absetzen, zu dir fahren, dich abholen und zum Kansas bringen.«

»Und was soll das alles?«

»Zum einen möchte ich, dass du das Lokal siehst, und ich möchte mit dir zusammen sein, zum anderen dachte ich, es ist besser, wenn dein Freund dich nicht bei der Arbeit abholt.«

»Ist es das, was du bist, mein Freund?«

»Ehrlich gesagt, diesen Eindruck habe ich gewonnen.«

»Okay. Bist du sicher, dass du mich die Nacht nicht hier verbringen lassen willst? Roger könnte mich zum Hotel fahren ...«

»Ich bin sicher, dass ich dich nicht die Nacht dort verbringen lassen möchte.«

Ich will, dass du sie ausgelassen und nackt mit mir verbringst.

»Zurück zum Geschäftlichen«, sagte Betty. »Vielleicht kann ich an sie herankommen.«

»Wie das?«

»Sie ist wirklich nett, und wir haben uns ein bisschen unterhalten, und dann hat sie mich gefragt, ob ich ihr einen Gefallen tun würde. Ich sagte, na klar, und dann bat sie mich, den besten Sicherheitsdienst für sie in Mississippi ausfindig zu machen – sie denkt, die Spielerstädte an der Küste haben vielleicht einige gute – oder in New Orleans. Sie sagte, sie wolle den besten, den sie bekommen kann.«

»Das würde ich an ihrer Stelle auch wollen. Und was hast du ihr gesagt?«

»Dass ich mich darum kümmern werde.«

»Ich werde mit Joel Isaacson telefonieren und hören, womit er aufwarten kann.«

»Danke.«

»Ich sehe dich dann bald, Baby. Dann können wir darüber sprechen.«

»Wann wird Roger denn hier sein?«

»Es dauert nicht länger als zwanzig Minuten.«

»Okay, ich werde bereit sein.«

9

Restaurant Kansas
Avenida Libertador
San Isidro
Provinz Buenos Aires, Argentinien
24. Juli 2005, 18 Uhr 10

Charleys Glas mit Senetín Cabernet Sauvignon war fast leer, und er wurde gerade ein wenig besorgt – *Mensch, Betty sollte jetzt längst eingetroffen sein* –, als sein Handy summte.

»Castillo.«

»Wo bist du, Karl?«

Munz, und er duzt mich, als wären wir Freunde.

»Zwischen uns, von Mann zu Mann, ich sitze in der Bar des Kansas und warte auf meine Geliebte.«

»In der Bar? Du sitzt in der Bar?«

»Ja, so ist es. Und nein, ich will keine weitere Gesellschaft ...«

»Hör mir genau zu, Karl. Geh sofort aus der Bar raus und in eine Nische. Und halte den Kopf gesenkt.«

Der meint das ernst. Was, zur Hölle, ist los?, dachte Charley, und dann sprach er es aus: »Was ist los?«

»Tu um Gottes willen, was ich dir sage! Ich versuche, dich am Leben zu erhalten! In ein paar Minuten sind Wagen für dich da.«

Dann war die Leitung tot.

Scheiße!

Castillo stieg vom Barhocker, signalisierte dem Barkellner, dass er sich in eine Nische setzte, und tat es.

So verstohlen, wie er konnte, nahm er die Beretta hinten aus dem Hosenbund und lud sie durch. Er bezweifelte, dass jemand sehen konnte, was er tat.

Ungefähr eine Minute später hörte er das Heulen einer Sirene, und dann wurde ihm klar, dass es mehrere Sirenen waren.

Eine Minute später stoppten draußen mit kreischenden Reifen Wagen, und kurz darauf stürmten zwei Polizisten der Gendarmeria National in das Restaurant, die Hände auf Uzis. Ihnen folgten zwei Männer in Zivilkleidung, die ebenfalls mit Uzis bewaffnet waren.

Clever. Wenn sie zuerst reingekommen wären anstatt der Uniformierten, hätte ich mich nach Munz' Warnung entschließen können, als Erster zu schießen und mir erst später Klarheit zu verschaffen.

Einer der Männer, die bestimmt SIDE-Agenten waren, eilte in die Bar, sah ihn und kam schnell zum Tisch in der Nische.

»Kommen Sie bitte mit, Mr Castillo.«

»Was, zum Teufel, ist los?«

»Kommen Sie bitte mit, Mr Castillo«, wiederholte er. »Coronel Munz wird alles erklären, wenn wir dort sind.«

Eigentlich war es eine kurze Fahrt. Bei den engen Straßen und der hohen Geschwindigkeit kam sie Castillo länger vor.

Zuerst sah er die rotierenden Blinklichter von Polizeiwagen und dann die Krankenwagen und den Botschaftswagen.

Der Botschaftswagen – die Fenster sahen aus, als hätte jemand mit einem Baseballschläger darauf eingedroschen – *Mein Gott, da hat jemand den Wagen zusammengeschossen!* – war in ein Straßencafé an der südöstlichen Ecke des Grundstücks vom San Isidro Jockey Clubs zurückgesetzt. Tische und Stühle lagen herum, und Leute saßen auf Stühlen oder lagen auf dem Boden und waren entweder überfahren oder niedergeschossen worden.

Castillo sprang aus dem Wagen, bevor er völlig stand.

Munz stand beim Botschaftswagen.

»Karl, es tut mir leid«, sagte er.

Castillo eilte zum Wagen. Munz versuchte, ihn aufzuhalten. Castillo wich ihm aus. Drei andere Männer sprangen auf ihn zu, um ihn zu stoppen.

Munz befahl den Männern, Castillo passieren zu lassen.

Das vordere Fenster an der Beifahrerseite war weg.

Castillo steckte seinen Kopf hinein.

Sergeant Roger Markham, USMC, lag über den Vordersitzen. Sein Kopf sah aus, als wäre er explodiert.

Castillo konnte nicht auf den Rücksitz blicken, und so zog er die hintere Tür auf.

Verdammt, wo ist Betty?

Er sah viel Blut auf dem Lederpolster.

Castillo rannte zu Coronel Munz.

»Wo ist sie?«

»Ich habe sie mit dem Krankenwagen zur Pferderennbahn geschickt«, sagte Munz. »Im Hubschrauber wird sie zum German Hospital fliegen.«

»Wie schlimm?«

»Mehrere Schusswunden. Mindestens eine im Gesicht.«

»Was ist passiert?«

»Erstes Szenario, bruchstückhafte Zeugenberichte«, sagte Munz professionell. »Der Agent fuhr in den Kreisverkehr. An dieser Stelle stoppte er. Aus irgendeinem Grund ließ der Fahrer ...«

»Sein Name war Roger. Er war zwanzig!«, platzte Castillo heraus.

»*Roger* ließ die Scheibe herunter. Dann sah er anscheinend, was passierte ...«

»Und was?«

»Eine Madsen-Maschinenpistole«, sagte Munz. »Sie ist noch im Fenster. Roger konnte es nicht rechtzeitig schließen, doch die Scheibe fuhr hoch. Die Madsen ist noch da ...«

Castillo sah hin. Der Lauf einer Madsen war zwischen dem Fenster bei der Fahrerseite und dem Fensterrahmen eingeklemmt.

»Sie fahren automatisch ganz hoch«, sagte Castillo.

»Und er legte den Rückwärtsgang ein und versuchte zu entkommen. Deshalb steht der Wagen, wo er ist.«

O Gott!

»So hielt der Schurke die Hand am Abzug, solange er konnte«, sagte Munz. »Und dann rannte er weg.«

»Haben Sie ihn geschnappt?«

Munz schüttelte den Kopf und gab dann jemandem einen Wink. Einer seiner Männer kam mit einem Plastikbeutel zu ihm. Munz nahm den Beutel entgegen und reichte ihn Castillo.

Er enthielt eine Glock. Die Innenseite des Beutels war mit Blut verschmiert, das an der Pistole gewesen war.

»Ihre Agentin konnte einmal zurückschießen«, sagte Munz.

»Sie ist nicht meine verdammte Agentin.« Castillo betrachtete ungläubig die Waffe in dem Plastikbeutel. »Sie ist – meine – Liebe.«

»Ich weiß, Karl«, sagte Munz. »Ich habe es Ihnen an den Augen angesehen.«

Das Geräusch von Rotorblättern entfernte sich. Castillo blickte auf und sah einen Alouette III, das Modell mit dem schwachen Haupt- und Heckrotor, abheben.

»Ich fahre mit Ihnen zum Hospital, Karl«, sagte El Coronel Munz.

IX

1

Autopista Del Sol
Auffahrt Nord
San Isidro
Provinz Buenos Aires, Argentinien
24. Juli 2005, 18 Uhr 50

El Coronel Alfredo Munz neigte sich vor, tippte dem Fahrer des Jeep Grand Cherokee auf die Schulter und befahl ihm, zu verlangsamen, die Sirene auszuschalten und das Blaulicht vom Dach zu nehmen.

Castillo blickte ihn überrascht an, dann ärgerlich und schließlich entsetzt, als ihm in den Sinn kam, dass der mögliche Grund war, dass Eile nicht mehr nötig war.

Mein Gott, hat ihn jemand angerufen und mitgeteilt, dass sie tot ist, und es ist mir entgangen?

Munz erriet seine Gedanken.

»Wenn Sie und ich im Krankenhausbett neben Fräulein Schneider landen, weil wir in einen Tanklastwagen gerast sind, wird ihr das nicht helfen, meinen Sie nicht auch, Karl?«

Castillo sagte nichts.

»Im Hospital wird man ihre Reaktionen prüfen, die Blutgruppe bestimmen ...«

»Ihre Blutgruppe steht auf ihren Ausweispapieren«, unterbrach Castillo.

»Wenn sie in ihrer Handtasche waren, die ist auf dem Weg in mein Labor. Ich bezweifle, dass man brauchbare Fingerabdrücke darauf finden wird, aber ich will nichts außer Acht lassen.«

Munz ließ dies einwirken und fuhr dann fort: »Und selbst wenn das Hospital einen angeblichen Beweis für ihre Blutgruppe hätte, würde es seine eigene Untersuchung machen, es sei denn, ihr Zustand wäre äußerst kritisch. Transfusionen mit Blut von der falschen Blutgruppe können tödlich sein.«

»Sie meinen, ihr Zustand ist nicht äußerst kritisch? Himmel, Alfredo, der ganze Rücksitz war voller Blut!«

»Nicht alles davon war ihres, glaube ich«, sagte Munz. »Und Sie wissen, wie stark jede Kopfwunde blutet.«

Ja, das weiß ich. Ich bin Soldat.

Dann fang also um Himmels willen wie ein Soldat zu denken an, Charley!

Diese verdammte Situation ist meine Schuld, da gibt es keine Frage, aber sie lässt sich nicht rückgängig machen.

Schätze den Schaden ein, und entscheide dich für einen Aktionskurs!

Castillo kämpfte, um seine Stimme unter Kontrolle zu halten, und sagte: »Sie haben mir nicht erzählt, wo sie getroffen worden ist.«

Munz klopfte auf seine rechte Wange, gerade oberhalb des Munds.

»Und in den Körper, den Oberschenkel und hier in die Seite. Das ist alles, was ich gesehen habe.« Er wies auf die Stellen.

»Drei Einschusswunden – war es das Madsen-Feuer?«

»Ich weiß es nicht. Ich sah einige Neun-Millimeter-Hülsen.«

»Nun, vielleicht haben wir Glück und es waren keine der Madsen .45er.«

»Ich bezweifle, dass es eine .45 ACP war«, sagte Munz und registrierte, dass Castillo das in Brasilien angefertigte Modell kannte. »Und wir könnten sogar noch mehr Glück haben.«

»Wie meinen Sie das?«

»Ich habe keine Austrittswunde an ihrem Gesicht gesehen. Das bringt mich auf den Gedanken, dass es Abpraller gewesen sind.«

»Was?«

»Abpraller.«

»Sie meinen Querschläger?«

»Genau. Diese wunderbaren Windschutzscheiben an dem gepanzerten BMW sind entwickelt, um Kugeln abzuhalten, in diesem Fall können sie sie jedoch unglücklicherweise darin gehalten haben.«

»Mein Gott, daran habe ich überhaupt nicht gedacht!«

»Wir werden es herausfinden, wenn wir im Hospital sind.«

Und es gibt noch etwas, an das ich nicht gedacht habe!

Er nahm sein Handy und drückte auf eine Kurzwahltaste.

Alex Darby meldete sich beim zweiten Klingeln.

»Darby.«

»Castillo. Es hat einen Überfall gegeben. Mein Wagen, am Santa-Fe-Kreisverkehr in San Isidro. Sie haben Sergeant Markham erschossen, und Betty Schneider ist mit einem Hubschrauber auf dem Weg zum German Hospital.«

»Ist mit Ihnen alles in Ordnung, Charley?«

»Ich weiß nicht ob ›alles in Ordnung‹ die richtige Bezeichnung ist, aber ich war nicht in dem Wagen. Ich habe in einer Bar Wein getrunken.«

»Wo sind Sie jetzt?«

»In Coronel Munz' Wagen, auf dem Weg zum Krankenhaus.«

»Die Argentinier wissen es also.«

»Sie haben es mir erzählt – mir, dem Mann, der die Dinge leiten soll.«

»Charley, Sie können sich nicht die Schuld geben, weil Sie nicht im Wagen gewesen sind.«

»Was meinen Sie, wen diese Bastarde zu treffen versuchten? Mich oder eine Agentin des Secret Service und einen Fahrer vom Marine-Corps?«

»Ich werde in zehn Minuten Leute beim Hospital haben. Fahren Sie von dort nicht weg, bis sie dort sind.«

»Wenn Sie Personal entbehren können, schicken Sie es zum Masterson-Haus. Sagen Sie den Leuten, sie sollen Mrs Masterson nicht hören lassen, was passiert ist.«

»Charley, es wird im Fernsehen und im Radio sein.«

»Dann stellen Sie sicher, dass sie kein Fernsehen sieht und Radio hört. Ich will, dass sie dies vom Botschafter erfährt. Gleich nach unserem Gespräch werde ich ihn anrufen.«

»Okay, Charley. Sonst noch etwas?«

»Machen Sie Tony Santini ausfindig und sagen Sie ihm, dass er Jack Britton etwas Schwereres als seine Glock beschaffen, ihm dann einen Wagen besorgen und ihn zum Hospital schicken soll.«

»Wird erledigt.«

»Ich bleibe in Kontakt, Alex«, sagte Castillo, drückte die END-Taste und dann die Kurzwahltaste, um Botschafter Silvio anzurufen. Dann drückte er wieder auf die END-Taste und wandte sich an Munz.

»Alfredo, was wird mit der Leiche von Sergeant Markham geschehen?«

»Wenn meine Leute mit der Arbeit am Tatort fertig sind, wird sie zur Autopsie ins German Hospital gebracht werden.«

»Ist eine Autopsie nötig? Wir wissen, was ihn getötet hat.«

»Wir werden die Kugeln in seiner Leiche als Beweis brauchen, wenn wir die Täter fassen und ihnen den Prozess machen«, sagte Munz sachlich.

»Ja, richtig«, sagte Castillo und drückte wieder auf die Kurzwahltaste, die ihn mit Botschafter Silvio verbinden würde.

»Habe ich das richtig verstanden, Charley?«, fragte Silvio. »Ich soll nach San Isidro fahren und Mrs Masterson fragen, was sie für die morgige Zeremonie wünscht und Sie dann anrufen und Sie es wissen lassen?«

»Ja, und noch eine Sache außerdem. Ich möchte ...«

»Verzeihen Sie mir die Unterbrechung«, sagte Silvio. »Wie wollen Sie Washington informieren? Möchten Sie das selbst tun? Ich werde offenbar das Außenministerium anrufen müssen. Möchten Sie sich mit mir in der Botschaft treffen, nachdem ich mit Mrs Masterson gesprochen habe?«

»Ich werde Washington so bald wie möglich anrufen und berichten, was geschehen ist ...«

»Von der Botschaft aus?«

»Mit diesem Handy.«

»Nicht auf einer gesicherten Leitung?«

»Wenn man mich auf einer gesicherten Leitung haben will, werde ich sagen, dass ich zur Botschaft fahren werde, sobald ich das kann. Was sein wird, nachdem ich Betty Schneiders Verfassung erfahren habe.«

»Ich verstehe, wie Sie sich fühlen«, sagte Silvio. »Aber ich finde wirklich, man wird Sie so schnell wie möglich auf einer gesicherten Leitung sprechen wollen.«

»Und so bald wie möglich werde ich mit ihnen sprechen«, sagte Castillo nur.

Es folgte ein deutliches Zögern, bevor Silvio fragte: »Sie sagten, da wäre noch etwas?«

»Zwei Dinge, wenn ich es mir genau überlege. Ich wäre persönlich dankbar, wenn Sie einen Marine oder mehr Marines jetzt gleich zum Santa Fe Circle schicken könnten, die bei Sergeant Markhams Leiche bleiben. Für den Fall, dass sie bereits abtransportiert ist, wenn sie dort eintreffen, sagen Sie ihnen, sie sollen zum German Hospital fahren. Die Marines sind stolz darauf, nie einen ihrer Gefallenen zurückzulassen.«

»Ich werde mich sofort darum kümmern«, sagte Silvio.

»Und lassen Sie einen Sarg und eine Flagge zum German Hospital bringen. Roger wird in der Globemaster sein, wenn sie morgen startet.«

»Ich werde dafür sorgen, dass dies erledigt wird.«

»Danke, Sir.«

»Lassen Sie mich bitte wissen, wie es um Miss Schneider steht, sobald Sie irgendetwas erfahren?«

»Ja, Sir. Ich werde Sie informieren.«

»Bis dann, Charley.

»Jawohl, Sir.«

Castillo drückte auf die END-Taste und tippte dann eine lange Telefonnummer aus dem Gedächtnis ein.

»Ministerium für Heimatschutz. Mit wem soll ich Sie verbinden?«

»Fünf, bitte.«

»Minister Halls Büro. Mrs Kensington.«

»Hier ist Charley, Mrs K.«

»Oh, wie geht es Ihnen?«

»Mies. Ist der Boss da?«

»Sie haben ihn gerade um eine Minute verpasst, Charley.«

»Gut. Ich wollte eigentlich gar nicht mit ihm reden.«

»Wie bitte?«

»Was ist mit Dick Miller?«

»Der ist hier. Was ist los, Charley?«

»Geben Sie ihn mir, bitte. Hören Sie zu. Wenn möglich, zeichnen Sie das Gespräch auf, damit Sie es für den Boss abspielen können.«

»Geben Sie mir eine halbe Minute«, sagte Mrs Kensington.

Einundzwanzig Sekunden später kündigte Mrs Kensington an: »Diese Telefonkonferenz findet um siebzehn Uhr zehn Washingtoner Zeit am 24. Juli 2005 zwischen C. G. Castillo, H. R. Miller und May-Ellen Kensington, alle vom Büro des Heimatschutzministers, statt und ist mit der Erlaubnis und dem Wissen aller daran Beteiligten aufgezeichnet.«

Major H. Richard Miller junior kam in die Leitung. »Was ist los, Charley?«

»Erinnerst du dich, dass du mich ermahnt hast, nichts Dummes mit Betty Schneider anzustellen?«

»Ja. Warum?«

»Nun, ich bin weit über deine Erwartungen hinausgegangen. Ich bin in einem SIDE-Wagen an der Peripherie von Buenos Aires auf dem Weg zum German Hospital, in das Betty ärztlich evakuiert wurde, nachdem sie mehrere Geschosswunden in Kopf und Körper erlitten hat.«

»Allmächtiger!«, stieß Major Miller hervor.

»Oh, mein Gott!«, entfuhr es Mrs Kensington.

»Was, zum Teufel, ist passiert?«, fragte Miller.

»Um Special Agent Schneider jede mögliche Peinlichkeit zu ersparen, die daraus entstehen könnte, dass das Ass, das diese Operation leitet, sie persönlich von der Arbeit abholt – die Leute könnten denken, dass sie was mit ihrem Boss hat, und das wollten wir nicht –, hat ihr Boss sich an einer Bar absetzen lassen und seinen Wagen und Fahrer losgeschickt, um Special Agent Schneider abzuholen.

Während Sergeant Roger Markham, USMC, durch den Kreisverkehr Santa Fe in San Isidro fuhr, um zu der Bar zu gelangen, wo das Ass und der Leiter dieser Operation Wein nippte, wurde der Wagen von unbekannten Tätern überfallen. Die Bastarde schafften es, eine Madsen-MPi durch Rogers Fenster zu schieben, und leerten fast das ganze Magazin. Roger wurde mehrmals in den Kopf getroffen, der praktisch explodierte, und die Projektile der Madsen prallten von den kugelsicheren Scheiben im Wagen ab. Mindestens drei der Querschläger verwundeten Betty.«

»Allmächtiger!«, sagte Miller.

»Das hast du bereits gesagt«, stellte Castillo fest. »Mrs K. wird dies dem Boss berichten – sagen Sie ihm bitte, Mrs K., dass Botschafter Silvio auf einer gesicherten Leitung dies mitteilen wird, sobald er Mrs Masterson davon erzählt und herausgefunden hat, was sie wegen der morgigen Verleihungszeremonie wünscht, und ich werde das Gleiche tun, sobald ich das kann, was heißt, nachdem ich erfahren habe, wie es Betty geht.«

»Selbstverständlich«, sagte Mrs Kensington. »Oh, Charley, es tut mir so leid ...«

»Und du, Dick«, unterbrach Castillo, »telefonierst mit dem Polizeichef in Philadelphia. Wie heißt er noch?«

»Kellogg«, sagte Miller.

»Besser noch, wie ist der Name des Leiters der Antiterrorabteilung, der bei den Special Forces gewesen ist? Fritz sowieso?«

»Chief Inspector F. W. ›Fritz‹ Kramer«, erklärte Miller leise.

»Genau, jetzt erinnere ich mich auch. Ruf ihn an. Schildere ihm, was passiert ist. Sag ihm, du weißt nicht viel mehr, als dass sie verletzt ist – sag ihm nicht, dass sie angeschossen wurde, sprich nur von verletzt – und dass wir sie so bald wie möglich nach Philadelphia schicken. Bitte ihn, zu entscheiden, ob er ihre Familie benachrichtigen will oder nicht. Sag ihm, sobald du mehr weißt, wirst du es ihm mitteilen.«

»Kapiert.«

»Und dann telefonierst du mit Joel Isaacson und fragst ihn, was mit Roger Markhams Leichnam geschehen soll ...«

»Das ist der Fahrer vom Marine-Corps, der getötet worden ist?«, unterbrach Miller.

»Ja. Der Botschafter wird das Außenministerium anrufen, aber ich weiß nicht, ob es das Marine-Corps oder die nächsten Verwandten benachrichtigen wird, und ich will vermeiden, dass da Scheiße gebaut wird – Verzeihung, Mrs K.«

»Ich werde das regeln, Charley«, sagte Mrs Mary-Ellen Kensington. »Was ist mit Ihnen? Alles in Ordnung mit Ihnen? Sicher?«

»Ich sitze neben dem Leiter des SIDE im Wagen. In Argentinien ist man nirgendwo sicherer.«

»Sie werden anrufen, wenn Sie etwas über Bettys Verfassung erfahren haben?«, fragte Mrs Kensington.

»Das werde ich. Jetzt muss ich Schluss machen. Wir sind fast beim Hospital.«

»Pass auf dich auf, Junge«, sagte Major H. Richard Miller.

Castillo drückte auf die END-Taste, steckte das Handy in die Tasche und sah Munz an.

»Darf ich vorschlagen, Karl, dass Sie die Patrone aus der Kammer Ihrer Pistole entfernen, bevor wir das Hospital betreten?«

»Mensch, das habe ich völlig vergessen! Wie sind Sie darauf gekommen?«

»Ich sah die Pistole am Tatort«, sagte Munz.

Als ich durch das Fenster in den BMW spähte.

Castillo zog die Beretta hinten aus dem Hosenbund, entfernte das Magazin, stieß die Kugel aus der Kammer aus, steckte sie ins Magazin und schob das Magazin wieder in die Pistole.

2

German Hospital
Avenida Pueyrredón
Buenos Aires, Argentinien
24. Juli 2005, 19 Uhr 20

Castillo erreichte die Intensivstation des Krankenhauses in dem Augenblick, in dem Special Agent Schneider auf einem Krankenbett aus einem der verglasten Behandlungsräume gerollt wurde. Es war so viel Krankenhauspersonal um das Bett herum, dass er nur mit Mühe einen Blick auf Betty erhaschen konnte.

Einer der Mediziner schob etwas, das wie ein Kleiderbaum auf Rädern aussah. Daran hingen drei Plastikbehälter, und davon führten klare Plastikschläuche unter die blauen Laken. Einer der Behälter enthielt menschliches Blut.

Charley konnte nur raten, was in den anderen beiden Behältern war.

Betty war in blassblaue Laken eingehüllt. Nahe ihrer Leistengegend und an der Seite waren sie frisch, jedoch blutbefleckt. Der weiße Verband um ihren Kopf war ebenfalls blutig. Ihre Augen waren offen, doch es war keine Reaktion darin zu sehen, als das Bett aus der Intensivstation zu einem der Aufzüge gerollt wurde. Castillo schob eine der Krankenschwestern beiseite und schaute auf Betty hinab.

»Ich sehe keine Reaktion«, sagte Charley.

»Ich spreche kein Englisch«, antwortete der Mann in Chirurgen-Grün in gebrochenem Englisch.

Charley wiederholte die Worte auf Spanisch.

»Sie steht unter Beruhigungsmitteln«, antwortete der Mann.

Sie erreichten die Aufzüge. Ein Knopf wurde gedrückt, und schließlich glitt eine Tür auf.

»Wir bringen die Patientin in den Operationssaal«, sagte der Mann im Chirurgen-Grün. »Sie haben da keinen Zutritt.«

Charley hätte fast gesagt »Leck mich am Arsch! Ich lasse mir nicht verbieten, meine Betty zu begleiten!«, als er Munz' Hand fest auf seiner Schulter spürte.

»Der Chef des chirurgischen Teams wird erklären, was mit ihr geschehen wird, Karl«, sagte Munz sanft. »Sie können einfach nicht mit ihr in den Operationssaal gehen.«

Der Chef-Chirurg sah wie ein rasierter Weihnachtsmann aus. Sein üppiger Bauch sprengte fast die Knöpfe seines weißen Nylonjacketts. Auf seinem Namensschild stand JOSE P. ROMMINE, M.D.

An der Wand hing eine Vorrichtung zum Betrachten von Röntgenbildern, auf der so viele Röntgenfilme hafteten, dass an einigen Stellen drei und vier Aufnahmen von derselben Stahlkammer festgehalten wurden.

»Ich bedaure, dass mein Englisch nicht gut ist«, sagte Dr. Rommine, als er Castillo die Hand schüttelte.

»Herr Castillo spricht Deutsch«, sagte Munz auf Deutsch.

»Das vereinfacht die Dinge«, erwiderte Rommine auf Deutsch. »Ich habe in Deutschland studiert. Zuerst an der Philipps-Universität in Marburg an der Lahn und dann in Heidelberg.«

»Ich kenne diese Unis«, sagte Castillo.

Deutsche Ärzte – und ich bin sicher, sie hatte die besten – konnten meine Mutter nicht am Leben erhalten. Ich hoffe, du kannst das bei Betty besser, Herr Doktor Weihnachtsmann.

Bitte, Gott, lass es ihn besser machen!

»Wir sind an Ihrer Diagnose interessiert, Herr Doktor«, sagte Munz.

»Natürlich«, sagte der Arzt, wandte sich den Röntgenaufnahmen zu und nahm einen Zeigestock. »Wie Sie hier sehen können, die Wunde im Bein hat zwar einige Muskeln beschädigt – und da muss nicht nur das Projektil entfernt werden –, aber es hätte schlimmer sein können.«

Ja, klar, diese Bastarde hätten eine 20mm benutzen und das Bein wegblasen können.

Mein Gott, wenn sie mich fertig machen wollten, und sie hatten anscheinend Zugang zu Waffen, warum haben sie dann keine Handgranate benutzt? Sie hätten die nur in den Wagen werfen müssen, nachdem sie Roger dazu gebracht haben, die Fensterscheibe zu senken. Heldenhaften Geschichten zum Trotz haben nur sehr wenige Leute die Nerven, eine Granate zurückzuwerfen, wenn sie nahe bei einem landet.

Vor seinem geistigen Auge sah Castillo das unangenehme Bild, wie Roger Markham verzweifelt auf dem Wagenboden nach einer Granate sucht und sie gerade dann findet, als sie losgeht. Granatsplitter hätten die Polsterung und dünnen Metallteile der Sitze mühelos durchschlagen und wären vermutlich von dem kugelsicheren Glas abgeprallt.

Dr. Rommines Vortrag über Bettys Beinverletzung, illustriert mit einem halben Dutzend Röntgenaufnahmen, dauerte mindestens drei Minuten.

Ebenso Teil zwei, die Wunde in der Leistengegend, die ebenso ernsthaft, aber nicht so schwerwiegend war, wie sie hätte sein können. Die Röntgenaufnahmen zeigten keine Beschädigung der Fortpflanzungsorgane, abgesehen von dem sympathetic Trauma …

Was auch immer das heißen soll.

Und der chirurgische Eingriff, um dieses Projektil zu entfernen, würde natürlich die Fragen klären, die durch die Röntgenaufnahmen unbeantwortet blieben.

»Ich denke, die Gesichtsverletzung verursacht die größte Schwierigkeit«, sagte Dr. Rommine und wandte sich zu den Röntgenaufnahmen des Schädels der Patientin mit Schwerpunkt Unterkieferknochen.

»Wie Sie sehen können, ist das Projektil ziemlich tief in den Knochen hier eingebettet.« Er zeigte es mit dem Stock und wandte sich dann erst einer, dann einer zweiten und dritten Röntgenaufnahme zu, die den Kieferknochen aus allen Winkeln zeigte. »Da ist eine Fraktur und eine zu erwartende Absplitterung. Das Entfernen des Projektils wird etwas schwierig sein. Wir haben hier nicht viel Gesichtschirurgie, und ich habe versucht, eine mir bekannte Kapazität ausfindig zu machen, doch er ist in Skiurlaub in Bariloche und wird ein paar Tage nicht zur Verfügung stehen.«

Hoffentlich bricht sich der Bastard beide Beine.

Castillo sagte. »Wollen Sie damit sagen, Sie lassen die Kugel in ihrem Kiefer, bis dieser Mann von Bariloche zurück ist?«

»Es ist Dr. Koos. O nein. Das Projektil wird jetzt entfernt. Doch die plastische Chirurgie – ihr Kiefer wird natürlich mit Drähten geschlossen werden – ist ganz wichtig und sollte in die Hände des besten verfügbaren Mannes gelegt werden.«

Mein Gott, das ist Bettys Schädel, den ich da betrachte.

Castillo fühlte sich plötzlich benommen, dann schwindelig.

Werde ich ohnmächtig und klappe auf dem glänzenden Boden des Weihnachtsmanns zusammen?

Nein, gottverdammt, ich werde nicht die Kontrolle über mich verlieren!

Er stützte sich mit einer Hand an das Gestell mit den Röntgenaufnahmen.

»Doktor, wie bald kann sie verlegt werden?«

»Wie bitte? Ich verstehe nicht ganz.«

»Wie bald kann ich sie in die Vereinigten Staaten fliegen?«

»Oh, ich verstehe, was Sie denken.« Er dachte kurz über die Frage nach und fuhr dann fort: »Das würde in großem Maße von der Unterstützung abhängen, die Sie besorgen könnten in Hinsicht auf Sauerstoff, Blut – für den Fall einer unerwarteten Blutung – et cetera im Flugzeug. Und sie müsste mit Nahrung versorgt werden. Mit flüssiger natürlich. Ihr Kiefer wird für mindestens zwei Wochen unbeweglich sein. Sie müsste von einem Arzt und einer Krankenschwester begleitet werden. Ich spreche von baldiger Verlegung – sagen wir morgen oder übermorgen. Wenn Sie bereit sind, zu warten, sagen wir zweiundsiebzig oder sechsundneunzig Stunden – drei, vier Tage –, hätte sie einiges Unbehagen, könnte aber weitaus leichter reisen. Mit ärztlichem Pflegepersonal natürlich.«

»Wie lange wird sie jetzt im Operationssaal sein?«

»Oh, ich würde sagen ...«, begann Dr. Rommine forsch, dann dachte er über zwanzig Sekunden nach, bevor er weitersprach. »Zwei Stunden, vielleicht ein wenig länger. Und ich sollte mir jetzt besser die Hände schrubben. Die Patientin wird jetzt fast mit Sicherheit vorbereitet worden sein.«

»Sie werden operieren?«

»Selbstverständlich. El Coronel Munz hat mir die Situation erklärt. Es wird mir ein Privileg sein.«

Dr. Rommine eilte ohne ein weiteres Wort davon. Er verließ den Raum so schnell, dass Castillo bezweifelte, dass Dr. Weihnachtsmann seinen etwas verspätet ausgedrückten Dank hörte.

»Alles in Ordnung mit Ihnen, Karl?«, fragte Munz.

Castillo nickte.

»Sie sahen eine Weile ein wenig blass aus.«

»Es ist alles in Ordnung. Danke für alles.«

»Mal sehen, ob wir eine Tasse Kaffee finden können«, sagte Munz. »Und wir sollten daran denken, dass wir allmählich etwas zu essen bekommen.«

»Alfredo, ich habe keinen Appetit.«

»Wenn Leute nicht essen, sinkt ihr Blutzucker, besonders nachdem sie Stress ausgesetzt gewesen sind, und sie können ohnmächtig werden«, sagte Munz.

Castillo sah ihn einen Moment an, erkannte, dass er recht hatte, und nickte seinen Dank.

»Okay«, sagte er und wandte sich zur Tür. »Gehen wir.«

»Setzen Sie sich, Karl«, sagte Munz. »Ich werde etwas heraufholen lassen.«

»Alfredo, meinen Sie wirklich, diese Bastarde würden versuchen, mich in einer Krankenhauscafeteria fertig zu machen?«

»Das ist anscheinend das Problem, nicht wahr? Wenn Sie keine Ahnung haben, wer die Bastarde sind, ist es ziemlich schwierig, ihre Pläne oder ihre Fähigkeiten einzuschätzen.«

Munz drückte auf eine Kurzwahltaste auf seinem Handy und beauftragte jemanden, in die Cafeteria zu gehen und einige Sandwichs – *lomo* Sandwichs, wenn im Angebot, sonst Schinken und Käse –, Kaffee und ein paar sehr süße Teilchen zu holen.

Castillo setzte sich auf Dr. Weihnachtsmanns Stuhl und betrachtete auf der Röntgenaufnahme die Kugel, die in Bettys Kiefer steckte.

Jack Britton tauchte zur selben Zeit auf wie die Sandwichs. Er hielt eine Madsen-MPi unter dem Arm, die von einem Stoffgurt um seine Schulter hing.

»Sie ist im Operationssaal«, sagte Castillo, ohne Brittons Frage abzuwarten. Er wies auf die Röntgenaufnahmen und dann auf die Waffe. »Drei Wunden durch Kugeln von einer dieser Madsen.«

»Von einer dieser?«, fragte Britton ungläubig.

»Ja, von einer dieser. Woher haben Sie die?«

»Darby«, sagte Britton. »Er fragte mich, ob ich damit umgehen kann, und ich habe gelogen. Habe nie zuvor eine gesehen. Sie haben Betty mit einer von diesen getroffen?«

»Ja, ein Neun-Millimeter-Modell. Und sie haben Sergeant Markham weggeblasen.«

»Das habe ich gehört«, sagte Britton. »Was, zum Teufel, ist da los, Charley?«

»Ich habe verdammt keine Ahnung«, bekannte Castillo und streckte die Hand nach der Madsen aus. »Lassen Sie mich die haben. Ich werde Ihnen zeigen, wie sie funktioniert.«

Britton überreichte Castillo die Maschinenpistole. Er entfernte das Magazin und überprüfte, dass keine Patrone im Mechanismus geblieben war.

»Passen Sie auf, Jack. Sie werden diese vielleicht benutzen müssen.«

»Ich bin ganz Ohr«, sagte Britton.

»Dies ist eine Madsen M53«, begann Castillo. »Kaliber neun Millimeter Parabellum. Diese hat ein gekrümmtes Magazin für dreißig Patronen, die früheren Modelle haben ein Stabmagazin. Sie feuert von einer offenen Kammer, mit anderen Worten, um sie abzufeuern, zieht man diesen Hebel hier unten nach oben ...«

Er demonstrierte es. Der Hebel rastete mit einem festen Klicken ein.

»Als Erstes entsichert man. Mit anderen Worten, Sie bewegen dieses Ding nach ›F‹ ...«

Er zeigte, wie die Sicherheitskontrolle funktionierte.

»Dann wählen Sie Automatik- oder Einzelschussmodus. Dies ist der Auswahlhebel dafür. ›A‹ steht für Automatik ...« Er demonstrierte die Funktion des Auswahlhebels. »Dann betätigen Sie den Abzug.«

Er drückte ab.

»Wenn ein geladenes Magazin hier drin gewesen wäre,

hätte der Bolzen die Patrone getroffen, vorgeschoben, und es hätte geknallt. Dann wäre der Bolzen in die hintere Position zurückgekehrt. Wenn Sie im Einzelschussmodus wären, würden Sie, um wieder zu feuern, den Finger vom Abzug zurückziehen und dann wieder abdrücken. Wenn Sie im Automatikmodus sind – ihr Finger hält den Abzug noch immer nach hinten –, würde es peng, peng, peng machen, mit einer Folge von sechshundertundfünfzig Patronen pro Minute, bis Ihnen die Munition ausgeht. Wir versuchen, den Leuten beizubringen, Feuerstöße von jeweils drei Schuss abzugeben – dazu bedarf es einiger Übung –, denn sonst, wenn Sie jede andere Maschinenpistole abfeuern, neigen die Muskeln des Schützen dazu, sich unfreiwillig zusammenzuziehen und die Mündung zu heben, und dann verfehlen Sie, was Sie treffen wollen.«

Er schaute Britton an. »Ich hoffe, Sie haben sich im Geiste Notizen gemacht. Es wird ein Quiz geben.«

»Als Sie sagten ›wir versuchen, den Leuten beizubringen‹, meinten Sie die Special Forces, nicht wahr?«

Castillo nickte. »Sie haben schon Maschinenpistolen abgefeuert, richtig?«

»Ja. Aber nicht diese.«

»Viele Leute mögen die Madsen«, sagte Castillo.

Er gab Britton die MPi zurück.

»Der Bolzen ist vorne«, sagte er. »Stellen Sie den Sicherungshebel auf ›S‹ und die Feuerauswahl auf ›A‹«, sagte er, und als Britton ihn ansah, fügte er hinzu: »Ja, jetzt, bitte, Jack.«

Britton tat es.

»Okay. Jetzt ist es sicher, das Magazin zu laden.« Er reichte es ihm, beobachtete, wie Britton es einschob, und fuhr fort: »Okay, jetzt brauchen Sie nur den Actionhebel zurückzuziehen, zu entsichern und dann abzudrücken.«

»Kapiert«, sagte Britton.

»Gut. Und jetzt legen Sie sie vorsichtig auf dieses Regal. Ich bezweifle, dass Sie sie hier gleich brauchen werden, und ich will mein Sandwich essen. Haben Sie Hunger, Jack?«

»Nein. Danke.«

»Sind Sie sicher? Die sehen gut aus«, sagte Castillo und bediente sich.

Castillo verzehrte gerade ein großes Stück unglaublich guten Apfelstrudel – *warum bin ich überrascht, dass es so gut schmeckt? Dies ist das German Hospital* –, als es an die Bürotür klopfte. Ein großer Mann in Zivilkleidung trat ein und reichte Coronel Munz einen kleinen Plastikbeutel.

»Und, *mi coronel*, da sind Amerikaner für Señor Castillo hier.«

Munz antwortete nicht direkt. Er hielt den Plastikbeutel hoch. Castillo sah, dass er zwei Patronenhülsen enthielt.

»Es gibt andere, richtig? Wir brauchen diese nicht im Gericht?«

»Es gibt insgesamt 24, *mi coronel*. Die Spurensicherung sucht immer noch. Es ist möglich, dass einige Zuschauer ein paar andere Hülsen als Souvenir mitgenommen haben.«

Munz öffnete den Beutel, nahm eine Patronenhülse heraus, betrachtete sie sorgfältig und reichte sie Castillo.

»Israelisch«, sagte er. »Der gleiche Jahresstempel wie bei denen, die wir in der Avenida Thomas Edison im Taxi gefunden haben.«

Castillo nahm die Patronenhülse und reichte sie Britton.

»Wir haben jetzt den schlüssigen Beweis, dass Israel 1999 Neun-Millimeter-Munition herstellte«, sagte er.

Munz lächelte ihn an.

»Grinsen Sie nicht«, sagte Castillo. »Ich kann mir nicht denken, wovon sonst wir schlüssige Beweise haben.« Er sah Britton an. »Nur um meine Neugier zu befriedigen, was steht in der Madsen von der Botschaft?«

Britton nahm ein gekrümmtes Magazin aus seiner Tasche, löste mit dem Daumen eine Patrone und untersuchte deren Fuß.

»Israelisch, 1992«, sagte er.

»Und den schlüssigen Beweis, dass die bösen Jungs frischere Munition haben als die guten Jungs«, sagte Castillo. »Nicht, dass das zählt, denn allmählich frage ich mich, ob wir jemals eine Chance zum Zurückschießen bekommen werden.«

»Wollen Sie diese behalten?« Munz nickte zu dem Plastikbeutel.

»Ja, danke«, sagte Castillo, nahm den Plastikbeutel, und steckte die Patrone hinein, die Britton ihm hinhielt, verschloss ihn und schob ihn in seine Tasche.

»Amerikaner für mich?«, fragte er Munz' Mann.

»*Si, señor.*«

Castillo forderte ihn mit einer Handbewegung auf, sie hereinzubringen.

Ein Zivilist – Castillo erkannte sein Gesicht von der Brainstormingsitzung wieder, ihm fiel jedoch kein Name ein – und ein Soldat des Marine-Corps. Der Mann, Mitte zwanzig, hatte eine olivfarbene Haut, und Castillo sagte sich, dass er vermutlich einer der Agenten der Drug Enforcement Agency war. Er trug ein M-16-Gewehr.

Der Marine, in grüner Uniform mit einer Beretta in einem Feldholster, das von einem Gurt hing, war ein Corporal.

»Ich bin Castillo. Sie suchen mich?«

»Solez, Mr Castillo. DEA. Ich soll mich bei Ihnen melden und tun, was immer Sie mir befehlen.«

»Sprechen Sie Spanisch, Mr Solez?«, fragte Castillo auf Spanisch.

»Das sprach ich, bevor ich Englisch sprechen lernte«, erwiderte Solez auf Spanisch.

Castillo fiel jetzt der Akzent auf.

»Und woher aus Texas stammen Sie?«, fragte er, immer noch auf Spanisch.

»San Antone, *señor.*«

»Ich auch.«

»Ja, Sir, ich weiß.«

»Woher wissen Sie das?«

»Mein Vater ist Antonio Solez, Sir. Ich glaube, Sie kennen ihn.«

Antonio Solez war einer der Freunde von Castillos Großvater gewesen, ein vertrautes Gesicht sowohl in den Büros als auf den Ranches und Sargträger auf der Beerdigung von Don Juan Fernando Castillo. Sein Bild, ein großer, dunkelhäutiger Mann, der schwer atmend am offenen Grab stand und sich seiner Tränen nicht schämte, entstand vor Castillos geistigem Auge.

»Ich erinnere mich tatsächlich. Wie geht es ihm?«

»Er kümmert sich immer noch um Don Fernando«, sagte Solez mit einem Lächeln. Es dauerte einen Augenblick, bis Charley verstand, was er meinte. Er lächelte zurück.

»Wann hat mein fetter und hässlicher Cousin damit angefangen, sich ›Don Fernando‹ zu nennen?«

»Die Leute begannen ihn nach Don Fernandos Tod so zu nennen. Ich glaube, er mag das. Doña Alicia mag es, das weiß ich.«

»Sie sind Ricardo, richtig? Als Letztes hörte ich, dass Sie auf dem College sind.«

»Ja, Sir. Ich hatte 2001 die Abschlussfeier und ging dann direkt zur DEA.«

»Sie können den Sir weglassen. Bitte tun Sie das.«

Solez nickte.

»Warum haben Sie nichts gesagt, als wir bei dieser Brainstormingsitzung waren?«, fragte Castillo.

Solez zuckte mit den Schultern. »Ich war mir nicht sicher, ob Sie sich erinnern würden.«

»Ich hätte mich an Sie erinnern sollen. Es tut mir leid.«

Solez zuckte abermals mit den Schultern. »Kein Problem. Sie hatten andere Dinge im Sinn. Wir sind beide weit weg von San Antonio.«

»Es freut mich wirklich, Sie zu sehen, Ricardo«, sagte Castillo. »Sie haben gehört, was geschehen ist?«

Solez nickte.

»Sie ist jetzt im Operationssaal«, sagte Castillo. »Sie wird dort vermutlich noch zwei Stunden bleiben. Von dem Moment an, in dem sie aus dem Aufzug gefahren wird, bis ich sie hier raushole, werden Sie oder Special Agent Britton – Sie kennen einander?«

»Wir haben uns kennen gelernt.«

»Wenn Sie über mich sprechen, möchte ich, dass dies auf Englisch geschieht, Charley«, sagte Britton.

»Verzeihung«, sagte Charley, jetzt auf Englisch. »Special Agent Solez ist nicht nur ein texanischer Freund, sondern seine Familie und meine sind seit Generationen befreundet.«

»Mein Dad ist Chefingenieur bei Castillo Properties«, sagte Solez mit Stolz. »Alles außer der Petroleum-Seite.«

Britton musterte ihn und nickte.

»Okay«, fuhr Castillo fort. »Von dem Zeitpunkt an, in dem Special Agent Schneider aus dem OP kommt, bis ich sie hier rausbekommen kann, möchte ich, dass einer von euch auf sie aufpasst, vorzugsweise beide.«

»Kein Problem«, sagte Britton. Solez nickte.

»Es werden natürlich Leute vom SIDE dabei sein«, sagte Munz.

Britton und Solez nickten beide.

Castillo wandte sich an den Corporal vom Marine-Corps und schaute ihn zum ersten Mal genauer an. Er war gerade mal einsfünfundfünfzig oder einssechzig und wog nicht mehr als höchstens siebzig Kilo. Er wirkte wie ein Siebzehnjähriger.

Ich dachte, Marines im Botschaftsdienst müssen eine Mindestgröße haben. Woher kommt dieser kleine Knabe?

O ja. Vorschrift 13B. »Jede militärische Organisation mit genehmigter Stärke von zwei oder mehr Männern wird einen Schreiber haben.«

Dieser Kleine ist ein Schreiber der Wachabteilung des Marine-Corps, als Fahrer in den Dienst gepresst.

»Sie sind der Fahrer, richtig, Corporal?«

Der Corporal stand still.

»Nein, Sir. Der Fahrer ist beim Wagen, Sir. Der Gunny hat mir befohlen, Ihnen zu sagen, dass kein gepanzerter Wagen sofort verfügbar ist, und Ihnen vorzuschlagen, die entsprechenden Vorsichtsmaßnahmen zu treffen, bis einer für Sie gefunden werden kann.«

»Okay.«

»Mein Name ist Corporal Lester Bradley, Sir. Ich bin Ihr Leibwächter, Sir.«

Einen Moment herrschte Stille, und dann bekam Jack Britton plötzlich einen Hustenanfall. Coronel Munz, dessen Gesicht rot anlief, und DEA-Agent Solez betrachteten plötzlich fasziniert die aufgehängten Röntgenaufnahmen.

Major C. G. Castillo hielt eine Hand auf den Mund, um ein Lachen zu ersticken – nur die Andeutung eines Kicherns von ihm oder jedem sonst würde etwas auslösen, das an Hysterie grenzte –, und schließlich glaubte er, seiner Stimme wieder trauen zu können.

»Nun, ich bin froh, Sie zu haben, Corporal«, sagte er. »Ich weiß, wie zuverlässig Marines sind.«

»*Semper fi*, Sir«, sagte Corporal Lester Bradley ernst.

Coronel Munz wandte sich von seiner Untersuchung der

Röntgenaufnahmen ab, und weil er sich vermutlich nicht zu sprechen getraute, signalisierte er Castillo mit einem Nicken zur Tür, dass er ihn unter vier Augen sprechen wollte.

»Entschuldigt mich eine Minute, Jungs. Ich werde gleich wieder zurück sein«, sagte Castillo und folgte Munz auf den Flur hinaus.

Munz legte eine Hand auf Castillos Arm.

»Da Sie jetzt unter dem Schutz des U. S. Marine Corps stehen, Karl, würde es Ihnen etwas ausmachen, wenn ich Sie verlasse?«

»Unterschätzen Sie nicht die Marines, Alfredo. Es sind eigentlich ganz nette Leute.«

»Sind sie alle wie dieser Junge?«

»Sie sind nicht oft von Selbstzweifeln geplagt«, sagte Charley.

»Und das sollten Sie auch nicht sein«, sagte Munz ernst. »Ich habe Ihr Handwerk für eine Weile ausgeübt. Und ich habe sehr wenige Leute mit Ihrem Naturtalent dafür kennen gelernt.«

»Das nehme ich als großes Kompliment, Alfredo.«

»So war es auch gemeint. Hören Sie zu, Karl. Lassen Sie sich von dem, was hier passiert ist, nicht beunruhigen ...«

Damit meint er, dass ich fast umgekippt wäre.

»... es wäre etwas nicht in Ordnung mit einem Mann, der auf eine Kugel in dem Schädel der Frau blickt, die er liebt, eine Kugel, die sie hätte töten können, und nicht so reagiert hätte wie Sie.«

Castillo begegnete seinem Blick, sagte jedoch nichts.

Munz drückte seinen Arm.

»Und passen Sie auf mit dem ungepanzerten Wagen, wie Ihr Leibwächter gesagt hat«, sagte Munz mit einem Lächeln. »Ich nehme an, Sie werden zur Botschaft fahren?«

Warum nicht? Dr. Weihnachtsmann sagte, dass Betty zwei Stun-

den im OP sein wird. Und ich muss mit Washington über eine gesicherte Leitung sprechen.

Castillo nickte. »Ich nehme mir das zu Herzen.«

»Es wird ein Wagen vom SIDE bei Ihnen sein«, sagte Munz und gab ihm dann die Hand. »Wiedersehen, Karl.«

Wiedersehen? Was meint er denn damit?

»Danke für alles, Alfredo.«

»Ich werde für Ihre Lady beten, Karl«, sagte Munz und ging dann schnell den Korridor entlang zum Aufzug.

Charley kehrte ins Büro zurück, sagte Britton und Solez, dass er zur Botschaft fahren würde, bat sie, ihn anzurufen, wenn es irgendetwas Neues geben würde, und ging dann – unter sorgfältiger Beobachtung von Corporal Bradley, seinem Leibwächter – zum Kellergeschoss und stieg in seinen ungepanzerten Botschaftswagen.

Auf dem Weg klingelte sein Handy, und als er sich meldete klopfte ihm das Herz bis zum Hals. Es war Botschafter Silvio, der ihm sagte, dass Mrs Masterson wünschte, an der Zeremonie in der Kathedrale Metropolitana teilzunehmen.

»Ich bin auf dem Weg zur Botschaft, Sir. Um mit Washington zu telefonieren. Möchten Sie, dass ich dort warte, bis Sie eintreffen?«

»Bitte, Charley. Ich werde in einer halben Stunde dort sein.«

3

Botschaft der Vereinigten Staaten
Avenida Colombia 4300
Buenos Aires, Argentinien
24. Juli 2005, 20 Uhr 40

»Weißes Haus.«

»Hier spricht C. G. Castillo. Ich brauche eine gesicherte ...«

»Wir haben auf Ihren Anruf gewartet, Sir. Bleiben Sie bitte dran.«

»Minister Halls Büro, Mrs Kensington am Apparat.«

»Wir haben Mr Castillo für Minister Hall am Apparat, Mrs Kensington. Diese Leitung ist gesichert.«

Mrs Kensington drückte auf den Knopf ihrer Gegensprechanlage und sagte: »Nehmen Sie an, Boss. Es ist Charley auf einer gesicherten Leitung.« Dann wählte sie eine andere Nummer auf dem gesicherten Telefon.

Charley hörte, was sie sagte: »Wir haben Minister Hall und Mr Castillo auf einer gesicherten Leitung für eine Konferenzschaltung mit Direktor Montvale.«

Oh Scheiße!

Charles W. Montvale, ehemaliger stellvertretender Außenminister, ehemaliger Finanzminister und ehemaliger Botschafter der Europäischen Union, war der kürzlich ernannte Direktor des nationalen Nachrichtendienstes. Die Presse hatte ihn sofort »Intel-Zar« getauft.

»Charles Montvale.«

Oh noch mal Scheiße! Er klingt, als hätte er die Zähne zusammengepresst.

»Alles okay mit Ihnen, Charley?«, fragte Minister Hall, als er in die Leitung kam.

»Mir geht es gut, Matt. Und Ihnen?«, sagte Direktor Montvale, eine Spur von herablassender Belustigung in der Stimme.

»Castillo, sind Sie dran?«, fragte Hall. Seine Stimme klang ein wenig ungeduldig.

»Jawohl, Sir.«

»Alles in Ordnung, Charley?«

»Ja, Sir. Mir geht's prima.«

»Und dem Mädchen?«

»Sie ist jetzt in der Chirurgie des German Hospital. Sie ist dreimal getroffen worden ...«

»Nehme ich korrekt an, dass die dritte Partie dieses Anrufs Major Castillo ist?«, unterbrach Direktor Montvale. Er klang immer noch amüsiert.

»Jawohl, Sir«, sagte Castillo.

»Ich bin Charles Montvale, Major. Wissen Sie, wer ich bin?« Jetzt klang seine Stimme ernst.

»Jawohl, Sir.«

»Der Präsident hat mich gebeten, Ihren Anruf anzunehmen, Major. Verstehen Sie?«

»Jawohl, Sir.«

»Dieses Telefonat wird aufgezeichnet. Sie können fortfahren.«

»Moment mal, Charley«, sagte Matt Hall. »Mr Montvale, lassen Sie uns einige Dinge zwischen uns klären, bevor jemand ein weiteres Wort sagt.«

»Gibt es da ein Problem?«

»Mehrere, befürchte ich. Zum einen mag ich es nicht, informiert zu werden, dass mein Telefonat aufgezeichnet wird. Sie sagten nichts davon, als Sie meiner Assistentin erklärten, dass Sie dazugeschaltet werden möchten.«

»Eigentlich war es meine Assistentin, die mit Ihrer sprach«, sagte Montvale. »Und die Aufzeichnung meiner Telefonate ist eine Standardprozedur.«

»Es ist nicht meine Standardprozedur. Ich hätte gerne Ihre Versicherung, dass das Aufnahmegerät abgeschaltet wird, dass das bisher Aufgezeichnete gelöscht wird und dass niemand außer uns dreien das Gespräch mithören kann.«

»Ich habe vor, das Band von diesem Gespräch verfügbar zu

haben, sollte der Präsident danach fragen, wenn ich ihm über diese Telefonkonferenz berichte.«

»Habe ich das richtig verstanden, Sie versichern mir, dass der Recorder abgeschaltet ist?«

»Ich kann Ihr Verhalten ehrlich gesagt nicht verstehen, Minister Hall.«

»Ist das ein Ja oder Nein, Mr Montvale?«

»Jo-Anne, stellen Sie den Recorder ab«, sagte Montvale nach einer Weile.

»Und löschen Sie alles, was aufgenommen worden ist«, beharrte Hall.

»Und löschen Sie bitte alles, was bis jetzt aufgenommen worden ist, Jo-Anne.«

»Danke.«

»Sie sagten, es gibt mehrere Probleme, Minister Hall?«

»Major Castillo arbeitet für mich. Ich werde ihm sagen, wann er fortfahren soll oder nicht. Ist das klar?«

»Darf ich darauf hinweisen, Herr Minister, dass wir alle für den Präsidenten arbeiten? Und dass ich den Anruf auf Befehl des Präsidenten entgegennehme?«

»Major Castillo«, sagte Hall. »Sie verstehen, dass Sie Ihre Befehle entweder vom Präsidenten oder mir annehmen? Und nur vom Präsidenten oder mir?«

»Jawohl, Sir.«

»Ich werde mir dies natürlich vom Präsidenten erklären lassen«, sagte Montvale.

»Das werden wir beide, Mr Montvale«, sagte Hall, und als es keine Erwiderung von Montvale gab, sprach er weiter: »Okay, Charley, fahren Sie fort.«

»Sir, Botschafter Silvio ist bei mir. Wir sind im Büro der Botschaft. Der Lautsprecher ist eingeschaltet.«

»Guten Abend, Herr Botschafter«, sagte Hall. »Sie haben gehört, was bis jetzt gesprochen wurde?«

»Ja, das habe ich, Herr Minister«, sagte Silvio.

»Sie kennen den nationalen Direktor des Nachrichtendienstes, Mr Montvale?«

»Ja, Sir. Guten Abend, Sir.«

»Wie geht es Ihnen, Silvio?«

»Sehr gut, Sir. Danke.«

»Ich habe versucht, Sie anzurufen, Silvio, als der Präsident mich in diese Sache einbezog. Sie waren nicht zu erreichen.«

»Wann war das, Sir?«

»Vor fünfundvierzig Minuten, einer Stunde. Ich bin neugierig, weshalb Sie nicht verfügbar waren.«

»Ich war zu dieser Zeit bei Mrs Masterson, Sir.«

»Und man hat Ihnen nicht gesagt, dass ich angerufen habe?«

»Ich habe Anweisungen hinterlassen, dass ich nicht gestört werden will, wenn ich bei Mrs Masterson bin, Mr Montvale.«

»Auch nicht durch einen Anruf von mir?«

»Von keinem, Sir. Es war meine Absicht, Sir, bei Ihnen anzurufen, wenn Mr Castillo seinen Anruf bei Minister Hall beendet hat.«

»Ich muss sagen, das ist eine sonderbare Priorität. Aber warum erzählen Sie mir nichts über Mrs Masterson? Der Präsident ist tief besorgt.«

»Jawohl, Sir.«

»Mr Montvale«, sagte Hall. »Darf ich respektvoll vorschlagen, dass Sie mit Botschafter Silvio telefonieren, wenn Major Castillo seinen Bericht an mich beendet hat?«

»Sie verstehen anscheinend nicht, Hall, dass ich auf Befehl des Präsidenten handele. Oder?«

»Nach Ihrem Tonfall zu schließen, Charles, wenn ich es nicht besser wüsste, könnte ich denken, dass zwei meiner ranghöchsten Stabsmitglieder eine Kabbelei über ihr Revier haben«, sagte der Präsident der Vereinigten Staaten. »Ihr habt doch nichts dagegen, wenn ich an der Konferenz teilnehme, oder?«

»Natürlich nicht, Mr President«, sagte Montvale.

»Guten Abend, Sir«, sagte Hall.

»Sind Sie hier dabei, Charley?«, fragte der Präsident.

»Jawohl, Sir«, erwiderte Castillo. »Und ebenfalls Botschafter Silvio, Sir.«

»Wie viel habe ich verpasst? Ich lasse Sie nur ungern alles wiederholen, konnte einfach nicht den gottverdammten – meinen ehrenwerten Besucher loswerden.«

»Ich war gerade erst am Beginn, Mr President.«

»Fangen Sie mit der Verfassung der Agentin an«, sagte der Präsident.

»Jawohl, Sir. Special Agent Schneider ist in der Chirurgie. Sie erlitt drei Schusswunden von einer neun Millimeter Madsen-Maschinenpistole ...«

Castillo brauchte vielleicht fünf Minuten, um zu berichten, was geschehen und was geplant war. Der Präsident unterbrach ihn dreimal. Einmal, um zu fragen, wo die argentinische Polizei beim Angriff auf den Botschaftswagen gewesen war, ein zweites Mal, was Castillo von der Qualität der ärztlichen Behandlung hielt, die Special Agent Schneider zuteil wurde, und ein drittes Mal, um zu fragen, was mit der Benachrichtigung von Schneiders Familie und der von Sergeant Roger Markham geworden war.

»Das ist ungefähr alles«, schloss Castillo.

Es folgte zehn Sekunden Schweigen, und dann sagte der Präsident: »Sie haben nicht viel zu sagen, Herr Botschafter. Kann ich daraus schließen, dass Sie und Charley auf der gleichen Linie sind?«

»Jawohl, Sir«, sagte Silvio. »Wir sehen die Dinge ziemlich auf die gleiche Weise.«

»Und Sie würden es mir sagen, wenn Sie anderer Meinung wären?«

»Jawohl, Sir, das würde ich«, sagte Silvio.

Wieder folgte eine lange Pause, bevor der Präsident sagte: »Haben Sie jemals die Geschichte gehört, als die Leute zu Präsident Lincoln gingen, um ihm zu erzählen, dass General Grant ein Säufer war? Lincoln hatte es ziemlich satt, dass sich Leute rings um ihn zankten, und die Geschichte erzählt uns, dass er höllisch jähzornig sein konnte, doch diesmal hielt er sich unter Kontrolle. Präsident Lincoln sagte: ›Nun, findet heraus, was General Grant trinkt, und ich werde dafür sorgen, dass meine anderen Generäle auch etwas davon bekommen.‹«

Der Präsident legte eine Pause ein, bevor er weitersprach. »Nun, Herr Botschafter, um das Thema zu wechseln, ich habe mich gefragt, ob Sie so gut sein würden, mir über Major Castillo eine Flasche dessen, was Sie getrunken haben, zu schicken? Ich werde es mit Minister Hall und Direktor Montvale teilen.«

»Es wäre mir ein Vergnügen, Mr President«, sagte Silvio, und ein Lächeln klang in seiner Stimme mit.

»Ich frage nur aus reiner Neugier«, sagte der Präsident, »was wird es sein?«

»Major Castillo, Sir, teilt meine Wertschätzung eines örtlichen Weins, eines Cabernet Sauvignon aus der Sentenir Bodega in Mendoza.«

»Ich freue mich darauf«, sagte der Präsident. »Vielleicht wären zwei Flaschen besser als eine. Besser noch, machen Sie eine Kiste daraus.«

»Jawohl, Sir.«

»Noch eines«, sagte der Präsident. »Charley, passen Sie auf Ihren Rücken auf!«

»Jawohl, Sir.«

»Ich glaube, ich wollte eigentlich fragen, wer Ihnen hilft, dass Sie auf Ihren Rücken aufpassen.«

»Sir, während wir sprechen, steht mein Leibwächter des Marine-Corps vor der Tür vom Büro des Botschafters.«

»Nun, tun Sie, was er sagt, Charley. Zu viele Leute werden dort unten erschossen.«

»Ja, Sir, das werde ich tun.«

»Wenn sonst nichts ist, wäre es das anscheinend.«

Keiner sagte etwas.

»Okay. Ich werde Sie irgendwann morgen spät sehen, Charley. Und, *Charles*, ich halte es für eine gute Idee, wenn Sie auch mit mir runter nach Mississippi fliegen.«

»Selbstverständlich, Mr President«, sagte der Direktor des Nachrichtendienstes.

4

Als Castillo aus Botschafter Silvios Büro kam, stand Corporal Lester Bradley, USMC, zackig still und sagte: »Zwei Offiziere der Air Force möchten Sie sprechen, Sir. Ich habe sie gebeten, im Vorzimmer zu warten.«

»Danke, Corporal«, sagte Castillo und ging ins Vorzimmer, wo er Colonel Jake Torine und den Piloten der Gulfstream – wenn er je seinen Namen gehört hatte, konnte er sich jetzt nicht daran erinnern – auf Stühlen an der Wand sitzen sah. Beide trugen Zivilkleidung, Sportsakkos und Freizeithosen.

»Ich wollte Sie gerade anrufen«, sagte Castillo und schüttelte Torine die Hand.

»Wir haben gehört, was geschehen ist«, sagte Torine. »Wie geht es der Secret-Service-Agentin? Betty?«

»Betty wurde dreimal getroffen. Sie ist jetzt in der Chirurgie.«

»Nettes Mädchen«, sagte Torine. »Wird sie wieder in Ordnung kommen?«

»Das hoffe ich bei Gott«, sagte Castillo. »Ich fahre von hier aus zum German Hospital.«

»Irgendeine Änderung im Plan für morgen?«

»Nein. Mrs Masterson hat sich entschieden, die ganze Show mitzumachen. Jack, da fällt mir ein, wie steht es mit einer Ambulanz-Konfiguration für die Gulfstream?«

Tony zuckte mit den Schultern, zeigte an, dass er es ebenfalls nicht wusste, und blickte den Piloten der Gulfstream an. »Walter?«

»Ja. Da gibt es eine Ambulanz-Konfiguration für Notfälle für die C-37«, bestätigte der Lieutenant Colonel.

»Installiert in der Maschine, die Sie fliegen, Colonel?«, fragte Charley.

»Ja, da ist eine.«

»Erzählen Sie mir bitte davon.«

»Darf ich fragen, warum Sie das wissen wollen?«

»Ist das als geheim erklärt, oder was, Walter?«, fragte Torine sarkastisch.

»Jawohl, Sir, das ist es tatsächlich. Die Konfiguration der gesamten 98 Flugzeuge der Presidential Airlift Group ist als geheim ...«

»Mein Gott!«, explodierte Torine. »Und Sie sind besorgt, dass Castillo nicht die richtige Unbedenklichkeitsbescheinigung hat – oder ich nicht?«

Für einen Moment dachte Charley, dass der Lieutenant Colonel genau dies sagen wollte. Doch dann, als er ihn musterte, dachte er: *Dieser beschissene leichte Vogel hat sich nur gerade gesagt, dass ein Voll-Colonel, der auf präsidentschaftlichen Befehl als Pilot eine Globemaster fliegt, höchstwahrscheinlich die richtige Sicherheitsunbedenklichkeitsbescheinigung hat, und da er ranghöher ist und sagt, dass es in Ordnung ist, die Konfiguration der Gulfstream zu beschreiben, wird jede Verletzung der Sicherheit auf seine Schultern fallen.*

»Drei der Sitze auf der linken Seite der Kabine könnten in horizontale Position versetzt werden«, begann der Lieutenant Colonel. »Da gibt es eine Matratze und Laken – Gummi und die normale Art –, die hinter der Küchenkabine liegen. Hinter einer Trennwand bei den Laken ist einige andere medizinische Ausrüstung. Ein Blutdruckmessgerät und solche Dinge. Und eine Sauerstoffmaske, verbunden mit der Sauerstoff-Hauptversorgung des Flugzeugs.«

»Was haben Sie im Sinn, Charley?«

Castillo antwortete nicht sofort.

»Colonel, Sie kamen direkt von Washington«, sagte er. »Kann ich daraus schließen, dass Sie direkt von Jorge Newbery nach Philadelphia fliegen können?«

»Sind Sie Pilot, Major Castillo?«

Aha! Jemand hat ihm den Tipp gegeben – und ich glaube zu wissen, wer –, dass er es mit einem popeligen Major zu tun hat. Deshalb wollte er mich nicht die Geheimnisse der Gulfstream wissen lassen.

»Ja, bin ich«, sagte Castillo.

»Mit einiger Erfahrung in Jet-Langstreckenflügen?«

»Ich weiß als Tatsache, dass er auf dem rechten Sitz einer 727 von Costa Rica nach MacDill geflogen ist und den Funk und alles bedient hat«, sagte Torine und lächelte Charley an. »Was sollen all die Fragen, Walter?«

»Sir, es wäre leichter, wenn der Major mit den Problemen eines Fluges von dieser Distanz vertraut wäre.«

»Kann Ihr komischer kleiner Vogel es von hier bis Philadelphia nonstop schaffen oder nicht, Walter? Mein Gott!« Torine explodierte.

»Theoretisch ja. Aber es wäre klug, irgendwo aufzutanken, wenn der Treibstoffverbrauch aus dem einen oder anderen Grund größer sein wird als geplant.«

»Schlimmstes Treibstoffverbrauchs-Szenario, Colonel. Können Sie es von hier aus nach Miami schaffen?«

»Das ist sehr wahrscheinlich. Garantien gibt es dafür nie.«

»Und was ist mit MacDill?«, fragte Castillo. »Als Tankstopp?«

»Sehr wahrscheinlich«, sagte der Lieutenant Colonel nach kurzer Überlegung.

»Danke«, sagte Castillo.

»Doch hypothetisch gesprochen, MacDill braucht die Ankündigung des Anflugs – zwölf Stunden vorher, glaube ich, ich müsste nachschauen –, um durchfliegende Flugzeuge aufzutanken.«

»Ich spreche nicht hypothetisch, Colonel«, sagte Castillo. »Es wird Folgendes geschehen: In diesem Moment versucht Botschafter Silvio, einen amerikanischen Arzt...« Er legte ein kurze Pause ein, um zu Torine zu blicken. »... der zum Glück (a) ein befreundeter Miami-Kubaner und (b) in der Stadt ist und an der Universität von Belgrano ein Seminar abhält, und eine Krankenschwester oder vielleicht zwei aufzutreiben.«

Torine nickte, zum Zeichen, dass er verstanden hatte, und Castillo blickte wieder den Lieutenant Colonel an.

»Sie werden Special Agent Schneider, den Doktor und die Schwestern von hier nach Philadelphia fliegen – vielleicht morgen, vielleicht auch übermorgen –, sobald sie der Reise gewachsen ist.«

»Mit welcher Befugnis, Major?«

»Mit meiner«, sagte Castillo leise.

»Ich befürchte, das kann ich nicht tun, Major. Meine Befehle lauten, das FBI-Team hierhin zu fliegen und dann nach Washington zurückzukehren.«

»Hören Sie mir sehr genau zu, Colonel Newley«, sagte Colonel Torine eisig. »Ich sage Ihnen, dass Major Castillo all die Befugnis hat, die er braucht, um Ihnen zu befehlen, was er will. Nun können Sie das akzeptieren und fröhlich und bereit jeden Befehl erfüllen, den er Ihnen geben mag, oder ich werde mit General McFadden vom CentCom telefonieren und ihn informieren, dass ich nach Ihrer Ablösung wegen Behinderung einer präsidentschaftlichen Mission Ihrem Kopiloten das Kommando über die Gulfstream übergebe und einen meiner Unterstützungscrew als Kopilot ernenne und Sie mit einer Verkehrsmaschine nach Andrews zurückschicke.«

General Albert McFadden, U. S. Air Force, war der stellvertretende Kommandeur von CentCom.

Lieutenant Colonel Walter Newleys Gesicht wurde bleich. Er schluckte und sagte dann sehr leise: »Jawohl, Sir.«

»Heißt das, Sie verstehen, dass Sie unter Major Castillos Befehlen stehen?«

»Jawohl, Sir«, sagte Lieutenant Colonel Newley leise.

»Was? Ich habe das nicht verstanden. Sie sollen wie ein Offizier der Air Force klingen, nicht wie irgendein Schwuler beim Kabinenpersonal mit den Schwingen von Air Tschad.«

»Jawohl, Sir«, sagte Lieutenant Colonel Newley viel lauter.

»Warten Sie bitte im Korridor auf mich, Colonel«, sagte Torine mit normaler Stimme.

»Jawohl, Sir«, sagte Lieutenant Colonel Newley etwas laut.

Torine wartete, bis hinter ihm die Tür geschlossen war, und wandte sich dann an Castillo.

»Charley«, begann er, und dann sah er, dass Corporal Lester Bradley, USMC, den Wortwechsel gehört hatte.

»Sohn«, sagte Torine, »ich glaube, Sie haben viel von dieser kleinen Unterhaltung gehört, nicht wahr?«

»Welche Unterhaltung meinen Sie, Sir?«, fragte Corporal Bradley.

»Das Einzige, was ich mehr mag als einen Marine, ist ein manchmal tauber Marine««, sagte Torine.

»Erlaubnis zu sprechen, Sir?«

»Gewährt.«

»Während unserer Ausbildung in Quantico, Sir, hat man uns gesagt, dass wir Dinge hören werden, die wir sofort vergessen werden.«

»Danke«, sagte Torine. »Und jetzt, Sohn, gehen Sie bitte einen Moment auf den Flur hinaus, sodass es nicht nötig sein wird, zu vergessen, was Major Castillo und ich besprechen werden.«

»Jawohl, Sir«, sagte Corporal Bradley und ging auf den Flur.

Als die Tür geschlossen war, sagte Torine: »Ich habe keine Ahnung, was dieser Blödsinn mit Newley zu bedeuten hatte, aber ich habe das Gefühl, dass der Grund etwas mehr ist, als dass er ein Arschloch wie aus dem Lehrbuch ist.«

»Er wusste, dass ich Major bin. Das habe ich nie gesagt. Also hat jemand ihm das erzählt. Ich glaube, ich weiß, wer.«

Torine machte eine Lass-mich-hören-Geste.

»Da ist ein FBI-Agent, zugeteilt der Botschaft in Montevideo. Er heißt Yung. Ich glaube, er hat was gegen mich.«

»Ich bezweifle, dass ich das verstehe.«

»Howard Kennedy sagte mir, er ist eines ihrer Asse ...«

»Kennedy ist hier?«, fragte Torine, sichtlich überrascht.

»Er war es. Kennedy sagte, er hat mit diesem Typen gearbeitet, und was auch immer er in Montevideo macht – er soll an Fällen mit Geldwäsche arbeiten – ist nicht seine richtige Tätigkeit.«

»Ich werde versuchen, dies herauszufinden, während Sie weitermachen, Charley.«

»Ich nehme an, dass das FBI immer noch Interesse an Charley Castillo hat. Was die Cops ›aufspüren, jedoch nicht festnehmen‹ nennen. Kennedy ist immer noch sehr besorgt über die Leute, die er seine ehemaligen Kollegen nennt, und er ist kein Dummkopf. Das FBI denkt, ich kann sie zu Pevsner und/oder Kennedy führen.«

»Charley, ich war dabei, als der Präsident dem Direktor der

CIA und des FBI sagte, Pevsner und die Leute, die für ihn arbeiten, in Ruhe zu lassen.«

»Das ist der Hauptgrund, weshalb ich dir dies jetzt erzähle, Jake. Jemand hat dem Reporter der *New York Times* hier – und einigen anderen – gesagt, dass der Agent des Präsidenten hier ist, und jemand hat Colonel Newley gesagt, dass ich Major bin. Und vermutlich ein Unruhestifter. ›Passen Sie auf diesen Hurensohn auf, Sie könnten in Schwierigkeiten kommen.‹ Leide ich unter Verfolgungswahn, oder ist es möglich, dass das FBI ignoriert, was du und ich einen direkten Befehl des Präsidenten nennen?«

Colonel Torine dachte einen Moment darüber nach und sagte dann: »Nun, Sie wissen, was sie sagen werden, Charley?«

»Nein, was werden sie sagen?«

»Nur weil Sie an Verfolgungswahn leiden, heißt das nicht, dass keine kleinen grünen Männer versuchen, Sie mit Macheten zu kastrieren.«

Castillo lachte.

»Und was werden Sie dagegen tun?«, fragte Torine.

»Ich habe das Gefühl, dass ich jetzt nichts dagegen tun sollte. Vielleicht weil ich ein bisschen Angst vor der Macht habe, die man mir gegeben hat, und ich will keinen Bastard verbrennen, bevor ich mit Sicherheit weiß, dass er ein Bastard ist. Und ich will ebenfalls herausfinden, was Howard Kennedy meinte, als er sagte, was Yung in Montevideo macht, ist kein Lesen von Kontoauszügen.«

»Was sonst könnte er tun?«

»Keine Ahnung, aber ich weiß, dass das FBI in der Minute, in der ich es herausfinde, ihn stoppen wird, und dann werde ich nie letzte Gewissheit bekommen.«

Torine zuckte mit den Schultern. »Es ist Ihre Entscheidung, Charley. Ich kann da nichts falsch machen. Was soll ich mit Newley machen?«

»Sorgen Sie dafür, dass er das Flugzeug startklar bekommt. Lassen Sie ihn hier herumhängen, bis dieser Doktor sich das Flugzeug ansehen und feststellen kann, was sonst er brauchen wird.«

»Ist geritzt«, sagte Torine. »Charley, ich habe einen Jungen auf Ezeiza, der diese Gulfstream fliegen kann. Sagen Sie ein Wort, und ich werde ihn fliegen lassen.«

»Nein, das will ich nicht. Wenn Sie Newley ablösen, kann er seine Karriere vergessen. Er hat getan, was er für das Richtige hielt, und ich glaube, Sie haben einen Christen aus ihm gemacht.«

»Wie Sie wollen. Was werden Sie jetzt machen?«

»Ich werde zurück zum Krankenhaus fahren und darauf warten, dass Betty aus dem OP kommt.«

»Wollen Sie etwas Gesellschaft? Nachdem ich sichergestellt habe, dass ein echter Christ aus Newley wird? Einer, der nicht in der Minute, in der wir abheben, an seiner üblen Masche weiterstrickt?«

»Danke, aber nein, danke, Jake.«

X

1

German Hospital
Avenida Pueyrredón
Buenos Aires, Argentinien
24. Juli 2005, 21 Uhr 35

Zwei Männer, die Castillo für SIDE-Agenten hielt, waren in der Eingangshalle des Krankenhauses, als er und Corporal Bradley eintraten. Die Bestätigung kam, als einer von ihnen auf sie zukam und Castillo sagte, »sein Agent« sei in Zimmer 677.

Es war das Zimmer, in dem Mrs Masterson einquartiert gewesen war. Castillo fragte sich, ob es Zufall war oder ob der stets einfallsreiche Coronel Munz eine Vereinbarung mit dem Krankenhaus getroffen hatte, die wirklich sicheren Zimmer denjenigen Patienten zu geben, an denen der SIDE ein Interesse hatte.

Als er zur sechsten Etage gelangte, sah er Jack Britton auf einem Stuhl vor dem Krankenzimmer sitzen, eine Madsen auf dem Schoß.

»Betty ist noch im OP, Charley«, sagte Britton. »Solez hat jemanden überredet, ihn außerhalb des Operationssaals warten zu lassen. Anscheinend bringt man sie her statt in einen Aufwachraum. Sie haben alle Art Ausrüstung dort reingebracht. Und in der Halle sind ein paar Typen mit Uzis.«

Castillo sagte: »Ich habe soeben Vorbereitungen getroffen, dass Betty ausgeflogen wird – mit der Gulfstream, die Sie hier runtergebracht hat – nach Philadelphia. Wenn sie reisetauglich ist. Ich möchte, dass Sie mit ihr fliegen.«

Britton nickte.

»Ich ließ Dick Miller bei Chief Inspector Kramer anrufen, um ihn zu informieren. Wenn wir etwas wissen, werde ich mit ihm telefonieren und ihn auf den neuesten Stand bringen. Wenn ich weg muss, bevor das geschehen kann, werden Sie ihn informieren müssen.«

Britton nickte abermals.

Castillo blickte ins Krankenzimmer und sah, dass es darauf vorbereitet wurde, darin jemanden zu behandeln, der soeben aus dem Operationssaal gebracht worden war.

»Ich hoffe, es gibt eine Toilette da drin«, sagte Castillo. »Ich muss wirklich mal pinkeln.«

Er sah an Corporal Bradleys Gesicht, dass auch er einen Besuch auf der Toilette für dringend nötig hielt.

»Corporal, zwei Dinge muss sich ein Krieger immer merken«, sagte Castillo ernst. »Das Erste, er muss seine Blase bei jeder Gelegenheit erleichtern, weil man nie weiß, wann es eine andere Gelegenheit dazu geben wird.«

»Jawohl, Sir.«

»Das Zweite ist RHSP.«

»Rang Hat Seine Privilegien, jawohl, Sir.«

»Was in diesem Fall heißt, dass ich eher auf die Toilette gehen werde als Sie.«

»Jawohl, Sir.«

»War nur ein Scherz. Gehen Sie nur, Bradley«, sagte Castillo. »Ich kann warten.«

»Sie gehen als Erster, Sir.«

»Sie haben Ihre Befehle, Corporal! Dies ist Ihre Gelegenheit, vielleicht die Einzige. Nutzen Sie sie!«

»Jawohl, Sir.«

Britton lachte. »Netter Junge«, sagte er, als Bradley in das Zimmer gegangen war.

»Ja. Und so war auch Sergeant Roger Markham«, sagte Castillo und fuhr bitter fort: »›Der Marineminister bedauert, Sie informieren zu müssen, dass Ihr Sohn, Staff Sergeant Roger Markham, in der Erfüllung seiner Pflicht gefallen ist. Er diente als Fahrer einem weiblichen Secret-Service-Agenten, den er zu einer Bar fuhr, wo sie ihren Freund treffen wollte.‹«

»Zuerst werde ich Ihnen etwas über Markham erzählen«, sagte Britton.

»Mir etwas über Markham erzählen?«

»Der Gunnery Sergeant, der herkam und nach Ihnen suchte – der Leiter der Wachen vom Marine-Corps ...«

»Ich weiß, wer das ist.«

»Er brachte einen Sarg für Markhams Leiche und eine Flagge. Sie kühlen ihn hier in der Leichenhalle im Hospital, und sie bringen ihn als Erstes am Morgen nach Ezeiza. Er sagte, wenn er keine Gelegenheit hat, Sie zu sehen, soll ich Ihnen seinen Dank ausrichten, weil Sie sichergestellt haben, dass Markham eine Eskorte des Marine-Corps bekommt – zwei Marines sind bei dem Leichnam in der Leichenhalle –, und dafür, dass Sie ihn in einer Militärmaschine heimschicken, statt wie ein Gepäckstück mit Delta oder American.«

»Nun, Sie kennen mich, Jack. ›Charley Castillo kümmert sich stets um seine Männer. Er ist nicht besonders gut darin, und einige werden weggeblasen, aber was soll's. Castillo meint es gut.‹«

»Oh, verdammt, Charley. Das ist das Zweite, was ich Ihnen sagen wollte: Was Markham und Betty widerfahren ist, das ist nicht Ihre Schuld.«

»Ich hätte in diesem Wagen sitzen sollen, Jack, und das wissen Sie.«

»Nein. Das ist Blödsinn. Wenn Sie in dem Wagen gesessen hätten, wäre eines von beidem passiert. Sie lägen entweder mit Markham in der Kühlung, oder Sie lägen wie Betty in einem Krankenhausbett.«

»Vielleicht hätte ich einen von diesen Bastarden erwischen können.«

»Weiterer Blödsinn, und das sollten Sie wissen. Finden Sie sich mit den Tatsachen ab, Charley.«

»Und was sind die Tatsachen?«

»Ich weiß nicht, wie es mit dem Secret Service ist, aber ich habe den Verdacht, dass es wie bei den Cops ist.«

»Ich kann Ihnen nicht folgen, Jack.«

»Bei den Cops, wenn so etwas passiert – dein Partner wird niedergeschossen oder fertig gemacht –, lassen sie dich nicht an die Ermittlungen. Du bist emotional zu stark darin verwickelt. Ich befürchte, wenn Ihr Blödsinn ›Es ist alles meine Schuld‹ jemand Wichtigem zu Ohren kommt, wird man Sie von den Ermittlungen abziehen. Und das würde mir nicht gefallen.«

»Warum nicht?«

»Weil das die einzige Art für einen brandneuen Secret-Service-Agenten wie mich ist, dass ihm erlaubt wird, die Bastarde zu finden, die Masterson, Markham und fast Betty erledigt hätten, wenn Sie weitermachen. Und ich will diese Bastarde haben, Charley.«

Im ersten Moment fand Castillo keine Worte. Dann sagte er: »Wie lange auch immer ich dabei bin, Jack, solange ich etwas zu sagen haben werde, werden Sie auch dabei sein.«

»Sie werden viel länger dabei sein, wenn Sie sich zusammennehmen. Angefangen damit, dass niemand von Ihnen und Betty zu wissen braucht. Können Sie diesen Air Force Colonel dazu bringen, den Mund zu halten?«

»Ja.«

»Okay. Es waren nur vier von uns im Hotelzimmer, Markham ist tot, und Sie sagen, der Typ von der Air Force wird seinen Mund halten, und wenn Sie und ich cool bleiben, wird niemand etwas über Sie und Betty erfahren.«

»Es wäre hart für mich, zu schwindeln, Jack.«

»Sie sollen ein harter Hund sein. Schwindeln Sie.«

Corporal Bradley kehrte auf den Flur zurück.

Castillo berührte Brittons Schulter und ging in Zimmer 677.

Als er aus der Toilette kam, stand ein großer, gut gekleideter Mann mit sorgsam gestutztem Schnurrbart mit verschränkten Armen vor ihm bei der Tür, die geschlossen war.

Castillo erschrak, erholte sich jedoch schnell.

Wenn dieser Typ nicht hier drin sein sollte, hätte Britton ihn nicht hereingelassen. Vielleicht ist er ein Arzt oder vom Pflegepersonal.

Nein, das kann nicht sein, es sei denn, die Ärzte hier tragen Schulterholster.

Schlussfolgerung: Ein weiterer Mann vom SIDE. Ein ranghoher Agent des SIDE.

»Señor?«, fragte Castillo.

»Señor Castillo?«

»*Sí.*«

»Ich bin el Coronel Alejandro Gellini vom SIDE, Señor Castillo.«

Castillo durchquerte das Zimmer und gab ihm die Hand.

»*Mucho gusto, mi coronel*«, sagte Castillo.

»Ich habe soeben Botschafter Silvio gesehen, *señor.* Ich übermittelte ihm seitens des Präsidenten der Nation unser tiefstes Bedauern wegen dem, was der Agentin des Secret Service und dem Sergeant des Marine-Corps widerfahren ist.«

»Das war sehr nett von Ihnen und vom Präsidenten, *mi coronel*«, sagte Castillo.

»Botschafter Silvio sagte mir, dass Sie die Verantwortung für die Sicherheit von Señora Masterson und ihrer Kinder, praktisch für jeden haben.«

»Das stimmt«, sagte Castillo.

»Und ich bin gekommen, um Ihnen persönlich zu versichern, dass alle Mittel vom SIDE für den Schutz von Señora Masterson und ihrer Kinder und natürlich für die Agentin und für Sie während Ihres Aufenthalts in Argentinien genutzt werden. Ich garantiere Ihnen persönlich, dass so etwas nicht wieder passieren wird.«

»*Mi coronel*, das ist sehr freundlich, aber ich muss sagen, dass El Coronel Munz bereits alles nur Mögliche tut.«

»Ich habe el Coronel Munz als Direktor des SIDE abgelöst, *señor*.«

»Wie bitte?«

»El Coronel Munz ist von seinen Pflichten abgelöst worden, *señor*. Ein Ausschuss wird Anschuldigungen über seine Pflichtversäumnisse überprüfen.«

Oh, Scheiße!

Und Munz wusste, dass dies kommt.

Deshalb hielt er mir die kleine Aufmunterungsrede und sagte »Auf Wiedersehen, Charley«, als er ging.

Diese Bastarde brauchten einen Sündenbock – dies muss die Schuld von jemandem sein; von jedem außer einigen Bürokraten –, und sie hängen Alfredo auf, damit er im Wind flattert.

Hurensöhne, das ist unanständig!

»*Mi coronel*, wenn Zeugen vor dem Ausschuss sprechen dürfen, würde ich gerne erscheinen, um für die Verteidigung auszusagen.«

»Señor Castillo, verzeihen Sie mir, aber dies ist eine interne Angelegenheit Argentiniens.«

Ich halte jetzt besser die Schnauze. Was immer ich als Nächstes sagen werde, wird das Falsche sein.

Verdammt!

»Verzeihen Sie mir, *mi coronel*, aber jedes Pflichtversäumnis von el Coronel Munz würde offenbar damit zu tun haben, was

Amerikanern widerfahren ist, und ich, als der amerikanische Offizier, der für die Sicherheit dieser Amerikaner verantwortlich ist, kann vermutlich besser als jeder sonst beurteilen, wie gut el Coronel Munz seine Pflicht erfüllt hat.«

»Ich wiederhole, Señor Castillo, dies ist eine interne argentinische Angelegenheit.«

»Es stinkt, *mi coronel*, und Sie können mich zitieren.«

»Ich bedaure, dass Sie es so empfinden, *señor*«, sagte Coronel Gellini. »Wenn Sie eine Frage haben, meine Männer wissen, wie Sie Kontakt zu mir aufnehmen können. Guten Abend, *señor.*«

Er streckte seine Hand aus. Castillo sah lange darauf und wandte sich dann ab.

Das war nicht sehr klug, Charley.

Scheiß drauf!

Er hörte die Tür zufallen, nahm sein Handy und drückte auf eine Kurzwahltaste. Botschafter Silvio meldete sich nach dem zweiten Klingeln.

»Silvio.«

»Castillo, Sir. Coronel Munz' Ablösung kam gerade zu Besuch.«

»Er kam, um mich zu sehen. Ich fragte mich, ob es klug war, ihn zu Ihnen zu schicken.«

»Vermutlich nicht. Es ist unanständig, so mit Munz zu verfahren.«

»Jack Masterson pflegte zu sagen, es dauert lange, bis man die Argentinier verstehen kann, aber es war ihm schließlich gelungen: Wenn etwas falsch läuft, dann hat immer jemand anders die Schuld. In diesem Fall ist dieser Jemand Coronel Munz.«

»Können wir irgendetwas für Munz tun?«

»Ich habe daran gedacht, einen Brief zu schreiben und unsere Anerkennung für Coronel Munz' Dienste auszudrücken und den Zeitungen zuzuschicken. Aber das wäre vermutlich nicht gut.«

»Warum nicht? Munz hängt dort draußen in der Brise. Und er hat weiß Gott alles Mögliche getan.«

»Die Zeitungen würden den Brief wahrscheinlich nicht abdrucken, und wenn sie es täten, würde es als Einmischung in Argentiniens Angelegenheiten durch *norteamericanos* betrachtet werden. Und als Folge würde darüber getuschelt, dass die ganze Sache in Wirklichkeit unsere Schuld wäre: Wir hätten Jack nicht hier runterschicken sollen, hätten wissen sollen, dass ein sehr reicher Mann wie Jack fast mit Sicherheit ein Ziel für Kidnapper sein würde.«

»Ich bezweifle, dass die Ereignisse irgendetwas mit Kidnapping zu tun haben.«

»Das Dumme ist, dass wir nicht wissen, was dies alles zu bedeuten hat«, sagte der Botschafter. »Wie undiplomatisch waren Sie, Charley?«

»Nicht so undiplomatisch, wie ich gern gewesen wäre«, erwiderte Castillo. »Ich habe Coronel Gellini gesagt, dass ich gern Zeuge für Munz' Verteidigung wäre, und dann, nachdem er mir zweimal gesagt hatte, dass es eine interne Angelegenheit sei, sagte ich ihm, dass es stinkt, und er das weiß und mich zitieren kann.«

»Oh, wie ich mich manchmal danach sehne, frei von diplomatischer Zurückhaltung sein zu können«, sagte Silvio. »Sie können mich natürlich nicht zitieren, aber ich hätte es selbst nicht besser sagen können.«

Charley lachte. »Danke, Sir.«

»Ich nehme an, Sie warten immer noch darauf, dass die junge Dame aus dem Operationssaal gebracht wird?«

»Jawohl, Sir.«

»Bitte lassen Sie es mich wissen, sobald Sie etwas erfahren«, sagte Silvio. »Ich habe soeben einen Wagen losgeschickt, um

Dr. Mellner abzuholen und zum Jorge Newbery zu dem Piloten zu bringen, damit er sich ansieht, welche medizinische Ausrüstung an Bord der Gulfstream ist.«

»Danke.«

2

Nachdem er mit dem Botschafter gesprochen hatte, blieb Castillo gerade noch genug Zeit, um zu sehen, dass die Batterie seines Handys zur Neige ging, und es einzustecken, als die Tür von Zimmer 677 aufschwang und zwei stämmige Schwestern in blauen Uniformen vom OP eine fahrbare Liege hereinrollten.

Weitaus weniger sanft als Charley es vorgezogen hätte, hoben sie den Körper von der Liege auf das Krankenhausbett und verbanden eine Reihe von Schläuchen und Plastikröhren. Erst als die dickere der beiden Krankenschwestern sich auf einen Stuhl neben das Bett setzte – es sah aus, als wolle sie dort eine Weile bleiben –, konnte Charley nahe genug ans Bett herantreten und einen Blick auf Betty werfen.

Alles von Betty außer ihrem Gesicht und einem Arm war in blassblaue Laken gehüllt, und das meiste ihres Gesichts war mit Verbänden bedeckt. Was er sehen konnte, war grau und verzerrt.

Die Tür schwang auf, und Dr. Weihnachtsmann watschelte ins Zimmer. Sein chirurgischer Mundschutz hing vor seinem Hals, und sein blauer Chirurgenkittel war blutbefleckt.

Er lächelte Charley an, hielt beide Hände zu Fäusten geballt hoch, die Daumen hoch gereckt.

Dann sah er Charleys Gesicht.

»Stehen Sie auf«, befahl er der Krankenschwester und führte Charley schnell und entschlossen zum Stuhl, um ihn hinzusetzen. »Stecken Sie Ihren Kopf zwischen die Knie«, befahl er und schob Charleys Kopf in diese Position.

Charley hatte keine Ahnung, wie lange er so verharrte, bis er als Nächstes eine Phiole mit dem Geruch von Salmiak unter der Nase wahrnahm.

Er schob sie beiseite und setzte sich auf.

»Für gewöhnlich«, sagte Dr. Weihnachtsmann trocken, und sein deutscher Akzent war schwach, jedoch nicht zu überhören, »muss ich das den Ehemännern geben, die darauf bestehen, das Wunder der Geburt zu sehen. Geht es wieder?«

Charley spürte Dr. Weihnachtsmanns Hände auf seinem Gesicht und nahm dann wahr, dass der Chirurg ihm die Augen öffnete, sie anscheinend untersuchte. Dann beantwortete er selbst seine Frage. »Sie sind in Ordnung.«

»Danke«, sagte Castillo. »Wie ist die Operation verlaufen?«

»Operationen, Mehrzahl«, sagte der Chirurg. »Das Trauma der Wunde im Bein der Patientin war weniger schwerwiegend, als es hätte sein können. Es gab einige Beschädigungen der Muskulatur, und sie wird für einige Zeit nur unter Schmerzen gehen können. Was die Wunde in der Leistengegend betrifft: ich sah keine Beschädigung mit irgendwelchen Konsequenzen für die Fortpflanzungsorgane ...«

Was, zum Teufel, heißt das? »Keine Beschädigung mit irgendwelchen Konsequenzen?«

»... und während der Körperteil einige Zeit zwar ziemlich schmerzen wird – zum Unbehagen der Patientin beitragen wird, wenn sie sich bewegt –, kann ich keine Anzeichen darauf erkennen, dass sich die Patientin nicht völlig davon erholt.«

Nun, dank dir dafür, Gott!

»Das Trauma am Kiefer der Patientin ist problematisch. Das ursprüngliche Trauma, plus das Trauma, verursacht durch die Entfernung des Projektils, das ziemlich tief eingebettet war, verursachte sowohl Frakturen als auch Absplitterungen. Ich habe ihren Kiefer ruhig gestellt, was bedeutet, dass sie für einige Zeit keine feste Nahrung zu sich nehmen kann. Sobald Dr. Koos verfügbar ist …«

»Ist das der Mann, der in Skiurlaub ist?«

»Richtig. Ich möchte, dass er sich die Patientin ansieht.«

»Doktor, ich habe arrangiert, dass sie in die Vereinigten Staaten geflogen werden kann, sobald sie reisen kann. Können Sie mir sagen, wann das sein wird?«

Der Chirurg antwortete nicht direkt.

»Da ist ein sehr guter Kieferchirurg an der Uniklinik Pennsylvania«, sagte er. »Ein Kollege namens Rieger. William Rieger.«

»Welche Art Chirurg?«

»Kiefer«, wiederholte der Chirurg. »Eigentlich erfordert so etwas drei Spezialisten, einen Fachmann für Orthognathie das bezeichnet die gerade Kieferstellung für einen geraden Biss –, einen plastischen Chirurgen und einen Kieferorthopäden.«

»Darf ich noch einmal den Namen dieses Doktors haben? Und würden Sie Orthoga … für mich buchstabieren?«

Der Chirurg korrigierte Castillos falsche Aussprache des Begriffs, buchstabierte ihn dann und nannte den Namen des Arztes an der Universität von Pennsylvania. Castillo schrieb alles auf.

»Sie sollte irgendwann morgen reisetauglich sein, vorausgesetzt, sie wird von einem Arzt und einer Krankenschwester begleitet. Ich werde ein Paket vorbereiten lassen – ihre Röntgenaufnahmen, einen Operationsbericht, ihre Pharmakologie et cetera – und für Sie verfügbar halten.«

»Danke.«

»Ich nehme an, Sie wollen bei ihr bleiben, bis sie aufwacht?«

»Ja, das werde ich.«

»Es wird einige Zeit dauern, bevor sie überhaupt aufwacht, und wenn, dann werden die Drogen, die ich ihr gegen die Schmerzen gegeben habe, ihre Wirkung erzielen. Ich bezweifle, dass Sie auf meinen Vorschlag hören, heimzufahren und sich eine Nacht gut auszuschlafen, bevor Sie am Morgen wieder herkommen? Heute wird sie Sie kaum erkennen können.«

»Ich werde bleiben.«

»Ich schaue später nach ihr«, sagte Dr. Weihnachtsmann und verließ das Zimmer.

Corporal Lester Bradley, USMC, hatte irgendwo einen zweiten Klappstuhl aufgetrieben und saß jetzt neben Jack Britton.

»Betty wird es überleben«, berichtete Castillo, »doch je eher wir sie nach Philadelphia schaffen, desto besser. Dr. Sowieso ...«, er wies zu dem Chirurgen, der soeben die Reihe der Aufzüge erreicht hatte, »... gab mir den Namen eines guten Arztes in Philadelphia an der Uniklinik. Rieger. Jemals davon gehört?«

Britton schüttelte den Kopf.

»Ich muss telefonieren, aber mein Akku ist fast leer«, sagte Castillo. Er schaute zu Corporal Bradley. »Bradley, besorgen Sie mir ein Akku-Aufladegerät. Dies ist, glaube ich, ein Motorola.« Er überprüfte das Handy und reichte es dann Bradley. »Sehen Sie sich's an. Sorgen Sie dafür, dass ein Ladegerät passen wird.«

»Mit Verlaub, Sir, ich verlasse Sie nicht gern.«

»Für ein paar Minuten wird das in Ordnung sein«, sagte Castillo und suchte in seiner Tasche nach Geld. »Nicht nur

SIDE-Agenten sind hier, sondern auch Special Agent Britton.«

Corporal Bradley blickte zweifelnd und war drauf und dran, etwas zu sagen.

Mein Gott, er sammelt Mut, um zu fragen, warum Britton kein Ladegerät kaufen kann!

»Bradley, Sie haben nur Ihre Pistole. Special Agent Britton hat die Madsen – und er ist allgemein bekannt als der beste Madsen-Scharfschütze im Secret Service.«

»Aye, aye, Sir«, sagte Corporal Bradley widerwillig und betrachtete das Handy. Er reichte es Castillo zurück. »Ich werde so schnell wie möglich zurück sein, Sir«, sagte er und eilte zu den Aufzügen.

»Bester Madsen-Scharfschütze im Secret Service!« Britton lachte.

»Nach meinem Wissen sind Sie der einzige Madsen-Schütze im Secret Service, und das macht sie ipso facto zum besten.« Castillo grinste ihn an und kehrte in Zimmer 677 zurück.

Die dicke Krankenschwester hatte es sich auf einem Klappstuhl beim Fenster bequem gemacht. Ihre Füße ruhten auf einem umgedrehten Papierkorb, und sie las in einem Magazin mit einem Titelbild des spanischen Königs. Etwas, das wie ein Küchenwecker aussah, klickte auf dem Fensterbrett.

Ich nehme an, wenn der klingelt, steht sie auf und sieht nach Betty.

Castillo ging zum Bett und blickte auf Betty hinab. Nach einem Moment legte er eine Hand auf Bettys Handgelenk, gerade oberhalb der Nadel, die in ihren Handrücken eingeführt war und aus der etwas in ihre Vene tropfte.

Charley war immer noch da, als Bradley leise in das Zimmer kam und Entschuldigungen flüsterte, weshalb er so lange gebraucht hatte.

Dann suchte Bradley im Zimmer nach einer Steckdose, in die er das Aufladegerät stöpseln konnte. Er fand eine hinter dem Nachttisch, steckte das Gerät ein und verband es mit Castillos Handy, das aufmunternd zwitscherte.

»Da haben wir's, Sir«, sagte er.

»Guter Mann«, lobte Castillo und nahm das Handy.

Das Kabel, das mit dem Handy verbunden war, war nicht lang genug, als dass er das Handy stehend benutzen konnte, und es war auch nicht zu benutzen, wenn er auf einem Klappstuhl saß, wie er sofort feststellte.

Er setzte sich auf den Boden neben dem Nachttisch und tippte eine lange Reihe von Zahlen aus der Erinnerung ein.

Es gab keine sofortige Antwort, und er hatte sich gerade gesagt, dass es 19 Uhr – Abendessenszeit – in San Antonio war und die Kinder zu viel Lärm machten, sodass das Telefon nicht gehört werden konnte, oder dass El Patron vor der Glotze saß und nicht gestört werden wollte, als eine Stimme ungeduldig schnarrte: »Ja?«

»Don Fernando?«

»*Sí.*«

»Hier spricht Don Carlos.«

Castillo hörte Fernando Lopez, seinen Cousin, scharf ausatmen. Dann sagte Fernando: »Ich habe mich schon gefragt, wo du dich rumtreibst, Gringo. Du bist überall im Fernsehen.«

»Wie bitte?«

»›Live von unserem Fox-Mann in Buenos Aires. Lange Schlangen von Argentiniern warten ungeduldig vor der Nationalkirche, um J. Winslow Masterson die letzte Ehre zu erweisen …‹«

»Allmächtiger!«

»Und da du *el jefe* der Ereignisse dort unten bist, sitzen wir alle um die Glotze herum und erhoffen einen Blick auf Onkel Gringo zu erhaschen.«

Castillo hörte, schwach aber deutlich, zwei weibliche Stimmen.

Eine sagte: »Nenn ihn nicht vor den Kindern so, um Himmels willen.« Castillo erkannte die Stimme von Maria, Fernandos Frau.

Die zweite sagte: »Fernando!«, und es klang ärgerlich und traurig zugleich. Castillo erkannte auch diese Stimme. Es war die seiner – und Fernandos – Großmutter Doña Alicia Castillo.

»Wenn du aus dem Raum gehen kannst, Fernando, sodass *Abuela* dieses Gespräch nicht hören kann, beantworte diese Frage sorgfältig. War mein Name oder Bild oder die Formulierung ›Agent des Präsidenten‹ oder sonst etwas in dieser Richtung im Fernsehen?«

Castillo hörte Fernando sagen: »Ich kann ihn nicht verstehen. Ich gehe in die Bibliothek.«

Einen Moment später sagte Fernando. »Okay.«

»Beantworte die verdammte Frage.«

»Nein.«

»Woher weißt du dann, dass ich *el jefe* bin?«

Fernando zögerte, lange genug für Castillo, um die Antwort auf seine eigene Frage zu finden.

»Ich werde diesem großmäuligen Hurensohn eine neue Analöffnung brennen.«

»Reg dich ab, Gringo«, sagte Fernando.

»Leck mich auch.«

»Wenn dein Anfall vorüber ist, lass es mich wissen.«

»Mein Gott, er ist ein Bundesagent! Er sollte es besser wissen, als eine große Schnauze zu riskieren!«

»Lass mich damit anfangen, warum er in der DEA ist.«

»Das ist mir scheißegal!«

»Ricardo wollte ursprünglich Army-Pilot sein. Wie die Helden der Familie Jorge Castillo und sein Sohn Carlos. Als er die ärztliche Prüfung nicht bestand, war er bereit, normaler Panzeroffizier zu werden wie ich. Und als er diese ärztliche Prüfung ebenfalls nicht bestand und von dem noblen Wunsch erfüllt war, seinem Land zu dienen, ging er zur DEA. Alles, was sie wollten, war jemanden, der studiert hatte und Spanisch sprechen konnte.«

»Du scheinst eine Menge über diesen Hurensohn zu wissen.«

»Natürlich weiß ich viel über ihn.«

»Was, zur Hölle, heißt das?«

»Du weißt es nicht, oder?«, fragte Fernando ungläubig.

»Was soll ich wissen, verdammt noch mal?«

»Wenn du mehr als ein nur gelegentliches Interesse an der Familie hättest, Carlos, würdest du es vielleicht wissen.«

Fernando nennt mich nur »Carlos«, wenn er wirklich sauer auf mich ist.

»Komm, verdammt noch mal, auf den Punkt!«

»*Abuela* ist Ricardos Patentante.«

»Das wusste ich nicht.«

»Habe ich mir gedacht. Und als Ricardos Mutter starb – er war zu dieser Zeit dreizehn. Wie alt bist du gewesen, als deine Mutter starb?«

»Zwölf.«

»Dreimal darfst du raten, Gringo: Welche wirklich nette alte Lady, die das Gelübde als Patentante wirklich ernst nahm, zog Ricardo Solez groß?«

»Das wusste ich nicht«, gab Castillo leise zu. »Er hat nichts davon gesagt.«

»Es geschah also Folgendes: *Abuela* rief Ricardo an – sie

haben dieses Ding, Gringo, das man Telefon nennt, das einige Leute benutzen, um nur zu sagen ›Hallo, wie geht's?‹, und nicht nur, wenn sie Probleme haben und etwas wollen –, und er sagte: ›Hey, Doña Alicia, rate mal, wer der verantwortliche *el jefe* bei den Ermittlungen ist, wer Jack the Stack gekillt hat und seine Familie schützt?‹ – oder Worte dieser Art. Und unsere *Abuela*, wirklich immer mit großem Mund, rief mich an und sagte: ›He, Fernando, rate mal, wer *el jefe* ist ...‹«

»Okay, okay. Tut mir leid. Ich hatte keine Ahnung davon.«

»Was dazu führte, dass die gesamte Familie vor der Glotze sitzt, um den – wie nennt dich Otto? – den ›verlorenen Sohn‹ in Action zu sehen.«

Castillo erwiderte nichts.

»Heißt das, du stimmst mir zu, dass du ein Hurensohn bist, oder du hast Probleme?«

»Beides.«

»Welche Art Probleme, Gringo?«, fragte Fernando. Jetzt klang seine Stimme besorgt.

»Ich sitze auf dem Boden eines Zimmers im German Hospital. Im Bett neben mir liegt Betty Schneider ...«

»Was? Was, zum Teufel, macht sie in Argentinien?«

»Sie kam gerade eben aus dem Operationssaal, wo die Chirurgen drei Neun-Millimeter-Kugeln einer Madsen aus ihr herausholten ...«

»*Madre de Dios!*«

»... eine aus dem Bein, eine aus ihrem Kiefer und eine aus der ›Leistengegend‹, wie es der Arzt beschönigend bezeichnet.«

»Wird Sie wieder gesund?«

»Sie wird es überleben.«

»Gott sei Dank! Und hast du was damit zu tun?«

»Ja, das habe ich. Zu der Zeit, als Special Agent Schneider ihre Verwundungen erlitt, wurde sie in meinem Wagen vom

Ort ihres Dienstes – dem Masterson-Haus – zu einer Bar namens Kansas gefahren, wo ihr Freund auf sie wartete. Das wahrscheinlichste Szenario ist, dass die Bastarde, die Masterson ermordeten, besagten Wagen überfielen, weil sie glaubten, ich sitze darin. Das war nicht der Fall, aber was soll's. Da sie nun schon mal dort waren, steckten sie eine Madsen durchs Fenster an der Fahrerseite und leerten das Magazin. Sie bliesen den Fahrer weg, einen wirklich netten, zwanzigjährigen Marine, einen Staff Sergeant namens Roger Markham, mit zwei, vielleicht drei Kopfschüssen und erwischten Betty dreimal.«

»Den Freund haben sie nicht getroffen?«, fragte Fernando. »Und wer, zur Hölle, ist das?«

Castillo gab keine Antwort. Nach einem Moment verstand Fernando.

»Im Ernst? Wann ist das passiert?«

»Gestern Nacht. Gleich nachdem sie hier eintraf.«

»Wow!«, stieß Fernando hervor. »Du musst allerhand um die Ohren gehabt haben.« Er legte eine Pause ein und fuhr dann fort: »Was brauchst du jetzt also? Bevor du antwortest: Was ist mit dir? Wer deckt dir den Rücken?«

»Ich habe einen Leibwächter vom Marine-Corps«, sagte Castillo. »Und Ricardo und Jack Britton – erinnerst du dich an ihn?«

»Der schwarze Undercover-Cop aus Philadelphia?«

»Ja. Ricardo und Jack passen auf Betty auf. Morgen – oder spätestens übermorgen – wird sie in einem Flugzeug nach Philadelphia sein. Sie wird weiter Chirurgie für ihr Gesicht und den Kiefer brauchen. Ich habe den Namen eines guten Arztes in der Klinik der University of Pennsylvania.«

»Gringo, du wirst sie nicht mit einem Linienflug schicken wollen. Wenn ich morgen beim ersten Tageslicht mit dem Lear losfliege ...«

»Ich dachte zuerst an den Lear. Aber du müsstest zweimal auftanken.«

»Na und?«

»Ich habe eine Gulfstream der Air Force, die mit nur einem Tankstopp fliegen kann. Es hat ebenfalls Krankenhaus-Konfiguration. Ich möchte, dass du den Lear zur Keesler Air Force Base in Mississippi schickst.«

»Warum dorthin?«

»Weil ich Mastersons Leichnam und seine Frau und Kinder dorthin bringen werde. Und ich nehme an, dass ich vermutlich ein schnelles Transportmittel brauchen werde. Wir werden hier nicht später als zwölf Uhr mittags, Buenos-Aires-Zeit, in der Luft sein. Es gibt zwei Stunden Zeitdifferenz, und so werden wir vermutlich um zwanzig Uhr, zwanzig Uhr dreißig morgen Abend dort landen.«

»Ich werde dort sein.«

»Ich sagte: Schick den Lear.«

»Ich werde dort sein. Sonst noch etwas, Gringo?«

»Ja, nenn mich nicht so, wenn die Kinder zuhören.«

Fernando lachte. »Ich werde für deine Freundin beten, Gringo.«

»Lass *Abuela* ein Gebet sprechen. Sie hat vermutlich mehr Einfluss dort oben als du.«

»Pass auf dich auf.«

Castillo stand auf und blickte lange auf Special Agent Schneider hinab. Dann lehnte er sich mit dem Rücken an die Wand, glitt daran hinab und tippte eine weitere lange Reihe von Zahlen in das Handy.

Supervisory Special Agent Thomas McGuire vom United States Secret Service meldete sich beim zweiten Klingeln. »Vier-null-sieben-sieben.«

»Tom?«

»Sind Sie das, Charley?«

»Ja.«

»Wie geht es Schneider?«

»Sie ist aus dem OP raus. Sie wird wieder gesund werden. Aber sie war ziemlich schlimm verletzt. Sobald ich höre, dass sie flugtauglich ist – morgen oder übermorgen –, schicke ich sie nach Philadelphia. Mit dieser Gulfstream der Air Force. Das ist einer der Gründe, weshalb ich anrufe.«

»Bevor Sie darauf zu sprechen kommen – wie geht es Ihnen?«

»Mir geht es gut.«

»Was brauchen Sie?«

»Können Sie arrangieren, dass jemand sie am Flugzeug abholt? Der Arzt, der sie behandelt ...«

»He, Charley. Sie ist beim Secret Service. Wir kümmern uns um unsere Kollegen.« Er legte eine Pause ein und fragte dann ungläubig: »Sie schicken sie nicht alleine?«

»Jack Britton wird bei ihr sein. Und ein Arzt und eine Krankenschwester. Der Arzt, der sie behandelt, hat ein Paket mit Aufzeichnungen – Röntgenaufnahmen, ihre Pharmakologie et cetera. Jack wird das haben. Ich will sicherstellen, dass er in der Lage sein wird, es ...«

»Es werden Leute am Flughafen sein. Sie werden tun, was erledigt werden muss. Lassen Sie den Piloten eine Anflug-Information funken, sobald er in den amerikanischen Luftraum fliegt. Okay?«

»Ich habe den Namen eines Arztes der Uni von Pennsylvania, der sehr gut sein soll.«

»Geben Sie mir seinen Namen. Ich werde ihn überprüfen.«

»William Rieger, M.D.«

»Was braucht Schneider?«

»Sie hat eine Neun-Millimeter-Kugel in den Kiefer bekommen. Plus zwei andere in den Körper. Aber das Problem ist der Kiefer. Der medizinische Fachjargon heißt – Sie sollten sich das besser aufschreiben.«

»Ich hab den Kugelschreiber in der Hand.«

»Ich weiß nicht mal, wie man das richtig ausspricht. Sie braucht einen Fachmann für Orthognathie. Ich buchstabiere das.« Er tat das.

»Habe ich. Sonst noch etwas?«

»Einen Plastikchirurgen und einen Kieferorthopäden«, sagte Castillo.

»Wird sie bekommen.«

»Danke.«

»Was ist geschehen, Charley? Wir haben nur erfahren, dass sie angeschossen und der Fahrer getötet wurde.«

»Man hat meinen Wagen überfallen ...« Castillo glaubte plötzlich, Jack Brittons Warnung zu hören: *»Wenn Sie nicht mit dem Blödsinn ›Es ist alles meine Schuld!‹ aufhören, kann jemand Wichtiges es hören und Sie von der Ermittlung abziehen.«* Er stoppte sich selbst.

»Und?«, drängte McGuire.

Castillo hielt sich an das Wesentliche. »Der Wagen wurde an einem Kreisverkehr bei Mastersons Haus gestoppt. Jemand brachte den Fahrer dazu, seine Fensterscheibe zu senken, steckte eine Madsen in den Wagen und leerte das Magazin. Der Fahrer, ein Sergeant des Marine-Corps namens Markham, bekam mindestens zwei Kugeln in den Kopf, als er versuchte, zurückzusetzen. Der Arzt denkt, dass Schneider von Querschlägern von der schusssicheren Verglasung getroffen wurde.«

Klang das professionell und sachlich genug? Oder durchschaut McGuire es?

»Es heißt ›widerstandsfähig gegen Projektile‹, nicht ›schusssicher‹«, korrigierte ihn McGuire geistesabwesend. »Sie sagten, es war Ihr Wagen. Meinen Sie, man wollte Sie erwischen?«

»Ich weiß es nicht, Tom.«

»Nur ein normaler Mord ›lass uns einen Amerikaner erledigen, egal welchen‹? Das bezweifle ich. Diese Leute sind offensichtlich Profis. Warum riskieren, dass etwas schief läuft, nur um einen Secret-Service-Agenten auszuschalten? Es sei denn, sie erwarteten (a) Sie im Wagen und wussten (b), dass Sie nicht nur ein Secret-Service-Agent, sondern der Agent des Präsidenten sind. Das würde Sie in die gleiche Kategorie mit Masterson bringen, mit jemandem, der wichtig genug ist, um ihn zu erledigen – aus welchem Grund auch immer.«

»Das bringt uns zu der Frage zurück: Warum haben sie Masterson getötet? Und nicht Mrs Masterson, als sie Gelegenheit dazu hatten?«

McGuire antwortete einen Moment nicht, und dann sagte er spöttisch ernst: »Wenn Sie an der Meinung eines niedrigen, aber alten, fast kahlköpfigen und klugen Secret-Service-Agenten interessiert sind, dann ist etwas faul im Staate Dänemark. Ich wünschte nur, ich wüsste, was es ist.«

»Ich auch, Tom.«

»Was kann ich sonst für Sie tun?«

»Zweierlei. Bitten Sie Dick Miller, meine 45er – die hinter den Büchern im Regal hinter meinem Bett versteckt ist – zu nehmen und sie und genügend Sommerkleidung für ein paar Tage in Mississippi in eine Tragetasche zu stecken und mir irgendwie in Mississippi übergeben zu lassen.«

»Das erledige ich für Sie, Charley. Joel und ich fliegen mit der Air Force One mit dem Boss runter.«

»Danke.«

»Sonst noch etwas?«

»Ich habe meinen Cousin Fernando gebeten, sein Flugzeug nach Keesler zu bringen. Ich bin mir nicht sicher, ob sie ihn dort landen lassen werden. Können Sie das arrangieren?«

»Ich bezweifle, dass dies ein Problem sein wird. Wenn es eines gibt, werde ich ihn anrufen und ihm sagen, wo er landen soll.«

»Noch einmal vielen Dank.«

»Charley, wollen Sie einen ehrlichen Rat von einem alten Iren hören?«

»Ich bin ganz Ohr für alles, was Sie zu sagen haben.«

»Ein Szenario, das mir in den Sinn kam, ist, dass wir es mit einem Irren oder Irren Mehrzahl – und unbedingt Moslems, vielleicht sogar Amerikaner – zu tun haben, denen einer abgeht, wenn sie wichtige Leute killen. Masterson hat sich qualifiziert als Diplomat und als Jack the Stack. Das mag sowohl erklären, warum sie seine Frau gekidnappt und warum sie sie nicht getötet haben. Sie haben sie nur benutzt, um an ihn heranzukommen.«

Castillo stieß einen Grunzlaut aus.

»Und es mag erklären, warum sie versucht haben, Sie abzuknallen. Der Agent des Präsidenten ist in der gleichen Liga wie ein Diplomat. Vielleicht sogar wichtiger. Wie geheim ist das dort unten?«

»Jemand hat der *New York Times* einen Tipp gegeben, dass ein Agent des Präsidenten hier ist. Und einigen anderen Mitgliedern der Presse. Ich glaube nicht, dass mein Name herausgekommen ist.«

»Nun, das könnte den Überfall erklären. Wissen Sie, wer den großen Mund hatte?«

»Ich habe meinen Verdacht.«

»Haben Sie einen Namen?«

»Ich bin mir nicht sicher, Tom.«

»Wenn Leute versuchen, Sie umzulegen, Charley, kann eine Überdosis Anständigkeit tödlich sein.«

»Da ist ein FBI-Agent hier unten, der es vielleicht auf mich abgesehen hat.«

»Wie abgesehen?«

»Meinen Sie, das FBI hat immer noch – trotz des persönlichen Befehls des Präsidenten an den Direktor, die Finger von Pevsner zu lassen – eine Anweisung: ›Macht Kennedy ausfindig, nehmt ihn aber nicht fest‹?«

»Das wäre blöde von ihnen, würde mich jedoch nicht überraschen. Sie wollen Kennedy wirklich unbedingt haben.«

»Der Typ heißt Yung. Er ist der Botschaft in Montevideo zugeteilt, unterstützt sie angeblich bei den Ermittlungen gegen Geldwäsche.«

»Angeblich?«

»Ich lief Howard Kennedy über den Weg ...«

»Er ist da unten?«, unterbrach McGuire. Seine Stimme verriet die Überraschung.

»Er war es.«

»Und was hat er gemacht?«

»Er sagte, er hätte eine Flugzeugladung Kunstobjekte zum König Faisal Islamischem Zentrum gebracht und werde eine Ladung Polo-Ponys nach Arabien bringen.«

»Sonderbar genug, das klingt legitim.«

»Ich glaube, das ist seine Tätigkeit. Jedenfalls ist er jetzt fort, und ich bezweifle, dass er oder Pevsner irgendetwas mit diesem Fall zu tun haben. Pevsner will unsichtbar bleiben, und Kennedy will, was Pevsner wünscht, und einen amerikanischen Diplomaten zu ermorden ist keine gute Methode, um unsichtbar zu bleiben.«

»Bei Pevsner kann man nie wissen.«

»Jedenfalls sagte Kennedy, er kennt diesen Yung, sagte, er ist ein Ass und was immer Yung auch in Montevideo macht, es hat nichts mit Geldwäsche zu tun.«

»Das ist interessant. Mal sehen, was ich über diesen Mann herausfinden kann.«

»Abermals Dank, Tom.«

»Ich war im Begriff, Ihnen einen ernsten Rat anzubieten.«

»Schießen Sie los.«

»Geben Sie mir Ihr Okay, Tony Santini anzurufen und ihm zu sagen, dass er auf Sie aufpassen soll, bis Sie von dort wegfliegen.«

»Tony ist bei den Mastersons. Ich finde, er sollte dort bleiben. Und ich habe einen Leibwächter des Marine-Corps, der mich nicht aus den Augen lässt.«

»Wie Sie wollen, Charley. Doch je mehr ich darüber nachdenke, desto mehr meine ich, dass diese Leute versuchen, Sie umzubringen, also seien Sie vorsichtig.«

»Das werde ich sein.«

»Mir kam gerade ein anderer Gedanke«, sagte McGuire. »Ein ziemlich ausgefallener.«

»Lassen Sie hören.«

»Die Attentäter – von Schneider, wenn sie es nicht auf Sie abgesehen hatten – wollten eine Botschaft schicken.«

»Was für eine Botschaft?«

»Das habe ich noch nicht herausgefunden, aber ein Teil davon könnte sein: ›Wir können dich erledigen, wenn wir das wollen, ob du nun Schutz vom Secret Service hast oder nicht.‹«

»Ich weiß nicht, Tom.«

»Ich sagte doch, es ist ausgefallen«, meinte McGuire. »Aber das heißt nicht, es ist unmöglich.«

»Das bringt mich auf etwas anderes, Tom. Wie steht es mit dem Schutz der Mastersons in Mississippi?«

»Charley, der Präsident wird in Mississippi sein. Der Secret Service wird in ganz Keesler sein. Und der Leiter der Schutzabteilung muss wissen, wie sauer er darüber ist, dass Masterson ermordet worden ist.«

»Der Präsident wird nicht in Mississippi bleiben.«

»Da haben Sie recht. Ich werde mit Joel reden und hören, was er sagt. Sonst noch etwas?«

»Mir fällt nichts mehr ein.«

»Okay, dann werde ich Sie da unten sehen.«

Castillo rief Botschafter Silvio an und erzählte, dass Betty aus dem Operationssaal heraus, aber immer noch bewusstlos war und dass ihr Arzt gesagt hatte, sie sei entweder am nächsten Tag oder übermorgen reisetauglich.

Dann erhob er sich vom Boden und blickte wieder auf Betty hinab. Sie war noch immer nicht zu sich gekommen.

Castillo wandte sich an die schwergewichtige Krankenschwester.

»Wann wird sie aufwachen?«, fragte er.

»Vermutlich frühestens in einer Stunde, *señor.*«

»Wenn sie wach wird, bevor ich zurück bin, sagen Sie ihr, dass ich wiederkomme«, wies Castillo sie an.

»Das werde ich tun.«

Castillo stöpselte das Handy aus dem Ladegerät. Er sah, dass er jetzt genügend Strom hatte, um zum Four Seasons zu gelangen, stöpselte das Ladegerät aus der Steckdose und steckte beide Geräte in die Tasche. Dann verließ er das Krankenzimmer.

Corporal Lester Bradley, USMC, der neben Jack Britton saß, erhob sich schnell, als er Castillo sah.

Castillo begegnete Brittons Blick.

»Sie ist noch bewusstlos. Die Schwester sagt, sie wird erst in einer Stunde oder später wach. So fahren Corporal Bradley und ich zum Packen. Ich werde Ihre Sachen und die Bettys in mein Zimmer bringen lassen und die Rechnungen begleichen. Wenn wir morgen weg sind, werden Leute Sie und Solez ablösen und ...«

»Kapiert«, sagte Britton.

»Während ich das mit dem Hotel handhabe, wird Bradley zu seinem Quartier fahren und genügend Kleidung – einschließlich seines großen Dienstanzugs – für eine Woche einpacken. Dann wird er zum Hotel zurückfahren, mich abholen und wir werden hierhin zurückkehren.«

»Sir?«, sagte Bradley.

»Was?«

»Meine Befehle lauten, Sie nicht zu verlassen. Und – warum brauche ich meinen großen Dienstanzug?«

»Weil Sie die traurige Pflicht haben, Corporal, Sergeant Markham heimzubringen und ihn beizusetzen.«

»Der Gunny hat mir davon nichts gesagt, Sir.«

»Der Gunny wusste bis jetzt nichts davon.«

»Sir, ich kann nicht ohne Befehl handeln.«

»Sie haben soeben Ihre Befehle erhalten«, sagte Castillo. »Wenn Sie sich dadurch besser fühlen werden, rufen Sie Ihren Gunny an und erzählen Sie ihm, was ich befohlen habe.«

»Jawohl, Sir«, sagte Corporal Bradley zweifelnd.

Einer der SIDE-Agenten auf dem Flur folgte Castillo und Bradley bis zum Lift, und als sich im Kellergeschoss die Tür öffnete, warteten zwei weitere Männer, offenbar ebenfalls SIDE-Agenten, auf sie.

Castillo fragte sich, wie sie bestellt worden waren. Er hatte nicht gesehen, dass der SIDE-Mann ein Handy benutzt hatte.

Du Dummerchen, offenbar hat einer der anderen SIDE-Agenten angerufen und gesagt, dass wir in den Aufzug steigen.

Und da du einige Zeit gebraucht hast, um dir das zusammenzureimen, bist du müde und kannst nicht klar denken.

»Sir, ich bin Major Querrina vom SIDE, mit der Ehre, Ihre Sicherheit ...«

»Ich spreche Spanisch, Major«, unterbrach Charley ihn.

Major Querrina war sichtlich erleichtert.

»Fahren Sie irgendwohin, Sir?«

»Zuerst zum Four Seasons. Und während ich dort bin, wird mein Leibwächter hier zur Marine-Kaserne, oder wie immer es genannt wird, fahren und schnell einen Koffer packen.«

Major Querrina blickte zweifelnd zu Corporal Bradley, sagte jedoch nichts.

»Wenn er das getan hat«, fuhr Castillo fort, »wird er zum Four Seasons zurückfahren und mich abholen, und wir kommen hierher zurück.« Er wandte sich an Bradley. »Wo ist diese Kaserne, Corporal?«

»Gleich neben der Libertador ...«, begann Bradley.

»Ich weiß, wo sie ist«, unterbrach Querrina. »Ungefähr zwanzig bis dreißig Minuten Fahrt vom Four Seasons aus. Ist die Zeit wichtig?«

»Ich will hierher zurück, so schnell ich kann.«

»Darf ich vorschlagen, Sir, dass wir den Corporal in einem meiner Wagen zum Haus des Marine-Corps schicken? Das wird Zeit sparen, und was die Sicherheit für Sie betrifft, so werden zwei SIDE-Wagen mit Ihnen fahren.«

Oder ich könnte mit dem SIDE fahren und Bradley in dem Botschaftswagen schicken.

Aber wenn ich das tue, und diese Bastarde wollen mir – wie hat Tom McGuire gesagt? – »eine Botschaft schicken«, indem sie mich erledigen, dann könnte ich zwei tote Marines auf dem Gewissen haben. Und das will ich bei Gott nicht.

»Major Querrina hat mir freundlich einen von seinen Wagen angeboten, um Sie zum Marine House zu fahren.« Er sah, wie sich Bradleys Gesicht verfinsterte. »Corporal, Sie werden in einem ihrer Wagen mitfahren, der sie hierhin zum Hospital zurückfahren wird. Dies steht nicht zur Diskussion frei.«

»Aye, aye, Sir«, sagte Bradley mit sichtlichem Mangel an Begeisterung.

3

Presidente de la Rua Suite
Four Seasons Hotel
Cerrito 1433
Buenos Aires, Argentinien
24. Juli 2005, 22 Uhr 40

»Warum machen Sie sich nicht einen Drink, Major?«, sagte Castillo, als sie ins Wohnzimmer der Suite kamen. »Es wird nicht lange dauern.«

»Sehr freundlich von Ihnen, Sir. Aber nein, danke. Ich bin im Dienst.«

»Ich auch«, sagte Castillo. »Aber es gibt Ausnahmen von jeder Regel, und ich habe soeben entschieden, dass dies eine davon ist.«

Er ging zur Bar und schenkte Famous Grouse in ein Glas. Er nippte daran und hob dann das Glas einladend hoch.

»Wie Sie schon sagen, Sir, es gibt immer Ausnahmen«, sagte Querrina.

»Bedienen Sie sich, es wird nicht lange dauern«, sagte Castillo, nahm sein Glas mit ins Schlafzimmer und schloss die Tür.

Er fand eine Steckdose für das Handy-Ladegerät hinter

dem Nachttisch und stöpselte es ein. Als er sein Handy damit verband, stellte er fest, dass er sich damit nicht auf den Boden zu setzen brauchte. Er legte das Handy aufs Bett und begann zu packen.

Er brauchte nicht lange, und als er im Begriff war, den Reißverschluss der Reisetasche zuzuziehen, fiel ihm die Rechnung ein, die er an der Rezeption erhalten hatte. Es hatte keinen Sinn, sie wer weiß wie lange in der Tasche herumzutragen, und er konnte sie nicht einfach wegwerfen, denn die teutonische Buchhaltung der *Tageszeitung* verlangte eine Kopie seiner Rechnungen, um sie mit seinem American-Express-Konto zu vergleichen.

Er klopfte seine Taschen ab, fand die Rechnung und wollte sie in den Koffer mit seinem Laptop stecken, als ein Alarmlicht in seinem Kopf aufflammte.

Was zur Hölle stimmt hier nicht?

Er betrachtete die Rechnung sorgfältig.

Nun, das Four Seasons gab seine Räumlichkeiten nicht preis. Da stand nichts Außergewöhnliches . . .

Abgesehen davon, dass sie auf Karl Gossinger ausgestellt war.

Auch daran war nichts falsch, abgesehen davon, dass Gossinger das Land betreten hatte, nicht Castillo, und Castillo morgen abreisen würde. Alle möglichen Fragen würden über den Deutschen gestellt werden, der mit der USAF Globemaster mit der Witwe Masterson und dem Leichnam ihres Ehemanns flog.

Scheiße!

Du hast wieder Mist gebaut, Inspektor Clouseau!

In der Praxis sieht es jedoch so aus: Wenn die argentinische Einwanderungsbehörde auf Ezeiza kontrolliert, wird sie kaum misstrauisch auf C. G. Castillos Pass spähen, um festzustellen, ob er das Land legal betreten hat, besonders nicht, weil C. G. Castillo von SIDE-Agenten umgeben sein wird.

Ich gebe ihnen also meinen amerikanischen Pass, hoffe, dass sie nicht zu genau hingucken, und mache mir später Sorgen um Gossingers Einwanderungsprobleme.

Er steckte die Four-Seasons-Rechnung in den Koffer und stellte sicher, dass Gossingers Pass im Deckel mit seinen Ausweisen eines anderen Ichs versteckt war.

Dann setzte er sich aufs Bett und drückte auf eine Kurzwahltaste des Handys.

Eine tiefe Männerstimme antwortete »*Hola?*«

»Mein Name ist Castillo«, sagte er auf Spanisch. »Darf ich bitte mit Señor Pevsner sprechen?«

»Einen Moment, *señor.*«

Castillo sah sich im Zimmer um und sah etwas, was er zuvor nicht gesehen hatte. Auf dem Nachttisch auf der anderen Seite des Betts lag eine Art Päckchen. Was immer darin war, es war in Seidenpapier eingewickelt und eine Rose lag darauf.

Was, zum Teufel, ist das?

»Charley? Ich hatte gehofft, dass Sie anrufen«, sagte Alexander Pevsner auf Russisch.

»Tatsächlich? Warum?«

»Um zu hören, ob mit Ihnen alles in Ordnung ist. Ich hörte, was mit Ihrem Fahrer und Ihrer Agentin passiert ist.«

»Nun, wenn Sie das von jemandem so Vertrauten wie Coronel Munz gehört haben, Alex, sollten Sie sich eine neue Quelle suchen. Munz ist gefeuert worden.«

»Das habe ich ebenfalls gehört. Das mit Ihren Leuten tut mir leid, Charley.«

»Alex, ich will die Bastarde haben, die das getan haben.«

»Das verstehe ich.«

»Dies ist eine persönliche Sache, Alex.«

Es folgte ein Moment Zögern, bevor Pevsner erwiderte: »Ich würde nichts anderes von Ihnen als Offizier erwarten. Oder meinen Sie wirklich persönlich?«

»Ich meine wirklich persönlich, Alex.«

»Oh, dann tut es mir wirklich leid, mein Freund.«

»Ich sprach mit Howard, kurz bevor er abreiste.«

»Davon hat er nichts erwähnt.«

»Ich bat ihn, über einen Mann namens Jean-Paul Lorimer, einen UN-Diplomaten in Paris, herauszufinden, was ihm möglich ist. Wenn Sie das nächste Mal mit ihm sprechen, würden Sie ihm sagen, dass ich jetzt wirklich über diesen Mann Bescheid wissen will?«

»Ich werde Howard anweisen, mit Ihnen Kontakt aufzunehmen. Wo werden Sie zu erreichen sein?«

»Hier, etwa bis morgen Mittag. Dann fliege ich mit Mastersons Familie weg. Und mit seiner Leiche.«

»Ich bezweifle, dass ich vorher von Howard hören werde. Dann werden Sie in Washington sein?«

»Zuerst in Mississippi, dann in Washington. Sagen Sie ihm, er soll mein Handy oder das Hotel anrufen.«

»Das werde ich tun. Und ich werde auch sehen, was ich über diesen Lorimer erfahren kann. Jean-Paul Lorimer, sagten Sie?«

»Richtig. Ich wäre wirklich sehr dankbar.«

»Ich zögere, dies zu einem mit Ihrem Hintergrund zu sagen, aber sind Sie angemessen geschützt?«

»Ich habe zu meinem Schutz zwei SIDE-Wagen, vier SIDE-Agenten – einschließlich eines Majors – und, weit beruhigender, einen amerikanischen Marine, bei dem ich mir nicht sicher bin, ob er alt genug zum Wählen ist.«

Pevsner lachte und sagte dann ernst: »Es sind einige sehr gefährliche Leute – offenbar Profis – in die Ereignisse verwickelt. Ich bin mir sicher, dass Sie das richtig einschätzen.«

»Das tue ich. Sie haben keine frischen Ideen, worum es bei alldem geht, oder?«

»Nein. Und keiner, mit dem ich gesprochen habe – Leute,

von denen man denken würde, dass sie zumindest eine Idee haben müssten – hat irgendeine Ahnung.«

»Fragen Sie weiter, ja?«

»Selbstverständlich. Und Anna wird für Sie – und Ihre Freunde – beten, mein Freund.«

»Danke.«

»Freunde kümmern sich um ihre Freunde, mein Freund. Wir bleiben in Kontakt, Charley. Seien Sie vorsichtig.«

»Leben Sie wohl, Alex.«

Pevsner antwortete auf Deutsch: »Nicht Lebewohl. Auf Wiedersehen.«

Castillo brach die Verbindung ab und blickte dann auf das Handy.

Tusch! CNN *und* New York Times *haben erfahren, dass C. G. Castillo, der nicht so geheime Geheimagent des Präsidenten, ein enger Freund von Alexander Pevsner, dem berüchtigten russischen Waffenhändler und Allround-Bösewicht, ist. Ihre Quelle ist ein ungenannter FBI-Agent, dessen Berichte in der Vergangenheit zuverlässig gewesen sind.*

Mist!

Er steckte das Handy in die Tasche.

Was, zum Teufel, ist in dem Päckchen mit dem Seidenpapier?

Er ging zum Bett, schob die Rose vom Päckchen und band die Schleife auf, mit der das Seidenpapier an Ort und Stelle gehalten wurde.

Das Päckchen enthielt den frisch gewaschenen BH und das Höschen von Special Agent Elizabeth Schneider. Die Sachen waren offenbar vom Zimmermädchen gefunden worden, nachdem sie unter das Bett getreten worden waren.

»Allmächtiger!«, stieß Castillo hervor.

Mit einiger Mühe – seine Augen tränten – hüllte Castillo das intime Päckchen wieder ein und steckte es in die Aktentasche mit seinem Laptop.

Dann schluckte er hart, atmete tief durch, nahm seinen Koffer und die Aktentasche und ging ins Wohnzimmer.

»Okay, Major«, sagte er. »Alles erledigt. Wir können fahren.«

4

Zimmer 677
German Hospital
Avenida Pueyrredón
Buenos Aires, Argentinien
24. Juli 2005, 23 Uhr 40

Corporal Lester Bradley, USMC, war sichtlich erleichtert, Castillo zu sehen, als er aus dem Aufzug stieg.

»Alles gepackt, Corporal?«, fragte Castillo.

»Jawohl, Sir«, erwiderte Bradley. »Sir, der Gunny sagte, für den Fall, dass er Sie morgen verpasst, soll ich Ihnen Dank sagen.«

»Wofür?«

»Weil Sie mich mit Sergeant Markham schicken.«

Castillo nickte, sagte jedoch nichts. Er wandte sich an Jack Britton. »Das Hotel hat Ihr Zeug und Bettys Sachen in mein Zimmer bringen lassen, Jack. Die Rechnung ist bezahlt. Tom McGuire sagte, er sendet Ihnen eine Anflugberatung und Ihre voraussichtliche Ankunftszeit in Philadelphia, sobald die Gulfstream in den amerikanischen Luftraum fliegt. Der Secret Service wird die Maschine erwarten.«

Britton nickte. »Wohin schickt er sie?«

Verdammt!, dachte Castillo. Er sagte: »Dieses kleine Detail wurde übersehen. Er schickt sie zur Anflugkontrolle Philadelphia. Mit einer Kopie zum Büro des Heimatschutzministers zur persönlichen Kenntnisnahme von Minister Hall. Das sollte ihre Aufmerksamkeit wecken. Sie werden vermutlich auf der MacDill Air Force Base auftanken. Dort sind Leute vom Secret Service. Suchen Sie sie und sagen Sie es ihnen.«

»Kapiert.«

Castillo nickte und öffnete dann langsam die Tür zu Zimmer 677.

Es gab nicht viel Licht, nur eine kleine Lampe auf dem Nachttisch, über deren Schirm die dicke Krankenschwester ein blaues Tuch gelegt hatte.

»Ist sie aufgewacht?«, fragte Castillo leise.

»Sie ist dabei«, sagte die Krankenschwester.

Castillo ging zum Bett und blickte auf Betty hinab.

Sie sah grau aus.

Die Krankenschwester zupfte an seinem Arm, und er wandte sich ihr zu.

Sie hielt einen billigen weißen Plastikstuhl in den Händen. Charley hatte gehört – er wusste nicht, ob es stimmte –, dass sie aus dem wieder verwerteten Plastik von Milchkartons und Colaflaschen hergestellt wurden.

»Sie können nicht herumstehen, bis sie aufwacht, *señor*«, sagte die Krankenschwester. »Setzen Sie sich, legen Sie Ihre Füße hier drauf und versuchen Sie, ein wenig zu schlafen.«

Wie, zur Hölle, soll ich Schlaf finden?

»*Muchas gracias.*«

Er setzte sich auf den Klappstuhl, legte die Füße auf den Plastikstuhl, und als er ziemlich sicher war, dass die Schwester nicht zu ihm hinschaute, legte er seine Hand so aufs Bett, dass er Betty an der Schulter berühren konnte.

Castillo öffnete die Augen.

Jack Britton stand neben ihm und hielt ihm einen Becher Kaffee hin.

Castillo nahm den Becher als Reflexhandlung.

»Wie spät ist es?«, fragte er.

»Viertel vor neun«, sagte Britton. »Zeit für Sie, das Hemd zu wechseln, sich zu rasieren und zur Kathedrale aufzubrechen.«

»O Gott! Ich sollte in San Isidro sein. Warum, zur Hölle, haben Sie mich nicht geweckt?«

»Sie wären in San Isidro nur im Weg gewesen, Charley«, sagte Britton. »Ich habe mit Santini gesprochen. Er sagte, ich soll Sie schlafen lassen.«

Castillo stand auf und stieß dabei den Plastikstuhl um.

»Ihr Elektrorasierer und ein sauberes Hemd sind im Badezimmer«, sagte Britton und verließ das Zimmer.

Castillo blickte auf Betty hinab.

Ihre Augen waren geöffnet, und sie war blass, aber nicht mehr grau.

»Hallo, Baby«, sagte Castillo.

Betty stieß einen Grunzlaut aus, der ein »Hi« hätte sein können.

»Wie fühlst du dich?«

Betty verdrehte die Augen, berührte dann den Verband an ihrem Gesicht und stieß Grunzlaute aus, die er nach einer Weile zu verstehen glaubte. »Kann nicht reden.«

»Liebling, du wirst wieder in Ordnung kommen.«

Betty wies zum Stuhl und grunzte. Als er verwirrt dreinblickte, wiederholte sie die Grunzlaute.

»Ich schnarche?«, fragte er.

Sie nickte.

»Ich liebe dich«, sagte Charley.

Betty nickte.

Er neigte sich über sie und küsste sie sehr sanft auf die Lippen.

Weitere Grunzlaute, doch diesmal konnte er leicht verstehen, was sie meinte: »Wiener Schnitzel.«

»Du bist dreimal getroffen worden«, sagte Castillo. »Aber du wirst wieder gesund. Entweder morgen oder übermorgen fliegst du mit der Gulfstream nach Philadelphia. Jack wird bei dir sein.«

Sie nickte und grunzte: »Roger?«

»Er hat es nicht geschafft, Baby. Er starb schnell.«

Tränen rannen über ihre Wangen und versickerten in dem Verband.

Betty zeigte auf sich, mimte dann das Abfeuern einer Pistole und grunzte. »Die Bastarde geschnappt?«

Er schüttelte den Kopf.

Sie grunzte: »Verdammt!«

»Ich muss mit den Mastersons fahren«, sagte Charley.

Sie nickte.

»Ich möchte lieber bei dir bleiben.«

Sie nickte wieder, und dann mimte sie etwas, was er nach einem Moment als Rasieren verstand.

Ich soll mich rasieren.

Er nickte und ging ins Badezimmer. Als er die Tür zuziehen wollte, stieß Betty ein lautes Geräusch aus, und er fuhr herum und blickte zu ihr.

Sie schüttelte den Kopf und wies auf ihre Augen.

Er nickte und getraute sich nicht, zu sprechen. Als er sich rasierte, konnte er sehen, dass sie ihn im Spiegel beobachtete.

Als er sich rasiert und sein Hemd gewechselt hatte, ging er zum Bett, blickte auf sie hinab und streichelte mit den Fingerspitzen über ihre Stirn.

Sie hob ihre zur Faust geballte Hand mit emporgerecktem Zeigefinger.

»O Gott!«, sagte er leise.

Sie wies zur Tür.

Er küsste sie noch einmal, machte dann kehrt und ging schnell aus dem Zimmer.

XI

1

Catedral Metropolitana
Plaza de Mayo
Buenos Aires, Argentinien
25. Juli 2005, 9 Uhr 40

Als der Konvoi aus drei Wagen mit Castillo und Corporal Lester Bradley – an der Spitze ein SIDE-Wagen, dann der Botschafts-BMW und am Schluss ein SIDE-Wagen – sich der Rückseite der Kathedrale näherte, sah Castillo, dass der gesamte Block von braun uniformierten Soldaten der Gendarmeria National abgeriegelt war, die mit Maschinenpistolen bewaffnet waren.

Als er und Bradley aus dem Botschaftswagen stiegen und zur Seitentür der Kirche gingen, wurden sie gestoppt. Und erst nachdem Major Querrina äußerst arrogant dem Leiter der Gendarmeria-Abteilung seinen SIDE-Ausweis gezeigt hatte, ließ man sie passieren.

Im Flur hinter der Tür standen Uniformierte der Policía Federal und Männer in Zivilkleidung, die Castillo als SIDE-Agenten einschätzte. Sie bewachten die Tür zu dem Alkoven, in dem die Mastersons sitzen würden.

Gefolgt von Bradley ging er durch die Tür in den Alkoven. Dann konnte er Mastersons Sarg sehen, der mit einer amerikanischen Flagge bedeckt war. An jeder Ecke des Sarges standen zwei Soldaten, ein amerikanischer und ein argentinischer in Rührt-euch-Stellung, das Gewehr auf den Boden gestützt.

In dem Alkoven gegenüber des Hauptschiffs saßen Leute, offensichtlich argentinische Würdenträger. In der ersten

Reihe waren vier Plätze unbesetzt, was darauf schließen ließ, dass der Präsident und der Außenminister und ihre Gattinnen – oder zwei andere Würdenträger – noch nicht eingetroffen waren.

El Coronel Alejandro Gellini vom SIDE stand an einer Seite des Alkovens bei einem stämmigen Mann mit Schnurrbart. Castillo nahm an, dass er ebenfalls vom SIDE war. Gellinis und Castillos Blicke trafen sich, aber es gab kein Nicken oder anderes Zeichen des Erkennens.

Castillo blickte wieder zu den absolut reglosen Soldaten an den Ecken des Sarges. Die Argentinier waren in einem großen Dienstanzug, der aussah, als stamme er aus dem frühen 19. Jahrhundert. Sie trugen schwarze Seidenzylinder und waren mit Waffen ausgerüstet, die wie Mauser Modell 98 wirkten und verchromt waren. Die Amerikaner trugen Class-A-Uniform mit weißem Pistolenkoppel. Sie hielten verchromte M-14-Gewehre mit aufgesetztem verchromtem Bajonett. Die U. S. Army hatte aufgehört, das M-14 während des Vietnamkriegs zu benutzen. Doch das M-16, das es ersetzt hatte, eignete sich nicht für die ballettartige Dienstvorschrift, die von der Alten Garde vollzogen wurde.

Castillo hatte den unfreundlichen Gedanken, dass die Soldaten, was auch immer sie vor ihrem Dienst bei der 3. Infanterie getan hatten – und nach den Medaillen zu schließen, die auf ihren Waffenröcken glänzten, hatten sie nie einen Schuss im Ernstfall gehört –, jetzt Schauspieler in einem historischen Festspiel waren.

Er wandte sich ab und sah zum ersten Mal einen First Lieutenant in einer unglaublich gestärkten und korrekten Uniform der Alten Garde fast in Rührt-euch-Stellung in einer Ecke des Alkovens stehen.

Die Felduniformmütze, die er trägt, sieht wie diese Ledermützen der spanischen Guardia Civil aus. Hat er die in Wachs konserviert?

Und es ist kein Green Beret, nicht mal ein lohfarbenes Ranger Beret. Jeder, der durch die Grundausbildung stolpern kann, darf so etwas tragen, dank der bemerkenswert blöden Idee des Stabschefs, dass ein Beret auf dem Kopf eines Soldaten ihn zu einem Krieger macht.

Der Lieutenant blickte zu Castillo, doch da war kein Nicken oder die Andeutung eines Lächelns.

Und all diese glitzernden Medaillen auf seiner Brust sind Ich-war-dort-Medaillen. Plus natürlich das Expert-Infanterie-Abzeichen, was heißt, dass er nie im Kampf gewesen ist. Und – warum überrascht mich das? – er trägt den Ring, der ihn als Absolvent der Militärakademie der Vereinigten Staaten in West Point ausweist.

Noch wichtiger – er ist der leitende Offizier einer Wachabteilung – warum fragt er mich nicht, wer ich bin? Oder, wenn er es weiß, warum sagt er dann nicht »Guten Morgen, Sir«?

Castillo ging zu ihm.

»Guten Morgen, Lieutenant.«

»Guten Morgen, Sir.«

»Ich habe mich gefragt, wie viel Munition Ihre Männer haben.«

Die Worte überraschten den Lieutenant.

»Eigentlich keine, Sir.«

»Und warum nicht?«

»Sir, wir sind eine Einheit für Zeremonien.«

»Ihnen ist klar, dass der Mann im Sarg ermordet worden ist?«

»Jawohl, Sir.«

»Und dass gestern böse Jungs – vermutlich dieselben – einen Sergeant des Marine-Corps ermordeten und eine Agentin des Secret Service schwer verwundeten?«

»Jawohl, Sir.«

»Unter diesen Umständen, Lieutenant, meinen Sie nicht auch, dass es sich für Sie geziemt, genügend Munition für Ihre Männer ausgeben zu lassen, sodass sie sich wenigstens selbst verteidigen können?«

Der Lieutenant erwiderte nichts.

»Und damit sie möglicherweise sogar in der Lage sind, Mrs Masterson und ihre Kinder zu verteidigen, sollte das nötig sein?«

Der Lieutenant wurde rot, schwieg jedoch noch immer.

»Um die unbeantwortete Frage in Ihren Augen zu beantworten, Lieutenant – ›*Wer, zum Teufel, ist dieser blöde Zivilist, der das Verhalten eines Berufsoffiziers wie mir in Frage stellt?*‹ – ich bin Major C. G. Castillo, U. S. Army, und ich habe das Kommando über diese Operation.«

»Erlaubnis, zu sprechen, Sir?«

»Erteilt.«

»Sir, ich habe meine Anweisungen vom Verteidigungsattaché bekommen.«

»Und?«

»Sir, ich kann nur annehmen, wenn er gewünscht hätte, dass meine Männer scharfe Munition haben, hätte er scharfe Munition ausgeben lassen.«

»Lieutenant, ich war mal Pfadfinder. Deshalb hat man mich gelehrt, sogar noch bevor mich mein taktischer Offizier in dieser Schule am Hudson River, die wir beide absolviert haben, gelehrt hat, dass das zweitgrößte Gebot für jeden Offizier – gleich nach der Fürsorgepflicht für seine Männer – ist, auf das Unerwartete vorbereitet zu sein, und ich weiß, dass es eine empfehlenswerte Philosophie ist, der man folgen sollte. Da Sie anscheinend geschlafen haben, als Ihr taktischer Offizier versuchte, Ihnen diese Philosophie zu vermitteln, schlage ich vor, Sie schreiben sie sich auf, damit Sie sie nicht vergessen.«

»Jawohl, Sir.«

Castillo hörte, dass die Tür zum Alkoven geöffnet wurde, und wandte sich um.

Botschafter Silvio und Alex Darby kamen durch die Tür.

Mein Gott!, dachte Castillo plötzlich. *Was war denn los mit dir, Charley?*

Warum bist du über diesen Lieutenant hergefallen?

Okay, er hatte es verdient.

Weil du ärgerlich mit der Welt warst und ein Ventil brauchtest, und er gerade da war.

Aber es war nicht klug.

»Guten Morgen, Sir«, sagte Castillo. »Alex.«

»Die Mastersons sind seit drei Minuten unterwegs«, sagte der Botschafter. »Wir bekamen soeben einen Anruf von Mr Santini.«

»Jawohl, Sir.«

»Ich möchte, wenn Sie damit einverstanden sind«, fuhr Silvio fort, »dass Sie zurückbleiben, wenn die Mastersons nach Ezeiza fahren, und dann mit dem Sarg dorthin fahren.«

»Ich bin mit allem einverstanden, was Sie tun wollen.«

»Tony muss wissen, Charley, ob Sie mit den Mastersons dort rausfahren.«

»Tony hat mehr Erfahrung als ich«, sagte Castillo. »Ich möchte ihm nicht im Weg sein.«

»Dann werde ich mit der Familie fahren«, sagte Darby. »Meine Frau und ich werden das tun.«

»Prima. Und ich werde mit dem Botschafter fahren.«

»Okay«, sagte der Botschafter. »Suchen wir uns unsere Plätze, Alex.«

Einen Moment, nachdem sie fort waren, sagte sich Castillo, dass er draußen sein wollte, wenn die Mastersons eintreffen würden, und er verließ den Alkoven. Corporal Lester Bradley folgte ihm auf dem Fuße.

Und dann standen sie allein in der schmalen Straße neben der Kirche.

Wo, zum Teufel, sind die Gendarmen?

Dann sah er sie. Es waren Gendarmen an jedem Ende der Straße. Einige blockierten die Straße, wo sie an der Plaza de Mayo endete. Am anderen Ende machte ein Gendarm Gesten wie ein Verkehrspolizist, und einen Moment später begann eine Peugeot-Limousine rückwärts in die Straße zu setzen. Ein Botschafts-BMW folgte, dann ein GMC Yukon XL.

»Ich nehme an, sie parken den Konvoi rückwärts ein, sodass sie schnell rausfahren können«, sagte Lester.

»Das waren genau meine Gedanken, Corporal Bradley.«

»Erlaubnis, zu sprechen, Sir?«

»Erteilt.«

»Sie haben diesem Lieutenant wirklich den Arsch aufgerissen, nicht wahr, Sir?«, sagte Bradley bewundernd.

»Das haben Sie gar nicht hören sollen, Corporal.«

»Was hören sollen, Sir?«

Castillo lächelte ihn an und schüttelte den Kopf.

Bradley wies die Straße hinauf.

Tony Santini und zwei andere Amerikaner, deren Gesichter Castillo erkannte, deren Namen er jedoch nicht wusste, kamen schnell die Straße herunter auf sie zu. Beide trugen Mäntel, die MPis verbargen, wie Castillo wusste.

»Wie geht es Schneider?«, begrüßte Santini ihn.

»Sie ist wach und hat Schmerzen. Sie war wirklich unglücklich, weil sie den einen der Bastarde mit ihrem einzigen Schuss nicht getroffen hat. Britton und ein DEA-Agent namens Ricardo Solez sind bei ihr.«

»Sie haben drinnen überprüft?« Santini nickte zur Kathedrale hin.

Zwei Botschafts-Yukons hatten jetzt auf der Straße bis zu ihnen zurückgesetzt. Einer davon entlud sechs Amerikaner, drei bewaffnet mit M-16-Gewehren, zwei mit Uzi-Maschinenpistolen und einer mit einer Madsen. Santini winkte einen der Männer mit einer Uzi zu sich und sah dann Castillo an.

»Sie haben drinnen überprüft?«, wiederholte er.

Castillo nickte. »Argentinische VIPs, aber weder der Präsident noch der Außenminister ist dabei.«

»Sie kommen vermutlich als Letzte, für die Show«, sagte Santini.

»Der Botschafter und Darby und ihre Frauen sind hier«, fuhr Castillo fort. »Darby und seine Gattin wollen mit Ihnen und den Mastersons nach Ezeiza fahren. Der Botschafter will den Sarg begleiten.«

»Und Sie?«

»Ich dachte mir, das Gleiche zu tun.«

Santini nickte. »Szenario«, sagte er, »der Masterson Familien-Konvoi fährt ab. Wir fahren via Avenida 9. Julio und Autobahn nach Ezeiza. Sobald die Straße frei ist, setzen der Wagen des Botschafters und die Botschafts-Yukons – drei, einen für den Sarg, zwei für die Ehrengarde – plus ein Bus für die argentinischen Soldaten hierher zurück, mit den Fahrzeugen des SIDE am Schluss. Die Messe ist vorüber, die Ehrengarde trägt den Sarg zu den Yukons, und dieser Konvoi nimmt dieselbe Route nach Ezeiza. Sind Sie damit einverstanden?«

»Prima.«

»Wo ist Ihr Wagen?«

»Um die Ecke.« Castillo wies hin. »Mit zwei SIDE-Wagen.«

»Ich würde sagen, fahren Sie mit dem Botschafter, aber diesen SIDE-Leuten wird es nicht gefallen, wenn Sie nicht bei der Parade sind. Entscheiden Sie.«

»Ich würde sagen, sie können mich mal, aber sie könnten hartnäckig bleiben und Ärger machen.«

»Ganz meine Meinung. Ich werde Ihren Wagen und die Ihrer SIDE-Begleiter hier aufreihen lassen«, sagte Santini und wies zur Rückseite der Kathedrale. »Wenn die SIDE- und die Botschaftswagen an der Spitze auf die Straße hinausfahren, wird sich der Wagen des Botschafters in die Reihe einfädeln, und dann, nachdem der Yukon mit dem Sarg vorbei ist, fädeln Sie sich mit Ihren SIDE-Wagen ein und dann jeder sonst. Okay?«

»Tony, Sie wissen, was Sie tun. Wir werden tun, was immer wir Ihrer Meinung nach tun sollten.«

Santini nickte und wandte sich an den Mann mit der Uzi.

»Sie haben zugehört?«

»Jawohl, Sir.«

»Dann veranlassen Sie das.«

»Jawohl, Sir.«

Santini hob die Stimme, damit diejenigen außer Hörweite ihn verstehen konnten. »Ich überprüfe drinnen. Wenn alles in Ordnung ist, bringen wir die Mastersons rein.«

»Wollen Sie, dass ich mit reingehe?«, fragte Castillo.

»Das ist Ihre Entscheidung, Charley.«

»Ich werde den Mastersons folgen«, sagte Castillo.

Santini nickte und betrat die Kathedrale. Neunzig Sekunden später kam er wieder heraus.

»Okay, wir bringen sie rein«, befahl er, ging schnell zum nächsten Yukon und öffnete die hintere Tür.

Ein sehr großes, mageres Mädchen von etwa dreizehn stieg zuerst aus. Santini lächelte sie an und zeigte auf die Tür der Kathedrale. Dann stieg ein zehnjähriger Junge aus und folgte seiner Schwester in die Kathedrale, und dann kletterte Mrs Masterson aus dem Yukon. Sie schaute zu Castillo und wandte sich dann zum Yukon um.

»Klettere einfach über den Sitz, Jim«, befahl sie, und dann tauchte ein Sechsjähriger in der offenen Wagentür auf.

Mrs Masterson legte einen Arm um seine Schultern und führte ihn zu der Tür in der Seitenwand der Kathedrale.

Als sie an Castillo vorbeikam, sagte sie: »Ich kann Ihnen nicht sagen, wie leid mir das mit Betty und dem Marine tut.«

Castillo erwiderte nichts.

Der einzige Unterschied zwischen den Masterson-Kindern und Pevsners Kindern ist ihre Hautfarbe. Gleiches Geschlecht, das gleiche Alter, die gleichen intelligent blickenden Augen.

Falsch. Es gibt noch einen Unterschied: Irgendein Hurensohn erschoss den Daddy der Masterson-Kinder.

Castillo folgte Mrs Masterson und dem Sechsjährigen in die Kathedrale.

Der Präsident der Republik Argentinien, dessen Gesicht Castillo wiedererkannte, saß jetzt mit einem anderen Mann und zwei Frauen gegenüber in dem Alkoven. Castillo nahm an, dass der andere Mann der Außenminister und die Frauen die entsprechenden Gattinnen waren. Coronel Gellini stand hinter dem Präsidenten.

Die Orgel, die leise gespielt hatte, änderte plötzlich Tonlage und Volumen, und Castillo hörte und sah, wie die Leute sich erhoben.

Eine halbe Minute später erschien ein Kreuzträger in dem Hauptschiff. Er trug ein gewaltiges goldenes Kreuz und führte eine lange Prozession von kostbar gekleideten Geistlichen in zwei parallelen Reihen an, die sich teilten und um den mit der Flagge geschmückten Sarg des verstorbenen J. Winslow Masterson herumgingen.

2

Estancia Shangri-La
Provinz Tacuarembó
República Oriental del Uruguay
25. Juli 2005, 10 Uhr 45

Jean-Paul Bertrand hatte seit neun Uhr in seinem seidenen Morgenmantel vor dem Flachbildfernseher in seinem Schlafzimmer gesessen und die Zeremonien vor der Abreise von

J. Winslow Masterson aus Argentinien beobachtet, zuerst in Argentinien Kanal 9, dann in BBC, CNN und Deutsche Welle und nun wieder in Kanal 9.

Jean-Paul Lorimer hatte einen Stempel der uruguayischen Einwanderungsbehörde auf Jean-Paul Bertrands libanesischem Pass erworben, der anzeigte, dass Bertrand legal am 4. Juli in Uruguay eingereist war, und ein anderes Dokument, datiert vom nächsten Tag, bescheinigte ihm, dass er seinen legalen Wohnsitz als Einwanderer in diesem Land hatte.

Der 4. Juli war natürlich neun Tage vordatiert vor Jean-Paul Lorimers Verschwinden aus seinem Apartment in Paris. Es war unwahrscheinlich, dass irgendeine Partei, die versuchte, Lorimer zu finden, interessiert daran sein würde, wann jemand irgendeine Grenze an irgendeinem Tag vor einem Datum überquert hatte, an dem er bekanntlich in Paris gewesen war.

Er hätte natürlich jedes Datum auf den Pass stempeln lassen können – der Stempel der Einwanderungsbehörde und das Zertifikat über den Wohnsitz hatte ihn zehntausend US-Dollar in Bargeld gekostet –, doch er hatte aus einer Laune heraus den 4. Juli gewählt, weil es jetzt nicht nur der Unabhängigkeitstag Amerikas, sondern auch sein eigener war.

Als die Dokumente erst sicher in Jean-Paul Bertrands Safe in Shangri-La lagen, hatte Jean-Paul Lorimer aufgehört zu existieren, und Jean-Paul Bertrand konnte – natürlich nach einer angemessenen Zeit, mindestens achtzehn Monaten, vielleicht auch zwei Jahren, in denen er sehr diskret sein würde – sein Leben weiterführen.

Bertrand war ein wenig überrascht gewesen, welch großes Maß an Aufmerksamkeit Jack Mastersons Ermordung in der ganzen Welt zuteil geworden war. Er hätte nie gedacht, dass BBC oder Deutsche Welle auch nur annähernd das Interesse an dem Mord eines relativ unbedeutenden amerikanischen Diplomaten haben könnte, wie sie zeigten. Jack war der Missionschef gewesen, nicht der Botschafter, und Buenos Aires war nicht wirklich eine bedeutende Hauptstadt der Welt. Obwohl man ehrlich sagen musste, dass seine Restaurants den Level von denjenigen in Paris erreichten.

Er war nicht überrascht von der Aufmerksamkeit, die das argentinische und amerikanische Fernsehen über die Sache zeigten. Jack war in Argentinien erschossen worden, was das argentinische Interesse erklärte. In all der Zeit war Jean-Paul nach Uruguay gereist, und besonders seit das Satellitenfernsehen erschwinglich war, hatte er mit einer Mischung aus Belustigung und Abscheu gesehen, dass das argentinische Fernsehen sogar noch mehr schwachsinnigen Game Shows und Sex and Crime verschrieben war als das amerikanische, was ja nun wirklich genug aussagte.

Die Berichterstattung über Mastersons Ermordung – und die heutigen Ereignisse – durch das amerikanische Fernsehen schien mehr auf Jacks Ruhm als Basketballspieler zu basieren, der sechzig Millionen Dollar bekommen hatte, weil er von einem Bier-Truck angefahren worden war. Sie hatten sogar den Fahrer des Trucks ausfindig gemacht und auf den Bildschirm gebracht, um ihn nach seiner Meinung über die Ermordung des Mannes zu befragen, der vor seinem unglücklichen Unfall vom Schicksal offenbar als Basketballgröße bestimmt gewesen war.

Und natürlich waren seine Mitspieler, sowohl von Notre Dame als auch von den Boston Celtics nach ihrer Meinung über das interviewt worden, was Jack the Stack passiert war und welche Wirkung es auf den Basketball und die Nation im Allgemeinen haben würde. Jean-Paul war stets amüsiert und ein wenig angewidert gewesen, weil ein Basketballteam, dessen Name keltisches Erbe erklärte, bereit war, eine unglaublich hohe Geldsumme für einen offensichtlichen Abkömmling der Tutsi-Stämme von Ruanda und Burundi zu zahlen, weil er fähig war, ein aufgeblasenes Leder durch einen Korb zu werfen.

Nach den Bemerkungen einiger von Jacks früheren Playmates war Jean-Paul gezwungen, zu vermuten, dass viele von ihnen keine Ahnung hatten, wo Argentinien war oder was Jack the Stack zum Zeitpunkt seines Ablebens getan hatte. Eine davon, die offenbar gehört hatte, dass Jack der »Missionschef« gewesen war, schloss daraus, dass Jack ein Missionar gewesen war, der den wilden Heiden von Argentinien das Christentum gebracht und Jesus gefunden hatte, bevor er seinem Schöpfer entgegengetreten war.

Jean-Paul war ebenfalls überrascht gewesen, die langen Schlangen der Argentinier zu sehen, die sich in der Kathedrale Metropolitana gedrängt hatten, um an Jacks Sarg vorbeizuziehen. Er fragte sich, ob es pure Neugier gewesen war oder etwas mit der Beisetzung von Papst Johannes zu tun hatte – ebenfalls hervorragend berichtet im Fernsehen – oder von der argentinischen Regierung arrangiert worden war. Er nahm an, es war eine Kombination von allen drei Faktoren gewesen.

Er hatte gehofft, mehr von Betsy und den Kindern zu sehen – sie waren schließlich seine Schwester und Nichte und Neffen, und Gott allein wusste, wann oder ob er sie jemals wiedersehen würde. Er sah sie überhaupt nicht in der Kathedrale. Da war eine Luftaufnahme von einem Helikopter von einem Autokonvoi gewesen, der über die Autobahn zum Flughafen Ezeiza raste, und man hatte den Konvoi als einen derjenigen beschrieben, der die Familie Masterson transportierte, doch man hatte nicht in die drei großen Trucks im Konvoi hineinblicken können.

Dann hatte es einen schnellen Blick auf sie vom Flughafen aus gegeben, offenbar aus einiger Entfernung von der riesigen Transportmaschine der U. S. Air Force aufgenommen, in die sie eilig gestiegen waren, umgeben von vielleicht einem Dutzend oder mehr schwer bewaffneter US-Soldaten.

Die ganze Szene beleidigte Jean-Paul Bertrand, überraschte ihn jedoch nicht. Es war eine weitere Manifestation von amerikanischer Arroganz. Wenn die Sache diplomatisch – die Bezeichnung korrekt benutzt – erledigt werden würde, hätte die US-Regierung in der vergangenen Woche eine zivile Linienmaschine geschickt, um Jacks Leichnam und seine Familie heimzuholen, keinen drohenden tarnfarbenen Militärtransporter, der höchstwahrscheinlich im Irak oder in Afghanistan gelandet war – oder an einem anderen Ort, wo die Vereinigten Staaten ihre militärischen Muskeln spielen ließen, ohne die Wünsche der Vereinten Nationen zu beachten. Und wenn es nötig war »für Sicherheit zu sorgen« – was an sich schon beleidigend für Argentinien war –, hätte man das mit einiger Diskretion tun sollen. Wachen in Zivilkleidung mit versteckten Waffen wären angemessen gewesen. Soldaten mit Maschinengewehren waren das nicht.

Jean-Paul korrigierte sich. *Dies sind keine Soldaten. Sie sind was anderes: Air Force Special Operator, die diese komischen Mützen mit einer hochgebogenen Seite tragen wie die Australier. Es sind – wie nennt man sie? – Air Commandos.*

Diese Bezeichnung hat für die Argentinier sicherlich nichts zu bedeuten.

Sie sehen schwer bewaffnete norteamericanos *und ein nordamerikanisches Flugzeug, das auf ihrer Erde steht, als wären sie die Besatzer.*

Werden die Amerikaner jemals lernen?

Vermutlich, fast sicher nicht.

Diese Art Dinge habe ich unzählige Male zuvor gesehen.

Diesmal ist der einzige Unterschied, dass ich keinen Grund habe, mich für die Arroganz meiner Mitamerikaner zu schämen und verlegen zu sein, denn jetzt bin ich Jean-Paul Bertrand, libanesischer Bürger, gegenwärtig wohnhaft in Uruguay.

In den nächsten paar Minuten geschah wenig auf dem Fernsehbildschirm – Wiederholungen der Aktivitäten in der Kathedrale, der Konvoi auf dem Weg zum Flughafen, und der viel zu kurze Blick auf seine Schwester und Nichte und Neffen, die in die Air-Force-Maschine gebracht wurden –, und Jean-Paul hatte sich gerade erhoben, um zur Toilette zu gehen, als ein anderer Konvoi auf den Bildschirm kam, der über die Autobahn raste.

Dieser Konvoi, sagte der Sprecher ernst, fuhr die sterblichen Überreste von J. Winslow Masterson, jetzt der posthume Empfänger von Argentiniens Großkreuz des Großen Befreiers.

Jean-Paul Bertrand setzte sich wieder hin und beobachtete, wie sich der Konvoi dem Flughafen näherte, durch das schwer bewachte Tor und auf das Hallenvorfeld gewinkt wurde, wo die enorme Transportmaschine wartete.

Die Soldaten – er korrigierte sich wieder selbst – *die mit MPis bewaffneten Air Commandos* - bewachten wieder das Flugzeug, als rechneten sie jeden Moment damit, dass irakische Terroristen versuchten, es in ihre Gewalt zu bringen.

Jetzt erschienen weitere Soldaten. Das waren wirklich Soldaten, die ihre großen Dienstanzüge trugen. Einige reihten sich an der Heckrampe des Flugzeugs auf, und ein halbes Dutzend von ihnen gingen zu einem der Trucks, öffneten die Tür und begannen, einen mit einer Flagge bedeckten Sarg herauszunehmen.

Als sie ihn ausgeladen hatten, hoben sie ihn auf ihre Schultern und begannen ihn, steif und unglaublich langsam, die Rampe hinauf ins Flugzeug zu tragen.

Die Air Commandos salutierten.

Einige andere Leute entstiegen den Trucks. Jean-Paul hatte keine Ahnung, wer sie waren. Sie gingen ins Flugzeug. Etwa eine Minute später kamen zwei Männer und zwei Frauen wieder heraus. Ihnen folgten acht oder zehn andere Leute, einige davon – einschließlich zwei Marines – in Uniform. Sie alle gingen zu den Yukons und stiegen ein. Die verbliebenen Soldaten und die Air Commandos gingen schnell die Rampe hinauf ins Flugzeug.

Die vier Personen, die herausgekommen waren, beobachteten, als sich die Rampe des Flugzeugs zu schließen begann, und stiegen dann in zwei der Yukons.

Die riesige Transportmaschine setzte sich in Bewegung.

Jean-Paul Bertrand schaute auf seinen Fernseher, bis er sah, wie das Flugzeug über die Startbahn rollte und abhob.

Dann ging er auf die Toilette.

3

Aeropuerto Internacional Ministro Pistarini de Ezeiza
Buenos Aires, Argentinien
25. Juli 2005, 11 Uhr 10

Colonel Jacob D. Torine, USAF, in Fliegerkombination, hatte auf dem Hallenvorfeld neben der offenen Rampe der Globemaster III gestanden, als der erste Konvoi eingetroffen war.

Er hatte salutiert, als sich Mrs Masterson und ihre Kinder, umgeben von der Schutzabteilung, der Rampe genähert hatten.

»Mein Name ist Torine, Mrs Masterson. Ich bin Ihr Pilot. Wenn Sie mir bitte folgen wollen?«

Sie lächelte ihn an, sagte jedoch nichts.

Er ging voran durch den höhlenartigen Frachtraum des Flugzeugs, vorbei an dem mit der Flagge geschmückten Sarg von Sergeant Roger Markham, USMC. Ein Sergeant des Marine-Corps, der am Kopf des Sarges stand, rief leise »Achtung!«, und er und ein anderer Marine, die am Fuß des Sarges standen, salutierten.

Torine führte die Mastersons eine kurze Treppe hinauf zu einem Bereich unmittelbar hinter dem Flugdeck. Hier waren Sitzplätze für die Unterstützungs-Flugcrew: zwei Reihen Flugplatzsitze, acht insgesamt, die oftmals mit entfernten Armlehnen als Schlafliegen dienten.

Torine brachte die Mastersons zu der ersten Reihe; wo die Kids das Cockpit sehen konnten, und bot ihnen Kaffee oder Cola an. Keiner nahm etwas an.

»Ich werde in einem Moment bei Ihnen sein«, sagte Torine. »Sobald alle an Bord sind.«

Mrs Masterson nickte, lächelte dünn, sagte jedoch wieder nichts.

Torine kehrte zur Rampe zurück, wo der Lademeister, ein grauhaariger Chief Master Sergeant der Air Force, auf ihn wartete.

»Wie läuft es?«, fragte Torine.

»Da gab es einen unerwarteten Bonus«, antwortetet der Chief Master Sergeant. Lunch *und* Dinner vom Caterer kamen mit Wein.«

»Was Sie natürlich dankend abgelehnt haben, weil Sie wissen, dass berauschende Getränke an Bord von Flugzeugen der USAF strikt verboten sind.«

Der Chief Master Sergeant lachte. »Schönes Essen«, sagte er. »Hähnchen und Nudeln zum Mittagessen, Filet Mignon und geschmorter Lachs zum Abendessen. Und sehr billig.«

»Und der Kopfhörer?«

Der Chief Master Sergeant hielt einen kabellosen Kopfhörer hoch.

»Danke«, sagte Torine.

Der Chief Master Sergeant wies Richtung Terminal. Ein zweiter Konvoi Yukons und Sicherheitsfahrzeuge näherten sich der Globemaster.

C. G. Castillo stieg aus dem Botschafts-BMW und ging zur Rampe. Ein Corporal des Marine-Corps eilte zum Kofferraum des BMW und nahm Gepäck heraus. Damit folgte er Castillo zur Rampe.

»Stellen Sie das rein, Corporal, und suchen Sie sich einen Sitzplatz«, befahl Castillo. Dann wandte er sich an Torine. »Guten Morgen, Sir.«

»Wie geht es ihr, Charley?«

»Ihr Kiefer ist mit Draht geschlossen«, sagte Castillo. »Aber sie war wach, und es ging ihr relativ gut, als ich sie verließ.«

Torine nickte verständnisvoll und sagte: »Ich habe vor ein paar Minuten mit Colonel Newley gesprochen. Er hat mir versichert, dass die Gulfstream die Ambulanz-Konfiguration hat und bereit ist, binnen dreißig Minuten in der Luft zu sein.«

»Danke.«

»Chief Master Sergeant Dotterman, dies ist Major Castillo.«

Sergeant Dotterman salutierte. »Der Colonel hat mir eine Menge über Sie erzählt, Sir.«

Er hob den Kopfhörer an.

»Die Bordsprechanlage ist eingeschaltet«, sagte er und wies auf einen Hebel. »Da unten steht jeweils die Funkfrequenz, die der Pilot benutzt.«

Castillo untersuchte den Kopfhörer und setzte ihn dann auf.

»Ton aktiviert«, sagte Sergeant Dotterman.

Castillo blies in das kleine Mikrofon und nickte dann zum Zeichen, dass er verstand und dass das Gerät funktionierte.

Der mit der Flagge bedeckte Sarg von J. Winslow Masterson, auf den Schultern der Ehrengarde der Alten Garde, näherte sich jetzt langsam der Rampe.

»Ich gehe jetzt besser nach vorne, Charley«, sagte Torine. »Dotterman wird mich wissen lassen, wenn alle an Bord sind.«

»Jawohl, Sir«, sagten Castillo und Dotterman fast im Chor.

Die Sargträger der Ehrenwache marschierten die Rampe hinauf und trugen den Sarg ins Flugzeug.

Dotterman folgte ihnen, um sein Absetzen und Sichern zu beaufsichtigen. Castillo wandte sich um und sah, dass Dotterman ihn hinter Sergeant Markhams Sarg abstellen ließ. Er sagte sich, das bedeutete, dass Mastersons Sarg zuerst ausgeladen wurde.

»Wie geht es Special Agent Schneider?«, fragte Botschafter Silvio und erschreckte Castillo.

Als er sich umdrehte, um ihn anzuschauen, sah er, dass Mrs Silvio, Alex Darby und eine andere Frau, vermutlich Mrs Darby, ebenfalls am Fuß der Rampe standen.

»Sie war wach, als ich das Krankenhaus verließ. Ihr Kiefer ist verdrahtet.«

Der Botschafter stellte Mrs Darby vor und sagte dann: »Meine Frau und Mrs Darby, wenn Sie es für eine gute Idee halten, werden von hier aus zum Hospital fahren und sie wissen lassen, dass sie nicht allein ist.«

»Ich halte das für eine wunderbare Idee. Danke«, sagte Castillo. Und dann kam ihm ein plötzlicher Gedanke. »Wo ist Santini?«

Darby wies hin.

Tony Santini, ein M-16-Gewehr in der Armbeuge wie ein Jäger, stand auf dem Führerhaus eines gewaltigen gelben Feuerwehrwagens.

Als er Castillo herüberblicken sah, winkte Santini.

»Alex«, sagte Castillo und winkte zurück, »danken Sie ihm bitte in meinem Namen, und sagen Sie ihm, dass ich in Kontakt mit ihm bleiben werde.«

»Wir werden den Mastersons auf Wiedersehen sagen und Sie dann von hier abfliegen lassen«, sagte Botschafter Silvio.

Castillo nickte.

Als sie in den Rumpf gegangen waren, kam – genauer gesagt, marschierte – der Lieutenant der Alten Garde die Rampe hinunter zu Castillo, stand still und salutierte.

»Guten Morgen, Lieutenant«, sagte Castillo. »Das war gut gemacht. In der Kathedrale und hier.«

»Danke, Sir«, erwiderte der Lieutenant und überreichte Castillo dann einen goldenen Orden am Band.

»Mr Mastersons Großkreuz des Großen Befreiers, Sir. Ich habe mir die Freiheit genommen, es von der Flagge zu entfernen.«

»Gut gedacht, Lieutenant. Danke. Keine Geschenkbox, nehme ich an?«

»Ich habe keine gesehen, Sir.«

Castillo schaute sich um, um sich zu vergewissern, dass niemand zuschaute, und schob den Orden in die Hosentasche.

»Ich werde dafür sorgen, dass Mrs Masterson ihn erhält. Danke.«

»Jawohl, Sir«, sagte der Lieutenant, salutierte von Neuem, machte eine zackige Kehrtwendung und marschierte wieder die Rampe hinauf.

Castillo schaute ihm nach. *Der Unterschied zwischen mir und diesem schicken jungen Offizier war – nachdem ich aus Hudson High raus war, so lange wie er –, dass ich bereits General Bruce J. »Scotty« McNab als Mentor und bereits etwas von seiner Abscheu für die überkorrekte Army und seiner herzlichen Definition der Pflicht eines Offiziers hatte: Erledige den Job und kümmere dich um deine Männer, und wenn die Vorschriften im Weg sind, scheiß auf die Vorschriften.*

Botschafter Silvio, Alex Darby und ihre Frauen kehrten durch den Rumpf zurück.

Darby gab ihm wortlos die Hand und dann, nachdem die Frauen das Gleiche getan hatten, half er den Frauen mit den hochhackigen Schuhen die Rampe hinunter. Botschafter Silvio reichte ihm ebenfalls die Hand.

»Ich nehme an, wir werden einander noch öfter sehen?«, fragte er.

»Jawohl, Sir, dessen bin ich mir sicher«, sagte Castillo, und dann erinnerte er sich an etwas. »Ich werde dies nicht mehr brauchen. Danke.«

Er reichte dem Botschafter die Beretta, und Silvio steckte sie in seinen Hosenbund.

»*Muchas gracias, mi amigo*«, sagte Silvio. »Und ich meine nicht nur für die Pistole.«

Dann berührte er Castillos Schulter und ging schnell die Rampe hinunter. In dem Moment, in dem er sie verlassen hatte, kamen die Air Commandos der Rundumsicherung darauf zu. Als der Letzte von ihnen die Tür passiert hatte, begann sich die Rampe einzuziehen.

Castillo sah Chief Master Sergeant Dottermann an den Kontrollen der Rampe arbeiten und hörte einen Moment später seine Stimme im Kopfhörer.

»Alle an Bord, und die Tür wird geschlossen, Colonel.«

»Roger«, erklang Torines Stimme im Kopfhörer. »Wir beginnen mit Nummer drei.«

Fünf Sekunden später meldete Dotterman: »Alles geschlossen, Colonel.«

»Roger. Beginn Nummer zwei.«

Castillo blickte zu Dotterman.

Dotterman lächelte und verneigte sich zum Rumpf hin mit der Geste: »Nach Ihnen, Gaston!«

Castillo lächelte zurück.

Jetzt sollte ich Mrs Masterson die Medaille ihres Mannes geben.

Scheiß drauf. Im Augenblick will ich sie nicht sehen.

Castillo setzte sich auf den nächsten Sitz aus Aluminium und Nylon neben einen der Air Commandos und schnallte sich mit dem Sicherheitsgurt an. Dann schob er den Hebel am Kopfhörer in die FUNK-Position.

»Ezeiza, U. S. Air Force Null-drei-acht-eins«, meldete Torine. »Bereit, zur Startbahn zu rollen.«

Zehn Sekunden später setzte sich die Globemaster III in Bewegung.

Sie waren immer noch im Steigflug auf die Reisehöhe, als sich Castillo losschnallte, durch den Rumpf ging und die Stufen zu den Passagiersitzen hinaufstieg. Er stoppte, nahm das Großkreuz des Großen Befreiers aus der Tasche, faltete das seidene Ordensband so gut er konnte und ging dann zu Mrs Elizabeth Masterson.

»Mrs Masterson«, sagte er und hielt es ihr hin. »Der leitende Offizier der Ehrenwache hat dies von der Flagge entfernt und mich gebeten, es Ihnen zu geben.«

Sie nahm es entgegen, betrachtete es lange und sagte leise: »Danke.«

Dann steckte sie den Orden in ihre Handtasche.

Als sie wieder aufblickte, war Castillo bis zur Treppe gegangen.

»Mr Castillo!«, rief Mrs Masterson.

Er blieb stehen. Als sie erkannte, dass er nicht zu ihr zurückkommen würde, schnallte sie den Gurt los, erhob sich und ging zu ihm.

»Ich wollte Ihnen für alles danken, was Sie für uns getan haben«, sagte sie. »Und Ihnen sagen, wie leid mir das mit Miss Schneider und dem Sergeant tut.«

Castillo erwiderte nichts. Er schaute einen langen Moment an ihr vorbei und ermahnte sich, seine Gedanken für sich zu behalten. Doch dann blickte er Mrs Masterson an, den Anblick des zerschossenen Botschafts-BMW frisch in Erinnerung, und sagte: »Der Name des Sergeants war Roger Markham, Mrs Masterson. Er war zwanzig Jahre alt. Und nach meiner Einschätzung wäre er noch am Leben und Special Agent Schneider wäre nicht in einem Krankenhausbett mit drei Kugelwunden – und ihrem verdrahteten Kiefer –, wenn Sie die Wahrheit über Ihre Entführer gesagt hätten.«

»Wie können Sie es wagen, so mit mir zu reden?«

»Meine Befehle lauten, Sie und Ihre Kinder zu beschützen, Mrs Masterson. Dies habe ich nach meinen besten Fähigkeiten getan – und werde es weiterhin tun –, bis ich von der Verantwortung abgelöst werde. Aber es gibt nichts in meinen Befehlen, das von mir verlangt, höflich so zu tun, als hätten Sie den ermittelnden Beamten die Wahrheit über Ihre Entführung und die Ermordung Ihres Mannes gesagt, wenn wir beide wissen, dass Sie gelogen haben.«

Er hielt ihrem Blick einen Moment stand, nickte dann und stieg die Stufen zum Frachtbereich des Rumpfs hinab.

Zwanzig Minuten später kam Chief Master Sergeant Dotterman zu Castillo, der im Rumpf auf dem Boden saß – die Erfahrung beim Fliegen mit der Globemaster hatte ihn gelehrt, dass der Boden weitaus komfortabler war als die mit Aluminiumrohren gestützten Nylonsitze –, und machte mit Gesten klar, dass Castillo den Kopfhörer aufsetzen sollte.

Als er das getan hatte, neigte sich Dotterman über ihn und drehte den Hebel am Kopfhörer auf Bordsprechanlage.

»Castillo, sind Sie eingeschaltet?«, fragte Torines Stimme.

»Jawohl, Sir.«

»Wollen Sie bitte herkommen?«

»Jawohl, Sir.«

Nun, ich habe Jake Torine in die Klemme gebracht, nicht wahr?

Zusätzlich zum Fliegen und seinen anderen Sorgen muss er sich auch noch mit einer wütenden Frau abgeben, die nicht gern eine Lügnerin geschimpft wird und keine Zeit verloren hat, sich beim nächsten ranghohen Offizier zu beschweren, den sie hat finden können.

Und das hat er nicht gebraucht. Torine ist einer der guten Jungs.

Aber tut es mir leid, dass ich ihr gesagt habe, was ich denke?

Kein gottverdammtes bisschen!

Castillo erhob sich und ging durch den Rumpf zum Cockpit. Er musste an Mrs Masterson vorbei, doch wenn sie ihn sah, so zeigte sie es nicht.

Er trat zwischen Piloten und Kopilotensitz, und als Colonel Torine seine Anwesenheit nicht zu bemerken schien, neigte er sich hinab und berührte seine Schulter.

Torine drehte den Kopf und blickte lächelnd zu ihm auf.

»Dotterman hat mir gesagt, dass Sie hinten auf dem Boden sitzen«, sagte Torine. »Wenn Sie sich hinlegen wollen, Charley, und Gott weiß, dass Sie jeden Grund haben, müde zu sein, ziehen Sie einfach die Armlehnen aus einem der Sitze. Ich habe sogar eine Decke und ein Kissen, die ich Ihnen leihen werde.«

Er ist weder sauer noch verlegen, was der Fall wäre, wenn sich die Witwe Masterson über mich beschwert hätte.

Nun, vielleicht wartet sie darauf, dem Präsidenten zu erzählen, welch ein hartherziger Bastard ich bin.

Und es ist mir wirklich gleichgültig, was sie tut.

»Danke, aber ich bin nicht schläfrig, Sir.«

»Nun, dann möchten Sie vielleicht eine Weile auf dem rechten Sitz Platz nehmen und sehen, wie richtige Piloten über dem Amazonas-Dschungel navigieren?«

»Sind wir dort, über dem Amazonas-Dschungel?«

»Ich weiß nicht, wo wir sind«, sagte Torine. Er nickte zum Kopiloten. »Ich verlasse mich auf ihn, und meine schmerzliche Erfahrung mit ihm ist, dass er sich zu oft auf der Toilette verirrt. Wie wäre es, wenn du den Platz frei machst und wir sehen werden, ob dieser Army-Flieger herausfinden kann, wo wir sind?«

Der Kopilot grinste und schnallte seinen Gurt los.

Als Castillo Platz genommen und sich angeschnallt hatte, neigte sich der Kopilot über ihn und wies auf einen Kontrollschirm, der ihre Position anzeigte. Eine elektronische Karte zeigte, dass sie etwa zweihundert Meilen von Buenos Aires entfernt waren, ein paar Meilen nördlich von Rosario. Der Bildschirm zeigte ebenfalls ihre Höhe, Fluggeschwindigkeit und die Entfernung und Zeit zu alternativen Flugplätzen an. Castillo war vertraut mit der Ausstattung. Eine zivile Version davon gab es in dem Lear Bombardier.

Ob Tom Fernando die Erlaubnis beschafft, auf Keesler zu landen?

»Diese technische Spielerei nimmt einem jeden Spaß am Fliegen«, sagte Colonel Torine. »Es war viel lustiger, als man seinen Kopf hinaus in den Luftschraubenstrahl stecken und sehen konnte, ob die Autobahn noch unter einem war.«

4

Keesler Air Force Base
Biloxi, Mississippi
25. Juli 2005, 20 Uhr 35

Als Castillo auf dem Notsitz saß und Torine die Globemaster in Keesler nach der Landebahn ausrichtete und dann glatt aufsetzte, konnte er im Schein von vielleicht einem halben Dutzend starken Flutlichtern auf Pfosten sehen, dass die Boeing 747 – die Air Force nannte sie VC-25A, und wenn der Präsident der Vereinigten Staaten an Bord war, wurde sie zu Air Force One – am Ende der parallel zur Start- und Landebahn verlaufenden Rollbahn parkte. Sie war nicht nur von Posten, sondern auch von einem halben Dutzend Humvees mit Maschinengewehren Kaliber .50 geschützt.

»Three-Zero-One um zwanzig Uhr fünfunddreißig am Boden«, sagte Torine in sein Mikrofon. »Tragen Sie mich bitte aus. Und Rollanweisungen, bitte.«

»Air Force Three-Zero-One, dies ist die Keesler Bodenkontrolle. Halten Sie am Ende der Landebahn. Ein Follow-Me-Fahrzeug wird Sie abholen. Ein Fahrzeug wird Major C. Castillo vom Flugzeug zu seinem Bestimmungsort am Boden bringen. Bestätigen.«

»Keesler«, erwiderte Torine. »Three-Zero-One versteht, dass sie am Ende der Landebahn halten soll. Weiter verstanden, dass ein Follow-Me-Fahrzeug dort sein wird. Weiter verstanden, dass Major Castillo von einem zweiten Fahrzeug zu seinem Bestimmungsort am Boden gebracht werden wird.«

»Das ist korrekt, Three-Zero-One.«

Der Kopilot berührte Torines Schulter und wies aus dem Fenster. Ein blauer Pick-up-Truck der Air Force mit einem aufmontierten Schild Follow Me und ein GMC Yukon standen Seite an Seite an der Zufahrt zu einer Rollbahn.

»Dotterman, haben Sie das gehört?«, fragte Torine.

»Ich bin an der Seitentür, Colonel.«

Torine wandte sich an Castillo.

»Warum denke ich, dass diese 747 Ihr Bestimmungsort ist?«

»Keesler«, sagte der Kopilot ins Mikrofon. »Three-Zero-One hält am Ende der Start- und Landebahn.«

»Ich habe Sie in Sicht, Three-Zero-One«, erwiderte die Bodenkontrolle.

»Colonel«, kündigte Dotterman an. »Hier kommen ein Suburban und ein Follow Me. Der Suburban sieht mich. Er fährt an die Seite des Rumpfes.«

»Das ist vermutlich ein Yukon, Dotterman«, sagte Torine.

»Was ist der Unterschied?«

»Keine Ahnung«, bekannte Torine.

»Leute steigen aus dem Was-immer-es-ist aus«, meldete Chief Master Sergeant Dotterman.

Als Colonel Torine, mit der offensichtlichen Absicht, seinen Sitz zu verlassen, sich loszuschnallen begann, stand Castillo vom Notsitz auf, klappte ihn aus dem Weg und wartete an der Cockpittür. Er spürte Mrs Mastersons Blick auf sich, erwiderte ihn und schaute dann fort.

Eine halbe Minute später erschien ein großer, schlanker Lieutenant Colonel des Marine-Corps in großem Dienstanzug, zu dessen Pracht die goldene Achselschnur zählte, die von Adjutanten des Oberbefehlshabers getragen werden, am oberen Absatz der Treppe.

Er blickte zu Castillo und ging sofort zu Mrs Masterson.

»Mrs Masterson, ich bin Lieutenant Colonel McElroy, ein Adjutant des Präsidenten. Als Nächstes wird das Flugzeug zu einem Hangar rollen. Botschafter und Mrs Lorimer werden zu diesem Zeitpunkt an Bord kommen ...«

»Ich bin Agent Willkie vom Secret Service«, sagte ein stämmiger Mann in Castillos Ohr. »Sind Sie Mr Castillo?«

Castillo war ärgerlich wegen der Störung. Mrs Masterson und er hatten sich wieder angesehen, und sie hatte ihm weitaus mehr Aufmerksamkeit gewidmet als dem Adjutanten des Präsidenten.

Und sie war nicht ärgerlich. Es war kein »Jetzt bekommen Sie, was Ihnen zusteht«-Blick.

Ihr Blick schien zu sagen »Ich brauche Ihre Hilfe«. Und »Wir müssen miteinander reden«.

Oder beides.

Was ist da los?

Und jetzt kommt dieser Hurensohn dazwischen!

Castillo hätte den Agenten des Secret Service fast aus dem Weg geschoben, doch im letzten Augenblick hielt er sich zurück.

»Ich bin Castillo.«

»Wollen Sie bitte mit mir kommen, Sir? Der Präsident möchte mit Ihnen sprechen.«

Castillo nickte.

Special Agent Willkie begann die Treppe hinunterzugehen. Als Castillo sich umwandte, um ihm zu folgen, blickte er wieder zu Mrs Masterson. Ihre Blicke trafen sich.

Sie sieht so unglücklich und besorgt aus, fast verängstigt.

Sie will nicht, dass ich gehe.

Mrs Masterson stand auf, schob Lieutenant Colonel McElroy zur Seite und rief: »Mr Castillo!«

»Ja, Ma'am?«

»Darf ich bitte einen Moment mit Ihnen alleine sprechen?«

»Ja, Ma'am. Selbstverständlich.«

Sie schob sich an McElroy vorbei und ging zum Cockpit. Sie trat so nahe an Castillo heran, dass er zurückwich, was ihn gegen Torine drängte.

»Was kann ich für Sie tun, Ma'am?«, fragte Castillo. »Ist etwas nicht in Ordnung?«

Sie sah zu ihm auf. Er sah, dass ihre Augen feucht wurden.

»Ich hatte Angst, etwas in Buenos Aires zu sagen, Mr Castillo«, sagte sie. »Die Sicherheit meiner Kinder hatte für mich oberste Priorität.«

Er nickte.

Elizabeth Masterson holte tief Luft.

»Aber jetzt sind wir aus Argentinien raus. Wir sind hier.« Sie legte eine Pause ein und fuhr langsam und vorsichtig fort, als hätte sie das Folgende geübt: »Die Leute, die mich entführt haben, wollten, dass ich ihnen sage, wo mein Bruder ist. Sie drohten, wenn ich es ihnen nicht sage, töten sie meine Kinder, eines nach dem anderen. Und sie drohten, meine Kinder und Eltern zu töten, wenn ich irgendetwas davon sage. Und dann ermordeten sie ...« Ihre Stimme brach. Sie schluckte und sprach weiter. »Dann töteten sie meinen Mann, um mir zu zeigen, dass sie ihre Drohung ernst meinten.«

»Und Sie wissen nicht, wo Ihr Bruder ist, oder?«, fragte Castillo sanft.

Sie schüttelte bestätigend den Kopf.

Castillo legte eine Hand auf ihren Arm.

»Hören Sie mir zu, Mrs Masterson. Ich gebe Ihnen mein Wort, dass niemand Ihren Kindern ein Haar krümmen wird. Oder ihren Eltern. Oder Ihnen ...«

»Ich wusste einfach nicht, was ich tun sollte. Deshalb habe ich nicht ...«

»Mr Castillo, der Präsident wartet!«, rief Secret Service Special Agent Willkie ungeduldig.

»Er wird einfach warten müssen«, schnauzte Castillo, und dann blickte er wieder auf Mrs Masterson hinab.

Sie schüttelte den Kopf und lächelte trotz ihrer Tränen.

Er blickte sie fragend an.

»Ich wusste, dass ich es jemandem sagen muss«, sagte sie. »Und ich nehme an, dass es richtig von mir war, Sie dazu auszuwählen.«

»Ich verstehe nicht ...«

»Wie viele Leute gibt es Ihrer Meinung nach, die sagen, wenn man ihnen erklärt, dass der Präsident wartet, ›er wird einfach warten müssen‹?«

»Das ist vielleicht nur ein Anzeichen darauf, dass ich impulsiv handele«, sagte Castillo.

»Nein, Mr Castillo. Sie sind das, was Alex Darby mir erzählt hat.«

Er sah sie wieder fragend an.

Sie erklärte: »Ein wirklich harter Hurensohn, genau der Typ, den man in seiner Ecke braucht, wenn man wirklich in Schwierigkeiten ist.«

»Nun, wenn Sie das glauben, Ma'am, bitte glauben Sie auch, dass ich in Ihrer Ecke bin ...«

»Mr Castillo, um Himmels willen, der Präsident wartet!«, rief Special Agent Willkie.

»Ich werde zurück sein, sobald ich kann«, sagte Castillo.

Sie küsste ihn auf die Wange, hauchte »Danke« und ging zu ihrem Sitz zurück.

Castillo sah Colonel Torine an.

»Sie haben all dies gehört, richtig?«

Torine nickte mit ernstem Gesicht.

»Würden Sie bitte mit mir kommen? Ich brauche vielleicht einen Zeugen.«

»Klar«, sagte Torine, wandte den Kopf und hob die Stimme. »Bill, ich verlasse das Flugzeug. Es ist jetzt Ihres.«

»Jawohl, Sir.«

Als Special Agent Willkie sah, dass Colonel Torine Castillo die Treppe hinab folgte, sah er ihn überrascht an und sagte: »Der Präsident sagte nicht, dass er jemanden außer Ihnen sehen will, Mr Castillo.«

»Nun, dann nehme ich an, es wird ihn überraschen, wenn er Colonel Torine sieht, nicht wahr?«

Als sie auf der Rollbahn neben der Globemaster standen, sprach Special Agent Willkie in das Mikrofon an seinem Revers: »Mr Castillo besteht darauf, den Piloten mitzubringen.«

»Nicht den Piloten, mein Freund«, sagte Torine ziemlich unfreundlich. »Colonel Jake Torine, U. S. Air Force.«

»Er sagt, sein Name ist Torine«, meldete Special Agent Willkie in sein Mikrofon am Revers.

Eine halbe Minute später sagte Special Agent Willkie: »Wenn Sie bitte in den Yukon steigen wollen, Gentlemen. Ich werde Sie zum Präsidenten begleiten.«

Sie saßen etwa dreißig Sekunden auf dem Rücksitz des Yukons, als Torine Castillo an der Schulter berührte und aus dem Fenster wies.

Castillo blickte hinaus und sah Soldaten, die eine Sicherheitswache rings um die Globemaster bildeten.

»Ich habe nicht gewusst, dass man Jungs der Air Force mit geladenen Waffen vertraut«, bemerkte Castillo.

Torine grinste. »Dies sind keine Jungs von der Air Force, Klugscheißer. Es sind Soldaten, obwohl sicherlich von den Special Forces und vermutlich Delta Force. Und mindestens einer davon ist Gray Fox. Das da ist Sergeant Orson, richtig?«

Castillo schaute hin. Einer der Soldaten war ein großer, blonder Sergeant First Class namens Orson. Castillo hatte den Kommunikator/Scharfschützen zum letzten Mal in Costa Rica gesehen, wo Orson sehr professionell zwei der Terroristen ausgeschaltet hatte, von denen die 727 gestohlen worden war.

»Mann, das ist ja tatsächlich Orson!«

Was, zum Teufel, hat das zu bedeuten?

Der Yukon stoppte vor der breiten Gangway, die zu der riesigen Boeing gerollt worden war, und Castillo und Torine stiegen aus. Eine Traube von Leuten bewachte den Zugang zu der Gangway, einschließlich zweier weiblicher Personen, die offensichtlich Agenten des Secret Service waren.

Eine der beiden sprach in ihr Mikrofon an ihrem Revers und wandte sich dann an Castillo und Torine.

»Sie können an Bord gehen, Gentlemen«, sagte sie. »Der Präsident erwartet Sie.«

XII

1

An Bord von Air Force One
Keesler Air Force Base
Biloxi, Mississippi
25. Juli 2005, 20 Uhr 50

Obwohl Castillo das Präsidentenflugzeug schon gesehen hatte und ihm näher gewesen war, als die meisten Leute es jemals sein würden, war er nie darin gewesen.

Als er durch die Tür trat, fiel ihm als Erstes auf, dass das Innere anders war als alles, was er jemals in einer Boeing 747 oder, was das anbetraf, in irgendeiner anderen Maschine gesehen hatte. Anstatt auf Reihen von Sitzen schaute er auf das Siegel des Präsidenten der Vereinigten Staaten auf einer cremefarbenen Wand, die, so weit er sehen konnte – über 15 Meter oder so – auf der linken Seite des Flugzeugs bis zu einem Knick in dem Korridor verlief, der von der Wand gebildet wurde.

Als Zweites bemerkte er einen Agenten des Secret Service, der in dem kurzen Abschnitt des Korridors zu seiner Linken stand. Castillo hatte gehört, dass sich das präsidentschaftliche Apartment in der Nase des Flugzeugs befand, unter dem Flugdeck, und hatte sich gerade gesagt, dass der Secret-Service-Agent den Präsidenten bewachte, als ihn ein zweiter Secret-Service-Agent ansprach. Diesen kannte er.

»Den Korridor entlang zur Tür«, sagte Joel Isaacson und wies hin. Und dann fügte er hinzu: »Schön, Sie zu sehen, Charley.«

Castillo schüttelte Isaacson die Hand, als er an ihm vorbeiging, sagte jedoch nichts.

Die Tür, die Isaacson meinte, war in der Biegung des Korridors. Als Castillo sich näherte, tauchte ein Secret-Service-Agent auf und schob die Tür nach innen.

Castillo trat hindurch und fand sich in einem kleinen Konferenzraum wieder. Es gab einen großen Tisch mit acht mit Leder gepolsterten Lehnstühlen darum. Sie alle hatten Sicherheitsgurte.

An dem Konferenztisch saßen die Außenministerin Dr. Natalie Cohen, der Heimatschutzminister Matthew Hall, der Direktor des nationalen Nachrichtendienstes, Botschafter Charles Montvale und General Allan Naylor, der Oberbefehlshaber des CentCom. Der Präsident der Vereinigten Staaten lag ausgestreckt auf einer zusammensetzbaren Couch an der inneren Wand und telefonierte.

Als er Castillo sah, lächelte er und signalisierte ihm, hereinzukommen und auf einem der unbesetzten Lehnsessel am Tisch Platz zu nehmen. Dann, als er Colonel Torine sah, signalisierte er ihn herein und forderte ihn mit einer Geste auf, sich auf einen anderen Sessel zu setzen.

Castillo erhielt ein Lächeln von der Außenministerin und vom Heimatschutzminister. General Naylor nickte ihm zu, und der Direktor des nationalen Sicherheitsdienstes sah ihn mit einer Mischung aus Neugier und Missbilligung an, wie Castillo fand.

Dann sagte der Präsident ins Telefon: »Sweetheart, Charley Castillo ist soeben hereingekommen. Ich muss dich später anrufen.«

Der Präsident hängte den Hörer in die Gabel an der Wand ein, stand von der Couch auf und ging zu Castillo. Als Castillo aufstehen wollte, gab ihm der Präsident einen Wink, sitzen zu bleiben und reichte ihm die Hand.

»Schön, Sie zu sehen, Charley«, sagte er und wandte sich dann an Torine. »Und Sie auch, Colonel. Ich war ein wenig überrascht, als ich hörte, dass Sie die Globemaster hergeflogen haben, aber dann erkannte ich, dass ich das nicht hätte sein sollen. Sie und Charley sind ja sozusagen ein Team, nicht wahr?«

»Jawohl, Sir. Ich nehme an, das sind wir.«

»Ist es draußen immer noch heiß?«, fragte der Präsident und ging dann zum Kopf des Tisches, um Platz zu nehmen.

»Heiß und feucht, Sir«, antwortete Torine.

»Kluge Leute kommen nicht mitten im Sommer nach Mississippi oder mitten im Winter nach Minnesota«, erklärte der Präsident lächelnd. »Kluge Leute reisen zu jeder Jahreszeit nach North Carolina und bleiben das ganze Jahr dort.«

Es folgte pflichtschuldiges Gelächter.

»Zweierlei wird jetzt gleich passieren«, sagte der Präsident schnell und jetzt mit ernsthaftem Tonfall. »Erstens, weil ich einfach nicht so lange für die Beisetzung hier bleiben kann, wie ich möchte, machen wir eine Foto-Zeremonie, wie Mr Mastersons Sarg aus dem Flugzeug getragen wird. Einschließlich eines Auftritts einer Kapelle. Dies wird jetzt bereits vorbereitet. Ich hörte, dass uns noch eine Viertelstunde bleibt. Zeit genug, um das Zweite zu erledigen, was geschehen wird.«

Er griff unter den Tisch und hob einen abgetragenen Lederkoffer hoch. Er öffnete ihn, nahm zwei Blatt Papier heraus und reichte sie General Naylor.

»Würden Sie das bitte laut vorlesen, General?«

»Jawohl, Sir.«

Naylor nahm die Blätter, blickte einen Moment darauf und begann dann zu lesen.

»Top Secret Presidential

The White House, Washington D. C., 25. Juli 2005.

Präsidentschaftliche Erkenntnisse.

Es wurde festgestellt, dass die Ermordung von J. Winslow Masterson, Missionschef der Botschaft der Vereinigten Staaten, in Buenos Aires, Argentinien – die Entführung von Mr Mastersons Ehefrau, Mrs Elizabeth Lorimer Masterson – die Ermordung von Sergeant Roger Markham, USMC – und die versuchte Ermordung an Secret Service Special Agent Elizabeth T. Schneider über jeden berechtigten Zweifel auf den fortgesetzten Plan oder die Pläne von Terroristen oder Terroristenorganisationen hinweisen, die das Ziel haben, den Interessen der Vereinigten Staaten und ihrem diplomatischen Personal und ihren Bürgern ernsthaft zu schaden. Diese Situation kann nicht hingenommen werden.

Es ist ferner festgestellt worden, dass die Bemühungen und Aktionen, die von den verschiedenen Zweigen der US-Regierung unternommen wurden, um die Täter der zuvor beschriebenen Terrorakte ausfindig zu machen und festzunehmen, um ähnliche Taten in Zukunft zu verhindern, behindert und weniger effektiv werden durch die strikte Anwendung der entsprechenden Gesetze und Bestimmungen.

Es wird deshalb festgestellt, dass diese heimliche und verdeckte Aktion unter der alleinigen Aufsicht des Präsidenten notwendig ist.

Es ist angewiesen und befohlen, dass sofort eine heimliche und verdeckte Organisation eingerichtet wird, mit der Mission, die Identität der an der zuvor beschriebenen Ermordung, Entführung und dem Mordversuch beteiligten Terroristen zu ermitteln und sie unschädlich zu machen und solche anderen verdeckten und heimlichen Aktivitäten zu unternehmen, die der Präsident möglicherweise erteilen wird.

Zum Zweck der Geheimhaltung der zuvor erwähnten heimlichen und verdeckten Organisation wird sie als »Office of Organizational Analysis« im Department of Homeland Security benannt. Die Finanzierung erfolgt zu Anfang aus dem Sonderfonds des Büros des Präsidenten. Die Besetzung der Organisation wird vom Präsidenten entschieden, basierend auf dem Rat des Leiters des Office of Organizational Analysis.

Major Carlos G. Castillo, Special Forces, U. S. Army, ist hiermit mit sofortiger Wirkung zum Leiter des Office of Organizational Analysis ernannt.«

General Naylor hörte mit dem Vorlesen auf und sah den Präsidenten an.

»Die Erkenntnis ist von Miss Cohen als Außenministerin bezeugt, Mr President.«

Der einzige Laut in dem Raum war der kalte Luftstrom, der durch die Düsen in der Decke floss.

»Diese ohrenbetäubende Stille, die wir hören, Major Castillo«, sage der Präsident leise, »lässt mich darauf schließen, dass jeder versucht, gute und unwiderlegbare Gründe zu finden, weshalb ich diese Erkenntnisse zerreißen sollte und wie diese Einwände mir diplomatisch zur Aufmerksamkeit gebracht werden können. So lassen Sie mich jedem die Mühe ersparen. Diese Erkenntnis ist nicht zur Debatte freigegeben.«

Der Präsident schaute sich ringsum am Tisch um, während er dies einsinken ließ, und fuhr dann fort: »Ich will nicht nur, dass die Bastarde, die Masterson und Sergeant Markham ermordet haben, gefasst werden, sondern ich will eine Botschaft an ihre Hintermänner und an jeden schicken, der denkt, er kann mit der Ermordung eines amerikanischen Diplomaten ungestraft davonkommen, ohne dass dieser Präsident so unbarmherzig wie nötig sein kann, um alles zu tun, damit so etwas nie wieder geschieht, und ich habe mich für diese Möglichkeit entschieden, weil ich sie für die beste halte.«

»Mr President«, fragte Botschafter Montvale, »darf ich fragen, wie meine Beziehung zu dem Major sein wird?«

»Ich bin froh, dass Sie fragen, Charles«, sagte der Präsident. »Lassen wir sicherstellen, dass jeder dies versteht. Es gilt natürlich auch für Natalie und Tom und für die anderen Minister und den Justizminister. Sie und sie werden ihm zu Verfügung stellen, was immer er für nötig hält, um die Mission durchzuführen, die ich ihm gegeben habe. Aber er ist nur mir Rechenschaft schuldig. Ist das jedem klar?«

»Es gibt einige mögliche Probleme, die sofort zur ...«

»Charles, das können Sie mit Major Castillo diskutieren«, unterbrach der Präsident. »Sie haben wohl nicht gehört, dass dies nicht zur Diskussion freigegeben ist?«

»Doch, das habe ich gehört, Mr President.«

»Okay, dies ist Ground Zero«, sagte der Präsident. »Ich möchte jetzt, dass uns Major Castillo erzählt, wo wir seiner Meinung nach sind und wohin er von hier aus geht.« Er sah zu Castillo. »Okay, Charley, fangen Sie an.«

Castillo wurde klar, dass er aufrecht auf der Kante des Lehnsessels saß wie ein junger Spund, der entschlossen ist, sich kein Wort entgehen zu lassen, das der Präsident oder irgendeiner der anderen sagte, die weitaus ranghöher als ein Major waren.

Aus einem Pawlowschen Reflex heraus war er im Begriff aufzustehen, um jenen Ranghohen Respekt und seine Unterordnung zu zeigen.

Moment mal!

Wenn du das tust, wird es signalisieren, dass ein popeliger Major seinen Vorgesetzten Meldung macht, die sie mit ihrer größeren Klugheit erwägen und annehmen oder ablehnen können.

Ich bezweifle, dass der Präsident das von mir wünscht.

Bevor er ganz aufgestanden war, ließ er sich in den Sessel zurückplumpsen und verschränkte die Hände vor der Brust, als sammle er seine Gedanken, was zufällig der Wahrheit entsprach.

Er sah, dass General Naylor und Colonel Torine ihn ungläubig anblickten.

Nun, mal sehen, ob ich damit durchkommen kann.

»Mr President«, begann er und setzte sich auf. »Als Mrs Masterson im German Hospital von Mr Darby, dem CIA-Stationsleiter in Argentinien und ein enger Freund der Mastersons, befragt wurde, beteuerte sie, absolut nichts über ihre Entführer zu wissen. Das hielt ich für eine Lüge …«

»*Sie* entschieden, Major, dass sie lügt?«, unterbrach Montvale ungläubig.

»Ja, Botschafter Montvale, so war es«, sagte Charley und sah ihm in die Augen. »Und später stimmten Mr Darby und Botschafter Silvio dieser Einschätzung zu.«

»Worüber hat sie gelogen, Charley?«, fragte der Präsident.

»Es war mehr eine Auslassung, Sir, als eine Unwahrheit. Sie sagte, sie könne sich an nichts von ihrer Entführung erinnern. Das habe ich nicht geglaubt.«

»Die Frau«, sagte Montvale, »stand unter Schock und …«

Der Präsident hob die Hand, um Montvale Schweigen zu gebieten.

Castillo blickte den Präsidenten an und fuhr dann fort: »Kurz bevor wir auf Ezeiza – dem Flughafen in Buenos Aires – starteten, gab ich Mrs Masterson den Orden, das Großkreuz des Großen Befreiers, der vom Präsidenten von Argentinien an die Flagge auf Mr Mastersons Sarg geheftet worden war. Sie äußerte ihr Bedauern über Sergeant Markhams Tod und die Verletzungen, die Special Agent Schneider erlitten hatte. Ich befürchte, ich war ziemlich unfreundlich zu ihr. Ich war gerade vom Krankenhaus gekommen, wo Special Agent Schneider mit ihrem schmerzenden verdrahteten Kiefer lag, und keine halbe Minute zuvor war ich an Sergeant Markhams

Sarg vorbeigegangen. Ich sagte zu ihr im Wesentlichen, wenn sie die Wahrheit gesagt hätte, wäre meiner Meinung nach Markham noch am Leben und Schneider wäre nicht verwundet.«

»Sie beleidigten Sie als Lügnerin, Charley?«, fragte Natalie Cohen traurig und ungläubig.

»Ja, Ma'am, ich befürchte, das habe ich getan.«

»Und wie war ihre Reaktion?«, fragte der Präsident leise.

»Zu dieser Zeit hat sie gar nicht reagiert, Sir, aber gerade eben, kurz bevor wir herkamen, rief sie mich zu sich und sagte, da sie jetzt in den Vereinigten Staaten sei, könne sie reden. Sie erzählte mir, was ihre Entführer von ihr wollten, nämlich, dass sie ihnen sagte, wo ihr Bruder ist …«

»Ihr Bruder?«, fragte der Präsident.

»Jean-Paul Lorimer, Sir. Er arbeitet für die Vereinten Nationen in Paris. Mrs Masterson sagte, ihre Entführer hätten gedroht, ihre Kinder zu töten, wenn sie es ihnen nicht sagt, und die Kinder und ihre Eltern zu töten, wenn sie irgendetwas davon preisgibt. Und sie hätten Mr Masterson ermordet, um zu beweisen, dass sie ernst meinen, was sie gesagt haben.«

»Hurensöhne!«, entfuhr es dem Präsidenten der Vereinigten Staaten.

»Mr President«, sagte Natalie Cohen, »wir haben einige Tage lang ohne Erfolg versucht, Mr Lorimer zu finden. Alles, was wir wissen, ist, dass er nicht in seinem Apartment und nicht in seinem Büro gewesen ist.«

»Mrs Masterson sagte, sie hatte und hat keine Ahnung, wo ihr Bruder ist«, sagte Castillo.

»Darf ich etwas sagen, Mr President?«, fragte Colonel Torine.

Der Präsident gab mit einem Wink seine Erlaubnis.

»Ich war vorhin Zeuge des Gesprächs zwischen Major Castillo und Mrs Masterson«, sagte Torine. »Und der Grund für ihr Gespräch mit Mr Castillo lag darin, was Mr Darby ihr über Major Castillo erzählt hatte.«

»Und was war das?«, fragt Montvale.

»Anscheinend, Sir«, erwiderte Torine, »sagte Mr Darby Mrs Masterson, er glaubt, dass Major Castillo – und dies gebe ich fast wörtlich von Mrs Masterson wieder – ›ein wirklich harter Hurensohn ist und genau der Typ, den man in seiner Ecke braucht, wenn man wirklich in Schwierigkeiten steckt.‹«

Der Präsident neigte den Kopf und lächelte. »Nun, da finde ich mich diesmal ausnahmsweise in völliger Übereinstimmung mit der Meinung eines CIA-Stationsleiters. Beantwortet das Ihre Frage ziemlich gut, Charles?«

»Ja, das ist der Fall, Mr President.«

Castillo sah, dass General Naylor leise hinter der Hand hüstelte. Aus langer Erfahrung wusste er, dass Naylor dies tat, wenn er ein Lächeln verbergen wollte.

Leck mich, Botschafter Montvale, du aufgeblasener, wichtigtuerischer Hurensohn!, dachte Charley, dann rief er sich zur Ordnung.

Jetzt geht's weiter, Blödmann!

Wenn es jemanden gibt, Charley, mit dem du versuchen solltest, gut auszukommen, dann ist es Charles Montvale, der Direktor des nationalen Nachrichtendienstes.

Du hast es erst zehn Minuten mit seiner Anwesenheit zu tun, und er hat bereits entschieden – vermutlich mit Berechtigung –, dass C. G. Castillo ein arroganter kleiner Hurensohn ist, der so schnell wie möglich auf seine Größe zurechtgestutzt werden muss.

Das Schlimmste, was du einem Typen wie Montvale antun kannst, ist ihn in Anwesenheit seinesgleichen und des Präsidenten der Vereinigten Staaten zu demütigen. Das wird er nie vergessen oder verzeihen.

»Warum denken Sie, dass diese Leute den Bruder haben wollen, Charley?«, fragte der Präsident. »Und wer sind sie Ihrer Meinung nach?«

»Ich habe keine Ahnung, Mr President«, bekannte Castillo. »Aber ich meine, als Nächstes sollte ich mit ihm reden, vorausgesetzt, ich kann ihn finden.«

»Und die Vereinten Nationen sagen, sie wissen nicht, wo er ist, Natalie?«, erkundigte sich der Präsident.

»Ich wollte Kontakt mit ihm aufnehmen, als Mrs Masterson entführt wurde, damit er die Familie informieren kann, denn ihr Vater, Botschafter Lorimer, hat ernsthafte Herzprobleme. Das Ergebnis war null. Nichts. Unsere Botschaft in Paris konnte nur herausfinden, dass sein Wagen in der Garage stand, seine Kleidung in seinem Apartment war und es aussah, als hätte er soeben einen Ausflug oder eine Kurzreise vor. Anscheinend ist er sein eigener Boss, kann kommen und gehen, wohin und wann er will.«

»Diese Leute haben gemordet, um zu zeigen, wie sehr sie diesen Mann haben wollen«, sagte der Präsident. »Also ist sein Leben in Gefahr. Werden Sie das den UN sagen?«

»Sir, ich nehme an, dass die UN in New York und Paris von Mastersons Ermordung wissen.«

»Aber nicht das, was Mrs Masterson Charley gesagt hat, richtig?«

»Nein, Sir. Ich werde gleich mit unserem UN-Botschafter telefonieren und ihn das weitergeben lassen, wenn Sie meinen, ich sollte das tun.«

»Ich wünschte, Sie würden das nicht tun«, platzte Castillo heraus.

»Warum nicht?«, fragte Natalie Cohen neugierig, aber nicht beleidigt.

»Ich habe so ein Gefühl, dass es das Falsche wäre.«

Die Außenministerin sah zu dem Präsidenten. Sein Gesicht war nachdenklich.

»Ich hätte mich fast über Castillo hinweggesetzt, also Vorsicht«, sagte der Präsident. »Wir hören auf Castillos schlechtes Gefühl, nicht weil ich unbedingt mit ihm übereinstimme, sondern weil ich mich nicht stark genug fühle, um mich über ihn hinwegzusetzen. Und ich bin die einzige Person, die das kann – und es von Zeit zu Zeit tun werde. Okay?«

»Jawohl, Sir«, sagte Dr. Cohen.

»Was werden Sie wegen des verschwundenen Bruders tun, Charley?«

»Ich werde nach Europa fliegen und versuchen, ihn zu finden.«

»Wann?«

»Sobald ich Gewissheit habe, dass Mrs Masterson und die Kinder sicher sind, Sir. Ich habe ihr mein Wort gegeben, dass sie beschützt wird.«

»Und das wird sie«, sagte der Präsident. »Haben Sie draußen unsere Jungs von der Delta Force gesehen, Charley?«

»Jawohl, Sir, das habe ich.«

»Der Justizminister stimmt mit mir darin überein, dass in dieser Situation der Einsatz von Soldaten zum Schutz der Mastersons berechtigt ist. Offenbar gibt es eine zeitliche Beschränkung. Aber im Augenblick würde ich sagen, sie sind sicher.«

»Mrs Masterson hat Special Agent Schneider gebeten, herauszufinden, welche private Sicherheitsfirma empfehlenswert ist. Ich werde mich darum kümmern, was ich für sie tun kann.«

»Mal abgesehen davon, Sie wollen so bald wie möglich nach Europa?«

»Jawohl, Sir.«

»Wollen Sie mit uns nach Washington fliegen? Ich nehme an, dass Sie von Washington aus schneller nach Europa kommen können als von Biloxi aus.«

»Sir, ich habe meinen Cousin gebeten, das Flugzeug der Familie herzufliegen. Ich möchte es benutzen.«

»Keines der Air Force? Vielleicht eine Gulfstream?«

»Ich finde, ein ziviles Flugzeug wäre besser, Sir. Weniger auffällig.«

»Und sehr teuer in der Nutzung. Was ist damit? Wer wird dafür bezahlen?«

»Sir, als wir es beim letzten Mal benutzten – bei der Operation 727, wir flogen damit nach Mexiko und Costa Rica –, war es vom Secret Service geleast. Ich hatte gehofft, das könnte wieder so sein.«

Der Präsident schaute zu Minister Hall. Der Secret Service war ein Teil des Heimatschutzministeriums geworden.

»Gibt es da irgendein Problem, Matt?«

»Nein, Sir«, erwiderte Hall, und dann fügte er hinzu: »Es ist hier, Charley. Fernando ist in dem Hangar, wo wir – die Zeremonie abhalten werden.«

»Also, okay dann«, sagte der Präsident. »Brauchen Sie sonst noch etwas im Augenblick? Ausrüstung, Leute?«

»Es ist eine lange Liste, Sir.«

Der Präsident signalisierte ihm, fortzufahren.

»Ich möchte in Fort Bragg ein Satellitenfunkgerät von Gray Fox und einen Bediener abholen und mitnehmen. Und ich möchte ein anderes im Nebraska-Avenue-Komplex installieren lassen, und ein drittes mit einem Operator zur Botschaft in Argentinien schicken lassen.«

»Das wird ein Problem darstellen, nicht wahr, General Naylor?«, fragte der Präsident.

»Nein, keines, Sir. Ich werde gleich mit General McNab telefonieren.«

»Sonst noch etwas, Charley?«

»Jawohl, Sir. Ich möchte mir einen von Colonel Torines Piloten leihen, einen mit Erfahrung in Flügen über den Ozean. Ich bin nie selbst über einen Ozean geflogen.«

»Das sollte kein Problem sein, oder, Colonel?«

»Leider ist es eins, Sir«, sagte Torine. »Bis zu diesem Moment, Mr President, hatte ich keine Ahnung, dass Major Castillo nicht völlig zufrieden mit meinen fliegerischen Fähigkeiten ist. Ich fühle mich zerschmettert und gedemütigt.«

»Sie meinen, Sie wollen sein Flugzeug fliegen?«, fragte der Präsident lächelnd.

»Sehr gern, Sir.«

»Hiermit befohlen«, sagte der Präsident.

»Danke«, sagte Castillo zu Torine.

Der Präsident blickte auf seine Armbanduhr.

»Nun, unsere Zeit ist vorbei. Ich muss mein Hemd wechseln. Während ich mich umziehe, können Sie den Rest Ihrer Einkaufsliste vortragen.«

Damit verließ er den Konferenzraum.

Castillo spürte Montvales kalten Blick auf sich gerichtet.

»Was können wir sonst noch für Sie tun, Major?«, fragte er mit Betonung auf »Major«.

Castillo sah die Außenministerin an.

»Ich werde Hilfe bei meinen Pässen brauchen, Ma'am.«

»Pässe, Mehrzahl?«, fragte Montvale.

»Major Castillo hat eine doppelte Staatsbürgerschaft, Herr Botschafter«, sagte General Naylor plötzlich und scharf. »Manchmal benutzt er seine deutsche Nationalität – sehr erfolgreich –, wenn er eine verdeckte Mission durchführt.«

Kam er mir als liebender Onkel Allan zu Hilfe?

Oder weil ihm Montvales Verhalten gegenüber mir unter die Haut geht?

Vermutlich beides. In einer seiner vielen Lektionen, bevor ich nach West Point ging, sagte er mir, dass ein Dienstrang einem nicht das Recht gibt, über jemanden mit niederem Rang herzufallen, besonders nicht in Anwesenheit anderer.

Was ich natürlich getan habe, als ich diesem Lieutenant der Alten Garde die Hölle heiß gemacht habe, während Corporal Bradley, USMC, mit weit aufgerissenen Ohren dabei stand.

Was natürlich beweist, dass ich kein annähernd so guter Offizier bin, wie ich gern einer wäre.

»Fahren Sie bitte fort, Major«, sagte Naylor.

»General, Gossinger steht in den argentinischen Akten der Einwanderungsbehörde ...«

»Gossinger?«, unterbrach Montvale. »Wer ist Gossinger?«

Diesmal kam die Außenministerin Castillo zu Hilfe.

»Charles«, sagte sie, »vielleicht könnten wir Major Castillo wenigstens einen Satz aussprechen lassen?«

Montvale starrte sie einen Moment wütend an. Doch dann sagte er sich anscheinend, dass Natalie Cohen als Außenministerin nicht nur das ranghöchste Mitglied des Kabinetts – und folglich die Vorsitzende dieser ad hoc Versammlung von Mitgliedern des Kabinetts –, sondern auch eine enge Freundin des Präsidenten war und man es sich deshalb nicht mit ihr verderben sollte.

»Verzeihung, Major«, sagte Montvale. »Fahren Sie bitte fort.«

»Die Argentinier haben eine Akte mit dem Vermerk, dass Gossinger in das Land einreiste, Dr. Cohen«, sagte Castillo. »Es gab keine Überprüfung der Einwanderungsbehörde, als wir es verließen. Was für mich glücklich war, denn ich brauchte keinen amerikanischen Pass vorzuzeigen, in dem ich keinen Einreisestempel habe, oder den deutschen Pass, was diese Tarnung zunichte gemacht hätte. So ist Gossinger laut Akte immer noch in Argentinien, und ich möchte ihn dort rausbekommen.«

»Das habe ich verstanden«, sagte sie. »Ich schlage vor, wir stellen Ihnen einen neuen amerikanischen Pass aus, der offensichtlich überhaupt keinen Stempel der Einwanderungsbehörde hat, und lassen von der CIA einen Ausreisestempel auf Ihren deutschen Pass drücken. Ihre Dokumentenabteilung ist sehr gut bei diesen Dingen.« Sie blickte zu Montvale. »Würden Sie mir da zustimmen, Charles?«

»Das würde anscheinend die Lösung sein«, sagte Montvale.

»Wir brauchen ein Passfoto«, sagte Dr. Cohen.

»Da sind einige in meinem Schreibtisch im Nebraska-Komplex«, sagte Castillo.

»Charley, wenn Sie mir beide Pässe geben, bevor wir hier abreisen«, sagte Minister Hall, »lasse ich das Passfoto von Joel Isaacson holen und durch Foggy Bottom und Langley regeln. Er kennt all die richtigen Leuten an beiden Stellen.« Er wandte sich an Montvale. »Sind Sie damit einverstanden, Charles?«

»Was immer die wirkungsvollsten Mittel sind, um zu erreichen, was getan werden muss, natürlich.«

»Möchten Sie, dass ich den DCI Powell anrufe, Charles, und ihm sage, was wir brauchen, oder würden Sie das lieber selbst tun?«, fragte Natalie Cohen.

»Ich werde ihn anrufen«, sagte Montvale.

»Sonst noch etwas, Charley?«, fragte sie.

»Ja, Ma'am. Noch eines. Da ist ein FBI-Agent der Botschaft in Montevideo zugeteilt. David William Yung junior. Er wurde als jemand mit Erfahrung in Kidnappingfällen nach Buenos Aires geschickt, als Mrs Masterson entführt worden war.«

»Was ist mit ihm?«, fragte Montvale.

»Er hat zum einen ein ungewöhnliches Interesse an mir«, sagte Castillo.

»Das hätte ich ebenfalls, wenn ich FBI-Agent wäre und einem jungen Major der Army das Kommando in einer solchen Situation gegeben würde«, sagte Montvale.

Castillo schaute zu Cohen und Hall und sah in ihren Augen, dass sie verstanden hatten, was er meinte.

»Und zweitens«, fuhr Castillo fort, hat mir eine für gewöhnlich zuverlässige Quelle, ein ehemaliger ranghoher FBI-Beamter, der Special Agent Yung kennt, erzählt, dass er nicht glaubt, was er zu tun behauptet, nämlich sich um Geldwäsche zu kümmern.«

»Nach meiner Erfahrung weiht das FBI keine Außenseiter ein«, sagte Montvale. »Wer hat denn gesagt ...«

Die Tür wurde geöffnet.

Joel Isaacson steckte seinen Kopf herein.

»Verzeihen Sie«, sagte er. »Der Präsident möchte, dass Mr Castillo ihm Gesellschaft leistet.«

»Und ich möchte wissen, was Yung in Wirklichkeit tut«, sagte Charley hastig.

Die Außenministerin nickte ihm zu. Der Heimatschutzminister reckte einen Daumen in die Höhe.

Castillo stand schnell auf und ging zur Tür.

»Charley«, rief Hall. »Ihre Quelle ist Ihr Freund aus Wien, richtig?«

»Jawohl, Sir.«

»Nun, er hat sich in der Vergangenheit als zuverlässig erwiesen, nicht wahr?«, sagte Hall.

»Jawohl, Sir, das hat er«, sagte Castillo und ging durch die Tür.

Isaacson zog die Tür zu.

»Er hat meine Frage nicht beantwortet«, sagte Montvale.

»Der Präsident hat ihn holen lassen, Charles«, sagte Hall.

»Ich bin es nicht gewohnt, dass rangniedrige Offiziere, denen ich Fragen stelle, keine Antwort geben, und ehrlich gesagt, das gefällt mir nicht«, sagte Montvale.

»Charles«, sagte die Außenministerin. »Darf ich etwas sagen?«

»Selbstverständlich.«

»Ich habe bei dieser Versammlung den Eindruck gewonnen, dass der Präsident klargemacht hat, dass er in Major Castillo ein Vertrauen setzt, das Sie und ich vielleicht nicht teilen ...«

»Das habe ich bemerkt«, entgegnete Montvale ein bisschen sarkastisch.

»Ich habe den Eindruck gewonnen, Charles«, sagte Minister Hall, »der Präsident hat absolut klargemacht, dass Charley nur ihm gegenüber Rechenschaft ablegen muss. Oder habe ich da was falsch verstanden?«

Montvale blickte Hilfe suchend zur Außenministerin. Als das nichts nutzte, stand er auf.

»Ich möchte mich frisch machen, bevor wir zur Zeremonie gehen. Weiß der Himmel, wie lange wir draußen in der Hitze und der hohen Luftfeuchtigkeit stehen müssen.«

2

Präsidentensuite
An Bord von Air Force One
Keesler Air Force Base
Biloxi, Mississippi
25. Juli 2005, 21 Uhr 05

»Charley«, sagte Supervisory Special Agent Isaacson, als er die Hand auf den Türknauf der Präsidentensuite legte. »Tom McGuire hat einen Beutel für Sie gebracht.«

»Der, wie ich verzweifelt hoffe, einige Sommersachen enthält.«

»So ist es. Und eine .45er. Ich musste die Sicherheitsüberprüfung an Bord machen, was bedeutet, dass ich mir ansehen musste, was drin war.«

»Wo ist der Beutel?«

»Hier drin«, sagte Isaacson und wies auf die Tür neben der präsidentschaftlichen Suite. »Es ist das Klinikzimmer. Wenn der Präsident Sie rechtzeitig gehen lässt, können Sie vermutlich noch aus diesen Winterklamotten rauskommen. Es wird höllisch heiß in diesem Hangar sein.«

»Sie werden Ihre Belohnung im Himmel bekommen, Joel Isaacson.«

Isaacson lächelte und öffnete die Tür zur Präsidentensuite.

Castillo konnte den Raum sehen, der offensichtlich das Privatbüro des Präsidenten war. Es enthielt einen rechtwinkligen Schreibtisch mit einem hochlehnigen Ledersessel, in den das präsidentschaftliche Siegel golden eingeprägt war, zwei Lehnsessel davor und eine Anrichte hinter dem Schreibtisch.

»Mr President«, rief Isaacson. »Major Castillo ist hier.«

»Kommen Sie rein, Charley«, rief der Präsident. »Ins Schlafzimmer. Geradeaus durchs Arbeitszimmer.«

Als Charley das Büro durchquert hatte, sah er den Präsidenten der Vereinigten Staaten, der sich mit einer Hand an einen Schrank stützte und gerade sein rechtes Bein in eine Hose schob. In dem kleinen Raum standen zwei Einzelbetten. Auf dem einen lag der Anzug, den der Präsident soeben ausgezogen hatte, und auf dem anderen das Jackett des Anzugs, den er gerade anzog.

»Gott, es wird Ihnen heiß darin werden«, sagte der Präsident und stopfte sich das Hemd in die Hose.

»Tom McGuire hat einen Sommeranzug für mich mitgebracht, Sir.«

»Nun, sobald wir hier fertig sind, sollten Sie ihn anziehen. Schnell. Gott und die präsidentschaftliche Sicherheitsabteilung warten auf niemanden, auch nicht auf den Präsidenten.«

»Jawohl, Sir.«

»Dies wird nicht lange dauern. Zuerst eine schnelle Frage. Wie ist Mrs Masterson?«

»Groß und elegant. Sehr intelligent.«

»Wird sie weinen, vielleicht hysterisch werden?«

»Das bezweifle ich sehr, Mr President.«

»Gott sei Dank. Okay. Im Konferenzraum habe ich nicht gesagt, dass ich Sie aus den Augen des Weißen Hauses halten will. Sie sollen sich dort so wenig wie möglich sehen lassen.«

»Jawohl, Sir.«

»Ich habe auch Matt Hall persönlich gesagt, dass er Ihre Verbindung zu mir sein wird. Wir sind sozusagen ein Drei-Mann-Team. Wenn er aus irgendeinem Grund nicht verfügbar ist, ist die Zentrale angewiesen, Sie zu mir durchzustellen, und das wird zu jeder Zeit sein, in jedem Bereich des Weißen Hauses. Sie brauchen sich nur zu identifizieren, und man wird Sie durchstellen.«

»Jawohl, Sir.«

»Natalie Cohen ist nicht glücklich über meine Erkenntnisse, aber sie wird damit zurechtkommen. Dem Direktor des FBI und dem DCI gefallen sie noch weniger als Natalie, aber ich bezweifle, dass sie dagegen ankämpfen werden. Charles Montvale verabscheut die Erkenntnisse. Ich verstehe, warum. Ich habe den Verdacht, dass er nach Ihren Fehlern suchen wird, damit er sie mir zur Kenntnis bringen kann. Ich werde privat mit ihm sprechen. Wenn er Probleme macht, sagen Sie es Matt Hall. Oder mir.«

»Jawohl, Sir.«

»Und wie meinen Sie betrachtet General Naylor die Erkenntnisse?«, fragte der Präsident.

»Sir, ich finde, seine Reaktion ähnelt sehr meiner.«

»Und die ist?«

»Dass Sie viel Verantwortung und Befugnis einem sehr rangniedrigen Offizier gegeben haben.«

»Nicht ohne viel nachzudenken, Charley. Nicht ohne eine Menge Überlegungen. Und jetzt ziehen Sie sich um.«

3

Keesler Air Force Base
Biloxi, Mississippi
25. Juli 2005, 21 Uhr 20

Jake Torine wartete am Fuß der Gangway zu Air Force One, als Charley Castillo sie herunterkam. Sie konnten sehen, dass die Globemaster III jetzt mit dem Heck an den offenen Toren eines riesigen Hangars stand, der voller Leute war.

Außerhalb des Hangars und gerade darin, zurückgehalten von Barrieren aus Kordeln und Reihen von Fliegern, stand eine große Menge von Zuschauern.

Weiter drinnen hatte sich eine Einheit von Fliegern der Air Force an einer Seite des Hangars formiert. Gegenüber von ihnen war eine Kapelle des Marine-Corps. Eine Tribüne mit einem Rednerpult, auf dem das präsidentschaftliche Siegel prangte, befand sich im hinteren Teil des Hangars mit Blick nach draußen. Die Rückseite der Tribüne enthielt vielleicht fünfzig amerikanische Flaggen – *natürlich sind es fünfzig, eine für jeden Staat* – auf jeder Seite der präsidentschaftlichen Flagge.

Neben der präsidentschaftlichen Flagge waren die Flaggen der Außenministerin, des Heimatschutzministers und eine, welche die brandneue Flagge des Direktors des nationalen Nachrichtendienstes sein musste. Flankierend waren die Flaggen der Army, Navy, Air Force, Marine-Corps und Küstenwache und vielleicht ein Dutzend persönliche Flaggen der General- und Flaggoffiziere der bewaffneten Streitkräfte – *die rote mit vier Sternen ist die von General Naylor* – für die Zeremonie angebracht, und die meisten derjenigen, die sie repräsentierten, waren bereits auf der Tribüne.

Vor der Tribune stand eine Zehn-Mann-Abteilung von Marines im großen Dienstanzug in Rührt-euch-Stellung und eine zweite Abteilung von jeweils zwei Mann aus jeder Truppengattung, jede unter dem Kommando eines schneidigen Lieutenants.

Und vor ihnen standen zwei schwarz dekorierte Katafalke, bereit, die Särge aufzunehmen.

Welch eine schöne Geste. Sie werden Markham neben Masterson stellen.

»Sehr beeindruckend«, sagte Torine, als der Yukon des Secret Service neben der Globemaster stoppte.

»Das Weiße Haus bezeichnet dies als eine bedeutende Rede der Außenpolitik«, sagte der Secret-Service-Agent, der den Yukon fuhr.

Der Beweis dessen war eine wogende See von Fernsehkameraleuten, Standfotografen und Journalisten der Druckmedien auf beiden Seiten der Tribüne, die von Barrieren und weiteren Fliegern zurückgehalten wurden.

Castillo und Torine stiegen aus dem Yukon und sahen sich vier Soldaten gegenüber. Sie trugen Green Berets und waren mit Car 4 bewaffnet.

»Ich bin Colonel Torine, der Pilot des Flugzeugs ...«, begann Torine.

»Sie sind bewaffnet, Sir«, sagte einer der Soldaten der Special Forces zu Castillo. Es war ein Vorwurf.

Nun, so viel zu dem Versuch, eine .45er unter einem Seersucker-Jackett zu verstecken.

»Ja, das bin ich.«

»Sie können ihn passieren lassen, Sergeant«, sagte jemand hinter ihnen. »Das ist nicht nur *der* Mann, sondern er ist einer von uns.«

Castillo drehte sich um und sah einen kleinen, völlig kahlköpfigen Mann in einem Tweedsakko, das nicht annähernd um seine gewaltige Brust passte. Er hielt eine Madsen-MPi in seiner Armbeuge.

»Hallo, Vic«, sagte Castillo und reichte CWO-5 Victor D'Alessandro, Special Forces, USA, im Ruhestand, die Hand.

»Genau wie in alten Zeiten, Charley«, sagte D'Alessandro. »Du reitest dich tief in die – das Braune, das stinkt, und McNab schickt mich, um dich herauszuziehen.«

»Du leitest dies hier?«

D'Alessandro winkte Torine und Charley zu einer Stelle im Schatten der Tragfläche der Globemaster, wo sie reden konnten, ohne dass es jemand mithören konnte. »Ja, ich bin der Leiter«, sagte er.

»Junge, es freut mich, das zu hören! Was hast du bekommen?«

»Vierundzwanzig Schützen, hauptsächlich von Delta, und ein paar Jungs von Gray Fox.«

»Ich habe Sergeant Orson gesehen«, sagte Castillo. »Eigentlich hat Colonel Torine ihn gesehen. Oh, verdammt, entschuldigen Sie. Colonel, dies ist ein alter Kumpel von mir, Vic D'Alessandro. Ich dachte, Sie kennen einander.«

»Warum habe ich den Verdacht, dass Sie nicht Ihr Green Beret tragen, Vic?«, sagte Torine mit einem Lächeln.

»Ich habe das Scheißding aufgehängt, Colonel, nach siebenundzwanzig Jahren. Man hat mich ärztlich als CWO-5 in den Ruhestand versetzt. Jetzt bin ich ein gottverdammter doppelter Zivilist. GS-15, gleichzusetzen mit einem verdammten Voll-Colonel.«

»Der das Militärgefängnis in Fort Bragg leitet«, sagte Castillo.

»Ich kenne es gut«, sagte Torine lächelnd.

»Jetzt weiß ich, wer Sie sind, Colonel«, sagte D'Alessandro. »Sie sind das Air Commando, das wir benutzten, um unsere 727 zu fliegen ...«

»Fast richtig«, erwiderte Torine. »Das *ehemalige* Air Commando. Als man *mich* zu einem verdammten Voll-Colonel machte, entließen sie mich bedingt aus dem Militärgefängnis und setzten mich hinter einen Schreibtisch.«

»... von dem McNab Sie rettend wegholte, als Charley nach der gestohlenen 727 suchte. Sie flogen mit Charley nach Costa Rica und flogen sie zurück in die Staaten, als Charley und einige meiner Jungs sie von den bösen Jungs zurückgestohlen hatten.«

»Schuldig«, sagte Torine.

»Und er ist bei dieser Operation dabei, Vic«, sagte Castillo.

»Willkommen an Bord«, sagte D'Alessandro lächelnd und gab ihm die Hand.

»Was hast du am Laufen, Vic?«

»Im Detail? Oder nur die Höhepunkte?«

»Im Detail.«

»Okay. Naylor rief McNab an und sagte ihm, dass dein Boss, Hall, ihn angerufen und gesagt hat, dass der Präsident entweder Delta oder Gray Fox oder beide haben will, um sicherzustellen, dass den Mastersons nichts passiert, wenn sie hierher kommen. Ich musste McNab fast festbinden, um ihn davon abzuhalten, dass er selbst hierher fliegt.«

Castillo und Torine lachten.

»So sattelten wir. Wie ich schon sagte, vierundzwanzig Schützen, die meisten von Delta, aber auch vier Jungs von Gray Fox. Wir haben zwei Black Hawks und zwei Little Birds von der 160. Beide Little Birds sind Kampfhubschrauber – so können wir jeden mit den Black Hawks transportieren, aber man weiß ja nie, wann man jemandem den Arsch aufreißen muss. Dann kamen wir her.

Der Knabe, der hier das Sagen hat, ist Mastersons Vater. Großer Typ wie ein Schluck Wasser – mit nichts dahinter. Der Vater der Witwe – sie nennen ihn ›Botschafter‹, was er wohl ist – ist ein kleiner Typ, der an einem Herzanfall fast draufgegangen wäre. Deshalb versuchen sie, ihn so gut wie möglich im Dunkeln tappen zu lassen.

Mastersons Vater hat eine große Farm nicht weit von hier. Kein Landestreifen, aber kein Problem mit den Hubschraubern. Sie beerdigen Masterson auf einem Friedhof auf der Farm, nach einer Messe in einer kleinen katholischen Kirche in einem Dorf namens De Lisle, gleich außerhalb des Farmlands. Sie wollten eine große Sache aus der Beisetzung machen, doch der alte Mann – Mastersons Vater – sagte ihnen, kommt nicht in Frage.

Nachdem der Präsident hier diese Sache erledigt hat, wird die Leiche in einem Leichenwagen zur Farm gebracht werden. Die Beerdigung findet nur mit ausgewählten, eingeladenen Gästen statt, aber sie erwarten etwa dreihundert Personen auf dem Friedhof.«

»Kannst du die Sache mit so vielen Leuten handhaben?«

»Das brauche ich nicht. Der alte Mann hat die Mississippi State Police mobilisiert. Es sind ungefähr fünfzig Mann unter einem Lieutenant Colonel. Und der Leiter, ein Colonel – harter Bastard – ist hier als Freund der Familie. Ebenfalls der Gouverneur. Plus der Sheriff und all seine Deputys.«

»Siehst du irgendein Problem, die Familie zu schützen?«

»Nein«, sagte D'Alessandro entschieden. »Aber es würde helfen, Charley, wenn ich wüsste, wer Masterson fertig gemacht hat und warum, und warum sie versuchen könnten, die Witwe und Familie ebenfalls fertig zu machen.«

»Ich werde dir sagen, was ich weiß, Vic. Es ist nicht viel. Ich habe keine Ahnung, wer diese Leute sind. Wirklich keine. Ich weiß nur, dass Mastersons Ermordung etwas mit Mrs Mastersons Bruder zu tun haben muss. Sie hat mir – erst jetzt, nachdem wir hier gelandet sind – erzählt, dass die Leute, die sie in Buenos Aires geschnappt haben, von ihr wissen wollten, wo ihr Bruder ist, und dass sie ihr gedroht haben, ihre Kinder und Familie zu töten, wenn sie es ihnen nicht sagt.«

»Und sie hat es ihnen nicht gesagt?«

»Nein, sie hat nichts gesagt, weil sie nicht weiß, wo er ist. Er arbeitet für die UN in Paris, aber wir können ihn nicht finden.«

»Interessant.«

»Sie sagte, sie haben Masterson umgebracht, um ihr klarzumachen, dass es ihr Ernst ist, was sie gesagt haben.«

»Und du hast keine Ahnung, warum sie den Bruder haben wollen?«

»Nein. Ich weiß nur, dass sie Masterson mit Neun-Millimeter-Patronen israelischer Herkunft erschossen haben und dass sie den Sergeant des Marine-Corps, der meinen Wagen fuhr – und eine Secret-Service-Agentin, die im Wagen saß – töteten beziehungsweise verletzten, indem sie eine MPi durch das Fenster schoben und das Magazin leerten, ebenfalls geladen mit Neun-Millimeter-Patronen israelischer Herkunft.«

»Mit einer Madsen?«

Castillo nickte.

»Woher weißt du das?«

»Ich nehme an, Sergeant Markham sah es kommen, und als er versuchte, aus dem Weg zu fahren, drückte er auf den Fensterknopf. Das Fenster war automatisch und stoppte die Madsen. Sie war immer noch darin festgeklemmt, als ich dort eintraf.«

»Das ist auch interessant. Es sind nicht viele Madsens im Umlauf. Das ist alles, was du weißt?«

»Und ich habe gerade eben erfahren, in einer Sechzig-Sekunden-Unterhaltung mit Mrs Masterson, dass Masterson umgelegt wurde, um seiner Frau klarzumachen, dass sie den Bruder um jeden Preis haben wollen.«

»Jemand wird etwas mehr mit ihr reden müssen«, sagte D'Alessandro.

»Ich weiß. Ich weiß nicht, wie viel Zeit jetzt dazu bleiben wird, aber deshalb bin ich hier.«

»Wer hat die Verantwortung?«

»Ich.«

»Ich meine jetzt, da sie in den Staaten sind. Und nach der Beerdigung?«

»Ich habe die Leitung, Vic.«

»Im Ernst?«

»Der Präsident hat sie mir soeben übertragen.«

»Das fordert dich ziemlich, nicht wahr, Charley?«

»Die Untertreibung des Jahres«, erwiderte Charley. »Ich möchte dich Mrs Masterson vorstellen, Vic. Sieh zu, ob du ihr versichern kannst, dass sie jetzt sicher ist.«

»Ich wollte sie auch kennen lernen«, sagte D'Alessandro. »Jetzt?«

Castillo nickte.

D'Alessandro sprach in ein Mikrofon, das Castillo gar nicht an seinem Revers bemerkt hatte.

»Drei kommen durch die Seitentür«, kündigte er an.

4

Lieutenant Colonel McElroy, der Adjutant des Oberbefehlshabers, stand am Fuß der Treppe zum Passagierabteil der Globemaster.

»Sir«, sagte er, als er Castillo und die anderen kommen sah, »die Familie Masterson ist allein dort oben.«

»Mein Name ist Castillo. Würden Sie bitte hochgehen und Mrs Masterson sagen, dass ich kurz mit ihr sprechen möchte?«

»Sir, Mrs Masterson hat gebeten, dass die Familie nicht gestört wird.«

»Tun Sie es, Colonel«, befahl Colonel Torine.

»Jawohl, Sir«, sagte Lieutenant Colonel McElroy und stieg die Treppe hinauf.

Castillo blickte auf das Frachtabteil der Globemaster. Corporal Lester Bradley, der jetzt seinen großen Dienstanzug trug, stand stramm, während er mit einem Captain des Marine-Corps redete.

Castillo ging zu ihnen.

»Sie sehen sehr schick aus, Corporal«, sagte Castillo.

»Danke, Sir.«

»Captain, was ist Corporal Bradleys Rolle bei der Zeremonie?«

»Darf ich fragen, wer Sie sind, Sir?«

»Mein Name ist Castillo.«

»Anders formuliert, Captain«, fügte Colonel Torine hinzu. »Er ist *der* Mann.«

Der Captain blickte Castillo neugierig an und sagte zu Torine: »Sir, sofort nach der Zeremonie, wenn die sterblichen Überreste des Sergeants aus dem Hangar gebracht werden, wird der Corporal zum Sarg gehen und ...«

»Captain«, unterbrach Castillo, »ich habe dem Gunny in Buenos Aires gesagt, dass Corporal Bradley Sergeant Markhams sterbliche Überreste den ganzen Weg heim begleiten wird. Ich bin sicher, dass er das an Sergeant Markhams Kameraden weitergegeben hat, und ich will, dass dies geschieht. Machen Sie Platz für ihn bei der Zeremonie.«

»Sir, ich bin mir nicht sicher, ob dies mög ...«

»Tun Sie es, Captain«, befahl Colonel Torine scharf.

Der Captain dachte kurz darüber nach und sagte dann: »Aye, aye, Sir.«

»Danke«, sagte Castillo. »Wir sehen uns später, Bradley.«

»Jawohl, Sir.«

Castillo sah, dass Mrs Masterson die Treppe herunterkam, und eilte zu ihr.

»Ich bin froh, dass Sie hier sind, Mr Castillo. Mein Vater ist hier, und je weniger er über die Drohungen weiß, desto besser. Er hat ein Herzproblem.«

»Ich verstehe«, sagte Castillo. »Mrs Masterson, dies ist Mr D'Alessandro. »Haben Sie jemals von Delta Force gehört?«

»Das war ein schrecklicher Film«, sagte sie. »Sie meinen, dass es in Wirklichkeit so etwas gibt?«

»Ja, Ma'am, das gibt es. Die echte Delta Force besteht aus den besten Männern der Special Forces. Sie sind nicht das, was Sie in den Filmen sehen, aber es sind wirkliche Profis. Mr D'Alessandro ist seit langer Zeit mit Delta verbunden, und er hat vierundzwanzig Mann mitgebracht, um dafür zu sorgen, dass Sie und Ihre Familie sicher sind.«

»Das ist sehr beruhigend«, sagte sie. »Es freut mich sehr, Sie kennen zu lernen, Mr D'Alessandro.«

»Das mit Ihrem Gatten tut mir wirklich leid, Ma'am«, sagte er. »Das hätte nicht passieren dürfen.«

»Danke für Ihr Mitgefühl«, sagte sie.

Castillo sah einen sehr großen, schlanken Mann in dunklem Zweireiher-Anzug die Treppe herunterkommen.

Mein Gott, der sieht genau wie Masterson aus. Die einzigen Unterschiede sind das weiße Haar und dieser absolut makellose bleistiftdünne Schnurrbart.

Der Mann ging zu ihnen und lächelte.

»Dad«, sagte Betsy Masterson, »dies sind Mr Castillo und Mr D'Alessandro. Gentlemen, mein Schwiegervater, Winslow Masterson.«

»Guten Tag«, sagte Masterson und gab ihnen die Hand. »Darf ich fragen, wer von Ihnen Mr Castillo ist?«

»Ich bin das, Sir.«

»Ich wollte Sie eigentlich besuchen, als mir etwas verspätet in den Sinn kam, dass Sie wahrscheinlich mit meiner Tochter sprechen möchten.«

Dieser Akzent ist nicht der, den man von einem Mann aus Mississippi erwartet, weder von einem Farmer noch von einem schwarzen Farmer aus Mississippi oder jeder Kombination davon. Was, zum Teufel, ist das?

»Darf ich Ihnen zu Diensten sein, Sir?«, fragte Castillo.

»Zuerst lassen Sie mich meine Wertschätzung für alles, was Sie für meine Schwiegertochter getan haben, aussprechen ...«

»Sir, das ist absolut unnö ...«

»Bitte lassen Sie mich aussprechen, Sir.«

»Verzeihung, Sir.

»Und dann lassen Sie mich Sie als Offizieller der Regierung fragen – ich sprach mit Colonel McElroy, der absolut keine Ahnung hatte, wovon ich sprach –, warum Sie in einer solchen Situation mit all den Ressourcen der Regierung, die vermutlich zu Ihrer Verfügung stehen, nicht in der Lage waren, Kontakt mit Jean-Paul Lorimer aufzunehmen?«

Betsy Masterson und Castillo tauschten Blicke.

»Sir ...«, begann Castillo.

»Mrs Mastersons Vater, Botschafter Lorimer, ist ziemlich durcheinander, Mr Castillo. Und wenn ich das sagen darf, verständlicherweise. Er hat gewisse Herzprobleme und sollte keinem Stress ausgesetzt sein.«

»Dad ...«, sagte Betsy Masterson.

»Bitte erlaube Mr Castillo, die Frage zu beantworten, wenn er das wünscht.«

»Sir, es gibt Probleme, Mr Lorimer ausfindig zu machen. Mrs Masterson ist sich dessen bewusst ...«

»Tatsächlich?«, fragte Masterson und sah seine Schwiegertochter an.

»Ich wollte nicht darüber reden, wenn mein Vater es hört.«

Masterson nickte.

»Nun, ich muss so bald wie möglich wissen, was los ist«, sagte Masterson. »Und auf der Plantage werden deine Eltern da sein, und es würde unmöglich sein, sie auszuschließen, ohne ...« Er verstummte, sichtlich in Gedanken, und dann nickte er, offensichtlich zufrieden mit seinem Gedanken. »Mr Castillo, es war natürlich meine Absicht, Sie zu bitten, mit uns auf der Plantage zu bleiben.«

»Ich möchte nicht stören, Sir«, wandte Castillo ein.

Masterson winkte ab.

»Aber gibt es einen Grund, weshalb Sie sofort nach der Zeremonie hier gehen müssen?«, fragte Masterson und wies auf die Aktivitäten im Hangar. »Würden nach Ihrer Einschätzung meine Schwiegertochter und die Kinder und natürlich die Lorimers sicher sein, wenn Sie nicht persönlich eine Stunde oder so dort wären?«

»Jawohl, Sir. Ich bin überzeugt, dass sie sicher wären. Zusätzlich zur Staatspolizei, die Sie bereits haben, werden Mr D'Alessandro und seine Männer ...«

»Du denkst an das Belle Vista«, sagte Betsy Masterson.

»Und wie kommst du darauf, dass ich an das Belle Vista denke?«, fragte Masterson.

»Das würde gehen, Dad«, sagte sie. »Niemand würde dich dort stören.«

»Dann ist das abgemacht. Wir werden als Prozessionsleiter für die Plantage zum Belle Vista fahren, Mr Castillo. Wir können unseren kleinen Plausch ungestört haben und dann die Plantage verlassen. Sie können mit mir fahren. Wie klingt das für Sie?«

»Sir, ich weiß nicht, was das Belle Vista ist.«

»Es ist eine Spielhölle an der Küste. Dort gibt es einen Platz, wo wir nicht gestört werden.«

»Was immer Sie sagen, Sir. Aber da gibt es ein anderes Problem. Ich muss Kontakt mit meinem Cousin aufnehmen.«

»Mit Ihrem *Cousin?* Darf ich fragen, was das zu bedeuten hat?«

»Verzeihen Sie«, sagte Torine. »Aber ich höre soeben die Kapelle ›Hail to the Chief‹ spielen.«

»Charley, ich kann die Dinge erledigen, bis Sie zu der – *Plantage* kommen«, sagte Vic D'Alessandro, als er Lieutenant Colonel McElroy nahen sah. »Colonel, wollen Sie mit mir oder mit Charley fahren?«

»Charley?«, fragte Torine und blickte Castillo fragend an.

»Ich werde Sie auf der Plantage sehen«, sagte Castillo.

»Du bleibst hier, meine Liebe«, sagte Winslow Masterson. »Ich werde die Kinder und deine Eltern holen.« Er ging zur Treppe, verharrte dann und wandte sich um. »Wenn Sie mit mir gesehen werden, könnte es Interesse geben, das in diesem Moment keiner von uns haben will. Können Sie selbst zum Belle Vista fahren?«

»Jawohl, Sir.«

»Nun, dann werde ich Sie dort sehen«, sagte Masterson und wandte sich wieder der Treppe zu.

Castillo sah D'Alessandro an. »Hast du einen Wagen, Vic?«

»Keinen frei, Charley.«

»Du hast den Jungen vom Secret Service in deinem Funk?«

D'Alessandro nickte.

»Sag ihm, ich brauche einen Yukon, jetzt gleich, und ich weiß noch nicht, für wie lange.«

»Kannst du das tun?«

»Du kannst das tun, und wir werden sehen, was passiert.«

D'Alessandro neigte leicht den Kopf zum Mikrofon an seinem Revers.

»Sind Sie dran, Ogilvie?«, sagte er.

Mrs Masterson sah ihn mit großer Neugier an.

»Er hat ein Funkgerät darunter«, erklärte Castillo.

»Mr Castillo will einen Yukon zur Globemaster, jetzt sofort«, sagte D'Alessandro. Es folgte eine Pause. »Er hat mir nur gesagt, dass er jetzt einen Yukon hier haben will.«

D'Alessandro richtete sich auf und erklärte: »Ist auf dem Weg, Charley.«

»Jetzt sag ihnen, sie sollen Fernando Lopez suchen – er ist mein Cousin, der sich im VIP-Bereich aufhält, was sie wissen – und hierher bringen.«

D'Alessandro neigte sich wieder zum Mikrofon und wiederholte den Befehl. »Sie werden es tun«, sagte er dann.

Betsy Masterson blickte Castillo in die Augen.

»Mein Schwiegervater ist genau wie Jack, nicht wahr?«

»Ja, Ma'am, ich habe das Gleiche gedacht.«

»Ich nehme an, es liegt an den Genen«, sagte sie.

5

Estancia Shangri-La
Provinz Tacuarembó
República Oriental del Uruguay
25. Juli 2005, 23 Uhr 55

Jean-Paul Bertrand sah auf CNN die Zeremonie, die auf dem Luftwaffenstützpunkt Keesler stattfand.

Die machen wirklich eine Schau daraus, dachte er mit etwas angewiderter Bewunderung. Und dann dachte er: Und genau das ist es, eine Show. Jack wird erschossen, und sie tun, als sei er der Außenminister gewesen, dabei ist er nur Missionschef in einer drittklassigen Botschaft gewesen.

Der Präsident hat die Show zu seinem eigenen Nutzen arrangiert.

Jean-Paul bekam diesmal nicht nur Betsy und die Kinder, sondern ebenso seinen Vater und seine Mutter zu sehen. Eine Kamera schoss von weitem Fotos der Familie, die hinter dem Sarg herging, der langsam vom Flugzeug geholt wurde.

Daddy sieht prima aus, alt, aber prima, nicht wie jemand, der fast an einem Herzanfall gestorben wäre. Mom muss die Hände voll mit ihm zu tun haben. Jacks Vater sieht genau wie Jack aus, und ebenfalls der ältere Junge. Wie, zum Teufel, heißt er noch? Nennen sie ihn »junior« oder »den Dritten«?

Die Kameras waren auch auf die Tribüne gerichtet, als die Familie ihre Plätze neben dem Präsidenten einnahm. Der Präsident küsste Betsy nicht nur, sondern nahm sie auch mitfühlend und herzlich in die Arme.

Wenn das nicht dem Zweck dient, die ignoranten Wähler in eine empfängliche Stimmung für seine Rede zu versetzen, was soll dann die Gefühlsduselei?

Die Außenministerin umarmte und küsste Betsy ebenfalls, dann tat sie das Gleiche beim Botschafter, Mrs Lorimer und schließlich den Kindern.

Daddy hat wenigstens die Würde, ein wenig befremdet zu wirken.

Gott, wie ich diese arrogante kleine Nutte verabscheue. Sie ist fast so schlecht wie der Präsident!

»Meine amerikanischen Mitbürger«, begann der Präsident.

Jean-Paul Bertrand hätte fast den Fernseher ausgeschaltet, doch dann ließ ihn Neugier verharren.

»Ich bin heute Abend hier, um Ihnen zwei Botschaften zu überbringen. Eine ist von Ihnen. Die Amerikaner sprechen ihr tiefstes Beileid den Familien von J. Winslow Masterson und Sergeant Roger Markham, USMC, aus, die ihr Leben im Dienst der Vereinigten Staaten gaben. Die zweite Botschaft ist von mir«, fuhr der Präsident fort. »Sie ist an diejenigen gerichtet, die die feigen Morde an diesen beiden guten Männern begangen haben. Ich sage Ihnen, dass diese Verbrechen nicht ungestraft bleiben werden. Ich habe befohlen ...«

Jean-Paul Bertrand schaltete den Fernseher aus.

Es wäre schön gewesen, mehr von der Familie zu sehen, aber wenn der Preis dafür ist, diesen Mann anzuschauen, während er solchen Unsinn labert, ist er einfach zu hoch.

XIII

1

Penthouse C
Belle Vista Casino & Resort
U. S. Highway 90 (»The Magic Mile«)
Biloxi, Mississippi
25. Juli 2005, 22 Uhr 30

Als der dunkelblaue, fast schwarze GMC Yukon XL den hell beleuchteten Zufahrtsweg empor fuhr und vor dem Hotel hielt, wurde die Fahrertür von einem Portier geöffnet, der eine Uniform trug, die der eines Admirals der kaiserlich russischen Marine ähnelte.

»Willkommen im Belle Vista Casino und Resort«, sagte er. »Wie kann ich zu Diensten sein?«

»Sie können mir sagen, wo ich dieses Ding hier parke«, sagte der Fahrer.

»Wir haben einen Parkservice, Sir.«

»Nein«, sagte der Fahrer und zeigte dem Portier seinen Ausweis vom Secret Service. »Ich behalte die Kontrolle über das Fahrzeug. Und ich muss es in der Nähe haben, für den Fall, dass es eilig gebraucht wird.«

»Oh«, sagte der Portier. »Ist einer der Gentlemen Mr Costello?«

»Mein Name ist Castillo«, sagte Charley vom Rücksitz.

»Und Sie sind Mr Mastersons Gast, Sir?«

»Hm-hm.«

»Willkommen im Belle Vista Casino und Resort, Mr *Castillo*«, sagte der Portier und öffnete die hintere Tür. »Mr Threadgill, der Manager vom Dienst, wird sofort hier sein.«

Castillo und Fernando Lopez stiegen aus dem Yukon.

Fernando Lopez war ein gewaltiger Mann – über zwei Meter groß und 230 Pfund schwer – mit voller schwarzer Haarfülle und dunklem Teint. Er trug einen dunkelblauen Anzug, ein blaues Hemd mit weißem Kragen und rot gestreifter Krawatte und schwarze Westernstiefel aus Straußenleder.

»Wenn Sie eine Tasse Kaffee oder sonst was trinken wollen, können Sie das tun«, sagte Castillo zu dem Fahrer. »Ich denke, dies wird ungefähr eine Stunde dauern.«

Der Secret-Service-Agent nickte, sagte jedoch nichts.

Ein großer, dünner, elegant gekleideter Mann Ende vierzig kam zu ihnen.

»Mr Castillo?«, fragte er, und als Charley nickte, streckte er ihm die Hand hin. »Willkommen im Belle Vista Casino und Resort, Mr Castillo. Mein Name ist Edward Threadgill, und ich bin der Manager vom Dienst. Wenn Sie mir bitte folgen wollen?«

Er führte sie durch die Lobby. In einer Lounge an der Seite zeigten drei gewaltige Fernsehbildschirme, wie Air Force One auf eine Rollbahn zurollte.

Er stoppte vor einem Aufzug, zog etwas dramatisch eine Plastikkarte aus der Tasche und demonstrierte dann, wie die Karte die Aufzugtür aufschloss. Dann gab er die Karte Castillo.

»Er wird auch so eine brauchen«, sagte Castillo.

»Gewiss«, sagte Mr Threadgill, zog eine andere Plastikkarte hervor und reichte sie Fernando. »Bitte sehr, Sir. Und Sie sind, Sir …?«

»Mein Name ist Lopez«, sagte Fernando.

»Willkommen im Belle Vista Casino und Resort, Mr Lopez.«

»Danke.«

Threadgill wies zum Aufzug.

Der Aufzug kam herab, und dann öffneten sich die Türen zu einem großen Foyer. Threadgill führte sie zu einer der vier

Türen, die sich öffneten, schob die Plastikkarte durch ein anderes Lesegerät und forderte sie mit einer Geste auf, die Kabine zu betreten.

Penthouse C war eine große, elegant möblierte Suite. Threadgill drückte auf eine Taste, und Vorhänge glitten auf und gaben Fenster vom Boden bis zur Decke frei, die bei Tageslicht einen tollen Ausblick auf den Golf von Mexiko, auf den zuckerweißen Sandstrand und den Highway entlang der Küste bieten mussten. Jetzt glitzerten ein paar Lichter auf dem Wasser, und der U. S. 90 war ein ununterbrochener Strom von roten Rücklichtern Richtung Westen und weißen Scheinwerfern Richtung Osten.

Auf dem Couchtisch stand ein Obstkorb und daneben ein Kühler mit zwei Flaschen Champagner.

»Wenn Sie sonst noch etwas brauchen«, sagte Threadgill, »da sind Knöpfe in jedem Zimmer, mit denen Sie den Etagenkellner rufen können. Es gibt natürlich Zimmerservice von vierundzwanzig Uhr bis sieben.«

»Vielen Dank«, sagte Castillo.

»Kann ich sonst noch etwas für Sie tun, oder darf ich Sie allein lassen?«

»Mir fällt nichts ein, vielen Dank«, sagte Castillo.

Fernando wartete, bis Threadgill die Tür hinter sich geschlossen hatte, und sagte dann: »Wie ich dich kenne, Gringo, gibt es sicherlich einen sehr simplen Grund, warum wir hier in einer Suite sind, die normalerweise für schwer verlierende Bakkaratspieler reserviert wird.«

»Bakkaratspieler?«, fragte Castillo.

»Ja, dieser Platz ist das Welthauptquartier für Leute, die mal ein paar Tausender beim Bakkarat verlieren wollen. Wusstest du das nicht?«

Castillo schüttelte den Kopf.

»Was tun wir dann hier?«, fragte Fernando.

»Danke dafür, dass du mich nicht im Wagen gefragt hast«, sagte Castillo.

»Ist das die Antwort?«

»Mastersons Vater und ich müssen miteinander reden. Das können wir nicht auf seiner Farm tun – die er ›die Plantage‹ nennt –, weil der Vater der Witwe Probleme mit seiner Pumpe hat und wir ihn nicht aufregen wollen. Er hat mich hergeschickt.«

»Worüber müsst ihr reden? Warte. Ich formuliere es anders: Was, verdammt noch mal, ist denn los?«

»Kannst du warten, bis er hier ist? Dann muss ich nicht alles zweimal sagen. Er sollte jede Minute eintreffen, und ich brauche einen Drink.«

»Okay, ich könnte selbst einen kleinen Schluck brauchen«, sagte Fernando.

»Was hat der Knabe über einen Knopf gesagt, der den Zimmerkellner ruft?«

»Es muss eine Bar hier drin sein«, sagte Fernando.

Er ging zu einem Tastenbrett an der Wand und tippte auf Tasten. Eine davon sorgte dafür, dass sich ein Abschnitt der Wand verschob und eine kleine, aber gut bestückte Bar sichtbar wurde.

»Heureka, das Gold!«

Sie hatten gerade genug Zeit, um sich die Drinks einzuschenken und zuzuprosten, als Winslow Masterson in die Suite kam.

»Ich konnte nicht so schnell wegkommen, wie ich gehofft hatte«, sagte er, »aber man war bereit für Sie?«

»Ja, Sir«, sagte Castillo. »Ich habe mir die Freiheit genommen …«

»Sie sind meine Gäste«, unterbrach ihn Masterson. »Und ein Drink scheint mir völlig angemessen für diese Zeit.«

Er ging zur Bar und schenkte sich aus der Flasche Famous Grouse ein, die Fernando benutzt hatte.

»Die wirtschaftlichen Verhältnisse dieses Kasinos haben mich schon immer fasziniert«, sagte Masterson. »Gott allein weiß, wie viel es kostet, so etwas zu unterhalten, und da die Besitzer offensichtlich nicht aus Menschenfreundlichkeit handeln, muss das Motiv Profitstreben sein. Folglich kann man daraus schließen, dass ihre Gastfreundschaft nur denjenigen vorbehalten ist, die eine gewaltige Summe an Geld an den Spieltischen verloren haben – oder wahrscheinlich verlieren werden. Woher kommen solche Leute – und so viele?«

»Ich dachte gerade das Gleiche, Sir«, sagte Fernando.

»Verzeihen Sie, Sir, weil ich so ein unhöflicher Mensch bin und mich gar nicht vorgestellt habe. Ich bin Winslow Masterson.«

»Mein Name ist Lopez, Sir. Fernando Lopez.«

»Und Sie sind ein Westerner, Mr Lopez. Darf ich sagen, dass ich Ihre Stiefel bewundere?«

»Danke, Sir. Texaner, San Antonio«, sagte Fernando.

Masterson trank seinen Famous Grouse auf einen Zug und schenkte sich wieder ein.

»Mr Castillo sagte mir, dass Sie Cousins sind«, sagte Masterson.

»Jawohl, Sir.«

»Vor Jahren«, erzählte Masterson, »hatte ich einige Geschäftsbeziehungen mit einem außergewöhnlichen Partner in San Antonio, der Ihren Nachnamen hatte, Mr Lopez, und Ihren Vornamen, Mr Castillo, aber ich kann mir nicht denken …«

»Sie könnten von meinem – unserem – Großvater reden, Sir«, sagte Charley.

»Hatte Ihr Großvater einen prächtigen Santa-Gertruda-Bullen namens ›Lyndon J.‹?«

»Großvater war kein Bewunderer von Präsident Johnson«, sagte Fernando, »und Lyndon J., selbst als Kalb, produzierte eine Menge Scheiße. Als das Kalb also benannt wurde für die Registrierung ...«

»Das hat mir Ihr Großvater erzählt«, sagte Masterson lachend. »Was sagt man immer über die kleine Welt?«

Er macht Smalltalk, dachte Charlie. Er zögert es hinaus, sich anzuhören, was ihm nicht gefallen wird. Was soll ich tun? Ihn auf die Erde zurückholen, damit ich zu seiner Farm rausfahren kann?

Nein. Lassen wir das. Vic ist dort draußen. Die Mastersons sind sicher.

Wir haben soeben seinen Sohn in einem mit Flaggen geschmückten Sarg heimgebracht.

Lass Masterson tun, was immer er tun will.

»Ich war betrübt, zu hören, dass er verstorben ist«, sagte Masterson. »Ihnen und Ihrer Familie mein tiefstes Beileid.«

Dann wandte er sich um, ging zu den Panoramafenstern und blickte hinaus auf die funkelnden Lichter am Golf.

Nach langem Schweigen sagte Masterson mit dem Rücken zu ihnen: »Das Spielen gibt es hier an der Küste seit Jahrhunderten. Wussten Sie das?«

»Nein, Sir«, sagte Charley, »dass wusste ich nicht.«

»Nein, Sir«, fügte Fernando hinzu.

»Die allerersten Spieler waren die Freibeuter, die Piraten, die hier ihr Gewerbe ausübten«, fuhr Masterson fort. »Sie hatten die Sitte, um die schöneren der Frauen, die sie erbeutet hatten, zusammen mit Wertgegenständen von Schiffen, die sie beim Einfahren oder Verlassen des Mississippi abgefangen hatten, zu spielen.«

»Das wusste ich nicht«, sagte Fernando.

»So war es, muss ich annehmen, weil meine Frau ein bisschen vage ist, wenn wir über unsere Vorfahren sprechen. Es ist die eine Sache, ein wenig stolz darauf zu sein, freie Männer mit der Fahne von New Orleans vor dem Sezessionskrieg gehabt zu haben, und etwas ganz anderes, zu wissen, wie sie diesen Status erreicht haben.«

»Ich verstehe nicht ganz«, sagte Fernando.

Masterson trank einen tiefen Schluck Whisky und fuhr fort: »Nach der Schlacht von New Orleans wurde Jean Laffite aus seinen Diensten entlassen. Ebenso seine Offiziere und Männer. Die meisten davon blieben in Louisiana, doch einige – einschließlich ein notorischer Schurke, Captain Alois Hamele, und sein Sohn Captain François Hamele, ursprünglich aus Haiti und zuvor auf Kurs von Afrika – kamen hierher, wo das Land billiger war und es zahlreiche Buchten und Schlupfwinkel gab, wo Schiffe, deren Kapitäne ihre Frachten nicht durch den Zoll bringen wollten, ausgeladen werden konnten.

Captain – man benutzte in jenen Tagen den französischen Begriff *maître* – Hamele und sein Sohn – allgemein bekannt als die *fils de le Maître* – beschlossen, nachdem sie gehört hatten, dass Jean Laffite auf seine sündigen Pfade zurückgekehrt war, und weil sie wussten, dass die Behörden fast mit Sicherheit nach anderen begnadigten Freibeutern suchen würden, dass eine Änderung des Namens vielleicht ...«

»Ich weiß, worauf Sie hinauswollen«, sagte Charley, »Son of the Master? Masterson?«

Winslow Masterson drehte sich langsam am Fenster um und nickte lächelnd.

»Im Laufe der Jahre«, fuhr er fort, »erwarb die Familie Masterson ziemlich teuren Landbesitz in diesem Gebiet. Einer davon war hervorragendes Farmland, einer war Holzland und einiger, wie das Land, auf dem diese prächtige Spielhölle erbaut ist, war im Wesentlichen nutzloses Sumpfgebiet.«

»Und jetzt glaube ich zu wissen, worauf Sie hinauswollen«, sagte Fernando lächelnd.

»Vielleicht«, sagte Masterson und lächelte ebenfalls.

»Vor ungefähr fünfzehn Jahren kamen einige Gentlemen aus Las Vegas, um mit mir über einen Erwerb dieses Besitzes zu sprechen. Ich nehme an, dass sie enttäuscht waren, als sie feststellten, dass ich mein Land nicht barfuß hinter einem Maultier pflüge.«

Castillo und Fernando lachten.

»Und ich weiß, dass sie enttäuscht waren, als ich ihnen sagte, dass ich nicht an einem Verkauf des Besitzes interessiert war. Ich sagte ihnen nicht nur, dass ich es nicht mag, Besitz zu verkaufen, sondern in diesem Fall schaltete sich auch meine Frau ein. Sie ist der festen Überzeugung, dass Besitzer von Spielhöllen auf Kosten der Armen reich werden. Aber es stimmt, nehme ich an, dass jeder seinen Preis hat, und in diesem Fall näherten sich die Leute aus Las Vegas schließlich meinem Preis. Eine von meinem Standpunkt aus absurde Geldsumme. Und dieses Apartment lebenslänglich zusammen mit dem, was sie als ›volle Instandhaltung‹ bezeichnen, was bedeutet, dass ich nie für irgendetwas eine Rechnung bekomme. Ich habe den Verdacht, dass sie immer noch die Hoffnung haben, dass ich herkommen werde, zu viel von diesem Zeug trinke ...«, er hob sein Glas, »... und nach unten gehe und alles beim Würfeln verliere.«

Castillo und Lopez lachten.

»Hauptsächlich benutze ich es, um Besuch zu beherbergen, den ich lieber nicht bei mir zu Hause haben will«, sagte Masterson und nippte wieder an seinem Scotch. Nach einer Weile fügte er hinzu: »Meine Frau ist nie in diesem Gebäude gewesen.«

Masterson blickte einen Moment zwischen ihnen hin und her und trank dann sein Glas leer. Er stellte es behutsam auf die Bar und drehte sich zu Castillo um.

»Sehr gut«, sagte er. »Genug davon. Bitte erzählen Sie mir, Mr Castillo, wer meine Schwiegertochter entführte und meinen Sohn ermordete und warum. Und was ich tun kann, um seinen Tod zu rächen.«

»Jawohl, Sir«, sagte Castillo. »Ich werde Ihnen erzählen, was ich weiß, was nicht sehr viel ist. Als der Präsident erfuhr, dass Mrs Masterson verschwunden war und anscheinend entführt wurde, schickte er mich nach Buenos Aires ...«

»Und Sie haben nicht die geringste Ahnung, wer diese Leute sind?«, fragte Masterson, als Castillo geendet hatte.

»Nein, Sir, ich habe keine. Offenbar hat es etwas mit Mr Lorimer zu tun. So werde ich versuchen, ihn zu finden. Wenn es irgendetwas gibt, überhaupt irgendetwas, das mir Ihrer Meinung nach helfen könnte ...«

Masterson nickte nachdenklich.

»Hier gibt es eine Subkultur, Mr Castillo, von wohlhabenden Schwarzen, die ihre Ahnen bis zu den freien Männern unter der Totenkopfflagge zurückverfolgen können. Es ist einfach eine Sache, uns miteinander behaglicher zu fühlen, wenn wir zusammen sind, statt mit anderen Leuten.«

»Wir Texaner haben auch so etwas in San Antonio«, sagte Fernando.

Masterson dachte kurz darüber nach. »Ja, das würde ich sagen. Ihr Großvater erwähnte etwas, dass er Ahnen auf beiden Seiten hatte, die beim Alamo im Kampf gegen die Mexikaner starben. Ich weiß nichts über Texas, aber unsere ist eine ziemlich kleine Gemeinde. Wir sind hauptsächlich römisch-katholisch. Wir schicken unsere Töchter zu den Nonnen in New Orleans für ihre High-School-Erziehung, und unsere Söhne zu den Brüdern von Sankt Stanislaus hier in Mississippi.

Mein Sohn ging zu Sankt Stanislaus wie ich, mein Vater war dort und mein Großvater. Ebenfalls war Jean-Paul Lorimer auf Sankt Stanislaus wie sein Vater und – ich glaube es jedenfalls – sein Großvater. Jacks Mutter und Jean-Pauls Mutter hatten einander in der Blessed Heart of Jesus School in New Orleans kennen gelernt und sind dann aufs Spring Hill College in Mobile gegangen. Es war folglich fast zwangsläufig, dass Jack Betsy dort kennen lernte und sie sich verliebten, als sie Teenager waren.

Überraschend für die meisten von uns dauerte die Romanze an, als Jack zu einem Basketball-Stipendium an Notre Dame fortging. Zwei Wochen nach Jacks Promovierung heirateten sie, gegen den Willen beider Familien. Unsere einzigen Einwände waren, dass Betsy noch nicht ihr Studium beendet hatte – sie war ein Jahr jünger als Jack – und dass sie zu jung waren. Ihr Argument – dem wir uns schließlich fügten – war, dass sie wieder durch seine Karriere als Berufssportler getrennt sein würden.«

Er legte eine Pause ein und lächelte. »Betsy, da bin ich mir sicher, kannte die Geschichten über die heimlichen Sexaktivitäten der Celtics, und sie war entschlossen, Jack nicht an irgendein liebestolles – wie sagt man heute? – ›Basketball-Groupie‹ zu verlieren. Wenn Jack nach Boston gehen würde, dann würde sie das auch.«

Fernando und Castillo lachten.

»Und dann endete Jacks Karriere vorzeitig, als er von dem Bier-Truck angefahren wurde. Ich hoffte, er würde heimkommen, um für die Plantage zu arbeiten. Er sagte, das würde er am Tag, an dem ich meinen Ruhestand erkläre und nicht eher.

Der Botschafter schlug vor, dass er die Aufnahmeprüfung für den Auswärtigen Dienst machte, und wir alle hielten das für eine ausgezeichnete Idee. Die Welt wird, wie man so sagt, von Tag zu Tag kleiner, und wenn der Tag kommen würde, an dem ich bereit war, mich zur Ruhe zu setzen, würde Jack mehr Sprachen als Französisch und Englisch fließend sprechen, und die Früchte ihrer Vereinigung würden Erfahrungen sein, die sie nicht erleben würden, wenn sie hier zu den Nonnen und Brüdern gingen. Und, mit einer Ausnahme, bis diese Verbrechen geschahen, ihr Leben würde so gut verlaufen, wie meine Frau und ich und Botschafter und Mrs Lorimer es nicht besser hätten wünschen können. Diese Ausnahme war die Unstimmigkeit, die sich zwischen Jack und Jean-Paul Lorimer entwickelte.«

Castillo, der einen Schluck hatte trinken wollen, verharrte. »Worüber gab es eine Unstimmigkeit?«, fragte er.

»Zuerst dachten wir, es seien unterschiedliche politische Ansichten, doch bald erkannten wir, dass es fast mit Sicherheit mehr als das war. Es ging zurück auf ihre Tage auf Sankt Stanislaus und hatte andere Gründe.« Masterson legte eine Pause ein. »Was ich tue, würde meine Frau ›schmutzige Familienwäsche waschen‹ nennen. Aber Sie sagten, Sie wollen ›überhaupt irgendetwas‹ hören. Soll ich fortfahren?«

»Ja, Sir, bitte«, sagte Castillo.

»Kurz nachdem Jack zum auswärtigen Dienst ging, wurde er nach Paris versetzt. Meine Frau und ich fuhren hin, um ihn zu besuchen. Sie hatten eine Wohnung am Quai Anatole France – kennen Sie Paris, Mr Castillo?«

»Ja, Sir.«

»Ich kann ohne Führer vom Arc de Triumph zur Place de la Concorde gehen«, sagte Fernando.

»Vom Place de la Concorde gegenüber der Seine«, sagte Masterson, »gerade gegenüber dem Fluss gibt es eine Reihe von Wohnhäusern am Quai Anatole France. Wissen Sie, wo ich meine?«

»Jawohl, Sir«, sagte Fernando.

»Der Distrikt mit den hohen Mieten«, bemerkte Castillo.

Masterson nickte. »Und Jack und Betsy – die hochschwanger war – hatten sich in einem oberen Apartment in einem der teuersten Gebäude am Quai Anatole France eingemietet. Er war so neu im auswärtigen Dienst, dass Regierungswohnungen nicht verfügbar für ihn waren. Stattdessen erhielt er eine Mietzulage und musste sich selbst irgendwo eine Wohnung suchen.

Betsy und Jack fanden ein schönes Apartment, von dem aus man die Bateaux Mouches auf der Seine, den Place de la Concorde sehen konnte, und es war entsprechend teuer. Ich fragte Jack, ob es klug war, so zu protzen. Seine Antwort war, dass jeder wusste, wie unglaublich hoch seine Abfindung gewesen war, die man ihm gegeben hatte, und dass es scheinheilig wäre, so zu tun, als sei er finanziell nicht extrem gut drauf. Später in seiner Karriere wurde er diskreter.

Jedenfalls gaben er und Betsy eine Party für uns. Jean-Paul Lorimer war ebenfalls in Paris. Ein paar Monate zuvor hatte er im Außenministerium seinen Abschied genommen – später erfuhr ich, dass es kurz nachdem gewesen war, als er erfahren hatte, dass Jack nach Paris geschickt worden war – und war zu den UN gegangen. Als meine Frau erfuhr, dass er nicht zu der Party eingeladen war, weil er und Jack sich stritten, bestand Betsy darauf, dass er eingeladen wurde.

Ich bezweifle, dass Jean-Paul mehr als zehn Minuten in der Wohnung war, bevor er etwas sagte, das Jack als antiamerikanisch auffasste. Es wurde hässlich, sehr hässlich. Betsy war in Tränen aufgelöst. Kurz gesagt, Jack warf ihn – warf ihn buchstäblich – aus der Wohnung. Soweit ich das weiß, war es das letzte Mal, an dem sie einander jemals wiedergesehen haben.

Zuerst dachten wir, es sei eine Frage ihrer politischen Differenzen – Jacks Mutter sagte stets, dass Jack ein chauvinistischerer Patriot als Patrick Henry war –, aber nach einigem Nachdenken wurde uns klar, dass es bis auf Sankt Stanislaus zurückging.«

»Ich glaube, ich kann Ihnen nicht ganz folgen, Sir«, sagte Castillo.

»Das grünäugige Monster, Mr Castillo. Eifersucht«, sagte Masterson. »Jean-Paul ist drei Jahre älter als Jack. Sankt Stanislaus' Football-Mannschaft lässt zu wünschen übrig, aber sie hatten stets ein erstklassiges Basketball-Team. Jean-Paul verdiente sich erst einen Platz im Team, als er im letzten Schuljahr war. Jack schaffte es schon in der neunten Klasse. Mit anderen Worten, sie spielten zusammen. Jack wurde sofort der Star. Die Celtics – und andere – machten ihm das erste Angebot, als er noch auf Sankt Stanislaus war, und das taten sie nicht als Beitrag zur Jugendförderung.

Und dann kam das Stipendium von Notre Dame. Jean-Paul ging nach Spring Hill, wo er nicht in der Schulmannschaft zu spielen versuchte und wo seine akademische Karriere unspektakulär war. Jacks Fähigkeit auf dem Basketballplatz gab andererseits dem Begriff ›Schwarzer Ire‹ eine neue Bedeutung, und akademisch war er gut genug, um in die studentische Vereinigung hervorragender Akademiker aufgenommen zu werden.

Dann kam sein Vertrag für all dieses Geld von den Celtics, und kurz danach wurde er von dem Bier-Truck angefahren. Die enorme Abfindung, die er danach erhielt, verschlimmerte Jean-Pauls Abneigung, wie meiner Frau und mir klar wurde – aber nicht, möchte ich hastig hinzufügen, seinen Eltern –, die er gegen Jack hegte, weil wir viel besser dran waren als die Lorimers.

Jean-Paul folgte seinem Vater in den auswärtigen Dienst. Seine erste Verwendung war in Liberia. Als Jack in den auswärtigen Dienst ging, war seine erste Verwendung Paris. Ich erfuhr später, dass er glaubte, ich hätte etwas damit zu tun gehabt. Das war nicht der Fall, wenn ich das sagen muss.

Jean-Paul nahm seinen Abschied vom auswärtigen Dienst,

ging zu den Vereinten Nationen und wurde nach Paris geschickt. Wo er Jack und Betsy in der Wohnung am Quai Anatole France antraf.«

»Das ist ja ein Ding!«, sagte Castillo.

»Nachdem ich das erzählt habe, Mr Castillo«, fuhr Masterson fort, »kann ich nicht glauben, dass Jean-Paul vielleicht irgendetwas mit Jacks Ermordung zu tun hat. Ebenso wenig kann ich mir vorstellen, dass Jean-Paul in irgendetwas Illegales verwickelt ist. Er ist einer dieser Leute, die durch ihr Leben gehen und versuchen, die Regeln zu ihrem Vorteil zu verändern, aber einfach nicht den Mut haben – wenn das die richtige Bezeichnung ist –, um sie zu brechen.«

»Vielleicht sind Drogen darin verwickelt?«, überlegte Fernando. »Das ist ein mörderisches Geschäft.«

»Ich halte das für unmöglich, auch als entfernte Möglichkeit, Mr Lopez«, sagte Masterson. »Könnte es vielleicht etwas mit unserer Verwicklung im Irak zu tun haben?«

»Das halte ich für unwahrscheinlich«, sagte Castillo.

»Lassen Sie meiner Fantasie freien Lauf«, sagte Masterson. »Könnte es sein, dass Jean-Paul irgendwie die Israelis verärgert hat? Ihren Nachrichtendienst – Mossad? Irgendwas in dieser Art?«

»Der heißt Mossad«, bestätigte Castillo. »Ehemals das Institut für Nachrichtendienst und Spezialaufgaben.«

»Mossad hat einen gewissen Ruf als unbarmherzig«, sagte Masterson.

»Vielleicht.« Castillo sammelte seine Gedanken. »All diese Schützen – bei Mr Masterson, Sergeant Markham und Special Agent Schneider – feuerten in Israel hergestellte Neun-Millimeter-Munition.«

Warum hab ich das gesagt, ich Plappermaul?

»Ich hätte das nicht sagen sollen«, sagte er schnell. »Mein Gehirn hat nicht funktioniert. All das beweist, dass Israel viel

Munition herstellt. Es ist unwahrscheinlich, dass Mossads Special-Task-Schützen bei einem solchen Job nachweisbare Munition benutzen würden.«

»Vielleicht nicht«, räumte Masterson ein. »Aber wenn ich darüber nachdenke, glaube ich nicht, dass man eine israelische Beteiligung völlig außer Acht lassen sollte.«

»Andererseits«, fuhr Castillo nachdenklich fort, »da so viele israelische Munition im Umlauf ist, so leicht verfügbar, würde der Mossad sie vielleicht benutzen. Warum nicht?«

»Was anscheinend direkt auf Jean-Paul Lorimer und seine Verbindungen zu den Franzosen zurückführt«, sagte Masterson, »als der Schlüssel dazu.«

»Ja, Sir, so sieht es aus. Mit etwas Glück sollte ich morgen in Paris sein, bevor die Botschaft schließt. Nicht, dass das Schließen der Botschaft zählt. Der CIA-Stationsleiter wird seinen *cinq à sept* aufgeben müssen.«

Masterson lachte. »Sie sind in Paris gewesen, nicht wahr?«

»Jawohl, Sir.«

»Was, zur Hölle, ist eine *sänk* – was immer du gesagt hast?«, fragte Fernando.

»Man könnte es ›Erholung auf dem Heimweg vom Büro‹ nennen«, sagte Castillo, und Masterson lachte von Neuem. »Es heißt fünf vor sieben. Etwas wie ein ›noonie‹ in den Vereinigten Staaten.«

Fernando schüttelte den Kopf. Masterson lachte wieder.

»Wie gut kannten Sie meinen Sohn, Mr Castillo?«

»Nicht gut«, sagte Castillo. »Aber mir gefiel, was ich sah.«

»Und das erklärt Ihre Begeisterung, seine Mörder zu finden?«

»Das ist ein Teil davon, Sir. Der andere Teil ist persönlicher Natur. Ich will ebenfalls wirklich die Leute finden, die auf Special Agent Schneider und Sergeant Markham geschossen haben.«

»Meinen Sie, der Rest der Regierung teilt Ihren Enthusiasmus?«

»Das weiß ich nicht, Sir, aber ich erwarte Kooperation.«

»Ich dachte, vielleicht könnten andere, höhere Prioritäten im Spiel sein«, sagte Masterson. »Oder wenn Sie den Stein herumdrehen, könnten vielleicht Würmer darunter entweichen, die bisher versteckt geblieben sind. Vielleicht im nationalen Interesse.«

»Als ich vorhin mit dem Präsidenten in Air Force One war, Mr Masterson, befahl er Botschafter Montvale, dem Direktor des Nationalen Nachrichtendienstes, und der Außenministerin, mir alles zu geben, um das ich bitte, und ich habe vor, das FBI und die DIA und die DEA, das Bureau of Intelligence and Research des Außenministeriums und das Postministerium und das Department of Agriculture und alle sonst zu bitten, die eine Verbindung mit ihm haben könnten.«

»Meinen Sie, eine Belohnung für Informationen, angeboten entweder öffentlich oder privat, würde nützlich sein?«

»Ich bezweifle, dass das nötig sein wird, Sir.«

»Bitte behalten Sie das im Sinn, Mr Castillo, ich bin bereit, wenn ...«

»Ich weiß das zu schätzen, Sir, und ich werde daran denken.«

»Gibt es sonst etwas, was Sie mir erzählen möchten?«

»Mir fällt nichts sonst ein, Sir.«

»Dann sollten wir vielleicht zur Plantage rausfahren, bevor unser Fehlen wirklich Aufmerksamkeit erregt.«

»Sir, was die Plantage anbetrifft«, sagte Castillo, »so möchte ich wirklich als Erstes am Morgen dorthin, und wir müssen daran denken, dass wir Fernando zurück nach San Antonio ...«

»Fernando wird nicht nach San Antonio zurückfliegen«, unterbrach Fernando. »Fernando wollte schon immer mitten im Sommer nach Paris fliegen. Jemand hat mal Fernando erzählt, dass man im Juli keinen Franzosen in Paris findet. Man stelle sich vor, all diese Schönheiten und kein Franzose!«

Masterson lachte. »Sie klingen wie mein Sohn, Mr Lopez.« Er wandte sich an Castillo. »Ich wünschte wirklich, Sie würden die Nacht auf der Plantage verbringen, und wenn aus keinem anderen Grund, dass Betsy sich freuen würde, wenn sie sieht, dass ich ihr Vertrauen in Sie teile.«

Allmächtiger!

»Ich kann nur hoffen, Sir, dass ihr Vertrauen und Ihres in mich berechtigt ist.«

Was fast gewiss nicht der Fall sein wird.

2

Pope Air Force Base, North Carolina
26. Juli 2005, 7 Uhr 15

»Pope Anflugkontrolle, Lear Five-Zero-Seven-Five«, sagte Colonel Jake Torine in sein Kehlkopfmikrofon.

»Lear Five-Zero-Seven-Five, Pope.«

»Pope, Seven-Five. Haben Sie uns auf dem Radar?«

»Positiv, Seven-Five.«

»Geschätzte Ankunftszeit in sieben Minuten. Erbitte Anflug- und Landegenehmigung.«

»Lear Five-Zero-Seven-Five, ich informiere Sie, dass Pope für Zivilverkehr geschlossen ist.«

Colonel Torine blickte zu Major C. G. Castillo, der auf dem linken Sitz saß.

»Was jetzt, o Captain, mein Captain?«, fragte er.

»Ich dachte, wir sind freigegeben«, sagte Castillo.

»Immer überprüfen«, sagte Torine. »Schreiben Sie sich das auf, Charley.«

»Ihr Jungs seid nicht sehr gut in diesen Dingen, nicht wahr?«, fragte Fernando, der zwischen den Sitzen kniete, in unschuldigem Tonfall, und Major Castillo zeigte ihm daraufhin den Stinkefinger.

Colonel Torine schaltete auf SENDEN.

»Pope, Seven-Five hat die Landegenehmigung auf Pope. Prüfen Sie das auf seine Richtigkeit, indem Sie Kontakt mit Lieutenant General McNab beim Special Operations Command aufnehmen.«

»Seven-Five, wir haben keine Eintragung für eine Genehmigung ...«

»Und während Sie das tun, geben Sie uns bitte die Anflug- und Landegenehmigung. Dies ist Colonel Jacob Torine, USAF. Bitte bestätigen.«

Es erwies ich als unmöglich für den Flugplatz-Offizier vom Dienst, Major Peter Dennis, USAF, sofort jemanden auf dem Luftwaffenstützpunkt zu finden, der bestätigen konnte, dass Lear Five-Zero-Seven-Five eine Landegenehmigung hatte oder nicht. Ebenso wenig konnte er sofort Kontakt mit General McNab herstellen.

Mit großem Widerwillen, aber weil er keine Alternative sah, telefonierte Major Dennis mit Major General Oscar J. Winters, USAF, Popes befehlshabendem General, in seinem Quartier, wo der General frühstückte, und erklärte, was los war.

Major General Winters war sich voll bewusst, das Paragraf eins der Aufgabenliste der Pope Air Force Base damit anfing, dass Pope da war, um Fort Bragg und die darin stationierten bedeutenden Army-Einheiten zu unterstützen. Außerdem wusste er, dass Lieutenant General Bruce J. McNab, U. S. Army, die Mützen sowohl des Kommandeurs des XVIII Airborne Corps als auch des Kommandeurs des U. S. Army Special Operations Command trug und daher auch die Befehlsgewalt über die 82nd Airborne Division (unter dem XVIII Airborne Corps) und der U. S. Army Special Warfare School (unter dem Kommando der Special Operations) hatte.

Ihm waren auch General »Scotty« McNabs wohlverdienter Ruf als unorthodoxer Mann und sein legendäres Temperament bekannt. Und da war, wie General Winters wusste, ein Offizier der Air Force, ein Colonel namens Jacob Torine. Er hatte keine Ahnung, warum Torine einen zivilen Bombardier/Learjet 45XR fliegen würde.

Weise Major Generals, ob bei Air Force oder Army, bemühten sich sehr, nicht unvernünftig zu sein und Lieutenant Generals ihrer eigenen Einheit oder einer anderen gegen sich aufzubringen.

General Winters befahl Major Dennis, Lear Five-Zero-Seven-Five die Landegenehmigung zu erteilen, doch mit dem Vorbehalt, dass sie auf der Rollbahn halten musste, wo zwei Humvees der Sicherheitskräfte mit MGs Kaliber .50 auf sie warten würden, darauf vorbereitet, sie unter Feuer zu nehmen, sollte sich herausstellen, dass der schnittige und glänzend weiße zivile Jet eine Art fliegendes trojanisches Pferd war.

»Ich werde gleich dort sein, Major«, sagte General Winters.

In seinem blauen Dodge Caravan der Air Force schaffte General Winters es auf dem Weg zum Abfertigungsgebäude des Flughafens, General McNab mit seinem Handy zu erreichen.

»General McNab«, sagte er, »wir haben soeben erfahren, dass ein ziviler Learjet auf Pope landen wird, geflogen von jemandem, der behauptet, Colonel Jacob Torine, USAF, zu sein, und Sie könnten seine Landeerlaubnis bestätigen. Ich bin auf dem Weg zum Flugplatz.«

General McNabs Antwort war kurz und bündig. »Nun, dann sollte ich auch hinfahren. Danke, Oscar. Wir sehen uns dort.«

Der Bombardier/Learjet 45XR hatte ungefähr zehn Minuten auf der Rollbahn neben dem Ende der Start- und Landebahn gestanden, als Lieutenant General McNab und Major General Winters persönlich dort erschienen.

General McNab fuhr voran, stand auf dem Beifahrersitz eines Humvees der Army. Er war ein kleiner, muskulöser Mann mit rötlichem Gesicht und buschigem roten Schnurrbart, der eine Wüsten-Tarnuniform, Fliegersonnenbrille und ein Green Beret trug. General Winters folgte in seinem Caravan und trug eine Uniform Class A.

Als der Humvee ungefähr zehn Meter vor dem Lear stoppte, sprang General McNab behände zu Boden und ging zu dem Lear, wo er, die Hände auf den Hüften, mit dem arroganten Selbstvertrauen eines General George S. Patton zum Cockpit hinaufblickte. Ein sehr großer und muskulöser Captain, ähnlich unformiert, stieg aus dem Humvee und nahm eine Position gleich hinter General McNab ein.

Major General Winters und Major Dennis entstiegen dem Caravan und marschierten zu General McNab und dem Captain der Green Berets.

Die Tür des Lears öffnete sich, und Colonel Torine und Major Castillo, beide mit Anzug und Krawatte, gingen von Bord. Jeder salutierte schneidig, was Major Dennis beruhigte, denn wenn sie keine Militärs wären, hätten sie nicht so gegrüßt.

»Guten Morgen, Sir«, sagten Torine und Castillo fast im Chor.

General Winters erwiderte den Gruß zackig, General McNab mit einer lässigen Geste in Richtung Kopf.

»Ich muss bekennen, Oscar«, sagte General McNab, »dass diese beiden mir gut bekannt sind und dass der wirklich Hässliche tatsächlich Colonel Jake Torine ist.«

McNab schaute Torine an und sagte: »Ich wusste, dass man einen alten Mann wie Sie nicht länger große Flugzeuge fliegen lässt.« Er sah Castillo an. »Und Major Castillo wagt es, sich wieder bei mir sehen zu lassen.«

General McNab wandte sich an General Winters.

»Immer wenn ich denke, dass Captain Walsh der schlechteste Adjutant ist, den ich jemals gehabt habe, Oscar, fällt mir Major Castillo in dieser Rolle ein, und mir wird klar, dass ich mich irre. Castillo hat sich diesen Rang für die Ewigkeit verdient.«

Captain Walsh lächelte kopfschüttelnd.

»Ich habe keine Ahnung, warum es hier keine Akte mit Ihrer garantierten Landegenehmigung gibt. Ich wurde über Ihr Kommen informiert. So bin ich gezwungen, zu schließen, dass entweder CentCom oder die Air Force wieder Mist gebaut haben, da beide dafür beklagenswert berühmt sind.«

»Ich werde mich darum kümmern, General«, sagte Winters.

»Wenn Sie nicht beleidigt sind, Oscar, gebe ich Ihnen den Rat, keine schlafenden Hunde zu wecken.«

»Ich bin nicht beleidigt, General.«

»Wäre es möglich, dieses Flugzeug irgendwohin schleppen zu lassen, wo sie bequem wieder darin einsteigen könnten, nachdem wir gefrühstückt haben?«

»Gewiss, Sir. Colonel, müssen Sie tanken?«

»Nein, Sir. Wir haben genug Sprit«, sagte Torine.

»Castillo hat wieder einmal seine bemerkenswerte Fähigkeit demonstriert, zur falschen Zeit anzukommen, indem er hier eintraf, gerade als Walsh und ich unsere Fünf-Meilen-Jogging-Runde zum Wachwerden um den Smoke Bomb Hill beendet haben«, sagte General McNab. »Ich brauche nach den fünf Meilen sofort Nahrung. Sonst werde ich schlecht gelaunt, wie mir meine Frau vorwirft.«

»Ich verstehe, General«, sagte Winters.

Fernando erschien an der Tür des Lears.

»Kann ich aussteigen, ohne dass man mich umlegt?«, fragte er.

»Aha. Wenn ich mich nicht irre, ist das der Besitzer des Flugzeugs. Sie werden dies nicht glauben, Oscar, aber er war einst ein ziemlich kompetenter Captain der Panzertruppen.«

»Wie geht es Ihnen, General?«, fragte Fernando.

»Sehr gut, Fernando, für einen alten Mann mit all dieser schrecklichen Verantwortung, die schwer auf meinen überladenen Schultern lastet. Könnten Sie etwas Nahrung brauchen?«

»Ja, Sir, das könnte ich.«

»Ich werde die Maschine zum Abfertigungsgebäude schleppen lassen«, sagte General Winters.

»Danke, Sir«, erwiderte Torine.

»Danke, Oscar«, sagte General McNab und forderte Castillo, Torine und Lopez mit einer Geste auf, in den Humvee zu steigen.

Eine kleine Schlange wartete in dem, was die Army jetzt die »Essenseinrichtung« – früher »Kantine« – des 1. Bataillons des 504th Infantry Regiment nannte, darauf, abgefüttert zu werden, als McNabs Humvee draußen vorfuhr.

Alle stiegen aus dem Humvee aus und gingen zum Ende der Schlange.

Eine der Prinzipien der Führung, die Castillo gelernt hatte, als er Second Lieutenant gewesen war, Adjutant des damaligen Brigadier General McNab, war, dass die Qualität des Essens einer der wichtigsten Fakten für die Moral der Truppe war. Und dass es ein guter Weg war, sicherzustellen, dass jederzeit hochwertiges Essen serviert wurde, indem ranghohe Offiziere unangemeldet in eine zufällig ausgewählte Kantine gingen und das aßen, was den einfachen Soldaten serviert wurde.

General McNab zückte seine Brieftasche und zahlte das Frühstück für jeden außer dem Fahrer, einem unverheirateten Sergeant, der in der Kaserne wohnte und eine Essensmarke hatte, und sie stellten sich unter Beobachtung des sichtlich nervösen Messe-Sergeants an, der McNabs legendären Jähzorn kannte und wusste, dass er oftmals ausgelöst wurde, wenn das Essen nicht seinen Erwartungen entsprach.

Das Essen – es gab ein großes Sortiment zur Auswahl – war gut. McNab wartete, bis alle fertig waren, schenkte sich noch eine Tasse Kaffee ein und reichte Castillo ein Blatt Fernschreibpapier.

»Wenn Sie Mühe mit den großen Worten haben, Charles, werde ich sie Ihnen gern erklären«, sagte er.

Castillo las die Botschaft.

TOP SECRET PRESIDENTIAL
OPERATIONAL IMMEDIATE
0205 27 JULY 2005

FROM: COMMANDER IN CHIEF
CENTCOM
MCDILL AF BASE
TAMPA FLA

TO: COMMANDING GENERAL
XVIII AIRBORNE CORPS/SPECIAL OPERATIONS COMMAND
FORT BRAGG NC
EYES ONLY LT GEN B. J. MCNAB

COPIES TO SEC DEFENSE WASHINGTON DC
EYES ONLY SEC HALL
SEC STATE WASHINGTON DC
EYES ONLY SEC COHEN

SEC HOMELAND SEC
EYES ONLY SEC HALL

DIR OF NATIONAL INTEL
WASHINGTON DC
EYES ONLY DIR MONTVALE

Bestätigung der mündlichen Befehle vom 26. Juli 2005 des Präsidenten an den Unterzeichner und Telekonferenz zwischen General Naylor und Lieutenant General McNab 2305 26. Juli 2005

Auf Befehl des Präsidenten:

Der Kommandeur XVIII Airborne Corps/Special Operations wird sofort solches Personal und Ausrüstung verfügbar machen, die von C. G. Castillo, Chief Office of Organizational Analysis, Department of Homeland Security, angefordert wird.

Jede Unfähigkeit, Personal oder Ausrüstung zur Verfügung zu stellen, wird dem Oberbefehlshaber CentCom Eyes Only General Naylor auf schnellstmöglichem Wege, vorzugsweise gesichertes Telefon, gemeldet werden.

NAYLOR, GENERAL, US ARMY
CINC CENTCOM

TOP SECRET PRESIDENTIAL

Castillo reichte die Botschaft an Torine, der sie las und dann McNab zurückgab, der sie faltete und einsteckte.

»Also sagen Sie mir, Chief«, sagte McNab, »was fordern Sie außer den drei Funkgeräten und Bedienern, die General Naylor gestern bei mir erwähnt hat, bei mir an?«

»Das ist ungefähr alles«, erwiderte Castillo.

»Ich habe zwei weitere Fragen, Chief«, sagte McNab, »wenn ich sie stellen darf.«

»Nur zu, Sir.«

»Danke, Chief. Erstens, wann bekomme ich Vic D'Alessandro und meine vierundzwanzig Schützen aus Mississippi zurück? General Naylor sagte, diese Entscheidung liegt bei Ihnen.«

»Sir, sobald die Sicherheitsmaßnahmen zum Schutz der Mastersons getroffen werden können. Ich arbeite jetzt daran.«

»Wird es als eine weitere Frage zählen, Chief, wenn ich Sie bitte, mir diese Sicherheitsmaßnahmen zu nennen?«

»Sobald ich nach Washington komme, Sir, werde ich China Post anrufen und feststellen, wer verfügbar ist.«

»Was, zum Teufel, ist das?«, fragte Fernando.

»Einige behaupten, Fernando«, erklärte McNab, »dass China Post Nummer eins im Exil der Amerikanischen Legion – Ihr Cousin und ich sind Mitglieder – ein Stellenvermittlungsbüro für ehemalige und/oder pensionierte Special Operators ist, die eine mehr oder weniger ehrliche zivile Beschäftigung suchen.« Er wandte sich an Castillo. »Wenn Sie möchten, Charley – Verzeihung, *Chief* –, werde ich China Post informieren und ihnen sagen, dass Sie anrufen.«

»Das wäre großartig, Sir. Vielen Dank.«

»Es würde vielleicht helfen, wenn ich ihnen versichern könnte, dass die Entschädigung ihren Fähigkeiten entsprechen würde.«

»Geld ist kein Problem, Sir.«

McNab nickte.

»Frage zwei«, fuhr er fort. »Was, zum Teufel, ist los?«

»Gestern, Sir, sofort nach der Landung, erzählte mir Mrs Masterson von den Schurken, die sie entführten und Mr Masterson ermordeten ...«

»Sie werden also versuchen, diesen Lorimer zu finden?«, fragte McNab, als Castillo geendet hatte.

»Jawohl, Sir. Mit etwas Glück werde ich heute am späten Nachmittag in Paris sein.«

McNab schwieg einen Moment und schien nachzudenken.

»Sie wollen zwei Funkgeräte und Bediener mitnehmen, richtig?«

»Jawohl, Sir.«

»Al?«, wandte sich McNab an Captain Walsh.

»Sir, sie werden bei der Abfertigung sein, wenn wir dort rübergehen«, sagte Walsh.

»Das Beste, was wir in punkto Funkgerät für Buenos Aires tun können, ist, dass wir dafür sorgen, dass der Operator heute Abend den Flug 2310 der American Airlines von Miami aus erwischt. Dann wird er um sechs Uhr zwanzig ihrer Zeit morgen früh dort sein. Das Funkgerät selbst stellt uns vor kein Problem. Ich will es nicht durch den argentinischen Zoll schicken, und nicht nur, weil ich mir nicht sicher bin, ob wir es durchbekommen, und so rief ich Ministerin Cohen an, als sie noch in Air Force One auf dem Rückflug nach Washington war. Sie versprach, jemanden in Miami die entsprechenden diplomatischen Aufkleber daran anbringen zu lassen, damit es ungeöffnet durch den Zoll kommt – es ist adressiert an den Botschafter –, aber das könnte nicht so glatt laufen, wie wir das möchten. Ich habe kein großes Vertrauen in das Außenministerium.«

»Wenn ich nach Washington komme, werde ich in Argentinien anrufen und den Botschafter informieren, dass es ankommt.«

»Ist er in Ordnung? Weiß er, was Sie vorhaben, und wird es für sich behalten?«

»Er ist erstklassig, und Alex Darby – erinnern Sie sich an ihn?«

»Der Stationsleiter in Zaranj?«

Castillo nickte. »Er ist dort unten. Ich hatte ihn nicht wiedererkannt, aber er erinnerte sich an mich. Er ist ein guter Mann. Er wird wissen, wie er das Funkgerät durch den Zoll bekommt und was damit zu tun ist.«

»Ist sonst noch jemand dort, den Sie einsetzen können, wenn Sie Schützen brauchen?«, fragte McNab, und als er den überraschten Ausdruck auf Castillos Gesicht sah, fuhr er fort: »Wir können Leute dort reinbringen, Charley, schwarz, aber wenn Sie sie auf die Schnelle brauchen, werden wir sie einfliegen müssen. Das bedeutet entweder mit unserer C-22, passend aufgemacht als eine Air Paraguay oder eine 727 – und das ist eine *lange* Stecke für dieses Flugzeug – oder mit einer Globemaster III, die zwar die Reichweite hat, aber schwerer zu verstecken wäre.«

»Ich habe nicht mal an Schützen dort unten gedacht«, bekannte Castillo. »Ich sehe auch nicht, wo ich sie benötigen werde. Aber wenn es dazu käme, ja, da sind Leute, die ich einsetzen könnte. Da sind ein Junge vom Secret Service und ein DEA-Agent. Im Notfall könnte ich vielleicht einige der Wachsoldaten vom Marine-Corps einsetzen.«

»Um sicherzugehen, wie wäre es, wenn ich eine weitere Kiste unter diplomatischer Deckung dort runterschicken würde? Waffen, Nachtsichtbrillen, einige Flash-bangs et cetera? Genug für, sagen wir mal, sechs Schützen?«

»Jawohl, Sir. Das wäre eine sehr gute Idee. Es ist mir wirklich peinlich, dass ich nicht daran gedacht habe.«

»Obwohl Sie zu Füßen des Meisters gelernt haben, Charley, erwartet der Meister nun wirklich nicht, dass Sie perfekt sind«, sagte McNab.

»Colonel«, wandte sich Castillo an Torine, »wie würde sich das Gewicht von dem, was der General erwähnt hat, auf unserem Flug über den Großen Teich auswirken?«

Torine dachte sorgfältig über die Frage nach.

»Das ist eine Kiste, die, sagen wir mal, ungefähr dreihundert Pfund wiegen würde?«

»Das Zeug ist in zwei Säcken in der Kiste«, sagte Captain Walsh. »Gesamtgewicht dreihundertzwanzig Pfund. Nicht viel Munition. Wir sagten uns, die bekommen Sie dort. Ziehen wir zwanzig Pfund für die Kiste ab, dann sind wir genau auf dreihundert.«

»Weitere dreihundert Pfund ändern nicht viel, Charley«, sagte Torine.

»Was ist, wenn jemand neugierig wird und fragt, was in dem Lear drin ist?«

»Der Zoll überprüft selten die Fracht eines Flugzeugs, wenn man nicht versucht, sie auszuladen«, erwiderte Torine.

»Sie wollen die Sachen jetzt mitnehmen?«, fragte McNab.

»Nein, Sir. Ich habe mit dem Gedanken gespielt, aber ich halte es für keine gute Idee. Ich bezweifle, dass es das Risiko wert ist, mit einem halben Dutzend Car 4 geschnappt zu werden.«

»Okay, geht das also als Diplomatengepäck«, sagte McNab. »Sonst noch etwas?«

»Nein, Sir. Mir fällt nichts ein.«

»Okay«, sagte McNab. »So werden wir's machen.« Er wandte sich an Captain Walsh. »Holen Sie den Messe-Sergeant.«

Der Sergeant kam schnell an den Tisch.

McNab stand auf. Alle folgten seinem Beispiel.

»Ja, Sir?«, fragte der Sergeant, bemüht, seine Nervosität zu verbergen. »War alles in Ordnung, Sir?«

»Sie sehen aus, als wären Sie schon eine Weile bei der Army ...«, begann McNab.

»Jawohl, Sir. Ich arbeite seit sechzehn Jahren bei der Army.«

»Ich will eine ehrliche Antwort. Finden Sie es besser, wenn all diese Zivilisten kochen, was GIs und KPs zu tun pflegten? Oder vermissen Sie die alten Tage?«

»General, ich finde wirklich das Essen jetzt besser. Aber manchmal wünsche ich, ich könnte mit einigen dieser Zivilisten am Herd so zaubern, wie ich das mit Köchen in der alten Army konnte.«

»Sergeant, wir alle sehnen uns nach der alten Army«, sagte McNab. »Aber das war ein erstklassiges Frühstück, das Sie uns serviert haben, und Sie können stolz darauf sein.«

»Jawohl, Sir. Danke, Sir.«

»Okay«, sagte McNab, gab dem Sergeant die Hand und wandte sich dann an die anderen. »Okay, ihr Clowns, schaltet eure Ärsche in den nächsten Gang und steigt in den gottverdammten Wagen!« Er wandte sich wieder an den Messe-Sergeant. »Oh, wie ich die alte Army vermisse!«

Der Messe-Sergeant – jetzt bekannt als der Supervisor der Speiseeinrichtung – lächelte breit und folgte ihnen hinaus aus der Esseneinrichtung.

3

Bei Richmond, Virginia
26. Juli 2005, 8 Uhr 40

»Washington Center«, sagte Fernando Lopez – jetzt auf dem rechten Sitz – in sein Kehlkopfmikrofon. »Lear Five-Zero-Seven-Five im Anflug auf Reagan National. Wir haben Sondergenehmigung Sechs-Strich-A-Strich-zwei-sieben. Geschätzte Ankunftszeit Reagan in zehn Minuten.«

»Lear Seven-Five, Ihr Landeanflug ist genehmigt. Beginnen Sie jetzt mit dem Sinkflug auf fünftausend Fuß. Melden Sie sich bei der Reagan Landekontrolle auf 122,7.«

»Danke, Washington Center«, sagte Fernando und wechselte die Frequenz. »Reagan Landekontrolle. Lear Five-Zero-Seven-Five.«

»Seven-Five, Reagan. Wir haben Sie auf dem Radar. Behalten Sie gegenwärtigen Kurs, Geschwindigkeit und Sinkflugrate. Melden Sie sich auf fünftausend Fuß.«

»Reagan, Seven-Five verstanden Geschwindigkeit, gegenwärtigen Kurs und Sinkflugrate behalten und bei fünftausend Fuß melden.«

Fernando wandte sich an Torine, der auf dem Pilotensitz saß – Castillo kniete jetzt zwischen ihnen – und kündigte an: »Und jetzt, Gentlemen, zeige ich euch, was ein richtiger Pilot macht. Er ruft jemand Bedeutenden in Washington an und stellt sicher, dass er eine Landegenehmigung hat, bevor er ...«

»Lear Seven-Five, Reagan Anflugkontrolle.«

»Was jetzt?«, fragte sich Fernando laut.

»Wir haben eine Redensart bei der Air Force, Fernando«, sagte Torine. »Zählt nicht die Hühner, bevor ihr die Eier habt.«

»Reagan, Seven-Five«, antwortete Fernando, nachdem er den Knopf für Senden gedrückt hatte.

»Seven-Five, Anflug-Information. Ich informiere Sie, dass U. S. Air Force C-37A Hecknummer Zero-Four-Seven – das ist eine Gulfstream – in den Luftraum der Vereinigten Staaten fliegt.«

Castillo sah plötzlich vor seinem geistigen Auge Special Agent Schneider, eingehüllt in weiße Laken und Verbände, die auf dem Krankenbett in der Gulfstream lag. Seine Kehle war plötzlich trocken, und seine Augen tränten. Er drehte den Kopf weg, damit niemand es sah.

»Reagan«, sagte Fernando, »Five-Zero-Seven-Five nimmt die Anfluginformation zur Kenntnis. Seven-Five ist auf fünftausend. Ich habe den Flugplatz in Sicht.«

»Lear Seven-Five, wechseln Sie jetzt zu Reagan Tower, 119,1.«

»Lear Seven-Five, Roger.«

Fernando wechselte die Frequenz. »Reagan Tower, Lear Seven-Five, over.«

»Reagan National erteilt Lear Five-Zero-Seven-Five Landegenehmigung als Nummer zwei nach der Delta 737.«

XIV

1

Büro des Ministers
Heimatschutzministerium
Nebraska-Avenue-Komplex
Washington, D. C.
26. Juli 2005, 9 Uhr 25

Major H. Richard Miller junior saß hinter Major C. G. Castillos Schreibtisch, als Castillo, Torine und Lopez eintraten. Miller trug Zivilkleidung, einen einreihigen anthrazitfarbenen Anzug. Sein linkes Bein steckte von den Zehen bis über sein Knie in einem dicken weißen Gipsverband. Die Zehen ragten aus dem vergipsten Fuß heraus, der auf dem Schreibtisch ruhte.

»Verzeih mir, dass ich nicht aufstehe«, sagte Miller. »Ich versuche ehrlich, demütig zu sein, aber das ist sehr schwer für jemanden mit meiner Behinderung.«

Castillo nickte ihm zu. »Was macht das Bein?«

»Lass mich erst eine Frage stellen«, sagte Miller. »Darf ich zu hoffen wagen, dass ich die Ehre habe, in irgendeiner bescheidenen Tätigkeit dem Office of Organizational Analysis zu dienen?«

»Warum nicht?«, erwiderte Castillo.

»In diesem Fall, Chief«, sagte Miller. »Wie sieht es aus? Ich bin fast fit, um die vierhundert Meter Hürden zu laufen.«

»Wir sollten ihn festhalten Colonel«, sagte Castillo zu Torine, »und ihm diese hässlichen Zehennägel knallrot lackieren und uns dann anhören, wenn er uns zu erklären versucht, dass er in Wirklichkeit Mädchen mag.«

»Da wir gerade vom zarten Geschlecht reden«, sagte Miller. »Jack Britton hat vor zehn Minuten aus MacDill angerufen. Er sagte, die Gulfstream sei vor etwa fünf Minuten nach Philadelphia gestartet. Zitat Anfang, Betty ruht behaglich, und der Pilot schätzt die Ankunftszeit in Philadelphia auf halb zwölf, Zitat Ende.«

Miller sah Castillos Miene, und als er wieder sprach, war sein Tonfall der eines besorgten Freundes. »Dies tut mir wirklich leid, Charley.«

Castillo nickte.

»Ich habe mit Tom McGuire gesprochen«, fuhr Miller fort, »und er arrangiert, dass die Maschine mit einer angemessenen Delegation vom Secret Service empfangen wird.«

Castillo nickte abermals und fragte dann: »Wie hast du von Office of Organizational Analysis erfahren?«

»Minister Hall zeigte es mir und Mrs Forbison, als wir heute Morgen zum Dienst kamen«, sagte Miller. Dann schaute er zu Torine und fügte hinzu: »Er sagte, Sie seien eingezogen, Colonel …«

»Eigentlich zu vorübergehendem Dienst verdonnert«, sagte Torine.

»… aber er hat nichts über Sie, Fernando, gesagt. Wie viel wissen Sie über Charleys neuen, gehobenen Status?«

»Betrachte ihn als Beteiligten, von Anfang bis Ende«, befahl Castillo.

»Kannst du das entscheiden?«, fragte Miller.

»Es gibt eine Geschichte, als General Donovan das OSS begann. Bevor er General Donovan war – er war Zivilist und man nannte ihn ›Colonel‹, weil er einer im Ersten Weltkrieg gewesen war –, bezahlte man ihm einen Dollar pro Jahr. Bezahle Fernando einen Dollar und betrachte ihn auf der Lohnliste. Ich denke, ich kann das tun.«

»Laut Hall kannst du fast alles tun, was du willst«, sagte Miller. »So sind das ...«, er zählte an den Fingern, »... drei von uns. Du, der Texaner und ich. Sonst noch jemand?«

Castillo wandte sich zu Torine und sagte: »Wir redeten über Schützen in Argentinien mit General McNab. Jack Britton würde ein guter sein.«

Torine nickte sein Einverständnis.

»Wo ist Joel?«

»Mit Hall im Weißen Haus.«

»Tom McGuire?«

»Auf dem Weg von Langley mit deinem – *abgeänderten* – deutschen Pass. Er hat ebenfalls deinen neuen amerikanischen Pass.«

»Wenn er hier ist, werde ich ihn fragen ...« Er verstummte, als Mrs Agnes Forbison den Raum betrat.

Die etwas pummelige stellvertretende Sekretariatsleiterin ging zu Castillo und nahm ihn in die Arme.

»Das mit Betty Schneider tut mir so leid«, sagte sie. »Hat Dick Ihnen gesagt, dass sie unterwegs nach Philadelphia ist?«

»Gerade eben.«

»Was werden Sie den Boss fragen?«, wollte sie wissen, während sie Torine und Fernando anlächelte.

»Ich werde *Tom* fragen, ob ich Jack Britton haben kann. Ich möchte ihn so bald wie möglich nach Buenos Aires zurückschicken.«

»Sie meinen für das Office of Organizational Analysis?«

Castillo nickte.

»Wenn Sie Tom fragen, wird er Joel fragen. Joel wird vielleicht ja sagen, aber wenn er das nicht tut, werden Sie zum Boss gehen, und ich weiß, dass er ihn Ihnen gibt. Betrachten Sie diesen Kuchen also als gegessen.«

»Okay, das sind vier«, sagte Miller.

»Ich kann mir noch zwei Leute denken, die Sie wirklich brauchen könnten«, sagte Mrs Forbison.

»Wen?«

»Erstens Tom.«

»Ich bezweifle, dass es Tom gefallen würde, von mir Befehle entgegenzunehmen«, erwiderte Castillo. »Oder dass Hall da mitspielen würde.«

Mrs Forbison schien ihre Gedanken zu sammeln.

»Charley«, sagte sie dann. »Sie müssen lernen, sanfte Nachrichtenquellen besser zu nutzen, und leitende Assistenten wie ich sind nicht zu verachten. Tom hat mir anvertraut, dass er wirklich gern bei dieser Sache mitmachen möchte. Zu Ihren Argumenten, um ihn zu bekommen – und es gibt viele – zählt, dass Sie wirklich jemanden brauchen, der sich in den dunklen Gassen der Bundesgesetzvollstreckung auskennt. Das hat er mir auch gesagt.«

Castillo hob eine Augenbraue, beeindruckt sowohl von ihrer Fähigkeit, ihren Finger am Puls der Abteilung zu haben, als auch enttäuscht über sich selbst, weil er genau das vergessen hatte. »Okay, ich werde fragen. Ich hätte Tom gern dabei. Und Hall kann ja nicht mehr als nein sagen. Oder vielleicht ›verdammt, nein‹.«

»Lassen Sie mich das mit dem Boss schaukeln«, sagte Mrs Forbison.

»Viel Glück. Sie sprachen von zwei. Wen meinen Sie sonst?«

»Mich.«

Castillo starrte sie echt überrascht an.

»Warum würden Sie das wollen?«

»Nun, Sie wissen, wie eifrig ich hier die Möbel poliere, wegen der entfernten Möglichkeit, dass der Minister jemanden herbringen wird, um ihn mit seinem eleganten offiziellen Büro zu beeindrucken. Wir beide wissen – noch wichtiger, der Boss weiß –, dass Mary-Ellen in Wirklichkeit die Dinge für ihn schmeißt und dass er uns beide nicht für die gleiche Sache braucht.«

Castillo lächelte sie an.

Mrs Mary-Ellen Kensington, eine GS-15 wie Mrs Agnes Forbison, die ebenfalls den Titel der leitenden Assistentin des Heimatschutzministers trug, unterhielt Halls kleine und anspruchslose Büros im alten Verwaltungsbürogebäude in der Nähe des Weißen Hauses. Hall verbrachte die meiste seiner Dienstzeit dort. Er und der Präsident waren enge Freunde, und der Präsident hatte ihn gern verfügbar, wenn er ihn brauchte.

»Mrs Kellenhamp«, fuhr Mrs Forbison fort, »kann das Polieren der Möbel genauso gut überwachen wie ich, und wenn ich hier weg bin, stehe ich Mary-Ellen auch nicht im Weg herum.«

Mrs Louise Kellenhamp, eine GS-13, die den Titel der stellvertretenden leitenden Assistentin trug, führte im OEOB die meisten Sekretariatsarbeiten durch.

»Sie haben sich darüber einige Gedanken gemacht, nicht wahr?«, fragte Castillo.

»Von dem Moment an, an dem mir klar wurde, dass der Boss, ob er es nun wollte oder nicht, seine eigenen Nachrichtenleute haben würde. Und jetzt, da wir dank des Präsidenten dieses ›heimliche und verdeckt arbeitende‹ Office of Organizational Analysis haben, das sich im Heimatschutzministerium versteckt, scheint mir, dass Sie wirklich jemanden brauchen, der sich im offiziellen Washington auskennt. Und der den Papierkram richtig erledigt.«

»Was tun wir mit ihm?«, fragte Castillo und nickte zu Major H. Richard Miller. »Schicken wir ihn ins Walter Reed zurück?«

»Irgendwann wird er den Gips loswerden«, sagte Mrs Forbison. »Und wenn er sich benimmt, kann er bis dahin versuchen, sich hier nützlich zu machen.«

»Gott erspare uns all die Bürokraten«, sagte Miller.

»Sie wissen, dass ich recht habe, Charley«, sagte Mrs Forbison.

»Sie meinen, Sie können den Boss dazu überreden?«, sagte Castillo.

»Betrachten Sie es als erledigt«, sagte sie. »Wenn das Thema beim nächsten Mal zur Sprache kommt, zeigen Sie sich angenehm überrascht, wenn der Boss sagt: ›Ich hatte eine Idee, Charley, aber ich möchte nicht über Ihren Kopf hinweg handeln.‹«

»Mrs Forbison, Sie sind wunderbar«, sagte Castillo.

»Ich weiß«, erwiderte sie. »Und nachdem dies nun geregelt ist, Chief, was steht für heute Morgen auf unserem Plan?«

»Ich habe ein Satellitenfunkgerät und einen Bediener aus Fort Bragg mitgebracht. Wie wir es getan haben, als wir die gestohlene 727 gesucht haben, muss die Schüssel auf dem Dach montiert werden, und der Bediener wird ein Quartier brauchen«, sagte Castillo.

»Dick«, sagte Mrs Forbison, »wenn Sie sich um den Bediener kümmern, regele ich das mit dem Haustechniker. Seine Gefühle wurden beim letzten Mal verletzt, als der Chief dieses Ding aufs Dach setzte.«

»Ja, Ma'am«, erwiderte Miller grinsend.

»Und ich brauche die Pässe«, sagte Castillo.

»Die sind unterwegs«, sagte Mrs Forbison. »Tom regelt das.«

»Und ich muss Botschafter Silvio oder Alex Darby – vorzugsweise beide – auf einer gesicherten Leitung anrufen.« Castillo blickte zu Miller. »McNab schickt Ausrüstung für sechs Schützen dort runter. Ich will dafür sorgen, dass sie nicht verloren geht.«

»Sie werden den Apparat auf meinem Schreibtisch dafür nutzen müssen«, sagte Mrs Forbison. »Ich habe heute Morgen einen für Sie bestellt, aber er wird erst später am Tag kommen.«

»Sie haben einen für mich bestellt?«, fragte Castillo überrascht.

»Sie sind jetzt im Schaltkreis des Weißen Hauses, wussten Sie das nicht?«

»Nein, Ma'am, das wusste ich nicht.«

»Nun, dann wissen Sie es jetzt. Noch etwas?«

»Wir brauchen eine Unterkunft in Paris. Das Crillon, wenn wir dort Zimmer bekommen können.«

»Ein feines Hotel«, sagte Mrs Forbison.

»Und gleich neben der Botschaft. Lassen Sie die Rechnung auf Gossinger ausstellen. Vier Zimmer.«

»Lassen Sie uns darüber reden«, sagte Mrs Forbison. »Sie können auf Ihre Befehle abrechnen. Der Colonel vermutlich auch?«

»Ja, Ma'am«, sagte Colonel Torine.

»Aber was ist mit dem Bediener und Fernando?«

»Ich übernehme die Rechnung für den Bediener. Dann kann er das Tagegeld, das er von Fort Bragg bekommt, einstecken. Und ich werde auch Fernandos Rechnung übernehmen.«

»Wenn ich ihn als vorübergehenden Vertragsangestellten angebe – vielleicht als Pilot –, könnte ich das auch auf die Befehle abrechnen.«

»Mrs Forbison, auf das Risiko hin, dass ich mich wiederhole, Sie sind wundervoll«, sagte Castillo.

»Auf das Risiko hin, mich zu wiederholen, Chief, ich weiß das. Aber Sie werden damit anfangen müssen, mich Agnes zu nennen.«

Er schaute sie an, erwiderte jedoch nichts sofort.

»Bitte sagen Sie mir nicht – ich weiß es bereits –, dass ich *fast* alt genug bin, um Ihre Mutter zu sein. Aber Sie sind gerade erst ein bürokratisches Schwergewicht geworden, Chief, und bürokratische Schwergewichte nennen ihre leitenden Angestellten beim Vornamen.«

»Was immer Sie meinen – Agnes«, sagte Castillo, und dann fragte er. »Was mache ich mit Minister Hall?«

»Er sagte, es würde ihm gefallen, wenn Sie, falls möglich, beim OEOB vorbeikommen, bevor Sie aufbrechen.«

»Das werde ich tun.«

Eine halbe Stunde später, nachdem Castillo mit Botschafter Silvio und Alex Darby telefoniert hatte; nachdem er informiert worden war, dass das Hotel Crillon sie alle erwarten würde; nachdem er seinen amerikanischen Pass und den deutschen erhalten hatte, der jetzt einen Stempel von der Republik Argentinien trug; und nachdem er lange genug mit Tom McGuire gesprochen hatte, um überzeugt zu sein, dass McGuire wirklich ein Mitglied des Office of Organizational Analysis werden wollte und keine Probleme damit haben würde, unter einem zehn Jahre jüngeren Mann zu arbeiten, schüttelte Castillo Dick Miller die Hand und ging zu Mrs Forbisons Büro, um sich auch von ihr zu verabschieden.

Sie schloss ihn schnell in die Arme, gab ihm einen Kuss auf die Wange und ermahnte ihn, vorsichtig zu sein. Er und Torine und Fernando warteten auf den Aufzug, als Mrs Forbison den Kopf in den Korridor steckte.

»Anruf für Sie, Chief.«

»Wenn Sie mich weiterhin Chief nennen, sind wir wieder bei Mrs Forbison. Wer ist es?«

»Jemand, der mit Ihnen über Jean-Paul reden will.«

»Jean-Paul Lorimer?«

»Er sagte nur Jean-Paul, Charley.«

Castillo ging in Mrs Forbisons Büro und nahm den Telefonhörer auf.

»Castillo.«

»Sie müssen daran denken, Ihr Handy anzuschalten«, sagte Howard Kennedy.

»Mein Gott, das ist in meiner Aktentasche.«

»Dann würde es nichts ausmachen, ob es an oder aus ist, oder?«

»Was gibt es, Howard?«

»Sie haben wirklich eine Büchse mit äußerst giftigen Würmern geöffnet. Mit diesem Typen von Ihnen, meine ich, den Sie finden wollen.«

»Welche Art giftige Würmer?«

»Die Art, bei der mir absolut verboten ist, am Telefon darüber zu reden«, sagte Kennedy.

»So schlimm?«

»Schlimmer als so schlimm. Wo können wir uns treffen?«

»Wo sind Sie?«

»Beantworten Sie die Frage.«

»Sobald ich beim Hotel vorbeifahren und einige Sachen packen kann, und nach einem Stopp bei Halls Coffee Shop an der Pennsylvania Avenue, steige ich in ein Flugzeug nach Paris.«

»Welcher Flug?«

»Air San Antonio siebzehn.«

»Ah, tatsächlich. Jemand, den ich kenne, begleitet Sie?«

»Dieselbe Crew, die wir in Cozumel hatten. Sie kennen die beiden.«

»Interessant. Und wo werden Sie in Paris wohnen?«

»Im Crillon.«

»Schönes Hotel. Leider zu nahe für mich bei einigen früheren Kollegen von mir, die gleich nebenan arbeiten.«

Verdammt, ich habe vergessen, Tom McGuire zu sagen oder ihn zu erinnern, dass er herausfinden soll, was Special Agent Yung vom FBI tatsächlich in Montevideo tut!, dachte Castillo und sagte dann: »Was schlagen Sie vor?«

»Wann, sagten Sie, fliegen Sie ab?«

»Sobald wir können.«

»Sie können es nicht nonstop mit diesem Flugzeug schaffen, oder?«

»Nein. Wir werden in Gander, Neufundland, und Shannon, Irland, auftanken. Ich nehme an, wenn wir zwei einstündige Tankstopps einplanen, werden wir ungefähr zehn Stunden brauchen.«

»Nun, es ist fast halb vier in Paris«, sagte Kennedy. »Wenn Sie in einer Stunde in die Luft kommen, wäre das dann halb fünf am Nachmittag. Fünf plus zehn ist drei Uhr am Morgen. Rechnen Sie mindestens eine weitere Stunde, um durch den Zoll und die Passkontrolle und vom Le Bourget zum Crillon zu kommen – ist das der Flughafen, wo Sie landen?«

»Ja«, bestätigte Castillo.

»Es wird fünf sein, wenn Sie vom Le Bourget zum Hotel kommen. Rechnen wir eine Stunde für Verspätungen und sagen wir sechs. Ich sehe Sie dann am Morgen, Charley. Wir müssen wirklich miteinander reden.«

Die Hintergrundgeräusche änderten sich, und Castillo erkannte, dass Kennedy aufgelegt hatte.

2

Old Executive Office Building
Seventeenth Street und Pennsylvania Avenue, NW
Washington, D. C.
26. Juli 2005, 11 Uhr 20

»Der Präsident erzählte mir, er hatte mit Ihnen einen kleinen Plausch«, sagte der Ehrenwerte Matthew Hall, der Heimatschutzminister. »Haben Sie irgendwelche Fragen deswegen?«

»Eine große«, erwiderte Castillo. »Der Soldat in mir versteht leider nicht meine Kommandokette.«

»Die einfache Antwort darauf ist, dass Sie nur dem Präsidenten unterstehen«, sagte Hall. »Aber ich glaube, ich weiß, was Sie meinen. Und um zu beweisen, dass ich lerne, ein Washingtoner Bürokrat zu sein, lassen Sie mich verblümt antworten. Als er mit seinen Erkenntnissen kam, fragte ich mich, warum er mich aus dem Verkehr gezogen hatte. Dann wurde mir klar, dass dies gar nicht der Fall war. Es ist alles nur eine Verleugnung. Ich kann jetzt ehrlich antworten, wenn jemand fragt, und das wird zwangsläufig geschehen, entweder als Schuss ins Blaue, um etwas zu erkunden oder festzustellen, wie meine Beziehung zu Ihnen ist, dass wir keine haben. Sie arbeiten nicht für mich.

Ähnlich ist es, wenn jemand den Stabschef des Präsidenten fragt, was er über C. G. Castillo oder das Office of Organizational Analysis weiß, kann er ehrlich sagen, dass er keine Ahnung hat. Wenn wir erwischt werden – was gut möglich ist –, können wir uns hinter den Erkenntnissen des Präsidenten verstecken.

Je weiter sie das Office of Organizational Analysis vom Präsidenten entfernen, desto besser. Deshalb versteckt er es im Heimatschutzministerium. Soweit Sie für ihn direkt arbeiten, so gibt es eine Menge von Captains bis zu Colonels – die Adjutanten, die Jungs, die zum Beispiel den Football tragen können –, die direkt für ihn arbeiten. Und wenn irgendein Klatschreporter Sie aufspürt, können Sie ihm auf die gleiche Weise antworten, wie Sie es von Ihren Richtlinien kennen. ›Tut mir leid, meine Tätigkeiten für das Weiße Haus sind geheim. Sie werden das Weiße Haus befragen müssen.‹ Können Sie mir noch folgen?«

»Sir, was ich eigentlich fragen wollte, war, wie viel ich ihm von dem, was ich tue, erzählen soll. Oder Ihnen.«

»Soweit es mich betrifft: Was immer Sie mir erzählen, werde ich dem Präsidenten sagen, *wenn ich das für richtig halte, und nur dann.* Das ist es, was mich wieder in den Verkehr zurückbringt. Ich werde ihm nur solche Dinge sagen, die vielleicht ein Handeln seinerseits erfordern – ich denke an ›Hölle, nein, das können wir nicht tun. Sagen Sie ihm, dass er damit aufhören soll.‹« Er legte eine Pause ein und fragte dann: »Verstehen Sie?«

»Jawohl, Sir.«

»Okay. Brauchen Sie jetzt irgendetwas?«

»Mir fällt nur eines ein, Sir. Ich habe Tom McGuire gebeten, es für mich zu tun, aber ich bin mir nicht sicher – missverstehen Sie dies nicht, ich bewundere seine Fähigkeiten –, aber ich weiß nicht, ob er in der Lage sein wird, es zu tun.«

»Sie bewundern seine Fähigkeiten?«, fragte Hall.

»Jawohl, Sir.«

»Wie würde es Ihnen gefallen, wenn Tom für Sie arbeitet?«

»Ist das möglich, Sir?«

»Joel sagte, Tom würde sehr nützlich für Sie sein. Ich bin da seiner Meinung. Soll ich Tom fragen?«

»Ich möchte ihn wirklich gern haben, Sir«, sagte Castillo und dachte: *Soeben habe ich bewiesen, dass ich ebenfalls lerne, ein Washingtoner Bürokrat zu sein. Diese Worte waren, ohne durch und durch verlogen zu sein, dazu geschaffen, zu vertuschen und in die Irre zu führen. Ich weiß bereits, dass Tom für mich arbeiten will und dass es möglich ist.*

»Okay, ich werde ihn fragen. Und was meinen Sie, wird Tom tun können?«

»Herausfinden, was der FBI-Agent Yung tatsächlich in Montevideo macht. Wenn es etwas Verdecktes ist, wird man Tom nichts erzählen.«

»Was bringt Sie auf den Gedanken, dass dieser Yung nicht ist, was er sagt?«

»Ich bezweifle, dass Sie das wirklich wissen wollen, Sir.«

»Ah, Sie lernen«, sagte Hall. »Hat dieser Typ einen Vornamen?«

»David William, Sir. Junior.«

Hall drückte auf den Knopf der Gegensprechanlage an seiner Telefonanlage.

»Mary-Ellen, werden Sie mir bitte Direktor Schmidt auf eine gesicherte Leitung holen?«

»Sofort, Herr Minister«, sagte Mary-Ellen Kensington.

Er drückte wieder auf den Knopf und schaute Castillo an.

»Ich weiß, dass der DCI von den Erkenntnissen weiß. Er rief mich als Erstes heute Morgen an und versuchte mir auf den Zahn zu fühlen. Ich bezweifle, dass Schmidt es schon gesehen hat. Dies ist die Kunst, dem anderen immer um eine Nasenlänge voraus zu sein, Charley. Ein schmutziges Spiel, das wir alle lernen müssen.«

Aus der Gegensprechanlage ertönte Mrs Kensingtons Stimme.

»Direktor Schmidt ist auf eins, Herr Minister, die Leitung ist gesichert.«

Hall nahm das Gespräch entgegen.

»Guten Morgen, Mark«, sagte er herzlich. »Wie geht es Ihnen?«

»Was kann ich für Sie tun, Matt?«

»Sie haben die präsidentschaftliche Erkenntnis bezüglich der Masterson-Ermordung gesehen, richtig?«, fragte Hall und ignorierte Schmidts Schroffheit.

»Eigentlich nicht.«

»Schade. Nun, das macht dies ein wenig schwierig, Mark. Offenkundig kann ich nicht darüber reden, wenn Sie es nicht gesehen haben. Vergessen Sie also, dass ich es erwähnt habe. Betrachten Sie dies als eine Routinebitte um Information. Wenn Ihnen ein Vorschlag nichts ausmacht, könnten Sie den Justizminister fragen, was neu ist.«

»Welche Art Information brauchen Sie, Matt?«, sagte Schmidt, und seine Stimme verriet seinen Ärger.

»Wäre es leichter für Sie, wenn ich den Justizminister anriefe? Ich möchte Sie nicht in Verlegenheit bringen.«

»Welche Information brauchen Sie, Matt?«

»Sie haben einen Agenten in der Botschaft in Montevideo. David William Yung junior. Er soll angeblich an Fällen der Geldwäsche arbeiten. Ich muss wissen, was er tatsächlich dort unten macht.«

»Was macht Sie so sicher, dass er nicht macht, was er sagt?«

»Da sind wir wieder auf dem Gebiet, über das ich nicht sprechen darf«, sagte Hall. »Sind Sie sicher, dass Sie damit nicht zum Justizminister gehen wollen? Ich weiß, dass er auf dem Laufenden ist, und es überrascht mich, dass Sie das nicht sind.«

»Ich kümmere mich darum, Matt, und werde zurückrufen«, sagte Schmidt.

»Ich brauche diese Information gestern, Mark«, sagte Hall. »So muss ich fragen, wie lange es bis zu Ihrem Rückruf dauern wird.«

»Ich werde zurückrufen, sobald ich das kann. Vermutlich noch an diesem Morgen.«

»Ich weiß das zu schätzen, danke.«

»Gern geschehen, Matt.«

Hall unterbrach die Verbindung.

»Sehen Sie, wie das gemacht wird?«, fragte er. »Ich wette zwei Dollar gegen ein Doughnut, dass Schmidt bereits versucht, den Justizminister anzurufen. Der Justizminister wird ihm von der Erkenntnis des Präsidenten erzählen und ihm sagen, dass er sich daran zu halten hat. Was ihm ebenfalls klarmachen wird, dass ich es wusste, bevor er es erfuhr, und dann wird ihm dämmern, dass er nicht so wichtig ist, wie er glaubt.«

»Es ist kindisch, nicht wahr?«

»Absolut, aber so laufen nun mal die Dinge«, sagte Hall.

»Nachdem ich ihn jetzt geärgert habe, gibt es sonst jemanden, den Sie gern verärgert hätten?«

»Sir, wenn er zurückruft, könnten Sie ihn bitten, mit den FBI-Leuten in Paris – und in Wien, fällt mir gerade ein – Kontakt aufzunehmen und sie zu bitten, mir alles zu geben, was ich haben möchte?«

»Ich werde ihm *sagen*, dass der Chief des Office of Organizational Analysis klarzumachen wünscht, dass sie wissen, wenn Kontakt mit ihnen aufgenommen wird, dass sie ihm jede Information über jedes ihn interessierende Thema geben und dass möglicherweise ein Mann namens Castillo Kontakt mit ihnen aufnehmen wird.« Er legte eine Pause ein, bevor er fortfuhr. »Und ich werde Kontakt mit Botschafter Montvale aufnehmen und ihm sagen, dass er im Wesentlichen das Gleiche mit seinen CIA-Stationsleitern in Paris und Wien machen soll. Und mit Montevideo ebenfalls, wenn Sie möchten.«

»Danke. Es wäre vermutlich eine gute Idee, wenn Sie mit Direktor Schmidt sprechen und ihn bitten, dem FBI in Montevideo zu sagen, man soll mir geben, was ich erbitte.«

Hall nickte zustimmend.

»Sonst noch etwas, Charley?«

»Mir fällt sonst nichts ein, Sir.«

»Ich habe mir über Ihren Kopf hinweg Gedanken gemacht«, sagte Hall. »Sie werden jemanden brauchen, der Ihren Schreibkram erledigt, jemanden, der sich in den Gepflogenheiten Washingtons auskennt. Was würden Sie davon halten, wenn ich Agnes Forbison fragte, ob Sie mit Ihnen arbeiten will?«

»Ich könnte sie wirklich brauchen.«

»Ich werde mit ihr sprechen, sobald ich das kann«, sagte Hall.

3

Über Wilmington, Delaware
26. Juli 2005

Sie waren erst ein paar Minuten in der Luft, als Castillo spürte, dass der Learjet die Höhe vom Steigflug zur Reisehöhe veränderte und in den Sinkflug ging. Er konnte sich nur einen Grund dafür vorstellen: Sie würden landen.

Verdammte Scheiße, das hat mir gerade noch gefehlt! Rote Warnlämpchen auf dem Instrumentenbrett! Der verdammte Vogel ist kaputt!

Er stand von seinem Sitz auf, ging zum Cockpit und kniete sich zwischen die Sitze des Piloten und Kopiloten.

»Was ist los?«

Fernando, der auf dem linken Sitz saß, blickte über seine Schulter.

»Bitte bleiben Sie auf Ihrem Platz, Sir, und stören Sie nicht die Flugcrew in der Ausübung ihrer Pflichten.«

»Was stimmt nicht mit dem gottverdammten Flugzeug?«

Colonel Torine hatte Mitleid mit ihm.

»Sie wollen doch nicht nach Paris fliegen, ohne sich von Ihrer Freundin zu verabschieden, Charley, oder?«

Castillo sagte nichts.

»Macht es wirklich einen Unterschied, ob wir um vier am Morgen nach Paris kommen oder um fünf?«, fuhr Torine fort. »Ich tanke auf, besorge uns etwas zu essen für unterwegs, hole mir die Wetterdaten und erstelle den Flugplan nach Gander, während der Secret Service Sie hin und zurück zum Hospital fährt.«

Als Castillo auch dazu nichts sagte, was zumindest zum Teil daran lag, weil er glaubte, einen gewaltigen Kloß in der Kehle zu haben, fuhr Torine fort: »Tom McGuire hat angerufen und es arrangiert.«

Castillo legte eine Hand auf Torines Schulter, richtete sich auf und kehrte zu seinem Sitz zurück.

4

Abteilung für orale und Kieferchirurgie
Fünfter Stock, Silverstein-Pavillon
Hospital der University of Pennsylvania
3400 Spruce Street
Philadelphia, Pennsylvania
26. Juli 2005, 13 Uhr 40

Als der Yukon des Secret Service vor der Klinik vorfuhr, sprach der Agent auf dem Beifahrersitz in das Mikrofon unter seinem Revers: »Don Juan trifft ein.«

Fernando lachte. Castillo zeigte ihm den Stinkefinger. Er fragte sich, nachdem man ihm jetzt so viel Macht gegeben hatte, ob es genug war, um den Kodenamen vom Secret Service ändern zu lassen, den ihm Joel Isaacson beim Beginn seiner Arbeit für Minister Hall gegeben hatte.

Der Agent des Secret Service führte sie zu den Aufzügen, winkte sie in eine offene Kabine und sagte: »Fünfter Stock, Mr Castillo. Wir werden gleich da sein.«

Eine große, untersetzte Frau – sichtlich eine Art Latino – stand in der Halle des fünften Stocks, als sich die Aufzugtür öffnete. Ihr Haar war fest zurückgekämmt, und Castillo konnte einen fleischfarbenen Lautsprecher in ihrem Ohr sehen. Er bemerkte ebenfalls an ihrer linken Hüfte eine Wölbung, die fast mit Sicherheit auf eine Waffe zurückzuführen war.

»Bitte hier entlang, Mr Castillo. Special Agent Schneider ist auf Zimmer 527 gelegt worden.«

»*Muchas gracias*«, sagte Castillo. »*Muy amable de su parte.*«

Es war nicht schwer, Zimmer 527 zu finden. Zwei Gesetzesbeamte saßen an jeder Seite der Tür auf Klappstühlen. Einer trug die Motorradfahrerstiefel und besondere Uniformabzeichen der Highway Patrol der Polizei von Philadelphia. Der andere war ein großer und stämmiger Mann in Zivilkleidung mit dem verräterischen Minilautsprecher des Secret Service im Ohr.

Als Castillo in die Nähe des Zimmers kam, standen beide auf.

Castillo sah zu seiner Linken ein verglastes Wartezimmer. Mehr als ein halbes Dutzend Leute hielten sich darin auf. Castillo erkannte drei von ihnen als Beamte der Polizei von Philadelphia: Chief Inspector Fritz Kramer, den Leiter der Abteilung Antiterrorismus; Captain Frank O'Brien, der die Abteilung Nachrichten und organisiertes Verbrechen leitete, für die Betty Schneider als Sergeant gearbeitet hatte; und Lieutenant Frank Schneider von der Highway Patrol, der Bettys großer Bruder war und sie – das konnte man milde sagen – ein wenig zu sehr beschützte.

Da waren auch ein Paar, das Castillo als Bettys Eltern einschätzte, ein Geistlicher und einige andere Leute.

Was, zum Teufel, habe ich denn erwartet? Dass wir beide allein sein können?

Er hatte – wie er jetzt erkannte vergeblich – gehofft, dass niemand in dem Wartezimmer ihn sehen würde.

Der Secret-Service-Agent an der Tür sagte: »Special Agent Schneider ist beim Röntgen, Mr Castillo. Sie sollte jeden Moment zurück sein. Da ist ein Wartezimmer ...«

»Gibt es einen Grund, weshalb wir nicht im Krankenzimmer warten können?«

»Nein, Sir.«

Castillo und Fernando betraten das Zimmer. Das Bett war in Unordnung gebracht, aber sonst gab es kein Anzeichen darauf, dass Betty darin gewesen war.

Und ich habe Jack Britton nicht in diesem Wartezimmer gesehen. Wo, zum Teufel, ist er?

Castillo ging zum Fenster und schaute in einen Innenhof hinaus. Erst als er hörte, dass die Tür geöffnet wurde, wandte er sich um.

Betty wurde auf einer fahrbaren Liege ins Zimmer gerollt. Sie sah Castillo erst, als das Krankenhauspersonal sie von der Liege aufs Bett gehoben hatte und beiseite trat.

Dann hob sie die Hand und stöhnte fast »Oh, Charley«, durch die verdrahteten Kiefer.

Castillo ging zum Bett, nahm ihre erhobene Hand und küsste sie, und dann neigte er sich hinab und küsste sie sehr sanft auf die Stirn. Dann sahen sie einander einfach an.

Eine halbe Minute oder so später ging er das Risiko ein, dass ihm seine Stimme gehorchen würde.

»Wiener Schnitzel, Baby«, sagte er.

Betty lächelte ihn an.

»Wenn es Ihnen nichts ausmacht, Costello, unsere Mutter will sie sehen!«, sagte Lieutenant Frank Schneider hinter ihm.

Castillo drehte sich um.

Hinter Bettys Bruder stand das Paar, das Charley für Bettys Eltern gehalten hatte. In ihrem Gefolge waren der Geistliche und ein anderer Mann.

»Was ist los mit dir, Francis?«, schnauzte Bettys Mutter. »Siehst du nicht, wie sie ihn ansieht?«

»Verzeihung«, sagte Castillo.

Widerstrebend ließ Betty seine Hand los.

Bettys Mutter berührte Castillos Wange und trat um ihn herum zum Bett.

Bettys Vater betrachtete ihn eisig.

Castillo ging aus dem Zimmer, gefolgt von Fernando und einen Moment später von Lieutenant Schneider.

Hat er das Zimmer verlassen, weil er seine Eltern und den Geistlichen mit Betty allein lassen wollte? Oder hat ihn seine Mutter hinausgeschickt?

»Costello!«, sagte Lieutenant Schneider.

Castillo wandte sich um. Schneider trat sehr nahe an ihn heran und fragte: »Sie erinnern sich, dass ich Ihnen mal versprochen habe, Ihnen die Beine zu brechen?«

Der Highway Patrolman und der Secret-Service-Agent, die an der Tür wachten, sprangen auf.

»Ich heiße Castillo«, sagte Charley kühl. »Und ja, ich kann mich an so etwas erinnern.«

»Ich wusste vom ersten Augenblick an, dass Sie Unglück bringen«, sagte Schneider. »Sie liegt Ihretwegen im Krankenhaus.«

Charley nickte leicht. »Da haben Sie recht.«

»Wenn Sie sich jemals wieder bei ihr sehen lassen, werde ich Ihnen beide Beine brechen und die Arme abreißen und Ihnen in den Arsch schieben!«

Castillo erwiderte nichts.

Fernando trat ein paar Schritte näher. »Ich will dir mal was sagen, Kleiner!«, sagte er. »Kleiner« war relativ. Lieutenant Schneider war über zwei Meter, aber mindestens zwei Zentimeter kleiner – und vielleicht vierzig Pfund leichter – als Fernando Lopez.

»Halt die Schnauze, Fettsack!«, sagte Lieutenant Schneider.

»Das reicht, Lieutenant!«, bellte Chief Inspector Kramer. »Benehmen Sie sich. Auf der Stelle!«

»Genau das wollte ich dem Lieutenant verklickern«, sagte Fernando sachlich, »so ist es in meiner Familie: Wenn jemand etwas von Charley will, muss er erst an mir vorbeikommen.«

»Schütten sie kein Öl ins Feuer«, sagte Chief Inspector Kramer. »Fragen Sie jeden Feuerwehrmann, was dabei rauskommt. Halten Sie jetzt beide den Mund.«

Castillo lachte.

»Sie reißen den Mund noch einmal auf, Schneider, und ich befehle Sie hier raus. Ist das klar?«

Schneider nickte.

»Sagen Sie ›Jawohl, Sir!‹, Lieutenant!«

»Jawohl, Sir«, sagte Schneider widerwillig.

»Charley, ich muss mit Ihnen reden«, sagte Kramer. »Und O'Brien will auch wissen, was los ist. Wenn ich unserem Gorilla befehle, am Ende des Flurs zu warten ...«, er nickte hin, »... kann dann Ihr Gorilla dort warten?« Er wies in die andere Richtung.

Castillo sah Frank Schneider an. »Ich finde, Sie haben ein Recht, zu hören, was ich dem Chief erzählen werde«, sagte er. »Können Sie sich benehmen?«

Lieutenant Schneider nickte knapp.

»Sagen Sie ja oder nein, gottverdammt, Schneider!«, schnauzte Kramer.

»Okay, okay«, sagte Lieutenant Schneider.

»Wir können ins Wartezimmer gehen«, sagte Kramer und schob die Tür auf.

»Nun, Frank, was meinen Sie?«, fragte Chief Inspector Kramer Captain O'Brien, als Castillo geendet hatte.

»Eine Menge Kokain kommt von Argentinien nach hier«, sagte O'Brien.

»Das wusste ich nicht«, sagte Fernando.

»Sie fliegen es von Kolumbien nach Bolivien oder Paraguay – manchmal direkt nach Paraguay – und bringen es dann nach Argentinien«, erklärte O'Brien. »Und dann transportieren sie es von Buenos Aires nach Miami. Die argentinischen Drogencops – sie werden SIDE genannt – sind schlau. Statt die Bastarde zu verhaften, lassen sie sie in dem Flugzeug, und dann rufen sie unsere DEA-Jungs. Die DEA in Miami erwartet dann das Flugzeug. Auf diese Weise wird das Kokain gestoppt, und wir müssen dafür bezahlen, dass die Händler verurteilt werden, und sie dann für fünfzehn oder zwanzig Jahre im Knast verpflegen.«

»Der SIDE macht mehr als Drogenfälle, Captain«, sagte Castillo. »Es ist auf argentinisch FBI, CIA und DEA unter einem Dach.«

»Das wusste ich nicht«, sagte O'Brien. »Ich denke, dass Drogenhändler – hier, dort, überall – diese Art bedenkenlose Verbrechen begehen. Wenn sie meinen, irgendwer kommt ihnen bei irgendwas in die Quere, wenn sie meinen, jemand könnte vielleicht etwas gesehen oder gehört haben, legen sie ihn um. Einschließlich Mitgliedern ihrer Familie.«

»Ich will ja nicht sagen, dass Sie da falsch liegen«, sagte Castillo. »Aber das kam dort unten nicht zur Sprache, weder von einem mir bekannten DEA-Jungen, der es mir gesagt hätte, noch vom Leiter des SIDE.«

»Was lief denn ihrer Meinung nach ab?«

»Sie hatten keine Ahnung«, sagte Castillo. »Alles, was wir wussten – und das wusste ich noch nicht in Argentinien – ist, dass jemand Jean-Paul Lorimer in die Hände bekommen will und bereit ist, jeden zu killen, um das zu erreichen.«

»Wir hatten vor ein paar Jahren hier in Philadelphia einen Fall«, sagte Kramer, »Drogen wurden von – wo, Frank?«

»Senegal«, antwortete O'Brien.

»Von Senegal zu ihrer UN-Botschaft in New York geflogen. Mit diplomatischer Immunität. Es geschah Folgendes – inoffiziell?«

Castillo nickte.

»Unsere Hunde – nicht K-9, sondern die Drogenschnüffler, diese kleinen Spaniels oder was auch immer – erschnüffelten das Kokain im Frachtabteil. Wir konnten natürlich keine Genehmigung bekommen, die Kisten zu öffnen, aber ich war zufällig dort und suchte nach Explosivstoffen, und eine der Kisten wurde zufällig umgestoßen. Kein großer Schaden, aber groß genug, dass ein Spalt in der Kiste entstand, und ich eine der Nadeln für eine subkutane Spritze – Sie wissen, was ich meine? Sie haben große Nadeln, und man kann damit Fleisch testen?«

Castillo nickte abermals.

»... in die Kiste hineinstecken konnte, und sie kam mit einem weißen Pulver heraus, das nach dem Labortest hochgradiges Kokain war. So riefen wir die DEA an. Wir informierten das FBI und den Zoll und das Außenministerium. Es wurde ein Riesenspektakel. Das Außenministerium glaubte nicht, dass das weiße Pulver soeben aus der Kiste gerieselt war. Es beschuldige uns sogar, die diplomatische Immunität zu verletzen. Es befürchtete, der senegalesische Botschafter würde sauer sein und eine antiamerikanische Rede vor der Vollversammlung halten. Schließlich wurde die Ladung durch den Zoll gelassen. Dann brachte das FBI die New York City Cops ins Spiel, erzählte ihnen, was wir wussten, und die New Yorker Cops observierten die senegalesische Mission und schnappten schließlich einen ihrer Diplomaten – er war die Nummer zwei, Frank, richtig?«

»Nummer drei. Stellvertretender Missionschef«, korrigierte O'Brien.

»Sie überraschten ihn mitten in einem Deal mit fünf Kilo

Koks im Plaza Hotel. Sie konnten nur den Käufer wegen Verabredung zur Verübung einer Straftat anklagen. Sie konnten den Senegalesen nicht mal festnehmen. Er hatte diplomatische Immunität. Das Außenministerium wollte nicht mal die UN bitten, ihn nach Hause zu schicken. Es sagte, das könne es nicht, weil sie ›Kenntnis von der juristisch höchst fragwürdigen Art hatten, in der die angeblichen Fakten zu der Ermittlung geführt hätten, die durchgeführt wurde‹.

Dies verärgerte die New Yorker Cops dermaßen, dass der senegalesische Diplomat in den nächsten paar Monaten, wann auch immer und wo auch immer er hinging, von mindestens zwei Cops beobachtet wurde. Und als er eines Tages genug davon hatte, fuhr er zum Kennedy raus, stieg in ein Flugzeug und flog heim.«

»Mein Gott!«, entfuhr es Fernando.

»Wenn Sie also diesen Typen finden wollen, den Sie suchen, Charley, sollten Sie vielleicht besser den Drogenaspekt nicht außer Acht lassen«, sagte Kramer.

»Ich werde daran denken«, sagte Castillo.

»Wie beurteilen Sie die Bedrohung gegen Sergeant – Verzeihung *Special Agent* Schneider?«, fragte Kramer.

»Ich bezweifle, dass diese Bastarde es auf sie abgesehen hatten. Sie wollten entweder mich umlegen oder jemand anderen – wie zum Beispiel einen Secret-Service-Agenten –, um Mrs Masterson zu zeigen, wie entschlossen sie sind. Ich bezweifle, dass es hier eine große Bedrohung gibt. Und nachdem ich das gesagt habe ...«

»Verdammter Hurensohn!«, empörte sich Lieutenant Schneider. »Sie wollen doch nicht sagen ...«

»Raus!«, explodierte Chief Kramer. »Verschwinden Sie, Schneider! Gottverdammt auf der Stelle!«

»Lassen Sie ihn bleiben, bis ich zu Ende gesprochen habe«, sagte Castillo ruhig.

Kramer hob eine Augenbraue, starrte Schneider an, seufzte dann und nickte.

»Nachdem ich das gesagt habe«, fuhr Castillo fort, »werde ich sie vom Secret Service beschützen lassen, bis ich die Bastarde habe, die auf sie geschossen haben. Die Agenten sind ziemlich gut im Personenschutz.«

»Das sind wir auch«, sagte Chief Kramer. »Und was Sie anbetrifft, Schneider, wenn Sie Ihre Schwester besuchen und Leute der Abteilung Dignitary Protection neben dem Secret Service sehen, anstatt welche von der Highway Patrol, dann denken Sie lange und hart darüber nach, weshalb ich mich dafür entschieden habe. Und jetzt gehen Sie. Warten Sie am Aufzug. Ich bin noch nicht fertig mit Ihnen.«

»Wie wäre es, ihn hier zu lassen, während ich mich von ihr verabschiede?«, fragte Castillo. »Ich muss wirklich von hier weg.«

Kramer nickte. »Setzen sie sich hin, Lieutenant Schneider«, befahl er und wies auf eine mit Vinyl bezogene Couch. »Und wenn Sie aufstehen, bevor ich Ihnen die Erlaubnis gebe, wird das traurige Konsequenzen für Sie haben.«

Kramer wartete, bis sich Lieutenant Schneider ärgerlich auf der Couch niedergelassen hatte und gab dann Castillo die Hand.

»Lassen Sie mich wissen, was ich tun kann, um zu helfen.«

»Danke, Fritz«, sagte Castillo und verließ das Wartezimmer.

Special Agent Jack Britton stand vor der Tür von Bettys Krankenzimmer.

»Ich habe erst vor einer Dreiviertelstunde erfahren, dass Sie hierher kommen, Charley. Ich habe Miller angerufen und ...«

»Ich bin froh, dass Sie hier sind, Jack«, sagte Castillo. »Ich fliege nach Paris und möchte von Ihnen ...«

»Miller hat es mir erzählt«, unterbrach Britton. »Alles. Danke, dass Sie mich dabei haben wollen.«

»Ich brauche Sie, Jack.«

»Ich fliege mit American Airlines von Miami aus um dreiundzwanzig Uhr sowieso heute Abend nach Buenos Aires.«

»Fahren Sie zum Four Seasons und nehmen Sie Kontakt mit Tony Santini auf.«

»Okay, mach ich.«

Castillo schob die Tür zu Bettys Zimmer auf. Ihre Mutter und ihr Vater standen auf jeder Seite des Betts. Ihr Vater sah ihn eisig an, und als er das tat, blickte seine Frau über ihre Schulter und sah Castillo.

»Charley ist hier, Schatz«, sagte ihre Mutter. »Dad und ich werden gleich draußen sein.«

»Danke, Mrs Schneider«, sagte Castillo leise. Er hielt ihr die Hand hin. »Wir haben uns nicht vorgestellt, und es tut mir sehr leid, dass wir uns unter solchen Umständen kennen gelernt haben.«

Bettys Mutter ergriff seine Hand mit beiden Händen, lächelte sanft und wandte sich zur Tür.

Bettys Vater schüttelte den Kopf, ging wortlos zur Tür, hielt sie für seine Frau auf und folgte ihr hinaus.

Castillo ging zum Bett und ergriff Bettys Hand.

Mit großen Schwierigkeiten fragte Betty: »Die Mastersons? Okay?«

»Vierundzwanzig Delta-Schützen und die halbe Staatspolizei von Mississippi schützen sie.«

»Delta?«

»Jungs von den Special Forces.«

Sie war überrascht, das zu hören, und bat mit den Augen um eine Erklärung.

»Das ist eine lange Geschichte, Baby. Nicht wichtig. Aber die Mastersons sind sicher. Der Schlüssel zu alldem ist ihr Bruder. Gleich nachdem wir in Mississippi landeten, sagte sie mir, dass die bösen Jungs in Wirklichkeit ihren Bruder haben wollen. Sie weiß nicht, wo er ist. So bin ich auf dem Weg nach Paris, um ihn zu suchen. Er sollte wissen, wer diese Hundesöhne sind.«

»Kannst du das tun?«

»Ihn suchen und finden, meinst du? Ich werde es mit allen Mitteln versuchen.«

»Einfach nach Paris fliegen?«

Mein Gott, ich muss an die Geheimhaltung denken, sogar bei ihr!

»Baby, dies ist Top Secret Presidential, was heißt, dass du es keinem sagen darfst, nicht einmal deiner Familie.«

Besonders nicht deinem gottverdammten Bruder.

Sie nickte, doch ihr Blick bat wieder um eine Erklärung.

»Der Präsident hat in einer sogenannten Erkenntnis eine verdeckte Einheit aufgestellt, um diese Täter zu finden. Er gab mir die Leitung, zusammen mit all der Befugnis, die ich brauche, um zu tun, was getan werden muss.«

Ihre Miene zeigte, dass sie beeindruckt war.

»Ich werde dafür sorgen, dass man dich über die Ereignisse auf dem Laufenden hält. Aber du musst es für dich behalten.«

»Wird man mir das erzählen?«

»Special Agent Schneider, du bist jetzt dem Office of Organizational Analysis zugeteilt, was eine Tarnung dafür ist«, sagte Castillo. »Ich bin der Chef. Man wird dir alles erzählen.«

»Ich wünschte, ich könnte mit dir fliegen.«

Mein Gott, sie denkt nicht, dass wir Händchen halten, während wir den Aufzug auf den Eiffelturm rauf nehmen oder im Deux Margots sitzen. Sie will als Cop nach Paris!

»Ich auch.«

»Sei vorsichtig, Charley.«

»Wiener Schnitzel, Baby. Ich muss jetzt gehen.«

Er neigte sich über sie, küsste sie sehr sanft auf die Lippen und sah ihr dann lange in die Augen.

Dann zuckte sie mit den Schultern, drückte seine Hand und nickte zur Tür hin.

Als Castillo mit Fernando in den Aufzug stieg, hörte er die Latino-Secret-Service-Agentin in ihr Mikrofon am Revers sprechen: »Don Juan kommt runter.«

5

Hôtel de Crillon
10 Place de la Concorde
Paris, Frankreich
27. Juli 2005, 5 Uhr 25

Paris wachte gerade auf, als sie landeten. Auf dem Weg von Le Bourget in die Stadt war wenig Verkehr gewesen, und auf dem Place de la Concorde hatte es fast keine Fahrzeuge und Fußgänger gegeben.

»Ich glaube, es ist das Beste, wenn wir uns ein bisschen auf den Sack legen«, sagte Castillo, als sie sich im Hotel anmeldeten. »Wie wäre es, wenn wir uns um halb elf wecken lassen?«

»Gute Idee«, meinte Torine.

Castillo wusste, dass das Problem der Jetlag sein würde. Ihre innere Uhr glaubte, dass es Mitternacht war, nicht halb sechs am Morgen.

Sie waren nicht wirklich müde oder sogar schläfrig, trotz der langen Zeit und der großen Entfernung, die hinter ihnen lagen, seit sie vierundzwanzig Stunden zuvor auf der Masterson-Plantage in Mississippi aufgewacht waren. Zum einen war es erst vor achtzehn Stunden in echter Zeit gewesen. Die Pariser Zeit war sechs Stunden der von Mississippi voraus.

Zum anderen hatten sie sich beim Fliegen abgelöst, von Philadelphia nach Gander, Neufundland, und dann nach Shannon, Irland, und schließlich Le Bourget. Der »dienstfreie« Pilot hatte nichts getan außer Dösen, und die Sitze des Lears in der Hauptkabine, die fast horizontal zurückgeklappt werden konnten, hatten das Schlummern leicht gemacht. Es war, als wären sie früh aufgestanden und hätten vor Mitternacht ein paar Nickerchen gemacht.

Die Versuchung war groß, schnell zu duschen, hastig zu frühstücken und dann den Pariser CIA-Stationsleiter aus dem Bett zu werfen und mit der Suche nach Jean-Paul Lorimer anzufangen. Klüger war es jedoch, eine schnelle Dusche zu nehmen und ins Bett zu gehen, um so lange zu schlafen wie möglich. Wenn Schlaf unmöglich war, würde sich die innere Uhr täuschen lassen, und es wäre, als stünden sie frisch auf, bereit für eine volle Tagesarbeit.

Castillo gab dem Pagen ein Trinkgeld und schaute sich in seiner Suite um. Der schwere Vorhang vor den Fenstern seines Schlafzimmers gab einen Spalt Licht frei. Er ging hin und schob ihn impulsiv ein Stück weiter auf, um hinauszublicken. Er hatte einen Blick auf den Place de la Concorde und die Brücke über die Seine.

Dann zog er den Vorhang ganz zu, nahm frische Unterwäsche aus seiner Reisetasche und begann sich auszuziehen. Er hatte sich bis auf die Jockey-Shorts entkleidet, als das Telefon klingelte.

»Hallo?«

»Fünf Minuten, vor dem Hotel«, sagte Howard Kennedy. »Ich bin in einem schwarzen Mercedes.«

»Etwas anderes habe ich auch nicht von Ihnen erwartet«, erwiderte Castillo, obwohl er nach der Hälfte des Satzes erkannte, dass Kennedy bereits aufgelegt hatte.

Zehn Minuten später – nachdem er sich gesagt hatte, dass eine Rasur und eine Dusche wichtiger waren, als Kennedys knappe Anweisung hastig zu befolgen – ging Castillo durch die leere Hotelhalle und auf den Place de la Concorde hinaus.

Kein Mercedes in Sicht.

Kein Grund zur Sorge. Kennedy mag sauer sein, aber er will mich unbedingt sehen. Er ist nicht scharf darauf, davonzufahren und niemals wiederzukommen.

Castillo ging nach rechts in Richtung US-Botschaft. Er hatte gerade den Zaun des Botschaftsgeländes erreicht, wo er die amerikanische Flagge im Hof flattern sehen konnte, als er das Quietschen von Reifen hörte.

Er wandte den Kopf und sah, dass ein schwarzer Mercedes S 600 vor dem Crillon hielt. Die Scheinwerfer blinkten. Castillo ging – absichtlich langsam – zu dem Wagen zurück.

»Hallo, Schöner«, sagte er zu Kennedy, der hinter dem Lenkrad saß. »Suchen Sie ein wenig Abwechslung?«

»Verdammt, Charley, steigen Sie ein!«

Castillo öffnete die Tür und stieg ein. Kennedy fuhr mit einem weiteren Kreischen der Reifen los und bog nach rechts auf die Champs-Elysées.

»Wohin fahren wir, Howard?«

»Wir fahren einfach rum, sofern Sie nicht wissen, wo wir uns unbelauscht unterhalten können.«

»Sie denken, mein Zimmer im Crillon ist verwanzt?«

»Ich weiß nicht mit Sicherheit, dass es sauber ist.«

»Warum all die Besorgnis?«

»Wie viel wissen Sie über Lorimer?«

»Ein bisschen mehr, als ich wusste, als ich das erste Mal mit Ihnen sprach«, erwiderte Castillo. »Es gibt Leute, die ihn suchen. Sie killten Masterson, um klarzumachen, dass sie zum Töten bereit sind, um ihn zu finden.«

»Und Sie wissen, wer diese Leute sind?«

»Nein. Deshalb bin ich auf der Suche nach Lorimer.«

»Würde es Sie überraschen, dass einige Russen das auch sind?«

»Nichts würde mich überraschen.«

»Oder einige Deutsche?«

»Die gleiche Antwort.«

»Oder einige Franzosen? Oder einige Mitglieder von Saddam Husseins Regime? Oder, was das anbetrifft, einige Leute aus Houston, Texas?«

»Kommen Sie bitte zur Sache, Howard. Ich bin nicht gut im Rätselraten.«

»Ihr Freund Lorimer war ein Verteiler von Schutz- und Schmiergeldern – vielleicht der leitende Verteiler – für dieses noble Programm ›Öl für Nahrung‹. Was heißt, dass er weiß, wer bezahlt wurde. Das reicht für jeden der zuvor erwähnten Leute, um die entsprechenden Schritte zu unternehmen, ihn kaltzumachen.«

»Geben Sie mir eine Minute, um darüber nachzudenken.«

Ein Verkehrspolizist trat auf die Straße und stoppte mit einem schrillen Pfiff aus seiner Pfeife und einer arroganten Geste seines ausgestreckten Arms den Verkehr. Kennedy bremste heftig und hielt den Mercedes vor einem Fußgängerüberweg. Während Castillo die Passanten des frühen Morgens auf ihrem Weg zu Cafés und dann zur Arbeit beobachtete, überlegte er, ob Kennedy versuchte, mit ihm zu spielen oder nicht.

»Zusätzlich, dass er zu viel weiß, Charley, gibt es diejenigen, die meinen, er hat Geld von den Zahlungen für sich abgezweigt. Nach der Meinung einiger – je nachdem, mit wem sie sprechen – von zwölf bis sechzehn Millionen Dollar.«

»Jesus!«

»Ja, Jesus. Und noch ein kleiner Punkt. Dies wird denjenigen unbehaglich, die Alex nahestehen.«

»Wieso Alex?«

»Was meinen Sie, wie diese Art Geld transportiert wird? Durch Banküberweisungen? Per UPS?«

»Sagen Sie's mir.«

»Einhunderttausend US-Dollar frisch aus der Münze sind ein etwa so großes, sauber in Plastik verpacktes Päckchen«, sagte Kennedy und nahm die Hände vom Lenkrad, um die Größe anzuzeigen. Er hätte einen dicken Schuhkarton meinen können.

Der Verkehrspolizist blies wieder in seine Pfeife und winkte den Verkehr vorwärts.

»Und Alex transportiert Fracht, richtig?«, sagte Castillo. »Und stellt keine Fragen?«

»Sie erwarten doch nicht wirklich eine Antwort darauf, oder?«

»Und warum erzählen Sie mir das dann?«

»Alex meint, Sie wissen viel mehr, als Sie sagen«, erwiderte Kennedy. »Er sagte, es ist möglich, dass Sie diesen Hurensohn aufspüren, bevor ihn sonst jemand findet, und dass Sie diese Information mit ihm teilen werden.«

»Sagen Sie Alex, ich bedaure, nein. Ich will diesen Hurensohn lebend, nicht mit einem indischen Schönheitsmal mitten in der Stirn.«

»Warum? Damit er Ihnen sagen kann, wer hinter ihm her ist?«

»Genau.«

»Sie sind wirklich eine Jungfrau, nicht wahr? Diese Leute sind unberührbar. Glauben Sie mir.«

»Die Antwort ist nein, Howard. Sagen Sie Alex das.«

»Ich habe ihm gesagt, dass Sie sich vermutlich so entscheiden werden«, sagte Kennedy.

Sie waren jetzt fast am Arc de Triomphe de L'etoile. Kennedy bog abrupt nach rechts in die Rue Pierre Charron ab und stoppte.

»Steigen Sie aus, Charley. Die Unterhaltung ist beendet.«

Ohne ein weiteres Wort stieg Castillo aus dem Wagen. Kennedy fuhr schnell davon.

Castillo ging zu den Champs-Elysées und dann hinunter in Richtung Crillon.

XV

1

Suite 301
Hôtel de Crillon
10 Place de la Concorde
Paris, Frankreich
27. Juli 2005, 7 Uhr 30

Es klopfte an die Tür, und Castillo, noch an einem Stück Toast kauend, stand vom Frühstückstisch auf und ging zur Tür, um zu öffnen.

Ein unauffälliger Mann Ende fünfzig – vielleicht sogar etwas älter – stand in einem etwas verknitterten Anzug auf dem Flur.

»Mr Castillo?«

»Richtig. Sie sind Mr Delchamps?«

Der Mann nickte.

»Kommen Sie rein. Möchten Sie etwas frühstücken?«

»Nein, danke.«

»Vielleicht etwas Kaffee trinken?«

Delchamps schüttelte den Kopf und schaute zu Fernando und Torine.

»Man hat mir nicht gesagt, dass sonst noch jemand hier ist«, sagte Delchamps.

»Dies sind Colonel Torine und Mr Lopez«, sagte Castillo. »Und dies ist Mr Edgar Delchamps. Der CIA-Stationsleiter.«

»Man hat mir nicht erzählt, dass noch jemand sonst hier ist, Mr Castillo, aber wie Sie vielleicht wissen oder auch nicht, die Identität des CIA-Stationsleiters ist geheim, wer immer auch die Anwesenden sein mögen.«

»Kein Problem, Mr Delchamps. Sowohl der Colonel als auch Mr Lopez haben die notwendigen Sicherheitsunbedenklichkeitsbescheinigungen.«

»Woher soll ich das wissen?«

»Jemand von Büro des Direktors des nationalen Nachrichtendienstes sollte Sie telefonisch informieren, was wir hier machen.«

»Jemand hat auch angerufen. Aber er hat nur Ihren Namen erwähnt.«

»Anscheinend gibt es da eine Art Kommunikationsproblem«, sagte Castillo. »Bevor wir das jedoch vertiefen, schlage ich vor, wir gehen zur Botschaft und rufen über eine gesicherte Leitung den Direktor des Nationalen Nachrichtendienstes an und klären dies auf. Was halten Sie davon?«

»Es ist halb eins in Washington«, sagte Delchamps.

»Ich weiß. Aber ich habe keine Zeit, um das Geheimdienstspielchen mit Ihnen zu spielen, Mr Delchamps.«

»Vielleicht später«, sagte Delchamps. »Man hat mir gesagt, Sie sind an einem Mann namens Jean-Paul Lorimer interessiert. Was wollen Sie über ihn wissen?«

»Alles, was Ihnen bekannt ist.«

»Die Formulierung, die benutzt wurde, war ›Erzählen Sie ihm alles, was er Ihrer Meinung nach wissen sollte‹«, sagte Delchamps.

»Dann gibt es ein Kommunikationsproblem zwischen Botschafter Montvale und der Person, mit der Sie gesprochen haben«, sagte Castillo. »Man sollte Ihnen sagen, mir alles zu erzählen, was Sie wissen, und ich will alles wissen.«

»Es war Montvale persönlich, der mich anrief«, sagte Delchamps.

»Und die Formulierung, die er benutzte, war ›Sagen Sie ihm, was er Ihrer Meinung nach wissen sollte‹?«

»Genau das hat er gesagt.«

»In diesem Fall, Mr Delchamps, wenn wir nach nebenan gehen und über die gesicherte Leitung telefonieren, werden wir mit dem Präsidenten reden, und Sie werden ihm berichten, was Ihnen Botschafter Montvale gesagt hat.«

Delchamps schwieg.

»Wenn Sie meine Meinung hören wollen, Mr Delchamps«, sagte Colonel Torine, »ich war bei Mr Castillo – an Bord von Air Force One – als der Präsident Botschafter Montvale sagte, er soll Mr Castillo alles geben, was er haben will.«

»Warum sollte ich das glauben?«, fragte Delchamps.

»Weil es die Wahrheit ist.«

Delchamps dachte einen Moment darüber nach und sagte dann: »Scheiße.«

»Wie bitte?«, sagte Castillo.

»Ich sagte ›Scheiße‹. Sagen Sie mir nicht, Sie haben so was noch nie gehört. Montvale sagte, Sie seien in Wirklichkeit ein Offizier der Army. Ein Major.«

»Schuldig.«

»Dem man mehr Machtbefugnis gegeben hat, als er vertragen kann, und der sie nicht lange haben wird.«

»Dieser Hurensohn!«, explodierte Torine.

»Ja«, sagte Delchamps.

»Sie werden mit dem Präsidenten telefonieren müssen, Charley«, sagte Torine.

»Bevor wir das tun, lassen Sie mich Ihnen erzählen, wo ich herkomme«, sagte Delchamps. »Und wir werden sehen, wie es weitergeht.«

»Nur zu«, sagte Castillo.

»Ich bin lange in diesem Geschäft«, sagte Delchamps. »Lange genug, um mich morgen pensionieren zu lassen, wenn ich das will. Ich bin lange genug dabei gewesen, um zu erleben, wie eine Menge harter Arbeit den Bach runter ging – und, was das anbetrifft, Leute gekillt wurden, weil irgendein Karrierearschloch mit politischer Macht und Einfluss seine Nase in das steckte, was ermittelt worden war, und es vermasselte. Ich habe an diesem Abschaum Lorimer lange Zeit gearbeitet, Jahre. Und es ist nicht leicht gewesen.«

»Wie das?«, fragte Castillo.

»Haben Sie irgendeine Ahnung, womit er beschäftigt war?«

»Ja«, sagte Castillo, »er war ein Verteiler von Schutz- und Schmiergeldern, vielleicht der wichtigste in dem irakischen Projekt Öl für Nahrung.«

Castillo sah Torines und Fernandos überraschte Mienen. Er hatte nicht erzählt, was Kennedy ihm gesagt hatte, nur, dass sie sich getroffen hatten und Kennedy nicht wusste, wo Lorimer war.

»Die Kurzfassung ist, wie Sie wissen«, sagte Castillo, »dass die Franzosen die Sanktionen gegen Hussein lockern wollten, doch die Vereinigten Staaten – und die Briten – ›Hölle, nein!‹ sagten. So kam der UN-Sicherheitsrat 1996 in seiner unendlichen Weisheit mit Öl für Nahrung ins Spiel, indem er sagte, dieses Programm würde das irakische Volk am Leben halten. In Wirklichkeit eröffnete es Saddam eine Möglichkeit, seine freundlich gesinnten Franzosen und Russen und andere Gauner zu belohnen. Die Ölzuteilungen beliefen sich auf insgesamt fünfundsechzig Milliarden Dollar zu der Zeit, als die Vereinigten Staaten Bagdad 2003 – und damit das Programm – besiegten. An fünfundsechzig Milliarden Dollar ist viel Rahm abzuschöpfen, und Lorimer hielt den Geldkoffer und die Namen der Empfänger in der Hand.«

»Sie werden mir nicht sagen, von wem Sie erfahren haben, dass Lorimer der Verteiler war?«, fragte Delchamps. Es klang fast wie eine Herausforderung.

»Nein.«

»Ich frage Sie später noch einmal«, sagte Delchamps. »Vielleicht besinnen Sie sich dann anders.«

»Alles ist möglich«, sagte Castillo.

»Okay, um des Arguments willen, er ist der wichtigste Verteiler gewesen. Er kennt vielleicht fünfzig Prozent der Leute – vielleicht mehr –, die bezahlt wurden, weiß, wie viel Geld sie erhielten, wie und wann. Und wofür. Einige dieser Leute sind bei den UN, hoch oben in den Vereinten Nationen. Deshalb sind die UN nicht daran interessiert, dass dies herauskommt. Einige der Leute, die ausbezahlt wurden, sind Franzosen. Die Franzosen haben ein interessantes Gesetz, das besagt, dass gegen den Präsidenten von Frankreich nicht ermittelt werden kann, solange er dieses Amt innehat. Und das Deuxième Bureau – Sie wissen, was das ist?«

Castillo nickte.

»Sie betrachten die Agentur als größere Gefahr für La Belle France, als es die SS jemals war, und kooperieren entsprechend. Das macht es schwierig, Licht in diese Sache zu bringen.«

»Ich kann verstehen, wie schwierig es sein würde«, sagte Castillo.

»Das Gleiche gilt für die Deutschen«, fuhr Delchamps fort. »Ich habe immer noch einige Freunde auf der anderen Seite des Rheins – ich arbeitete in den guten alten Tagen des Kalten Kriegs einige Zeit lang in Berlin und Wien –, und sie versorgen mich mit einigem Material, zusammen mit dem freundlichen Rat, auf meinen Rücken aufzupassen, weil einige sehr bedeutende Deutsche beteiligt waren und nicht wollten, dass es herauskommt. Es waren auch viele Russen darin verwickelt. Und eine Menge Bargeld, die wir in Saddam Husseins Geheimfächern fanden, ging von dort aus in Flugzeuge, die ein legendärer russischer Geschäftsmann namens Aleksandr Pevsner besitzt. Haben Sie jemals diesen Namen gehört?«

»Ja, davon habe ich gehört«, sagte Castillo.

»Er betreibt eine Art FedEx-Kurierdienst für Leute, die

Dinge um die Welt herumtransportieren, ohne dass jemand davon weiß. Ich schweife mal ab. Vor einem Monat sagte man mir – allen Stationschefs –, ich solle mich nicht um irgendwas kümmern, was dieser Hurensohn Pevsner treibt, ohne eine besondere Genehmigung von Langley in jedem Fall zu haben.«

»Pevsner war in das Öl-für-Nahrung-Geschäft verwickelt?«, fragte Castillo.

»Nicht direkt, soweit ich das herausfinden konnte. Er hat das Geld bewegt, und ich habe den Verdacht, dass Saddam Hussein eine Menge Zeug, das er nicht bekommen sollte, mit Pevsners Flugzeugen nach Bagdad geliefert bekam.«

Torines und Castillos Blicke begegneten sich kurz.

»Was uns zu den Amerikanern bringt«, fuhr Delchamps fort. »Wir hatten einige Geschäftsleute mit Unternehmungsgeist in Houston, die bis zum Hals in der Öl-für-Nahrung-Bande steckten. Verzeihen Sie mir, dass ich zynisch klinge, aber ich habe die Erfahrung gemacht, wenn reiche Ölschieber Politikern große Zuwendungen machen, haben diese Politiker ein offenes Ohr für sie, wenn sie zum Beispiel möchten, dass die CIA, das FBI oder andere Dienste die Hände von Geschäftsleuten lassen sollen, wie zum Beispiel von diesem Pevsner.«

Delchamps legte eine Pause ein.

»Kann ich doch noch einen Kaffee haben?«, fragte er dann.

»Na klar«, sagte Castillo, griff zur Kaffeekanne, nahm eine Tasse und schenkte ein.

Delchamps gab Zucker in den Kaffee und rührte um.

»So weit war ich also vor ein paar Tagen, als diese Lorimer-Sache kam.«

»Ich glaube, ich kann Ihnen nicht folgen«, sagte Castillo.

»Der Junge vom Secret Service hier ist ein Freund von mir. Wissen Sie, zwei alte Dinosaurier in einem Wald voller junger, politisch korrekter Hüpfer vom Außenministerium. Ein Freund von ihm rief ihn an und bat ihn, Lorimer ausfindig zu machen, und er kam zu mir, weil er wusste, dass ich an der Lorimer-Sache arbeitete.«

Er nippte an seinem Kaffee und fuhr dann fort. »Ich wusste, dass es schlimm werden würde, als der Botschafter mich bestellte und mich über Lorimer befragte. Er hatte einen Anruf von Sowieso Cohen erhalten, von der Außenministerin persönlich.«

»*Natalie* Cohen«, sagte Castillo.

»Munteres kleines Weibchen«, sagte Delchamps. »Ich mag sie. Jedenfalls ging es darum, den kleinen Bastard wirklich zu schnappen, als jemand die ganze Sache abblies.«

»Wollen Sie das erklären?«

»Meine etwas zynische Ader ließ mich argwöhnen, dass jemand in Langley einen großen Mund hatte und jemandem im Außenministerium erzählte, dass ich meinen Bericht über Lorimer fast fertig hatte. Es gibt Leute im Außenministerium, die das gegenwärtige böse Blut zwischen den Froschfressern und den Vereinigten Staaten – und zwischen einigen Senatoren, die im Öl-für-Nahrung-Skandal ermitteln, und den Vereinten Nationen – tief bedauern und befürchten, wir würden diese unglückliche Situation verschärfen, indem wir publik machen, dass die Scheißfranzosen – bis rauf zu Chirac, und er vielleicht auch – beteiligt waren und dass der Kassierer und Verteiler von Schmiergeldern ein UN-Diplomat war.«

»Sie dachten, sie würden Ihren Bericht vernichten?«, fragte Castillo.

»Ihn in der Versenkung verschwinden lassen«, sagte Delchamps. »Wie Lorimer. Wenn er Glück hatte.«

»Wie soll ich das verstehen?«, fragte Castillo.

»Es ist natürlich möglich, dass er in Moskau ist oder vielleicht in Berlin und alles erzählt, was er weiß, wer außer den

Russen oder Deutschen bezahlt wurde. Das Wissen, dass die Leichen der anderen Jungs begraben sind, ist ein sehr nützliches diplomatisches Instrument. Es hält sie davon ab, darüber zu reden, wo ihre eigenen Leichen sind.«

»Sie meinen, dass Lorimer gekillt worden ist?«, fragte Castillo.

»Er hat Glück gehabt, wenn er schnell gekillt worden ist – mit anderen Worten, nur um ihn zum Schweigen zu bringen. Aber wenn jemand wissen wollte, was er wusste – hm. Sie haben das bei seinem Kumpel gemacht, bei einem Libanesen namens Henri Douchon in Wien. Um ihn zu ermuntern, ihre Fragen zu beantworten, haben sie ihm zwei seiner Fingernägel und ein halbes Dutzend seiner Zähne gezogen. Dann haben sie ihm die Kehle durchgeschnitten.«

»Wann war das?«, fragte Castillo.

»Vor ein paar Wochen.«

»Wann hat jemand zum letzten Mal Lorimer gesehen?«, fragte Castillo.

»Nach seinen Belastungen von American Express flog er am zwölften dieses Monats nach Wien. Am selben Tag kaufte er – oder jemand kaufte mit seiner American-Express-Karte – ein Zugticket von Wien nach Paris. Ich weiß nicht, ob er es je benutzt hat, aber er könnte hierher zurückgekommen sein. Ich weiß es einfach nicht. Ein Szenario, das mir in den Sinn kommt: Er wurde geschnappt, als er seinen Kumpel Douchon besuchen fuhr. Dann packten sie ihn, um ihm Fragen zu stellen – oder auch nicht. Je nachdem schnitten sie ihn in kleine Stücke und warfen ihn in die schöne blaue Donau. Oder er kam hierher zurück, wo sie ihn packten, und nachdem er ihre Fragen beantwortet hatte, warfen sie die Reste von ihm in die Seine.«

»Haben Sie in Erwägung gezogen, dass er sich versteckt haben könnte?«, fragte Castillo.

»Klar. Aber das bezweifle ich. Ich bin überzeugt, dass er tot ist. Das sind sehr üble Leute, die nicht lange überlegen, bevor sie ihn ausschalten.«

»Ich hörte, er hat einiges von dem Auszahlungsgeld für sich abgezweigt«, sagte Castillo.

»Könnte sein. Aber ich bezweifle das. Er wurde gut bezahlt. Aber ich konnte keine Spur vom großen Geld finden.«

»Und Sie meinen, Sie wären dazu in der Lage gewesen?«

Delchamps nickte überzeugt.

»Ich war sogar in seiner Wohnung«, sagte er. »Er hatte einiges wirklich schönes Zeug, Antiquitäten, Gemälde et cetera. Mehr, als er sich mit seiner Bezahlung von den UN leisten konnte, aber viel weniger, als er gehabt hätte, wenn er blöde genug gewesen wäre, das Geld dieser Leute auf die Seite zu schaffen.«

»Okay«, sagte Castillo. »Danke. Aber noch eine Frage. Wenn Sie sich verstecken müssten, nur um des Arguments willen, wo würde das Ihrer Meinung nach sein?«

»Irgendwo in einem Schrank«, sagte Delchamps. »Oder unter einem Bett. Jean-Paul Lorimer war ein Schlappschwanz und Feigling. Er hatte nicht den Mumm, ein Krimineller zu sein.«

»Sie kannten ihn?«

»Ich habe ihn des Öfteren gesehen. Ich bin der Kulturattaché der Botschaft. Ich kann auf Spesenrechnung die Oper besuchen et cetera. Und ich wurde zu all den Partys eingeladen. Das diplomatische Korps liebt es, Amerikaner dabei zu haben, sodass es uns sagen kann, wie sehr wir die Welt versauen.« Er legte eine Pause ein. »Okay, das ist alles, was ich weiß. Meinen Sie, dass ich irgendetwas vergessen habe?«

»Ich möchte all Ihre Akten über Lorimer sehen«, sagte Castillo.

»Damit sie in dem schwarzen Loch verschwinden können?«

»Fotokopien würden reichen. So hätten Sie immer noch die Originale.«

»Sie fragen nicht nach den Originalen?«

Castillo schüttelte den Kopf. »Fotokopien wären prima. Wie lange würde es dauern, bis Sie alles kopiert haben?«

»Würden Sie die Kopien Montvale übergeben – oder vielleicht jemandem in der Agentur –, sodass sie mir mitteilen können ›Schicken Sie sofort per Kurier die Originale der unten aufgeführten Dokumente, und sorgen Sie für die Vernichtung aller Kopien davon‹?«

»Ich brauche Montvale nichts zu geben«, sagte Castillo. »Und in diesem Augenblick fällt mir auch nichts ein, was ich ihm geben möchte. Und was die Agentur anbetrifft, so bin ich auf Langleys Liste mit dem Vermerk: ›Macht den Bastard fertig, wenn es möglich ist.‹ Ich will die Kopien für mich haben.«

Delchamps neigte den Kopf, offensichtlich in Gedanken vertieft. Dann trank er einen weiteren Schluck Kaffee. Schließlich lehnte er sich auf seinem Stuhl zurück und zündete sich einen Zigarillo an.

»Sonderbar, dass Sie nach Fotokopien meiner Akten über Lorimer fragen, Mr Castillo. Durch einen merkwürdigen Zufall habe ich die meiste Zeit des gestrigen Nachmittags und frühen Abends damit verbracht, angefangen nach Botschafter Montvales Anruf, Fotokopien davon zu machen. Zu dieser Zeit spielte ich mit den Gedanken, meinen Abschied zu nehmen und ein Buch mit dem Titel *Was die CIA nicht über Öl für Nahrung herausfinden wollte* zu schreiben.«

»Und was ist mit der Erklärung ›Meine Lippen werden für immer und drei Wochen versiegelt sein‹, die Sie unterschrieben haben? Sie könnten schwer in die Klemme geraten, wenn Sie so ein Buch schreiben.«

»Sind Sie jemals einem Mann namens Billy Waugh begegnet?«

Castillo nickte.

»Diese Vermutung hatte ich«, sagte Delchamps. »Billy schrieb ein Buch mit dem Titel ›Ich hatte Osama bin Laden im Visier, und die Nieten in Langley ließen mich nicht schießen‹ – oder so etwas – und Billy ist nie etwas passiert.«

»Sie hatten vermutlich Angst, dass Billy ein anderes Buch mit dem Titel ›Arschlöcher bei der CIA, die ich gekannt habe‹ veröffentlicht«, sagte Castillo.

Delchamps lachte. »Das dachte ich mir«, sagte er. »Und ich sagte mir, dass sie vermutlich bei mir die gleichen Befürchtungen hatten.« Er stand vom Tisch auf und sagte: »Ich habe einen so großen Stapel.« Er spreizte Daumen und Zeigefinger an seiner erhobenen Hand. »Ich gehe nach nebenan und hole ihn.«

»Danke«, sagte Castillo. »Noch eine Frage. Warum haben Sie sich anders entschieden und mir alles erzählt?«

»Eine ehrliche Antwort?«

»Bitte.«

»Wie schon gesagt, ich bin ein Dinosaurier. Ich bin lange in diesem Job. Als ich jung war und in Berlin anfing, hatten wir dort Jungs, die im Zweiten Weltkrieg gewesen waren, Jedburghs, solche Leute. Ich kannte sogar Bill Colby. Einer von ihnen sagte mir, wenn man einem Menschen nicht in die Augen sehen und ihn einschätzen kann, dann soll man sich einen anderen Job suchen. Er hatte recht. Sie – ihr alle drei – habt den richtigen Blick.«

Delchamps nickte Fernando und Torine zu und verließ den Raum.

Als die Tür geschlossen war, sagte Fernando: »Lorimer ist also tot. Und was jetzt, Gringo?«

»Wir wissen nicht, dass er tot ist«, sagte Castillo. »Nach dem, was Delchamps gesagt hat, kann Lorimer nur um den zwölften dieses Monats herum geschnappt worden sein. Man hat Mrs Masterson erst am zwanzigsten entführt oder Masterson erst am Morgen des dreiundzwanzigsten ermordet. Das sind ein paar Tage. Ich denke, man hätte es in dieser Zeit erfahren, wenn jemand Lorimer beseitigt hätte.«

»Okay«, sagte Fernando. »Dieselbe Frage. Was jetzt?«

»Du holst Sergeant Kranz aus dem Bett«, sagte Castillo. »Sag ihm, er soll packen.«

Sergeant First Class Seymour Kranz, ein Kommunikator von Delta/Gray Fox, war einer der beiden Kommunikatoren, die sie – zusammen mit ihrer Satelliten-Kommunikationsausrüstung – in Fort Bragg abgeholt hatten. Colonel Torine hatte Kranz gesagt, er habe ihn ausgewählt, sie nach Europa zu begleiten, anstelle des anderen Kommunikators, der alles beim Nebraska-Avenue-Komplex installiert hatte, weil Torine der festen Überzeugung war, dass bei der Überquerung eines Ozeans jedes Pfund zählte. Kranz erfüllte kaum die Mindestanforderungen der Army an Körpergröße und Gewicht. Der wahre Grund, weshalb Kranz von Torine und Castillo mitgenommen worden war, war, dass er bei der Suche nach der gestohlenen 727 bewiesen hatte, dass man keine zwei Meter groß und zweihundert Pfund schwer sein musste, um ein erstklassiger Special Operator zu sein.

»Wohin fliegen wir?«, fragte Torine.

»Wir besuchen meinen Onkel Otto«, sagte Castillo und ging zur Couch. Er setzte sich und nahm den Hörer des Telefons vom Apparat auf dem Couchtisch.

2

Büros der Verlagsleitung
Fuldaer Tageszeitung
27. Juli 2005, 8 Uhr 05

Frau Gertrud Schröder war eine untersetzte – aber keineswegs fette oder auch nur pummelige – sechzigjährige Hessin, die ihr graues Haar zu einem Knoten zusammengebunden und hochgesteckt hatte. Seit sie zwanzig gewesen war, war sie bei der *Tageszeitung* angestellt, und sie hatte immer für denselben Chef, Otto Görner, gearbeitet.

Otto Görner war kurz nach seiner Promotion von der Philipps-Universität in Marburg an der Lahn in die Firma eingetreten, zum Teil, weil er Wilhelm von und zu Gossingers bester Freund gewesen war. Wilhelm war der Sohn und zukünftige Erbe von Hermann Wilhelm von und zu Gossinger, dem geschäftsführenden Direktor und Hauptaktionär der Gossinger Beteiligungsgesellschaft GmbH.

Als Gertrud bei der Firma Gossinger angefangen hatte, war es eine mittelgroße Gesellschaft gewesen, nicht annähend so groß, wie sie vor dem Zweiten Weltkrieg gewesen oder jetzt war. Die Firmen der Gesellschaft vor dem Krieg waren in Ungarn und dem jetzigen Ostdeutschland – Holzverwertung, Großbauernhöfe, Zeitungen, Brauereien und andere Geschäfte – von den Kommunisten Ostdeutschlands und der ungarischen Regierung konfisziert worden.

Im Jahre 1981 war Otto Görner in der Hierarchie der Gesellschaft aufgestiegen und Hermann Wilhelm von und zu Gossingers Assistent geworden. Der Titel spiegelte nicht seine wahre Bedeutung wider. Er war de facto die Nummer zwei gewesen. Aber es wäre peinlich gewesen, dies deutlich auszudrücken. Wilhelm von und zu Gossinger sollte die Nummer zwei in der Familiengesellschaft sein.

Zu jener Zeit war es Gertruds privat gehütete Meinung gewesen, dass das Thema erledigt sein würde, wenn Otto Frau Erika von und zu Gossinger heiraten würde. Frau Erika war niemals verheiratet gewesen. Sie wurde »Frau« aus Respekt vor den Empfindsamkeiten der Familie genannt. Als sehr junges Mädchen hatte Erika einen Fehler begangen, ausgerechnet mit einem amerikanischen Piloten. Das Ergebnis war ein Junge gewesen, der Karl Wilhelm von und zu Gossinger getauft worden war. Zu diesem Zeitpunkt hatte niemand gewusst, wo der Vater war. Gertrud wusste, dass der alte Herr ihn hätte finden können, wenn er gewollt hätte, und schloss, dass der alte Herr sich sagte, dass überhaupt kein Vater besser war, jedenfalls bis auf Weiteres, als ein Amerikaner, der seine Hände auf das Gossinger-Geld legen könnte.

Bis auf Weiteres bedeutete nach Gertruds Einschätzung, bis der alte Herr eine Heirat zwischen seiner Tochter und seinem Assistenten arrangieren konnte. Er – jeder – wusste, dass Otto Görner Frau Erika und den kleinen Karl besonders liebte und dass der alte Herr überzeugt war, dass Görner für Erika ein guter Ehemann und für den einzigen Enkel, den er liebte, ein guter Vater sein würde.

Und wenn sie erst verheiratet sein würden, dann würde es völlig angemessen für Otto Görner sein – jetzt ein Familienmitglied –, jede Position in der Familienfirma innezuhaben.

Das Problem wurde in diesem Jahr gelöst – jedoch nicht auf die Weise, die Gertrud erhofft hatte –, als an Wilhelm von und zu Gossingers Mercedes ein Reifen platzte, während er und sein Vater auf der Heimfahrt von Kassel waren. Die Polizei schätzte, dass sein Wagen mit 220 Stundenkilometern gefahren war, als er auf der Autobahn A 7 gegen die Leitplanke einer Brücke gekracht und neunzig Meter tief in eine Schlucht darunter gestürzt war.

Das bedeutete, dass Frau Erika fast die einzige Besitzerin der Aktien der Gossinger Beteiligungsgesellschaft GmbH wurde. Sie wusste nicht, welche Anteile in einem Trust waren, den der alte Herr für den kleinen Karl gegründet hatte, der jetzt zwölf war. Wie erwartet, wurde Otto Görner der leitende Direktor der Firma. Frau Gertrud glaubte, dass es jetzt nur noch eine Frage des Wartens auf einen passenden Zeitpunkt nach der Trauerzeit – sagen wir, ein halbes Jahr oder so – war, bevor Frau Erika von Otto geheiratet werden würde.

Es kam jedoch anders. Frau Erika erfuhr die Diagnose ihrer Krankheit: Bauchspeicheldrüsenkrebs. Sie wandte sich an die U. S. Army, um den Vater des kleinen Karls zu finden. Er lag auf dem Nationalfriedhof in San Antonio, Texas, unter einem Grabstein, in den die Darstellung der Tapferkeitsmedaille gemeißelt war.

Die Familie wurde ebenfalls aufgespürt. Und für Frau Gertrud hatte es den Anschein, dass das Gossinger-Imperium in die Hände einer texanischen Familie mit mexikanischer Abstammung fallen würde und dass das arme kleine Karlchen statt in das Herrenhaus der Familie – das *Haus im Wald* in Bad Hersfeld – in einen Adobeschuppen in der texanischen Wüste umziehen würde, wo sein frisch aufgespürter Großvater mit dem Sombrero über den Augen in der Sonne döste und von Fliegen umschwirrt wurde.

Es kam jedoch wieder anders. Weniger als vierundzwanzig Stunden, nachdem Doña Alicia Castillo erfahren hatte, dass ihr Sohn ein Kind der Liebe in Deutschland hinterlassen hatte, stand sie an der Tür vom Haus im Wald und sagte Frau Erika, sie sei gekommen, um sich um sie und den Jungen zu kümmern. Kurz darauf folgte ihr Don Fernando Castillo, ihr Ehemann, Karlchens Großvater und Präsident und Geschäftsführer von Castillo Enterprises Inc. Als Gertrud im *Standard & Poors* nachschaute, was das genau war, erfuhr sie, dass Castillo Enterprises, Inc., eine Corporation in Privatbesitz war, deren geschätztes Kapital im Wert ungefähr 2,3 mal so hoch war wie das der Gossinger Beteiligungsgesellschaft GmbH.

Zwei Wochen bevor Frau Erika ihrem Krebsleiden erlag, nahm Don Fernando Castillo Karlchen, der jetzt in Carlos Guillermo Castillo umbenannt war, nach Texas mit, und beließ »bis auf Weiteres, bis ich weiß, wie alles am besten arrangiert wird«, Otto Görner als Geschäftsleiter der Gossinger Beteiligungsgesellschaft GmbH.

»Bis auf Weiteres« dauerte, bis C. G. Castillo mit einundzwanzig sein Erbe antrat – kurz bevor er in der US-Militärakademie West Point graduierte. Eine der ersten Amtshandlungen als Hauptaktionär der Gossinger Beteiligungsgesellschaft bestand darin, mit Otto Görner einen lebenslangen Vertrag auszuhandeln, nach dem er lebenslang als Geschäftsführer dienen würde. Er garantierte ihm ein Jahresgehalt und eine prozentuale Gewinnbeteiligung.

»Guten Morgen, Gertrud«, sagte Otto Görner, als er sein Büro betrat. Er war ein großer, schwergewichtiger Mann mit rötlichem Gesicht, den viele Leute für einen Bayern hielten.

»Soeben hat Karlchen angerufen«, sagte Frau Schröder.

»Warum haben Sie ihm nicht gesagt, dass er mich im Wagen anrufen soll?«

»Er kommt her. Er und Fernando und zwei andere.«

»Hat er gesagt, warum?«

»Er sagte, er will Ihnen – im *Haus im Wald* – ein neues Satellitentelefon zeigen, das Sie vielleicht für all unsere Auslandskorrespondenten kaufen wollen.«

»Gott!«

»Wir haben eine Rechnung für ihn und drei andere für die vergangene Nacht im Crillon bekommen«, erklärte Frau Schröder.

Frau Schröder hatte sich angewöhnt, jeden Tag als Erstes oder Zweites zu überprüfen, was Karl W. Gossinger mit seiner American-Express-Karte für die *Tageszeitung* ausgegeben hatte. So wussten sie und der Chef, wo er war.

»Das Crillon in Paris?«

Sie nickte. »Und er hat immer noch Zimmer – vielleicht nur eines – im Four Seasons in Buenos Aires.«

»Ich frage mich, was unser Karlchen treibt.«

»Sie könnten ihn fragen.«

»Das haben wir schon alles hinter uns, Gertrud. Wenn ich ihn etwas frage, werde ich wahrscheinlich eine Antwort bekommen, die ich wirklich nicht hören will.«

Gertrud sagte nichts.

»Ein neues Satellitentelefon? Was, zur Hölle, hat das zu bedeuten?«, fragte Görner.

»Da Sie ihn nicht fragen wollen, werden wir es wohl nie erfahren«, sagte sie.

»Hat er gesagt, wann er – wann *sie* - kommen?«

»Heute.«

»Hat er gesagt, mit welchem Flug? Und kann ich rechtzeitig zum Rhein-Main fahren, um ihn abzuholen?«

»Er sagte, sie haben Fernandos Flugzeug und fliegen nach Leipzig-Halle.«

»Sie sind mit diesem kleinen Jet über den Atlantik geflogen?«

»Ist das eine dieser Fragen, auf die Sie wirklich die Antwort hören wollen?«

»Eine andere ist: Warum Leipzig? Als Letztes hörte ich, dass Frankfurt viel näher bei Paris ist.«

»Wir wissen nie, was unser Karlchen macht, nicht wahr?«

»Was er *wirklich* macht«, sagte Görner. »Im Gegensatz zu dem, was er zu sein vorgibt. Also wann fliegen sie nach Leipzig?«

»Er sagte, es würde vielleicht anderthalb Stunden dauern, bis sie aus Paris raus sind, und dass es etwas über eine Stunde Flug nach Leipzig-Halle ist. Das war vor zehn Minuten, so sollten sie also zwischen halb elf und elf ankommen.«

»Wenn ich jetzt sofort fahre und mich sehr beeile, könnte ich bis zu ihrer Ankunft dort sein und sie abholen.«

»Können Sie sie alle in Ihren Wagen bekommen?«, fragte Frau Schröder.

»Vielleicht nicht«, sagte er. »Wenn sie viel Gepäck haben, nein. Dann werden wir uns einfach einen Wagen am Flughafen mieten.«

»Oder ich könnte in meinem Wagen hinfahren.«

»Warum würden Sie das tun?«

»Als er das letzte Mal hier war, hatte ich vielleicht zwei ganze Minuten mit ihm allein.«

»Erinnern Sie mich daran, dass ich meine Frau anrufe und ihr erzähle, dass Besuch kommt«, sagte Görner.

3

Flughafen Leipzig-Halle
27. Juli 2005, 10 Uhr 40

»Mein Gott«, begrüßte Castillo Otto Görner und Frau Schröder. »Wie komme ich zu der Ehre?«

Er gab Frau Schröder einen feuchten Kuss auf die Stirn.

»Ach, Karlchen!«, sagte sie.

»Wo sind deine Freunde?«, fragte Görner.

»Gehen durch den Zoll und die Passkontrolle. Wir Deutschen passen ja sorgfältig auf, welche Amerikaner wir ins Land lassen, weißt du.«

»Das halte ich nicht für lustig, Karl«, sagte Görner.

»Ich auch nicht«, sagte Castillo. »Aber die Fakten sind, dass ich, als guter Deutscher, durchgewinkt wurde, und meine Freude von den Behörden sorgfältig überprüft werden.«

»Und wer sind deine Freunde?«

»Einer ist ein Colonel der Air Force, und der andere ein Sergeant von den Special Forces.«

»Ich werde nicht fragen, was sie hier tun, weil ich glaube, du würdest mir nicht die Wahrheit erzählen, und selbst wenn ich es täte, bezweifle ich, dass ich es wissen will.«

»Ich sage es dir. Wir ermitteln in dem Öl-für-Nahrung-Skandal.«

»Wir haben bereits Leute an dieser Story.«

»Und ich will mit ihnen reden, besonders mit dem Jungen, der die Ermordung von Monsieur Douchon in Wien entdeckt hat. Und ich möchte mehr darüber hören, was die Alten Marburger über das Heiligtum sagen ...«

»Ich bezweifle, dass wir diese Unterhaltung hier führen sollten, Karl, oder?«, unterbrach Görner.

»Vermutlich nicht. Wir können im Wagen auf dem Weg nach Bad Hersfeld reden«, sagte Castillo. Er wandte sich an Frau Schröder. »Ich bezweifle, dass du darin verwickelt wirst, Tante Gertrud.«

Sie legte ihm beide Hände auf die Wangen und sah ihm in die Augen.

»Ich wünschte bei Gott, du wärst nicht darin verwickelt, Karlchen«, sagte sie. »Aber da du es bist, wage es nicht, mich auszuschließen.«

Fernando Lopez kam heran. Er schlang einen Arm um Frau Schröders Schultern, küsste sie auf die Wange und sagte: »Kümmern Sie sich immer noch um diesen alten Dingsda, Frau Gertrud?«

»Jemand muss das ja«, sagte sie. »Ihrer Großmutter geht es gut, hoffe ich?«

»Sehr gut, danke. Wenn Sie gewusst hätte, dass ich diese große Tour durch Europa mache, hätte sie mir sicher Grüße für Sie aufgetragen.«

»Wie geht es Ihnen, Fernando?«, fragte Otto.

»Ich weiß nicht, Otto«, sagte Fernando. »Ich habe das unbehagliche Gefühl, dass ich in eine große, teutonisch sorgfältige Datenbasis von verdächtigen Leuten geraten bin.«

Weder Otto noch Gertrud sagten etwas.

Colonel Torine und Sergeant Kranz – der einen enormen Hartschalenkoffer hinter sich herzog – kamen einen Augenblick später auf sie zu.

»Alles okay, Seymour?«, fragte Castillo.

»Jawohl, Sir. Die Behörden, die sich sehr bemühten, haben keine Explosivstoffe oder verbotenen Substanzen in meinem Gepäck gefunden.«

»Seymour, dies ist Mr Görner, der versucht hat, einen anständigen Menschen aus mir zu machen, seit ich in Windeln lag, und dies ist Frau Schröder, die ihn dabei auf dem Pfad der Tugend gehalten hat.«

»Guten Tag«, sagte Kranz.

»Herr Gossinger erzählt mir, Sie seien in der Army, Herr Kranz?«, fragte Frau Schröder zweifelnd.

Kranz blickte zu Castillo, der nickte, und antwortete dann.

»Nicht genau, Ma'am«, sagte Kranz auf Deutsch. »Ich bin bei den Special Forces.«

»Sie meinen, mit dem Beret, dem Green Beret?«

»Jawohl, Ma'am, mit dem Beret.«

»Wie interessant«, sagte sie. »Und Sie sprechen Deutsch.«

»Ja, Ma'am. Die meisten von uns sprechen ein paar Sprachen.«

»Und dies ist Colonel Jake Torine von der Air Force«, sagte Castillo.

»Wenn Sie verantwortlich dafür sind, Karl – Charley – auf dem Pfad der Tugend zu halten, Colonel, haben Sie mein tiefstes Mitgefühl«, sagte Görner.

»Ich betrachte ihn als das Kreuz, das ein rechtschaffener Mensch tragen muss«, sagte Torine.

»Ich auch«, sagte Görner.

4

Haus im Wald
Bei Bad Hersfeld
Kreis Hersfeld-Rotenburg
Hessen, Deutschland
27. Juli 2005, 13 Uhr 10

Frau Helena Görner, eine grazile Blondine, die Bayerin war, aber nicht aussah, als könne sie sich in einem bestickten Dirndl und mit Zöpfen wohl fühlen, wartete mit dem Mittagessen auf sie, als sie beim *Haus im Wald* eintrafen.

»Willkommen daheim, Karl«, sagte sie auf Englisch und hielt ihm ihre Wange zu einem Kuss hin, als sei er ein entfernter Verwandter, der zu diesem Privileg berechtigt sei. Dann tat sie dasselbe bei Fernando.

»Doña Alicia, Maria und deinen lieben Kindern geht es gut, hoffe ich, Fernando?«

»Sehr gut, danke, Helena«, erwiderte Fernando. »Und deinen Teppichratten? Wie geht es ihnen und wo sind sie?«

Castillo und Otto lachten.

»Unsere Kinder sind hier, aber ich war mir nicht sicher, ob es passend für sie ist, mit uns zu essen.«

»Helena, du darfst nicht vergessen, dass deine Teppichratten meine Patenkinder sind«, sagte Castillo. »Bring sie her!«

»Absolut«, stimmte Fernando ein. »Je mehr Teppichratten, desto besser.«

Frau Görner, die sich zu einem Lächeln zwang, wandte sich zu einem Dienstmädchen mit weißer Schürze und Kittel um.

»Ilse, bringen Sie bitte die Kinder in den Speiseraum«, sagte sie und fügte für jeden hinzu: »Ich werde euch dort Gesellschaft leisten.«

Ilse ging in die Halle hinaus.

»Tut ihr beide euer Bestes, um meine glückliche Ehe zu zerstören?«, fragte Otto. Er schien nicht wirklich ärgerlich auf sie zu sein.

»Ihr beide solltet euch schämen«, sagte Gertrud, aber auch sie war anscheinend nicht sehr ärgerlich.

»Irgendwie habe ich das Gefühl, dass unsere Gastgeberin es nicht mag, wenn meine Patenkinder als Teppichratten bezeichnet werden«, sagte Castillo zu Torine und Kranz. »Ich werde euch beide ...«

»Du spürst das, nicht wahr?«, fragte Görner sarkastisch.

»... vorstellen, wenn sie ihr bayerischen Temperament unter Kontrolle bekommt.« Er wies zu einer Tür. »Da ist der Aufzug. Die Sportlichen können die Treppe benutzen.«

»Als er neun oder zehn war«, sagte Otto, »pflegte Karl zu den Ställen zu gehen, die Katzen zu sammeln – fünf, sechs, mehr – und in den Aufzug zu laden. Sein Opa, der Karlchen nicht den Aufzug benutzen ließ und Katzen hasste, ließ den Aufzug kommen, und wenn die Tür aufging, sprangen alle raus in sein Schlafzimmer. Man konnte den alten Herrn bis nach Fulda schreien hören.«

»Er war ein schlimmer kleiner Bengel«, sagte Gertrud und lächelte liebevoll, »der aussah wie ein Engel.«

»Gehen wir in den Speiseraum und trinken ein Bier«, sagte Castillo. »Ich mache es sozusagen selbst.«

»Wenn Helena Champagner anbietet, wirst du ihn trinken, Karl«, sagte Görner entschieden.

»Jawohl«, sagte Castillo und lächelte. Er schlug die Hacken zusammen und winkte alle zum Aufzug. Es war sehr eng da drinnen, aber sie schafften es alle, hineinzukommen.

Der große Speiseraum befand sich im zweiten Stock. Eine Wand war mit einem schweren Vorhang bedeckt. Castillo ging hin, fand einen Schalter und tippte darauf. Der Vorhang öffnete sich und enthüllte Glasfenster vom Boden bis zur Decke, die einen Blick auf sanft gewelltes Bauernland boten.

»Schöne Aussicht«, sagte Torine.

»Kommen Sie her«, sagte Castillo, »und Professor Castillo wird Ihnen einen Vortrag über ziemlich junge Militärgeschichte halten.«

Ein anderes Dienstmädchen mit Haube und Schürze erschien mit einem Tablett, auf dem gefüllte Champagnergläser standen. Castillo, Torine und Kranz nahmen Gläser von dem Tablett, als Helena auftauchte.

»Ah, unsere Gastgeberin«, sagte Castillo. »Du wirst mir meine schlechten Manieren verzeihen müssen, Helena. Dies sind Colonel Jacob Torine von der U. S. Air Force und Mr Kranz von AFC Electronics Las Vegas, Nevada, der das Satellitentelefon vorführen wir, das ich Otto zum Kauf für die Korrespondenten der Tageszeitung empfohlen habe. Gentlemen, unsere Gastgeberin, Frau Helena Görner.«

Helena hatte ihr Temperament unter Kontrolle und war charmant.

»Sie haben ein schönes Haus, Frau Görner«, sagte Torine. »Die Aussicht ist sensationell.«

»Ja, das ist sie, nicht wahr?«

»Ich war im Begriff, einen kleinen Vortrag über das Land zu halten, Helena«, sagte Castillo. »Darf ich fortfahren?«

»Selbstverständlich«, sagte sie mit der Andeutung eines Lächelns und einem sichtlichen Mangel an Begeisterung.

»Wenn Sie über dieses schöne Kornfeld hinwegblicken«, sagte Castillo und wies hin, »werden Sie einen Streifen von vielleicht fünfundsiebzig Metern Breite sehen, wo nichts so üppig wächst wie auf dem Rest.«

»Ja«, sagte Torine, neugierig geworden, nachdem er entdeckt hatte, worauf Castillo zeigte.

»Einst, so schwer es auch in dieser Zeit des Friedens und der Liebe für unsere Mitmenschen zu glauben ist, war dieser Streifen vermint, und ungefähr die Hälfte der Minen waren diejenigen, die in den USA *Bouncing Betties* genannt werden. Sie waren dort von den ostdeutschen Behörden ausgelegt worden ...«

»War das die Demarkationslinie zwischen Ost- und Westdeutschland?«, unterbrach Torine.

»Ja, das war sie. Darf ich fortfahren?«

»Selbstverständlich. Verzeihung.«

»Die Minen wurden dort von den Ostdeutschen ausgelegt, um die Westdeutschen davon abzuhalten, dort rüberzueilen, um Vorteile aus den mannigfaltigen Wohltaten des Kommunismus zu ziehen«, fuhr Castillo fort.

»Karlchen, sei vorsichtig!«, sagte Gertrud im Befehlston.

»Und diese Seite der immer noch verseuchten Erde wurde als Straße benutzt, über die die Mitglieder der U. S. Army zu patrouillieren pflegten. – Dies ist ein wirklich köstlicher Champagner, Helena! Darf ich noch einen haben?«

»Ja, selbstverständlich«, sagte Helena und schnippte ungeduldig zu dem Dienstmädchen, das mit dem Tablett zu ihr eilte.

Castillo nahm einen Schluck Champagner und fuhr fort: »Wie schon gesagt, da war eine Straße, auf der heldenhafte Amerikaner des Eleventh und Fourteenth Armored Calvalry Regiments patrouillierten, um zu verhindern, dass die Westdeutschen nach Ostdeutschland flüchteten. Einer dieser heldenhaften jungen Amerikaner war jemand, den Sie beide kennen. Second Lieutenant Allan Naylor. Er kam frisch von West Point her, nachdem er nur lange genug Pause gehabt hatte, und sich eine Braut zu nehmen und den Offizierslehrgang in Fort Knox zu absolvieren ...«

»Naylor war hier?«, fragte Torine. »Faszinierend.«

»Als Second Lieutenant und später als Major«, bestätigte Castillo. »Und er vernahm natürlich das Märchen vom *Haus im Wald.*«

»Karl!«, sagte Görner warnend. Castillo ignorierte ihn.

»Möchten Sie das Märchen hören?«, fragte Castillo unschuldig.

Torine schwieg.

»Ich würde es gern hören«, sagte Kranz.

»Nun, das Märchen war, dass in diesem Haus, das den strammen Soldaten des Eleventh und Fourteenth als ›das Castle‹ bekannt war, eine blonde Prinzessin lebte, die grausam von ihrem Vater, dem König, auch bekannt als ›der alte Herr‹ bewacht wurde. Er hielt die Prinzessin nicht angekettet oder so, doch er tat sein Bestes, um sie von den Amerikanern fernzuhalten, die, wie jeder glückliche Franzose und viele Deutsche

Ihnen sagen werden, dazu neigen, die Kultur auf der Welt zu zerstören.«

»Meinst du nicht, dass es reicht?«, fragte Görner.

»Ich bin fast fertig, Otto«, sagte Castillo.

»Ich finde das nicht mehr lustig, Karl«, sagte Otto.

»Dann lach nicht«, sagte Castillo. »Nun, eines Tages geschah das Unausweichliche. Ein amerikanischer Ritter mit glänzender Rüstung tauchte auf. Auf dem Pilotensitz eines Huey. Er setzte gleich dort auf, auf dem Kopfsteinpflaster neben dem Stall.«

Er wies hin.

»Er hatte einiges, was für ihn sprach. Zum einen war er ein Army-Flieger, und jeder weiß, dass die einen gewissen Pfiff haben. Noch wichtiger, er war Texaner. Wie Fernando Ihnen erzählen wird, senden junge Texaner Schwingungen aus, denen Frauen einfach nicht widerstehen können. Und so war es in diesem Fall. Er schaute an dem Herrenhaus hoch und sah die wunderschöne Prinzessin. Sie sah ihn. Ihre Blicke versanken ineinander. Es klangen Geigen. Die Erde erbebte. Feuerwerk explodierte am Himmel. Ein Engelschor sang *Ich liebe dich* und andere solcher Weisen. Und neun Monate später hatten sie ein wundervolles Kind, einen Junge, der hier vor Ihnen steht.«

»Oh, Karlchen«, sagte Gertrud bewegt.

»Ihr Vater war ein Army-Flieger?«, fragte Kranz. »Wo ist er jetzt?«

»Er kam nicht von Vietnam zurück«, sagte Castillo ruhig.

»Das tut mir leid.«

»Ja, mir auch«, sagte Castillo. »Vortrag zu Ende. Ich hoffe, Sie haben Notizen gemacht, denn es wird eine schriftliche Prüfung geben.«

»Warum nehmen wir nicht Platz?«, fragte Helena.

»Ist das eine wahre Geschichte, Onkel Karl?«, fragte eine sehr junge Stimme.

Es war Helena Görner am Gesicht anzusehen, dass sie nicht bemerkt hatte, dass ihre Kinder an der Tür stehen geblieben und zugehört hatten und dass ihr das missfiel.

»Ah, meine liebsten Patenkinder«, sagte Castillo. »Ja, Willi, das ist eine wahre Geschichte.«

Castillo ging zur Tür und umarmte zwei Jungen nacheinander, einer zehn, der andere zwölf.

Der Zwölfjährige fragte: »Was ist Vietnam?«

»Ein schreckliches Land, weit von hier entfernt«, sagte Castillo. »Wechseln wir das Thema. Seymour, wie viel Uhr ist es in Washington?«

»Ungefähr halb sieben«, antwortete Kranz.

»Und wie lange dauert es für Sie, aufzubauen?«

»Das hängt davon ab, wo Sie es haben wollen.«

»Wie wäre es in der Nähe des Stalls? Wo der Ritter in glänzender Rüstung einst landete?«

»Zehn Minuten. Wollen Sie es dort lassen?«

»Nicht lange«, sagte Castillo. »Warum essen wir nicht zu Mittag, und während ich dann ein wenig mit Otto plaudere, bauen Sie auf und setzen es bis acht Uhr Washingtoner Zeit in Betrieb?«

»Das kann ich machen.«

5

»Ein fantastisches Mittagessen, Helena. Vielen Dank«, sagte Castillo.

»Es freut mich, dass es dir geschmeckt hat, Karl«, sagte sie.

Castillo forderte eines der Dienstmädchen auf, ihm noch etwas Kaffee zu geben. Als sie eingeschenkt hatte, sagte er

Danke und wandte sich an Görner. »So sag uns, Otto, was du bei der Wohltätigkeitsveranstaltung in Marburg über die Jungs gehört hast, die Geld nach Argentinien überweisen«.

Görner gab keine Antwort.

»Du sagtest zwei Dinge, Otto, die meine Aufmerksamkeit erregten. Du sagtest, was deine Aufmerksamkeit weckte, war der Ausspruch: ›Haha, der Führer war der Erste, der diese Idee hatte ...‹«

Helena blickte ihn kalt an. »Ich glaube, die Kinder sollten dies nicht hören«, sagte sie.

»Wie du meinst, natürlich, Helena«, sagte Castillo. »Aber als ich noch jünger war als die Jungs, erzählte mir mein Großvater, genau an diesem Tisch, alles über das Teuflische, was die Nationalsozialistische Deutsche Arbeiterpartei – volkstümlicher bekannt als die Nazis – über unser schönes Land gebracht hatte. Er hielt es für wichtig, dass ich es so früh wie möglich wusste.«

Ihr Gesicht wurde angespannt und weiß.

»Du erinnerst dich, Otto?«, fuhr Castillo fort. »Der alte Herr saß dort, wo du jetzt sitzt, du und Onkel Willi und meine Mutter saßen dort drüben, und ich saß, wo Willi ist ...«

»Ich erinnere mich, Karl«, sagte Görner.

Helena stand auf und warf ihre Serviette auf den Tisch.

»Kommt, Jungs«, sagte sie.

»Du brauchst nicht zu bleiben, Liebchen«, sagte Otto. »Aber die Jungs werden hier bleiben.«

Sie starrte ihn an und verließ dann den Raum.

Görner sah Castillo an.

»Deine Mutter pflegte zu sagen, weißt du, das Einzige, was du wirklich von dem alten Herrn geerbt hast, ist ein völliger Mangel an Taktgefühl«, sagte er.

Castillo nickte und sagte dann: »Du sagtest, das Geld, das sie überwiesen, war von Öl für Nahrung.«

Görner nickte.

»Lass mich erzählen, wo ich herkomme, Karl«, sagte er. »Als du vorhin mit dem ›Märchen des Schlosses‹ ein Klugscheißer warst, wurde ich nachdenklich. Du hattest recht. Dein Großvater konnte keine Amerikaner leiden, und wenn der alte Herr heute lebte, würde er sie vermutlich noch weniger leiden können. Aber dann wurde mir klar, wenn du immer noch hier wärst und er wüsste, was los ist, und ein amerikanischer Nachrichtenoffizier – nicht du, nicht sein Enkel, irgendein amerikanischer Nachrichtenoffizier, dem er zu vertrauen glaubte – käme zu ihm und fragte ihn über die Sache, dann würde er ihm alles darüber erzählt haben, was er wüsste. Und du hast recht, Karl, ich sitze auf dem Stuhl des alten Herrn. Und auf diesem Stuhl habe ich immer versucht, zu tun, was der alte Herr tun würde. Verstehst du mich? Deshalb reden wir über etwas, das ich zuvor nie laut gesagt habe. Deshalb werde ich dir sagen, was ich weiß, und deshalb will ich auch, dass die Jungs dies hören. Der alte Herr hatte auch darin recht. Man ist nie zu jung, um zu lernen, in welch lausiger Welt wir leben.«

»Ich verstehe, Otto«, murmelte Castillo.

»Einiges davon weiß ich selbst«, begann Görner, »aber das meiste kommt von Eric Kocian …«

»Von wem?«

»Er ist der Verleger der *Budapester Neue Zeitung*«, sagte Görner. Er sah Torine an. »Das ist eine von unseren, was heißt, von Charleys. Charley hat Ihnen gesagt, nicht wahr, dass er der Besitzer der Gossinger Beteiligungsgesellschaft GmbH ist? Das ist die Holdinggesellschaft für alles.«

»Nein, das hat er nicht erzählt«, sagte Torine. Er blickte zu Castillo und fügte hinzu: »Er hat vermutlich einfach nicht daran gedacht.«

»Okay. Eric ist ein alter Mann. Weit in den Siebzigern. Er ist halb Ungar und halb Wiener. Er war ein achtzehnjähriger Gefreiter im Regiment des alten Herrn in Stalingrad. Sie waren wirklich schwer verwundet, was sich schließlich als gute Sache herausstellte. Sie wurden mit demselben Flugzeug evakuiert und endeten deshalb nicht nach der Kapitulation für ein Jahrzehnt in Sibirien.

Nach dem Krieg kam Eric hierher. Wien war nichts als Schutt und Trümmer. Was von seiner Familie noch übrig gewesen war, war an dem Tag gestorben, an dem die Amerikaner versuchten, den Hauptbahnhof zu bombardieren und ihn verfehlten und stattdessen den Stephansdom zerstörten, und er wusste nicht, wo er hingehen sollte. Der alte Herr ließ ihn auf dem Bauernhof arbeiten, und dann bei der Tageszeitung, als er damit wieder anfangen konnte. Und dann, als der alte Herr die *Wiener Tageszeitung* verlegte und ins Laufen brachte, ging Eric nach Wien. Er war geschäftsführender Chefredakteur, im Begriff in Pension zu gehen, als er die Budapester Zeitungsdruckerei von den Kommunisten zurückbekam. Eric kam zu mir, als er hörte, dass ich mit dem Gedanken spielte, die Fabrik zu verkaufen, und bat um die Genehmigung, die Zeitung wieder aufzupäppeln.

Ich bezweifelte, dass das funktionieren würde, aber ich wusste, das der alte Herr ihm den Wunsch nicht abgeschlagen hätte, und so stimmte ich zu. Wir nannten die Zeitung in *Budapester Neue Zeitung* um, und er begann mit der Arbeit, sie hochzubringen. Es funktionierte. Es ist die größte deutschsprachige Zeitung in Ungarn und tatsächlich ein Konkurrenzblatt der *Wiener Tageszeitung* in der Slowakei, der Tschechischen Republik und im östlichen Österreich.«

»Ist das der Mann, der die Story über den Libanesen, diesen Douchon gebracht hat, der in Wien ermordet wurde?«, fragte Castillo.

»Die erste Story wurde von einem unserer Männer der *Wiener Tageszeitung* geschrieben. Als Eric sie auf unserem Ticker sah, hatte er ernsthafte Zweifel daran. So fuhr er selbst nach Wien, wo er natürlich jeden kannte, besonders die älteren Polizisten, und sie erzählten ihm, dass es kein Fall …« Görner stoppte und blickte unbehaglich zu seinen Söhnen, bevor er fortfuhr: »… dass es kein Fall eines weiteren Homosexuellen aus dem Mittleren Osten sei, der von seinem blonden Wiener Freund ermordet worden war, sondern höchstwahrscheinlich von Leuten, die Douchon für immer zum Schweigen bringen wollten, damit er nicht von Öl für Nahrung reden konnte.

Eric hatte bereits für die Öl-für-Nahrung-Story recherchiert, und es passte, was er selbst ausgegraben hatte. So kam er zu mir – hierher, er vertraute nicht auf das Telefon – und erzählte mir davon und sagte, er wolle dies wirklich weiterverfolgen. Ich sagte ihm, er könne dadurch umgebracht werden, und er erwiderte: ›In meinem Alter ist es eine gute Art, mit einer großen Story abzutreten.‹ So sagte ich ihm nein, ich würde Leute auf die Story ansetzen, und er sagte: ›Okay, dann gehe ich in den Ruhestand. Ich werde noch diese Story machen.‹«

»Ist er in den Ruhestand getreten?«

»Natürlich nicht«, sagte Görner.

»Ich will mit ihm reden. Morgen.«

»Ich werde mit dir fahren müssen«, sagte Görner. »Wie die meisten Leute hier denkt Kocian, du verplemperst das Geld des alten Herrn, während du vorgibst, unser Washingtoner Korrespondent zu sein. Er wies mich tatsächlich auf die verblüffende Ähnlichkeit zwischen einer Story hin, die wir unter deinem Namen veröffentlich hatten, und einer, die im *American Conservative Magazine* erschienen ist. Ich habe vergessen, was es war, aber du hast dir mit Sicherheit nicht viel Zeit genommen, um die Story umzuschreiben.«

»Ich werde versuchen, in Zukunft sorgfältiger zu sein«, sagte Castillo.

Görner nickte.

»Deine ursprüngliche Frage, Karl, war wegen Gelder, die in Südamerika versteckt oder gewaschen wurden, besonders in Argentinien.«

»Ja, so ist es.«

»Ich war immer fasziniert davon, und ebenfalls dein Großvater. Die Nazis haben das nicht erdacht. So clever waren sie nicht. Es begann in Wirklichkeit nach dem Ersten Weltkrieg und dem Versailler Vertrag. Die Franzosen und die Engländer, du wirst dich erinnern, bekamen Deutsch-Ostafrika als Reparationen. Ebenso wie fast alles sonst, was aus Deutschland herausgeholt werden konnte.«

Görner legte eine Pause ein und fragte dann: »Dies wird eine ziemlich lange Rede. Bist du sicher, dass ich fortfahren soll?«

»Ich weiß nicht, wie das bei Charley ist«, sagte Torine, »aber ja, bitte.«

»Fahr fort, Otto, bitte«, sagte Castillo.

»So schlecht die Genfer Konvention auch war – ich bin einer derjenigen, die glauben, sie ermöglichte, dass Hitler an die Macht kam und so der Zweite Weltkrieg unausweichlich wurde –, so führte sie nicht dazu, dass die Firmen von individuellen Deutschen oder Ungarn oder sonst jemandem in dem, was Deutsch-Ostafrika gewesen war, konfisziert wurden. Sie änderte einfach die Kolonialregierung von deutsch auf französisch und englisch. Die Leute besaßen noch ihre Farmen und Geschäfte und was auch immer.

Dann erhoben die Franzosen und Engländer Steuern von den Farmen, Geschäften et cetera, worauf sie jedes legale Recht hatten. Das Problem war, dass die Steuern jetzt in französischen Franc und englischen Pfund bezahlt werden mussten. Die deutsche Mark war wertlos. Es war unmöglich, dass ein deutscher Landbesitzer genug Franc oder Pfund aufbringen konnte, um die Steuern zu bezahlen. Dann wurden die Besitztümer konfisziert wegen Nichtzahlung der Steuern und auf einer Auktion in Franc oder Pfund an die höchsten Bieter verkauft, wovon die meisten zufällig Franzosen und Engländer waren.«

»Ein Dreckpfuhl«, sagte Torine.

»Von zweifelhafter Moral vielleicht, aber völlig legal«, fuhr Görner fort. »Die einzigen Leute, die ihren Besitz nicht verloren, waren ein paar Glückliche – einschließlich ein paar deiner ungarischen Verwandten, Karl –, die aus dem einen oder anderen Grund Gold in Südafrika hatten. Die Südafrikaner hassten die Engländer und Franzosen und schlossen ihre Augen, wenn das Gold, das Deutsche in ihren Banken hatten, in irgendeinen befreundeten südafrikanischen Staat oder zu einer Schweizer Bank transferiert wurde.

Dann, wenn die Steuerauktionen abgehalten wurden, siehe da, waren einige der Bieter Schweizer und Südafrikaner, die mit ihrem Gold zu sehr günstigen Konditionen in Franc oder Pfund kaufen konnten und in der Position waren, die Franzosen und die Engländer zu überbieten, die zu den Auktionen gekommen waren, um ein wirkliches Schnäppchen zu machen. So kam es, dass deine *Nagynéni* Olga, Karl ...«

»Wie bitte?«, unterbrach Torine.

»Meine ungarische Tante Olga«, erklärte Castillo. »Sie lebte hier mit uns, bis ich – wie alt war ich, Otto, etwa sieben oder acht?«

»Du warst acht, als Olga starb«, sagte Görner. »Jedenfalls, weil sie Gold in Südafrika hatten, schafften es Olga und ihr Mann, der damals noch lebte, nicht nur, ihren früheren deutsch-ostafrikanischen Besitz zu halten, sondern auch bei der Auktion die Gossinger Holdings zu kaufen, die sonst unverdient an irgendeinen Franzosen oder Engländer gegangen wären.

Nach dem Zweiten Weltkrieg konfiszierten die Kommunisten in Ungarn natürlich alles, was sie dort besaß, aber als der alte Herr sie schließlich aus Ungarn herausholte, hatte sie immer noch das Eigentumsrecht an dem afrikanischen Besitz. Sie hinterließ es bei ihrem Tode dem alten Herrn. Er behielt es, bis er sich sagte, dass Kenia nicht wirklich das afrikanische Paradies werden würde, das die neuen schwarzen Machthaber nach der Unabhängigkeit versprochen hatten.«

»Davon habe ich noch nie etwas gehört«, bekannte Castillo.

»Du hättest nur fragen müssen, Karl«, sagte Görner. »Das Wichtige an allem ist, dass die Leute ihre Lektion gelernt hatten. Sie verstanden, dass es klug war, harte Währung außerhalb jenes Landes zu haben, in dem sie lebten. Dies erwies sich als Boom für die Schweizer Bankindustrie, die das Nummernkonto und ein wirklich striktes Bankgeheimnis einführten.

Der Trick war, das Geld außer deines Landes zu bringen, ohne es deine Regierung wissen zu lassen. Dies erforderte im Allgemeinen, dass du einen Freund in dem Land haben musstest, wo du deine Eier im Nest verstecken wolltest. Für viele Deutsche war ein Platz, an dem sie deutsche Freunde finden können – in einigen Fällen, Verwandte –, in Argentinien. In den dreißiger Jahren, die Leute neigen dazu, das zu vergessen, hatte Argentinien die größten Goldreserven der Welt.«

»Waren wir darin verwickelt?«, fragte Castillo.

»Ja, das waren wir«, sagte Görner. »Dein Urgroßvater und dann dein Großvater begannen unser Zeitungspapier von Argentinien zu kaufen.«

»Da kann ich nicht folgen«, bekannte Castillo.

»Zeitungen brauchen große Mengen Zeitungspapier«, sagte Görner. »Deshalb überraschte es niemanden, als die

Gossinger Beteiligungsgesellschaft GmbH Zeitungspapier von Argentinien zu kaufen begann, wo es billiger war als Zeitungspapier von Dänemark oder Norwegen, und sogar billiger als Zeitungspapier von den Vereinigten Staaten und Kanada. Und die Regierung verstand zuerst einfach nicht, wie billig es war.«

»Das verstehe ich ebenfalls nicht«, sagte Castillo.

»Sagen wir Zeitungspapier von Dänemark, eine Tonne. Sagen wir fünfzig Dollar. Nimm das als Anhaltspunkt – ich habe keine Ahnung, was es damals kostete. Und vierzig Dollar pro Tonne von den USA oder Kanada. Und dreißig von Argentinien. Ohne überhaupt etwas dafür zu verlangen, würde die Dresdner Bank, sagen wir, dreitausend Dollar zu einer Bank in Argentinien transferieren, um hundert Tonnen Zeitungspapier zu bezahlen. Gegen Rechnung und bezahlt. Ende der Transaktion. Aber tatsächlich kostet das Zeitungspapier zweitausendfünfhundert. Was bedeutet, für jede Hundert-Tonnen-Transaktion sind fünfhundert Dollar übrig, die man still und heimlich auf ein Bankkonto abzweigen konnte.«

»Wir haben das gemacht?«, fragte Castillo ungläubig.

»Ja, das haben wir. Mercedes-Benz hat es gemacht. MAN hat es gemacht. Siemens hat es gemacht. Und ich kann mir keine Brauerei denken, einschließlich unsere, die es nicht gemacht hat.« Er legte eine Pause ein, bevor er weitersprach. »Woher, hast du gedacht, ist das Geld für das Wirtschaftswunder gekommen, mit dem Deutschland wie ein Phoenix aus der Asche aus den Trümmern nach 1945 aufstieg?«

»Ich dachte, es sei der Marshall-Plan gewesen«, sagte Torine. »Und harte Arbeit seitens der Deutschen.«

»All das Genannte, Colonel«, sagte Görner. »Der Marshall-Plan hielt uns am Essen und aus der Gewalt der Sowjetunion. Und in die Heimat zurückgeführte Nesteier erlaubten uns, das Rohmaterial zu kaufen, das wir Deutsche für die Arbeit brauchten.«

»Und wir tun dies immer noch?«, fragte Castillo.

»Unser Großvater dachte, dass Juan Péron so gefährlich wie Hitler war. Wir räumten unser Nest aus Argentinien aus, bevor du geboren wurdest.«

»Und warum schicken diese guten alten Jungs aus Marburg ihr Öl-für-Nahrung-Geld dorthin?«

»Ich bin im Begriff, das herauszufinden, aber das ist eine Story aus zwei Teilen, und einer davon wird einige Zeit brauchen. Und ich hörte, du hast Mr Kranz gesagt, du willst dein Wundertelefon demonstrieren.«

»Ja, ich muss telefonieren.«

»Wir können später weiter über das Thema sprechen«, sagte Görner.

6

»Ich habe gelogen, Otto«, sagte Castillo.

Sie lehnten im Schatten des Stalles an der Wand und beobachteten Kranz beim Aufstellen des Funkgeräts. Eine kleine, kreisförmige Schüssel wies zum Himmel. Dabei war eine Kontrollkonsole, die einem kleinen Laptop-Computer ähnelte, auf den verschiedene Reihen von farbigen LEDs hinzugefügt waren.

Helena war mit den Jungen verschwunden. Castillo fragte sich, ob Helena sie vor ihrem Patenonkel schützte oder ob Otto ihr feinfühlig zu verstehen gegeben hatte, dass sie die Jungen von etwas fern halten sollte, was sie besser nicht sehen würden.

»Warum bin ich nicht überrascht?«, fragte Otto.

»Du kannst in Wirklichkeit keines von diesen kaufen. AFC produziert großartige Sachen für den zivilen Markt, aber diese sind nicht verfügbar.«

»Was ist so einzigartig an diesem Ding?«, wollte Otto wissen.

»Alles im Grünen, Sir«, meldete Kranz.

»Verschlüsselte Stimme, richtig?«, fragte Castillo.

Kranz überreichte ihm einen Telefonhörer, einen kleinen schwarzen, der aussah wie ein Sonderangebot aus einem Spielwarengeschäft.

»Verschlüsselte Stimme im Grünen, Sir.«

»Brauche ich keinen Anschluss?«, fragte Castillo.

»Bei dem Signal, das ich bekomme, kann ich ihn auf den Lautsprecher stecken.«

»Dann tun Sie das«, befahl Castillo und reichte ihm den Hörer.

»Verschlüsselter Lautsprecher grün, Sir«, meldete Kranz einen Augenblick später.

»Dick?«, fragte Castillo im Plauderton.

Castillos Stimme war jetzt in digitale elektronische Impulse umgewandelt, verschlüsselt, auf eine Botschaft reduziert, die nur ein paar Millisekunden dauerte, übertragen zum Satelliten 22.300 Meilen über der Erde, an einen anderen Satelliten übermittelt und dann auf die Schüssel auf dem Dach des Nebraska-Avenue-Komplexes übertragen. Dort wurde das Gesendete entschlüsselt und in den Hörer von Major H. Richard Miller junior gesendet, der den Hörer an sein Ohr hielt.

Einen kaum wahrnehmbar verzögerten Moment später kam Millers Stimme – nachdem sie die gleiche Reihe von Ereignissen durchgemacht hatte – über den Lautsprecher neben dem Stall in Bad Hersfeld. »He, Charley!«

»Wo, zur Hölle, bist du gewesen? Wir haben dich seit Stunden angerufen.«

»Du bist vor zwölf Sekunden hier oben angekommen«, sagte Miller.

»Ist jemand bei dir?«

»Minister Hall, Agnes und Tom.«

»Hast du Signalstärke für den Lautsprecher bekommen?«

Einen Moment später sagte eine andere Männerstimme: »Verschlüsselter Lautsprecher grün.« Und einen Moment danach ertönte die Stimme von Heimatschutzminister Hall. »Wie hören Sie mich, Charley?«

»Laut und klar, Sir.«

»Sagen Sie mir, was Sie haben, Charley, und dann werde ich Ihnen die guten Neuigkeiten sagen«, versprach Hall.

»Lorimer war ein Verteiler in der Öl-für-Nahrung-Sache«, sagte Castillo. »Eine ganze Menge Leute will seinen Tod, sowohl wegen seines Wissens als auch weil er eine Menge Geld – vielleicht sechzehn Millionen US-Dollar – von den Mitspielern abgeschöpft hat.«

»Sie sagen, er ist tot?«

»Der CIA-Mann in Paris meint das. Ich bin mir dessen nicht so sicher. Ich werde weiter nach ihm suchen.«

»Wo?«

»Da gibt es einen Mann in Budapest, mit dem ich sprechen will. Er könnte einige Ideen haben.«

»Wo sind Sie?«

»In Bad Hersfeld. Wir fliegen am Morgen nach Budapest.«

»Ich wusste, dass Sie nicht mehr in Paris waren«, sagte Hall. »Botschafter Montvale hat es mir gesagt. Das ist die gute Nachricht.«

»Was?«

»Er sagte, er hat eine Information für Sie und frage sich, wo Sie sind. Ich habe es ihm gesagt.«

»Was ist die Information?«

»Er schien ein bisschen unwillig zu sein, sie mit mir zu teilen«, sagte Hall trocken. »Und ich dachte, es wird vielleicht leichter für ihn, sie Ihnen zu geben – vielleicht teilen Sie es mit mir –, als wenn ich zum Präsidenten gehe.«

»Wann wird er sie mit mir teilen?«, fragte Castillo. Sein Blick traf sich mit dem Torines. Torine warf angewidert die Arme in einer »Was jetzt?«-Geste hoch.

»Als er mich anrief, sagte er, Sie seien nicht im Crillon, und er bat mich, Kontakt mit Ihnen aufzunehmen, wann immer Sie einchecken. Möchten Sie mit ihm reden?«

»Welche Wahl habe ich denn?«

»Keine große, Charley. Aber es ist Ihre Entscheidung.«

»Wie mache ich das?«

»Wir sind mit dem Netz des Weißen Hauses verbunden. Sagen Sie nur das Wort.«

»Ich wünschte, Sie könnten mithören, Sir.«

»Wenn Sie mir nicht sagen, vom Lautsprecher zu gehen ...«

»Danke.«

Millers Stimme ertönte im Hintergrund. »Bringen Sie die Zentrale des Weißen Hauses in die Leitung.«

»Zentrale.«

»C. G. Castillo ist auf einer gesicherten Leitung für Direktor Montvale.«

»Einen Moment, bitte.«

»Direktor Montvales Büro.«

»Ich habe Mr C. G. Castillo auf einer gesicherten Leitung für Direktor Montvale.«

»Einen Moment, bitte.«

»Charles Montvale. Sind Sie das, Major?«

»Jawohl, Sir. Guten Morgen, Sir.«

»Diese Leitung ist gesichert, richtig?«

»So wurde ich informiert, Sir.«

»Ich habe Befragungen betreffs FBI-Agent Yung in Montevideo durchgeführt, Major.«

»Danke, Sir.«

»Eine interessante Situation, Major. Der Justizminister sagte mir, das Yung das Außenministerium bei einer Mission mit der höchstmöglichen Geheimhaltungsstufe unterstützt. Was er tut, ist so geheim, wurde ich informiert, dass weder der Direktor des FBI noch der Justizminister weiß, was er tut.«

»Das ist sehr interessant, Sir.«

»Und da ist noch mehr, Major. Als ich den Direktor vom Büro der Abteilung Nachrichten des Außenministeriums fragte, sagte er mir, er könne ohne besondere Genehmigung nicht mit mir über Agent Yungs Aktivitäten sprechen.«

»Noch interessanter, Sir.«

»Anscheinend hat Ministerin Cohen es vernachlässigt, die entsprechenden Leute von den Erkenntnissen des Präsidenten zu informieren.«

»Hatten Sie Gelegenheit, dies mit Ministerin Cohen zu besprechen, Sir?«

»Ja, sie sagt, dass sie keine Kenntnis über Agent Yung hat, die darüber hinausgeht, was sie in unserem Gespräch an Bord der Air Force One gehört hat. Sie versichert mir jedoch, sobald sie nach Singapur kommt, wird sie die entsprechenden Schritte unternehmen, um der Sache auf den Grund zu gehen.«

»Sie ist auf dem Weg nach Singapur, Sir?«

»Anscheinend. Und sie wollte dies nicht näher mit mir diskutieren, weil sie nicht das Kommunikationssystem an Bord ihres Flugzeugs benutzen wollte.«

»Manchmal funktioniert es nicht, Sir.«

»Ich nehme an, das stimmt. Auf jeden Fall, Major, bedauere ich, dass ich nicht von größerem Dienst sein kann.«

»Ich verstehe das Problem, Sir. Danke für Ihre Bemühungen.«

»Dies wird bald aufgeklärt werden, dessen bin ich sicher. Wenn das der Fall ist, Major, werde ich mich wieder melden. Wie Sie sich vorstellen können, ist jetzt meine eigene Neugier geweckt.«

»Danke, Sir.«

Es folgte ein deutliches Klicken, und Castillo erkannte, dass er nicht länger mit dem Direktor des Nationalen Nachrichtendiensts sprach.

Und dann ertönte wieder Minister Halls Stimme über die Leitung.

»Charley, ich habe absolut keine Ahnung, was los ist. Ich schlage vor, wir warten, bis wir hören, was Montvale aus Natalie herausbekommt.«

»Jawohl, Sir.«

»Und lassen Sie mich wissen, was Sie in Budapest herausfinden.«

»Jawohl, Sir, das werde ich.«

»Kann ich sonst noch etwas für Sie tun?«

»Dick, bist du noch da?«

»Jawohl, Sir, Chief.«

»Schickst du bitte für mich einen Blumenstrauß ins Krankenhaus?«

»Das ist bereits erledigt, Chief«, sagte Agnes Forbison. »Sie sollte die Blumen inzwischen erhalten haben.«

»Vielen Dank, Agnes.«

»Ich mag sie auch, Charley.«

»Ist das alles?«, fragte Miller. »Kann ich abbrechen, Herr Minister?«

»Brechen Sie ab«, befahl Hall.

Als er sah, wie Kranz den Laptop schloss, fragte Görner: »Wem schickst du Blumen, Karl?«

»Einer meiner Agenten wurde in Buenos Aires angeschossen«, sagte Castillo.

»Das ist Blödsinn, Otto«, sagte Fernando. »Eine seiner Agentinnen wurde angeschossen, aber es ist alles andere als die professionelle platonische Beziehung, die er Ihnen zu verkaufen versucht.«

»Du Hurensohn!«, sagte Castillo.

»Du sollst die Wahrheit wissen, und die Wahrheit wird dich frei machen«, erwiderte Fernando. »Ihr Name ist Betty Schneider, Otto, und die beiden sind wie liebeskranke Teenager.«

»Wunderbar!«, sagte Otto.

XVI

1

Danubius Hotel Gellért
Szent Gellért tér 1
Budapest, Ungarn
28. Juli 2005, 9 Uhr 30

Als sie zum Empfangspult des Hotels gingen, sagte der Manager, Herr Görner habe einen Anruf, und führte ihn um die Ecke des Marmorpults zu einer Reihe von Haustelefonen.

Castillo beobachtete ihn ungeduldig.

Görner kehrte nach einer Minute mit einem breiten Lächeln zurück.

»Das war Eric Kocian«, sagte er. »Und jetzt gehen wir in unsere Zimmer, ziehen unsere Bademäntel an und besuchen die Bäder.«

»Ich habe keine Zeit zum Schwimmen oder für ein Dampfbad«, sagte Castillo. »Ich bin hergeflogen, um diesen Kocian zu sprechen.«

»Um das Letztere zu erreichen, Karl, musst du leider das Erstere tun.«

»Was, zum Teufel, willst du mir damit sagen?«

»In gewisser Weise freue ich mich darauf, dies zu tun«, sagte Görner lächelnd. »Wie heißt es so schön: ›Was geschieht, wenn die unwiderstehliche Kraft das unbewegliche Objekt trifft?‹ Ich glaube, das werden wir erleben.«

»Willst du das erklären? Oder weiter selbstgefällig in Rätseln sprechen?«

»Eric hat die Angewohnheit, um diese Tageszeit die Bäder zu besuchen«, sagte Görner. »Er schlug vor, dass wir dort sprechen können. Die Alternative ist, ihn zum Mittagessen um halb zwei im Kárpátia zu treffen. Das ist in ...«

»Ich weiß, wo das ist«, unterbrach Castillo. »Mein Gott!«

Eingehüllt in dicke weiße Frotteebademäntel, die Füße in Slippern, ihre Genitalien in kleinen – und Castillo war überzeugt, durchsichtigen, wenn nass – Baumwollbadehosen, betraten Castillo, Görner, Fernando, Torine und Kranz das Thermalbad des Hotels.

»Komisch«, sagte Sergeant Kranz. »Sieht wie im alten Rom aus.«

»Es soll wie im alten Rom aussehen«, sagte Görner. »Es heißt, es gibt hier seit Jahrhunderten ein Thermalbad.«

»Wo ist Kocian?«, fragte Castillo.

»Im Pool«, sagte Görner. »Siehst du den Mann an dem schwimmenden Tisch?«

Es waren vielleicht fünfzehn Leute im Wasser, und ihre verschiedenen Unterhaltungen waren unverständlich in der harten Akustik von Wasser und Fliesen, die ein tief tönendes Gemurmel schufen. In der Hälfte des dampfenden Pools, im Wasser, das ihm fast bis zum Hals reichte, war ein Kopf mit üppigem hellgrauen Haar fast verdeckt hinter dem schwimmenden Tisch. Auf dem Tisch standen eine Metallkaraffe, ein Aschenbecher, und daneben lagen verschiedene Zeitungen und Magazine, zwei Bücher und ein Handy.

Der Mann schaute ausdruckslos zu ihnen, eine große schwarze Zigarre im Mund.

»Was machen wir, einfach reinspringen und zu ihm schwimmen?«, fragte Castillo.

»Es wäre höflicher, wenn du dich langsam ins Wasser hinablassen und zu ihm waten würdest«, sagte Otto. »Dies ist ein Bad, Karl, kein Swimmingpool.«

Görner warf seinen Bademantel auf eine Marmorbank, schlüpfte aus den Slippern und stieg langsam über eine Treppe am Beckenrand ins Wasser.

Ich hätte mich nie für prüde gehalten, dachte Castillo, *aber das einzige Wort, um Otto mit seinem Pimmel in diesem winzigen Suspensorium zu beschreiben, ist »obszön«.*

Als Otto den Fuß der Treppe erreichte, war er gerade bis über die Hüfte im Wasser.

Nun, wenigstens bleibt der Öffentlichkeit der Anblick seines Ottochens und des alles andere als knackigen Arschs erspart.

Kopfschüttelnd warf Castillo schnell seinen Bademantel auf die Marmorbank, stieg sehr schnell die Stufen ins Wasser hinab und watete dann durch den Pool hinter Görner her.

Fernando, Torine und Kranz zogen ihre Bademäntel aus, schauten einander an, schüttelten die Köpfe und dann, als hätte jemand gebrüllt »Fertig! Rennen! Tauchen!« sprangen sie tauchend ins Wasser.

Die buschigen weißen Augenbrauen auf Eric Kocians rötlichem, feistem Gesicht hoben sich erstaunt bei dieser Zurschaustellung schlechter Manieren.

»Guten Morgen, Eric«, sagte Görner, als er näher watete.

»Grüß Gott, Otto«, erwiderte Kocian in schwerem Wiener Akzent.

»Dies ist Karl Gossinger, Eric«, sagte Görner. »Erinnerst du dich an ihn?«

»Der berühmte Washingtoner Korrespondent der Tageszeitung? Dieser Karl Gossinger?«

»Guten Morgen, Herr Kocian«, sagte Charley.

»Ich habe Ihre Mutter und Ihren Großvater gemocht«, sagte Kocian. »Von Ihrem Onkel Willi hab ich nie viel gehalten. Sie ähneln sehr Willi.«

»Danke, dass Sie das mit mir teilen«, sagte Castillo auf Deutsch und wechselte dann auf Wiener Gossendialekt.

»Können wir diese Scheiße lassen, Herr Kocian? Ich habe keine Zeit, mit Ihnen Spielchen zu spielen.«

»Ich bin zerschmettert«, sagte Kocian. »Ich weiß, dass Sie Zeit haben, um Spielchen mit Otto und unseren Lesern zu spielen.«

»Wie bitte?«

Eine Hand kam aus dem Wasser und wies mit nassem Finger auf eines der Magazine auf dem Tisch. Es war das *American Conservative.*

»Dafür gibt es einen Grund«, sagte Castillo.

»Ist es leichter, die Story von jemandem zu klauen, als selbst seine eigene zu schreiben?«

»Das hat seinen Grund«, wiederholte Castillo.

»Ich möchte liebend gern wissen, welchen«, sagte Kocian.

»Weil der Washingtoner Korrespondent für die Tageszeitung eine Tarnung für das ist, was ich in Wirklichkeit tue«, sagte Charley.

»Und was ist das?«

»Ich bin Army-Offizier.«

Kocian dachte lange genug darüber nach, um an seiner Zigarre zu paffen.

»Ein Army-*Nachrichten*offizier, meinen Sie?«, fragte er.

Castillo nickte.

Kocian blickte zu Otto Görner, der nickte.

»Sie werden mir verzeihen müssen, Herr Gossinger. Ich bin ein alter Mann, mein Verstand wird langsamer, und ich kann wirklich nicht verstehen, warum ein amerikanischer Nachrichtenoffizier bei mir das zugeben sollte. Bei jedem, geschweige denn einem richtigen Journalisten.«

»Weil Otto mich auf den Gedanken gebracht hat, zu glauben, dass wir auf derselben Seite sind.«

»Auf derselben Seite wovon, Mister Nachrichtenoffizier?«

»Ich bin hinter den Leuten her, die bereit sind zu morden, um zu verhindern, dass herauskommt, welchen Profit sie aus dem Öl-für-Nahrung-Arrangement herausgeschlagen haben. Haben Sie sich nicht damit befasst?«

»Das haben Sie ihm erzählt, Otto?«, fragte Kocian.

Görner nickte.

»Und was tun Sie, wenn Sie erfahren, wer diese Leute sind?«

Castillo antwortete nicht sofort. Er blickte in die Runde und sah, dass sie in Torine, Fernando und Kranz ein interessiertes Publikum hatten.

Kranz könnte vielleicht, nur vielleicht, den Wiener Dialekt verstehen, aber Torine und Fernando nicht. Sie bekommen nur mit, dass sich der alte Knabe und ich streiten, und das nicht sehr höflich.

»Ich kann nicht glauben, dass die US-Regierung nicht bereits weiß, wer die Leute sind«, fuhr Kocian fort. »Und dass politische Erwägungen verhindert haben, dass dies herausgekommen ist.«

»Wir wissen nicht, wer unseren Missionschef in Buenos Aires und einen netten jungen Sergeant des Marine-Corps ermordet und einen meiner Agenten schwer verwundet hat.«

»Okay. Lassen Sie uns darüber sprechen. Wenn Sie herausfinden, wer die Mörder sind, was dann?«

»Ich nehme sie mir vor.«

»›Rache ist mein, sagte der Herr‹, Herr Gossinger.«

»Meine Befehle lauten, sie mir vorzunehmen.«

»Ihre Befehle von wem?«

»Von jemandem, der sich erinnert, dass in der Bibel ebenfalls steht ›Auge um Auge und Zahn um Zahn‹.«

»Jemand mit der Befugnis, Ihnen einen solchen Befehl zu geben?«

Castillo nickte.

»Und was wird geschehen, wenn zum Beispiel Ihr Außenminister – oder, was das anbetrifft, Ihr Präsident – erfährt – und das werden sie zwangsläufig –, dass jemand Ihnen diese Befehle gegeben hat?«

»Das wird kein Problem sein, Herr Kocian.«

»Sie haben nicht die Befürchtung, dass derjenige, der Ihnen diesen Befehl gegeben hat – aufgehängt wird, um sich im Wind zu drehen, oder wie diese wundervolle amerikanische Redensart heißt?«

»Nein, diese Befürchtung habe ich nicht.«

»Sie werden mir verzeihen, Herr Gossinger, wenn ich Sie für naiv halte«, sagte Kocian. »Junge Nachrichtenoffiziere – und Sie sind nun wirklich nicht alt genug, um mehr als ein junger Nachrichtenoffizier zu sein – sind entbehrlich.«

»Na und?«

»Ich habe Ihren Großvater und Ihre Mutter sehr gemocht. Ich möchte nicht auf dem Gewissen haben, dass ich in irgendeiner Weise verantwortlich dafür war, dass das liebe Karlchen aufgehängt wird, um sich im Wind zu drehen, oder, wahrscheinlicher, mit durchgeschnittener Kehle in einen Sessel geschnallt wird, nachdem ihm mit einer Kneifzange die Zähne gezogen worden sind.«

»Warum lassen Sie das nicht meine Sorge sein?«, sagte Castillo.

»Ich habe Ihnen soeben gesagt, dass ich Ihre Mutter und Ihren Großvater sehr gemocht habe.«

»Eric, ich war so besorgt wie du, dass Karl zu Schaden kommen und sogar ermordet werden könnte«, sagte Otto auf Wiener Dialekt. »Aber ich habe Grund zu der Annahme, dass er nicht in der Brise aufgehängt werden wird.«

»Aus welchem Grund?«

»Otto«, sagte Castillo. »Schluss jetzt.«

»Aus welchem Grund, Otto?«, fragte Kocian noch einmal.

»Ich weiß, wer ihm die Befehle gegeben hat.«

»Otto, gottverdammt!«, sagte Castillo.

»Er hat Ihnen gesagt, wer es gewesen ist, oder *wissen* Sie es?«

»Lassen Sie mich es so sagen, Eric«, sagte Görner. »Ich *weiß*, dass er kein so junger Nachrichtenoffizier ist, wie Sie denken. Ganz im Gegenteil.«

»Werden Sie mir sagen, woher Sie das wissen?«

»Nicht, bevor mir Karl sagt, dass ich das darf«, sagte Görner.

»Und Sie, Herr Gossinger, werden Herrn Görner die Erlaubnis geben, es mir zu sagen?«

»Nein«, sagte Castillo. Dann lachte er.

»Was ist so lustig, Herr Gossinger?«, fragte Kocian höflich.

»Wenn ich Ihnen das sagte, Herr Kocian, müsste ich Sie töten.«

Kranz lachte.

»War nur ein Scherz, Herr Kocian«, sagte Castillo. »Das ist ein Spaß der Special Operations.«

Kocian sah Castillo einen Moment in die Augen. Dann zuckte er mit den Schultern und sagte fast traurig: »Ich würde mich behaglicher fühlen, Karl, wenn ich sicher wäre, dass Sie nicht scherzen.«

Castillo erwiderte nichts.

»Also gut. Möge Gott mir verzeihen, aber in Ordnung«, sagte Eric Kocian. »Ich werde Ihnen erzählen, was ich weiß. Kommen Sie mit mir.«

Er begann zur Seite des Pools zu waten, schob den schwimmenden Tisch dabei vor sich her. Als sie die Seite erreichten, legte er behutsam seine Zigarre in den Aschenbecher und stellte ihn dann auf den gefliesten Rand des Pools. Das Gleiche tat er mit seinem Handy, der Metallkaraffe, den Zeitungen und der Ausgabe des *American Conservative.* Dann schob er den schwimmenden Tisch in die Mitte des Pools zurück, stemmte sich mit überraschender Behändigkeit aus dem Pool, setzte sich auf den Rand und ließ die Füße im Wasser baumeln.

Aus dem Wasser heraus, sah man Kocian sein Alter an. Seine Haut an den Armen, der Brust und den Beinen war schrumpelig und das Fleisch erschlafft. Sein Suspensorium war fast unter einem Wulst von herabhängendem Bauch verborgen. Auf seiner Schulter, seinem Unterleib und dem linken Bein waren Narben zu sehen.

»Sie sprechen Deutsch«, sagte Kocian zu Kranz. »Das habe ich bemerkt.«

»Jawohl, Sir, so ist es.«

»Diese beiden nicht«, sagte Kocian und wies zu Fernando und Torine. »Wollen Sie, dass all diese Leute hören, was ich zu sagen habe, Karl?«

»Bitte«, sagte Castillo auf Deutsch.

»Dann werde ich Englisch sprechen«, sagte Kocian auf Englisch. »Sehr leise, denn wenn man hier Englisch spricht, erregt man Aufmerksamkeit.« Er wechselte wieder zu Deutsch und wies auf Kranz. »In jedem dieser Fächer stehen ein Eimer und ein Wasserglas oder zwei«, fuhr er fort und zeigte hin. »Holen Sie zwei Eimer und sechs – nein, acht – Gläser und bringen Sie sie her.«

Kranz stemmte sich aus dem Pool.

Kocian wechselte auf Englisch und sagte ruhig: »Der Rest von Ihnen steigt raus und legt sich dicht zu mir – in den Fächern sind Handtücher –, und wenn Sie etwas zu sagen haben, sagen Sie es sehr leise.«

In einer Minute, nach zwei Gängen zu den Umkleidefächern an einer Wand des Bads, hatte Kranz zwei weiße Eimer, die vielleicht jeder eine Gallone aufnehmen konnten, und acht Wassergläser am Rand des Beckens aufgereiht und alle saßen oder lagen auf dicken weißen Handtüchern auf den Fliesen neben dem Becken.

»Dies«, sagte Kocian leise und planschte mit seinen Füßen im Wasser, »ist der nahezu endlose Pool von Öl unter dem Irak. Er wurde kontrolliert – war im Besitz – von Saddam Hussein. Als Hussein – Zitat Anfang – Präsident des Irak – Zitat Ende – war, war er mehr als ein absoluter Herrscher als der König von Arabien. Er hatte viele Laster, einschließlich Habgier, die ihn umbrachte. Er war nicht zufrieden mit dem, was er hatte. Er wollte das Öl, das unter dem Sand von Kuwait lag – dort unten.«

Er wies hin.

»Wenn Hussein keine Invasion in Kuwait gemacht hätte, würde er mit an Sicherheit grenzender Wahrscheinlichkeit heute nicht vor Gericht sitzen, aber er konnte sich nicht zügeln. Dies beunruhigte die Amerikaner und sogar einige Mitglieder der Vereinten Nationen. Einige sagen, die Amerikaner eilten, um das arme kleine Kuwait zu verteidigen, weil sie glaubten, dass Saddam Hussein schlimm sei und man ihm auf die Finger schlagen müsse. Andere befürchteten, dass Saddam ebenfalls seinen Blick auf das Öl unter Arabien gerichtet hatte – dort drüben –, was für die amerikanische Wirtschaft wesentlich war und ist. Was immer auch die Gründe waren, es gab einen Krieg. Einige von Ihnen werden sich vielleicht daran erinnern.«

»Wir waren alle dort, Herr Kocian«, sagte Castillo. »Können wir jetzt zum Ende der Geschichtsstunde kommen?«

»Es überrascht mich, dass Ihnen niemand beigebracht hat, Karl, dass diejenigen, die Geschichte nicht verstehen, dazu verdammt sind, sie zu wiederholen«, sagte Kocian. »Möchten Sie, dass ich fortfahre?«

»Verzeihung«, sagte Castillo.

»Es war kein totaler Sieg«, sprach Kocian weiter. »Präsident Bush der Erste entschied, dass er Bagdad nicht besetzen musste, um den Krieg zu gewinnen. Zehn Jahre später entschied Präsident Bush der Zweite, dass es nötig sein würde, dass amerikanische Flaggen über Saddam Husseins Schlössern wehten, um *diesen* Krieg zu gewinnen.

Am Ende des ersten Irak-Krieges, um Saddam Hussein an seine Versprechen beim Waffenstillstand zu erinnern, brachten die Amerikaner die Vereinten Nationen dazu, ein Embargo auf den Verkauf von irakischem Öl zu verhängen. Das bedeutete, dass der Irak kein Geld vom Verkauf seines Öls bekommen würde.

Frankreich und Russland und einige andere Nationen waren plötzlich zutiefst besorgt über die hilflosen Frauen und Kinder des Irak. Ohne irgendeine Einkommensquelle, um Nahrung zu kaufen, beklagten die Franzosen und Russen, würden irakische Babys verhungern. Ohne Medikamente und medizinische Versorgung der irakischen Krankenhäuser würden die irakischen Frauen und die Älteren qualvoll sterben.

Öl für Nahrung wurde geboren. Dem Irak wurde erlaubt, genug von seinem Öl zu verkaufen, um Nahrung und Medizin zu kaufen. Die Vereinten Nationen würden den Verkauf des Öls überwachen und sicherstellen, dass nichts in den Irak eingeführt wurde, das keine Nahrung oder Medizin war. Inspektoren der Vereinten Nationen wurden stationiert – hauptsächlich in Basra am Persischen Golf –, um die Barrels von Öl zu zählen – das bewilligte Kontingent, das zum Verkauf verschifft wurde – und um sicherzustellen, dass nichts in den Irak per Schiff eingeführt wurde, was dort nicht hin sollte.«

Kocian untersuchte die beiden Eimer, die Kranz für ihn geholt hatte.

Er tauchte den größeren Eimer in den Pool und zog ihn heraus.

»Dies ist die Menge Öl, die der Irak brauchte, um Nahrung und Medizin zu kaufen. Sie werden festgestellt haben, als ich den Eimer herausgeholt habe, dass es den Wasserstand in dem Pool nicht merklich gesenkt hat.«

Er neigte sich vor, nahm seine Zigarre aus dem Aschenbecher, zündete sie neu an, paffte daran, betrachtete die Glut, nahm noch einen Zug und fuhr fort: »Saddam fand sich auf einem See von schwarzem Zeug sitzend, das für ihn wertlos war, aber vom Rest der Welt für schwarzes Gold gehalten wurde. Er musste nur einen Weg finden, um es aus dem Irak herauszubekommen, an der Mauer vorbei, die die UN aufgestellt hatten.«

Er klopfte auf den gefliesten Rand des Pools.

»Zuerst versuchte er es mit Diplomatie. Er würde die Vereinten Nationen dazu bringen, sich zu entspannen oder das Embargo aufzuheben. Um das zu erreichen, würde er wichtige Freunde bei den Vereinten Nationen haben müssen. Wie erwirbt man sich Freunde? Indem man ihnen etwas schenkt. Er arrangierte, dass die Ölkontingente den Leuten zugeteilt wurden, von denen er glaubte, dass sie seine Freunde werden könnten. Viele davon waren Franzosen und Russen, aber da gab es auch andere.

Er arrangierte – indem er UN-Offizielle bestach –, dass seine Ölzuweisungen in die Hände dieser Leute zu billigeren Preisen als die üblichen Preise für Rohöl kamen. Sagen wir fünfzig Cents pro Barrel. Fünfzig Cents pro Barrel wird eine Menge Geld, wenn man in Größenordnungen von, sagen wir, zwei Millionen Barrel Öl handelt – einen Tanker voller Öl.

Alles, was diese Leute tun mussten, um einen schnellen Profit von einer Million Dollar zu machen, war ihre Zuweisung von zwei Millionen Barrel Öl-für-Nahrung-Öl an jemand anders zu überschreiben. Saddam ließ ebenfalls wissen, wenn ihm erlaubt werden würde, mehr Öl zu exportieren, würden mehr Millionen – viel mehr Millionen – Dollars in die Hände derjenigen fließen, die die Vereinten Nationen veranlassen würden, das Embargo zu lockern. Er brachte ebenfalls Freunde dazu, sich nicht zu beschweren, dass die Medizin, die in den Irak für die armen irakischen Kinder und Frauen verschifft wurde, einen hohen Preis hatte, Aspirin fünf Dollar pro Pille, Mehl zwanzig Dollar pro Kilo. Und so weiter.

Dafür musste er natürlich Freunde unter den UN-Offiziellen haben, die das überprüften, um zu sehen, dass er nichts bekam, was er nicht haben sollte. Wie macht man sich solche Freunde? Man schenkt ihnen etwas. Was hatte er zu geben? Dieses schwarze Zeug, das für ihn ohnehin wertlos war. Wie würde er es zu ihnen schaffen? Indem er den UN-Offiziellen bestach, der überprüfte, wie groß das ausgeführte Ölkontingent war. Wenn er zufällig wegschaute, wenn, sagen wir mal, hunderttausend Barrel Öl irrtümlich in einen Tanker gepumpt wurden, der die legitime Öl-für-Nahrung-Zuweisung abtransportierte, konnte er erwarten, dass von einer Seite oder Seiten anonym ein Paket mit brandneuen US-Hundert-Dollar-Scheinen in das Apartment seiner Oma geschickt wurde.«

Kocian nahm den Wassereimer und schüttete daraus Wasser in vier der Wassergläser. Dann nahm er eines der mit Wasser gefüllten Gläser und hielt es unter den gefliesten Beckenrand.

»Dieser geht an den UN-Offiziellen, der wegschaute, als der Tanker überladen wurde«, sagte er.

Er nahm das zweite mit Wasser gefüllte Glas, hielt es unter den Beckenrand und erklärte: »Und dieses geht an den UN-

Offiziellen, der nichts Verdächtiges daran sieht, dass eine Pille Aspirin fünf Dollar oder ein Kilo Mehl zwanzig Dollar kostet, und deshalb genehmigt, dass die Rechnung dafür bezahlt wird.«

Er nahm die beiden verbliebenen mit Wasser gefüllten Gläser und hielt sie in eine der schmalen Vertiefungen auf der Innenseite des Beckenrandes. »Und diese beiden, jetzt versteckt zu Päckchen brandneuer Hundert-Dollar-Scheine, gehen zurück über die Grenze zu Saddam, wo sie verfügbar sind, um dafür Paläste für seine Söhne zu bauen und andere Leute zu bestechen. Sie werden bemerkt haben, dass das Füllen der Gläser wieder den Wasserspiegel in dem Eimer kaum merklich gesenkt hat.«

Er legte eine Pause ein und füllte die verbliebenen Wassergläser.

»Es gibt viele Raffinerien im Irak«, fuhr Kocian fort, »die in der Lage sind, weitaus mehr Benzin, zum Beispiel, zu produzieren, als der Irak braucht. Was soll damit gemacht werden?«

Er nahm zwei der Wassergläser, neigte sich vor zu Torine, der auf den Fliesen lag, und stellte sie neben einem von Torines Ellbogen ab.

»Sie sind jetzt Jordanien«, sagte Kocian. »Jordanien hasst die Amerikaner nicht so sehr, wie es bei den meisten andren arabischen Ländern der Fall ist, möglicherweise, weil die Witwe des verstorbenen Königs die Tochter eines amerikanischen Generals war. Und Amerikaner neigen dazu, weniger kritisch auf Jordanien zu blicken als auf andere arabische Länder. Auf jeden Fall hat Jordanien einen Bedarf an Benzin. Es gibt keine Pipeline und keinen Hafen, aber der Irak hat viele Zwanzigtausend-Gallonen-Tanktrucks. Wie kommen sie über die Grenze? Indem man jemanden besticht.«

Er schob die Wassergläser von Torines Ellbogen zur Hüfte

und hob eines von beiden an und schob es wieder in die Mulde am Beckenrand. »Dieses eine, jetzt wunderbarerweise in Dollars verwandelt, geht in den Irak zurück.«

»Allmächtiger«, stieß Castillo hervor.

»Nun mussten gewisse logistische Probleme gelöst werden«, fuhr Kocian fort. »Saddam wollte gewisse Dinge – seine Söhne, zum Beispiel, brauchten Mercedes Sportwagen und *Hustler*-Magazine –, die er nicht legal in den Irak importieren konnte. Sie haben vielleicht bemerkt, dass ich nicht einmal von Kriegsmaterial, Flugzeugteilen et cetera spreche, was eine andere Geschichte an sich ist. Wie also soll er das machen? Indem er einen UN-Inspektor besticht, dass er zum Beispiel nichts Verdächtiges daran findet, dass ein Röntgengerät für ein Krankenhaus im Irak aus der Fabrik von Mercedes-Benz in Stuttgart kommt. Oder dass eine Kiste mit dem Aufkleber ›Medizinische Publikationen‹ in Wirklichkeit voller pornografischer Videos ist.

Saddam Hussein International Airport in Bagdad sah viele Frachtflugzeuge – viele davon im Besitz eines Russen mit dem Namen Aleksandr Pevsner –, die Dinge einflogen wie Röntgenapparate von Mercedes-Benz ...«

»Erzählen Sie mir bitte von Pevsner, Herr Kocian«, sagte Castillo.

»Was soll ich über ihn erzählen?«

»Wie tief steckte er in der Öl-für-Nahrung-Sache?«

»Er hat eine Menge Geld verdient.«

»War er einer derjenigen, die bestochen wurden?«

»Wir spielen hier semantische Spielchen«, sagte Kocian. »Hat jemand ihm Geld ausgehändigt und gesagt: ›Bitte, missachten Sie die UN-Sanktionen, und fliegen Sie diesen Mercedes in einer Kiste mit Röntgenapparaten nach Bagdad?‹ Nein. Transportierte er eine Maschine mit Röntgenapparaten nach Bagdad, ohne nachzusehen, was die Kiste wirklich enthielt? Ja. Berechnete er zwei- oder dreimal – fünfmal – den Standardtarif für den Transport von Röntgenapparaten nach Bagdad? Ja. Überprüfte er, um zu sehen, ob eine Kiste zehn Millionen Aspirinpillen wirklich Aspirin enthielten oder, zum Beispiel, zehn Millionen Dollar in US-Währung? Nein. War er bestochen? Das würde Meinungssache sein. Wurde er in bar bezahlt? Ja. War das Bargeld, das er von Saddam Hussein erhielt, Bargeld, das in Saddams Hände für Öl gelangt war, das er exportierte, aber nicht hätte exportieren sollen? Fast mit Sicherheit. Wie sonst hätte Saddam es bekommen können? Kann ich etwas davon beweisen? Nein.«

»Interessant«, murmelte Torine.

»Welches Interesse haben Sie an Aleksandr Pevsner, Karl?«, fragte Kocian.

»Der Name ist in einer Unterhaltung gefallen«, sagte Castillo. »Wie wurden all diese Bestechungsgelder gezahlt, Herr Kocian, wissen Sie das?«

»In Öl oder Bargeld, das habe ich Ihnen gesagt.«

»Nein. Ich meine, zum Beispiel haben Sie erwähnt, dass eine Partei oder Parteien anonym irgendeiner Oma einen Stapel Bargeld aushändigte. Wer war die anonyme Seite? Wer machte tatsächlich die Zahlungen?«

»Es gab ein kunstvoll ausgearbeitetes System dafür«, sagte Kocian. »Wie lautet Ihr amerikanischer Name, Karl? Charles?«

»Carlos«, sagte Castillo. »Das ist Spanisch für Karl und Charles.«

»Ja, natürlich. Nun, das wird Ihnen sehr gefallen, Carlos.«

»Was wird mir gefallen?«

»Als dieses Geschäft begann, wurde es lästig, Geld durch Banken zu schleusen, zu waschen et cetera, und Saddam begann sich nach einem Zahlmeister umzusehen. Er brauchte jemanden, vorzugsweise irgendeinen Offiziellen, idealerweise einen Diplomaten, der durch die Gegend reiste und dessen Gepäck nicht untersucht wurde. Die einzigen Leute, die das routinemäßig machten, waren Mitglieder der Vereinten Nationen. So sahen sie sich bei den UN-Leuten um, die sie bereits auf der Lohnliste hatten, und sie waren wenig beeindruckt. Schließlich fanden sie ihren Mann in Paris, der für die UN arbeitete. Er war ein UN-Bürokrat. Er arbeitete für ...«

»Das europäische Directorate of InterAgency Coordination oder so?«, unterbrach Castillo.

»Er war der Chef des European Directorate of InterAgency Coordination«, sagte Kocian und sah Castillo sonderbar an. »Was ihn zu einem UN-Diplomatenpass berechtigte. Der Pass – zusätzlich, dass man durch den Zoll und die Einwanderungskontrolle geht, ohne dass das Gepäck durchsucht wird und sowohl von den regionalen Gebühren und Steuern im Heimatland befreit ist – ist ein Preis, der an verdiente UN-Bürokraten auf mittlerer Ebene vergeben wird.«

»Was macht das European Directorate of InterAgency Coordination, Herr Kocian?«, fragte Castillo. »Das habe ich mich stets gefragt.«

»Ich weiß es wirklich nicht«, sage Kocian. »Nach dem, was ich von den Vereinten Nationen gesehen habe, vermutlich nichts Nützliches. Aber dieser Typ ist für zehn, fünfzehn Jahre durch ganz Europa, den Nahen Osten und die Vereinigten Staaten gereist und hat seine InterAgency Coordination betrieben, was immer das auch sein mag.

Es gab einige andere Dinge, die für ihn sprechen. Er war unverheiratet, also gab es keine Ehefrau, die sich damit brüstete, was ihr Mann tat, und er war nicht homosexuell, und so gab es keinen Freund, der das Gleiche wie eine Ehefrau hätte hinausposaunen können. Und er war nicht sehr gut bezahlt. Selbst von der Steuerbefreiung und seinen Reise- und Repräsentationszulagen abgesehen, war sein Gehalt nicht sehr hoch. Aber das Wichtigste, er war nicht nur Amerikaner, was die US-Behörden von seiner Spur abhalten würde, sondern er war auch ein antiamerikanischer Amerikaner. Vielleicht weil er ein Schwarzer war. Vielleicht auch nicht. Aber seine Hautfarbe war noch etwas, was die Amerikaner davon abhielt, ihn zu genau anzuschauen.«

»Und sein Name ist Jean-Paul Lorimer«, sagte Castillo. »Und ich will wissen, wo er ist.«

»Nur um die Neugier eines alten Mannes zu befriedigen, Karl, wie lange habt ihr Amerikaner von Lorimer gewusst?«

»Nicht lange. Wo ist er, Herr Kocian?«

»Vermutlich dort draußen«, sagte Kocian und wies zu den Glaswänden, die zwei Seiten des Bades begrenzten.

»Sie meinen in Budapest?«

»Ich meinte in der Donau«, sagte Kocian. »Oder vielleicht in der Seine.«

»Was macht Sie so sicher, dass er tot ist?«

»Oder möglicherweise irgendwo in einer Zelle, wo sie ihn nach Namen befragen, sodass es weniger Zeugen auf der Welt gibt. Aber wenn ich wetten müsste, würde ich auf einen der beiden Flüsse setzen.«

»Was war seine Beziehung zu Henri Douchon?«

»Ah, jetzt weiß ich auch, weshalb Sie mit mir sprechen wollten. Otto hat Ihnen von ihm erzählt.«

»Das ist ein Teil davon. Was ist mit Douchon?«

»Er war einer von Lorimers stellvertretenden Zahlmeistern«, sagte Kocian. »Er war für den Libanon, Ägypten, Zypern und die Türkei zuständig – vielleicht auch für einige andere Gebiete, aber das sind alle, die ich bestätigen konnte.«

»Wer hat ihn gekillt?«

»Wenn ich wetten müsste, würde ich sagen, entweder die Franzosen oder die Ägypter. Möglicherweise auch die Deutschen oder vielleicht die Türken. Ich weiß es einfach nicht, aber ich würde auf die Franzosen oder die Ägypter wetten.«

»Und Sie meinen, die gleichen Leute haben Lorimer ermordet?«

»Die Liste der Leute, die wünschten, Lorimer zum Schweigen zu bringen, schließt all die zuvor genannten ein, plus Russen, Syrier, Iraner – es ist eine lange Liste, Herr Gossinger.«

»Sie glauben nicht, dass Lorimer sich irgendwo verstecken würde?«, fragte Castillo.

»Ich meine, er könnte versucht haben, sich zu verstecken, nachdem er gesehen hat, was sie mit Monsieur Douchon getan haben.«

»Und Sie sind sicher, er wusste von diesem Mord?«

»Ein alter Freund von mir zeigte mir Fotos von Lorimer, auf denen er Douchons Wohnung in Wien betritt und verlässt. Sie wurden aufgenommen, *nachdem* jemand Douchon die Zähne gezogen und die Kehle durchgeschnitten hatte. Danach verschwand Mr Lorimer. Es kann natürlich sein, dass er unversehrt in den Himmel aufgenommen wurde, aber ich halte es für weitaus wahrscheinlicher, dass jemand außer der österreichischen Geheimpolizei ein Auge auf die Wohnung in der Cobenzlgasse gehalten hat, um zu sehen, ob Lorimer auftaucht, und ihn geschnappt hat.«

»Wir wissen, dass jemand mit seiner UN-American-Express-Karte ein Zugticket nach Paris gekauft hat«, sagte Castillo. »Sagen wir mal, es war Lorimer selbst. Sie schnappten ihn nicht in Wien, mit anderen Worten. Sagen wir mal, sie schnappten ihn auch nicht in Paris. Wenn er gesehen hatte, was mit Douchon geschehen war, hat er auf seinen Rücken aufgepasst. Sagen wir, er stieg in den Zug und fuhr nicht nach Paris, weil er vermutete, dass man nach ihm suchen könnte. Sagen wir, er stieg in München aus dem Zug. Oder stieg nicht mal in den Zug nach Paris ein. Er hätte ein Ticket nach Paris mit seiner Kreditkarte kaufen können und dann ein anderes mit Bargeld nach sonst wohin. Vielleicht sogar nach Budapest.«

»Das ist natürlich möglich«, sagte Kocian. »Aber ich bezweifle, dass Sie in der Lage sein werden, ihn zu finden.«

»Wenn er sich verstecken würde – und warum würde er nicht an irgendein Versteck gedacht haben, falls etwas schiefgeht? –, wohin könnte er Ihrer Meinung nach gegangen sein?«

»Überallhin«, sagte Kocian. »Südfrankreich. Libanon. Vielleicht sogar in die Vereinigten Staaten. Überallhin. Wer weiß?«

»Sie haben nicht Südamerika erwähnt«, sagte Castillo. »Argentinien oder ...«

Castillo verstummte mitten im Satz, überrascht, weil Kocian Otto einen wütenden Blick zuwarf. Dies verursachte Kocian, ihn anzublicken.

»Warum nicht Südamerika?«, fragte Castillo.

Ja. Warum nicht? Entführten diese Bastarde Mrs Masterson in Buenos Aires und ermordeten ihren Mann in Südamerika, weil sie Lorimer dort nicht finden konnten und sie annahmen, dass seine Schwester vielleicht wusste, wo er war? Oder dass er ihretwegen dort war?

»Otto, haben Sie mit Karlchen über Südamerika gesprochen?«, fragte Kocian sarkastisch.

»Ja«, gab Görner zu. »Aber nicht in diesem Zusammenhang.«

»In welchem Zusammenhang?«

»Ich habe ihm von Ihrem Verdacht – auch meinem – erzählt, dass einiges von den Öl-für-Nahrung-Geldern in Deutschland möglicherweise seinen Weg dort rüber gefunden hat.«

»*Möglicherweise* dort rüber?«, schnauzte Kocian. »Die Sonne geht möglicherweise morgen auf.«

»Wollen Sie mir etwas darüber erzählen, Herr Kocian?«, fragte Castillo.

»Nein.«

»Aber Sie werden es?«

»Nein.«

»Kranz, holen Sie die Kneifzangen raus«, sagte Castillo. »Wir werden ein wenig Zahnheilkunde praktizieren.«

»Karl, das ist nicht lustig«, sagte Otto Görner.

»Was lustig ist, Otto«, sagte Kocian ernst, »ist, dass ich mir nicht sicher bin, ob er scherzt. Ich sagte schon, dass er Willi ähnelt. Gerade jetzt erinnern mich seine Augen sehr an den alten Herrn. Wenn der alte Herr einen mit diesem Ausdruck in den Augen ansah, wusste man, dass er entschlossen ist, zu bekommen, was er will.«

»Was ich wirklich will, ist, Jean-Paul Lorimer zu finden«, sagte Castillo.

»Und was ich wirklich will, ist, den gierigen Bastard in Deutschland zu verbrennen, wo er in die schleimigen Profite von Öl für Nahrung verwickelt gewesen ist«, sagte Kocian. »Ich bin nahe daran, Beweise zu haben, die er nicht leugnen können wird. Und ich will nicht, dass jemand – Sie – zu ihm eilen und die Gauner wissen lässt, dass ich ihnen auf der Spur bin, und ihnen eine Chance geben ...«

»Ich bin nicht an gierigen deutschen Bastarden interessiert, solange ich nicht herausfinde, dass sie für den Tod von Masterson und Sergeant Markham verantwortlich sind«, sagte Castillo.

»Sind wir wieder bei Rache?«

»Wir sind wieder bei der Befolgung meiner Befehle«, sagte Castillo.

»Sie haben eine Menge über die Nürnberger Naziprozesse

gehört«, sagte Kocian. »So etwas wie: ›Ich habe nur meine Befehle befolgt.‹«

»Diese Verbrecher sagten das, um die Ermordung von unschuldigen Leuten zu rechtfertigen«, erwiderte Castillo. »Diese Bastarde sind weder unschuldig noch hilflos.«

Kocian nickte. »Das stimmt.« Er sah Castillo in die Augen. »Sie haben mir nie erzählt, was Ihre Befehle sind.«

»Ich muss die Leute finden, die verantwortlich für die Morde sind, und sie unschädlich machen«, sagte Castillo.

»Sie unschädlich machen? Ist das nicht das Gleiche wie auslöschen mit extremen Vorurteilen?«, fragte Kocian. »Ist das keine Beschönigung für Ermordung, die ihr Amerikaner in Vietnam benutzt habt?«

»Meine Befehle lauten, sie zu finden und unschädlich zu machen«, wiederholte Castillo. »Der Gedanke dabei ist, klarzumachen, dass es gewisse Dinge gibt, bei denen man nicht ungestraft davonkommen kann.«

»Und das klingt für mich wie Rache. Wozu macht Sie das also, zum Agenten des Herrn?«

»Nein. Nicht des Herrn. Es steht nicht *Gott mit uns* auf meiner Uniformkoppel.«

Kocian sah ihn an. »Touché«, sagte er, und dann blickte er zu Görner. »Er hat viel von dem alten Herren in sich, nicht wahr?«

»Ja«, sagte Görner nur. »Das hat er.«

»Ihr Großvater war ein Mann, der sein Wort hielt«, sagte Kocian. »Wenn er einem etwas sagte, konnte man ihm vertrauen. Sind Sie auch so, Karl?«

»Ich betrachte mich gern als Offizier und Gentleman, wenn es das ist, was Sie meinen.«

»Das meine ich«, sagte Kocian. »Ich werde Folgendes tun, Karl. Wenn Sie mir Ihr Wort geben, dass Sie es nicht an die CIA oder jemanden in Ihrer Regierung weitergeben, nenne ich Ihnen die Namen der Deutschen, die meines Glaubens von Öl für Nahrung profitiert haben und jetzt versuchen, dieses Geld in Argentinien, Brasilien, Paraguay – in der ganzen südlichen Spitze von Südamerika zu verstecken. Wenn Sie diese Information nutzen können, um Lorimer zu finden, dann ist das prima. Aber Sie geben mir Ihr Wort, dass Sie es nicht für irgendwas anderes benutzen werden.«

»Sie haben mein Wort.«

»Und Sie werden niemandem erzählen, woher Sie es bekommen haben?«

»Einverstanden.«

»Und dass diese Gentlemen, denen Sie es sagen, gleichermaßen an unsere Abmachung gebunden sein werden?«

»Einverstanden. Wann bekomme ich die Namen?«

»Wenn ich im Büro bin, werde ich eine Stunde oder mehr brauchen, um durchzugehen, was ich habe. Ich will sichergehen, dass sie, wenn Sie diese Leute unschädlich machen mussen, eine solche Behandlung wirklich verdienen.«

»Fair genug.«

»Und ich will nicht, dass ihr – besonders Otto – in mein Büro kommt und Leute neugierig macht. Warum treffen Sie mich also nicht am Mittag im Kárpátia? Sie wissen, wo das ist, Otto.«

Görner nickte.

»Und ich weiß es auch«, sagte Castillo. »Es ist nicht weit von der amerikanischen Botschaft.«

Kocian nickte. »Wir können schön zu Mittag essen«, sagte er und erhob sich behände. Dann ging er mit einem Grunzlaut in die Hocke, neigte sich vor und nahm seinen Aschenbecher, das Handy, die Bücher und Magazine.

Dann watschelte er über die Fliesen des Bades und verschwand durch eine Tür.

»Du hast mehr aus ihm herausgeholt, Karl, als ich für möglich gehalten habe«, sagte Otto Görner nachdenklich. »Ich kann nur hoffen, dass dies eine gute Sache ist. Was er nicht gesagt hat, war die Tatsache, dass diese Leute ihn foltern und töten werden, ohne mit der Wimper zu zucken, wenn sie wissen, wie viel er weiß. Und wenn du nicht sehr vorsichtig mit diesen Namen umgehst, werden sie es erfahren.«

Castillo nickte, sagte jedoch nichts. Er erhob sich.

»Lasst uns von hier verschwinden«, sagte er und schlang ein Handtuch um seine Hüften. »Ich will telefonieren.«

2

Botschaft der Vereinigten Staaten von Amerika
Szabadság tér 12
Budapest, Ungarn
28. Juli 2005, 11 Uhr 05

Otto Görner berührte Castillo am Arm, bevor er vor der amerikanischen Botschaft, einem siebenstöckigen, hundertjährigen Herrenhaus, aus dem Taxi steigen konnte.

»Du wirst mich da drin nicht brauchen, nicht wahr?«, fragte er.

»Nein.«

»Und es könnte sogar ein bisschen peinlich sein, nicht wahr?«

»Ich komme schon klar«, sagte Castillo.

»Warum bleibe ich nicht im Taxi, fahre zum Kárpátia, reserviere uns einen Tisch, bestelle mir eine Tasse Kaffee ...«

»Okay, Otto. Dies wird nicht lange dauern. Wir sehen dich dort«, sagte Castillo, und er und die anderen stiegen aus dem

Taxi. Als Castillo es wegfahren sah, berührte Sergeant Seymour Kranz ihn am Arm.

»Major, was, zum Teufel, ist das?«

Castillo blickte in die Richtung, in die der Sergeant wies. Im Park gegenüber der Botschaft stand die Statue eines Mannes in Uniform, der die Hände hinter dem Rücken hielt.

»Das ist eine Statue, Seymour. Budapest ist voll davon. Sie haben hier irgendwo auch ein Stück der Berliner Mauer.«

»Das ist eine amerikanische Uniform aus alter Zeit«, sagte Kranz.

»Da will ich doch verdammt sein. Ich glaube, er hat recht«, sagte Colonel Torine.

Castillo blickte wieder hin und fragte: »Wie viel Uhr ist es in Washington, Seymour?«

Kranz konsultierte seine Uhr und meldete: »Null-vier-null-fünf, Sir.«

»Da es keinen großen Unterschied macht, ob derjenige, den wir aus dem Bett werfen, um null-vier-null-fünf oder null-vier-zehn geworfen wird, lassen Sie uns zur Statue gehen und sie untersuchen, um unseren kulturellen Horizont zu erweitern«, sagte Castillo. »Warum, zur Hölle, steht eine Statue von einem amerikanischen Offizier in einem Park in Budapest?«

Sie gingen zu der Statue. Es war in der Tat ein Amerikaner, der eine Uniform aus der Ära des Ersten Weltkriegs, eine Reituniform mit Reitstiefeln, trug. Er sah aus, als schaue er die Botschaft an und finde sie nicht in Ordnung. Eine Bronzeplakette mit englischer Inschrift stand am Fuß der Statue. Kranz las laut vor: »Harry Hill Bandholtz, Brigadier General, U.S. Army. ›Ich habe einfach die Instruktionen meiner Regierung befolgt, wie ich sie als Offizier und Gentleman der Army der Vereinigten Staaten verstanden habe.‹«

»Ich frage mich, was, zur Hölle, das zu bedeuten hat«, sagte Fernando.

»Ich frage mich, wie die Instruktionen, die er ausgeführt hat, dazu geführt haben, dass er eine Statue bekommen hat«, sagte Kranz.

»Gentlemen«, sagte Castillo, »die Geschichtstypen bluffen. Vielleicht ist ein Offizier für Öffentlichkeitsarbeit in der Botschaft, der uns erleuchten kann.«

Da gab es vielleicht einen Offizier für Öffentlichkeitsarbeit in der Botschaft, doch sie lernten ihn nie kennen.

Zuerst begegneten sie einem Wachmann des Marine-Corps, einem Sergeant, der ihnen höflich, jedoch entschieden erklärte, dass sie den Botschafter nicht ohne Voranmeldung sehen konnten.

Colonel Torine zeigte seinen Ausweis der Air Force.

»Sergeant, Sie holen den Verteidigungsattaché ans Telefon oder hierher, und zwar sofort.«

Der Marine-Sergeant betrachtete genau das Foto auf dem Ausweis und griff dann zum Telefon.

»Da ist ein USAF-Colonel, der den Verteidigungsattaché sprechen will«, meldete er und reichte dann Torine den Telefonhörer.

»Hier spricht Colonel Jacob Torine. Sind Sie der Verteidigungsattaché, Captain?« Kurze Pause. »Dann holen Sie ihn gottverdammt ans Telefon, und zwar verdammt noch mal auf der Stelle!«

Ein Lieutenant Colonel der Army erschien.

»Colonel Torine?«, fragte er.

»Richtig.«

»Ich bin Lieutenant Colonel Martín, Sir. Ich bin der Attaché der Army. Darf ich bitte Ihren Ausweis sehen, Sir?«

Torine zeigte seinen Ausweis.

»Wie kann ich Ihnen helfen, Colonel?«

»Wir möchten entweder den Botschafter oder den Missionschef sprechen«, sagte Torine.

»Darf ich fragen, warum?«

»Nein, gottverdammt, das dürfen Sie nicht!«, explodierte Torine.

»Jake!«, sagte Castillo mahnend. »Colonel, wir müssen auf einer gesicherten Leitung mit dem Weißen Haus telefonieren.«

»Und Sie sind, Sir?«

»Mein Name ist Castillo. Ich bin beim Secret Service.«

Er zeigte Lieutenant Colonel Martín seinen Ausweis.

»Dies ist sehr ungewöhnlich«, sagte Lieutenant Martín.

»Ich bin darauf vorbereitet, es dem Botschafter oder Missionschef zu erklären«, sagte Castillo.

»Einen Moment, bitte«, sagte Lieutenant Colonel Martín und forderte den Wachmann mit einer Geste auf, ihm das Telefon zu reichen. Er drückte eine Nummer. »Hier ist Colonel Martín. Wir haben hier einen Colonel der Air Force, ich habe seinen Ausweis überprüft, der mit der Zentrale des Weißen Hauses verbunden werden will. Können wir das tun?«

Es gab eine Antwort.

Lieutenant Colonel Martín wandte sich an Colonel Torine.

»Er sagt, dass Sie eine Befugnis haben müssen, um mit der Telefonzentrale des Weißen Hauses verbunden zu werden. Haben Sie diese Befugnis?«

»Die habe ich«, sagte Torine.

»Verzeihen Sie, Sir. Aber woher wissen wir das?«

»War das Ihr Kommunikationsraum?«, fragte Castillo.

Lieutenant Colonel Martín nickte.

»Er ist verbunden mit der Zentrale des Weißen Hauses?«

»Mit der Zentrale des Außenministeriums.«

»Sagen Sie ihm, dass C. G. Castillo die Außenministerin sprechen will, und wenn sie nicht erreichbar ist, dass er mit der Zentrale des Weißen Hauses verbunden wird.«

»Sie wollen mit der Außenministerin sprechen, Mr Costello?«

»Es heißt Castillo. Sagen Sie das richtig, wenn Sie anrufen.«

»Sir, es ist in Washington vier Uhr morgens.«

»Das weiß ich.«

»Nur einen Moment, bitte«, sagte Lieutenant Colonel Martín und nahm die Hand von der Sprechmuschel. »Mr Costello ...«

»Castillo. Castillo mit einem ›a‹ und einem ›i‹«, sagte Castillo.

»Mr *Castello* fragt, ob es Ihnen möglich ist, die Zentrale des Außenministeriums anzurufen und sie zu fragen – versuchen Sie, ob sie seinen Anruf für die Außenministerin annehmen.« Martín wandte sich an Charley. »Das Büro der Ministerin, Mr Castello, oder Ministerin Cohen persönlich?«

»Castillo mit einem ›i‹«, erwiderte Castillo. »Ministerin Cohen persönlich.«

»Die Außenministerin Cohen persönlich«, wiederholte Lieutenant Colonel Martin in den Hörer. Er hielt wieder die Sprechmuschel zu. »Es wird nur einen Moment dauern.«

Einen Moment später erklärte er: »Man wird Ihren Anruf annehmen, Mr *Castillo,* aber Ministerin Cohen ist nicht erreichbar. Sie hält sich in Singapur auf.«

»Welche Zeit ist es in Singapur, Seymour?«

»Jesus, Major, das weiß ich nicht«, bekannte Sergeant Kranz.

Es war Castillo nicht entgangen, dass Lieutenant Colonel Martín Seymors Benutzung seines Rangs mitbekommen hatte.

»Ich bezweifle, dass dies eine gesicherte Leitung ist, Colonel«, sagte Castillo. »Ich brauche eine gesicherte Leitung.«

»Ja, natürlich«, sagte Lieutenant Colonel Martín und dachte darüber nach. »Wenn Sie dem Sergeant Ihre Ausweisdokumente geben, wird er Ihnen ein Besucherschild aushändigen und Sie zu einem Raum mit gesichertem Telefon begleiten.«

Sie waren im Begriff, ihre Ausweise zu übergeben, als ein großer, ziemlich vornehm aussehender Mann durch die Tür kam, lächelte und »Guten Morgen« sagte.

»Guten Morgen, Herr Botschafter«, grüßte Lieutenant Colonel Martín.

»Sie sind der Botschafter?«, fragte Castillo.

»Ja, das bin ich tatsächlich«, sagte der Botschafter. »Und Sie sind ...?«

»Er ist vom Secret Service, Herr Botschafter«, antwortete Lieutenant Colonel Martín hilfreich.

»Tatsächlich?«

»Und er möchte die Außenministerin sprechen, Sir, persönlich.«

»Tatsächlich?« Der Botschafter ging zum Schalter und untersuchte die Ausweisdokumente.

»Sie haben Mr Castillo gesagt, dass die Außenministerin nicht da ist, nicht wahr, Colonel?«

»Eigentlich ist sie in Singapur«, sagte Castillo.

»Tatsächlich?«, sagte der Botschafter. »Würde es Ihnen etwas ausmachen, mir zu erzählen, was dies zu bedeuten hat, Mr Castillo?«

»Ich werde es Ihnen erzählen. Aber ich finde, dass dieser Platz nicht der richtige ist, Sir.«

»Nun, dann sollten wir in mein Büro gehen, und dann werden wir sehen, ob wir dieser Sache auf den Grund gehen können.«

»Vielen Dank, Sir«, sagte Castillo.

»Ich kannte Jack Masterson«, sagte der Botschafter. »Er war ein guter Mann.«

»Ja, Sir, das war er.«

»Sie sind in Budapest, und so gibt es offenbar eine ungarische Verbindung. Sind Sie bereit, mir davon zu erzählen?«

»Ich verfolge eine Informationsquelle, Sir. Es gibt keine ungarische Verbindung zu Mr Mastersons Ermordung, soweit ich weiß.«

Der Botschafter dachte einen Moment darüber nach. Dann wies er auf ein Telefon auf seinem Schreibtisch. »Bedienen Sie sich, Mr Castillo.«

»Danke, Sir.« Er nahm den Hörer ab und drückte auf die Nulltaste.

»Mein Name ist Castillo. Würden Sie mir bitte die Telefonzentrale des Außenministeriums auf einer gesicherten Leitung geben?«

»Ich muss dies von jemandem genehmigt bekommen.«

Castillo drückte auf die Lautsprechertaste. »Herr Botschafter, ich werde Ihre Genehmigung brauchen.«

»Es ist okay«, sagte der Botschafter mit erhobener Stimme.

Castillo wollte den Lautsprecher ausschalten, besann sich dann jedoch anders.

»Einen Moment bitte«, sagte der Telefonist der Botschaft.

»Außenministerium.«

»Die Leitung ist gesichert?«

»Jawohl, Sir.«

»Mein Name ist C. G. Castillo. Können Sie mich bitte zur Ministerin durchstellen?«

»Nein, Sir. Die Ministerin ist außer Landes, und die Sicherheitsverbindung ist ausgeschaltet.«

»Okay. Dann verbinden Sie mich bitte mit der Zentrale des Weißen Hauses.«

»Weißes Haus.«

»C. G. Castillo auf einer gesicherten Leitung für die Außenministerin, bitte.«

»Ihre Stimmenvermittlung ist abgeschaltet, Mr Castillo. Wir haben eine gesicherte Fernschreiberverbindung. Sie müssen diktieren, was ...«

»Bevor wir das versuchen, stellen Sie mich bitte zu Minister Halls Büro im Nebraska Komplex durch.«

»Minister Halls Büro oder Ihres, Mr Castillo?«

»Okay, mein Büro.«

Das Telefon klingelte zweimal.

»Mr Castillos Leitung. Mr Miller am Apparat.«

»Was tust du dort um vier Uhr morgens?«

»Ich habe mir hier eine Liege reinbringen lassen. Es ist eine lange Fahrt in einem Yukon hin und zurück zu deinem Apartment. Ich begann mich schon wie ein Dummy bei einer Katastrophenübung zu fühlen. Wo bist du?«

»Budapest.«

»Montvale will mit dir reden. Ebenfalls der Boss. Und wir haben eine mysteriöse Botschaft von deiner Freundin Natalie. Die verschlüsselte Verbindung in ihrem Flugzeug ist ausgefallen, ebenso die in der Botschaft in Singapur. Dafür werden Köpfe rollen.«

»Lies mir die Botschaft vor. Vielleicht brauche ich dann nicht mit Montvale zu sprechen.«

»Okay. Wirst du dir das aufschreiben, oder willst du es nur hören?«

»Lies einfach vor.«

»Okay. ›Top Secret Presidential. Von SecState to SecHome Sec. Fangen Sie bitte an, folgende persönliche Botschaft an C. G. auf schnellstmögliche Weise zu übermitteln: Charley, glauben Sie mir, ich wusste bis vor einer Stunde nicht, dass Yung für mich arbeitet. Ich habe mit Botschafter Silvio in

Buenos Aires und Botschafter McGrory in Montevideo gesprochen, und beide erzählten mir, dass Yung sich und jede Nachricht, die er entwickelt hat, zu Ihrer Verfügung stellt. Das ist alles, was ich für sicher hielt, weil etwas mit der gesicherten Stimmenübermittlung in dem Flugzeug und in der Botschaft nicht stimmt, ob Sie es glauben oder nicht. Lassen Sie mich wissen, was ich sonst tun kann. Beste Grüße. Natalie. Ende der persönlichen Botschaft von SecState.‹«

»Habe verstanden, Dick.«

»Wer, zum Teufel, ist Yung?«

»Er ist ein FBI-Agent in Montevideo.«

»Und er arbeitet für Cohen. Was hat das alles zu bedeuten?«

»Ich weiß es nicht. Und ich nehme an, das werde ich erst herausfinden, wenn wir nach Buenos Aires kommen.«

»Wann fliegt ihr dorthin?«

»Sobald wir zu Mittag gegessen haben.«

»Wird dieses kleine Flugzeug es über den Südatlantik schaffen?«

»Gott, das hoffe ich, Dick. Warte, bis wir draußen sind – sagen wir um neun deiner Zeit – und sag dann Minister Hall, dass ich angerufen und Ministerin Cohens Botschaft gehört habe. Ich möchte ihn oder Botschafter Montvale nicht um vier am Morgen wecken. Und schick an Ministerin Cohen eine Botschaft mit folgendem Text: Botschaft erhalten. Vielen Dank. Charley. Und schick eine Botschaft an Botschafter Silvio und teile ihm mit, dass wir unterwegs sind und dort sein werden, wann immer wir eintreffen. Wir sollten in zwei oder drei Stunden von hier aus in der Luft sein.«

»Die Gray Fox Funkverbindung steht nach Buenos Aires. Soll ich die benutzen?«

»Absolut.«

»Sonst noch etwas, Charley?«

»Nimm deine stinkenden Füße von meinem Schreibtisch.«

»Leck mich am Arsch. Das sage ich mit allem möglichen Respekt, Sir. Pass auf dich auf, Junge.«

»Das werde ich. Schluss jetzt, bitte.«

»Nachdem ich Ihre Unterhaltung belauscht habe, Mr Castillo«, sagte der Botschafter, »weiß ich nicht viel mehr darüber, was Sie tun, als zuvor, abgesehen davon, dass ich jetzt keine Zweifel mehr daran habe, dass Sie das Recht haben, meine gesicherte Leitung zu benutzen.«

»Vielen Dank, dass Sie mir das erlaubt haben, Sir.«

»Ich sollte nicht versäumen, Ihnen zu sagen, dass ich wirklich hoffe, Sie können Jack Mastersons Mörder finden. Kann ich überhaupt noch irgendetwas für Sie tun?«

»Mir fällt nichts ein, Sir«, sagte Castillo. »Abgesehen von einer Frage. Wer war der amerikanische Offizier, dessen Statue gegenüber der Botschaft im Park steht?«

Der Botschafter lachte. »Sie haben sie gesehen?«, fragte er rhetorisch. »Brigadier General Harry Hill Bandholtz wurde 1919 hergeschickt, um der Amerikaner bei der internationalen Kontrollkommission zu sein, die das Disengagement von rumänischen Truppen von Ungarn beaufsichtigte. Die Rumänen dachten, die Absetzung bedeute, sie könnten sich zu den transsylvanischen Schätzen im Nationalmuseum verhelfen. General Bandholtz hielt das nicht für richtig. So tauchte er am 5. Oktober 1919 allein bei dem Museum auf, bewaffnet nur mit seiner Reitgerte, und vertrieb die Rumänen wie Christus, der die Geldverleiher aus dem Tempel jagte. Er muss ein höllisch guter Mann gewesen sein.«

»Offensichtlich.«

»Und als man ihn fragte, warum, sagte er ungefähr, er hätte nur seine Befehle befolgt, wie er sie als Offizier und Gentleman verstanden hatte. Sie hören diese Formulierung nicht mehr oft, oder, ›ein Offizier und Gentleman‹?«

»Herr Botschafter«, sagte Torine, »sonderbar genug, das habe ich heute Morgen bereits gehört.«

»Ernsthaft gesagt oder spöttisch?«

»Sehr ernsthaft, Sir«, sagte Torine. »Gesprochen von einem Offizier und Gentleman.«

»Die Ungarn liebten Bandholtz und ließen die Statue gießen«, fuhr der Botschafter fort. »Sie stellten sie 1936 auf. Die ungarischen Faschisten und die Nazis kümmerten sich nicht darum, doch als die Russen hier waren, gleich nach dem Krieg – bevor sie uns die Botschaft wiedereröffnen ließen –, brachten sie sie ›zur Reparatur‹ fort. Wir hörten natürlich davon, von der Schweiz, die entschlossen war, den Besitz der Botschaft zu bewachen. Wir waren tatsächlich im Begriff, eine neue zu gießen, als wir erfuhren, dass die Ungarn sie vom Abfallhaufen gestohlen hatten und versteckten, um sie wieder aufzustellen, wenn die Russen fort waren. Die Russen verließen Ungarn, und General Bandholtz kam wieder auf sein Podest.«

»Herr Botschafter, dies ist eine großartige Geschichte, und ich bin froh, dass ich danach gefragt habe. Aber jetzt, Sir, mit tiefstem Dank, werden wir nicht mehr von Ihrer Zeit in Anspruch nehmen«, sagte Castillo.

»Wohin fahren Sie jetzt, zum Flughafen?«

»Zuerst zum Kárpátia, Sir, dann zum Hotel Gellért, um auszuchecken und dann zum Flughafen.«

»Ich besorge Ihnen einen unserer Wagen«, sagte der Botschafter und griff zum Telefon. »Dann kann ich mir selbst sagen, dass ich wenigstens etwas getan habe, um zu helfen.«

3

Kárpátia
Ferenciek tere 7–8
Budapest, Ungarn
28. Juli 2005, 12 Uhr 15

Otto Görner und Eric Kocian hatten bereits fast ihr Glas Bier, das nach einem Liter aussah, geleert, als Castillo und die anderen in das Restaurant kamen. Und in dem Moment, in dem sie Platz nahmen, kam ein korpulenter Kellner mit üppigem Schnurrbart mit einem Tablett voll mit den enormen Biergläsern an den Tisch.

»Keines für diese beiden, trotzdem vielen Dank«, sagte Castillo auf Ungarisch und wies auf Torine und Fernando. »Sie fliegen.«

Görner und Kocian lachten.

»Wirst du uns sagen, was du soeben über uns gesagt hast?«, wollte Fernando wissen.

»Keinen Alkohol, ihr fliegt«, sagte Castillo.

»Und was ist mit dir?«

»Ich werde den Flugplan erstellen. Das kann ich mit einem kleinen Bier im Blut.«

»Ich mache den Flugplan, trotzdem vielen Dank, Major«, sagte Torine, nahm sich Castillos Bier, hob es an, trank einen tiefen Schluck, rülpste anerkennend und fügte hinzu: »Als Offizier und Gentleman bin ich sicher, Ihnen ist klar, dass Rang seine Privilegien hat.«

»Nun, in diesem Fall, nehme ich an, bleibt mir nur das Essen«, sagte Castillo. »Was empfehlen Sie, Herr Kocian?«

Kocian griff in seine Tasche und überreichte Castillo ein Kuvert. Es war dick gefüllt.

»Ich würde dies nur einem Freund geben«, sagte er. »Sie dürfen mich deshalb Eric nennen.«

»Vielen Dank, *Eric*«, sagte Castillo und steckte das Kuvert in die Innentasche seines Jacketts. »Seymour, Sie können die Kneifzange zurück in den Werkzeugkasten legen. Zahnheilkunde wird offenbar nicht nötig sein.«

»Ach Gott, Karl«, sagte Görner.

»Ihnen ist klar, Karl, dass die Ungarn die Machiavellis alles lehrten, was sie über das Vergiften von Leuten wussten?«, fragte Kocian.

»Und das im Sinn, Eric, was empfehlen Sie? Gulasch, leicht mit Arsen abgeschmeckt?«

»Wiener Schnitzel«, sagte Kocian. »Das Kárpátia serviert die besten Wiener Schnitzel der Welt.«

»Besser als in Wien?«

»Eigentlich können Sie besser ungarisches Gulasch in Wien essen als hier«, sagte Kocian. »Die Dinge sind nicht immer das, was sie scheinen, Karl. Wissen Sie, wie die Leute in Hamburg das nennen, was Sie als Frankfurter bezeichnen?«

Castillo schüttelte den Kopf und fragte dann: »Frankfurter?«

»Richtig. Und wie die Leute in Frankfurt das nennen, was Sie und die Hamburger als Frankfurter bezeichnen?«

»Sagen Sie mir nicht, einen Hamburger!«

»Ein Würstchen«, sagte Kocian. »Und wie nennen die Hamburger gehacktes und gebratenes Rindfleisch?«

»Ich weiß, dass sie es nicht Frankfurter nennen.«

»Sie nennen es Frikadellen, es sei denn, sie braten es nicht und servieren es roh. In diesem Fall wird es ein Steak Tartar.«

»Eigentlich, Eric, liebe ich Wiener Schnitzel. Meinen Sie, Sie könnten die Küche dazu bringen, ein Dutzend davon zu machen und in Folie einzuwickeln, damit wir sie mit ins Flugzeug nehmen können?«

»Werden die nicht schlecht?«

»Es ist eine kleine Küchenkabine im Flugzeug, mit einem Kühlschrank. Bis jetzt sind darin nur eine Flasche Bier und Colonel Torines Viagra.«

»O mein Gott!«, sagte Torine.

»Mein Freund Karl«, sagte Eric Kocian, »da all dies auf Ottos American Express Card gehen wird, können Sie alles haben, was Ihr gieriges kleines Herz begehrt.«

»In diesem Fall ein Dutzend Wiener Schnitzel«, sagte Castillo. »Plus eines für mein Mittagessen natürlich. Ich liebe wirklich Wiener Schnitzel.«

XVII

1

Anflug Aeropuerto Internacional Jorge Newbery
Buenos Aires, Argentinien
29. Juli 2005, 5 Uhr 35

Castillo flog. Die Nacht war klar, und er konnte das Glühen der Lichter von Buenos Aires sehen, als er mit dem Sinkflug begann. Als er tiefer sank, wurden die Lichter deutlicher. Was wie eine einzige orangefarbene Linie, die auf die Stadt zeigte, ausgesehen hatte, wurde eine Doppellinie, und er konnte sehen, dass sich die Scheinwerfer bewegten, und jetzt erkannte er, dass sie auf der Route 8 und der Acceso Norte fuhren, die von Pilar zur Stadt führt.

Es war eine ziemlich anstrengende Reise gewesen. Der Learjet war schnell – sein Langstreckentempo war Dreiviertel der Schallgeschwindigkeit –, aber er war nicht dafür ausgelegt, um Ozeane zu überfliegen. Es war notwendig gewesen, Tankstops innerhalb der Beschränkungen seiner Reichweite, etwa 1900 nautische Meilen, einzulegen. Die erste Etappe – etwa 1500 nautische Meilen – war ein dreieinhalbstündiger Flug von Budapest nach Casablanca, Marokko, gewesen. Nach dem Auftanken waren sie etwas unter drei Stunden nach Dakar, Senegal, an der äußersten Westküste des afrikanischen Kontinents, geflogen.

Von Dakar war ein vierstündiger Flug über 1750 Meilen – die längste Etappe – südwestlich über den Atlantischen Ozean nach Recife, Brasilien, gefolgt. Dies war die heikelste Etappe gewesen. Es gibt keine Ausweichflughäfen im Atlantischen Ozean, auf denen man landen kann, wenn der Treibstoff knapp wird. Sie hatten gebetet und sich auf die Katastrophe vorbereitet, doch es hatte keinen außergewöhnlichen Gegenwind oder andere Probleme gegeben, die sie verlangsamt hätten, und Torine, der zu diesem Zeitpunkt flog, hatte die Entscheidung getroffen, weiterzufliegen. Was ein echtes Problem hätte werden können, war nicht geschehen.

Recife war es nicht gewohnt, kleine Privatjets aufzutanken oder die Piloten um halb zwei Uhr morgens mit Essen zu versorgen, und es hatte anderthalb Stunden gedauert, bis sie beides bekommen hatten. Doch mit dieser Ausnahme waren sie in der Lage gewesen, zu landen, aufzutanken, das Wetter zu überprüfen und Flugpläne zu erstellen, in bemerkenswert kürzerer Zeit als überall sonst.

Von Recife aus waren sie nach Süden, nach São Paulo, geflogen – 1150 nautische Meilen in gerade etwas unter zweieinhalb Stunden – und hatten dann die letzte Etappe nach Buenos Aires begonnen, ein etwas über zweistündiger Flug über 896 nautische Meilen.

Alex Pevsner ist dort unten, dachte Castillo, *und ich habe das Gefühl, dass ich ihn brauchen werde. Und inzwischen hat Howard Kennedy ihm erzählt, dass ich ihn nicht in Jean-Paul Lorimers Richtung weisen werde, sodass er ihm ein indisches Schönheitsmal mitten in die Stirn verpassen kann. Das wird ein Problem sein, an das ich später denken muss. Im Augenblick bin ich zu müde.*

Castillo schaltete das Funkgerät auf SENDEN.

»Jorge Newbery, Lear Five-Zero-Seven-Five. Ich bin vierzig Kilometer nördlich auf fünftausend Fuß. Erbitte Anflug- und Landegenehmigung.«

»Lear Five-Zero-Seven-Five«, befahl die Jorge-Newbery-Bodenkontrolle, »am Ende der Landebahn biegen Sie nach rechts und rollen zu der Parkfläche vor den Hangar von Jet-Aire. Beamte der Zoll- und Einwanderungsbehörde werden zu Ihrem Flugzeug kommen.«

»Seven-Five versteht. Nach der Landebahn rechts zur Parkfläche vor Jet-Aire rollen«, erwiderte Castillo. »Auf Zoll und Einwanderungsbehörde warten.«

Als er sich dem Hangar von Jet-Aire näherte, kam ein Mann mit weißem Overall heraus und wies ihn mit beleuchteter Kelle an, neben einer Aero Commander zu parken.

Als Castillo den Learjet abgestellt hatte, schaute er sich die Aero Commander genauer an. Wenn die kleine zweimotorige Maschine mit den hohen Tragflächen nicht bereits ausgemustert war, dann fehlte dazu nicht viel. Die Farbe war abgeblättert, der linke Reifen des Fahrgestells war platt, und es fehlten Teile der Verkleidung.

»Ich weiß, wie sich die Commander fühlt«, sagte Castillo zu Colonel Torine, der auf dem rechten Sitz saß. »Alt, abgenutzt und erschöpft.«

Torine blickte zu der Commander und lachte.

»Es war ein ziemlich langer Flug, nicht wahr?«, erwiderte er und schnallte sich los.

»Und da kommen die Offiziellen, so sieht es jedenfalls aus«, sagte Fernando vom Mittelgang hinter ihnen.

Castillo sah zwei Ford F-150 Pick-up-Trucks mit rotierenden Grimes-Lichtern auf dem Dach nahen und halten. Zwei Uniformierte stiegen aus dem ersten Ford und ein Mann in Zivil aus dem zweiten.

»Der Zivilist ist vom SIDE«, sagte Castillo. »Ich kenne seinen Namen nicht, aber ich habe ihn schon irgendwo gesehen.«

Er schnallte den Gurt los und stand auf.

Als Castillo von Bord des Learjets ging, sah er, dass die Augenbrauen des SIDE-Agenten hoch ruckten, weil er ihn offenbar wiedererkannte, und er sofort ein Handy aus der Tasche nahm.

Nun, diesmal treffe ich als C. G. Castillo ein, der einen brandneuen Pass ohne jeden Stempel hat.

Als der SIDE-Agent zum Lear kam, war ihm nicht anzumerken, dass er Castillo erkannt hatte, auch nicht, nachdem er den Pass überprüft hatte. Die Kontrollprozeduren von Zoll und Einwanderungsbehörde waren höflich, jedoch sorgfältig. Das Flugzeug und ihr Gepäck wurden nach Drogen und Explosivstoffen durchsucht, was die Standardprozedur für zivile Flugzeuge, die aus dem Ausland eintreffen, sein mochte oder nicht. Castillo war froh, dass er keine Waffen aus Fort Bragg mitgebracht hatte.

Es wurden keine Fragen über Kranz' »Satelliten-Telefonantenne« gestellt, vielleicht nicht, weil Castillo die Beamten gefragt hatte, ob es sicher sei, die Sachen im Flugzeug zu lassen, solange sie in Buenos Aires waren. Ebenso wenig fand der »Laptop« – der tatsächlich das Funkgerät kontrollierte und das Verschlüsselungssystem enthielt – besonderes Interesse. Er war entwickelt worden, um wie ein typischer Laptop-Computer auszusehen

Der Zollbeamte wickelte jedoch die Aluminiumfolie auf, in die die Wiener Schnitzel im Kühlschrank gewickelt waren. Es mochte pure Neugier gewesen sein, oder er hatte vielleicht nach einem Päckchen Kokain gesucht.

»Was ist das?«, fragte er.

»Wiener Schnitzel«, erklärte Castillo. »Eine Art Schweinefleisch milanesa.«

Und wenn du nicht hier reingegangen wärst und sie gefunden hättest, dann hätte ich sie vielleicht vergessen, und wenn ich mich schließlich wieder daran erinnert hätte, wären es vergammelte Wiener Schnitzel gewesen.

»Ich glaube, ich nehme sie besser mit«, sagte Castillo, als der Zollbeamte sie wieder in den Kühlschrank legen wollte. Er steckte sie in seine Laptop-Aktentasche.

»Genießen Sie Ihren Aufenthalt in Argentinien, Gentlemen«, sagte der Zollbeamte.

»Wir werden es gewiss versuchen«, sagte Castillo.

2

El Presidente de la Rua Suite
Four Seasons Hotel
Cerrito 1433
Buenos Aires, Argentinien
29. Juli 2005, 6 Uhr 05

Ein verschlafener Special Agent Jack Britton in Unterwäsche öffnete ihnen die Tür.

»Das war eine schnelle Europa-Tour«, sagte er und gab ihnen die Hand.

»In den letzten beiden Hotels, in denen wir waren, haben wir nicht mal die Betten in Unordnung gebracht«, sagte Castillo. »Mit Ausnahme von Kranz natürlich. Er war klüger als wir. Wann immer er nicht isst, pennt er.«

»Ich bin Kranz«, sagte Kranz zu Britton.

»Er ist unser Kommunikator«, sagte Castillo.

»Jack Britton«, stellte Britton sich vor, als er Kranz die Hand schüttelte. »Ich bin beeindruckt von Ihrem Kameraden Kensington. Er hat ein fantastisches Funkgerät in diesem Raum aufgestellt. Er braucht nur die Vorhänge und das Fenster zu öffnen, und wir sprechen mit Dick Miller.«

»Das ist großartig«, sagte Castillo. »Selbst wenn wir wieder unsere Quartiere umändern müssen.«

»Ich schlafe in Ihrem Bett ...«, sagte Britton.

Ja, das tust du, und ich mag nicht denken, dass jemand sonst in dem Bett schläft, in dem Betty und ich gelegen haben.

»Nicht mehr lange«, sagte Castillo. »Als ich der Rezeption gesagt habe, dass ich mehr Zimmer brauche, sagte man mir, diese Suite sei erweiterbar. So nahm ich drei Zimmer dazu. Aber ich habe Sergeant Kensington vergessen.«

»Ich kann mit Kensington in einem Zimmer schlafen, Major«, sagte Kranz. »Kein Problem.«

»Gib mir dieses Bett«, sagte Fernando und wies durch die Tür auf das riesige Bett im Schlafzimmer, aus dem Britton soeben aufgestanden war.

»Den Teufel werde ich tun. Das ist meines. Ich bin jetzt der Chief, und du bist nur ein lausiger Flugzeugpilot, in jeder Auslegung des Begriffs, den du anzuwenden wünschst.«

Fernando schüttelte lächelnd den Kopf und zeigte ihm den Stinkefinger.

Castillo ging zum Telefon, nahm den Hörer und drückte auf den Knopf am Apparat, an dem REZEPTION stand.

»Ich brauche noch ein Zimmer«, sagte er. »Und schicken Sie ein paar große Kannen Kaffee rauf.« Er legte auf und wandte sich an Britton. »Hat Tony Santini Ihnen ein Handy gegeben?«

Britton nickte. »Mir und Kensington.«

»Auf denen seine und Darbys Nummern sind?«

Britton nickte von Neuem.

»Darf ich es bitte haben?«, fragte Castillo.

Britton ging in das große Schlafzimmer.

»Wollen Sie Santini zu dieser unchristlichen Stunde aus dem Bett werfen?«, fragte Torine.

»Santini und Ricardo Solez und Alex Darby und dann, sobald mir jemand sagt, wie ich ihn ans Telefon bekomme, Special Agent Yung in Montevideo.«

»Ich bin erstaunt über diese Energieleistung am frühen Morgen«, bemerkte Torine.

»Jake«, sagte Castillo sehr ernst, »wenn Jean-Paul Lorimer hier ist, und ich habe das Gefühl, dass er das ist, will ich ihn finden, bevor er von jemand anderem gefunden wird.«

»Kapiert«, erwiderte Torine. »Ich hatte nicht daran gedacht. Verzeihung, Charley.«

Britton, jetzt mit Hose, aber ohne Hemd und immer noch barfuß, kam zurück ins Zimmer und reichte Castillo ein Handy.

»Santini ist unter der zwei«, erklärte er. »Und Darby erreicht man unter der drei.«

»Und Ricardo Solez?«

»Nachdem Sie abflogen, ging er zur Rauschgiftabteilung zurück«, sagte Britton. »Ich habe keine Nummer von ihm.«

»Ich habe seine Privatnummer«, sagte Fernando.

»Ja, das ist richtig, Don Fernando, die hast du«, sagte Castillo nicht sehr freundlich. »Nun, geh ans Telefon, ruf ihn an, sag ihm, er soll bei der Botschaft anrufen und sagen, dass er sich verspäten wird, und hierher kommen. Und weil du auf einer ungesicherten Leitung anrufst, reim dir eine Möglichkeit zusammen, wie du ihm, ohne meinen Namen zu sagen, erzählst, er soll keinem sagen, dass ich zurück bin.«

»Ist das ein Geheimnis?«, fragte Fernando.

»Bis auf Weiteres«, sagte Castillo und drückte auf Kurzwahltaste zwei auf Brittons Handy. Dann sagte er »Mist!« und drückte auf die END-Taste. Er ging zu der Minibar in einem der Schränke, nahm die Eisschale heraus und legte an ihre Stelle die in Folie gewickelten Wiener Schnitzel. Dann nahm er wieder das Handy und drückte wieder die Kurzwahltaste zwei.

Tony Santini traf als Erster ein.

»Sieht aus wie eine Familienfeier«, sagte er, als er alle versammelt sah. »Willkommen zurück im Gaucholand. Ich nehme an, ihr habt was in Europa erreicht?«

»Ich muss daran denken, Tom McGuire zu sagen, dass er Ihnen den Mund versiegelt«, sagte Castillo.

»Tom und ich kennen uns lange, Charley. Aber da wir

gerade beim Thema sind, was Tom mir gesagt hat, wohin gehe ich, um mich freiwillig zu melden?«

»Wie bitte?«

»Ich hatte nicht vorgehabt, dieses Angebot zu machen, wenn jeder zuhört, aber was soll's. Ich kehre schließlich heim, aber man wird mich nie wieder bei der Schutzabteilung des Präsidenten verwenden. Von der Stoßstange einer Limousine zu fallen ist fast so schlimm wie die First Lady zu pimpern. Die Leute sollen nicht kichern, wenn die Autokolonne vorbeirollt. Nach dem, was mir Tom über Ihre Tätigkeit erzählt hat, wäre das wenigstens ebenso interessant. Wie wäre es damit?«

Habe ich die Befugnis, um »Ja, klar« zu sagen?

Ich tue es, bis mir jemand – und das heißt, der Präsident – sagt, dass ich diese Befugnis nicht habe.

»Willkommen an Bord, Tony«, sagte Castillo. »Das setzt voraus, dass jemand Wichtiges nicht nur ›Nein‹ sagt, sondern ›Zur Hölle, nein, Sie können Santini nicht haben‹.«

»Darüber können wir uns Sorgen machen, wenn es geschieht. Und das bezweifle ich nach dem, was mir Tom gesagt hat. Also, was ist los?«

»Haben Sie sich das Paket aus Fort Bragg angeschaut?«

Santini nickte. »Sehr beeindruckende Waffen«, sagte er. »Und schwarze Overalls und diese Gesichtsmasken! Dies mag eine taktlose Frage sein, aber wen werden wir abschlachten?«

»Die Antwort darauf ist Top secret, Tony«, sagte Castillo ernst.

»Okay«, sagte Santini, jetzt ebenfalls ernst. »Verstanden.«

»Meine Befehle lauten, die Mörder von Masterson und Markham ausfindig und unschädlich zu machen.«

»Es wird Zeit, dass wir anfangen, nach ihren Regeln zu spielen«, sagte Santini nach einer Weile.

»Der Präsident hat offensichtlich diese Entscheidung getroffen«, sagte Castillo.

»Und jetzt brauchen wir sie nur noch zu finden, wie? Wie machen wir das?«

»Sie erinnern sich an Mrs Mastersons Bruder, den Typen bei den Vereinten Nationen, den wir nicht erreichen konnten, um ihm von Mastersons Tod zu erzählen?«

Santini nickte.

»Er war anscheinend der Verteiler bei den Zahlungen Öl für Nahrung«, sagte Castillo. »Er ist vermisst gemeldet – vermutlich ist er in Wien verschwunden, nachdem er einen seiner Assistenten mit durchgeschnittener Kehle gefunden hat. Hässliche Sache. Bevor sie ihn töteten, zogen sie ihm mit einer Kneifzange verschiedene seiner Zähne. Der CIA-Mann in Paris und meine Quelle in Wien denken, Lorimer ist vielleicht in der Seine oder Donau gelandet. Ich denke das nicht.«

»Warum nicht?«

»Warten Sie, bis Sie dies hören. Als wir in Mississippi landeten, erzählte mir Mrs Masterson, dass sie entführt wurde, weil die Kidnapper dachten, sie wüsste, wo ihr Bruder war. Sie killten Masterson, um ihr zu zeigen, wie ernst es ihnen war, und sie drohten, die Masterson-Kinder als Nächstes zu ermorden. Ich glaube, sie haben Sergeant Markham abgeknallt und Schneider krankenhausreif geschossen, um zu zeigen, dass sie jeden erwischen können, wenn sie das wollen.«

»Ich hatte zu dem Zeitpunkt das Gefühl, dass sie es auf Sie abgesehen hatten«, sagte Santini. »Es war Ihr Wagen.«

»Dieser Gedanke ist mir auch durch den Kopf gegangen«, sagte Castillo.

»Mrs Masterson wusste nicht, wo ihr Bruder war? Oder hielt sie ihre Kinder für wichtiger? Was von beidem?«

»Sie wusste es nicht«, sagte Castillo.

Ein Klopfen an der Tür kündigte Alex Darbys Ankunft an.

»Warum habe ich das Gefühl, zu spät zur Party zu kommen?«, fragte Darby und sah dann Fernando und Kranz an.

»Fernando Lopez, Seymour Kranz, Alex Darby«, stellte Castillo vor.

»Und diese Gentlemen sind ...?«, fragte Darby.

»Mr Lopez ist ein Flugzeugpilot unter Vertrag des Office of Organizational Analysis«, sagte Castillo.

»Vertrag von was?«

»Office of Organizational Analysis. Wissen Sie nicht, was das ist?«

»Nie davon gehört«, bekannte Darby.

»Das überrascht mich. Es gehört zum Heimatschutzministerium.«

»Ich habe Ihnen gesagt, Charley, dass ich nie davon gehört habe«, sagte Darby.

Wenn ich meine wundersamen Kräfte nutze, einen Menschen einzuschätzen, indem ich ihm in die Augen schaue, kann ich daraus schließen, dass Darby es wirklich nicht weiß.

»Es hat eine präsidentschaftliche Erkenntnis gegeben, Alex«, sagte Castillo. »Eine geheime und verdeckt arbeitende Organisation, die den Auftrag hat, die Mörder von Masterson und Markham zu finden und unschädlich zu machen, ist im Heimatschutzministerium aufgestellt worden.«

»Und wer bekam die Leitung dieser Organisation? Und warum habe ich nichts davon gehört?«

Torine wies auf Castillo und sagte: »Sagen Sie dem Chief guten Tag, Alex.«

»Die Antwort stellt mehr Fragen, als sie beantwortet«, sagte Darby, »angefangen mit, warum habe ich nichts davon gehört?«

»Ich habe es Ihnen soeben gesagt«, sagte Castillo.

»Und wer ist Kranz?«

»Er ist unser Kommunikator.«

»Es schwirren Gerüchte herum, dass bereits ein spezieller Kommunikator hier unten ist«, sagte Darby.

»Jetzt sind es zwei. Man nennt das Hülle und Fülle.«

»Ich bekomme das Gefühl, Sie wissen, wer diese mörderischen Bastarde sind«, sagte Darby. »Und ich würde gerne helfen, sie unschädlich zu machen.«

»Wir wissen nicht, wer sie sind«, sagte Castillo. »Aber es gibt einen Typen, der uns das vielleicht sagen kann.«

»Wer?«

»Jean-Paul Lorimer.«

»Ich dachte, Sie konnten ihn nicht in Paris finden? Was hat er damit zu tun? Ist er hier?«

»Ich denke, ja. Irgendwo hier im südlichen Kegel. Es hat damit zu tun, dass er der Verteiler von Schutz- und Schmiergeldern für Öl für Nahrung war. Er hat nicht nur eine große Summe von dem Bestechungsgeld abgeschöpft – sechzehn Millionen laut einer meiner Quellen –, sondern er weiß, wer wie viel bekommen hat, wann und wofür. Darum geht die ganze Sache. Die Leute, die ihn für immer zum Schweigen bringen und ihr Geld zurückhaben wollen, sind wirklich entschlossen, ihn zu finden.«

»Das klingt ziemlich weit hergeholt, Charley. Lorimer – ich habe Ihnen gesagt, dass ich ihn kennen gelernt habe – ist ein typischer UN-Bürokrat. Ich kann mir nicht vorstellen, dass er in so etwas verwickelt ist. Woher haben Sie das?«

»Ich habe die Tatsache, dass Leute ihn suchen, von Mrs Masterson. Sie haben sie gekidnappt, weil sie dachten, sie wüsste, wo er ist. Ich nehme an, sie glaubten ihr, als sie das verneinte. Aber sie denken, er wird Kontakt mit ihr aufnehmen. Sie drohten ihr, ihre Kinder zu töten, wenn sie herausfindet, wo er ist und es ihnen nicht sagt. Masterson wurde getötet, um ihr damit klarzumachen, dass sie töten werden, um zu bekommen, was sie wollen.«

»Sie haben das von Betsy Masterson?«

Castillo nickte.

»Warum hat sie mir das nicht gesagt?«

»Sie hat es mir erst gesagt, als wir in den Staaten gelandet waren. Ihre Hauptsorge war, die Kinder zu schützen, und Gott weiß, dass sie Grund hatte, sich in Argentinien nicht sicher zu fühlen. Ich nehme an, als sie sah, dass die Globemaster von Delta-Force-Schützen umgeben war, fühlte sie sich sicher genug, um es mir zu erzählen.«

»Weiß sie, warum diese Leute nach Lorimer suchen?«

»Wenn Sie meinen, ob sie weiß, dass er der Verteiler für das Öl-für-Nahrung-Geld war, bezweifle ich das. Wenn sie es gewusst hätte, dann hätte sie es ihrem Mann erzählt, und es gibt für mich keine Frage, dass er ihn verpfiffen hätte.«

»Ja, das hätte er«, sagte Darby. »Und wie wollen sie Lorimer finden?«

»Ich weiß es nicht. Aber als Erstes muss ich mit Yung sprechen.«

»Mit dem FBI-Mann aus Montevideo? Was haben Sie mit ihm zu tun?«

»Ich weiß es nicht. Aber ich weiß, dass er sich nicht um Geldwäsche kümmert, wie er sagt …«

»Woher wissen Sie das?«, unterbrach Darby.

»… und dass er für das Außenministerium arbeitet, nicht für das FBI.«

»Das verstehe ich nicht.«

»Ich auch nicht, aber ich weiß das von Natalie Cohen. Die es Botschafter Silvio und Botschafter Sowieso in Montevideo erzählt …«

»McGrory«, warf Darby ein.

»… und ihm gesagt hat, Zitat Anfang, dass er sich und jedes Nachrichtenmaterial, das er entwickelt hat, zu meiner Verfügung stellt, Ende des Zitats.«

»Sie hat Ihnen nicht gesagt, was er tut?«

»Sie ist in Singapur – oder war – und hat den Verdacht, dass die gesicherte Stimmenleitung sowohl in ihrem Flugzeug als auch der Botschaft versaut ist.«

»Wollen Sie versuchen, mit ihr von der Botschaft aus zu sprechen?«

»Ich will mit Yung reden.«

»Hier oder in Montevideo?«

»In Montevideo werden seine Akten sein«, sagte Castillo. »Ich will sie mir ansehen. Wie kommt man am besten nach Montevideo?«

»Da gibt es einen Austral-Flug jede Stunde vom Jorge Newbery aus. Wollen Sie, dass ich mitkomme?«

»Ich möchte, dass Sie jedem in der Botschaft – Ihren Leuten, der DEA, militärischen Leuten – Lorimers Bild zeigen und fragen, ob es ihnen etwas sagt. Erzählen Sie keinem, warum wir nach ihm suchen.«

»Sie haben ein Bild?«

»Der CIA-Mann in Paris gab mir zwei Fotos von ihm. Ich habe sie in meiner Aktentasche«, sagte Castillo. »Wenn ich Ihnen eines gebe, können Sie mir dann zwanzig Kopien davon machen?«

»Kein Problem«, sagte Darby.

»Haben Sie ein Sicherheitshaus?«

»Ein sicheres Apartment nicht weit von hier, und ein Sicherheitshaus in Mayerling. Das ist ein Country Club draußen in Pilar.«

»Mayerling?«, fragte Castillo.

»Ja, Mayerling. Eine noble umzäunte Gemeinde, wo die Wachen am Tor Uzi-MPis haben.«

»Mayerling?«, wiederholte Castillo.

»Gibt es da etwas, das ich nicht weiß, Charley?«, fragte Darby.

»Meine Gedanken schweifen ab«, sagte Castillo. »Angenommen, Sie wären Österreicher, und Sie hätten etwas Öl-für-Nahrung-Geld, das Sie nicht haben sollten, und Sie schaffen es, das Geld hier in Argentinien waschen zu lassen, und Sie suchen nach einer Investitionsmöglichkeit ...«

»Wovon reden Sie?«

»Ich habe in meiner Aktentasche ein Kuvert mit einer Liste mit den Namen von Deutschen und Österreichern, die – wie heißt es so schön – ›unrechtmäßig erworbene‹ Gewinne von Öl für Nahrung gemacht haben, die sie hierher transferiert haben.«

»Tatsächlich?«

»Ja, tatsächlich.«

»Werden Sie mir die Liste geben?«

»Nein. Tut mir leid. Ich habe mein Wort als Offizier und Gentleman gegeben, dass ich sie keinem von der CIA oder irgendeiner anderen Agentur der US-Regierung geben werde. Lassen Sie mich zu Ende sprechen, was ich angefangen habe. Sie sind ein Österreicher und suchen nach einer Investitionsmöglichkeit für Ihr jetzt sorgfältig gewaschenes, unrechtmäßig erworbenes Geld. Worin würden Sie es investieren? Heureka! Ich weiß es. Immobilien. Ich würde einen noblen Country Club erbauen und teure Villen an reiche Leute verkaufen, die dem übervölkerten Buenos Aires entkommen wollen. Alles, was ich brauche, ist ein romantischer Name, der einen guten Klang in adligen Kreisen hat. Wie werde ich diesen Country Club nennen? Mayerling! Es gibt nichts Klassischeres als Mayerling! Ich werde jeden in Argentinien dazu bringen, der seine Ahnen zurück zu den glorreichen Tagen von Franz Josef und dem österreichisch-ungarischen Kaiserreich verfolgt, mir sein Geld in den Rachen zu schmeißen, damit er sagen kann: ›Ich wohne in Mayerling.‹«

»Wovon, zur Hölle, reden Sie? Was ist Mayerling?«

»Alex, für jemanden mit Ihrem Job ist Ihr Mangel an geschichtlichen Kenntnissen schockierend«, sagte Castillo ernst. »Sie wissen nicht über Mayerling Bescheid?«

»Nein, verdammt, ich habe keine Ahnung.«

»Es war einmal – 1889 sagt eine Version –, dass Kronprinz Rudolph, der nach dem Tod seines Vaters, Franz Josef, Kaiser des Österreichisch-Ungarischen Kaiserreichs werden würde, zu seinem Daddy gerufen wurde, der ihm sagte, dass er sich seiner Mätresse entledigen sollte. Kronprinz Rudolph war einunddreißig. Seine Mätresse war ein sechzehn Jahre älteres Flittchen, die Baroness Maria Versera. Die Beziehung war peinlich für den Thron und musste beendet werden, sagte Daddy. Rudolph nahm Maria mit in seine Jagdhütte, die Mayerling genannt wurde, um ihr die schlechte Nachricht beizubringen. Nachdem sie über das Problem gesprochen hatten, gelangten sie zu dem Schluss, weil (a) Rudolph seinem Vater, dem Kaiser, gehorchen musste und (b) das Leben ohne den anderen nichts wert war, dass es nur eine Lösung gab, und die setzten sie in die Tat um. Rudolph erschoss Maria mit seiner Steyer-Pistole und tötete sich dann selbst mit einem Schuss in die Schläfe. Er erhielt ein Staatsbegräbnis, und das ganze Österreichisch-Ungarische Kaiserreich ging in offizielle Trauer. Marias Leiche wurde zurück in ihr Dorf geschickt.

Die andere Version, laut Otto Görner, der die Geschichte von meiner Tante Olga erzählt bekam – eigentlich meine Großtante, die Ungarin war und in höheren gesellschaftlichen Kreisen verkehrte –, war, dass es Franz Josef in Wirklichkeit scheißegal war, wen Rudolph pimperte – die Mätresse des guten Franz Josef lebte mit ihm in Schloss Schönbrunn –, aber er war wirklich verärgert, als er herausfand, dass Rudolph mit einigen Ungarn ernsthafte Unterhaltungen über das geführt hatte, war wir heutzutage Regimewechsel nennen. Rudy wollte König und Kaiser sein, und zwar jetzt. Laut dieser Version ließ Franz Josef Rudolf erschießen, als er es mit Maria in seiner Jagdhütte trieb, die, sollte ich es nicht zufällig bereits erwähnt haben, Mayerling hieß.

Das Resultat von Rudys plötzlichem Dahinscheiden in Mayerling war, dass ein Cousin, Franz Josefs Neffe, Erzherzog Franz Ferdinand, der Thronerbe wurde. Am 28. Juni 1914 warf in Sarajewo ein serbischer Anarchist eine Bombe in seinen Wagen, und der arme Franz Ferdinand wurde tödlich verwundet. Franz Josef konnte es einfach nicht hinnehmen, dass sein Erbe umgelegt wurde, und so erklärte er Serbien den Krieg, und der Erste Weltkrieg begann. Und alles begann in Mayerling. Es überrascht mich wirklich, dass Sie das nicht wussten, Alex.«

»Mein Gott, Charley, Sie sind erstaunlich«, sagte Darby. »Sie meinen doch nicht wirklich, dass es eine Verbindung dieses Country Clubs und dem Öl-für-Nahrung-Geld gibt?«

»Es liegt mir fern, irgendetwas einem alten Geheimdienstler wie Ihnen einzuflüstern, aber wenn ich an Ihrer Stelle wäre, dann würde ich mir das genau ansehen. Die Wahrheit ist seltsamer als die Fantasie. Es gibt einen Grund, dass sie ihren Country Club Mayerling genannt haben. Und Sie suchen nach Geld, das im Ausland gewaschen wurde, richtig?«

»Das Dumme ist nur, Sie Hurensohn, wenn Sie solche Ideen haben, dann sind sie manchmal zu fünfzig Prozent richtig«, sagte Darby.

»Eigentlich ist es diesmal näher an fünfundsiebzig Prozent dran«, sagte Castillo. »Nun sagen Sie mir, meinen Sie, ich könnte das Zeug, das ich mir von Bragg schicken ließ, an den mit Uzis bewaffneten Wachen in Mayerling vorbeischmuggeln?«

»Kein Problem«, sagte Darby.

»Wir wäre es, das zu arrangieren, während ich mit Yung spreche? Sie sagten etwas über Flüge in jeder Stunde nach Montevideo?«

»Ja, aber wenn Sie mich nicht mitnehmen wollen ...«

»Ich dachte, ich nehme Jack mit. Er ist ein Ex-Cop.«

»Sie und Britton sollten besser Tony mitnehmen.«

»Okay. Warum?«

»Weil er einen Diplomatenpass hat und hier und in Uruguay akkreditiert ist. Sie werden sein Gepäck nicht nach Waffen durchsuchen.«

Darby öffnete seine Aktentasche und nahm zwei Beretta 9mm halbautomatische Pistolen hervor und überreichte sie Charley.

»Danke, Alex«, sagte Castillo.

»Handys aus Buenos Aires funktionieren in Montevideo – und an einigen anderen Orten im dortigen Netz«, sagte Darby und griff wieder in seine Aktentasche.

»Ich habe zwei Handys«, sagte Tony Santini. »Und auch ein paar Berettas.«

»Verteilen Sie sie«, befahl Castillo. »Und dann, Alex, können Sie sich um diejenigen kümmern, die entweder eine Pistole oder ein Handy oder beides brauchen?«

Darby nickte. »Sie werden auch ein Fahrzeug brauchen«, sagte er. »Aber um Ihnen eines zu besorgen, wird Botschafter Silvio wissen müssen, dass Sie hier waren.«

»Ich schicke ihm eine Nachricht, dass wir kommen«, sagte Castillo. »Aber ich werde ihm über das, was wir tun werden, nicht mehr erzählen, als ich muss. Er ist ein guter Mann, und ich möchte ehrlich sagen können, dass er nichts darüber gewusst hat.«

»Es deckt ein großes Gebiet ab, Charley«, sagte Darby.

»Das liegt im Augenblick daran, dass ich nicht weiß, was passieren wird«, sagte Castillo. »Wie kommen wir zum Jorge Newbery?«

»Ich habe einen Wagen«, sagte Santini.

»Mit CD-Schildern?«, fragte Darby.

Santini schüttelte den Kopf.

»Dann nehmen Sie meinen. So können Sie direkt vor dem Eingang parken.«

3

Aeropuerto Internacional General C. L. Berisso
Carrasco, Montevideo
República Oriental del Uruguay
29. Juli 2005, 7 Uhr 10

Es gab einen Parkbereich für vielleicht dreißig Wagen, der beim Passagier-Terminal auf dem Jorge-Newbery-Flughafen für das Corps Diplomatique reserviert war, und eine Viertelstunde, nachdem Santini dort Darbys Botschafts-BMW abgestellt hatte, waren sie an Bord der Boeing 737, Flug 311, des Nonstop-Dienstes nach Montevideo.

Die Einwanderungsformalitäten beim Verlassen der Republik Argentinien und beim Einreisen in die Republik Uruguay waren einfach. Castillo sah, dass Argentinier und Uruguayer einfach ihre nationalen Ausweise vorzeigten. Er machte sich im Geist eine Notiz, festzustellen, ob die freundlichen Leute in Langley ihm einen ausstellen konnten.

Als Ausländer mussten sich Castillo und Britton einer formellen Prozedur unterziehen lassen. Sie mussten ihre Pässe einem argentinischen Beamten der Einwanderungsbehörde aushändigen, der sie in ein Lesegerät steckte. Dann brachte er den Ausreisestempel an der entsprechenden Stelle an und überreichte den Pass einem uruguayischen Beamten, der neben ihm saß. Der Pass wurde abermals in ein Lesegerät gesteckt, mit einem Einreisestempel versehen und dann dem Reisenden zurückgegeben. Es würden keine Einreiseformalitäten zu erledigen sein, wenn sie in Uruguay aus dem Flugzeug steigen würden.

Die Flughafensicherheitskontrolle kam als Nächstes. Die Kontrolle bestand hauptsächlich darin, dass sie an zwei Polizeibeamten vorbeigehen mussten, die kein großes Interesse an ihnen zeigten. Die Röntgenmaschine für das Reisegepäck war nicht einmal eingeschaltet.

Selbst wenn man für garantiert hält, dass Austral-Flug 311 in Wirklichkeit ein fliegender Pendlerbus ist und die Möglichkeit, dass moslemische Terroristen das Flugzeug kapern und zum Beispiel ins Chrysler Building im Zentrum von Buenos Aires fliegen, wirklich gering ist, dachte Castillo, als eine Stewardess ihm eine Ausgabe von *La Nacion* gab, *ist die Sicherheitskontrolle für an Bord gehende Passagiere immer noch ein wenig lax.*

Der Flug, vom Start bis zu der etwas harten Landung, dauerte fünfundzwanzig Minuten.

Einmal im Abfertigungsgebäude, orientierten sie sich an den spanischen und englischen Hinweisschildern »Nichts zu verzollen« und »Zollgebühren zahlen«. Castillo sah keine Beamten irgendwelcher Art auf beiden Spuren.

Special Agent David William Yung junior vom FBI erwartete sie in der Flughafenhalle.

Ich werde in Erinnerung behalten müssen, dass ich den Hurensohn nicht leiden kann.

»Hallo, Yung, so sieht man sich«, sagte Castillo zur Begrüßung. »Schön, dass Sie uns abholen.«

»Mr Darby hielt das für das Beste«, sagte Yung und ignorierte Castillos ausgestreckte Hand.

Nun, leck mich am Arsch, Yung!

»Sie erinnern sich sicherlich an Mr Santini«, sagte Castillo. »Bei Mr Britton bin ich mir da nicht so sicher.«

»Ich habe ihn gesehen, als er in Buenos Aires gewesen ist«, sagte Yung.

»Freut mich, Sie kennen zu lernen«, sagte Britton fröhlich mit einem breiten Lächeln. »Es ist immer ein Vergnügen, mit dem FBI zusammenzuarbeiten.«

Castillo und Santini lächelten. Yung nicht.

»Wohin möchten Sie gerne, Mr Castillo?«, fragte Yung.

»Wo sind Ihre Akten?«

»Ich habe einige in meinem Büro in der Botschaft und einige in meinem Apartment«, sagte Yung. »Ich weiß nicht, welche Sie sehen wollen.«

»Ich suche nach einem Amerikaner. Er arbeitet für die UN. Sein Name ist Jean-Paul Lorimer.«

Yung zeigte mit einem Kopfschütteln an, dass er den Namen noch nicht gehört hatte.

Oder er will mir nicht geben, was er hat.

»Was ist näher? Ihr Apartment oder die Botschaft?«

»Mein Apartment.«

»Warum fahren wir nicht dorthin? Nachdem wir irgendwo gefrühstückt haben?«

»Sie haben nicht gegessen, bevor Sie hergeflogen sind?«

»Ja, klar habe ich das. Aber es war ein langer Flug, und ich bin wieder hungrig.«

»Mein Wagen ist dort draußen«, sagte Yung und ging aus dem Abfertigungsgebäude.

Er ging so schnell, dass er bald außer Hörweite war.

»Charley«, fragte Britton, »warum denken Sie, dass dieser Knabe Sie nicht mag?«

»Sie sind äußerst scharfsichtig.«

Sie fanden ein geöffnetes Restaurant nicht weit vom Strand.

»Warum ist der Atlantische Ozean so dreckig?«, fragte Britton.

»Das ist nicht der Atlantische Ozean, das ist der Rio de la Plata«, sagte Castillo.

»Ist das ein Fluss?«

»Die Mündung des ›Silberflusses‹ ist über hundert Meilen lang. Die Blaue Donau ist nicht blau, und der Silberfluss ist schmutzig. Der Atlantik beginnt ungefähr sechzig Meilen von hier. Dort gibt es einen Badeort namens Punta del Este. Punkt des Ostens. Da ist das Wasser blau.«

»Sehr praktisch, um Geld zu waschen«, sagte Santini.

»Ja«, stimmte Castillo nachdenklich zu.

»Wie machen die das, ich meine die Geldwäsche?«, fragte Britton.

»Eine Möglichkeit ist die durch die Kasinos«, sagte Santini. »Es gibt dort eine Menge davon. Hölle, eines ist gleich hier in Carrasco. Ein Marriott, und ein paar weitere befinden sich in der Innenstadt. Das größte Kasino in Punta del Este ist das Conrad, benannt nach und ich glaube im Besitz von Hilton. Man gibt dem Kasino eine Menge Bargeld. Dann lässt es einen gewinnen, sagen wir mal neunzig Prozent davon. Sie erklären ihren Spielgeldgewinn, zahlen Steuern darauf, und Ihr Geld ist jetzt gewaschen.«

»Wollen Sie sagen, dass das Marriott und Hilton Geld waschen?«, fragte Britton ungläubig.

»Marriott und Hilton nicht«, sagte Santini. »Im Allgemeinen ist wenigstens immer ein legaler Justizattaché – so nennt man FBI-Agenten in der diplomatischen Welt – in ihren Firmen. Marriott und Hilton werden somit an ihre patriotische Pflicht erinnert, kein Geld zu waschen. Es wird in den Kasinos im örtlichen Besitz gemacht. Ist das nicht so, Yung?«

»Wenn Sie es meinen«, sagte Special Agent Yung. Er wandte sich an Castillo. »Wann wollen Sie Botschafter McGrory besuchen?«

»Ich brauche ihn nicht zu besuchen«, sagte Castillo.

»Er will Sie aber sehen.«

»Ich brauche ihn nicht zu sehen, zumindest nicht heute.«

»Er will Sie sehen.«

»Das haben Sie schon gesagt.«

»Es ist Ihnen sicher klar, Mr Castillo, dass der Botschafter für alle Aktivitäten der US-Regierung in dem Land verantwortlich ist, in dem er akkreditiert ist?«

»Das habe ich schon gehört«, sagte Castillo. »Wir werden darüber reden, wenn wir ein bisschen Ruhe haben.«

Yung erwiderte nichts.

Yung hatte ein geräumiges Apartment im Erdgeschoss eines dreistöckigen Gebäudes an der Rambla, der Autobahn an der Seeseite zwischen Carrasco und Montevideo nach Süden.

Yung bat sie, nicht sehr freundlich, im Wohnzimmer in Sesseln Platz zu nehmen.

»Also, Mr Castillo, was kann ich für Sie tun? Gewiss werden Sie verstehen, dass ich verpflichtet bin, Botschafter McGrory zu berichten, was wir besprochen haben.«

»Special Agent Yung«, sagte Castillo eisig. »Ich werde Ihnen jetzt meinen Ausweis zeigen, der mich als Supervisory Agent des Secret Service der Vereinigten Staaten identifiziert.«

Er erhob sich aus dem Sessel und hielt Yung seinen Ausweis hin. Yung betrachtete ihn genau und nickte dann.

»Sind Sie zufrieden, dass ich Supervisory Special Agent Carlos G. Castillo vom U.S. Secret Service bin, Special Agent Yung?«

»Ich bin zufrieden«, sagte Yung.

»Diese Gentlemen, die Special Agents Anthony J. Santini und John M. Britton vom Secret Service, werden Ihnen jetzt ihre Ausweise zeigen. Wenn Sie zufrieden sind, dass sie das sind, was ich Ihnen gesagt habe, äußern Sie das bitte.«

Santini und dann Britton erhoben sich von ihren Sesseln und gingen zu Yung, um ihm ihre Ausweise zu zeigen. Sie warteten, bis er nickte, und kehrten dann zu ihren Sesseln zurück.

»Sind Sie zufrieden, Special Agent Yung, dass wir alle diejenigen sind, für die wir uns ausgegeben haben?«

»Ich bin zufrieden. Werden Sie mir jetzt sagen, was …«

»Gentlemen«, unterbrach ihn Castillo. »Ich erkläre hiermit, dass wir uns am 20. Juli 2005, null-acht-eins-null Uhr Ortszeit bei Special Agent Yung in seiner Wohnung in Carrasco, Uruguay, als Mitglieder des U. S. Secret Service identifiziert haben, indem wir ihm unsere Ausweise gezeigt haben und er ihre Gültigkeit zur Kenntnis genommen hat.«

Santini und Britton nickten.

»Special Agent Yung, was ich Ihnen erzählen werde, ist als Top Secret Presidential eingestuft. Die Weitergabe von dieser Information an jemanden, der nicht zum Zugang zu diesem Material berechtigt ist, und das schließt insbesondere Botschafter McGrory ein, ist eine Straftat nach dem Gesetz der Vereinigten Staaten. Haben Sie alles verstanden, was ich gesagt habe?«

»Sie sagen mir, ich kann dies nicht Botschafter McGrory berichten? Ehrlich gesagt, Castillo, ich glaube nicht, dass Sie die Befugnis dazu haben.«

»In der Volkssprache gesagt, Special Agent Yung, ist es mir scheißegal, was Sie glauben oder nicht. Die Frage war, ob Sie verstanden haben, was ich gesagt habe, oder nicht?«

»Ich habe es verstanden.«

»Gut. Und jetzt informiere ich Sie, dass ich der Chief des Office of Organizational Analysis bin …«

»Des was?«

»… das eine verdeckte, geheime Organisation ist, die nach einer präsidentschaftlichen Erkenntnis im Heimatschutzministerium aufgestellt worden ist und den Auftrag hat, die Mörder von J. Winslow Masterson und Sergeant Roger Markham, USMC, zu finden und unschädlich zu machen. Haben Sie das verstanden?«

»Das klingt, als planen Sie – sie zu töten.«

»Die Frage war, haben Sie verstanden, was ich soeben gesagt habe?«

»Mit meinem Gehör ist alles in Ordnung.«

»Um diese Mission auszuführen, ist es nötig für uns, Jean-Paul Lorimer zu finden, einen amerikanischen Staatsbürger, der bei den Vereinten Nationen beschäftigt ist. Ich habe Grund, anzunehmen, dass er sich irgendwo in diesem Land aufhält.«

»Ich habe Ihnen schon gesagt, dass ich nie von ihm gehört habe.«

»In Kenntnis meiner Mission hat die Außenministerin, für die Sie arbeiten, entweder die Botschafter McGrory oder Silvio oder beide angewiesen, Ihnen zu befehlen, sich und jedwede Information, die Sie haben, zu meiner Verfügung zu stellen. Haben Sie diese Befehle erhalten oder nicht?«

»Botschafter McGrory hat mir gesagt, dass Sie zu mir kommen werden und dass ich mit Ihnen so gut wie möglich zusammenarbeiten soll«, sagte Yung. »Und wenn Sie direkt zu mir kommen, anstatt durch die Botschaft, soll ich Ihnen sagen, dass er Sie sehen will. Sofort.«

»Mit der Andeutung, dass Sie nicht mit mir zusammenarbeiten sollen, bis er weiß, worum es geht? Und bis er seine Erlaubnis gegeben hat?«

»Um Himmels willen, Castillo, er ist der Botschafter!«

»Tony, versuchen Sie, Botschafter Silvio auf Ihr Handy zu bekommen«, befahl Castillo.

»Ich arbeite für Botschafter McGrory, nicht für Silvio«, sagte Yung.

»Nein, das tun Sie nicht. Sie arbeiten für das Bureau of Intelligence and Research des Außenministeriums. Sie tun etwas so Geheimes, dass die Ministerin es bis gestern nicht wusste«, sagte Castillo.

Castillo konnte Yung die Überraschung ansehen.

»Haben Sie McGrory gesagt, was Sie wirklich hier unten tun?«

Yung gab keine Antwort.

»Okay, das erklärt vieles. Sie haben McGrory nicht gesagt, was Sie wirklich tun, und er hält Sie nur für einen juristischen Attaché, der für ihn arbeitet. Richtig?«

»Ich habe den Botschafter, Charley«, sagte Santini.

»Das war aber schnell«, sagte Castillo und griff nach dem Handy.

»Das Wunder der modernen Kommunikation«, sagte Santini.

»Guten Morgen, Herr Botschafter. Ich telefoniere mit einem Handy, wir müssen also vorsichtig sein, was wir sagen. Ich bin in Montevideo – genau gesagt, Carrasco – zusammen mit Special Agent Yung. Ich hoffe, Sie werden bereit sein, ihm zu sagen, welche Botschaft Sie von unserer Freundin für Yung bekommen haben. Als der andere Knabe mir die Botschaft übermittelte, ging es ein bisschen durcheinander, und er ist ärgerlich, weil ich mich ohne seine Erlaubnis auf seinem Rasen tummele.«

Botschafter Silvio antwortete kurz.

»Danke, Sir, ich hoffe, ich sehe Sie in Kürze«, sagte Castillo und reichte Yung das Handy.

»Special Agent Yung, Herr Botschafter«, sagte Yung.

Er hielt das Handy eine halbe Minute an sein Ohr, hörte zu und sagte dann: »Ja, Sir, das ist absolut klar. So genau erhielt ich die Nachricht hier nicht.«

Botschafter Silvio sagte noch etwas.

»Jawohl, Sir«, erwiderte Yung. »Ich verstehe, Sir. Vielen Dank, Sir. Möchten Sie wieder mit Mr Castillo sprechen, Sir?«

Das wollte der Botschafter anscheinend nicht. Yung beendete die Verbindung und reichte das Handy Santini.

Dann lächelte Yung Castillo gequält an.

»Nachdem der Botschafter mir Außenminister Cohens Botschaft weitergegeben hat, sagte er noch: ›Zur Klarstellung, Mr

Castillo hat die Genehmigung von der höchstmöglichen Stelle, sich auf jedermanns Rasen zu tummeln, wenn er das wünscht.‹«

Castillo lachte und lächelte. »Okay. Sind Sie zufrieden?«

Yung nickte.

»Was tun Sie also wirklich hier? Ich weiß, dass Sie nicht nach Geldwäschern suchen.«

»Sie wissen nicht, was ich tue?«

»Nein, das weiß ich nicht. Aber Sie werden es mir jetzt erzählen, richtig?«

Yung nickte. »Eigentlich hat es etwas mit Geldwäsche zu tun. Aber es ist kein Ermitteln gegen Geldwäsche.«

»Ich glaube, ich kann Ihnen nicht folgen.«

»Wie viel wissen Sie über die UN-Sache Öl für Nahrung?«

»Eine Menge mehr als noch vor einer Woche«, sagte Castillo. »Was ist damit?«

»Eine erstaunliche Anzahl von Leuten in ganz Europa und dem Mittleren Osten – was das anbetrifft in der ganzen Welt – machte viel Geld aus dieser Operation. Hauptsächlich Franzosen – Franzosen an sehr hohen Stellen – und Deutsche. Und Russen. Es geht um eine unglaubliche Geldsumme, und wie die Nazis im Zweiten Weltkrieg entschieden sie sich für Südamerika, hauptsächlich für den südlichen Kegel, um das Geld zu verstecken.

Der Direktor des Bureau of Intelligence and Research begann über diese Leute schon vor dem Zweiten Wüstenkrieg Dossiers anzulegen. Mit seinen eigenen Leuten, meine ich. Und es kam heraus. Es gibt viele UN-Liebhaber im Außenministerium. Sie halten gezielte Indiskretionen für ihre patriotische Pflicht. So befahl er, Zitat Anfang, die Ermittlung zu beenden, Zitat Ende. Und dann ging er zum Direktor des FBI – sie waren als junge Männer beide FBI-Agenten gewesen –, erklärte ihm die Situation und bat um Hilfe. Und hier bin ich.«

»Ich hörte, Sie sind ein Ass«, sagte Castillo.

»Wer hat Ihnen das gesagt?«

»Der gleiche Typ, der mir erzählte, dass Ihre Tätigkeit nicht daraus besteht, nach Geldwäschern zu suchen.«

»Howard Kennedy«, sagte Yung.

»Wer?«

»Ich weiß, dass Sie Kumpel sind«, sagte Yung.

»Ich habe diesen Namen nie in meinem ganzen Leben zuvor gehört«, sagte Castillo. »Auf Ehre und Gewissen und alle Heiligen.«

»Ja, klar. Nun, sollten Sie jemals zufällig jemand mit diesem Namen treffen, grüßen Sie ihn von mir«, sagte Yung. »Als wir jung, unschuldig und naiv waren, dachten wir wirklich, wir könnten die Gesellschaft vor den Barbaren schützen. Wir hatten für eine Weile dabei viel Spaß. Und dann entschied sich Howard, lieber ein Barbar zu sein. Es bringt mehr Geld ein und ist nicht annähernd so frustrierend. Manchmal denke ich, ich hätte die Seiten wechseln sollen wie er.«

»Erzählen Sie mir von diesen Dossiers, die Sie erstellt haben«, sagte Castillo.

»Nun, hier sind – einschließlich mir – vierzehn FBI-Agenten, die sich um Geldwäsche kümmern. Als einer von ihnen habe ich Zugang zu dem, was ermittelt wird. Sie suchen hauptsächlich nach Drogengeldern – und davon gibt es jede Menge –, was bedeutet, sie suchen hauptsächlich nach Kolumbianern und Mexikanern. Und natürlich Amerikanern. Wenn sie auf einige Europäer stoßen, die hier Geldbewegungen haben, überprüfen sie das mit der DEA und dem Finanzamt, um zu sehen, ob es eine Drogen- oder amerikanische Connection irgendeiner Art gibt. Wenn nicht, dann lassen sie die Ermittlungen sein.« Er legte eine Pause ein und fügte dann hinzu: »Und dann nehme ich den Fall auf.«

»Und was machen Sie damit?«

»Mein Boss will Beweise. Fotokopien von Bankkonten, wer wie viel einzahlte und wann. Aufzeichnungen, wer eine Estancia oder einen Autohandel oder eine Villa für Millionen Dollar in Punta del Este kauft. Ich weiß wirklich nicht, was er damit anfangen will. Er hat immer noch Sterne in den Augen. Entblöße die bösen Jungs, und die Welt wird besser sein. Ich kann nicht sehen, dass dies geschieht.«

»Doch, das können Sie«, sagte Castillo. »Sie haben auch noch Sterne in den Augen. Andernfalls hätten Sie die Seiten gewechselt, als Ihr Freund – wie war noch mal sein Name? – das getan hat.«

»Und was ist mit Ihnen, Castillo? Keine Sterne in den Augen? Wie sind Sie in so etwas verwickelt worden? Ich weiß, was ›sie unschädlich machen‹ in Wirklichkeit bedeutet.«

»Ich führe die Befehle und Anweisungen meiner Regierung aus, wie ich sie als Offizier und Gentleman der Army der Vereinigten Staaten verstehe.«

»Oh, Scheiße!« Yung lachte. »Ja, das stimmt. Sie sind ein Army-Offizier, nicht wahr? Ein Major. Zurück zu meiner Frage: Wie wurde ein Army-Offizier in so etwas verwickelt?«

»Ich habe es Ihnen soeben gesagt«, erwiderte Castillo. »Wo sind Ihre Akten?«

»Hier. Ich kann sie nicht in der Botschaft lassen. Ein weiterer Preis dafür, dass ich ein geheimes Ass bin, um Kennedys Worte zu benutzen, ist, dass meine FBI-Kollegen mich für blöde oder faul oder für beides halten. Ich reiche nur halb so viel Arbeit ein wie sie.«

»Wenn Sie an etwas arbeiten wie diesem, überrascht es mich, dass Sie überhaupt irgendwelche Arbeit einreichen können«, sagte Castillo. »Kann ich die Akten sehen?«

»Die zeige ich Ihnen nur widerwillig«, sagte Yung. »Ich will nicht, dass herauskommt, was ich hier tue. Wer sonst wird erfahren, was in meinen Akten steht? Sogar, dass ich sie habe?«

»Würden Sie mir glauben, wenn ich sagte, keiner?«

»Warum sollte ich?«

»Ich mache einen Handel mit Ihnen«, sagte Castillo. »Ich zeige Ihnen meine, wenn Sie mir Ihre zeigen. Und das wird unser kleines Geheimnis sein.«

»Was steht in Ihren Akten?«

»Die Namen von Leuten, Deutschen, Franzosen und Russen, von denen es aus zuverlässiger Quelle heißt, dass sie Geld aus Öl für Nahrung gemacht und vermutlich hierher geschickt haben. Ich habe versprochen, meine Quelle nicht der CIA oder dem FBI oder sonst jemandem preiszugeben. Aber vielleicht würde es helfen, wenn Sie einen Blick darauf werfen, vielleicht passen sie zu jemandem, über den Sie ein Dossier erstellt haben. Das könnte uns helfen, diesen Bastard Lorimer zu finden.«

»Welches Interesse haben Sie an Lorimer?«

»Er war der oberste Geldverteiler für Öl für Nahrung. Er weiß, wer wie viel bekam und wann und wofür. Und wenn ich ihn finde, kann ich ihn vielleicht überzeugen, dass er mir die Richtung zeigt, wer Masterson und Markham umgebracht hat. Deshalb bin ich hinter Lorimer her.«

»Nie von ihm gehört«, sagte Yung. »Tut mir leid.«

»Ich muss ihn finden, bevor die bösen Jungs ihn aufspüren. Sie wollen sicherstellen, dass er nicht redet. Sie haben bereits einen seiner Bekannten in Wien ermordet. Ist der Handel abgemacht?«

»Warum nicht«, sagte Yung. »Wo ist Ihre Liste?«

»In meiner Aktentasche«, sagte Castillo, hob sie vom Boden auf und legte sie auf den Couchtisch. Yung stemmte sich aus seinem Sessel auf und ging zum Tisch, als Castillo die Aktentasche öffnete.

»Nun, bei ihm kann ich Ihnen Zeit ersparen«, sagte Yung.

»Wie bitte?«

»Bertrand«, sagte Yung. »Der Typ auf dem Bild.«

»Dieses Bild?«, fragte Castillo und hielt es hoch. »Sie kennen diesen Mann?«

»Sein Name ist Bertrand«, sagte Yung. »Er ist ein libanesischer Antiquitätenhändler.«

»Ein libanesischer Antiquitätenhändler?«

»Ja, seine Antiquitäten sind alte Möbel, solche Dinge«, erklärte Yung. »Antiquitäten sind Dinge, die aus dem Grabmal von König Tut stammen, solcherlei Sachen. Wirklich altes Zeug. Und Bertrand ist wirklich gut damit, macht eine Menge Geld. Ich habe viel von ihm gelernt.«

»Über Antiquitäten?«

»Darüber, wie man Geld in einer Bank haben kann und sich keine Sorgen zu machen braucht, wie man es wieder zurückbekommt. Wissen Sie, warum Leute in Argentinien viel Geld waschen oder dort verstecken?«

»Nein. Aber ich habe mich gewundert, warum so viele FBI-Agenten in Montevideo sind und null in Argentinien.«

»Weil hier das Geld gewaschen und versteckt wird«, sagte Yung. »Argentinien war der ideale Ort, aber vor ein paar Jahren, kurz bevor Argentiniens Regierungsbündnis scheiterte, entschied sich die Regierung, sich an den Dollars auf jedermanns Bankkonto zu bedienen. Der Peso war an einem Sonntag einen US-Dollar wert. Am Montag Morgen erklärte die Regierung die Umwandlung des Dollars. Alle Dollars auf Konten in argentinischen Banken wurden in Pesos umgetauscht, zu einer Quote von eins Komma drei Pesos pro Dollar. Mit anderen Worten, wenn Sie am Sonntag hundert Dollar hatten, dann waren es am Montag hundertdreißig Pesos. Wenn Sie jetzt die Dollars wollten, mussten Sie sie kaufen, und die Quote war eins zu fünf pro Dollar. Mit anderen Worten, ihr Hundert-Dollar-Konto war jetzt fünfundsechzig wert. Viele Leute – einschließlich vieler Ehrbaren – gingen höllisch baden. Die Argentinier gaben der IMF die Schuld, die ihnen das Geld geliehen hatte, das sie nicht zurückzahlen konnten oder wollten.«

»Faszinierend!«

»Ihr Argument war rein argentinisch. Es war wie der Typ, der mit einem Monatsgehalt von tausend Dollar einen Cadillac kauft und kein Geld für die Raten zurückgelegt hat. Dann, als die Ratenzahlung kam, sagt er: ›Ich kann nicht zahlen, aber ich werde den Caddy behalten, weil Sie hätten wissen müssen, dass ich ihn mir nicht leisten kann.‹«

»Sie meinen das ernst?«, fragte Castillo.

»Absolut. Das Bankensystem bekam höllische Prügel. Die Scotia Bank – eine von Kanadas größten, sie machte über ein Jahrhundert Geschäfte in Argentinien – nahm einfach ihre Verluste hin und verließ das Land. Eine Zeit lang sah es aus, als würden die CitiBank und die Bank of Boston ihre Verluste ebenfalls hinnehmen und das Land verlassen, aber schließlich entschieden sie sich, zu bleiben.«

»Welche Auswirkungen hatte das auf den Antiquitätenhändler Bertrand?«

»Nun, als Erstes war er klug genug, sein Geld hier zu haben – eine Menge Geld; als ich das zum letzten Mal überprüfte, waren es etwas über sechzehn Millionen US-Dollar – und nicht jenseits des Flusses. Und dann hat er einen interessanten Deal mit den Banken gemacht.«

»Welchen Deal?«

»Dies ist ziemlich kompliziert ...«

»Machen Sie es für mich einfach«, sagte Castillo.

»Okay. Er deponiert das Geld nicht in seinen Banken. Er leiht es ihnen, als sei er selbst eine Bank. Banken leihen sich immer Geld von anderen Banken, sodass niemandem ein weiteres Leihgeschäft auffällt. Sie zahlen Bertrand nicht, was sie anderen Banken bezahlen müssen, und so sind sie glücklich. Und er ist glücklich, weil er ihre Noten hat, abrufbar, wann er will. Oder er kann die Schuldscheine der Bank jemand anderem übertragen – irgendjemandem – einer Person oder einer anderen Bank. Verstehen Sie, wie das funktioniert? Wie ein Superbankscheck.«

»Ich bin mir da nicht sicher«, gab Castillo zu. »Wie kann er sicher sein, dass die Bank mit dem Geld rausrückt, wenn er es haben will?«

»Weil er eine Versicherung abgeschlossen hat, dass sie zahlen werden«, sagte Yung und lächelt ein wenig selbstfällig. »Die bekommt er entweder von der Bank oder der Versicherungsgesellschaft. Sie kostet ihn ein wenig, klar, aber sein Geld ist sicher.«

»Was ist, wenn jemand die Schuldscheine stiehlt?«

»Wenn er sie nicht unterzeichnet, sind sie nur Stücke Papier.«

»Sie wissen eine Menge über diesen Typen, nicht wahr, Yung?«

»Ich behalte ihn im Auge, seit ich hier runterkam.«

»Wissen Sie etwas über seine persönlichen Gewohnheiten? Wo er lebt?«

»Er hat eine Estancia – er nennt sie ›Shangri-La‹ – in der Provinz Tacuarembó und eine feine Eigentumswohnung in Punta del Este. Die Eigentumswohnung benutzt er nicht oft, weil er, da kommen wir auf seine persönlichen Gewohnheiten, die jungen Mädchen – die sehr jungen – liebt, die er in Shangri-La hat.«

»Da ist eines, was Sie nicht über diesen Typ wissen, Yung«, sagte Castillo.

»Und was ist das?«

»Sein richtiger Name ist Jean-Paul Lorimer.«

Yung blickte Castillo ungläubig an. Dann lächelte er.

»Sie scherzen!«

Castillo schüttelte den Kopf. »Nein. Können Sie mir auf einer Landkarte zeigen, wo Shangri-La liegt?«

XVIII

1

Nuestra Pequeña Club
Pilar, Provinz Buenos Aires, Argentinien
29. Juli 2005, 13 Uhr 05

Alex Darby – informiert von den Wachen am Tor, dass seine Gäste eintrafen – wartete an der Tür des großen Stuckhauses, als Castillo, Britton und Santini vorfuhren.

»Kommen Sie rein«, sagte er. »Hatten Sie Probleme, es zu finden?«

»Wir sind einfach den Schildern gefolgt«, sagte Castillo. »Unser kleines Haus, sagten Sie? Ist das nicht süß für ein Sicherheitshaus, Alex?« Er blickte durch die Eingangshalle zum gut möblierten Wohnzimmer. »Und schick. Was kostet dieses Haus die Agentur?«

»Es gibt solche Sicherheitshäuser und solche, Charley. Dies ist ein Sicherheitshaus, aber keines der Agentur. Ich besitze es. Ich habe es geklaut.«

»Sie sind der Besitzer?«

Darby gab keine Antwort.

»Kommen Sie schon rein, und wir trinken einen Kaffee. Es sei denn, Sie wollen etwas Stärkeres?«

»Ich hätte liebend gern etwas Stärkeres, aber nicht jetzt«, sagte Castillo, als er Darby ins Wohnzimmer folgte und sich an den Couchtisch setzte.

»Ich muss da dran«, sagte Darby und wies unter den Couchtisch.

Castillo sah, wie er seinen Fuß auf einen am Boden montierten Knopf stellte.

Ein schwacher Glockenton ertönte, und einen Augenblick später erschien eine Frau mittleren Alters in der Uniform eines Dienstmädchens.

»Ja, Sir?«

»Juanita, bringen Sie uns bitte Kaffee?«, fragte Darby. »Und etwas Gebäck?«

»Ja, Sir.«

»Wirklich klasse«, sagte Castillo. »Sie sagten, Ihr eigener Besitz. Korrektur, Sie sagten, Sie haben es geklaut.«

»Beides«, sagte Darby. »Was glauben Sie, ist ein solches Haus wert?«

»Eine halbe Million mindestens. Vermutlich mehr, viel mehr, wenn man es mit Mayerling verknüpft.«

»Sie haben gehört, was hier vor ein paar Jahren mit der ›Umwandlung‹ geschehen ist?«

»Special Agent Yung hielt mir vorhin in Carrasco einen Vortrag.«

»Ich war gerade ein paar Monate hier, als das geschah. Niemand hatte mehr Dollars. Die Regierung hatte sie gerade in Pesos umgewandelt, zu einem Drittel – einem Viertel – von dem, was sie zuvor wert gewesen waren. Die Leute wollten unbedingt Dollars haben. Der Immobilienmarkt fiel in den Keller. Ich zahlte hundertfünfundsiebzig Riesen hierfür.«

»Sie haben es geklaut«, sagte Castillo. »Und Sie leben hier?«

»Ich habe es an Cisco Systems vermietet. Sie zahlen mir zwölftausend pro Monat, damit der Knabe, der die Dinge für sie im südlichen Kegel regelt, einen schönen Platz zum Leben hat, was für die Einheimischen das Prestige von Cisco Systems widerspiegelt. Er lässt es mich benutzen, wenn ich es brauche.«

Er musterte Castillos und Santinis Gesicht. »Sie wissen, was Cisco Systems macht, richtig?«

»Datentransfer? Etwas mit dem Internet?«

»Das größte Unternehmen in beidem. Können Sie sich vorstellen, wie viel über ihre Netze geht, das von Interesse für mich sein würde?«

»Dieser Typ arbeitet undercover für die Agentur?«

»Nein. Er ist ein Colonel des Fernmeldekorps im Ruhestand. Er arbeitete früher für IntelSat. Von Zeit zu Zeit erzählt er mir von den Dingen, die er interessant gefunden hat. Und von Zeit zu Zeit – wie jetzt – frage ich ihn, ob ich für ein paar Tage das Haus haben kann, damit ich aus der Stadt hinauskomme. Cisco unterhält ein Apartment für leitende Angestellte auf Besuch am Plaza Alvear. So bleiben er und seine Frau für ein paar Tage am Plaza Alvear, gehen in die Restaurants, in die Oper et cetera.«

»Schöner Handel!«

»Es ist jetzt für alles bezahlt, so geht die Miete in meine Tasche.« Er legte eine Pause ein, lächelte und lachte dann auf. »Was der Spionageabwehr in Langley bekannt wurde. Ich nehme an, die Riggs Bank hielt es für ihre patriotische Pflicht, sie zu informieren, dass viel mehr Geld auf dem Konto eingeht, als mir von der Agentur überwiesen werden sollte. So ermittelten sie. Sie kamen her und verbrachten drei Wochen mit ihrer Ermittlung.«

»Und?«

»Ich hatte bereits meinem Boss erzählt, was ich mache. Seine Reaktion war Neid, keine Missbilligung. Als sie triumphierend ihren Bericht, was der Typ in Buenos Aires in Immobiliengeschäft macht, auf seinen Schreibtisch legten, sagte mein Boss: ›Ich weiß.‹«

Castillo lachte.

»Und um die Frage zu beantworten, bevor Sie sie stellen: Der Cisco-Junge stellt keine Fragen, und ich erzähle ihm nichts.«

»Sie sind um einiges smarter, als Sie aussehen, Alex«, sagte Castillo.

»Was haben Sie also von dem FBI-Jungen in Montevideo erfahren?«

Castillo beantwortete nicht die Frage, sondern stellte selbst eine. »Wann wird Botschafter Silvio kommen?«

»Ich wusste nicht, wie schnell Sie herkommen können, und so sagte ich ihm um drei. Alle werden um drei hier sein. Ist das okay?«

»Das ist prima«, sagte Castillo. »Ich muss einen Botengang erledigen. Ich bin sicher, dass ich bis dahin zurück sein kann. Während ich fort bin, können Ihnen Tony und Jack erzählen, was mit diesem Hurensohn in Montevideo geschehen ist.«

»Ich dachte, ihr könnt Kumpels sein, nachdem man ihm gesagt hat, er soll nett sein«, sagte Darby.

»Nicht ganz. Und ich werde einige Karten, topografische Landkarten, Karten von der Provinz Tacuarembó und von ganz Uruguay brauchen. Je detaillierter, desto besser. Und von dem Terrain in einer Vogelfluglinie von hier nach dort.«

»Warum planen Sie einen Helikopterflug?«

Auch darauf gab Castillo keine Antwort.

»Und für meine Botenfahrt werde ich einen Wagen ohne CD-Schilder brauchen.«

»Unser Gastgeber hat einen Mercedes, den er mich benutzen lässt. Ein Fahrer ist dabei.«

»Ich will den Fahrer nicht«, sagte Castillo. »Nur den Wagen.«

Das Dienstmädchen kam herein und schob einen Wagen mit silbernem Kaffeeservice.

»Wenn Sie den Kaffee ausgetrunken haben, werde ich die Schlüssel von dem Mercedes haben.«

»Ich habe keine Zeit für den Kaffee, Alex«, sagte Castillo und stand auf.

2

Buena Vista Country Club
Pilar, Provinz Buenos Aires, Argentinien
29. Juli 2005, 13 Uhr 45

Castillo stoppte an dem schweren, gelb gestreiften Schlagbaum, fand den richtigen Knopf für die Fensterautomatik und ließ die Scheibe herunterfahren.

Der Wächter musterte ihn misstrauisch, sagte jedoch kein Wort.

»Ich bin hier, um Mr Pevsner zu besuchen.«

»Tut mir leid, Sir. Aber hier wohnt niemand mit diesem Namen.«

»Gehen Sie ans Telefon, und sagen Sie Mr Pevsner, dass sein Freund aus Wien hier ist.«

Der Wächter öffnete den Mund, um etwas zu sagen.

»Gehen Sie zum Telefon, und sagen Sie Mr Pevsner, dass sein Freund aus Wien hier ist!«, wiederholte Castillo. »Dies ist kein freundlicher Vorschlag.«

Der Wächter starrte ihn einen Moment an und sagte dann: »Parken Sie bitte dort drüben, *señor.*« Er wies auf drei Wagen in einer Parkbucht.

Castillo sah, dass ein anderer schwerer Schlagbaum Leute vom Country Club fernhielt, bis er erhoben wurde, und dass ein bedrohlich aussehender Reifenschredder einen davon abhielt, unbefugt auf das Gelände des Buena Vista Clubs zu fahren. Der Wächter wartete, bis Castillo den Mercedes geparkt hatte, und kehrte dann in die Wachhütte zurück. In dem Moment, in dem er in der Wachhütte verschwand, kam ein anderer heraus, lehnte sich dagegen, verschränkte die Arme und starrte zum Wagen.

Castillo stieg aus und lächelte den Wächter an, was ihn zu verwirren schien. Castillo nahm eine schmale Zigarre und zündete sie an.

Fünf Minuten später kam ein Mercedes-Benz ML 350, identisch mit Castillos Wagentyp, durch das Tor, drehte und hielt neben Castillos Mercedes. Castillo hatte ihn sorgfältig betrachtet, doch die Scheiben waren so stark getönt, dass er den Fahrer erst sehen konnte, als der die Tür öffnete. Und dann erkannte er ihn.

Dies lässt mir nicht viel Zeit, mir zusammenzureimen – oder auch nur zu erraten –, was er hier macht.

»Alfredo! Welch eine angenehme Überraschung!«, sagte Castillo.

»Mr Pevsner hatte keine Ahnung, dass Sie ihn besuchen werden, Karl«, sagte Colonel Alfredo Munz. »Sie hätten wirklich vorher anrufen sollen.«

»Ich bitte wegen meiner schlechten Manieren um Entschuldigung.«

»Ich weiß, dass er erfreut sein wird, Sie zu sehen. Würden Sie mir bitte folgen?«

»Woher wissen Sie, dass er erfreut sein wird, mich zu sehen?«

»Als ich Sie an Ihrer Zigarre paffen sah, rief ich ihn und sagte ihm, wer sein Freund aus Wien ist, und er sagte: ›Wunderbar. Ich will wirklich gern mit ihm sprechen.‹«

Munz schnauzte die Wachen an, den Schlagbaum zu heben, und stieg wieder in seinen Mercedes. Als Castillo sich hinter das Lenkrad setzte, war der Schlagbaum bereits hoch in der Luft.

Aleksandr Pevsner, in Reithose, mit Stiefeln und einem dicken roten Rollkragenpullover, stand auf der Veranda seines Hauses und wartete auf sie.

»Charley, wie schön, Sie zu sehen!«, rief er, und umarmte ihn auf argentinische Art.

»Wie geht es Ihnen, Alex?«

»Wenn Sie den Wachen Ihren Namen genannt hätten, hätte ich ihnen befohlen, Sie passieren zu lassen«, sagte er. »Aber ich hörte nur ›ein Freund aus Wien‹, und davon habe ich viele.«

»Ich verstehe«, sagte Castillo. »Sie dachten, ich könnte Henri Douchon sein, wunderbarerweise von den Toten auferstanden.«

»Wer? Ich habe keine Ahnung, von wem Sie sprechen, mein Freund.«

»Okay«, sagte Castillo lächelnd.

»Kommen Sie ins Haus, wir trinken ein Glas Wein. Haben Sie schon zu Mittag gegessen? Kann ich Ihnen etwas anbieten?«

»Ich hatte ein kleines Schinken- und Käsesandwich am Flughafen in Montevideo. Und ja, Sie können mir etwas anbieten. Vielen Dank.«

»Anna und die Kinder sind in der Schule. Ich bin schon in der Schule gewesen. In der Pferdeschule ...«

»Reitschule, Alex«, korrigierte Castillo. »Ich sage Ihnen Dinge, und Sie vergessen sie.«

»So ist es. Ich war in der Reitschule - ich frage mich, was ist die Etymologie dieses Worts? Was hat das mit Pferden zu tun?«

»Mit den Pferden reitet man, Alex. Deshalb die *Reit*schule«, sagte Castillo.

»Ich vergesse ständig, wie schlau Sie sind, Charley. Meistens jedenfalls.«

»Sie meinen, Sie vergessen mich meistens? Oder, dass ich nicht immer schlau bin?«

»Wie wäre es mit beidem? Jedenfalls bin ich gerade zurückgekommen, vom Lernen, wie man ein Pferd richtig reitet, und ich war im Begriff, mir ein *lomo*-Sandwich zu genehmigen. Darf ich Ihnen das Gleiche anbieten, oder bevorzugen Sie etwas anderes ...?«

»Ein *lomo*-Sandwich wäre prima, Alex.«

»Mit Wein oder Bier?«

»Bier, bitte. Und Kaffee.«

»Gehen wir in das Esszimmer«, sagte Pevsner und wies hin. »Und würde es Ihnen etwas ausmachen, wenn Alfredo uns Gesellschaft leistet?«

»Überhaupt nichts.«

»Ich dachte, es würde ihm gefallen, was Sie mir zu sagen haben.«

»Wie kommen Sie auf den Gedanken, dass ich gekommen bin, um Ihnen etwas zu sagen?«, fragte Castillo.

Pevsner erwiderte nichts darauf. Er wies sie mit einer Geste an, sich an den runden Glastisch zu setzen, und ging dann aus dem Esszimmer, vermutlich, um ihr Mittagessen zu bestellen.

»Wir gefällt Ihnen die Arbeit für Alex, Alfredo?«

»Er zahlt viel besser als der SIDE«, erwiderte Munz. »Wie geht es Ihrer Agentin?«

»Danke, dass Sie fragen. Es geht ihr schon viel besser. Ich sah sie vor ein paar Tagen in Philadelphia.«

»Und die Mastersons? Sind sie wohlauf? Sicher?«

»Sie werden von vierundzwanzig Delta-Schützen und der halben Gendarmerie von Mississippi beschützt.«

»Ich habe Ihren Präsidenten im Fernsehen gesehen«, sagte Munz. »Als er sagte: ›Dieses Verbrechen wird nicht ungestraft bleiben.‹«

»Das habe ich auch gesehen.«

»Könnte man annehmen, dass Sie jetzt irgendwie mit der Ausführung dieser Prophezeiung beschäftigt sind?«

»Wie kommen Sie auf eine solche Idee?«

»Woher würde Alfredo auf eine solche Idee kommen?«, fragte Pevsner, als er in das Esszimmer zurückkehrte.

»Der US-Präsident hat versprochen, dass er die Verantwortlichen an dem ›Verbrechen‹, den Ermordungen von Masterson und dem Sergeant ...«

»Der Sergeant hieß Markham«, unterbrach Castillo, »Sergeant Roger Markham.«

»... bestrafen wird, und ich habe Karl gefragt, ob er darin verwickelt ist.«

»Und was hat mein Freund Carlos gesagt?«

»Er hat mich gefragt, wie ich auf eine solche Idee komme.«

»Aha!«, sagte Pevsner. »Wenn Sie also nicht in die Bestrafung verwickelt sind und nicht hergekommen sind, um mir etwas zu erzählen, was verschafft mir dann die Ehre?«

»Ich bin hergekommen, um mir für ein paar Tage Ihren Hubschrauber zu leihen«, sagte Castillo. »Ich weiß einfach, dass Sie ihn mir gern leihen würden.«

Pevsners Kopf ruckte herum, und er starrte Castillo an.

Nach einer Weile sagte er: »Er lebt also und ist hier.«

»Wer lebt und ist hier?«, fragte Castillo.

»Der Mann, den Sie von Howard Kennedy finden lassen wollten.«

»Hat Howard ihn gefunden?«

»Sie wissen, dass dies nicht der Fall war, Carlos.«

»Auf der Straße in Paris oder sonst wo in der Alten Welt heißt es, dass er entweder in der Seine oder der Donau schwimmt. Hat Howard Ihnen das nicht erzählt? Wie war noch sein Name?«

»Jean-Paul Lorimer, wie Sie verdammt genau wissen«, sagte Pevsner.

»Sie haben mir gesagt, als ich Sie danach gefragt habe, Sie hätten nie von ihm gehört«, sagte Castillo.

»Manchmal ist es besser, wenn man nicht die Namen der Leute kennt«, erwiderte Pevsner. »Ich kenne eine Menge Leute, die etwas getan haben. Manchmal kann ich ihnen einen Namen geben. Ich weiß einfach, was sie tun.«

»Das ist interessant«, sagte Castillo. »Darf ich das als ein ›Ja, ich werde Ihnen gern meinen Hubschrauber leihen‹ verstehen?«

»Lassen Sie mich eine hypothetische Situation schildern«, sagte Pevsner. »Angenommen, jemand kommt zu Ihnen nach Texas und sagt: ›Ich möchte mir Ihr Pferd leihen. Ich muss damit etwas erledigen.‹ Und Sie sagen: ›Aber es regnet, und wenn ich Ihnen mein Pferd leihe, werden Sie triefend nass und erkälten sich zu Tode. Warum lassen Sie nicht mich an Ihrer Stelle tun, was Sie zu erledigen haben?‹ Wäre das nicht sinnvoller?«

»Nicht, wenn Ihre Vorstellung von der zu erledigenden Sache ist, jemanden in einen Schönheitssalon zu schicken, damit ihm ein indisches Schönheitsmal in die Stirn verpasst wird. Ich habe Howard in Paris gesagt, dass ich diesen Hurensohn lebend haben will.«

»Um was zu tun?«

»Ich will ihn singen hören. Wie einen Kanarienvogel. Ich will, dass er mir nicht nur erzählt, wer Masterson und Markham umgelegt hat, sondern alles sonst, was er weiß, wer was und wann und wofür bekommen hat. Sie wissen, was ich meine, Alex. Es geht um eine Reihe von geschäftlichen Transaktionen, die Nahrung, Medizin und Öl betreffen.«

Pevsner starrte ihn einen langen Moment kalt an.

»Nur um meine Neugier zu befriedigen, wie würden Sie vorgehen, um den Kanarienvogel zum Singen zu bringen?«, fragte Pevsner.

»Sie meinen, falls es nicht funktioniert, ihm die Zähne mit der Kneifzange zu ziehen?«

»Oder wenn die chinesische Wasserfolter nichts nutzt.«

»Nun, zuerst würde ich an sein Gefühl für Ehre und Fairplay appellieren. Wenn das nicht funktioniert, würde ich ihm sagen, dass ich das völlig verstehe. Und da ich weiß, dass es Leute gibt, die sich Sorgen um ihn machen, weil er nicht in Paris ist, würde ich ihn dorthin zurückschicken. Und er bräuchte auch keine Sorgen wegen der Reise zu haben, ich würde ihn mit Bupivacaine vollstopfen, und wenn er aufwacht, wird das am Place de la Concorde sein, nackt angekettet an eine der Statuen um den Obelisk von Luxor in einer eindeutigen Pose, mit Lippenstift und Ohrringen und mit einer Rose in seinem Arsch.«

»Oh, Charley!« Pevsner lachte. »Welch ein wundervolles Bild! Leider kann ich das nicht zulassen.«

»Ich frage nicht um Ihre Erlaubnis, Alex. Ich will nur, dass Sie mir für ein, zwei Tage Ihren Hubschrauber leihen.«

»Sie hören mir nicht zu, Charley. Ich sage, ich kann es nicht zulassen. Ich habe zu viel zu verlieren, wenn der Kanarienvogel singt.«

»Und Sie hören mir nicht zu, Alex. Sie neigen dazu, zu vergessen, was ich Ihnen sage.«

»Ich will wirklich nicht, dass dies unangenehm wird, Charley, ich mag Sie wirklich, und das wissen Sie. Ich wäre sehr unglücklich ...«

»Ich will Ihnen sagen, wie die Dinge in Wirklichkeit liegen, Alex.«

»Okay, mein Freund, sagen Sie mir, wie die Dinge in Wirklichkeit liegen.«

»Im Augenblick ist der Druck von Ihnen weg, weil ich zum Präsidenten ging und Sie entlastete. Soweit ich weiß – ich hätte fast ›Korrigieren Sie mich, wenn ich mich irre‹ gesagt, aber das wage ich zu bezweifeln – ist Ihre einzige Verbindung mit Öl für Nahrung der Transport der Dinge in Ihren Flugzeugen. Sie haben nicht für zehn Dollar Aspirin gekauft und für zehntausend an die Irakis verkauft und dann die Hälfte Saddam abgegeben. Oder so etwas in dieser Art. Soweit richtig?«

Pevsner nickte kaum wahrnehmbar. »Ich bin Geschäftsmann, Charley. Wenn Leute von mir wollen, das ich irgendetwas für sie durch die Luft transportiere, dann tue ich das.«

»Ich verstehe. Der springende Punkt ist in diesem Augenblick, dass wir uns verstehen. Sie haben nicht gegen irgendein amerikanisches Gesetz verstoßen, und wir suchen nicht nach Ihnen. Das Problem ist, dass Sie kurz davor sind, gegen ein amerikanisches Gesetz zu verstoßen.«

»Welches Gesetz würde das sein?«

»Störung einer offiziellen Ermittlung. Behinderung der Justiz.«

Pevsner lächelte.

»Sie wollen doch nicht behaupten, dass ich tatsächlich wegen so etwas angeklagt werden würde? Das glauben Sie doch selbst nicht, Charley.«

»Oh, Sie würden wegen gar nichts angeklagt. Aber die Vereinbarung würde gebrochen, und der Präsident könnte anfangen, Interpol bei den bis jetzt nicht sehr erfolgreichen Bemühungen helfen, Ihnen endlich Handschellen anzulegen.«

»So sehr es mich auch schmerzt, so etwas auch nur zu denken, haben Sie sich überlegt, was mit Ihnen geschehen könnte, bevor Sie irgendjemandem irgendetwas erzählen könnten?«

»Sie meinen, dass man mir vielleicht die Kehle durchschneidet? Oder mir ein Schönheitsmal verpasst?«

»Solche Dinge passieren anscheinend Leuten, die mich – oder noch wichtiger, das Glück meiner Familie – bedrohen, Charley.«

»Sie glauben doch nicht, ich käme einfach unvorbereitet hierher, nicht wahr? Wenn ich nicht in einer Stunde dorthin zurückkomme, wo man mich erwartet – und es ist eine zehnminütige Fahrt –, oder ich nicht anrufe und sage, dass alles in Ordnung ist, wird Botschafter Silvio ein sofortiges Treffen mit der Außenministerin erbitten. Er wird ihr sagen, er hat soeben erfahren, dass Aleksandr Pevsner, den Interpol so dringend sucht, im Buena Vista Country Club wohnt. Und so wird es auch der Präsident erfahren.«

»Was macht Sie so sicher, dass er es nicht bereits weiß?«, blaffte Pevsner.

»Es würde mich überhaupt nicht überraschen, zu erfahren, dass dies der Fall ist. Aber das ist nicht das Gleiche, als wenn er es von dem amerikanischen Botschafter gesagt bekommt, nicht wahr? Und die Argentinier scheinen auf diesen Regierungsebenen peinliche Probleme zu lösen, indem sie Leute den Wölfen vorwerfen. Sind sie da nicht meiner Meinung, Alfredo?«

Pevsner starrte ihn an.

»Denken Sie darüber nach Alex«, sagte Castillo. »Sehr vorsichtig.«

»Hol Sie der Teufel, Charley«, sagte Pevsner mehr traurig als ärgerlich.

»Und Sie können mich mal, Alex. Ich sage das auf die freundlichste Weise.«

»Was wollen Sie mit dem Hubschrauber machen?«

»Das wollen Sie wirklich nicht wissen, oder?«

»Hypothetisch?«

»Hypothetisch gesprochen. Wenn ich wüsste (a), wo sich jemand aufhält in einem ausländischen Land; und (b) wenn ich andere Leute kennen würde, die sicherstellen wollen, dass er nicht singt, würde ich ihn so schnell wie möglich in die guten Vereinigten Staaten bringen. Ein Hubschrauber wäre nützlich, wenn jemand, hypothetisch gesprochen, so etwas tun will.«

»Sie haben mir soeben gesagt, dass Lorimer nicht in Buenos Aires lebt. Oder in irgendeiner anderen Stadt. Sie wollen den Hubschrauber haben, um ihn von irgendwo im Land zu einem Flughafen zu transportieren. Zu einem Flughafen, der groß genug ist, um ein Flugzeug aufzunehmen, das ihn außer Landes fliegen kann. Sie sind nicht zufällig den ganzen Weg hier runter mit dem Lear gekommen, den Sie in Cozumel hatten?«

»Ich spiele gern das Zwanzig-Fragen-Quiz mit Ihnen, Alex, aber ich muss weiter. Werden Sie mir den Hubschrauber nun leihen oder nicht?«

»Gehen Sie zum Teufel, Charley.«

»Das haben Sie bereits gesagt. War nett, Sie zu sehen, Alex.« Castillo erhob sich. »Ich werde auf das *lomo*-Sandwich und das Bier verzichten müssen. Trotzdem vielen Dank.«

»Setzen Sie sich, Charley«, sagte Pevsner. »Sie können den Hubschrauber haben.«

»Danke.«

»Was sagen Sie dem Piloten? Haben Sie sich darüber Gedanken gemacht?«

»Sagen Sie Ihrem Piloten, er soll bis heute Nachmittag 17 Uhr den Hubschrauber zum Jorge Newbery fliegen. Sagen Sie ihm, er soll ihn bei Jet-Aire parken. Lassen Sie ihn die Tanks auffüllen, den Schlüssel unter den Teppich unter dem Pilotensitz legen und sich drei Tage frei nehmen.«

»Wer wird ihn fliegen?«

»Ich. Und wenn ich damit fertig bin, werde ich ihn nach Jorge Newbery zurückbringen, Sie anrufen, und Ihr Pilot kann ihn abholen.«

Pevsner nickte. Er schaute Munz an und fügte nach einem Moment hinzu: »Nehmen Sie Alfredo mit. Ich bin sicher, dass er nützlich sein wird.«

»Absolut nein. Aber trotzdem vielen Dank.«

»Alfredo ist nicht im Geschäft mit den Schönheitsmalen, wenn Sie das denken.«

»Aber er könnte zurückkommen und erzählen, wo wir gewesen sind, nicht wahr?«

»Wenn Sie Lorimer bereits aus dem Land gebracht haben, welchen Unterschied würde das machen? Ich denke, wenn herauskommt – und das wird es –, dass Sie zu Lorimer geflogen sind, bevor die anderen, die ihn suchen, das geschafft haben, wäre es peinlich für mich, wenn die Leute wüssten, dass Sie meinen Hubschrauber benutzt haben, um ihn zu entführen.«

»Entführen? Wie schrecklich, so was auch nur zu denken! Ich denke daran, natürlich hypothetisch gesprochen, diese arme, verlorene Seele an den Busen seiner Geliebten zurückzubringen.«

»Selbstverständlich. Ich meine, wenn etwas passiert, wenn Sie Ihre humanitäre Mission durchführen – offiziell würden Fragen gestellt, die Sie lieber nicht beantworten würden, zum Beispiel –, könnte Alfredo damit besser zurechtkommen als Sie.«

Da hat er gottverdammt recht.

Die Frage ist, wird Munz sich an den offiziellen Weg halten oder einfach auf die Gelegenheit warten, Lorimer umzulegen?

Castillo schaute Munz an.

»Fragen Sie sich, Karl, ob ich ein Mörder zum Anheuern geworden bin?«, fragte Munz.

»Das kam mir in den Sinn.«

Munz hielt seinem Blick einen Moment stand.

»Wenn ich an Ihrer Stelle wäre, würde ich mich das auch fragen. Die Antwort lautet: Nein, das bin ich nicht. Ich bitte Sie, dies zu erwägen: Diese Leute haben auch mein Leben verändert. Ich trage an der Schande – und meine Frau und meine Familie teilt das mit mir –, dass ich aus Unfähigkeit entlassen und pensioniert wurde. Ich würde wirklich gern herausfinden, wer sie sind.«

Damit du sie umlegen kannst, Alfredo?

»Ich habe gesagt, dass mir das in den Sinn kam. So war es, und ich habe den Gedanken verbannt«, sagte Castillo.

Habe ich das ehrlich gemeint? Oder frage ich mich bereits, wem ich zutrauen kann, ihn in dem Moment umzulegen, in dem er aussieht, als ob er daran denkt, Lorimer umzubringen?

Ich glaube, ich habe es ehrlich gemeint.

Doch das heißt nicht, dass ich nicht ernsthaft die Auswahl desjenigen erwägen würde, der ihn umlegen könnte, für den Fall, dass ich mich irre. Oder mich vorbereite, es selbst zu tun.

»Danke«, sagte Munz.

»Warum sagen Sie nicht Ihrem Piloten, er soll Alfredo zum Jorge Newbery fliegen?«, sagte Castillo. »Das wird ihn weniger neugierig darüber machen, was los ist.«

Pevsner dachte darüber nach und nickte.

Das Dienstmädchen erschien mit einem Tablett voller *lomo*-Sandwichs und einem Weinkühler mit Eis und Bierflaschen.

»Ah, unser Mittagessen«, sagte Pevsner. Dann wandte er sich an Castillo. »Sagten Sie nicht, Sie müssen jemanden anrufen, Charley, um ihn wissen zu lassen, dass Sie bei Freunden sind?«

»Das war gelogen, Alex.«

Pevsner sah ihn kopfschüttelnd an und sagte: »Sie Hurensohn! Ich sage dies natürlich im Geiste der Freundschaft und des gegenseitigen Vertrauens.«

3

Nuestra Pequeña Casa
Mayerling Country Club
Pilar, Provinz Buenos Aires, Argentinien
29. Juli 2005, 15 Uhr 05

Botschafter Juan Manuel Silvio, Dr. phil., Sonderbotschafter und Bevollmächtigter des Präsidenten der Vereinigten Staaten in der Republik Argentinien, saß im Wohnzimmer, bekleidet mit Bluejeans, abgetragenen Gesundheitsschuhen und einem etwas vergammelten Pullover mit dem verblichenen Logo der Harvard University. Er hielt eine Bierflasche in der Hand.

»Guten Tag, Sir«, sagte Castillo.

»Schön, Sie wiederzusehen, Charley«, sagte der Botschafter und erhob sich, um ihm die Hand zu geben. »Entdecke ich Neugier auf Ihrem Gesicht? Vielleicht wegen meines Outfits?«

»Wenn ich das sagen darf, Sir, Sie sehen nicht so elegant aus wie sonst.«

»Es freut mich, dass Sie das sagen«, sagte Silvio und setzte sich. »Als Alex am Telefon sagte, sie wollen mich hier sehen, statt in der Botschaft, stellte sich das Problem, wie ich hier rauskomme, ohne dass sich meine SIDE-Eskorte fragt, was ich in unserem kleinen Haus treibe.«

»So haben Sie die SIDE-Eskorte ausgetrickst?«, fragte Castillo lächelnd.

»In einer Art, die James Bond würdig gewesen wäre«, sagte Silvio. »Ich verließ die Botschaft, ging in die Residenz, wechselte die Kleidung und ging joggen. Ich führte drei stramme SIDE-Bewacher auf einer fröhlichen Jagd durch den Park, bis sie vor Anstrengung keuchten. Dann beschleunigte ich das Tempo, bis sie weit hinter mir blieben. Und dann sah ich zufällig einen Wagen, der von einem der Männer von Alex gefahren wurde, der stoppte und anbot, mich mitzunehmen.«

»Sie sahen ihn zufällig, wie? Was man einen glücklichen Umstand nennt?«

Silvio nickte. »Ich wollte stets das Thema eines allumfassenden Berichts sein«, sagte Silvio. »Ich kann meinen guten Freund, den Außenminister, etwas ungläubig die SIDE-Leute fragen hören: ›Sie wollen mir sagen, dass Sie den amerikanischen Botschafter verloren haben?‹«

Castillo lachte. »Danke für Ihr Kommen, Sir«, sagte er dann.

»Danke, dass Sie mich darum gebeten haben«, sagte Silvio. »Oder werden Sie mir nicht erzählen, was Sie getan haben? Oder planen?«

»Alex«, sagte Castillo, »können der Botschafter und ich uns irgendwo ein paar Minuten allein unterhalten?«

Darby wies durch das Fenster zu einem Gartenhäuschen.

»Wie wäre es mit dem *quincho*?«, fragte er. »Es ist sogar Bier im Kühlschrank.«

»Das wird sehr schön sein«, sagte Castillo.

Castillo nahm zwei Flaschen Quilmes-Bier aus dem Kühlschrank und bot eine Botschafter Silvio an, der lächelte, nickte und »Bitte«, sagte.

Als Castillo ihm die Flasche gab, setzte sich der Botschafter auf einen gepolsterten Lehnstuhl und schaute ihn erwartungsvoll an.

»Ich bezweifle, dass Sie alles wissen wollen, Sir«, sagte Castillo.

»Dann erzählen Sie, was ich Ihrer Meinung nach wissen kann«, sagte Silvio.

»Nun, Sir, der Präsident wartete in Biloxi mit einer Erkenntnis auf die Globemaster ...«

»... und das ist ungefähr alles, Sir«, endete Castillo zwanzig Minuten später.

Silvio, offenbar noch in Gedanken an das Gehörte, erwiderte einen Moment nichts.

»Mein Latinoblut war einen Moment in Aufruhr«, sagte er dann. »Mein erster Gedanke war Mitleid mit Betsy Masterson und Botschafter Lorimer. Zu erfahren, dass dein Bruder und dein Sohn nicht nur in das schleimige Öl-für-Nahrung-Geschäft verwickelt, sondern auch – vielleicht indirekt, aber mit Sicherheit – verantwortlich für die Ermordung des Ehemanns und des Sohnes ist! Und für die Ermordung eines sehr netten jungen Marineinfanteristen. Und für die Verwundung von ...«

Er verstummte und schaute Castillo an. »Ich habe Verständnis dafür, dass Sie das lieber nicht beantworten. Ist Dr. Lorimer auf Ihrer Liste der Leute, die Sie ›unschädlich machen‹ wollen?«

»Was ich mit ihm machen will, Sir, ist, ihn in die Staaten zu bringen. Lebend.«

Silvio nickte.

»Ich bin überzeugt, er ist ein Füllhorn von interessanten Informationen«, sagte er. »Aber das erspart Botschafter Lorimer und Betsy nicht, dass sie erfahren, welch verabscheuungswürdiger Hurensohn er ist, oder?«

»Sir, ich muss beschämt gestehen, dass ich darüber noch gar nicht nachgedacht habe. Ich will, dass Lorimer mir die Richtung weist, die zu den Mördern von Mr Masterson führt.

Sie sind diejenigen, die ich unschädlich machen will. Sowohl Santini als auch Darby haben mir gesagt, dass das wahrscheinlichste Szenario sein wird, wenn ich ihn in die Staaten gebracht habe, dass er in das Zeugenschutzprogramm aufgenommen wird, das vom US-Marshall-Dienst im Austausch für seine Kooperation angeboten wird.«

Silvio stieß einen Grunzlaut aus. »Und wenn er nicht kooperieren will?«

»Ich glaube, das will er, Sir. Er weiß, dass er von Leuten gesucht wird, weil sie ihn umlegen wollen. Und er wird begreifen, glaube ich, dass ihn die Leute, die ihn töten wollen – foltern und ermorden –, ebenso finden werden, wie das uns gelungen ist. Und ich habe die verwegene Idee, dass ich ihn zur Kooperation überreden kann, indem ich ihm drohe, ihn nach Paris zu bringen und auf dem Place de la Concorde freizulassen.«

»Nachdem Sie *Le Monde, Le Figaro* und *L'Humanité* informiert haben, dass der vermisste UN-Diplomat dort gefunden werden kann? Ich bezweifle, ob das überhaupt eine verwegene Idee ist. Sie macht viel Sinn.«

»Ich habe gar nicht daran gedacht, die Zeitungen zu informieren«, bekannte Castillo.

»Gibt es irgendetwas, womit ich Ihnen helfen kann, Charley?«

»Wären Sie bereit, Botschafter McGrory anzurufen und ihm den Grund zu nennen, weshalb ich ihn nicht aufsuche?«

»Er wollte, dass Sie ihn aufsuchen?«

»Er weiß nicht, was Yung in Wirklichkeit in Montevideo macht ...«

»Und glaubt deshalb das Recht zu haben, zu wissen, was Yung macht. Besonders, was er für Sie macht? Was ist mit dem Anruf, den Ministerin Cohen erledigen wollte?«

»McGrory sagte Yung, wenn ich zu ihm komme, ohne

zuerst durch die Botschaft zu gehen, will er mich sofort sehen. Ich finde, er hat kein Recht auf Information. Ich möchte ihn in einer Position lassen, wo er ehrlich sagen kann, nichts von dieser Sache zu wissen. Weder was ich tue, noch was Yung macht.«

»Ich verstehe. Ich werde ihn anrufen, sobald ich wieder in der Botschaft bin.«

»Danke.«

»Er wird neugierig sein – von seinem Standpunkt aus hat er ein Recht, Bescheid zu wissen –, was Yungs Rolle bei dem ist, was Sie tun werden. Oder getan haben. Kann ich ihm das sagen, nachdem Sie fort sind?«

»Yung wird keine Rolle bei dem spielen, was ich tun werde.«

»Okay«, sagte Silvio. »Das beantwortet es, nicht wahr?«

Was bedeutet dieser Ausdruck auf Silvios Gesicht?

Dass er bezweifelt, dass Yung nicht verwickelt sein wird?

Dass es ihn überrascht, dass dies nicht der Fall sein wird?

Dass er es nicht mag, wenn ich McGrory, den Kollegen Botschafter, im Dunkeln tappen und ihn die Reste aufsammeln lasse, wenn ich Mist gebaut habe?

»Sir – da war ein besonderer Ausdruck auf Ihrem Gesicht. Habe ich etwas gesagt, bei dem Sie sich unbehaglich fühlen?«

»Ich nehme an, ich habe nicht das Pokerface, das gute Diplomaten haben sollten«, erwiderte Silvio. »Und ich habe gewiss keine Erfahrung auf diesem Gebiet. Aber ich war überrascht, dass Sie Yung nicht benutzen und ihn dann aus dem Land bringen wollen, wenn Sie es verlassen.«

»Warum?«

»Nun, zum einen würde seine Position Botschafter McGrory nicht gefährden? McGrory wird bald erfahren, dass Yung nicht das war, was er angenommen hat. Und da Sie ihm nicht sagen werden, dass Sie mit der Vollmacht einer präsidentschaftlichen Erkenntnis arbeiten, bin ich sicher, dass er damit zum Außenministerium gehen wird. Ich würde es tun, wenn ich an seiner Stelle wäre. Ohne eine präsidentschaftliche Erkenntnis ist ein Botschafter verantwortlich für alles, was eine Regierungsagentur in seinem Land macht. Und hat ein Vetorecht bei jeder vorgeschlagenen Aktion. Über diese Sache wird er nicht mal etwas wissen, bis sie vorüber ist. Er wird mehr als ein bisschen verärgert sein.«

»Ja, Sir, das weiß ich. Ich versuche, den Botschafter in der Lage zu lassen, dass er ehrlich jede Kenntnis von dem, was ich tue oder getan habe, leugnen kann.«

»Ich verstehe. Ich hatte angenommen, Sie würden Yung mitnehmen, seine Erfahrung nutzen und ihn dann außer Landes bringen. Und dass, wenn Ihre Mission erledigt ist, die Ministerin Botschafter McGrory erzählen wird, dass es Gründe für die Ereignisse gab und Sie sich entschieden haben, dass er am besten nicht in diese Gründe eingeweiht wurde. Das würde ihm nicht gefallen, aber er würde es verstehen.«

»Und wenn ich Yung nicht mitnehme, und er meine Befehle, McGrory nichts zu sagen, befolgt – ich habe ihm gedroht, dass es eine Straftat ist, dieses Material weiterzugeben, und so nehme ich an, dass er seinen Mund halten wird –, wird McGrory explodieren und seinen Kopf fordern?«

»Und eine Reihe ranghoher Offizieller im Außenministerium, die kein legitimes Recht auf Information haben, würden wissen, dass in Uruguay etwas los gewesen ist ...«

»Und neugierig Fragen stellen, die nicht gestellt werden sollten«, vollendete Castillo für ihn. »Und die Fragen würden zu *Washington Post* und *New York Times* und anderen Präsidentenhassern gelangen – lanciert werden.«

Silvio nickte.

»Mit all den indirekten Folgen«, fügte Castillo hinzu.

»Ich bin überzeugt, Sie haben die Risiken bedacht, Charley. Ich versuche nicht, Ihnen zu sagen, wie Sie Ihren Job machen sollen.«

»Die Wahrheit ist, dass ich dies alles nicht bedacht habe«, bekannte Castillo. »Herr Botschafter, Sie haben mich soeben davon abgehalten, einen blöden Fehler zu begehen. Einen schlimmen Fehler. Danke. Sie wissen, was Botschafter Montvale über mich gesagt hat?«

Silvio schüttelte den Kopf.

»Montvale sagte, ich bin jemand, dem man mehr Befugnis gegeben hat, als er verkraften kann. Sieht aus, als hätte er den Nagel auf den Kopf getroffen, nicht wahr?«

»Nach dem, was ich gesehen habe, Charley, können Sie sehr gut mit der Verantwortung umgehen, die man Ihnen gegeben hat.«

»Ich bin so trunken von meiner Befugnis, dass mir nie in den Sinn gekommen ist, Sie zu fragen, was Sie von dem halten, das ich tun werde. Was heißt, dass ich den Öl-für-Nahrung-Skandal einfach aus dem Wasser blase und den Präsidenten persönlich in Verlegenheit bringe. Das kommt mir nicht vor, als ginge ich gut mit der Verantwortung um.«

Silvio betrachtete Castillo lange und fragte dann: »Wie viel Schlaf haben Sie in den vergangenen paar Tagen gehabt?«

»Das sieht man, wie?«

»Man sieht es. Wenn Sie wirklich meinen Rat hören wollen, gönnen Sie sich ein wenig Ruhe.«

Castillo dachte darüber nach, trank einen Schluck Bier und fragte: »Können Sie mir ein ruhiges Hotel in der Nähe des Flughafens in Montevideo empfehlen?«

»Das kann ich in der Tat. Der Flughafen ist in Carrasco. Dort gibt es ein wirklich schönes Hotel. Das Belmont House. Eine Belastung für den Geldbeutel. Aber ich dachte daran, dass Sie heute vielleicht ein bisschen Ruhe brauchen.«

»So ist es, Sir. Meinen Sie, ich könnte für heute Nacht dort ein paar Zimmer bekommen? Für zwei Tage? Welche Nummer soll ich anrufen? Ich möchte wirklich gern mit American Express buchen.«

Botschafter Silvio griff in die Tasche seiner Bluejeans, nahm sein Handy heraus und tippte eine Nummer ein.

»Hier Juan Manuel Silvio«, sagte er einen Augenblick später. »Bitte, sagen Sie mir, ob Sie zwei Zimmer für Freunde von mir – separate Zimmer – für heute und morgen Nacht frei haben.«

Eine halbe Minute später verstaute er sein Handy in der Tasche seiner Bluejeans.

»Erledigt.«

»Vielen Dank.«

»War mir ein Vergnügen. Kann ich sonst noch etwas tun?«

»Lassen Sie mich sehen, dass ich zumindest das selbst tun kann«, sagte Castillo, nahm sein Handy heraus und wählte.

»Es freut mich, dass ich Sie erwischt habe, Yung«, begann er, als sich der Gesprächsteilnehmer meldete.

»Ich würde Ihnen anbieten, Sie zum Flughafen zu fahren«, sagte Botschafter Silvio, »aber ich halte das für keine sehr gute Idee, weil ich den Verdacht habe, dass viele Leute in Uniform nach einem Mann in einem Harvard-T-Shirt und Bluejeans suchen.«

Castillo lächelte ihn an und lachte.

»Ich meinte das ehrlich, als ich sagte, dass Sie mich davon abgehalten haben, mich zu einem Spitzenarmleuchter zu machen, und noch wichtiger, den Präsidenten ebenfalls wie ein Arschloch wirken zu lassen. *Muchas gracias, amigo.*«

Silvio machte eine wegwerfende Geste.

»Wann fliegt Ihr Flugzeug?«, fragte er. »Oder nehmen Sie den Learjet? Oder sollte ich nicht fragen?«

»Sie können mich alles fragen, was Sie möchten«, sagte Castillo. »Und ich werde Ihnen alles sagen, was ich glaube, Ihnen preisgeben zu dürfen.«

»Okay. Dann werde ich fragen. Wie laufen die Dinge bis jetzt? Nur allgemein, wenn die Einzelheiten unangebracht sind.«

»Als Erstes kann bei dieser Operation schiefgehen, wenn ich um siebzehn Uhr auf dem Jorge Newbery bin, dass der Hubschrauber, den ich mir geliehen habe, nicht da ist. Oder er wird da sein, und der Mann darin wird mich erschießen. Oder er ist da, und man erschießt mich nicht, aber er wird mit einem druckempfindlichen Zünder und ein paar Pfund Semtex ausgerüstet sein und in die Luft fliegen, wenn ich über tausend Fuß Höhe erreiche. Oder, wenn das nicht passiert, wird der Motor versagen, wenn ich über dem Rio de la Plata zwischen Jorge Newbery und Carrasco bin. Abgesehen davon wird alles glatt verlaufen.«

Silvio schüttelte den Kopf.

»Das ist heute. Die Liste, was morgen schiefgehen kann, ist ein wenig länger«, sagte Castillo.

»Ich werde Sie in meine Gebete einschließen, Charley«, sagte Silvio leise.

Castillo nickte ihm zu.

»Ich hätte liebend gern noch ein Bier, aber ich muss fahren«, sagte Charley. »Aber es gibt keinen Grund, weshalb Sie verzichten müssten.«

4

Belmont House
Avenue Rivera Carrasco 6512
Carrasco, Montevideo
República Oriental del Uruguay
29. Juli 2005, 19 Uhr 25

»Schönes Haus«, sagte Castillo, als sie an der Rezeption des kleinen luxuriösen Hotels standen. »Sieht mehr wie ein Club aus als wie ein Hotel.«

»Das findet auch Fidel Castro«, sagte Alfredo Munz mit einem Lächeln. »Hier wohnt er immer, wenn er in Uruguay ist.«

»Wenn Sie einen Drink möchten, Gentlemen«, sagte der Mann am Empfang, als er Castillo den Pass und die American Express Card und Munz den Ausweis zurückgab und ihnen die Schlüssel für ihre Zimmer aushändigte, »werde ich vom Pagen Ihr Gepäck auf Ihre Zimmer bringen lassen.«

Er wies ins Innere des Gebäudes, und Castillo sah eine kleine, mit Holz getäfelte Bar mit Ledersesseln an kleinen Tischen.

»Das halte ich für eine ausgezeichnete Idee«, sagte Castillo. »Ich erwarte um neunzehn Uhr dreißig einen Besucher. Einen Mr Yung. Würden Sie ihm bitte sagen, wo wir sind?«

»Selbstverständlich, Sir.«

Castillo ging in die Bar und setzte sich an einen der Tische. Munz folgte ihm, nahm jedoch nicht Platz.

»Werde ich im Weg sein, Karl?«, fragte Munz.

»Heißt ›Wer A sagt, muss auch B sagen‹ auf Spanisch dasselbe wie auf Englisch?«

»Nur für jemanden, der Englisch spricht«, sagte Munz.

»Und das tun wir beide«, sagte Castillo. »Setzen Sie sich, Alfredo.«

Ein junger Kellner mit einem weißen Jackett kam an den Tisch.

»Haben Sie Famous Grouse?«, fragte Castillo.

»Ja, Sir.«

»Einen doppelten, bitte. Ohne Wasser und Eis.«

»Das klingt gut«, sagte Munz.

Als der Kellner gegangen war, um das Bestellte zu holen, fragte er: »Gehen Sie kein Risiko ein, Karl?«

»Dass ich wirklich Famous Grouse bekomme, meinen Sie?«, fragte Castillo unschuldig zurück. »Anstatt einer billigen, hier destillierten Nachahmung?«

»Sie wissen, was ich meine«, sagte Munz.

»Ich habe gelernt, dass man gelegentlich ein Risiko eingehen muss«, sagte Castillo. »Ich gehe eins ein, indem ich diese Operation nicht damit störe, Alex davon zu erzählen oder den Kanarienvogel zu erwürgen, bevor er singen kann.«

»Als ich mit der Arbeit für Alex anfing ...«

»Sie meinen Vollzeit? Mit anderen Worten, nachdem Sie pensioniert wurden?«

Munz' Miene verhärtete sich. »Als ich beim SIDE war, gab ich Alex nie irgendeine Information, die in irgendeiner Weise meine Pflichten oder mein Land verriet.«

»Okay.«

»Ich sagte Alex, bevor ich mit der Arbeit für ihn begann, dass ich gewisse Dinge nicht tun würde«, sagte Munz. »Kanarienvögel erwürgen, wie Sie es genannt haben, war unter den Dingen, und er begriff, dass ich das nicht tun würde.«

»Ich bin sicher, dass Howard Kennedy einen Handel mit ihm abgeschlossen hat, der Ihrem sehr ähnlich ist«, sagte Castillo. »Aber ich fragte mich, bevor ich mich dafür entschied, Ihnen zu vertrauen, ob die Dinge, die Sie nicht tun würden, einschließen, ihm Informationen zu geben, die dazu führen, dass mein Kanarienvogel von jemand anders erwürgt wird.«

»Wenn Sie so denken, warum haben Sie dann zugestimmt, dass ich mit Ihnen komme?«, fragte Munz eisig.

»Ich habe zugestimmt, dass Sie mitkommen, *nachdem* ich mir gesagt hatte, dass Sie nicht der Typ sind, der sich im Spiegel betrachten kann, nachdem er sich entschieden hat, dass es moralisch gerechtfertigt wäre, zu arrangieren, dass ein Kanarienvogel erwürgt wird, vorausgesetzt, ein anderer übernimmt das Erwürgen.«

Munz blickte ihn kalt an, erwiderte jedoch nichts.

»Und weil Alex recht hatte«, fuhr Castillo fort. »Ich glaube, Sie werden nützlich sein. Damit sind wir wieder dabei, dass man gelegentlich ein Risiko eingehen muss.«

»Wie einen einmotorigen Hubschrauber über den Rio de la Plata zu fliegen? Das war ein Risiko, nicht wahr? Was wäre gewesen, wenn der Motor ausgefallen wäre?«

»Dann wären wir ertrunken«, sagte Castillo. »Es sei denn, Sie sind ein viel besserer Schwimmer als ich.«

Munz schüttelte den Kopf.

»Die Sitze – wie die in Linienflugzeugen – sind schwimmende Teile«, sagte Castillo. »Wir hätten vielleicht eine Weile im Fluss treiben müssen, doch ich hatte einen Flugplan erstellt, und wenn wir nicht zu der angegebenen Zeit aufgetaucht wären, hätte man nach uns gesucht. Ich mag keine *blöden* Risiken, Alfredo, und ich gehe sie nicht ein.«

Der Kellner kam mit einem Tablett mit einer Flasche Famous Grouse, Gläsern, einem silbernen Eiskübel, einer silbernen Wasserkaraffe und einer Zange. Er schenkte Whisky in die Gläser ein, als Special Agent David William Yung junior in die Bar kam. Er war sichtlich überrascht, Alfredo Munz zu sehen.

»Genau zur richtigen Zeit«, sagte Castillo und erhob sich

halb, um Yung die Hand zu geben. »Sie kennen einander, richtig?«

»Wie geht es Ihnen, Colonel?«

»Mr Yung«, sagte Munz.

»Ich bin sicher, Sie fragen sich beide, was als Nächstes geschieht«, sagte Castillo.

Ihre Augen spiegelten Interesse wider.

»Ich werde mindestens noch einen hiervon trinken«, sagte Castillo und trank ausgiebig aus dem Glas, »etwas zu Abend essen und zu Bett gehen.« Er legte eine Pause ein und fügte hinzu: »Ein sehr kluger Freund wies mich darauf hin, dass Leute, die nicht viel geschlafen haben, dazu neigen, schlechte Entscheidungen zu treffen. Ich habe nicht viel Schlaf gehabt, und ich kann es mir nicht erlauben, nachlässige, geschweige denn schlechte Entscheidungen zu treffen. Also nur ein, zwei Fragen, Yung. Was hörten Sie über den Besuch von Freunden in Montevideo?«

»Sie werden in dem ersten Busquebus von Buenos Aires sein. Er trifft ungefähr um zweiundzwanzig Uhr dreißig hier ein.«

»Und Sie haben Quartiere für sie gefunden?«

»Jawohl, Sir.«

»Sie haben diese Landkarten, um die ich Sie gebeten habe?«

»Jawohl, Sir.«

»Und Sie haben kein Problem, rechtzeitig aufzuwachen, um Munz und mich hier beim Hotel um, sagen wir, sieben am Morgen abzuholen?«

»Ich werde hier sein, Sir.«

»Wohin gehen wir?«, sagte Munz. »Darf ich das fragen?«

»Allgemein gesagt, wir werden das Ziel erkunden. Am Morgen werde ich genauer sein.« Er legte eine Pause ein. »Ich frage mich, wo das Restaurant ist.«

»Gleich nebenan«, sagte Munz. »Aber es ist erst um acht geöffnet. In einer halben Stunde.«

»Nun, das gibt mir Zeit, um dieses Glas zu leeren und noch einen Famous Grouse zu trinken«, sagte Castillo.

Er sah, dass die beiden ihn betrachteten.

»Ich laufe zurzeit auf Reserve. Wenn das der Fall ist, kann ich nicht schlafen, wenn ich nicht ausreichende Mengen Alkohol zu mir genommen habe.«

»Ich verstehe«, sagte Munz.

»Mr Castillo, kann ich Sie einen Moment unter vier Augen sprechen?«, fragte Yung.

»Kann es nicht bis morgen warten? Ich habe nicht gescherzt. Ich bin nicht in der Verfassung, um Entscheidungen zu treffen.«

»Es wird nur einen Moment dauern, Sir.«

»Alfredo, entschuldigen Sie mich bitte. Ich werde sofort zurück sein«, sagte Castillo und stand auf.

Er folgte Yung aus der Bar und durch die Lobby auf die Straße.

»Okay, was ist?«, fragte Castillo.

»Ich weiß, dass wir uns auf dem falschen Fuß erwischt haben, Mr Castillo – meine Schuld ...«

»Schwamm drüber«, sagte Castillo.

»Und ich wollte nur sagen, wie dankbar ich bin, dass Sie mich nicht hiervon ausgeschlossen haben. Ich dachte, als Sie heute Morgen nach Buenos Aires zurückkehrten, dass dies der Fall sein würde. Deshalb vielen Dank. Ich werde mein Bestes tun.«

Castillo dachte unfreundlich:

Mein Gott! Er verhält sich wie ein Schuljunge, der seine Dankbarkeit beim Lehrer stammelt, der ihn wieder in der Schulmannschaft mitspielen lässt, nachdem er ihn beim Rauchen auf der Toilette erwischt hat. Er meint, dass das, was geschehen wird, eine Art Spiel ist.

Wie soll ich damit umgehen?

Castillo lächelte Special Agent Yung an und klopfte ihm auf die Schulter.

»Ich bin froh, dass Sie im Team sein werden, Yung«, sagte er und hoffte, dass es aufrichtiger klang, als er war.

XIX

1

Estancia Shangri-La
Provinz Tacuarembó
República Oriental del Uruguay
30. Juli 2005, 8 Uhr 55

Jean-Paul Bertrand, Patron der Estancia Shangri-La, nackt unter seinem seidenen Morgenrock, die nackten Füße in weichen, braunen Mokassins aus Kalbsleder, öffnete vorsichtig die Balkontür seines Schlafzimmers zum Innenhof seines Heims.

Er hielt eine Tasse Tee in der linken Hand, und wenn es regnete – wie jetzt – klemmte die verdammte Tür, und wenn man nicht aufpasste, verschüttete man Tee. Es machte natürlich nichts aus, wenn etwas Tee auf den Fliesenboden schwappte, aber es war wirklich ärgerlich, wenn etwas Tee auf den hellblauen Morgenrock tropfte und er gereinigt werden musste.

Er hatte es geschafft – nicht ohne einige Mühe –, der Wäscherin klarzumachen, wie er seine Hemden – leicht gestärkt – und seine Unterwäsche gern hatte und wie sie seine seidenen Socken vorsichtig in kaltem Wasser waschen sollte. Doch das chemische Reinigen war etwas völlig anderes. Es gab keine chemische Reinigung in Tacuarembó, die des Namens würdig gewesen wäre, was bedeutete, dass all seine Sachen, die eine Reinigung nötig hatten, nach Punta del Este gebracht werden mussten. Es kostete ein Heidengeld, dort etwas chemisch reinigen zu lassen, doch dafür wurde es sauber, unversehrt und für gewöhnlich in derselben Farbe zurückgegeben.

Doch auch damit gab es verschiedene Probleme. Zum einen hielt er es für unklug, zu seiner Wohnung in Punta del Este zu fahren. Leute konnten ihn sehen, wenn er sich dort blicken ließ. Und selbst wenn er dorthin fahren konnte – vielleicht in einem halben Jahr oder so –, würden die Flecken, die er jetzt hier auf etwas bekam, nie wieder herausgehen.

Deshalb öffnete er die Balkontür sehr vorsichtig und war erfreut über seine Behutsamkeit und Umsicht. Die verdammte Tür klemmte, aber er verschüttete keinen Tee auf seinen Morgenrock.

Er seufzte. Es nieselte. Und wie der Himmel aussah, würde es den ganzen Tag nieseln. Wie so oft im Winter.

Das bedeutete, dass er heute und morgen ein Gefangener in seinem Haus sein würde, vielleicht auch noch länger. Die Wege im Innenhof waren mit Platten belegt, und wenn er wollte, konnte er hin und her gehen – wie ein Gefangener beim Freigang –, so lange er wollte. Aber es kam nicht in Frage, das Haus zu verlassen. Spazieren im Gras war wie das Gehen auf einem Schwamm. Jean-Paul hatte so schon einige Paar Schuhe ruiniert.

Und wo das Gras endete, war der Schlamm. Die einzige Möglichkeit, sich durch den Schlamm zu kämpfen, bestand im Tragen von hohen Gummistiefeln. Der Gummi tat seinen Füßen weh, ruinierte seine Seidenstrümpfe und ließ seine Füße stinken. Und oft blieben die Stiefel im Schlamm stecken, sein Fuß rutschte heraus und er geriet bis zu den Knöcheln in den Schlamm – wenn er nicht mit dem Gesicht in den Morast fiel.

Jean-Paul hörte den Hubschrauber lange, bevor er ihn sah. Helikopter flogen hier gewiss selten, aber anscheinend sah er immer öfter welche, sogar hier in der Einsamkeit auf dem Land. Er hatte gehört, dass einige davon Leuten gehörten, die damit zwischen Montevideo – oder sogar Buenos Aires – und ihren Estancias hin und her pendelten. Besonders im Winter, wenn der verdammte stetige Nieselregen die Straßen in unpassierbaren Morast verwandelte. Und einige der Helikopter aus Montevideo oder Buenos Aires wurden von Jägern benutzt, die in den Jagdgebieten Enten schossen.

Reiche amerikanische und europäische Jäger hatten die Wildvögel von Uruguay entdeckt. Er hatte sogar gehört, dass der Vizepräsident der Vereinigten Staaten auf die Rebhuhnjagd mit Hunden auf einer Estancia nicht weit von Shangri-La gegangen war, die einem uruguayischen Anwalt gehörte.

Im Sommer wurde Shangri-La häufig von Hubschraubern überflogen, die Leute von Argentinien und Brasilien nach Punta del Este brachten. Jean-Paul spielte mit dem Gedanken, sich selbst einen zu kaufen. Das würde das Problem lösen, hin und wieder nach Punta del Este zu kommen. Es war sonst eine furchtbar lange Fahrt auf engen Straßen. Und er konnte sich leicht einen Hubschrauber leisten.

Aber mit einem Helikopter würde er Aufmerksamkeit auf sich ziehen, und es war ein bisschen zu früh, das zu riskieren. Der Helikopter würde wie so vieles andere warten müssen, bis man Jean-Paul Lorimer vergessen hatte.

Das Motorengeräusch des Hubschraubers wurde lauter – und dann erschrak Jean Paul, denn er tauchte plötzlich aus dem Nieselregen auf, nur ein paar Hundert Fuß in der Luft, und flog über ihn hinweg.

Er war schnell weg, und dann wurde das Motorengeräusch und das Flappen der Rotorblätter leiser und erstarb ganz.

Jean-Paul sagte sich, dass sich der Pilot verirrt hatte und so tief geflogen war, um die Straße zu finden und sich zu orientieren.

Er schüttete den Rest des kalt gewordenen Tees auf ein

Blumenbeet und kehrte ins Haus zurück, um sich noch eine Tasse Tee zu holen.

2

Suite 735
Victoria Plaza Hotel
759 Plaza Independencia
Montevideo, Uruguay
30. Juli 2005, 11 Uhr 25

Suite 735 war im Radisson Victoria Plaza als Gäste-Suite eingestuft und wurde Geschäftsleuten zur Verfügung gestellt, die wünschten, potentielle Kunden in Privatsphäre zu unterhalten. Es gab ein Schlafzimmer mit zwei übergroßen Betten und ein großes Wohnzimmer mit einer Bar, einem großen Kühlschrank und einem Tisch für acht Personen, der entweder als Esstisch oder Konferenztisch benutzt werden konnte. An einer Wand im Wohnzimmer war ein gewaltiger Sony-Fernseher mit Flachbildschirm angebracht, sodass diejenigen, die am Tisch saßen, Werbesendungen oder mit dem Videorecorder Verkaufsvorführungen oder Pornofilme sehen konnten, die für eine minimale Gebühr verliehen wurden.

Als Castillo mit Munz und Yung die Gästesuite betrat, waren zehn Personen in dem Raum anwesend: Colonel Jacob Torine; die Special Agents Jack Britton und Tony Santini vom Secret Service; Special Agent Solez von der Drug Enforcement Agency; Mr Alex Darby, der Wirtschaftsattaché der US-Botschaft in Buenos Aires; Mr Fernando Lopez; die Sergeants First Class Robert Kensington und Seymour Kranz von Delta

Force; Corporal Lester Bradley vom U. S. Marine Corps; und jemand – ein sanft blickender Mann Anfang dreißig –, den Castillo noch nie gesehen hatte.

Castillo ging direkt zu Darby, nahm ihn am Arm und führte ihn ins Badezimmer, schloss die Tür und fragte ärgerlich: »Was, zum Teufel, macht Bradley hier? Und wer, verdammt, ist dieser andere Typ?«

Darby machte eine beschwichtigende Geste. Dann ging er zur Tür und öffnete sie.

»Bob, wollen Sie bitte einen Moment herkommen?«

Der sanft blickende Mann kam ins Badezimmer und schloss die Tür hinter sich.

»Bob, dies ist Mr Castillo«, sagte Darby. »Charley, dies ist Bob – Robert – Howell.«

»Guten Tag.« Bob Howell streckte Castillo die Hand hin.

Castillo erwiderte nichts. Stattdessen blickte er fragend zu Darby.

»Bob ist der Kulturattaché der US-Botschaft hier in Montevideo«, sagte Darby.

»Geheimdienstler, meinen Sie?«, fragte Castillo.

Darby nickte. »Erzählen Sie Mr Castillo, was Sie mir gesagt haben, als Sie mich gestern angerufen haben, Bob.«

Howell nickte.

»Ich habe einen Anruf auf einer gesicherten Leitung von Botschafter Montvale bekommen ...«

Was?, dachte Castillo. *Allmächtiger! Versucht dieser Hurensohn Montvale sein eigenes Süppchen zu kochen?*

»Zuerst informierte er mich, dass das, was er mir erzählt, top secret presidential ist«, sagte Howell, »und dass niemand in der Botschaft berechtigt ist, Zugang dazu zu bekommen, einschließlich des Botschafters. Dann sagte er mir, er hat Grund, anzunehmen, dass Sie in Buenos Aires sind. Ich soll sofort Kontakt mit Ihnen aufnehmen – Mr Darby wüsste vermutlich, wie ich das bewerkstelligen kann – und mich und meine Mitarbeit zu Ihrer vollen Verfügung stellen.« Nach einer Pause fügte er hinzu: »So rief ich Alex an.«

»Was sonst hatte Montvale noch zu sagen?«

»Das war alles, Sir.«

»Er hat nicht gesagt, dass Sie ihn zurückrufen sollen? Ihn wissen lassen sollen, wie es läuft?«

Howell schüttelte den Kopf. »Nichts dergleichen.«

»Und wie viel haben Sie Mr Howell erzählt, Alex?«, fragte Castillo.

»Nur, dass ich heute Morgen hier sein werde und wir einen sicheren, diskreten Ort brauchen, wo wir uns mit vielleicht zwölf Leuten treffen.«

»So habe ich dies für Sie arrangiert, Mr Castillo«, sagte Howell. »Ich habe es schon zuvor benutzt. Ich kam früher her und habe alles nach Wanzen abgesucht.«

»Und ich habe ihn gebeten, zu bleiben, um zu sehen, was Sie tun wollen«, sagte Darby. »Dies ist sein Land, Charley. Er kennt sich hier aus.«

Castillo nickte.

»Und was ist mit Bradley? Hat Montvale den auch angerufen?«

»Kann Howell dies hören?«

Castillo überlegte dies einen Moment und gab dann Howell die Hand.

»Willkommen in Castillos reisendem Zirkus, Mr Howell«, sagte Castillo. »Diese Operation ist genehmigt durch eine präsidentschaftliche Erkenntnis. Die Geheimhaltungsstufe ist top secret presidential. Wir werden einen Mann festnehmen, einen amerikanischen Staatsbürger namens Jean-Paul Lorimer, der sich hier in Uruguay – mehr oder weniger legal – als Jean-Paul Bertrand auf seiner Estancia in der Provinz Tacuarembó mit einem libanesischen Pass aufhält, und in die Vereinigten Staaten bringen, ob er begeistert über die Rückführung in die Heimat ist oder nicht und ohne die üblichen Auswanderungsprozeduren. Haben Sie das verstanden?«

Howell nickte. »Darf ich fragen, was dieser Mann getan hat?«

»Er ist ein sehr schlimmer Typ«, sagte Castillo. »Es gibt Leute, die ihn töten wollen. So müssen wir ihn fortschaffen, bevor sie ihn in die Hände bekommen.«

»Okay«, sagte Howell.

Castillo wandte sich an Darby. »Okay, Alex. Was ist mit Bradley? Was treibt er hier?«

»Nun, Sie wollten zweihundert Gallonen Treibstoff für den Helikopter haben«, sagte Darby. »Die Frage war – bevor der Anruf von Bob kam, wohlgemerkt –, wo bekommen wir ihn, ohne dass Fragen gestellt werden. Das heißt, dass ich ihn in Argentinien besorgen muss. Den Treibstoff besorgen war kein Problem; ihn hier rüber zu bekommen, war eines. Ich wusste auch, dass Sie nicht wollen, dass in der Botschaft Fragen gestellt werden. Die Botschaft schafft routinemäßig Trucks mit Zeug hier rüber, doch ich dachte, es könnten Fragen gestellt werden, wenn ich versuchte, mit vier 55-Gallonen-Fässern Jet-Treibstoff plus dem anderen Zeug hinten in einem Pick-up-Truck mit dem Busquebus zu fahren.

So bedeutete das, dass der Treibstoff über Land hier rübergeschafft werden musste. Das ist eine lange Fahrt, den ganzen Weg rauf nach Gualeguaychú, über die Brücke über den Rio Uruguay nach Uruguay und dann den ganzen Weg hier runter. Aber ich bezweifle, dass an der Grenze viele Fragen gestellt werden, wenn CD-Schilder an dem Truck sind.

Besser noch, in einem Yukon, der von einem Marine-Wachsoldaten gefahren wird. Sie machen oft Frachttransporte hier über die Straße, und so wusste ich, dass sie einen Yukon haben. Ich rief den Gunny an und bat ihn um einen Gefallen in aller Stille. Ich müsste vier Fässer Treibstoff und einiges andere Zeug zu Ihnen nach Uruguay bringen. Würde es in seinen Yukon passen, und würde er ihn – und einen Fahrer – Ihnen leihen? Aus irgendeinem Grund – vielleicht liegt es an Ihrer charmanten Persönlichkeit – mag der Gunny Sie. Er sagte: ›Klar, und was den Fahrer anbetrifft, raten Sie mal, wer gleich hier in meinem Büro steht, gerade zurückgekehrt aus den Staaten?‹«

»Corporal Lester Bradley, mein strammer Marine-Leibwächter«, sagte Castillo kopfschüttelnd.

»Der bereits mehr gehört hatte, als er sollte«, sagte Darby. »Ich sagte mir, es ist besser, ihn zu benutzen, als Krach zu bekommen ...«

»Ja, und was soll's, ich könnte vielleicht einen Leibwächter brauchen«, sagte Castillo. »Okay, lassen Sie uns das Filmmaterial angucken.«

Sergeant Seymour Kranz saß an der Seite des Tisches. Ein Laptop stand vor ihm. Ein Gewirr von Kabeln verband den Computer mit einer kleinen Videokamera, einem kleinen Farbdrucker und der Kontrollkonsole des Sony-Fernsehers an der Wand.

»Bitte sagen Sie mir nicht, dass die Minicam-Akkus leer sind oder dass Yung vergessen hat, die Abdeckung von der Linse zu nehmen«, sagte Castillo.

»Nein, Sir«, erwiderte Sergeant Seymour Kranz. »Es klappte besser, als ich gedacht habe.«

»Und wir sind richtig aufgestellt, sodass ich den richtigen Knopf – den Sie mir zeigen werden – drücken und Standfotos machen kann, während wir es anschauen?«

»Jawohl, Sir«, sagte Kranz und reichte Castillo die Fernbedienung, als sich Castillo neben ihn setzte. »Und es ist bereits in den Computer geladen, sodass Sie es nach Washington oder Bragg senden können, wenn Sie wollen.«

»Warten wir damit noch«, sagte Castillo und dann: »Okay, Jungs. Hier ist das Band, das wir heute Morgen von dem Ziel geschossen haben. Ich konnte nur einen Tiefflug über das Haus machen, und so habe ich sicherlich etwas Wichtiges übersehen. Machen Sie eine Notiz, was Sie sonst noch sehen wollen. Wenn ich Kranz heute Nachmittag absetze, werde ich das Haus noch einmal filmen.« Er legte eine Pause sein. »Müssen wir das Licht ausschalten, um dies zu sehen? Nun, finden wir's heraus.«

Auf dem großen Fernsehbildschirm war die uruguayische Landschaft zu sehen, und dann näherte sich der Hubschrauber einer Stadt.

»Das ist die Stadt Tacuarembó. Eigentlich mehr ein Ort. Die Straße zur Estancia ist oben rechts auf dem Bild. Ungefähr eine Viertelmeile südlich des Orts hört der Asphalt auf. Die Straßen sind laut Landkarte ›befestigt‹, was alles, von Asphalt über Schotter bis zu Morast, bedeutet. Wir gehen besser von Schlamm aus, denn wir befinden uns in der Regenzeit ...«

»Da ist die Estancia Shangri-La. Aufgenommen durch die Suppe von etwa 2500 Fuß. Ich glaube – hoffe –, dass das Material, das Yung auf meinem Tiefflug schoss, uns viel mehr Einzelheiten zeigt. Aber Sie können das Haus sehen. Merken Sie sich den Innenhof und die Nebengebäude ...«

»Dies ist die Straße, die von Shangri-La wegführt. Mit anderen Worten, weiter fort von Tacuarembó. Ich habe nach einer Stelle gesucht, wo wir morgen Kranz' Funkgerät aufstellen können. Und wo ich morgen, wenn wir uns formieren, den Hubschrauber lassen kann, während wir uns den Kerl schnappen. Ich flog ungefähr fünf Meilen in diese Richtung und fand keine geeignete Stelle. Es sah alles wie Sumpfgelände aus – vielleicht wegen des Regens –, oder es war voller Felsbrocken oder Bäume oder beidem. So flog ich hier rüber. Viel näher an unserem Ziel. Man kann es nicht aus der Luft sehen, aber die Karten zeigen, dass es ungefähr hundert Fuß höher ist als die Gebäude auf der Estancia. Ich bin sicher, dass ich dahin fliegen kann, ohne gesehen zu werden, und ich bezweifle, dass jemand in der Lage ist, den Unterschied zwischen einem Hubschrauber, der das Haus überfliegt, und meiner Landung zu erkennen. Und – wo, zum Teufel, ist es? Ah, da. Ein Feld ohne Felsbrocken oder Bäume. Und es sieht aus, als ob das Regenwasser ziemlich schnell abläuft ...«

»Und hier, nach etwa einer halben Meile von dem Feld ist eine andere befestigte Straße. Sie müssen den ganzen Weg zurück nach Tacuarembó, um zu ihr zu gelangen. Das müssen Sie, Bradley, machen. Sie werden Ricardo Solez mitnehmen. Ich weiß nicht, was ich mit den verdammten CD-Schildern an dem Yukon tun soll ...«

Er stoppte das Video und schaute zu Darby.

»Der Yukon hat jetzt argentinische Nummernschilder, Charley«, sagte Alex Darby. »Und argentinische Dokumente im Handschuhfach.«

»Wie weniger verdächtig werden argentinische Nummernschilder ihn machen?«

Castillo hörte ein surrendes Geräusch und erkannte, dass der Drucker bereits die Aufnahmen ausdruckte.

»Nicht so unverdächtig wie uruguayische Nummernschilder«, gab Darby zu. »Aber ich konnte auf die Schnelle nur Nummernschilder aus Argentinien auftreiben. Und außerdem haben die uruguayischen Schilder die Provinz darauf. Man kann an den Nummernschildern nicht erkennen, woher in Argentinien das Fahrzeug stammt.«

»Okay«, sagte Castillo. »Bradley, halten Sie den Mund, wenn Sie angehalten werden oder sonst wie halten müssen. Ricardo spricht ziemlich gut *porteño*-Spanisch, das vielleicht für Uruguayisch durchgeht, und er kann vielleicht damit durchkommen, Sie als seinen blutarmen Cousin auszugeben.«

»Jawohl, Sir.«

»Sie werden den Yukon nach Tacuarembó fahren, sobald dieses Treffen vorbei ist. Es sind ungefähr zweihundert Meilen, so rechnen Sie mit fünf Stunden, sechs, wenn die Straßen so schlecht sind, aber es ist eine richtige Autobahn bis Tacuarembó – ich bin heute Morgen drüber hinweggeflogen –, und so haben wir vielleicht Glück. Wenn Sie hier um halb eins abfahren, sollten Sie bis spätestens achtzehn Uhr dreißig in der Stadt sein. Dort wird es noch bis ungefähr neunzehn Uhr dreißig hell sein. Die Priorität ist, den Treibstoff und die Waffen dort sicher raufzubringen, und wenn Sie dazu auch bis Mitternacht brauchen. Nachdem ich das gesagt habe, je früher Sie dort sind, desto besser. Verstanden?«

»Jawohl, Sir«, sagte Corporal Bradley. »Schnellstmögliche Geschwindigkeit im Einklang mit Sicherheit.«

»Und wechseln Sie sich beim Fahren ab«, befahl Castillo und dachte: *Wenigstens wird Ricardo die Hälfte der Zeit fahren.* »Lösen Sie sich jede Stunde ab.«

»Jawohl, Sir!« Bradleys Antwort klang fast wie ein Bellen.

Du bist unfair. Er mag aussehen, als sei er von den Cheerleadern der High School entkommen, aber er hat den Yukon hierher gefahren. Und den Treibstoff und die Waffen an den Grenzwächtern vorbeigebracht.

»Nach dem bestmöglichen Szenario«, fuhr Castillo fort, »würden Sie, sagen wir mal, um Viertel vor fünf, vielleicht sogar früher in Tacuarembó sein. Das gäbe Ihnen Zeit, die richtige Straße aus der Stadt und das Feld zu finden. Erkunden Sie zu Fuß, machen Sie sicher, und das Wort, worauf es ankommt, heißt *sicher*, dass der Truck nicht im Schlamm stecken bleibt. Wenn wir wirklich Glück haben und Sie zu dem Feld fahren können, setzen Sie die Fässer und die Pumpe ab. Nicht die Waffen. Nur den Sprit und die Pumpe. Und dann machen Sie sich auf die Suche nach dem Hotel Carlos Gardel in Tacuarembó. Es sollte nicht schwierig sein. Es gibt dort nur ein Hotel. Entscheiden Sie sich, ob Sie das Risiko eingehen, die Waffen im Yukon zu lassen oder sie und das andere Zeug ins Hotel mitzunehmen.«

»Sie wollen nicht, dass wir auf dem Feld bleiben und übernachten?«, fragte Solez.

»Wenn irgendein Gaucho auf die Treibstofffässer stößt, könnte er annehmen, sie sind dort gelassen worden, um einen Traktor oder sonst was zu füllen. Er würde neugierig werden, wenn er zwei Männer in einem Yukon sieht.«

»Okay.«

»Wenn sie nicht den Yukon dorthin fahren können, müssen wir am Morgen mit dem Heli auf der Straße landen und ihn dort betanken.«

»Warum müssen wir ihn überhaupt betanken?«, fragte Britton. »Ich meine, Sie sind hin und zurück gekommen ...«

»Weil ich von Shangri-La aus direkt zum Jorge Newbery fliegen werde«, erklärte Castillo. »Dafür brauche ich einen vollen Tank. Torine und Fernando werden dort bleiben – der Lear ist da –, bis sie die Nachricht erhalten, dass wir Lorimer im Sack haben. Wir sollten wissen, ob das klappt, sagen wir um einundzwanzig Uhr morgen Abend. Wenn sie die Nachricht erhalten, dann starten sie sofort zum Jorge Newbery.

Am nächsten Morgen – ich werde warten müssen, bis es hell wird, um zu starten – werde ich dicht über dem Boden und, wie ich sehnlich hoffe, unter jedem Radar fliegen. Ich will es nicht bei Dunkelheit mit der Ausrüstung im Ranger versuchen.«

Er blickte zu Munz.

»Sagen Sie Alex, wer immer ihm die Flugelektronik verkauft hat, hat ihn verarscht. Und dass ich ihm, im Geist der Freundschaft, eine Liste dessen schicken werde, was er haben sollte.«

»Jemand hat Alex betrogen?«, sagte Munz. »Das war dumm, nicht wahr?«

»Wer ist Alex?«, wollte Darby wissen.

»Das wollen Sie nicht wissen«, sagte Castillo.

»Und wenn die Dinge nicht gut verlaufen?«, fragte Torine.

»Dann werden wir improvisieren müssen«, sagte Castillo. »Vielleicht einen Tag bleiben und es noch einmal versuchen müssen. Oder diese Operation abblasen und uns etwas anderes ausdenken müssen.«

Torine nickte.

»Wenn es klappt und Sie sind in Buenos Aires, melden Sie uns aus dem Four Seasons ab.«

»Alle auschecken?«, fragte Torine.

»Bitte mich, Sie und Fernando«, sagte Castillo. »Kranz und Kensington werden dort lange genug bleiben, um die Waffen, die Ausrüstung und die Funkgeräte wieder nach Buenos Aires zu bekommen. Und dann bringen sie sie zu Darby und Santini und schaffen sie durch die Botschaft in die Staaten. So werden sie Zimmer für einen Tag oder zwei brauchen. Dann fliegen sie mit dem Linienflug nach Bragg zurück. Ist es ein Problem, ihnen Tickets zu besorgen, Alex?«

Darby schüttelte den Kopf.

»Gut. Okay, Fernando und Torine werden zum Jorge Newbery fliegen, die Wetterdaten prüfen, einen Flugplan erstellen et cetera und zum Starten bereit sein, wenn ich mit dem Ranger mit Lorimer und Yung und Munz ankomme. Da kommen Sie ins Spiel, *mi coronel* – Alex sagte, Sie würden hilfreich sein …«

»Wer, zur Hölle, ist Alex?«, fragte Darby wieder. Castillo ignorierte die Frage.

»Wenn ich mit Lorimer zurechtkomme«, fuhr er fort, »das heißt, wenn ich ihn überzeugen kann, dass er am Leben bleibt, wenn er mit mir kommt, prima. Er hat vielleicht sogar seinen amerikanischen Pass und den von den Vereinten Nationen in seinem Safe. Wenn er mir Ärger macht, wenn ich ihn schlafen schicken muss – Yung, ein Mann mit vielen unerwarteten Talenten, sagte mir, dass er keine Probleme hat, seinen Safe zu knacken –, können wir davon ausgehen, dass mit Sicherheit sein libanesischer Pass darin ist. Aber wenn er knockout geschlagen ist, wie bekommen wir ihn dann durch die Kontrolle der Einwanderungsbehörde und in den Lear?«

»Das kann ich arrangieren«, sagte Munz. »Kein Problem.«

»Ich komme nach Montevideo zurück?«, fragte Yung.

»Nein. Sie fliegen mit uns in die Staaten«, sagte Castillo.

»Und was ist mit meiner Ermittlung, meinen Akten? Ich würde wirklich gern hier bleiben.«

»Dies ist nicht zur Debatte freigegeben, Yung«, sagte Castillo. »Sie kommen mit uns. Ihre Tarnung als nur ein weiterer FBI-Agent wird in dem Moment beim Botschafter auffliegen, in dem er erfährt, was geschehen ist. Also packen Sie heute Nachmittag einen Beutel mit genug Kleidung für ein paar Tage, und geben Sie ihn Fernando. Einen kleinen Beutel.«

»Und was, zum Teufel, geschieht mit meinen Akten?«

»Sie sind hartnäckig, wie?«, sagte Castillo. »Aber das ist tatsächlich eine gute Frage. Mr Howell, heute Nachmittag – wenn Sie mit ihm in sein Apartment gehen – wird Mr Yung Ihnen einige Akten geben, die, von diesem Moment an, als top secret presidential eingestuft sind. Sie werden sie irgendwo aufbewahren, bis ich mich entschieden habe, wie wir sie in die Staaten holen. Vielleicht in den Händen eines diplomatischen Kuriers.«

»Und was geschieht mit meinen Akten in den Staaten?«

»Was immer der Präsident entscheidet, was damit zu geschehen hat.«

»Was heißt, dass sie in dem schwarzen Loch der Diplomatie verschwinden?«

»Ich habe mich gerade anders entschieden«, sagte Castillo. »Colonel Torine, werden Sie mit Howell und Yung in Yungs Apartment gehen und Yungs Akten in Besitz nehmen? So können wir sie mit uns nach Hause nehmen.«

Torine reckte einen Daumen empor.

Castillo nickte. »Das Thema ist beendet, Yung. Haben Sie verstanden?«

Yung atmete resigniert und angewidert aus.

»Okay«, sagte Castillo. »Jetzt das Sturm-Team. Diese beiden ...«, er wies auf Kranz und Kensington, »... haben einige sehr elementare Kenntnisse auf diesem Gebiet. So werden sie dabei sein. Aber das heißt, sie werden nicht bei den Funkgeräten sein. Sie können sie doch aufstellen, sodass jemand sie nur anstellen und reden kann, nicht wahr?«

»Kein Problem, Sir«, sagte Sergeant Kensington.

»Eines geht mit uns. Bleibt die Frage, wo das Zweite aufgestellt wird. Können Sie einfach die Antenne aus dem Fenster einrichten, wie Sie es im Four Seasons gemacht haben?«

»Ich glaube schon, Sir. Ich werde es versuchen müssen.«

»Okay. Aber wenn Miller oder irgendjemand sonst in den Staaten versucht, Ihnen das auszureden, lassen Sie das nicht zu. Ich möchte nicht, dass jemand uns in diese Operation dreinzureden versucht.«

»Kapiert, Sir«, sagte Kensington.

»Wie groß ist die Antenne?«, fragte Howell.

»Etwas größer als eine Antenne von einem Satellitenfernseher«, antwortete Kensington. »Achtzehn, zwanzig Zoll im Durchmesser.«

»Es gibt einen Hof bei meinem Haus«, sagte Howell. »Eingezäunt. Würde das funktionieren?«

»Wo ist Ihr Haus?«, fragte Castillo.

»In Carrasco, nicht weit von Yungs Apartment entfernt.«

»Okay, Sie sind jetzt der Funk-Operator unserer Basisstation. Kensington wird mit Ihnen fahren, es aufstellen und Ihnen zeigen, wie es bedient wird.«

Beide Männer nickten.

»Jack Britton, der weiß, wie man mit einem Car 4 umgeht, und ich weiß, dass er gut im Dunkeln agieren kann, ist der geeignete Mann. Tony, wollen Sie mitgehen?«

»Absolut.«

»Ich möchte mich freiwillig melden, Sir«, sagte Corporal Lester Bradley. »Ich habe nie mit einem Car 4 gefeuert, aber ich habe in Parris Island mit dem M-16 und der Beretta Expert geschossen und war im Irak der designierte Schütze meines Feuerteams. Dafür habe ich ein 7,62 X 55 Scharfschützengewehr benutzt, Sir. Im Wesentlichen ein Remington Modell 700, abgeändert für die Benutzung beim Marine-Corps, Sir.«

»Sie waren Scharfschütze im Irak?«, fragte Sergeant Kranz ungläubig.

»Wir haben keine Scharfschützen im Corps, Sergeant. Aber den besseren Schützen wird ein Scharfschützengewehr ausgegeben, und sie werden als ›designierte Scharfschützen‹ eingeteilt.«

»Sie haben ein Remington-Gewehr, richtig?«, fragte Castillo.

»Jawohl, Sir«, sagte Kranz.

»Nun, Lester«, sagte Castillo. »Sie sind genau der Mann, den ich gesucht habe: Sie werden mit Ihrem Gewehr eine getarnte Feuer/Observierungs-Position einnehmen. Wir haben Ferngläser, richtig, Kranz?«

Kranz nickte. »Und die Nachtsichtbrillen. Die neuen, richtig guten.«

»Stellen Sie sicher, dass Corporal Bradley weiß, wie sie benutzt werden«, befahl Castillo. »Er wird den Ranger bewachen, während wir im Haus sind.«

»Sir, da es Sergeant Kranz' Gewehr ist«, sagte Bradley, »wird er es vielleicht vorziehen, den Helikopter zu bewachen, und ich könnte mit dem Sturm-Team gehen.«

»Bei besonderen Operationen, Bradley«, sagte Castillo sehr ernst, »operieren wir nach dem Prinzip, einen runden Dübel in ein rundes Loch, keine persönlichen Wünsche. Sergeant Kranz ist nicht der beste Mann zur Bewachung des Hubschraubers. Das sind Sie.«

»Aye, aye, Sir«, erwiderte Bradley mit wenig Begeisterung.

»Ricardo, wollen Sie mit uns gehen?«, fragte Castillo. »Mir ist klar, dass Sie nicht viel Ausbildung in solchen Dingen gehabt haben.«

Bitte sag nein. Wenn etwas schief läuft, wirst du der Erste sein, der draufgeht. Und ich will das nun wirklich nicht Abuela *sagen müssen. Das wäre noch schlimmer, als es deinem Vater sagen zu müssen.*

»So etwas nicht, nehme ich an«, sagte der junge DEA-Agent. »Aber ich habe Ausbildung gehabt.«

»Die DEA-Schule – gibt es so etwas?«

»Ja. Und das ist hart. Aber ich meinte, als ich im Corps war, absolvierten wir den Rangerkurs in Benning und Hurlburt in einem Sommer. Don Fernando kann erzählen, dass der hart ist. Ja, ich möchte wirklich bei dem Sturm-Trupp mitmachen. Machen Sie sich keine Sorgen um mich.«

»Okay. Sie sind dabei.«

Er blickte zu Fernando und sah, dass Fernandos Augen auf

ihn gerichtet waren. Castillo zuckte leicht mit den Schultern. Fernando nickte leicht.

Er denkt genau das, was ich gedacht habe.

Das ist einer dieser Fälle: Es muss sein.

»Damit sind wir sieben in unserem Sturm-Team, richtig?«, fragte Darby. »Plus Bradley beim Helikopter. Das sind acht. Habt ihr genug schwarze Tarnanzüge, Waffen, Nachtbrillen et cetera?«

»Wie kommen Sie auf acht?«

Darby zählte sie an den Fingern ab: »Kranz, Kensington, Yung, Britton, Santini, Solez, Munz und Sie.« Er hielt die Hände hoch mit fünf gestreckten Fingern an der Linken und drei gestreckten an der Rechten. »Das sind acht. Als ich diese Beutel aus Fort Bragg zum Haus brachte, zählte ich Ausrüstung für sechs Schützen.«

»Da ist das Dumme mit euch Agentur-Leuten«, sagte Castillo mit einem Lächeln. »Ihr sammelt ein paar Fakten und zieht sofort die falschen Schlüsse. Unsere üblichen Erfahrungen.«

Darby zog seine Finger ein, bis auf einen, und zeigte ihm den Stinkefinger. Zweimal.

»Colonel Munz und ich, Alex, fahren getrennt in einem Wagen zur Haustür von Shangri-La.«

»Sie fahren einfach mit einem Wagen vor? Und woher, Frage eins, wird der Wagen kommen?«

»Howell wird ihn heute Nachmittag für uns bei Hertz am Flughafen mieten. Er wird seine Kreditkarte nutzen und Ihren Namen dadurch aus dem Spiel lassen.«

»Ich habe einen Wagen, einen privaten, den Sie benutzen können, Mr Castillo«, sagte Howell. »Einen fünf Jahre alten, pulverblauen Peugeot.«

»Noch besser«, sagte Castillo. »Die Dinge laufen so gut, dass ich praktisch darauf warte, dass der berühmte andere Schuh nicht passt. Ist Ihr Wagen von der Sorte, die von uruguayischen Bürokraten bei offiziellen Geschäften benutzt wird?«

Howell nickte. »Deshalb habe ich ihn eigentlich gekauft.«

»Alex, Sie werden Mr Howells fünf Jahre alten, pulverblauen Peugeot morgen am frühen Nachmittag fahren. Es hat keinen Sinn, dort früher als, sagen wir, halb sechs oder sechs einzutreffen ...«

»Und wenn ich dort bin, was dann?«

»Dann fahren Sie zum Hotel Gardel. Wenn es keine Bar hat, muss es etwas geben, wo Sie eine Tasse Kaffee trinken können. Munz und ich werden Sie dort, sagen wir, um zwanzig Uhr oder zwanzig Uhr dreißig treffen. Wir werden Anzüge tragen und versuchen, wie uruguayische Bürokraten zu wirken. Sie tun so, als ob Sie uns nicht erkennen, trinken Ihren Kaffee aus und verlassen das Hotel. Sie gehen zu dem Wagen. Wir werden ihn dann finden. Er ist pulverblau, richtig? Da sollte er leicht zu finden sein.«

»Und dann?«

»Wir fahren zur Shangri-La, zücken unsere Abzeichen, wenn jemand die Tür öffnet, und sagen, wir wollen zu Mr Bertrand, den wir informieren, dass es eine Unstimmigkeit mit seinem Pass gibt. Wenn es klappt, wie ich das hoffe, wird Lorimer seinen Safe öffnen – und Yung ersparen, ihn aufzusprengen – und seinen libanesischen Pass oder Geld, um uns zu bestechen, herauszuholen, vermutlich auch beides. Wenn er den Safe geöffnet hat, wird Munz ihm Handschellen anlegen, und wir werden ihm erklären, was als Nächstes geschieht und wie weise seine Mitarbeit wäre. Während wir so weit kommen, werden Sie, der geduldig draußen gewartet hat, den pulverblauen Wagen zurück nach Montevideo fahren.«

Castillo schwieg eine Weile und fuhr dann fort: »Jeder, der den Wagen wegfahren sieht, wird annehmen, dass wir darin sitzen. Sobald sie Sie davonfahren sehen, werden Britton,

Yung und Solez die Telefonleitung und/oder jedes Kabel, das zu irgendwelchen Sendeantennen führt, durchschneiden, und Kranz und Kensington werden ins Haus kommen, jedem im Haus Plastikhandschellen verpassen und sicherstellen, dass niemand herumschleicht, der Ärger machen könnte. Dann werden sie nach draußen gehen, um sich zu vergewissern, dass es keine Besucher gibt oder uns vor welchen warnen. Ricardo, Britton und Yung, die inzwischen im Haus sein sollten, werden jeden, dem wir Handschellen verpasst haben, in ein Schlafzimmer treiben, wo sie mit weiteren Plastikhandschellen an die Möbel gekettet werden.

Wenn das erledigt ist, lassen wir Ricardo zurück, um die Gefesselten zu bewachen, und Britton und Yung werden das Haus nach etwas Interessantem durchsuchen, das Lorimer nicht im Safe gehabt hat. Das fällt in Munz' Erfahrungsbereich, und er wird dabei helfen. Ich werde auf Lorimer aufpassen.

Kurz vor dem Morgengrauen bringen wir Lorimer aus dem Haus zum Helikopter. Wenn wir dort eintreffen, wird es hell genug sein, um zu starten. So, wie ich mir das denke, haben wir von einer halben bis zu einer Stunde Zeit, bis jemand der Gefesselten freikommt, oder jemand, der Frühstück machen will, sie findet oder sonst wie entdeckt, dass Jean-Paul gekidnappt ist von – und dies ist wichtig – Spanisch sprechenden Leuten, von denen zwei wie Cops/Geschäftsleute/Bürokraten aussehen und die restlichen wie diese Typen, die man in Thrillerfilmen sieht. Diese Helme mit den Schutzmasken aus Wolle jagen den Leuten Angst ein.«

Darby dachte ausführlich über das Szenario nach.

»Sie brauchen keine Erlaubnis zum Sprechen, das wissen Sie, Alex«, sagte Castillo nach einer halben Minute.

»Mann, Charley«, sagte Darby lächelnd, »dies könnte einfach klappen.«

»Und niemand kommt zu Schaden«, sagte Castillo. »Ich will, dass jeder das im Sinn behält. Dies ist kein Sturmangriff. Der Einzige auf Lorimers Estancia, der den Tod verdient, ist Lorimer, und leider brauche ich den Hurensohn lebend. Der einzige Zweck der schwarzen Tarnanzüge, Helme, Masken und Waffen besteht darin, dass sich jeder benimmt, wenn wir dort sind. Und wegen der Masken wird jeder schwer zu beschreiben sein, wenn die örtlichen Gendarmen schließlich auftauchen und Fragen stellen.«

»Und um welche Zeit soll ich Sie und Munz dort rausfahren?«, fragte Darby.

»Vermutlich um neun am Abend. Zu dieser Zeit werden nicht mehr als zwei oder drei Bedienstete im Haus sein. Plus vielleicht seine Gespielin. Auf jeden Fall werden Kranz und Kensington das Haus mindestens eine Stunde lang vor unserem Eintreffen im Auge behalten, und wenn etwas nicht in Ordnung ist, wird einer von ihnen uns vom Zufahrtsweg wegwinken.

Wenn das geschieht, warten wir auf später. Mitternacht, zum Beispiel, und wir vergessen die bürokratische Sache, fahren einfach im Yukon vor, dringen ein, schnappen uns Lorimer, sprengen den Safe auf und hauen höllisch schnell ab. Wir können uns auf dem Feld verstecken, wo der Hubschrauber steht. Oder vielleicht, wenn es schon hell genug ist, einfach einsteigen und wegfliegen.«

»Ich glaube, das erste Szenario wird klappen«, sagte Darby.

»Bei Gott, ich hoffe es«, sagte Castillo. »Okay, sehen wir uns den Rest vom Band mit den Fotos an. Notieren Sie sich, was uns entgangen ist, und ich werde versuchen, heute Nachmittag zu filmen, was wir uns merken wollen.«

Er drückte auf einen Knopf der Fernbedienung, und das Videoband begann zu laufen.

»Hier bin ich der Straße gefolgt, die Bradley auf dem Weg nach Tacuarembó benutzt hat. Ich habe nichts Außergewöhnliches gesehen, aber schauen Sie wirklich gut hin, Bradley.«

Der Film lief weiter.

»Okay, hier sind wir wieder über dem Feld. Ich sehe nichts davon, aber hier muss eine Straße, ein Weg hineinführen. Sehen Sie danach, Bradley. Fahren Sie nicht nur über das Feld. Wir können es uns nicht erlauben, dass der Yukon im Feld stecken bleibt, wenn die Sonne aufgeht. Gut, dass mir das eingefallen ist. Wenn Bradley den Yukon festfährt, wird er erschossen, seine Leiche wird im Yukon gelassen, der von Ricardo in Brand gesteckt wird. Ricardo stellen Sie sicher, dass Kranz Ihnen ein paar Thermitgranaten gibt und Ihnen zeigt, wie sie benutzt werden, bevor Sie hier rauffahren. Eine für den Kofferraum, die andere auf die Fässer mit Treibstoff.«

»Ich habe schon Thermitgranaten gesehen«, sagte Solez.

Sie schauten wieder auf den Film.

»Okay, da sind wir. Ich bin im Begriff, einen tiefen Überflug über das Haupthaus von Shangri-La zu machen.«

»Allmächtiger, da ist jemand im Innenhof!«

Castillo stoppte das Videoband.

»Gentlemen, dies ist Mr Jean-Paul Bertrand, alias Lorimer. Offensichtlich trinkt er seinen Morgenkaffee im Garten.«

3

Estancia Shangri-La
Provinz Tacuarembó
República Oriental del Uruguay
31. Juli 2005, 21 Uhr 10

Jean-Paul Bertrand aß nicht nur allein, er hatte auch die Mahlzeit eigenhändig für sich vorbereitet.

Dafür gab es verschiedene Gründe. Zum einen hatte er Langeweile. Zum anderen bestand die Vorstellung seines Kochs von einer Gourmet-Mahlzeit darin, etwas – für gewöhnlich Rindfleisch, manchmal Schweinefleisch und seltener Hühnerfleisch – auf den mit Holz befeuerten *parilla* zu werfen, zu grillen und dann entweder mit Kartoffelbrei oder dem, was man hier *papas fritas* nennt, und Tomatensalat zu servieren. Eine Kartoffel in Aluminiumfolie zu wickeln und zu backen, ging offenbar über seine kulinarischen Fähigkeiten hinaus.

Es gab einige fabelhafte Küchenchefs in Uruguay, aber nicht in Tacuarembó. Und er musste natürlich bis auf weiteres in Tacuarembó bleiben. Jean-Paul glaubte, dass die norditalienische Küche – die in den guten Restaurants in Montevideo und Punta del Este serviert wurde – tatsächlich, so schwer das auch zu akzeptieren war, der französischen ein bisschen überlegen war.

Heute Abend hatte er, während Anna-Maria und der Koch zugeschaut hatten – und wie er hoffte, etwas gelernt hatten – ein Chateaubriand zubereitet. Zuerst hatte er die Schürze des Kochs angezogen, ein wirklich scharfes Messer genommen und alles Fett und die Sehnen von einem *lomo* entfernt. Ein *lomo* war ein ganzes Rinderfilet. Ein Filetstück, das pro Kilo 50 Euro – oder mehr – in Paris kostete und hier als *lomo* für neun oder zehn Euro zu erhalten war. Und es war herrliches Rindfleisch. Dann schnitt er zuerst ein Stück heraus und legte es beiseite.

Den Rest des Filetstücks schnitt er sorgfältig in bissgroße Stücke. Morgen oder übermorgen würde er mit dem restlichen Fleisch *bœuf bourguignonne* machen.

Er rieb das etwa 20 Zentimeter große Filetstück mit einer

Knoblauchzehe, Salz und Pfeffer ein und stellte es beiseite, um das Gemüse vorzubereiten. Die grünen Bohnen waren fantastisch, wie sie waren, doch die Karotten hatten die Größe von seinem Handgelenk, und er musste sie in fingergroße Stücke schneiden. Er setzte den Dampfkochtopf auf, sodass er die Bohnen, die Kartoffeln, ein halbes Dutzend Selleriestangen und ein Dutzend große Champignons dünsten konnte.

Er bat Anna-Maria, eine Flasche Cabernet Sauvignon zu öffnen – nur zu öffnen, nicht einzuschenken – und sie bis auf Weiteres in der Küche zu lassen.

Dann schnitt er ein weiteres anderthalb Dutzend Champignons sehr dünn und sautierte sie in einer Pfanne, bis sie halb gekocht waren. Dann fügte er einen Löffel voll Mehl hinzu und rührte es in die Pilze, bis es nicht mehr zu sehen war. Als Nächstes kam ein Becher von sehr gutem örtlichen Merlot hinzu. Er stellte das Gas klein und rührte geduldig die Sauce. Erst dann fügte er einen Hauch Knoblauch und Basilikum und Salz und Pfeffer hinzu.

Er ging zu der *parilla* außerhalb der Küche und arrangierte sorgfältig die Glut unter dem Grill, prüfte mit der Hand, ob sie die richtige Hitze hatte. Als er zufrieden war, legte er das Filetstück auf den heißen Stahlrost.

Als er in die Küche zurückkehrte, stand der Cabernet Sauvignon mit einem Glas auf dem Tisch. Er schenkte ein und trank einen Schluck, um zu kosten.

Maria kam von draußen in die Küche. Jean-Paul konnte an dem jungen Gesicht seiner gegenwärtigen Bettgespielin sehen, dass sie befürchtete, dass er ärgerlich auf sie war. Er hatte ihr gesagt, dass er während des Essens lesen würde und sie sich selbst etwas zu essen besorgen sollte. Die Wahrheit war, dass nicht nur ihre Manieren viel zu wünschen übrig ließen, sondern auch ein feines Essen für sie zuzubereiten ihn an den Spruch »Perlen vor die Säue werfen« denken ließ. Wenn etwas außen nicht schwarz gebrannt und innen roh war, betrachtete Maria es mit großem Misstrauen und aß nur etwas davon, um ihm zu gefallen.

Maria und Anna-Maria beobachten ihn, als er die Pilzmischung überprüfte, dann einen halben Becher von dem Merlot hinzufügte und danach das Gemüse in den Dampfkochtopf gab. Dann kehrte er zur *parilla* zurück und wendete das Filetstück.

Als er wieder in die Küche ging, nippte er an dem Cabernet und wies Anna-Maria an, den Tisch für eine Person zu decken und die Kerzen in dem Kandelaber anzuzünden. Dann wies er Maria an, in sein Schlafzimmer zu gehen und seine Lesebrille und das rote Jackett zu holen, das auf dem Tisch neben dem Nachttisch lag, und beides auf den Tisch im Essraum zu legen.

Danach ging er wieder zur *parilla*, wendete abermals das Filet – es war schön gebräunt – und ging dann in die Küche. Die Sauce war *fast* in der richtigen Konsistenz – der Schuss Merlot war gerade genug gewesen –, und so stellte er das Gas darunter ab.

Dann testete er mit einer Gabel das Gemüse im Dampfkochtopf – mit dem gleichen Ergebnis. Noch fünf Minuten, und alles würde zur ungefähr selben Zeit fertig sein. Er warf einen Blick auf seine Armbanduhr, dann nippte er an dem Cabernet, bis die fünf Minuten um waren.

Dann nahm er ein Fleischthermometer aus einer Schublade und ging zur *parilla*. Er wendete das Filet noch einmal und steckte dann das Fleischthermometer hinein. Die Anzeige zeigte 60° Celsius.

Dann legte er das Filet vom Grill auf einen Teller und brachte ihn in die Küche. Dort legte er es auf eine längliche Servierplatte und deckte es mit dem Teller ab.

Er überprüfte die Pilzsauce ein letztes Mal, fügte eine Spur Salz hinzu und schloss den Deckel wieder.

Danach ging er zum Dampfkochtopf und nahm sorgfältig die Hälfte des Gemüses heraus und arrangierte es geschickt auf einer Seite der Servierplatte.

Er nahm das scharfe Messer und legte das Filetstück auf ein Schneidebrett. Dann schnitt er das ganze Stück in rosige, fingerdicke Scheiben, hob alle auf einmal an und legte sie in die Mitte der Servierplatte.

Er benutzte das Messer, um damit das Gemüse, das bereits auf der Servierplatte war, gegen die Filetscheiben zu schieben. Danach legte er das Messer mit der Klinge auf die Filetscheiben und verschob sie so, dass sie alle halb aufeinanderlagen.

Dann ging er zu der Pfanne mit der Pilzsauce, hob sie an und tröpfelte einen zollbreiten Pfad auf die Filetscheiben.

»Anna-Maria«, erklärte er, »Dies nennt man ein Chateaubriand.«

»*Si, señor.*«

»Geben Sie die Sauce in eine Saucenschüssel«, sagte er. »Und dann servieren Sie das Chateaubriand. Ich nehme den Wein und das Glas mit.«

»*Si, señor.*«

»Willst du, dass ich mich zu dir setze?«, fragte Maria.

»Nein, Liebste. Trotzdem vielen Dank. Warum nimmst du nicht ein Bad? Ich werde bald bei dir sein.«

Er nahm die Flasche Cabernet Sauvignon und sein Glas, ging ins Esszimmer und setzte sich an den Tisch.

Anna-Maria kam mit der Servierplatte.

»Ich werde etwas Brot brauchen, bitte. Die Brötchen mit der harten Kruste. Und natürlich Salz und Pfeffer. Und vergessen Sie nicht die Sauce.«

Als Anna-Maria alles serviert hatte, überprüfte er, dass alles da war, was er brauchte.

»Danke, Anna-Maria«, sagte er. »Sie können gehen. Ich möchte nicht gestört werden.«

»*Sí, señor*«, sagte Anna-Maria und verließ das Esszimmer.

Drei Minuten später kam sie zurück.

Jean-Paul ärgerte sich. Er hatte ihr gesagt, dass er nicht gestört werden wollte, und er hatte kaum Zeit genug gehabt, sich ein paar Scheiben des herrlich aussehenden und köstlich duftenden Rindfleischs auf den Teller zu legen, da war sie schon wieder da.

»Ich habe Ihnen gesagt, Anna-Maria, dass ich nicht gestört werden will.«

»Verzeihen Sie, *señor*. Aber da sind zwei Männer – Beamte.«

»Beamte? Was für Beamte?«

»Beamte, señor. Von der Regierung. Sie haben Abzeichen.«

Was, zum Teufel, hat das zu bedeuten?

»Und sie wünschen, Sie zu sprechen, *señor*.«

Jean-Paul erhob sich ärgerlich am Tisch, warf die Serviette darauf und marschierte zur Haustür.

Zwei Männer standen davor.

»Kann ich Ihnen helfen, Gentlemen?«

»Sind Sie Señor Jean-Paul Bertrand?«

»Ja, der bin ich. Und wer sind Sie?«

»Ich bin Assistant Chief Inspector Muller von der Einwanderungsbehörde«, sagte der Größere der beiden. »Und dies ist Inspector O'Fallon.«

Er zeigte seinen Ausweis und die Dienstmarke.

»Wir bedauern sehr, zu stören, *señor*«, sagte Chief Inspector Muller, »und dies zu so später Stunde. Und wir entschuldigen uns, Sir.«

»Worum geht es?«

»Haben Sie einen Pass, Señor Bertrand?«

»Ja, natürlich habe ich einen.«

»Sind Sie dessen sicher, *señor?*«

»Ja, natürlich bin ich mir dessen sicher. Warum fragen Sie?«

»Señor Bertrand, wie Sie wissen werden, sind die Akten der Einwanderungsbehörde jetzt computerisiert.«

»Davon habe ich gehört.«

»Heute Nachmittag, Señor Bertrand, haben Sie laut Computer versucht, mit einem Varig-Flug aus Rio de Janeiro in Uruguay einzureisen.«

»Das ist absurd!«

»Der Computer sagt auch, dass Sie vor einiger Zeit in Uruguay eingereist sind und das Land nie verlassen haben.«

»Das stimmt.«

»Wir haben den Verdacht, Señor Bertrand, dass der andere Señor Bertrand, den wir in Gewahrsam haben, nicht wirklich die Person ist, die er zu sein behauptet. Dass sein Pass entweder eine Fälschung ist oder dass er irgendwie in Besitz Ihres Passes gelangt ist.« Assistant Chief Inspector Muller gab Jean-Paul Bertrand Zeit, darüber nachzudenken, und fuhr dann fort: »Das eine oder andere ist wahr, Señor Bertrand. Und die Frage kann leicht beantwortet werden. Wenn Sie Ihren Pass haben, dann ist der andere eine Fälschung. Und der andere Señor Bertrand wird entsprechend behandelt werden. Andererseits, wenn Ihr Pass irgendwie – verlegt wurde – das passiert schon mal, *señor.* Wenn er verlegt wurde und in die Hände des anderen Señor Bertrand geriet, wird entsprechend gehandelt werden. Ich kann nicht glauben, dass ein Gentleman Ihres Ansehens und Standes seinen Pass verleiht …«

»Das würde ich gewiss nie tun!«, erklärte Jean-Paul empört. »Mein Pass ist – oder sollte es sein – in meinem Safe. Ich hole ihn für Sie.«

»Vielen Dank, *señor.*«

»Darf ich Ihnen eine Tasse Kaffee oder sonst etwas zu trinken anbieten, während ich ihn hole?«

»Nein, danke, *señor*«, sagte Inspector O'Fallon. »Wir sind im Dienst.«

»Ich werde gleich wieder bei Ihnen sein«, sagte Jean-Paul Bertrand. »Mein Safe ist in meinem Büro, hinten im Haus.«

»Danke, *señor*«, sagte Assistant Chief Inspector Muller.

»Das Wohnzimmer ist hier«, sagte Jean-Paul. »Wenn Sie bitte dort warten wollen? Sie wollen wirklich nichts?«

»Nein. Trotzdem vielen Dank, *señor*«, sagte Muller.

Der Safe war in einer Innenwand und dem Boden eingelassen. Jean-Paul hatte die Erfahrung gemacht, wenn er etwas darin suchte, war es am leichtesten, er setzte sich auf den Boden und neigte sich vor, um hineinzuspähen. So wie jetzt.

Es dauerte höllisch lange, aber schließlich entdeckte er den verdammten Pass.

Ein gefälschter Pass, ich verstehe. Aber einer mit meinem Namen drauf? Was hat das alles zu bedeuten?

Oh, natürlich. Für den Fall, dass jemand das nachprüft, da ist ein gültiger Pass auf den Namen Jean-Paul Bertrand.

O Gott, wird dieser Zwischenfall in den Zeitungen stehen?

Er hörte ein Geräusch und blickte über seine Schulter.

Der Jüngere, Inspector O'Fallon, stand hinter ihm.

Was, zum Teufel, macht der hier?

»Inspector O'Fallon, nicht wahr?«, fragte Jean-Paul.

»Nein, eigentlich nicht«, sagte Castillo auf Englisch.

»Wie bitte?«

»Sie wissen, wie das ist, Lorimer. Manchmal benutzen Leute andere Namen. Wollen Sie mir den Pass aushändigen und bitte aufstehen?«

»Was geht hier vor?«

Castillo riss Lorimer den Pass aus der Hand, als er über ihn hinweg stieg und die Safetür weit aufzog.

Jean-Paul kroch rückwärts über den Boden und stieß gegen ein Paar Beine.

Dann spürte er, dass er auf die Füße gerissen wurde.

»Halten Sie bitte die Hände auf den Rücken«, befahl der Mann, der sich als Assistant Chief Inspector Muller ausgegeben hatte.

Jean-Paul gehorchte.

Er blickte sich in seinem Büro um.

Muller tat etwas mit seinen Handgelenken.

Jean-Paul schaute sich genauer das Gesicht des Mannes an, der gesagt hatte, er sei Inspector O'Fallon und der ihn soeben in amerikanischem Englisch Lorimer genannt hatte.

Und dann fiel ihm etwas ins Auge. Da war ein Gesicht beim Fenster, und es sah aus, als ob derjenige, der dort stand, versuchte, das Fenster mit irgendetwas aufzubrechen.

Das Letzte, was Jean-Paul Lorimer, Doktor phil., auf dieser Welt sah, bevor ihn zwei 9-mm-Kugeln in Mund und Stirn trafen, waren das Zersplittern der Fensterscheibe und ein orangefarbener Blitz.

Castillo reagierte instinktiv auf das Zersplittern der Scheibe und den Feuerstoß aus der Maschinenpistole. Er ließ sich auf den Boden fallen und kroch hastig hinter den Schreibtisch, wobei er die Beretta zog, die er hinten im Hosenbund trug.

Was soll der Scheiß?

Der Schreibtisch bietet so viel Schutz vor einer 9 mm wie ein Kleenex.

Er hörte draußen weitere Schüsse. Er erkannte das charakteristische Rattern einer Car 4. Mehr als einer Car 4. Und dann das schärfere Krachen einer 7,62.

Habe ich nicht eine 7,62 gehört, bevor die gottverdammte MPi loshämmerte?

Er sah ein Kabel, das zum Schreibtisch verlief.

Wenn sie dich nicht sehen können, dann können sie dich nicht erschießen.

Es sei denn, sie decken das Zimmer mit MPi-Feuer ein.

Verdammt!

Er riss am Kabel, und eine Lampe von Lorimers Schreibtisch krachte zu Boden. Sie ging jedoch nicht aus.

Scheiße!

Eine andere 7,62 krachte, und Stimmen riefen etwas Unverständliches. Dann folgten weitere Car-4-Feuerstöße.

Castillo holte die Lampe ein, fand endlich den Schalter und schaltete sie aus. Es wurde dunkel im Zimmer.

Castillo erhob sich auf die Knie und rannte dann gebückt vom Schreibtisch fort in die Ecke. Niemand schoss auf ihn. Er ertastete die Wand mit den Händen und schob sich in die Ecke. Er wartete einen Moment, bis sich seine Augen an die Dunkelheit gewöhnen konnten.

Schließlich konnte er den Umriss des Fensters erkennen. Er hob die Beretta mit beiden Händen und zielte darauf.

»Alfredo?«, rief er.

»Ich bin getroffen«, rief Munz zurück. »Ich weiß nicht, wie schlimm. Ich habe Lorimers Gehirnmasse auf dem ganzen Körper.«

Ein weiterer Feuerstoß einer Car 4 war zu hören, diesmal weiter entfernt.

Und dann ertönte Sergeant Kensingtons Stimme: »Jemand lebend hier drin?«

»Nur die guten Jungs«, rief Castillo zurück.

Eine Tür wurde aufgetreten. Und dann erschien eine Hand mit einer Taschenlampe in der Tür, und der Lichtfinger geisterte durch den Raum.

Dann trat Kensington ein, gefolgt von Corporal Lester Bradley, der sein Scharfschützengewehr im Anschlag hielt.

»Nehmen Sie das gottverdammte Licht von meinen Augen«, befahl Castillo. »Auf dem Boden hinter dem Schreibtisch liegt eine Lampe.«

Kensington fand die Lampe und schaltete sie ein. Dann ging er zu Castillo, der aufstand. Er wartete, bis Castillo auf den Füßen stand, und sagte dann: »Diese Bastarde, wer immer sie waren, kamen an Kranz vorbei. Können Sie das glauben?«

»Alles in Ordnung mit ihm?«

»Sie haben ihn erdrosselt, Major«, sagte Kensington.

»Oh, Scheiße!«

Castillo ging zum Schreibtisch, schaute auf den explodierten Kopf von Jean-Paul Lorimer und dann auf das Blut, das aus der Brust von El Coronel Alfredo Munz sickerte, und sagte noch einmal: »Oh, Scheiße!«

4

Estancia Shangri-La
Provinz Tacuarembó
República Oriental del Uruguay
31. Juli 2005, 22 Uhr 25

»Sie werden in Ordnung kommen, Colonel«, sagte Sergeant Robert Kensington zu Munz, der dort lag, wo er hinter Lorimers Schreibtisch zusammengebrochen war. »Es gibt einige Muskelschäden, die einige Zeit brauchen werden, bis sie heilen, und Sie werden lange Schmerzen haben, wenn Sie sich bewegen – was das anbetrifft, auch beim Atmen. Ich kann die Kugel jetzt rausholen, wenn Sie das möchten.«

»Ich glaube, ich werde warten, bis ich in einem Krankenhaus bin«, sagte Munz.

»Wie Sie wollen, Alfredo«, sagte Castillo. »Aber wie wollen Sie die Verletzung erklären? Und wenn Kensington sagt, er kann die Kugel rausholen, dann kann er das.«

»Ich will ihn ja nicht beleidigen, aber das sieht für mich wie die Arbeit für einen Chirurgen aus.«

»Kensington hat mehr Kugeln und andere Projektile entfernt als die meisten Chirurgen«, sagte Castillo. »Bevor er sich entschloss, lieber Leute zu erschießen, als sie zu verarzten, war er der Sanitäter eines A-Teams. Was bedeutet – wie heißt das genau, Kensington?«

»Dass ich qualifiziert war, jede ärztliche Prozedur auszuführen außer dem Öffnen der Schädeldecke«, zitierte Kensington. »Ich kann das betäuben, Ihnen eine Glückspille geben, die Wunde säubern und die Kugel rausholen. Es wäre besser für Sie, als zu warten – je eher man eine solche Wunde säubert, desto besser –, und das würde Ihnen ersparen, dass Sie im Krankenhaus Fragen beantworten müssen. Aber was werden Sie Ihrer Frau erzählen?«

»Lügen Sie, Alfredo«, sagte Castillo. »Erzählen Sie ihr, dass ein eifersüchtiger Ehemann auf Sie geschossen hat.«

»Sie wird denken, ich hätte meine Pistole gereinigt und sie wäre losgegangen, und das wird mir peinlich sein«, sagte Munz. »Aber das ist immer noch besser, als Fragen von Behörden zu beantworten. Wie lange werde ich weggetreten sein?«

»Sie werden nicht lange schlafen, aber Sie werden ein paar Stunden im Lala-Land sein.«

»Okay, tun Sie es«, sagte Munz.

»Nun, bringen wir Sie auf die Füße und auf etwas Flaches, wo es ausreichend Licht gibt«, sagte Kensington. Er blickte zu Castillo, und gemeinsam hoben sie Munz auf und hielten ihn zwischen sich.

»Da ist ein großer Tisch im Esszimmer, den wir benutzen können«, sagte Kensington. »Sieht aus, als ob jeder hier zum Dinner eingetroffen ist. Ein gut aussehendes Roastbeef steht auf dem Operationstisch. Und eine Flasche Wein.«

»Okay, Fleisch«, sagte Castillo. »Nix Wein. Wir müssen uns überlegen, was wir als Nächstes tun, und dann von hier verschwinden.«

»Nun, sie waren Profis, wer immer sie waren. Vielleicht Russen? Kranz war kein Amateur, und sie haben ihn mit einer verdammten Garotte erdrosselt. Das bedeutet, dass sie ihn (a) entdeckt und sich (b) lautlos an ihn angeschlichen haben. Das haben viele Leute bei Seymour versucht und nie geschafft.«

»Speznaz?«, sagte Castillo. »Wenn wir hier irgendwo in Europa wären, würde ich das für möglich halten. Aber hier? Ich weiß nicht. Wir nehmen die Garotte und was immer Yung bei ihnen finden kann, und sehen, ob wir etwas erfahren können.«

Als sie in den Speiseraum kamen, hielt Kensington Munz, während Castillo das Chateaubriand, die Soßenschüssel, den Brotkorb und den Wein auf ein Sideboard stellte. Dann legten sie Munz auf den Tisch.

»Sagen Sie mir, Herr Doktor«, sagte Munz, »wie würde sich Wein auf diese Glückspille auswirken, die Sie mir geben wollen?«

Kensington ging zum Sideboard und nahm die Flasche.

»Cabernet Sauvignon«, sagte er. »Da gibt es eine ernste ärztliche Meinung, die sagt, dass dies bei einer Prozedur dieser Art angezeigt ist. Wollen Sie ein Glas?«

»Ja, bitte«, sagte Munz.

Kensington schenkte Wein in das Glas ein und reichte es Munz.

»Nehmen Sie dies damit«, sagte er und legte zwei Kapseln auf den Tisch. »Und wenn Sie sich ein bisschen benebelt fühlen – es dauert für gewöhnlich etwa eine Minute –, legen Sie sich einfach lang. Es überrascht mich ein wenig, dass Sie keine Schmerzen haben.«

»Wer sagt Ihnen, dass ich keine habe?«, fragte Munz, warf sich die Kapseln in den Mund und nahm das Weinglas.

»Sie werden nicht lange knockout sein«, sagte Kensington.

»Was ist da draußen geschehen, Doktor?«, fragte Munz.

»Als Erstes hörte ich das Remington krachen und wusste, dass etwas schieflief. Und Gott verzeihe mir, ich dachte zu diesem Zeitpunkt, dass der gottverdammte Junge mit dem Gewehr gespielt hat und es losging. So rannte ich um die Seite des Gebäudes, um ihm den Arsch aufzureißen. Und dann sah ich die beiden Killer. Einer war auf dem Boden, und der andere richtete eine Madsen auf mich ...«

»Eine Madsen?«, fragte Castillo.

»Ja. Bedeutet das etwas?«

»Könnte sein«, sagte Castillo.

»Und ich hatte mir gerade gesagt: *Oh, Scheiße, es ist alles aus!*, als eine 7,62 krachte. Der Kerl brach zusammen. Zwei Schüsse von dem Jungen. Beide in den Kopf. Der kleine Hurensohn kann schießen. Er hat mir das Leben gerettet. Der Erste der Killer, den er umgelegt hat, war der Typ, der seine Madsen durch das Bürofenster abgefeuert hatte. Bradley sagte mir, er hat abgewartet, bis er sicher war, was er vorhatte, bevor er ihn umlegte.«

»Er sollte den verdammten Hubschrauber bewachen!«, sagte Castillo.

»Und sind Sie nicht froh, Major, dass er diesen Befehl überhörte?«, fragte Kensington. »Und dann wurden die Dinge ein bisschen aufregend. Es waren sechs insgesamt. Fünf am Haus, und der eine Killer, der Kranz mit der Garotte ausschaltete. Kranz schaffte es noch, ihm sein Messer in den Leib zu rammen. Als wir Kranz fanden, starb dieser Killer bei einem Fluchtversuch.«

»Das war nicht smart, Kensington.«

»Ja, ich weiß. Aber Seymour und ich kennen uns lange, und ich habe nicht gedacht.«

»Ich beginne mich ein wenig seltsam zu fühlen«, sagte Munz.

»Ich helfe Ihnen, sich hinzulegen«, sagte Kensington.

Kensington hob behutsam Munz' Augenlid an und leuchtete ihm mit einer kleinen Taschenlampe ins Auge.

»Okay, er ist bewusstlos. Er wird vielleicht dreißig Minuten weggetreten sein. Aber er ist ein schwerer Kerl, und ich habe keine Ahnung, wie viel Schmerzen er vertragen kann, so könnte er aufwachen, wenn ich noch an ihm arbeite. Ich möchte, dass Sie darauf vorbereitet sind, ihn festzuhalten – sich notfalls auf ihn zu legen, wenn er sich zu bewegen beginnt. Okay?«

»Kapiert«, sagte Castillo.

»Und jetzt, bevor ich meine chirurgischen Instrumente auslege, könnten Sie mir helfen, mich zu schrubben.«

»Wie tue ich das?«

Kensington überreichte ihm eine Aerosol-Dose.

»Sprühen Sie dies Zeug ganz über meine Hände. Es soll in der Werbung besser sein, als sich mit einer ärztlichen Seife abzuschrubben. Es macht die Haut an den Händen kaputt, aber was soll's?«

Castillo sprühte eine schäumende, orangefarbene Substanz aus der Aerosol-Dose über Kensingtons Hände und sah dann, wie Kensington Gummihandschuhe überzog.

Dann nahm Kensington ein schwarzes Kuvert aus der Arzttasche und riss es auf. Darin war ein kleines Sortiment von chirurgischen Geräten.

»Nichts für ungut, Major«, sagte Kensington, »aber wenn Sie das Gefühl haben, es wird Ihnen ein bisschen schummrig, wenn ich zu schneiden beginne, dann setzen Sie sich um Himmels willen auf den Boden und legen Sie Ihren Kopf zwischen die Knie. Das Letzte, was wir brauchen können, ist, dass Sie sich den Kopf am Tisch einschlagen. Sie müssen uns verdammt schnell von hier wegbringen.«

»Keine Identifikation möglich«, berichtete Special Agent David William Yung vom FBI Castillo vierzig Minuten später. »Keine Etiketten in der Kleidung, und ich bin fast sicher, dass sie örtlich hergestellt worden sind oder zumindest hier käuflich sind, aber es ist nichts da, was uns auf eine Spur führen könnte. Ich habe den Leichen Fingerabdrücke und genug Blut für eine gute DNA abgenommen. Aber eine DNA-Probe ist nur gut, wenn man etwas hat, um sie damit zu vergleichen. Tut mir leid. Sie kamen in Wagen der Firma Rent-A-Car vom Flughafen. Wir können diese Kreditkarten überprüfen, aber wenn diese Leute Profis sind, wie es aussieht, wird das auch zu nichts führen. Tut mir leid.«

»Das hat Kensington gesagt, sie sind Profis. Was haben wir denn erwartet?«

»Vier Europäer, zwei Schwarze. Ich habe natürlich Fotos gemacht, aber ...«

»Okay. Danke.«

»Das sind die schlechten Nachrichten. Die guten sind ein Adressbuch aus dem Safe und das hier.« Er schwenkte ein Dutzend Blätter, die wie Aktienpapiere aussahen.

»Was ist das?«

»Dies sind Schuldscheine. Fünfzehnkommasieben Millionen US-Dollar wert. Da Lorimer sie nicht unterzeichnet hat, können sie natürlich nicht zu Bargeld gemacht werden, aber es beweist, dass er all das Geld in den Banken gehabt hat. Vielleicht kann einer der Bankangestellten überredet werden, uns zu erzählen, was er über Lorimers Aktivitäten weiß.«

»Andererseits, wenn sie erfahren, dass er tot ist, werden sie die Schuldscheine leugnen, und sie haben fünfzehnkommasieben Millionen im Sack.«

»Ja«, stimmte Yung zu.

Corporal Lester Bradley, USMC, kam in die Küche.

»Sergeant Kensington sagte, er ist bereit, jederzeit aufzubrechen, wenn Sie es sagen, Sir. Der Colonel ist auf den Beinen.«

»Bradley, ich schulde Ihnen Dank. Sie haben mir und Colonel Munz das Leben gerettet.«

»Ich habe nur meinen Job getan, Sir.«

»Sagen Sie Sergeant Kensington, wir brechen auf, Bradley.«

»Jawohl, Sir.«

5

Oval Office
Das Weiße Haus
1600 Pennsylvania Avenue, NW
Washington, D. C.
1. August 2005, 18 Uhr 25

Der Präsident der Vereinigten Staaten saß hinter seinem Schreibtisch. Ihm gegenüber auf der anderen Seite des Raums saß Botschafter Charles W. Montvale neben Außenministerin Natalie Cohen auf einer der beiden Couches. Heimatschutzminister Matthew Hall saß auf der anderen Couch.

Major C. G. Castillo war zwar in Zivilkleidung, stand jedoch in einer Haltung vor dem Schreibtisch des Präsidenten, die dem »Rührt euch!« ähnelte.

Oder, dachte Minister Hall, *es sieht aus, als ob er vor dem Schreibtisch des Schuldirektors steht und auf die Bestrafung wartet.*

In den vergangenen zehn Minuten hatte Castillo Bericht erstattet, was geschehen war, seit er den Präsidenten in Biloxi zum letzten Mal gesehen hatte, als der Präsident seine präsidentschaftliche Erkenntnis an Bord von Air Force One zum Besten gegeben hatte.

»Und so landeten wir in MacDill, Mr President«, schloss Castillo, »wo wir Sergeant Kranz' sterbliche Überreste ans Central Command übergaben, und dann sind wir hier um null-neun-dreißig eingetroffen. Ich habe jeden Beteiligten in mein Apartment gebeten und ihm gesagt, dass nichts niemandem gesagt werden soll, bis ich meinen Bericht gegeben habe, und dass alle hier bleiben sollen, bis ich zu ihnen zurückkehre.«

»Colonel Torine auch?«, fragte der Präsident der Vereinigten Staaten. »Und ebenfalls Ihr Cousin? Wie haben sie darauf reagiert, dass Sie sie praktisch unter Hausarrest stellen?«

»Colonel Torine weiß, wie die Dinge ablaufen, Sir. Ich habe es ihm nicht *befohlen.* Und Fernando, mein Cousin, versteht die Lage, Sir.«

»Und das ist alles, Castillo?«, fragte der Präsident.

»Jawohl, Sir. Abgesehen davon, Mr President, dass ich sagen möchte, wie tief ich den Verlust von Sergeant Kranz bedaure und wie tief ich bedaure, dass ich in der von Ihnen befohlenen Mission gescheitert bin.«

Der Präsident erwiderte nicht sofort etwas. Er sah Castillo einen Moment in die Augen, während er sich diese Äußerung durch den Kopf gehen ließ, und sagte dann: »Wie kommen Sie darauf, dass Sie gescheitert sind, Castillo?«

»Nun, Sir, letztlich bin ich nicht näher daran, die Mörder von Mr Masterson und Sergeant Markham zu finden, als ich es war, bevor ich nach Mr Lorimer zu suchen begann. Und jetzt ist Mr Lorimer tot, und wir werden nie erfahren, was er uns hätte sagen können, wenn ich nicht verpfuscht hätte, dass er ...«

»Sie meinen, dass seine Rückführung nicht möglich war?«, fragte der Präsident.

»Jawohl, Sir. Und Sergeant Kranz ist tot. Ich habe Sie enttäuscht, Sir.«

»Charles«, sagte der Präsident zu Montvale, »was ist mit dem langfristigen Schaden, der aus Major Castillos Scheitern resultiert? Sagen Sie einfach, was Ihnen in den Sinn kommt.«

»Mr President, ich betrachte es nicht als Scheitern«, sagte Minister Hall.

»Der Direktor des Nationalen Nachrichtendienstes hat das Wort, Herr Minister. Bitte lassen Sie ihn fortfahren«, sagte der Präsident kühl.

»Eigentlich, Mr President, sehe ich auch kein Scheitern«, sagte Montvale. »Eigentlich, wenn ich mir einen Moment Zeit nehme, um darüber nachzudenken, ganz das Gegenteil.«

»Sie haben ihn gehört«, sagte der Präsident. »Dieser Lorimer ist tot. Wir haben keinen Beweis, den Natalie zu den Vereinten Nationen bringen kann, dass er in den Öl-für-Nahrung-Skandal oder sonst etwas verwickelt war. Und Castillo hat selbst zugegeben, dass er nicht näher daran ist, herauszufinden, wer Masterson und den Sergeant getötet hat, als er es jemals gewesen ist. Ist das kein Scheitern?«

»Mr President, wenn ich das sagen darf«, begann Montvale vorsichtig. »Lassen Sie mich darauf hinweisen, was der Major – und diese kleine, tapfere Gruppe von Männern, die er bei sich hatte – erreicht haben.«

»Was könnte das sein?«

»Wenn wir davon ausgehen, dass Mr Lorimer in etwas Schmutziges verwickelt war, und der Beweis dafür ist, ich gebe zu bedenken, dass er sechzehn Millionen Dollar dafür abgezweigt hat …«

Montvale blickte Hilfe suchend zu Castillo.

»Fünfzehnkommasieben, Sir«, sagte Castillo.

»… nahe genug. Fast sechzehn Millionen US-Dollar in Uruguay, und diese unbekannten Parteien haben ihn bis nach Uruguay verfolgt und ermordet, um zu verhindern, dass er redet. Nachdem sie Mrs Masterson entführt und später ihren Mann ermordet haben.«

»Na und?«, fragte der Präsident.

»Ich drücke mich anscheinend nicht sehr gut aus, Mr President«, sagte Montvale. »Lassen Sie mich es so sagen: Diese Leute, wer immer sie sind, wissen jetzt, dass wir an ihnen dran sind. Sie haben keine Ahnung, was der Major erfahren hat, bevor er nach Südamerika flog. Sie haben keine Ahnung, wie viel Lorimer ihnen vielleicht gesagt hat, bevor sie ihn ermorden konnten. Wenn sie erhofft hatten, den Inhalt von Lorimers Safe zu bekommen, sind sie gescheitert. Und sie wissen nicht, was er enthielt oder nicht, so werden sie das Schlimmste annehmen, und das ist jetzt in unserem Besitz. Oder, noch schlimmer für sie, im Besitz von Unbekannten. Sie haben ihre Killer geschickt, um Lorimer zu ermorden, und was wir, der Major und sein Kommando, ihnen hinterlassen haben, waren sechs tote Killer und ein leerer Safe. Und jetzt, da wir wissen, dass wir an ihnen dran sind, weiß nur Gott, wie bald sie jemanden zu uns schicken werden.«

»Und Ratten auf die Ratten losgehen, meinen Sie?«, fragte der Präsident.

»Ja, Sir, genau das meine ich. Und ich rede nicht nur von der Identifizierung der Masterson-Mörder – ich halte es für sehr wahrscheinlich, dass der Major sie bereits ›unschädlich‹

gemacht hat –, sondern von den Leuten, die die Morde befohlen haben. Die führenden Köpfe des Öl-für-Nahrungs-Skandals. Diejenigen, die davon profitiert haben. Sir, nach meiner Einschätzung ist der Major nicht gescheitert. Er hat dem Land einen großen Dienst erwiesen und ist zu loben.«

»Haben Sie jemals gehört, Charles, dass große Geister oftmals auf demselben Weg gehen? Ich bin soeben zu dem gleichen Schluss gelangt. Doch eine Frage, Charles, was sollten wir mit den sechzehn Millionen machen? Den UN sagen, dass sie da sind und sie sich Sorgen machen sollen, wie sie sie zurückbekommen?«

»Eigentlich, Sir, hatte ich einen spontanen Gedanken bezüglich dieses Geldes. Laut des Majors fehlt nur Lorimers Unterschrift auf diesen Dokumenten, wie immer sie genannt werden, die der Major aus dem Versteck mitgebracht hat, um das Geld überallhin transferieren zu lassen.«

»Aber Lorimer ist tot«, sagte der Präsident.

»Es gibt einige sehr talentierte Leute in Langley, wenn der Präsident versteht, was ich meine.«

»Sie meinen, die Unterschrift eines Toten fälschen und das Geld stehlen? Zu welchem Zweck?«

»Mr President, ich gebe zu, als ich davon erfuhr, was Sie von dem Major verlangen, dass ich etwas weniger als begeistert war. Aber ich habe mich geirrt und gestehe es ein. Eine kleine Einheit wie die unter dem Kommando des Majors kann offenbar sehr wertvoll in diesem neuen Weltkrieg sein. Und wenn sechzehn Millionen Dollar für sie verfügbar sind, sechzehn Millionen nicht ausfindig zu machende Dollar ...«

»Ich verstehe, worauf Sie hinauswollen, Charles«, sagte der Präsident. »Aber ich bitte Sie, nicht mehr auszusprechen, was Ihnen gerade in den Sinn kommt.«

»Sir?«

»Als Nächstes werden Sie wahrscheinlich vorschlagen, dass

Charley – und das ist sein Name, Charles, nicht ›der Major‹ – das Office of Organizational Analysis ins Büro des Nationalen Nachrichtendienstes verlegt. Und das wird nicht passieren. Charley arbeitet für mich, basta, keine Diskussion erwünscht.«

Minister Hall bekam einen plötzlichen Hustenanfall. Sein Gesicht lief rot an.

Botschafter Montvale schöpfte anscheinend keinen Verdacht, dass Minister Hall ein herzhaftes Lachen verbergen könnte.

»Natalie haben Sie etwas zu sagen, bevor ich Charley hier rausschicke, damit er sich mit meinem tiefen Dank ein paar Wochen frei nimmt – nachdem er jeden in seinem Apartment gehen lässt, natürlich?«

»Ich dachte an Botschafter Lorimer, Sir. Er ist krank, und es wird verheerend für ihn sein, zu erfahren, was mit seinem Sohn los war.«

»Jesus, daran habe ich nicht gedacht«, sagte der Präsident. »Charley, was meinen Sie dazu?«

»Sir, Mr Lorimer ist in Paris verschwunden«, sagte Charley. »Der Mann, der auf der Estancia Shangri-La gestorben ist, war Jean-Paul Bertrand, ein Libanese. Ich bezweifle, dass jemand darauf erpicht ist, preiszugeben, wer Bertrand in Wirklichkeit gewesen ist. Ich bezweifle auch, dass wir es preisgeben müssen oder sollten.«

»Und was ist mit seiner Schwester?«, fragte Natalie Cohen. »Sollte es ihr nicht gesagt werden?«

»Ich glaube, sie sollte informiert werden, ja. Ich habe dies noch nicht durchdacht, aber ich halte es für das Beste, wenn ich Mrs Masterson sage, dass sie die Bedrohung ihrer Kinder vergessen kann. Ich könnte ihr sagen, ich weiß, dass ihr Bruder tot ist, und mit seinem Tod diese Bastarde – verzeihen Sie mir – kein Interesse mehr an ihren Kindern haben.«

»Und wenn sie wissen will, wo Sie es erfahren haben und unter welchen Umständen?«, fragte der Präsident.

»Darüber habe ich noch nicht nachgedacht, Sir.«

»Sie wollen ihr nicht erzählen, welch verabscheuungswürdiger Hurensohn er war, ist es das?«

»Ich nehme an, sie weiß es, Sir. Aber es ist als top secret presidential erklärt.«

»Hätte irgendjemand Einwände, wenn ich Charley die Befugnis gebe, mit der Masterson-Familie umzugehen, wie er es für das Beste hält, einschließlich der Preisgabe von geheim eingestuftem Material?«

»Hervorragende Idee, Mr President«, sagte Botschafter Montvale.

»Tun Sie es bald, Charley. Bitte«, sagte Natalie Cohen.

»Ja, Ma'am.«

Der Präsident erhob sich, ging um seinen Schreibtisch herum und reichte Castillo die Hand.

»Danke, Charley. Guter Job. Fahren Sie heim, und ruhen Sie sich etwas aus. Und dann überlegen Sie, wo Sie diskret sechzehn Millionen Dollar verstecken können, bis Sie sie brauchen.«

6

Zimmer 527
Fünfter Stock, Silverstein-Pavillon
Hospital der University of Pennsylvania
3400 Spruce Street
1. August 2005, 21 Uhr 35

»Hey, Baby! Ich bin daheim.«

»Oh, Charley!«

»Wie geht es dir?«

»Sieh mich an. Mein Gesicht sieht aus, als hätte es jemand mit einem Baseballschläger attackiert.«

»Du siehst wunderschön aus. Kann ich dich küssen?«

»Bist du sicher, dass du das willst?«

»Klar will ich das.«

Fünf Minuten später hörten sie auf.

Sie lächelte ihn an.

»Ich hatte schon befürchtet, du kommst aus Europa zurück, kommst hierher und fängst wieder mit dem blöden Wiener-Schnitzel-Unsinn an. Ich höre es viel lieber, wenn du mir sagst, dass du mich liebst.«

»Oh Scheiße, das habe ich vergessen!«

»Was vergessen?«

Er ging zu seiner Aktentasche und nahm ein in Aluminiumfolie gewickeltes Päckchen heraus.

»Was ist das?«

»Wiener Schnitzel, das echte Ding. Abgesehen davon, dass es aus Budapest kommt, nicht aus Wien. In Wien bekommt man das beste ungarische Gulasch, doch die besten Wiener Schnitzel kommen aus Budapest. Verstanden?«

Sie erwiderte nichts. Sie nahm einfach seine Hand und hielt sie an ihre Wange. Er sah, dass sie weinte, doch er wusste, dass sie nicht unglücklich war.

ENDE

»Das aufregendste Thriller-Debüt der letzten Jahre.«

SUNDAY TELEGRAPH

Alex Barclay
SCHATTENTURM
Thriller
384 Seiten
ISBN 978-3-404-15692-4

Nach dem blutigen und tragischen Ende einer Routineuntersuchung quittiert Detective Joe Lucchesi seinen Dienst bei der New Yorker Polizei und zieht mit Frau und Sohn in einen ruhigen Ort an der Ostküste Irlands. Sie sind glücklich. Sie fühlen sich sicher. Und sie werden einen Albtraum erleben, der weit schlimmer ist als jener, den sie hinter sich gelassen haben. Denn Joe Lucchesi hat einen Feind, der alles daransetzt, die Familienidylle zu zerstören. Ein Feind, der von unbändigem Hass getrieben wird.

Bastei Lübbe Taschenbuch